新中国 70 年 70 部
长篇小说典藏

徐贵祥

(1959—　　)

当代作家，皖西人。长篇小说《历史的天空》获第六届茅盾文学奖、中宣部第八届“五一个工程”奖。

新中国70年70部
长篇小说典藏

历史的天空

徐贵祥——著

学习出版社
人民文学出版社

图书在版编目（CIP）数据

历史的天空／徐贵祥著．—北京：人民文学出版社：学习出版社，2019
（新中国70年70部长篇小说典藏）
ISBN 978-7-02-015437-1

Ⅰ.①历… Ⅱ.①徐… Ⅲ.①长篇小说—中国—当代 Ⅳ.①I247.5

中国版本图书馆CIP数据核字（2019）第150203号

责任编辑　脚　印
装帧设计　刘　静
责任印制　王重艺

出版发行　人民文学出版社　学习出版社
社　　址　北京市朝内大街166号
邮政编码　100705
网　　址　http：//www.rw-cn.com

印　　刷　河北鹏润印刷有限公司
经　　销　全国新华书店等

字　　数　468千字
开　　本　680毫米×960毫米　1/16
印　　张　39　插页2
印　　数　1—5000
版　　次　2000年4月北京第1版
印　　次　2019年9月第1次印刷

书　　号　978-7-02-015437-1
定　　价　98.00元

如有印装质量问题，请与本社图书销售中心调换。电话：010-65233595

出版说明

为庆祝中华人民共和国成立70周年，全面展现中华民族的文化创造能力和文学发展水平，深入揭示新中国70年来的伟大历程、辉煌成就和宝贵经验，激励人们为实现“两个一百年”奋斗目标、中华民族伟大复兴的中国梦而不懈奋斗，我们策划出版了这套“新中国70年70部长篇小说典藏”丛书。为将该丛书打造成思想精深、艺术精湛、制作精良的精品丛书，我们成立了丛书评审专家委员会，成员均为密切关注和深刻了解我国长篇小说创作动态的资深评论家。委员会从历史评价、专家意见和读者喜好等方面对新中国成立70年来众多优秀长篇小说进行综合评定，从中选出70部描写我国人民生活图景、展现我国社会全方位变革、反映社会现实和人民主体地位、弘扬社会主义核心价值观和讴歌中华民族伟大复兴中国梦的精品力作。这些作品，大多为曾获中宣部“五个一工程”奖、“茅盾文学奖”等重大国家级奖项的长篇小说，政治性、思想性和艺术性高度统一，代表了中国文坛70年间长篇小说创作发展的最高成就。

我们致力于“把提高作品的精神高度、文化内涵、艺术价值作为追求”的使命任务，通过这套丛书的出版，在讲好中国故事、传播中国声音、阐释中国精神、展现中国风貌的同时，倡导精品阅读，引领和推动未来的中国文学原创出版。

“新中国70年70部长篇小说典藏”
评审专家委员会名单

评审专家委员会主任：李敬泽

评审专家委员会委员（按姓氏笔画排序）：

丁　帆	白　烨	朱向前	吴义勤	何向阳
应　红	张　柠	张清华	陆文虎	陈思和
孟繁华	胡　平	南　帆	贺绍俊	梁鸿鹰
董保生	董俊山	谢有顺	臧永清	潘凯雄

项目统筹：吴保平　宋　强

第一章

一

韩秋云把上吊的绳子系好，踮起脚扯了两下，很结实，然后就从老桐树枝丫上爬下来，靠着树根喘气。韩秋云寻思上吊已经有些日子了，但在先前都只是念头，是想死给他们看看。这一次，她是动真的。人家看不看，于她已是无所谓，她反正是活不下去了。要她嫁给梁大牙，那是死也不能干的。

梁大牙何许人也？

梁大牙是蓝桥埠富绅朱二爷的小伙计，其实多出的那颗大牙并不大，眼大耳大手大脚大倒是真的，到十七八岁的年纪，就长成了敦敦实实的一条精壮汉子，阔脸浓眉，膀大腰圆，坯子其实不差，按当地说法，脚大手大可以走四海镇五岳，命中主贵。只因为左边多长了一颗虎牙，生出几分邪气，福态像有点破损。蓝桥埠好心的老辈人怂恿梁大牙把那颗多余的虎牙拔了，梁大牙的老掌柜朱二爷朱恽轩却执意不让，说是父精母血，命里带来的物件，不是轻易可以糟践的。倘若他日遇到贵人，或有别的法子破贱取贵。因了自幼爹娘双亡，梁大牙是在朱二爷一手调教下长大的，对朱二爷自然言听计从。如此，那颗有碍尊容和福禄的虎牙就得以苟存下来，草民的日子还得先过着。

这种门户的孩子，自然不太可能去上正经的学堂，但是梁大牙脑子不笨，闲暇时听烂眼圈龚二说古，《三国演义》《水浒传》的故事过耳不忘。在朱二爷的呵斥下，斗大的字也认得几箩筐，且又颇识眼色，干活精明，有点少年老成的架势，在瑞泰米庄出出进进可以包揽一面，深得朱二爷的倚重。

可是别人倚重没用，韩秋云偏偏看不上他。在韩秋云的眼睛里，梁大牙却不是什么正经人物。自从那回看见梁大牙同水蛇腰坐在一条船上捞菱角且嬉嬉闹闹，她的心口就堵得慌。水蛇腰是个什么东西？提起水蛇腰的名，顶风都要臭十里，蓝桥埠方圆十几里，怕是没有谁不晓得水蛇腰的不正经。她跟贺瘸子都钻老河湾的林子，梁大牙小小年纪就跟这样的人在一起厮混，想必也干净不了。

韩秋云自然是不情愿嫁给梁大牙的，虽说她只读过三年私塾，可也算是个读书人呢。父母没撒手的时光，开了一爿染坊，她不算大家闺秀，也差不多能算上个小家碧玉，如今要她嫁给梁大牙，去过那种不干不净的日子，那是她连想都不敢想的。糟心的是，朱二爷却偏偏相中了她。

梁大牙七岁那年，爹娘让土匪姚葫芦给杀了，他就被瑞泰米庄的老掌柜朱二爷收去当了学徒，后来又拜朱二爷为干爷，在瑞泰米庄一干就是十多年。近年朱二爷已是蓝桥埠数一数二的富户，倒是没有为富不仁一说，后生的事很放在心上，眼看梁大牙虚龄十九还光棍一条没个家，干爷的脸面就很有些过不去，也担忧老打光棍收不住后生的心，尤其今年春上东洋人打进了中国地面，朱二爷更加忐忑，怕兵荒马乱夜长梦多，就每月给梁大牙几块大洋，明明白白地交代，要他置办家产再盘缠个媳妇。梁大牙却没那份心思，把那成家立业的大洋多数打了水漂，时常慷慨解点小囊，穷光蛋狐朋狗友倒是交了不少——梁大牙自有他自己的主意，大丈夫纵天下横也天下，走四方吃四方，那几块破洋钱连卵子大的天也买不了。再说，办田产娶媳妇还有朱二爷呢，用他操什么心？

梁大牙除了有副盘死蛤蟆踢死猴的顽劣相，还有一身张牙舞爪的打人功夫，那功夫不知是跟哪个江湖艺人学的，打起架来，三五条汉子近身不得——这也是朱二爷之所以喜爱他的缘由之一。有了这身功夫，看家护院果真能够抵挡一阵子。韩秋云的穷表叔贱表婶就是看中了朱二爷的钱财和梁大牙的武功，给自己的儿子娶亲拿不出聘礼，便把无爹无娘的韩秋云往朱二爷手里卖，软缠硬磨逼她嫁给梁大牙。成了这门亲事，不仅能落下大洋，还能靠上朱二爷的势力。这对于表叔表婶来说，实在是一举两得的事。

韩秋云有一回明着跟梁大牙说过："有钱你能买我的人，可是你买不了我的心。"

梁大牙仰起脑袋，把两块紫龙铜钱抛到头顶上，当当两响又稳稳落入手中。梁大牙眯起眼睛，鬼里鬼气地斜睨着韩秋云，阴阴地笑："嘿嘿，老子不买你的人，也不买你的心，老子有钱买你的……那个。"

这龟孙日子是没法过了。

韩秋云抬起头，看了看在微风中悠悠荡荡的上吊绳子。那是她的裤腰带，十八条粗花布条编成的，颜色很杂，也很结实。有年夏天到井台提水，一憋气，嘎叭一声断了蚕丝绳，露出了红花裤头不说，还差点让水桶闪了腰。一恼之下，韩秋云就编了这条花辫子裤腰带。

蓝桥埠地处僻壤，是个鸡鸣三省而三省都不大管得着的地方。此处山峻水明，滋养阴阳两极，男人大多剽悍勇猛，妮子则又生得水灵标致。山里人没啥乐子玩头，晚饭后街头巷尾满是闲人，有拉胡琴唱京戏哼汉剧黄梅调的，也有摇蒲扇乘凉嚼芡实的，更多的人则汇聚在东头的坝场上，听烂眼圈龚二唱大鼓书。其实尽是胡诌，多是裤腰带以下内容，男女老少皆习以为常，以此填补劳作之余的无聊。

这块地面上，男女风化算不得什么大事，山乡民风质朴，偷情野合时有发生，老婆养汉男人自然不悦，但是没有见过谁家因为争风吃醋或者捍卫家风而动刀动枪的。撞见了打几耳光赔几个钱，换个法子就是赔上一桌好酒好菜，红脸汉子们没准会因此结成好友，共同的女人为他们提供了共同的酒后话题。要是撞不见呢，撞不见大家都是相安无事。你在这里养汉，我在那里偷人，两下扯平实惠互补，大家都不算太吃亏。民风乡俗既是如此，打情骂俏也就更不算事了，连大姑娘的屁股也不金贵，闹上劲了摸上一把还不兴恼，恼了就是小家子气，就不是个玩意儿。

韩秋云跟街前街后那些工匠和种田人家的妮子自然又有些不同，虽然娘老子死了跟着表叔表婶当丫环使，可是，在梦里她还是个读书人，是个小姐。小姐的面子薄，屁股是不能随便让人摸的，于是就编上这条结结实实的裤腰带，预备急眼时嗖一声扯出来抽人家一鞭子。不过，这个用场暂时还没派上。

自从东洋人占了洛安州，蓝桥埠就息了往日野闹，有粮的挖窖深埋，有闺女的赶紧出阁。这当口，偏偏让韩秋云摊上了梁大牙。一想起梁大牙那副皮笑肉不笑的邪相，韩秋云就想上吊。宁肯便宜东洋鬼子，也不嫁给梁大牙，这话也明着跟梁大牙说过。自然，这是气话。与其让东洋鬼子作践了，还不如自己把自己杀了。

韩秋云站起来，再一次将脖颈子伸进圈套，往下一拉，半个身子便悬了起来。闭上眼睛，以为自己正在死，脑子里就乱了，看见成了鬼的娘老子，欢天喜地来接她。悬了好大一会儿，才觉得不大对劲儿，睁眼看看，自己还没死。原来打的是个老虎结，光挂住了下巴颏，却勒不住脖子。这样上吊，一份活罪要受到啥时辰？

再爬上树，取下那条索命的绳子，牙咬手抠，费了很大的劲方才解开。打了一个死疙瘩，重新挂上去，然后坐在树丫上往蓝桥埠里看。隔得不远,能看见一些人走动。

初夏前晌的天,蓝得鲜明透亮,没有一星半点杂质。太阳光落在山坡的桐树叶子上,水灵灵的绿。树丛里有一些紫色的野木槿,一簇簇像是动着跳着。花斑鸠就在不远处咕咕地叫,叫得韩秋云心里乱乱的。叫啥,哭丧么?我韩秋云自个都没一滴泪,你倒来撩我伤心了。

这时候就恨爹恨娘。

爹娘只生下她一个,自然是掌上明珠,可是娇惯没几年,十二岁上来了一场大水,娘老子心贪,带着伙计一起到河里捞浮财,不知捞了多少,大约是高兴得昏了头,从此一去不回来。没爹没娘的韩秋云哭了天又哭了地,然后就搬到表叔表婶家里,生生当下人使。表叔表婶家生了七个娃,韩秋云抱大老四抱老五,田里的活计一样不落下。

自己虽然是个无家无当的孤妮子,比不得城里的金枝玉叶,可自己也是个读过书的黄花闺女啊。对着小河照照,身子条儿匀匀称称高高挑挑,圆脸盘子亮亮的眼,且又有一身好皮肉,三伏天田水晒得烫死人,叔扶犁,她拉绳,牛一样地出老力气,却怪得很,白净的脸盘子就是晒不黑,越晒反倒越白,白得嫩得像是削了皮的雪花梨。蓝桥埠大姑娘小媳妇百十个,谁不晓得她韩秋云是个美人坯子?这副好身子咋能让梁大牙给作践了?

又恨陈克训。

那还是好些年前的事了。那时候家道尚好,还能供养她念私塾。虽然陈克训比她大几岁,但拜的都是一个先生,坐的是一条板凳。她跟陈克训的三弟陈墨涵年纪相仿,入馆也差不多前后,可是她却不大爱跟陈墨涵在一起,眼睛老是落在陈克训的身上。后来再往大里长,那份心思就有些乱乱地让人羞。陈克训的爷是清末举人,当过段祺瑞北洋政府的县长,北洋政府垮台后回归故里置田经商，是凹凸山一带屈指可数的首富。陈克训却不像一般的纨绔子弟，读书极是用功，待人通情达理。

韩秋云至今还记得，她辍学后不久，陈克训和弟弟陈墨涵就到洛安州读国立中学了，放假回来还找她玩。夏天她去老河湾林子里采桑叶，陈克训也瞒着家人跟了去，两个人一同采桑叶一同吃桑椹，还一起下河捉虾摸螃蟹，就是那一次在河里捉虾时，她看见脚边有几滴红红的东西……一想到那件事，她的心里就噗噗乱跳。

可是再过几年陈克训就变了，听说在洋学堂里加入了个什么团体，就变成了阔少爷。又过了一年，学还没上完，就先离开了学堂，到庐州蒋文肇的军队里做了事。去年回到蓝桥埠，一顶轿子还抬回了个蓝褂黑裙的女学生。那天晚上她蒙着被子把眼睛都哭肿了。

想来想去，人世间当真没啥值得留恋的。

韩秋云这一次不再犹豫了。踮起脚尖，一够没够着，于是跳起来抓住绳圈，小腿粗的桐树枝立马弓了一个弧。狠了狠心，叫一声娘老子，便把脖颈子往上挂。身子顿时往上长了一节，脚却依然沾地。绳子勒住脖颈子，委实不是个滋味。这才吓得牙巴骨打颤，这才知道上吊不是搞着玩的。早知道这样难受，不死也罢。好死不如赖活着，赖死就更不如赖活着了。可是转念一想，不死就得嫁给梁大牙，就得跟那赖人做那赖事，那样的赖活着还真不如好死拉倒。

此念一生，就屈了双腿，闭紧双眼单等那根绳子牵着上天。

闭着眼睛，韩秋云觉得过了好几十年，好几十年之后她听到一声脆响。没等她回过神来，已经重重地跌在地上，随即有几片树叶掠在脸上，剐了个血糊糊的口子。她怔了好大一会儿，抹了一把脸上的血，红红的，黏黏的，是真血，血口子火辣辣地疼。心里就犯开了嘀咕,这龟孙枝丫好生奇怪,骑着它它不断,结实得要命,吊住它它就断了,像根冰凌没筋骨。敢情是小命太嫩阎王爷嫌弃?

也不解那绳子,索性坐在地上发呆,终于呆出两条泪河,哇的一声嚎哭,像是开了闸,哭天哭地哭娘老子,哭得山林子乱抖野斑鸠乱飞。

正哭得昏天黑地,忽然听见近处一阵咕哇喊叫。

赶紧打住,睁眼细看。这一看,浑身的汗毛便竖了起来——

花姑娘的有。花姑娘的大大的。

呀呀——支那美人——这里的有。

韩秋云打了一个冷战,忽地一下站了起来——这回她看清楚了,蓝天白日下面,真真切切地站着六七个穿着黄皮的东洋人。

二

东洋鬼子说来就来。

韩秋云做梦也没想到,她本来是要死给“他们”看看的,可是“他们”再也顾不上她的死活了。就在她独自上山企图干一件让蓝桥埠人目瞪口呆的大事的时候,她尚且不知道,全面抗战爆发了,日本人已经沿着长江打进了华东。就在这天早晨,日军板田师团第一联队第四大队神不知鬼不觉地出了洛安州,翻过了凹凸山脉的二龙岗,开到了蓝桥埠。除了大队人马进镇抢掠以外,还派出三个小队对蓝桥埠外数十处可疑的高地进行搜索。

确实是东洋人了。韩秋云虽然以往没见过,但是东洋鬼子打进了中国地面,她还是知道的,听那些见过的人说,东洋鬼子个子不高,又粗又壮,还有一个明显的标记,鬼子官儿都爱在鼻头下面留一撮小胡子。

弄清楚眼前确实是东洋鬼子,韩秋云虽然心口狂跳,却反而涌上一股豁出去的慷慨。不就是个死么？刚才自己不是也在找死么？死的念头早都有了，鬼子来了也不怕。只不过，她不想死在鬼子手里，更不想让鬼子作践死。

韩秋云竭力站稳，四处看了看。背后也围上来两个鬼子，一个挎着王八盒子的鬼子官儿倒背着手，另一个鬼子兵端着长枪，刺刀上挑着几团贼光。

哈，哈哈，哈哈哈……支那美女江北玫瑰，大大的好。

叽里哇啦哇啦叽里……花姑娘的站住。

三个鬼子兵慢腾腾地围过来，嘻嘻哈哈地拧住了韩秋云的胳膊。

韩秋云两眼一黑，晃了一下身子。胳膊被攥得死紧，快瘫下的身子又被架直了。

一柄雪亮的长刀劈下来，阳光下划了一道耀眼的弧线，在离韩秋云头顶几寸远的地方拐了一个弯，刀尖飘到她的胸前，落在对襟褂的布扣子上。握着长刀的鬼子官儿笑出了满嘴黄牙，金鱼眼睛在眼镜后面放出阴阴阳阳的绿光，刀尖轻轻地慢慢地在韩秋云的胸前磨蹭。

天杀的日本鬼子，不得好死的东洋人！

到了这步田地，韩秋云晓得怕也没用，一股劲犟足，跺脚使劲往前猛挣。刀尖扎进肉里，一阵冰凉。鬼子官儿的手抖了一下，移了移刀尖，挑开了第二个布扣子，然后扔掉指挥刀，抬起长统马靴，往前迈了一步，平伸两手，哧——嚓，撕开了韩秋云的对襟小褂子，并且顺手扯掉了里面的花布胸兜。

一股热血涌上来，韩秋云嚎叫一声，蹲下去想护住前胸，却又被日本兵架将起来。日本官儿捡起韩秋云的胸兜，在手里攥了攥，又扯开看了看，阴阳怪气地嘿嘿一笑，将胸兜塞进韩秋云的嘴里，再拎起指挥刀，刀尖从小妮子的乳尖上往下划，划出一条弯弯曲曲的血路，刀尖至小腹处，猛地往上一挑，本来掖着的宽腰裤子便猪大肠子般垮落在地上。

韩秋云闭上眼睛不再反抗。两行眼泪无声无息地往下流。她恨自己骨头不硬，恨自己寻死又赖活，把这身人见人羡的好皮肉留给了东洋鬼子，恨自己那回在老河湾的林子里不让陈克训做成那件事，冷了陈克训的心，却便宜了东洋人。

鬼子兵们都围了过来，鬼子官儿挥了挥手，架着韩秋云的鬼子兵把她松开了。

花姑娘的，跳舞的干活。

过来，这边的跳。哈哈，哈哈哈……

乐极生悲。

先是听见林子里山崩地裂般地传出一声呼啸，接着飞来一道寒光。日本官儿手中的军刀尚未横起，人头早已落地。这情景，把韩秋云也看得眼花缭乱，恍惚看见一个彪形大汉，头罩一顶猴儿帽，只露出两只黑光掺绿的眼睛，手中一把大刀舞得如银练飞舞，电光闪闪风雨不透。只瞬间工夫，又有两个鬼子兵倒在血泊之中。

韩秋云的血立马就热了起来。她从来没有见过杀人，更没有看见过这般热气腾腾利索俏皮的杀人场面。韩秋云看得有些呆了。血沫溅在头晌透明的太阳光里，像一片涂抹在天上的虹霞，艳得眩目，亮得惊心。

接连倒下几个同伙后，剩下的鬼子兵才反应过来，叽里哇啦一阵喊叫，齐刷刷跳出圈子。不知是谁打了个唿哨，四个鬼子兵一起把枪举了起来。

韩秋云心里一紧：不好，东洋鬼子要开枪。正要吆喝蒙面人趴下，一扭脸，却又怔住了。蒙面人也怔住了——不知鬼子兵搞的是啥鬼名堂，不仅没有开枪，反而把枪子儿拽出了膛，直挺挺地杵了过来。

蒙面人一个鲤鱼打挺站了起来，横着大刀往后退。韩秋云这才想起来要穿好衣裳。赶紧站起身，一只手紧紧地护住小肚子，剩下一只手伸出老远，够着树枝去解裤腰带，却没想到当初打的是死结，此时任凭使出吃奶的劲，横竖解不开。正在绝望之际，便见一道寒光从头顶倏然掠过，没等韩秋云回过神来，那条杂花裤腰带便弯弯曲曲地落在地上。

“跑哇，他娘的快跑！”

一声猛喝之后，韩秋云的肩膀便被扯起，踉踉跄跄跟着向前扑了几步，心里却忽地打了一个冷战——奶奶的，是龟孙梁大牙。可是，没容她多想，日本兵转眼之间就追了过来，呀呀呀地乱吼乱叫，刺刀一寸一寸地往近处逼。

“跑哇，往老河湾跑哇——”

忙里偷闲，梁大牙一把扯掉了演大戏用的猴儿帽，冲着韩秋云挤眉弄眼地扔过来一个咧嘴怪笑，左边那颗扎眼的虎牙在太阳底下亮亮地闪了一下，就像棍子一样，敲在韩秋云的心上。

“梁大牙你自己跑吧，姑奶奶不想活了。”

韩秋云一边叫，一边猛地弯腰，往后缩起身子，挣脱了梁大牙鹰爪一样的大手，顺势捡起那根盘成蛇状的裤腰带，脆脆亮亮地在空中打了个响鞭。

第一鞭子从鬼子兵面前掠过，两个鬼子兵火烧似的扔掉大枪，捂着脸呜里哇啦地叫唤。

第二鞭子拐了个弯，不偏不倚地打在梁大牙的手上。

“咦——唏！”梁大牙怪叫一声，站住了。“贱妮子，老子救你，还打老子，不识好歹的东西。”嘴里骂着，一巴掌掴将过来，揪住韩秋云的肩膀猛往前拽。韩秋云被拽得脚不沾地，东倒西歪连滚带爬，一路跟着跑。

终于将日本兵甩下一截，韩秋云又喊将起来：“梁大牙，你救我也是枉然，我嫁给东洋鬼子也不嫁给你。”

梁大牙怒吼：“放你娘的屁！你给老子快跑，跑到老河湾老子再拾掇你。”

韩秋云也吼：“龟孙梁大牙你放手，姑奶奶的裤腰带还没有系好呢。”

“贼妮子你快点，要是让日本鬼子撵上来，你系条生铁裤带也白搭。”

“梁大牙你手放老实点，别往姑奶奶肋巴骨上蹭。”

“你狗日的看看是啥光景了，这当口谁还稀罕你那肋巴骨！”

两个人边跑边吵。好在路熟，七拐八拐就钻进林子，眼看就要到老河湾的边缘了，却听到路边的林子里传来一声喊：“前面有鬼子，赶快往西跑。”

梁大牙和韩秋云吃了一惊，疑疑惑惑地看了一会儿，左边的木槿丛里，钻出来两个人，一个清清瘦瘦的学生模样，是陈举人家里的三少爷陈墨涵。另一个长得肉肉乎乎的，是朱二爷的远房堂孙、梁大牙的小伙伴朱一刀。

几个人汇合一处，也来不及多说，择一条林间小道，没命地往前猛跑。

晌午时分，上了西皋岭，估计鬼子追不上来了，大伙也实在跑不动了，于是停住脚步横三竖四地躺在岭上喘粗气。这才闹明白，蓝桥埠已经驻进了鬼子加上二鬼子千把号人，全镇老小跑的跑，藏的藏，死的死。梁大牙孤儿一条，韩秋云孤女半双，只有朱一刀还有娘老子，此时也是生死不明。众人回头望一眼望不见的家，只见着蓝桥埠上空翻滚的浓烟。梁大牙跺脚昏天黑地地吼出了一嗓子：“狗日的东洋鬼子，老子日你的老娘。”朱一刀嚎啕大哭，哭他那一家子穷骨血，哭他家的院子被烧成了灰。韩秋云没有哭出声，眼泪却叭叭哒哒直往下掉。

四个人当中,牵挂最多的自然还要数陈墨涵,但是陈墨涵眼下也是无家可归了。半个月前,他的家人都跑到庐州去了,当时他因为跟国文先生王兰田一道搞抗日宣传,遭到当局警察的关押,这才同家人断了音讯。王兰田是个地下共产党员,很器重陈墨涵,认为他思想激进,有新意识,也有正义感。师生有约在先,一旦脱离羁绊,就到凹凸山去找八路军。后来他的二哥陈克训上下打点,花了一笔重金,再搭上蒋文肇集团军司令部参谋的面子,好歹总算把他放了出来。陈克训的意思是想让三弟也到蒋文肇的麾下效命,却遭到了拒绝。陈墨涵被保释出来后,本来打算先回到蓝桥埠,让管家筹集些现洋带到队伍上作见面礼,岂料钱还没有弄到手,就遇上了日军偷袭蓝桥埠,不是朱一刀带着他钻林子,恐怕命都没有了。

几个人在西皋岭上各自想了一会儿心事,真是肝碎如渣,心乱如麻,最后还是听了梁大牙的——家是没了,到凹凸山找队伍打鬼子去。

三

凹凸山属于伏兰山脉一支,地处鄂豫皖三省交界处,在江淮之间绵延五百余里,山势虽然不算险峻,但是冈峦叠错,峰回路转,而且树木竹林遍布,有一夫当关万夫莫开之险。加之此山与伏兰山数道山脉连成一片,东迄蓝湖,西达平汉铁路,北临淮河,南濒长江,地处华夏中心区域,与日军隔河相望,既惊慑洛安州,又威逼方圆十数县垣。自古此处是不战之地,却又是历代兵家倚重的屯兵之地。

自全面抗战爆发以来,凹凸山也是空前热闹,山南山北都驻了兵,驻扎凹凸山北麓蓼城的是国民党军第二四六团,团长是个名叫刘汉英的上校，号称人马三千。住在山南梅岭的是新编的八路军杨庭辉独立支队，去年还是红军的游击队，兵员多数是近年来才招募的窑工和种田人。

梁大牙一伙子人紧走慢走，翻过六架山梁，走了七十多里山路，到达庄子岭已经是黄昏时分。庄子岭是两个省的分水岭，岭尖子就是骑线点，从此地往南二十多里是梅岭，往北二十多里就是蓼城。

自然是又饥又累。在岭子上歇了几袋烟的工夫，再起身要走，梁大牙却停住了脚步。

梁大牙回过头来，扫了一眼三个乡亲说："你们几个都听着，开弓没有回头箭。咱们这趟出来，就别想着回家。家是没了。打鬼子抗日是没得二话了。可是凹凸山抗日的队伍有几家。你们说，该往哪里走？"

朱一刀连想也没想就说："那还用问么，大牙哥你年纪最大，你说了算。"

梁大牙说："那可不行，不是我一个人的事，我当不了家。这一步要是走错了，不是把大伙往鬼窝里带么？我梁大牙担当不起。陈三少爷是个学问人，我看还是你拿主意。"

陈墨涵红了脸，很不痛快地说："梁大牙你不要再叫我三少爷了，我的名字叫陈墨涵。"又说："依我看还是到梅岭去，我听我的先生说，八路军仁民爱物，老百姓拥护，打日本鬼子也打得很积极。"

朱一刀说："三少爷你那是听人家瞎起哄……"

朱一刀话没说完，就被陈墨涵打断了："朱一刀我再跟你说一遍，不要再叫我三少爷，我的名字叫陈墨涵。"

朱一刀咽了一口气，只好重新说："陈……墨涵你那是听人家瞎起哄。依我看还是去蓼城，刘团长的国军是正经的军队，有吃有穿。张大嘴前些日子投了八路，不是又回蓝桥埠了么？连枪都没有，还得自己去夺。衣裳也没有，饭还吃不饱，那算啥子队伍呀？”

梁大牙皱皱眉头，问韩秋云：“你说呢，咱们到底是去走南还是去闯北？”

韩秋云半天没吭气，想了一会儿才紫着脸反问梁大牙：“我先问你，你打算走哪条道？”

“我？呵——呵嚏！”梁大牙痛痛快快地打了个喷嚏，动作很大地揉揉鼻子，笑了，“我当然去蓼城。当兵吃粮，扛枪抗日，我梁大牙没准能当个团长司令什么的……嘿嘿……”

“那就行啦！”韩秋云一梗脖颈子，打断了梁大牙的话头，“大路朝天，各走一边。你去蓼城吧，我到梅岭去，咱们分开走。”

“那怎么行！”梁大牙一急眼就嚷了起来，“蓝桥埠就跑出来咱这几个人，哪能再分开？再说，你表叔已经收下朱二爷二十块大洋聘礼，你就是我的老婆了。你去梅岭，我当然也得去梅岭。”

韩秋云冷笑一声：“梁大牙你别做梦了。你去梅岭，我就去蓼城。”

“咦——唏！”一句话把梁大牙惹恼了，呼啦一下站了起来，掂了掂手中的宰牛刀，咬牙切齿吼了一嗓子，“韩秋云，老子就这么让你看不上眼？”

韩秋云却没有被吓住，不高不低地说：“话随你怎么说，反正我是不跟你梁大牙走一条道的。”韩秋云的话也是落地有声，说着话，并且摸住了裤腰带的活头，像是随时准备抽出来打出去。

“妈拉个——巴子！”梁大牙额上的青筋暴出了两三根，鼓出眼睛珠子，挥起宰牛刀，咯嚓一声将身边的黄桠树砍成两截。再扭转脸来看着韩秋云，嘴唇直打哆嗦，原先的那抹血红看着看着就乌了。

韩秋云偏不低头，目光硬硬地迎着梁大牙，冷冷地说：“梁大牙你听明白，朱二爷那二十块洋钱我会还你的。我到斜河街当婊子卖身子也把你的钱还了。眼前是没有钱,明说吧,要命一条,要我给你当老婆,你就等着扛尸吧。”

梁大牙这回真的懵了。这个韩秋云咋会对自己这样呢?韩秋云在蓝桥埠也是个细皮嫩肉的好妮子啊,是个走路都怕踩死蚂蚁的菩萨心肠啊,咋就偏偏对自己铁石心肠呢?莫非自己跟韩秋云当真是八字不合么?她何以把自己嫌恶到这种地步?自己抠下眼珠子看自己,堂堂正正一条汉子嘛,蓝桥埠的风流娘们,谁不把梁大牙看得重甸甸的?可是她韩秋云居然不把老子当人看,真正是岂有此理!

忽然就涌上一股血性——他娘的韩秋云,窗户台上晒屁股,你的脸就那么大?蓝桥埠一千八百人没有出几个光棍,我梁大牙好歹也算个人物呢,咋鬼迷心窍独独号上了这号不识好歹的妮子,让她弄得一肚皮窝囊气。其实有啥呢?不就是脸蛋子白嫩身段子秀气么,有啥稀奇的,夜里搬到床上吹瞎了灯,还不都是一个模样?

越想心里越是屈得慌。不能再贱了。梁大牙心里恨恨地想,光着屁股咱也得把家伙翘起来,大头小头咱都不能低下。小鬼子的刺刀都戳到屁股眼下面了,咱得干正经事了,不能让这个驴日的闪了腰。

梁大牙恶狠狠地咳嗽了一声。

大伙都抬起头来看着梁大牙。梁大牙却谁也不看,只是阴气森森地看着韩秋云。

“韩秋云,老子再问你一声,你当真不跟老子走么?”

韩秋云心里有些发毛。她是从来不拿正眼看梁大牙的,可是今天她不能不拿正眼看梁大牙了。她的正眼迎着梁大牙的正眼,这当真是第一次,她看见梁大牙的眼睛很硬很扎人,似乎带着一股硬硬的风,直直地向眼前推来,推近了,触到脸颊了,刮得腮上热热地疼。心里突然有些着慌。梁大牙的眼睛着实很邪,冷冷的目光像两只粗糙的手,剥开了她的对襟小褂子,揪住了她胸前那两颗樱桃般红嫩的痒尖子。连她自己都还没明白是咋回事,鼻子里就一阵发热,差点儿就哭出了声。真是怪了,先前是那样的恨梁大牙,可是这一会儿工夫咋就恨不起来了呢?这梁大牙是鬼,是妖,是蛤蟆,那么无赖那么龌龊,他跟水蛇腰怕都有瓜葛,她亲眼看见他搂过水蛇腰的腰啊,可是……可是她还是硬朗朗地甩出了一句话:"梁大牙,你走你的阳关道,我走我的独木桥,我是不会跟你走的。"

"当——真?"

"当——真!"

喀——嚓——!林子突然起了一阵风,小路旁边的一棵黄桠树哗哗地抖了起来。

梁大牙甩手打了自己一个巴掌,是从左边打的。血从嘴角上流下来,很猛的一股。梁大牙龇开大牙,伸出长长的舌头,抹布一般转了几圈,把血舔净了,嘴巴动了动,像是在喝鲫鱼汤。韩秋云赶紧把脸别了过去,她最看不得梁大牙这副装神弄鬼的样子。

嘿嘿。梁大牙轻轻地笑了一声,笑得像哼,冷飕飕的。

韩秋云虽然心里发怵,脸上却看不出惊慌。

陈墨涵和朱一刀面面相觑,看看韩秋云又看看梁大牙,不知道如何是好。

嘿嘿,嘿嘿,嘿嘿嘿嘿……梁大牙又大声笑了起来。哈哈哈哈,哈哈……嘿嘿……嗬嗬……哇哇……梁大牙越笑声调越高,越笑声调越怪。梁大牙怪笑了好一阵子,才收住底气,由狂笑变成狞笑。

笑够了,梁大牙把腰杆挺直了:"那好,韩秋云,你是个千金小姐名门闺秀,我是个光屁股叫花子,攀你不起,咱们就此分手吧。八路队伍里妮子多,你去梅岭吧,我要去蓼城投国军了。山不转水转，三十年河东转河西，往后，你要是有个啥难处，捎个信儿给梁大牙，我两肋插刀——不管咋说，咱们还是蓝桥埠的乡亲么，你说是不?”

说完，四下里冷飕飕地睃一眼，慢慢地转身向北，扛了一肩西斜的阳光，迈开长腿，走了。最初，梁大牙走得很慢。走了几步又停下，没有回头却仰起了头，宽宽的后背动了几下，似乎在聆听头顶上传来的什么声音。

庄子岭上风停树静，晚霞的余晖洒过来，在林子里溅起几串扑朔迷离的光晕。

韩秋云滞滞地看着梁大牙移动的背影，像是在看着一座正在行走的山。倏然，一只斑鸠从头顶上飞过，咕——咕——咕——，叫得人心阵阵抽紧。

四

没有人看见梁大牙落泪。

等朱一刀撵上来时，梁大牙脸上的泪渍早已荡然无存。天色已经黑了下来，蓼城距离此地还有二十多里，他要赶到城里投宿。国军刘汉英团长他不认识，但是他听说过刘汉英的爷爷是个清末的武举，刘汉英上过黄埔军校，是个正经的行伍。

在这个惊险而又辛酸的日子里，被韩秋云视为无赖而与之不共戴天的梁大牙，搂着一团快要胀暴了的肚皮，视死如归地走进了人生的别处。

他实在是无可奈何了。这时候他才恍然有悟，一个人要是讨厌一个人，那是谁也没有办法的事，要是一个女人讨厌一个男人，那就更是老天爷也没有办法的事了。尿泡尿照照自己，交了那么多朋友，做了那么多好事，在蓝桥埠是一个堂堂正正的汉子，不仅得到朱二爷的赏识,众乡亲谁不把他当个人物看?往日里梁大牙得意得很啊,从来没有觉得自己有啥大不了的短处,没有想到硬是让一个从泥巴里滚出来的妮子作践得狗屁不是,真他娘的窝囊。

心里窝了一团骚火,步子就迈得极快。梁大牙琢磨着,他要干的第一件事就是找个地方把这一肚皮晦气给放了。找到刘团长,要是能给他一挺机关枪就好了,他敢独自抱着这挺机关枪去打洛安州。

直到走出里把地,朱一刀才热气腾腾地追上来。梁大牙回头看了一眼,没有见着韩秋云,也就死了一条心——到底是人各有志不能强求啊。看着朱一刀,梁大牙心里便是一阵感动,他跟朱二爷当孙子当徒弟,一刀跟他当兄弟,都是贫苦人家长大的,没有享过福,没有念过书,别说跟陈墨涵那样的大家少爷不是一路人,就连韩秋云这样的破落人家的落魄小姐也不拿正眼看自己,想起来好不心酸。

再想想,又陡生一股豪气。

“一刀兄弟。”梁大牙叫了一声。

朱一刀应了一声,侧过脸,看见梁大牙的眼睛有些红红的,便说:“大牙哥,算毬了。凭大牙哥你这身功夫,到国军里还不是个人物?日弄个七品八品的,还愁找不到个好女人?”

“兄弟说的是,”梁大牙嘿嘿一声冷笑,“咱们弟兄这回进凹凸山,是要办大事的,是要抗日了,是要干正经的光宗耀祖杀富济贫两肋插刀的行当了。那不比籴米卖粮,也不比杀猪编席子,更不比陈三少爷他们在学堂里摇头晃脑。当兵吃粮得讲究个义气,咱们去为国家出力报效,也是为自己打天下,就要像大戏里唱的那样,生当啥鸡巴杰,死做啥卵子鬼。”

朱一刀说:“人家大戏里说的是生当啥人杰,死做啥鬼雄。”

“是这话,”梁大牙一掌拍在朱一刀的肩膀上,拍得朱一刀龇牙咧嘴，“话不管咋说，都是那个意思，就是不装孬。咱弟兄们大眼瞪着小眼，谁都不能装孬，谁装孬谁就是蓝桥埠烂眼圈龚二家的母狗下的崽，就是他娘的劁了卵子的驴。”

五

下了庄子岭，山脚下就流过来一条小河，名叫二道河，约莫有十几丈宽。

韩秋云起小就听大人说过，这条河是从西边很远很远的地方流过来的，穿州过府，又流到了很远很远的地方去。至于这条河为什么叫二道河，头道河又在哪里，韩秋云就不知道了。

韩秋云和陈墨涵就顺着河东岸的柳荫堤坝，向南走去。

步子有些无精打采。

跟梁大牙分了手，韩秋云从心里长长地出了一口气，但是很快又涌上一丝怅惘，静下心来掂前虑后，又觉着对待梁大牙委实过分了点。不管咋说，梁大牙还算不上是个坏人啦。但是，在韩秋云的眼里，梁大牙也算不上是什么好人。要她举例梁大牙坏在哪里，她未必能说出个一二三四，反正她从心里是讨厌这个人的。一个人讨厌一个人，也许用不着什么道理，一个女子讨厌一个男人，更是无需什么理由的。

自然，韩秋云不喜欢梁大牙，是因了很多根由，而在诸多根由里，陈克训的存在恐怕是最令韩秋云排斥梁大牙的。那个温文尔雅的学子，那个满脑子新奇学问的少爷，那身洁净贵重的洋装，还有那飘散着书卷气和青年男子气息的飘逸的身体，都让韩秋云倾心地迷醉。跟文气儒雅的陈克训相比较，猴头猴脑的梁大牙自然类同臭虫了。

韩秋云突然想到，这一去，就算离开蓝桥埠了，今生今世，哪里是家呢？没有了陈克训，也摆脱了梁大牙，前面的路，也就只有跟着陈墨涵走了。

想想又想哭。

陈墨涵现在进入的是另外一种境界。

洛安州距离省垣庐州不过百十里路，日本人打过来后，不断有来自省垣和北平、南京的学生，到洛安州秘密活动，策动学生运动。那些闻所未闻的新思潮，那些惊人魂魄的故事，为陈墨涵打开了一个更加广阔的天地。特别是国文教员王兰田，还经常给陈墨涵等人上小课，使陈墨涵耳目一新，有脱胎换骨的感觉。且不说从孔圣人以下的读书人历来就把天下兴亡看成自己的职责，单凭莱茵河畔那位沧桑智者的一声极具诱惑力的天唤——全世界无产者联合起来，就足以使青年学生热血澎湃。陈墨涵便是这些青年中的一个。

在学校时，他听王兰田先生讲，凹凸山的八路军是很苦的，筹集不到军饷，药品、弹药和粮食都缺。他寻思自己家庭是个没落的官僚家庭，资产不少，理所当然应该贡献出来支援抗战。可是回到蓝桥埠之后，管家死活不给他钱，说是老爷有交代，不见老爷的手据谁也不能提钱。他软硬兼施，好说歹说，管家才给他三十块大洋，而且明说了，是给他去南京作盘缠的。更让人沮丧的是，就这三十块大洋，还由于日军突袭，慌乱出逃，没有能够带出来。他感到对不起王先生，当初是夸下海口的，至少要筹集三百大洋去给八路军作见面礼，如今两手空空，君子失信，先生面前实在不好交代。

陈墨涵感到不安的第二件事，是没有能够说动梁大牙和朱一刀一起去梅岭。

从心眼里讲，陈墨涵是看不起梁大牙的，这个人没正形，好起来像个大侠，坏起来像个强盗。可是退一步想，梁大牙也有梁大牙的长处，他豪爽仗义，为人无私且无畏，挣多少钱，花多少钱，真正是穷光蛋品格，这样的人如果拉去梅岭，打鬼子应该是块好料。

大约又往前走了五六里路，半轮月亮升起来，脚下的路就看得清晰了。

露水悄然浸到身上，陈墨涵不禁打了个寒噤，回过头去问韩秋云："你冷么？"

韩秋云抱起双臂，说："还好，就是有点饿。"

是饿啊。陈墨涵觉得肚皮快贴脊梁骨了。掰着指头算，从早晨到眼前，一整天没有吃东西了。

"再忍忍吧，"陈墨涵说，咽了一口唾沫，硬着头皮伸直了腰，"到了梅岭，先跟王先生要顿饭吃。"

第二章

一

比起韩秋云和陈墨涵，梁大牙和朱一刀的路就要走得轻松得多，他们的肚子里没有多少学问，也就没有那么多弯弯绕绕的心思。一边赶路，梁大牙一边给朱一刀讲故事——

“从前，咱们蓝桥埠有个老先生，是个画画的，别的不画，专画寿桃。他画的寿桃有面盆大，方圆几十里的人家做寿，都来买他的寿桃画。可是这个老先生却怪，一天只画一张，不够卖，要预先订货。老先生的儿媳妇不乐意了，跟老先生说，为啥一天只画一张呢，多画几张不是多卖钱么？老先生说：你知道个啥？我一天只画一张，卖的是一块大洋，况且不是人人都能买上的，越是买不到，越是稀罕，物以稀为贵么。要是一天画上十张八张，多了，谁也不稀罕了，一张画恐怕卖不了十个铜钿。儿媳妇听了却不当真，心想是老东西脾气古板，自己打了主意，要把公爹的绝活学过来。有一天，老先生又关门画画，儿媳妇就趴在门缝上往里看，这一看可了不得，你猜猜她看见了个啥？”

已经是三更时分了，旷野里朦朦胧胧，远山的廓影依稀可见。朱一刀在半明半暗的月色中看着梁大牙的后背，有气无力地说：“猜不出她看见了啥。”

“嘿嘿，”梁大牙咧开大嘴笑了，“老先生的儿媳妇这回算是开了眼界，她看见了她的公爹脱了大裆裤子，正蹲在脚盆旁边泡屁股呢。”

“咦唏,那是个啥名堂?”朱一刀来了一点精神,憨憨地问。

梁大牙又笑了一声,“那脚盆里装的不是洗脚水,是兑好了的墨。老先生把屁股泡好了,也不站起来,就在原地挪个窝。地上有张草席子,席子上摊着一张宣纸。老先生拿稳了架势,往纸上一屁股坐下去,再站起来,一张寿桃就画成了。”

“咦——唏!这画画得太邪门了。”朱一刀抽动鼻子,像是嗅着了什么不对劲的东西,圆圆的脸上挤满了疑惑,又问,“这一下,老先生的儿媳妇该学会了吧?”

梁大牙又是龇牙一笑,说:“学是学会了,可是轮到她画就不是那个样儿了。”

“咋回事呢?”朱一刀估摸精彩的故事还在后头,咂了咂嘴,等待下文。

可是,没有下文,梁大牙的故事戛然而止。

前面的路口出现了一队黑压压的人影,正在以极快的速度向这边运动。

梁大牙看得分明,一把扯过朱一刀,钻进了路边的树丛里。

果然是队伍,行动显得很仓促,有些乱糟糟的,有人肩挑,有人背扛,看样子带了不少东西。一行约莫五六十个人,急匆匆从东向西而来。走近了才听见喘气声,间或听见有人喊:“快,后面的跟上!”

梁大牙和朱一刀憋着气,一动也不敢乱动。眼下虽然他们已经知道这是中国人的队伍了,可是中国人的队伍多如牛毛,是好是歹也不是一下子就能分得清楚的。分不清楚,就不敢贸然行事。

“大牙哥,像是国军。”朱一刀趴在梁大牙的耳边说。

“噢,”梁大牙猴着腰,贼乎乎地盯着路面,点点头说,“像。”忽然又说,“他娘的,那人像是秦一飞。”说着眼睛就瞪大了,腮帮子倏然绷紧。

朱一刀惊问:“秦一飞是谁?”

梁大牙没有吭气,仍然目视前方,那颗突兀的牙齿咬在下牙上,咯咯作响。秦一飞是土匪姚葫芦的表侄,从前在洛安州读过书,后来到姚家圩子给姚葫芦当管家,是姚葫芦的重要心腹。“你给我把眼睛睁大一点,看着有没有一个缺耳朵的人。”梁大牙恶狠狠地对朱一刀说,然后从裤腰里摸出一把尖刀。

姚葫芦当年是梁大牙的老子梁山泡的把兄弟,俩人合伙做木材生意,姚葫芦贪了昧心钱,被梁山泡削掉了两只耳朵。后来姚葫芦当了土匪,竟然派人把梁山泡两口都杀了。自从日本鬼子打进了洛安州,姚葫芦就跑出了凹凸山,听说到什么地方当什么鸟毛灰司令去了,没有想到今天在这里撞见了。狭路相逢,梁大牙分外眼红,心里琢磨,一旦瞅准姚葫芦,先手刃了老贼,报了杀父杀母之仇再说。凭他这一身功夫,月黑风高,不愁跑不脱。

不知是侥幸还是缘分使然,梁大牙在那支队伍里没有发现姚葫芦。那支队伍也没有发现他和朱一刀。五六十人的队伍行动起来迅疾无声,看起来像逃命,飞天遁土一般,转眼就没有了踪影。

钻出树丛,朱一刀拍拍屁股问:“咋办?”

“啥咋办?”梁大牙还在懵懂,反问道。

“咱们还往前走吗?”

梁大牙想了一下,说:“当然还得往前走。”

梁大牙寻思,虽然没有见着姚葫芦,但是看见队伍里那个人像秦一飞,这支队伍八成是姚葫芦的了。再一琢磨,这支队伍急急如丧家之犬,八成是被什么人追着,说不定就是刘汉英的队伍撵在后面。前几年,刘团长的队伍既打共产党,又打姚葫芦,要缴姚葫芦的械,曾经开过几仗。跟在后面的假使是刘汉英的队伍,那可真是老天有眼了，一来他从军有路，二来他可以给刘团长的队伍带路去逮姚葫芦，于公于私都是再好不过了。

可是朱一刀却不这么想，朱一刀说："这会儿过的是咱中国人，说不定撵他们的是日本人呢。再往前走，没准要撞鬼。"

梁大牙一拍腰刀："怕个卵子。是日本鬼子咱就跑，跑不脱咱就拼，拼不过就算毬了。不是要抗日吗，砍头不过碗大的疤，小腿一伸拉鸡巴倒。你要是怕鬼子，尽可以回头去撵姚葫芦。但是咱们有言在先，往后再让我撞上，你恐怕就成朱葫芦了。"

朱一刀吸了一口冷气，他知道梁大牙向来是天不怕地不怕的，他当然也清楚，梁大牙说话向来是作数的。朱一刀不敢继续说三道四了，只得跟在梁大牙的屁股后面，悻悻地继续往前走。约莫又走出二三里地，还是没见有人追过来，乱糟糟的心里才踏实了一些。

走了一程，梁大牙气壮山河地说："朱一刀你把腰杆挺直了，别阴死阳活的。再走五里地，就到蓼城了。见到刘团长，咱先要一盆红烧肉。"

经过一路惊吓，朱一刀就没有梁大牙那么乐观了，脸色沮丧地说："鬼子都打到蓝桥埠了，刘团长他们还能在蓼城吗？说不定早就跑毬了。"

梁大牙想了想，说："就算他们跑毬了，到了蓼城也好打听他们的去处。"

朱一刀仍然信心不足，说："找到了刘团长，他要不要咱们还是两说。"

梁大牙有些光火，他最看不起光说泄气话的娘娘腔，最讨厌人家翻他的眼皮子。梁大牙一梗脖子说："他凭啥不要？咱两个壮汉去抗日，又不是去白吃饭，他欢喜都来不及，岂有不要之理。再说眼下吃没东西吃，睡没场子睡，这山野又冷得要死，家伙都冻缩了一大截,不去蓼城,又能去哪里?”

朱一刀可怜兮兮地叹了一口气,说:“大牙哥,道理我都明白,我只有跟着你走了。走吧,反正是你走到哪里我也走到哪里。咱俩是一条绳子上拴的两只蚂蚱,跑不了我,也跑不了你。”

梁大牙嘿嘿一笑,说:“这就对了。”

再往前走,实在是饿得心慌腿软。到了这个节骨眼上,朱一刀才后悔起来。逃出蓝桥埠那阵子,真不该听陈墨涵的怂恿,跑到凹凸山来找甚么卵子队伍。早知道要受这份死罪,还不如跟乡亲们一起跑河东呢。

梁大牙说:“还想听故事么?”

朱一刀说:“能当饭吃么?”

梁大牙笑笑,说:“不能管饱,却能解渴。”于是清了清嗓子,张嘴要讲,却又停住了,想了想才问:“前头讲到哪里啦?”

朱一刀皱着眉头也想了想,说:“好像是讲到儿媳妇看见公爹用屁股画寿桃。”

“噢,对了。”梁大牙咂咂嘴,又津津有味地讲了起来——

“这一下,儿媳妇快活了,自以为自己得到了家传秘诀,学会了画寿桃的窍门,回到房里就往洗脚盆里倒墨兑水,然后学着公爹的架势,脱掉裤子泡屁股。泡了半个时辰,也往席子上挪,在宣纸上坐了一个屁股印。嘿嘿,别说,还真有些像。第二天,儿媳妇欢天喜地拿到街面上卖,可是卖了一个晌午也没有人买。倒是有人来看她的画,看完了,笑笑,就走了。儿媳妇心中纳闷,都是一样的货色,怎么公爹的画别人抢着买,咱的画就没有人要了呢?比起公爹,自己的屁股又嫩又白又厚实,印出的寿桃富态又圆满,咋就偏偏卖不出去呢?于是就截住人问。起先人家不肯讲,问急了,人家说了,这位大姐,你这寿桃画得好倒是好,就是有两个毛病,一是太肥,肉乎得淌油,怪腻味的;二呢,少了件东西。你看你家公爹的画，寿桃中间还有个把儿，可是你这寿桃中间却没有把儿。”

朱一刀没听明白，迷迷糊糊地问：“儿媳妇的画，怎么就没有把儿呢？”

梁大牙回头看了朱一刀一眼，说：“你真是个傻卵。你想啊，儿媳妇是个女人，裤裆里少了个物件，往下一坐，能坐出那个把儿么？”

朱一刀这才恍然大悟，想了一会儿，挠挠头皮又问：“那位老先生和他的儿媳妇是谁呀？我怎么没有听说过蓝桥埠有这么个人家啊。”

梁大牙耸耸鼻子，怪声怪气地笑笑，说：“是陈墨涵的爷和陈墨涵的娘。”

朱一刀起先还当是真的，龇着牙想了想，还是觉得不对劲儿，说：“不像。陈墨涵他爷是举人，不是画画的。陈墨涵他娘是县太爷家里的千金，也是不画画的。你这故事……怕是假的。”

梁大牙哼了一声，嘿嘿一笑说：“狗日的陈墨涵不跟老子走一条道儿，老子编个瞎话窝囊他的爷和他的娘。”

二

直到天色启新，东方已经泛白了，梁大牙和朱一刀才摸进蓼城东门外的榆林寨。没等他们去找队伍，队伍却先找到了他们——刚刚进寨，就被两个庄稼汉模样的人跟上了，两杆硬火抵着屁股根，把他们送进一所农家小院。押解他们的汉子管这里叫支队部。

后来就来了一个官长模样的人，头上戴着坑坑洼洼的八角帽，梁大牙从前见过，那叫红军帽，可是官长身上穿的却是灰色的八路粗布制服，二十多岁年纪，中等个头，右肩斜挎着一个牛皮包，左肩上挎着一把盒子炮。

梁大牙认得几十个字，眯眼一看那官长臂上佩戴的小牌牌，顿时倒吸一口冷气：妈那个——蛋！遇上八路了。

八路官长模样的人倒很随和，虽然没有亲热的意思，但是脸上表情也没有显出敌意。八路官长在大方饭桌旁边扯过一条凳子坐下，摸出一片旧报纸，一边卷烟卷，一边问话：“你们是干什么的？”

梁大牙是见过世面的人，此时并不怯乎，愣愣地看着八路官长，反问道：“你们是干什么的？”

八路官长抬起头来，很注意地看了梁大牙一眼，说：“我们是八路军凹凸山抗日游击支队。”

梁大牙点点头，这才大大咧咧地介绍自己：“我是蓝桥埠瑞泰米店的前门掌柜梁大牙，他是蓝桥埠篾匠朱大财的儿子朱一刀。”

“哦——，”八路官长嘘了一声，站了起来，说，“我说怎么看着眼熟呢，原来是梁大牙梁先生呵……”说着，就向梁大牙走了过来。

梁大牙有点意外，又有点得意，感到自己名气很大，连八路军官长都晓得。得意之中又有点犯糊涂——他的确想不起来自己在什么时候什么地方结识过眼前这位八路官长，便傻呵呵地问：“你是谁？”

“梁先生不记得啦，前年我在蓝桥埠被人追捕，挂彩后，钻进瑞泰米店，就是你梁大牙梁先生把我藏在条案下面，救了我一条命啊。”

梁大牙这才想起来，是有这么一回事。那时节他还以为那个人是个逃命的贼呢，没有想到竟然是个八路军的长官。

“梁大牙先生同情革命，有正义感，是我们不应该忘记的。”八路官长又说。

梁大牙心里想笑，暗想，啥叫同情革命有正义感呢，咱梁大牙就是这样的人，谁软了咱拉谁一把，谁横了咱踢他一脚。那天被追的是你咱帮你，被追的要是别人，咱也照帮不误。还有，这位八路官长一口一个梁先生,叫得梁大牙多少有点难为情。自己琢磨,咱一个籴米粜粮的伙计,算什么先生呢?从小到大,咱只有一个名字,就是梁大牙。再一想,梁先生就梁先生吧,反正比叫梁大牙受用多了。

八路官长此刻已是笑容满面了,让人给梁大牙和朱一刀各上了一碗洛安州瓜片茶,然后问道:“二位这是要往哪里去呀?”

梁大牙一仰脖子,咕咕咚咚一阵牛饮,喝完,捋起袖子抹了抹嘴巴说:“我说长官,能不能给咱弄点饭吃?咱一天一夜没沾水米了。”

八路官长一拍脑门,说:“我倒是把这茬子事给忘了。”扭头向一位端着盒子炮的汉子挥了挥手。那汉子掖起盒子炮出了门,不多一会儿,便托着盘子端进来两只粗瓷大盆和两只蓝花海碗,一盆萝卜炖肉,一盆大米干饭。

跟着汉子进来的还有一个人,白净面皮儿,个子不高不低,身子骨有点单薄,也戴着八角帽,胳膊上还挎着绷带,有新渗出来的血迹。

八路官长跟白净面皮儿打了个招呼,说:“张主任,你怎么出来了?别伤了风。”

那个被叫做“张主任”的白净面皮儿说:“这点轻伤算什么,不妨事。”说着,向梁大牙和朱一刀看了看,问道:“新来的?”

八路官长说:“这两位是我的老相识,这位梁先生还救过我的命,是条好汉。”

张主任“哦”了一声,冲梁大牙和朱一刀点了点头,便坐到长凳上,很有兴趣地看着梁大牙和朱一刀。

梁大牙和朱一刀却顾不上旁人了,连一句多话也不想说了,扑上前去,各自盛了冒尖一大碗,噼里啪啦猛往肚子里填。趁着吃饭的功夫,梁大牙动开了心思。他记得这位八路官长那次在蓝桥埠挂彩，正是国军刘汉英的队伍打的，眼看他和姓刘的是仇人了，万万不可跟他讲明自己要去投奔刘汉英。

吃饱喝足了，梁大牙对八路官长说："蓝桥埠被日本鬼子占了，大伙都跑了，咱们二人也是跑反。"

八路官长笑了笑，说："蓝桥埠人跑反都往河东跑。我看你二人昼夜兼程来蓼城，想必是要找刘汉英投军吧？"

梁大牙吃了一惊，心想认了吧又觉得不妥，再说不认吧也不妥。暗自琢磨，这个八路官长了不得，是个火眼金睛，可不是好糊弄的。真人面前不能说瞎话，说了就露馅。

见梁大牙不吭气，八路官长又说："蓼城也被日本人打下来了。昨晚半夜我们配合刘团长的部队打了一阵，没能挡住，刘团长他们就撤退了。我们奉命留下游击几天。"又问："刘汉英的部队也是往西走的，分成好几拨呢，你们一拨也没遇见？"

梁大牙嘴里应答说没遇见，心里却懊悔不已——他娘的，昨晚分明是遇上了，却以为是姚葫芦的人马，要找的队伍肩碰着肩，偏偏让自己给误了。转个念头，又犯疑惑——敢情这位八路官长跟刘汉英不是仇人么？听他口气，昨晚他们还联手打仗呢。

像是看透了梁大牙的心思，八路官长笑了笑，说："梁先生恐怕还不晓得，刘汉英虽然同我们闹过摩擦，但那是咱们中国人自己的事。如今日本侵略者打进来了，我们就结成了民族抗日的统一战线，不论是国民党的军队还是共产党的军队，就成了弟兄，齐心协力跟日本人打。你看，张主任就是昨夜在蓼城挂的彩。我看二位也是无家可归，梁先生又是一个深明大义的壮士，如果愿意参加八路军，我们十分欢迎。"

梁大牙现在对"梁先生"这个称呼已经感到习惯了，并且觉得很受用，觉得八路官长待人很有礼节，把人心里弄得怪舒服的，因此问道："你们有多少条枪？"

八路官长的眼皮跳了一下，和那个叫张主任的人对视一眼，说："我们全支队眼下只有三百多条枪。不过，我们计划下半年搞到一千条枪。"

梁大牙又问："你们有多少人？"

八路官长还没有说话，一直默默观察他们的张主任悠悠地开腔了，不冷不热地说："怎么，梁先生看不起啊？实话说了吧，我们眼下人是不多，可是全中国抗日同胞都是我们的人。梁先生掰着手指算一算有多少？四万万五千万啊。"

一直没有吭气的朱一刀这时候冷不丁横着插进来一杠子，愣头愣脑地问："有军饷么？"

八路官长说："我们游击支队的军饷是由日本人发的。能发多少，那就要看仗打得怎么样了。自然啰，当八路是发不了财的，但是，当八路做的事，要比发财要紧得多。"

梁大牙不满地横了朱一刀一眼，问道："朱一刀，你说说看，这个八路咱当还是不当？"

朱一刀愁着脸想了一会儿才说："大牙哥，我听你的。"

朱一刀正在说着话的时候，门外暗了一下。

梁大牙抬起头来，往门边瞟了一眼，看见进来的是两个青年女子，其中的一个穿着灰布制服，跟八路官长穿的制服一个样子，但帽子不是坑坑洼洼的八角帽，样子跟国军的帽子有点像，上面缀有青天白日帽徽，腰里还扎着一根宽宽的牛皮带，精神气儿很足。

这一瞬间，梁大牙就有了一个新奇的发现——同样是灰色的粗布制服，穿在那位青年女子的身上，就要比穿在八路官长和那个张主任的身上要好看得多。这个八路官长脸黄不说，也太瘦了一点。那个张主任像个书生，穿上灰不溜秋的粗布制服，肥大且臃肿，更是显得松松垮垮的。可是人家女八路就不一样了，制服穿得得体，小皮带把腰一束，身段子苗苗条条的，小脸蛋儿白里透红，让人看着心里舒坦。

这么一比较，一个临时性的念头就在梁大牙的脑子里出现了，于是转过脸去，对八路官长说：“也好，这个八路咱就先当着试试。”

八路官长说：“那太好了，我们欢迎。”

梁大牙说：“不过咱把话讲在前面，当八路打鬼子咱没二话说，砍他个龟孙咱不带眨眼的。可是我听说你们红军八路军的队伍管人管得死，咱可是自在惯了，不稀罕让人在头上安个紧箍咒，要是弄得咱不自在，咱小腿一蹽就跑他娘的。你说行么？”

显然，这个问题八路官长是没有思想准备的。八路官长的眉头皱了皱，又转过脸去看了看张主任，张主任的脸上却没有表情，无所谓的样子。八路官长说：“打鬼子抗日是第一要紧的，别的事情往后再说。”

梁大牙又问：“你们这里有没有一个叫杨庭辉的人？”

八路官长淡淡一笑说：“本人就是杨庭辉。”

梁大牙吃了一惊，倏然后退一步，很认真很全面地从上到下看了杨庭辉几眼，嘴里嘟嘟囔囔：“我的个天，你就是杨司令啊？人家都说杨司令有三头六臂，是个飞檐走壁刀枪不入的人物，跺一跺脚，半个凹凸山都是抖的，你真有那么大的本事么？照我看来，你就像个教书先生呢，未尝有那么神吧？”

除了那个一直板着脸的张主任，满屋子的人都笑了。新进来的两个青年女八路笑得把嘴都捂上了。杨庭辉也是满面红光，走过来拍拍梁大牙的肩膀，说：“那些都是人家瞎传的，吓唬日本鬼子的，越传越玄乎。别说刀枪不入了，个对个，我连你也打不过。像你这样学过武功的，在我们的队伍里，是可以大显身手的。”

一句话挠到了梁大牙的痒处，梁大牙得意地向四周瞟了一圈，看见两个青年女八路冲着他笑得尤其灿烂，心里顿时一热，一句话便冲口而出：“那好，他娘的这个八路咱就当上了。”说完，站起身，出其不意地把杨庭辉头上的八角帽摘了下来，扣在自己的头上，戴了一下，不合适，又摘下那个青年女八路头上的军帽，这下觉得合适了，便把杨庭辉的那顶军帽捂在朱一刀的头上，大大咧咧地说："不过呢，咱还是先当着试试，合适了咱就当到底，不合适了再说。"

三

对于当八路，梁大牙最初的想法是当着试试，而且还是看在那个青年女八路的面子上，可是一试就试上了瘾。参加八路后的第一仗，别的新八路大都吓得哆嗦，梁大牙却跟着那些老八路抡着大刀片子往上冲。他觉得杀日本鬼子跟揍地痞无赖二混子没啥太大的区别，杀人这个活计没多少大学问。

十多天后，游击支队里又陆续来了百十个跑反的难民，杨庭辉挑了二十几个凹凸山乡亲交给梁大牙，让他当上了小队长。

自然是如鱼得水。

但梁大牙人粗心不粗，当了一阵子八路，就看出一些蹊跷了，在八路的队伍里，并不是所有的人都像杨司令那样对他客气和重用，譬如在榆林寨见到过的那位挂了彩的张主任张普景，对他总是不咸不淡的，不像杨司令那样先前称呼他梁先生，也不像杨司令那样后来称呼他梁大牙同志，张普景就叫他梁大牙，有一次还板着脸把他训了一顿。

那次是因为梁大牙命令本小队的一名弟兄把新鞋子换给他。那个弟兄不干，梁大牙就骂骂咧咧，说反了你狗日的，本队长穿的是旧鞋，你配穿新鞋吗？两个人于是吵将起来，梁大牙还差点儿动了手。

这事恰巧被张主任看见了，就训梁大牙，说梁大牙你已经是八路军的小队长了，不能搞军阀作风，欺压士兵。

梁大牙对这个张主任早就看不顺眼，总琢磨这狗日的对自己不阴不阳的，便没好气地说："我是小队长，大小是个官儿。我穿旧鞋，他就不能穿新鞋。我就搞欺压士兵，你咬我的蛋。"

张普景的脸当时就气白了，指着梁大牙的手哆哆嗦嗦直抖，说："岂……岂岂岂有此理，梁大牙你哪里像个八路军啊，简直是个土匪！"

梁大牙的心眼儿多得的确是个地方，张普景委实很不欣赏他。还不仅是不欣赏他梁大牙，这个游击支队里的很多人张普景都不欣赏。这其中的背景，梁大牙自然不摸底细。

这就要说一说凹凸山根据地的历史了。

杨庭辉原先是江西红军一个团的政委，四年前在红军大迁徙的途中被派到江淮之间开辟根据地，刚到凹凸山的时候，别说队伍，整个凹凸山区民众中只有三个人知道这个世界上有个共产党，除了杨庭辉和他带来的姜家湖等三名干部，能够跟他们一起闹革命的只有洛安州里一个搞地下工作的教书先生王兰田。

队伍是杨庭辉拉起来的，原先叫红军凹凸山游击支队，归某某方面军领导，抗战爆发之后才改成八路军凹凸山游击支队，划归江淮军区管辖。

江淮军区是鄂豫皖红军转移到川陕时留下的部分部队组建的，过去同凹凸山根据地接受的指挥系统不同，为了加强和控制这支武装，军区和党的江淮分局派遣张普景、窦玉泉、江古碑和李文彬、朱疆等人到凹凸山，这个安排多少有些改组的意思，杨庭辉心里自然明白，便专程到江淮军区和分局汇报了想法，说自己这几年主要精力都用在建立武装上，远离组织，学习上有些跟不上形势。现在面临新的任务，恐怕难以适应，要求到陕北抗大学习，把队伍交给窦玉泉和张普景二同志，把特委的工作交给江古碑和李文彬二同志。

杨庭辉表了这样一个态，江淮军区和分局反而有些歉疚，一时竟难以决断。

恰好此时东条山战役结束，在此役配合国民党军武培梅部作战的程度旅长和李志坚政委率主力部队进驻江淮，程度担任江淮军区司令员，李志坚政委兼任江淮分局书记，而程度和李志坚都是红军时期杨庭辉的老上级，在对待凹凸山的问题上，李志坚很慎重，说："杨庭辉这个同志我了解，是经过严酷考验过来的同志，有勇有谋。凹凸山这几年形势发展得很好，呈上升趋势。在这样的情况下，那里的组织没有必要进行大的调整，新去的同志都有文化，可以用起来，但还是要杨庭辉同志扛大梁，他有威信，能够服众，便于开展工作。"

如此一来，张普景的政委就没有当上，只当了支队的政治部主任。杨庭辉仍然身兼支队司令员、政治委员、凹凸山特委书记三职。原凹凸山根据地和苏区的联络员、洛安州地下工作负责人王兰田回到支队担任副政委，实际上履行政治委员的职责，而在当时，政治委员是有最后决定权的。这些年来，杨庭辉在明处，王兰田在暗处，两个人也可以说是老搭档了，让王兰田以副政委的身份行使政治委员的权力，杨庭辉是比较放心的。

四

平心而论，没能按部就班地当上政委，张普景并没有什么牢骚，这是在战争的环境里，即使是高官，也绝不可能有厚禄，这是把脑袋掖在裤腰带上的事业，要当官享福，他就不来参加革命了。他的平民生活经历使他有理由相信他就是无产阶级，他对于革命的向往使他有理由认为他会成为无产阶级革命先进的一员。他能够读书读到中学，得益于武汉铁路工人劳工总会，他的父亲就是工人大罢工的领袖，是在敌人的枪口下牺牲的，他张普景是武汉铁路工人用自己的血汗钱抚养长大的。革命，在他的少年时期就是跳动在他血脉里的火苗，他既然是为革命而生，也必将为革命而死。他是满怀着一腔革命的热血参加了红军从而投身了革命，并被江淮军区和江淮分局作为纯粹的布尔什维克分子派到凹凸山的。可是，来到这里之后不久他就发现，这里的情况并不像他理想的那样，这里的革命方式有问题。部队也不像他想象得那样纯洁，前些日子配合刘汉英的队伍撤退，他带了一个中队守黄门集，仗还没打完，战士们就去商行扛东西，他差点儿没开枪毙人。显然，这支部队的纪律存在着很严重的问题。

打从见到梁大牙那天起，张普景就没有把他看成是一个同志。在张普景的心目中，像梁大牙这样的人，就算他参加八路了，他也是一个投机分子。梁大牙知道什么叫信仰吗？他有革命的理想吗？风马牛不相及嘛。在榆林寨初见梁大牙的时候，这个人的丑恶表演给张普景留下了极其恶劣的印象，那简直就是个泼皮无赖，让这样的人来革命，那革命成了什么了？

梁大牙的“换鞋事件”发生之后，张普景很不客气地向杨庭辉提出了批评，说：“那个梁大牙实在不像话，一个野汉子，没有纪律观念，没有阶级觉悟，这样的人跟鬼子打仗敢拼命，跟自己人也敢拼命，是个老虎屁股摸不得的角色，我们的队伍不能要这样的害群之马。”

杨庭辉却不以为然，说：“他刚刚加入队伍嘛，一个人的进步是有过程的。”

张普景说：“有问题就迁就，那我们的组织还有什么力量可言？老杨我实话跟你讲，我发现我们的队伍纪律很松弛，梁大牙是个典型的例子，这些人不改造好，对革命是有害的。”

杨庭辉说：“现在的主要任务不是改造梁大牙他们，而是抗日。

培养人的工作是一个长期的工作,老张你不要急,还是得发挥他们的长处,慢慢来。”

尽管政治部目前只有四个人,但张普景作为主任,还是不屈不挠地坚持要给干部们上政治课,要宣讲《共产党宣言》,要让干部们明白革命的性质、纲领和目标,要让他们懂得,只有解放全人类,才能最后解放自己,要让他们树立共产主义的远大理想,要杜绝诸如强迫战士换鞋子之类的行为。

杨庭辉对张普景的工作并非不支持,但杨庭辉说:“老张你别忘记了,国民党叫我们是土八路,我们就是土八路。《共产党宣言》要讲,要长期讲,要永远讲。但是,还有一些小道理也要讲,讲了就管用。怎么树立共产主义信仰?这些人都是种田的,你告诉他,到了共产主义,他就有田种了,不用租别人的田了,他就明白了。日本人到中国来,掠夺我们的财富,杀害我们的兄弟,糟蹋我们的姐妹,这些实际的东西要多讲。培养信仰要靠长期工作,但激发仇恨很快就能见效。共同的利益可以使我们的部队团结一致,共同的仇恨也可以使我们的部队团结一致。团结一致就是战斗力。”

张普景细细分析杨庭辉的话,虽然说得天衣无缝,但其实是告诉他,少讲理论,多讲实际,少谈主义信仰,多讲利害关系。张普景对杨庭辉的观点很不满意,说:“那么,通过这样的方式培养出来的觉悟是什么呢?把个人利益同信仰混为一体,甚至用低级的个人需要取代对崇高理想的追求,这是实用主义,甚至是机会主义。”

杨庭辉说:“凹凸山的革命还在低级阶段,我们应该有的放矢。你现在就跟梁大牙他们讲这个信仰那个主义,他听不明白,听不明白就不买你的账。你想让大家一夜之间就成为有思想有理想有信仰的革命者,那是不可能的。革命的路很长,革命的思想只能一点一滴地灌输。不认识这个道理,就要走弯路。”

杨庭辉有这样的态度,张普景就有些灰心。是啊,跟梁大牙之流去谈什么理想信仰之类的东西,不就是对驴弹琴吗?看来只能这样了,凹凸山的革命也只好按这些土包子能够接受或者能够施展的方式进行了。

第 三 章

一

就在梁大牙和朱一刀在凹凸山南接受张普景“革命信仰”教育的时候，陈墨涵和韩秋云却进入到另外一个天地。

那天在庄子岭分手之后，韩秋云和陈墨涵一路辗转，等他们饥肠辘辘地赶到三岔渡口时，已是天色刚刚见亮的时分，这才发现渡口的桥板已经被拆掉了。

三岔渡口在二道河和漫流河的汇合处，也是河东河西河北三个方向往蓝桥埠赶集的必经之地。往日的这个时辰，河西岸总是挤满了人，有抱鹅挑菜的，有扛竹席子的，也有大姑娘小媳妇挎一篮鸡蛋到镇上卖了买盐扯花布的。五尺宽的木板桥不够用，往往还要加上王老三的渡船来回摆渡。可是眼下，这里却空空荡荡，只有一层薄薄的氤氲在河面上飘动。陈墨涵望着宽阔的河面，顿时感伤不已。一夜之间，物是人非，真是恍若梦幻俨然隔世了。

没有了桥，也没有了船，二人上天无路，入地无门。正在望河兴叹，只见几只船顺流而下，船上的人见岸上站着一男一女两个少年，便把船靠了过来。船上载的，是一些穿着黄衣裳的兵，起先看不真切，待看清楚了，陈墨涵的脸色就变白了——天啦，这是国民党的队伍。

“快跑——！”陈墨涵一把扯过韩秋云，撒腿就往河湾里跑。岂料在此紧要关头，韩秋云却筛了糠，两条腿好像是赘上了湿柴捆，死沉死沉地拖不动。

“站住，不要跑！再跑就开枪了！”

船上的人跳上岸来，一边追赶一边喊叫，还噼里啪啦地拉枪栓。韩秋云被陈墨涵拽得趺趺撞撞，脚下绊了一块石坎，嘴里惨叫一声娘，一头栽进河边的芦苇丛里。

黄军装们围了上来，其中有一个腰里别着手枪的军官，厉声问道：“你们是什么人？”

陈墨涵这当口心里也是噗噗乱跳，竭力保持表面镇静，打起精神回答：“东洋鬼子打进了蓝桥埠，我们两个是跑反的。”

“跑——反？”军官模样的人似乎不大相信，说，“蓝桥埠昨天都烧了，你们该往河东走，怎么走到这里啦？再往前走就是梅岭了，你们知道吗？”

陈墨涵见这几个官兵虽然严厉，但是还没有开枪的意思，稍微放了心，想了想，还是实话实说了吧。

“我们就是要去梅岭。”

军官有些意外，问道：“梅岭住的是八路军的游击队，你们知道么？”

陈墨涵坦然回答：“我的国文先生王兰田也在那里，我就是去找王先生的。”

正在说话之间，河中心的船上有人喊话：“张营长，团座让你把人带过来。”

军官模样的人一挥手，几个荷枪的士兵便拥过来，推推搡搡地押着陈墨涵和韩秋云上了一条大船。

工夫不大，一个士兵从船舱里钻出来，挑开了布帘，随后跟出来一个高挑个儿军官。军官戴大檐帽，穿毛料军服，约莫有三十多岁年纪，方正脸，鼻梁上架着一副金丝边眼镜，手上还戴着一副雪白的手套。

迈出舱门后,这位军官就不走了,一只手拇指卡在腰间的宽牛皮带上,另一只手五指并拢举在胸前,稍微分开两腿,很稳地站在不断摇晃的船板上,目光平平地上下移动,冷冰冰地看着陈墨涵和韩秋云。

这个军官的做派把陈墨涵镇住了。好家伙,真是一派将者风范啊。其实陈墨涵也知道,凹凸山国民党军队最大的官儿就是上校团长刘汉英,想必就是眼前这位了。

陈墨涵猜对了,此人正是刘汉英。那位张营长上去报告:“团座,他们说是从蓝桥埠跑反出来的,要去梅岭。”

刘汉英“唔”了一声,把两个人从头到脚看了一遍,冷冷地问道:“你们是要到梅岭去吗?”

陈墨涵的两条腿不由自主地站直了,老老实实地回答:“是的,长官。”

“梅岭有你们熟悉的人吗?”刘汉英又问,声音更冷了。

陈墨涵揣摸不透这位团长大人是个什么意思,只得如实回答:“我的国文先生王兰田在梅岭,我们有约在先。”

刘汉英取下手套,在手背上漫不经心地敲打了一会儿,又看了看陈墨涵和韩秋云,扭头对张营长吩咐:“拉远点——毙了。”

陈墨涵这一惊非同小可。两个大活人,一没偷二没抢,怎么说毙了就毙了呢?到梅岭投奔八路,也是参加抗日么,不分青红皂白就毙了,不是草菅人命么?再转过脸去看韩秋云,早已经吓得脸色如土筛糠成团了。

尽管自己一条魂魄也已经吓飞了一大半,但是陈墨涵觉得在此生死关头不能坍下读书人的脊梁,于是提一股虚劲,斗起胆子说:“且——慢。敢问长官,我们犯了何罪?”

刘汉英说完话,本来已经准备进舱门了,听见陈墨涵的质问,转过身来,一只脚站在门里,一只脚站在门外,有点诧异地看了陈墨涵一眼,说:“噫——你好像还有点胆量?”

陈墨涵琢磨,事到如今反正是豁出去了,便挺了挺腰杆,一脸正气地说:“我们从军抗战无罪,毫无被杀道理。刘团长乃抗日军官,滥杀无辜必陷于不义,愧对国人的将是刘团长。我们虽死不耻,有何惧哉!”

刘汉英一怔,耸耸鼻子,像是在嗅着什么东西,随即笑了起来:“好一个伶牙俐齿的小秀才,不是庸才,看来是喝过红墨水的。可是……我怎么才能相信你们不是日军的奸细呢?”

陈墨涵不卑不亢地反问道:“长官又有什么依据说我们是日军的奸细呢?”

刘汉英的眉头跳了跳,揪着手套擦了几下手,又看了看身边的几位军官,问道:“你们说呢,毙——还是不毙?”

这时候站出来一个独眼军官,挺了挺身板说:“团座,国难当头,眼下正是用人之际,把这个秀才交给我吧。”

刘汉英沉吟片刻,挥了挥手说:“也好,让他到补充营里当一名学兵。但是,得严加防范,这个人的脑子里有点共产党的味道,一旦发现有不轨行为,就地枪毙。”

说完,又扭头对旁边一名身着戎装的女军官说:“既然不杀,那就都不杀,这个小女子交给你了,在战地服务队加一个名额。”

二

五天以后,刘汉英的七百人马在凹凸山北侧的舒霍埠汇齐了。有从水路来的,也有从山路来的,还有几十号人已经被日军俘虏了,就在拉出去活埋的路上,被杨庭辉的部队打了伏击,这几十号人也逃了回来。

舒霍埠是洛安州西南重镇,四周峰峦叠错,山谷溪流交汇,原始森林遍布,多年积累的树叶沤烂成泥,形同沼泽,阴森森几乎与外界隔绝,的确是一块可供残兵败将休生养息的天然妙地。长官部对刘汉英特别交代,日军自中国军队发起平型关战役以来,报复心切,其焰正炽。长官部要刘汉英注意保存实力,避敌锋芒,暂不出战。八路军捅的马蜂窝,让八路军去对付好了。国军宜在凹凸山站稳脚跟,扩大队伍。刘汉英的顶头上司师长方阜阳甚至断言,只要在凹凸山上有了三千队伍,日军没有上万兵力,断然不敢贸然进犯,向前推进也只能绕道而行。

这时候,刘汉英就不再是国军第二四六团团长了,在舒霍埠安稳营盘之后,他就一跃而成了国民革命军凹凸山抗日独立旅少将旅长兼凹凸山特别行政公署专员。刘汉英派出十几路人马,到周围十数个县境收罗散兵游勇,并且联络各县原政府公务人员,建立区乡保甲,抽丁征税。不到一个月,又补充了二千兵员,并在舒霍埠紫云观东边盖了一所速成学校。为了体现重视教育,刘汉英自兼校长,从凹凸山区近百个集镇选拔优秀男女少年前来就读,免费提供膳宿。这自然是羊毛出在羊身上,向老百姓多征点捐税也就什么都有了。

从舒霍埠往西三十里,有一个乌龙集,从地形上看,是舒霍埠地区西部边缘。乌龙集南头有几幢灰墙灰瓦的大房子,原先是一个大户人家的祠堂,因为惧怕日军逼近,族长倚仗有钱,早已逃往西南。族人也少了许多规矩,祠堂基本闲着不用,刘汉英手下独眼军官的七十九大队便驻扎在这里。

几天之后,陈墨涵从老兵的嘴里知道,这个七十九大队原先并不是刘汉英的部队,而是前不久在东条山事变中被蒋文肇的部队击溃后收编过来的,本来是一个团的建制,团长就是那个救他一命的独眼军官石云彪。副团长名叫莫干山,是东条山事变主将、原第七十九军军长武培梅的贴身警卫。

在所谓的东条山事变中，由于蒋文肇等部队的大举围剿，武培梅和七十多名高级将领战死，一万多部队溃同流沙。石云彪和莫干山等人为了顾全抗日大局和一千多名弟兄的身家性命，最后放下了武器，由蒋文肇指令手下师长方阜阳负责整肃。后来因为日军向华东后方进逼，战事吃紧，方阜阳才把石云彪残部编入刘汉英团，降格为大队，石云彪降级当了大队长，莫干山当了副大队长。其余赵无妨、李三元、潘众兴等几个营长均降为中队长。

对于七十九大队以上经历和石云彪、莫干山等人同蒋文肇、方阜阳和刘汉英等人的恩恩怨怨，新入戎马的陈墨涵自然不甚了了，他没有从石云彪等人的表情上看出半点蛛丝马迹和丝毫的不满和委屈。他们的脸色都是铁板一块，对他们的经历讳莫如深。陈墨涵从他们那里所领教的是对肉体和意志极尽鞭挞的训练。

这是晌午。太阳如同一团正在燃烧的火球，无情地烤灼着山峦，无数尖利烫热的钢针穿透了没有云层的三伏天空，无遮无拦地扎进了学兵陈墨涵的肌肤，又将皮肤深处的水分一点一点地挤出来，堆积在毛孔的周围。大颗大颗的汗珠落在眼前的红沙地上。

身置此境，一向鄙视粗鲁而极其珍惜面子的陈墨涵也难保读书人的礼教了，常常在心里恨恨地骂娘。他娘的实在不是个滋味，真正是斯文扫地。

大队长过来了。

独眼大队长一步一顿，步伐沉稳有力，咄咄逼人。厚重的皮鞋在地面上踩出隆隆的声响，透过地皮，从一个地方渗到另一个地方，又从脚心传到陈墨涵的心肺处。

陈墨涵惧怕这节奏分明一声重过一声的脚步，他尤其厌恶跟在大队长身后的那条短腿的白毛狼狗。那狗吐着猩红的舌头，显然也是被炎热烤灼得心烦意乱，一双圆乎乎的小眼睛贼溜溜地东张西望，不时低下头，鼻子贴着地嗅来嗅去，呼哧呼哧直喘粗气。

狗的毛躁好动同大队长的威严板正形成了鲜明的对比。即使是骄阳似火的三伏天，独眼大队长也是一身厚厚的军装，风纪扣一丝不苟，脚蹬一双货真价实的马靴，站在那儿，任凭汗水湿透全身，也定然纹丝不动。只要操练场上还有一个兵，大队长就不会离开操练场。

陈墨涵听老兵们说，大队长石云彪是北方人，出身军人世家，曾就读于磁县讲武堂，后来又就读于保定陆军学校，少年时自以为是军中骄子，必定能够成为栋梁之材，故骄矜自负，诸多同僚在他眼里如同草木。此公与人相处不苟言笑，笃奉守时、守信和苦读之军校精神，崇尚孔明之智，云长之忠，子龙之勇，翼德之猛，每战必定督部勇猛拼杀。前几年全面抗战还没有开始，日本先遣特务机关派出浪人潜入华北腹地制造事端，一个浪人团伙跟七十九军的一个营打起来了，石云彪时任连长，因防御阵地被敌突破，率残部同倭寇展开白刃格斗，左眼被倭寇的刀尖扎破，战后在医院里摘了眼珠子。

没有了左眼，剩下的那只右眼便格外精明，寒亮的眼珠子往往在几丈开外就能洞悉学兵陈墨涵的小把戏——譬如那双在肥大的军裤筒里稍微打弯的膝盖。

同独眼大队长一样令人望而生畏的，还有那只幽灵一般跟在石云彪身后的白狗。本来，有一个阴冷深沉的独眼大队长，就已经让学兵们心惊肉跳了，那只独眼防不胜防，再加上两只狗眼，学兵们绝对不敢半分偷懒了。那只狗像是受过专门的训练，既能揣摩主人的喜怒，也能窥伺学兵们的隐私，谁要是在训练中偷奸耍滑，或者是在向右转向后转转错了方向，或者是在开步走中走错了步子，它就会嗷的一声大叫，然后猛扑过去。

当真是狗仗人势。它并不咬人，它只是冲着你呜哇乱叫，你越是担心,它就越是叫得凶,直到石云彪把他的那只独眼调整过来,盯住了你的那只犯了错误的腿脚,它才会悻悻住嘴,得意地摇摇尾巴,蹭蹭主人的腿,一副得意洋洋邀功讨赏的样子。

往下的结果就可想而知了。

有几个学兵曾经暗中发狠,要把这只可恶的狗弄到锅里去,但是,阴谋尚未实施便自动流产了——没有谁当真敢去翻独眼大队长的眼皮子。

这条狗不是一般的狗,它是很有来历的。知情的老兵说,它原来是七十九军军长武培梅夫人的宠物,在东条山事变中,武培梅将军曾经将一封密信绑在它的脖子上,它于枪林弹雨之中冲出重重包围,将密信送到舒独山,经由石云彪之手,呈交七十九军的创始人之一陈上将,从而为保存七十九军残部立下了汗马功劳。至于这只狗是怎样回到七十九大队,并且成为石云彪主要助手之一的,就没有人能够说得清楚了。显然,这只狗是七十九军的重要功臣之一。武培梅将军既然身亡,那么它就将作为一个象征留在石云彪的身边。从某种意义上讲,它就是一段历史,一个魂灵,一种不屈的精神。

有着这样不凡历史的狗,谁敢下手?

在陈墨涵的印象中,石云彪的脸色永远是阴沉的,这张阴沉的脸也似乎永远晃动在七十九大队的训练场上。而唯有操课间隙,石云彪与狗独处时,那张阴沉的脸才会稍微放松,掠过一丝温情。那一短暂时刻的大队长,仿佛是一个疲惫的老人,会伸出坚硬的手臂怜爱地抚摸身边的狗。狗呢,此时也是极其乖顺,静卧在侧,歪起脑袋,目光里充溢着甜蜜的满足。

每当这个时候,陈墨涵又会蓦然心颤。他隐隐约约地觉得,那个貌似凶狠的大队长其实很可怜,甚至包括那只经常穷凶极恶的狗。

三

现在,陈墨涵面对的又是一张阴沉的脸。

石云彪一步一踱,慢腾腾地走到陈墨涵面前,低头打量他的双脚,再往上移动目光。陈墨涵感到有一只冰凉的大手滑过脚面,刮过脚踝,然后,在他的大腿和小腿之间的那块地方,石云彪的独眼定格了。

白狗也在一旁虎视眈眈。

陈墨涵打了一个寒噤,他看见了石云彪那张刀刻一般冷峻的脸庞在烈日下曝出了一层紫铜色的油光,腮上的肌肉像是被人扯着,一上一下地抖动。

凭前几次经验,陈墨涵估计大队长要亲自下手。大队长的手面不大,而且瘦骨陡峭。他第一次把手掌砍进陈墨涵两腿之间的时候,陈墨涵差点叫了起来,他感到是一根铁棒正在敲击他的膝内侧骨,他甚至听见了金属撞击骨头的声音。

但是石云彪这一次没有用手掌砍他的腿缝,那只独眼从下而上升起来,落在陈墨涵的脸上,悠悠地晃了一圈,突然振作精神,喊了一声:“学兵——陈墨涵!”

“有——!”陈墨涵猛一抖擞,全身肌肉唰地绷紧,一道响亮的膛音冲口而出。

那只颇通人性的白狗此时也是四肢并直,目光平视,保持了立正姿势。

“学兵陈——墨——涵!”石云彪目光如炬,直逼陈墨涵微红的脸庞,提声又喊。

“有——!”陈墨涵运足丹田之气,骤然迸发。

…………

石云彪调整了音量,保持在一个不高不低的水准上,一声接着一声,一声硬过一声,一声声铿锵苍劲如同一把把铁锤,锻打着陈墨涵的神经。

陈墨涵保持立正姿势,中指贴于裤缝,随着一波接着一波滚过来的浪潮,在一声高过一声的膛音发出之后,他觉得自己的体内忽然注进了一种奇异的东西,膨胀了他的血管,一股前所未有的力量渗透肌肉抚过骨骼凝于指尖。他从来没有料到自己竟然能够发出这样山呼海啸般的吼声,他从来不曾知道自己的体内竟然蕴藏着这样雄浑黏稠的血液。这一切又似乎很简单,仅仅是石云彪的几声喊,就把自己的丈夫气概唤了出来。就在这物我两忘的喊声中,陈墨涵差点流泪了,突如其来的泪水就在胸腔里奔腾。

石云彪不失时机地驱散了陈墨涵的书卷气,冷冷地说:“学兵陈墨涵回答,《步兵操典》第二节。”

“是——!”陈墨涵回应一声,恢复情绪,放松了肌肉,紧张了思维,目光平行,注视着石云彪,然后铿锵背诵——“二为站。军人之站如松,收腹提肌,紧胯直臂,目不斜视。乱石崩于前不惊,雷霆震于后不乱。敛气于丹田,凝神于苍穹,立地顶天……”

…………

骤然降临的断裂声打断了陈墨涵的背诵。石云彪的大刀是从陈墨涵头顶上飞过的,在他身后四五步远的地方,击中了祠堂灰色砖墙下的榆树,碗口粗的树干顿时断为两截。

猝然受此一惊,陈墨涵本能地闭上眼睛。再睁开眼睛时,他便看见石云彪正在冷笑。石云彪冷笑着问道:“陈墨涵,你数一数,这个地方有几只眼睛?”

陈墨涵蒙了,差点冲口而出说是三只,但是话到嘴边又咕咚一声咽了下去。他搞不明白大队长是个什么意思,无论是说三只,还是说四只,他都觉得不合适。

“说——话!”石云彪咬牙切齿地低吼一声。

“说真话还是说假话?”陈墨涵觉得石云彪逼人太甚,逼得他没有退路了,索性硬起头皮反问了一句。

“当然是真话。”石云彪说。

陈墨涵挺了挺腰杆,这回不含糊了,郑重回答:“报告大队长,这里有三只眼睛。”

“什——么?”石云彪的脸色更阴沉了,眯起眼睛说,“仔细再数一遍。”

陈墨涵明确地再次回答:“报告大队长,仔细再数一遍,还是三只。”

石云彪从鼻子里哼出一声:“有眼无珠啊……我是说我,也是说你。我告诉你,这里有五只眼睛,其中有三只人眼,两只狗眼。你看着这条狗,它的名字叫雪无痕,它是我们七十九大队的一条好汉。就是刚才,在我拔刀出鞘的时候,它保持了应有的镇静。你给我看着它,看见了没有? 它在立正,它正在看着你,它在冷笑,它——看不起你。”

一股热血哗哗涌上。陈墨涵恼怒地扫了雪无痕一眼。这个阴阳怪气的畜牲,眼睛一动不动地盯着他,仿佛当真有些蔑视的意思。陈墨涵在心里又涌上一层仇恨和屈辱。他娘的大队长居然把他和狗放在一个等级相提并论。更让他不能接受的是,大队长的话显然是在说,他陈墨涵还不如一条狗。

此刻,陈墨涵是多么怀念他的国文先生王兰田啊。他曾经在操练的短暂小憩中无数次地想到过凹凸山的那一边。他现在已经知道了,梁大牙和朱一刀都没有投成国军,却都当上了八路。事实的结果同他们的初衷恰好背道而驰。

时也? 命也?

自从阴差阳错落入国军队伍之后,陈墨涵就曾经认真地盘算过，只要有机会，他就要离开这里，他还是要去寻找王先生，投奔八路军。且不说他对国民党军队的复杂政治不感兴趣，单凭独眼大队长强加给他的屈辱他就受不了。

然而，石云彪却不容他多想，又在夹起屁股沟子大喊——

“学兵——陈墨涵——！”

“有——！”尽管已是满腔仇恨，但在号令之下，他还是振作了精神。

“你要记住，军旅之事，胆气为先；壮胆之道，技艺为先。技湛则胆壮——也就是常言说的艺高人胆大。胆壮则兵强。你如今身为抗日军人，军人要有一股豪气，既然报国，生死自然置之度外，大丈夫生当人杰，死做鬼雄。有此胆气，练兵习武概无畏惧。砍头只作风吹帽，世上岂有可怕之事？这样的军人，才是真的军人。你明白么？”

“明白！”陈墨涵收腹挺胸，朗声回答。

…………

陈墨涵正在酝酿慷慨之气，冷不防又是一柄大刀从头顶飞过。陈墨涵的眼皮哆嗦了几下，但他咬紧牙关，把它们又强撑起来。

咔——嚓——！

这回是断续的两声，身后隆重倒下的树冠夹带一股热风扑向陈墨涵的后背，刮得耳膜一阵胀痛。陈墨涵腮上的肌肉动了动，身体却保持住了立正姿势。

石云彪收回大刀，一步一踱地走了过来，先伸出一只手揪住了陈墨涵的下巴颏，搓了几下。再伸出另一只手，两只手一起搭在陈墨涵的肩上，猛然使劲往下一按。

陈墨涵趔趄一下，但是很快便站稳了，两眼冷静地注视着石云彪。

“学兵陈墨涵，我且问你，你一介书生，出身富庶人家，当此兵荒马乱之年，为何不随父兄远迁他方太平之地，反而来此从军承受皮肉之苦乃至血光之灾。你，真的是要抛家报国了吗？”

陈墨涵略微思忖，旋即答道：“报告长官，古人尚知先天下之忧而忧，后天下之乐而乐。覆巢之下无完卵。国破何以谈家，家破命何足惜？墨涵自幼受华夏千年文明熏陶，值此国难当头，岂可苟且偷生？如今焦土抗战，老幼巾帼皆奋起杀敌，墨涵乃六尺男儿，甘洒一腔热血于报国疆场，马革裹尸，死而无憾。”

“唔，说得好。”石云彪看了陈墨涵一眼，点点头，突然高喊一声，“赵中队长！”

不远处的中队长赵无妨应声而来。

“赵无妨，摔他一百次。能挺住，他就是你们中队的一排长了。新兵老兵，有不服者，一律捆送大队部交给莫副大队长处置。”

石云彪言毕，转过身子，头也不回，扬长而去。身后的白狗雪无痕略一愣神，也跳起来，跟着石云彪，绕前绕后地跑了。

四

韩秋云比陈墨涵吃的皮肉之苦少，但却是另外一种难受。

全面抗战爆发后，长官部深谋远虑，刘汉英团奉命略战即退，并且在凹凸山扯起了抗日独立旅的旗帜。此时日军主力南下，只留少数兵力占据城镇，自卫尚感兵力不足，“扫荡”更是力不从心。加之凹凸山麓麇集一群土洋混杂的抗日部队，八路军杨庭辉支队又不断出击，今天打曹庙，明天炸顾店，东一榔头，西一棒子，打得“太君”魂不守舍，实在是无暇顾及暂栖一隅的刘汉英了。

刘汉英毕竟是从黄埔军校挺拔出来的国军军官，虽然挂着个凹凸山特别行政公署专员的虚名，但值此江山板荡的多事之秋，专员公署不过是个业余衙门，刘汉英满脑子装的还是防务问题。跟日本人打了几仗，吃了一些亏，心有余悸，每每想起来，还有点风声鹤唳的味道。他一方面筹集建立各种军事组织，一方面遍勘凹凸山北麓各个关隘要塞，布阵谋局，构筑工事，坚固防御阵地。

在刘汉英逐步完善的组织体系中，还有一支特殊的队伍，即“战地女子服务队”——被刘汉英赦免后，韩秋云便在战地女子服务队里当上了一名队员。

战地女子服务队自然不像七十九大队那样训练严酷，尤其是没有独眼石云彪之类的冷面人物。该队官员只设女队长一名，叫高秋江，中原彰德府人氏，二十来岁年纪，是受过正规训练的国军军官。同国军男性军官相比，高秋江一身装束更见标致——戴船形军帽，穿绛黄色军装，扎牛皮腰带，腰间别着一把红绸子包裹的小手枪，走起路来身轻如燕，说起话来眉目传情，显得英气勃勃，很有风采。

传说高秋江是七十九大队副队长莫干山的隔山表姑，当年，还在彰德府女中读书的时候，就喜欢上了高大魁梧又敢作敢为的表侄，所以在中日战争打响之后，不容阻挡地离开了家，跑到东条山下。投笔从戎报效国家自不必说，少女情怀追逐初恋一梦更是重要的动力。不曾料想，此时莫干山已同一位余姓同僚的妹妹余风雪结为连理，且情深意笃撕扯不开。高秋江只好含泪而退，睁着一双哭红的眼睛，报名参加了蒋文肇集团军的“特别干训班”，结业之后便在集团军总司令部政训处当了一名中尉副官，并从此一改温文尔雅的大家闺秀做派，变得日渐喜怒无常。蓼城沦陷时，已经晋升为上尉的高秋江恰好在刘汉英的二四六团公干，奉命就地参与指挥作战。部队打散后，她只好随着刘汉英团撤进了凹凸山，并且在此后的日子里，成为凹凸山刘汉英部下的一名敢作敢为的巾帼首领。

韩秋云在进入女子服务队之后不久就得到警告，高队长高秋江可不是个等闲之辈，别看她长得眉清目秀，其实她性情急躁且野蛮，连刘汉英都敢骂。传说她曾经用手枪打伤过她的勤务兵，原因是那个勤务兵偷看她洗澡。她在穿好衣服后，把勤务兵叫过来，问他她长得好看不好看，勤务兵吓得魂飞天外，两腿一软跪下来请求高上尉恕罪。高秋江冷笑说，好汉做事好汉当，是个男人想看看女人倒也不算大错。可是你这个獐头鼠目的样子却让我看着不自在，我想饶你可是我的左轮不答应——二话不说，掂枪把那个勤务兵的脚指头打掉了四个。

战地女子服务队里还有一个姓齐的教官，过去是团里救护队的医官。二四六团编成独立旅，救护队也就升格扩编成医院，可是由于技术力量短缺，医院呈现马瘦毛长架子大的局面。为了在凹凸山站稳脚跟，刘汉英四处收罗人才，不知道从哪里请来一尊洋神——外科医生乔治冯，于是就砸了齐医官的饭碗。

用齐医官的话说，乔治冯是个杂种。

乔治冯祖上是南洋巨商，到了祖父辈上，娶了个英国政府外交官员的小姐，也就是乔治冯的祖母，这样，乔治冯的身上就有了四分之一的英格兰血统。

民国二十一年淞沪会战爆发，乔治冯举家迁往英国，后来又定居加拿大。乔治冯在加拿大读完了医科大学，直到全面抗战打响，才奉祖父和父亲的嘱托回国效力。他虽然是个外科医生，但是内科也不外行。有一回齐医官不知道怎么开错了一个方子，让乔治冯发现了，骂骂咧咧地把齐医官挖苦了一顿。齐医官是个上尉医官，并且也是喝过洋墨水的，岂甘受此屈辱？反过来又把乔治冯骂了一顿。乔治冯倒是没吭气，表现出了学问人的豁达大度，但不知道事情又怎么传到刘汉英的耳朵里，齐医官稀里糊涂就卷了铺盖，屈尊到战地女子服务队当医务教官来了。

落到这步田地，齐某方才知道乔治冯这个半洋不土的牲口不是一般牲口,实在惹他不起。岂料战地女子服务队的高秋江更不是一般牲口。起先不服气,总觉得自己一个堂堂上尉医官受一个女人的驱使,实在不成个体统,所以就玩了几次小把戏,想翻翻那个漂亮女人的眼皮子。这些小把戏当然没有玩过高秋江的大把戏。吃了几次苦头之后,上尉齐医官便老实得像个孙子,任凭高秋江吆喝来吆喝去,忍气吞声的日子还得老老实实地先过着。

战地女子服务队除了原先从军部和师部遣散下来的几名女兵充当骨干以外,新队员大部分是在凹凸山地区招募的,多是农家妮子,普遍没有文化或者是文化水准不高,像韩秋云这样的,便已经算是半个文化人了。所有人员均经高秋江逐个挑选,一律大脚。每日训练课目除了抢救伤员、抬担架、练包扎、学习止血以外,也讲授一些战斗常识和医疗诊断知识。这支队伍的性质基本上是准备用于连接战场和后方医院之间的救护队。

韩秋云此前没有想到过要当这种角色,但是当初差点被不明不白地毙掉,后来又不明不白地没有被毙掉,确实把她吓坏了。如今不管让她干什么,她都不敢说三道四了。她曾经侥幸地想,陈墨涵的嘴皮子可真管用,硬是把死人说活了。以后她就听了陈墨涵的。

陈墨涵说,先干着吧,干得顺心咱们就干,不顺心咱们还是蹽腿去找八路。

眼下已经个把月过去了,韩秋云没咋觉得顺心,也没咋觉得不顺心。分手后再也没有见到过陈墨涵,没有消息了,想必陈墨涵不打算跑了。不跑就不跑吧。韩秋云虽然不算十分壮实,力气倒也还是有,是在表叔表婶家里练出来的。况且她还有过上吊的经历,胆子说不上大,自然绝对不算小,不像有些妮子见了血就叽哇乱叫。

现在,韩秋云无论如何是再也不会轻易去上吊了。一旦摆脱梁大牙的纠缠，活着委实是一件很有意思的事情。活到十八九岁，才知道以往自己竟然是活在井底里，只见过簸箕大的天。翻过西皋岭，越过庄子岭，再跨过一条河，走上一百二十里，就是另外一番天地——那是永远也望不到尽头的云蒸霞蔚的天和万水千山的地。她居然在这块土地上成为一名抗日军人了，并且很快就得到了顶头上司高秋江的赏识。

高秋江是个神枪手，能左右开弓百步穿杨。既然是神枪手，高秋江理所当然地就非常喜欢玩弄手枪。在韩秋云看来，高秋江喜欢摆弄手枪，就像梁大牙爱吃猪大肠子、陈墨涵爱拉胡琴一样。闲暇高兴时，高秋江就把精巧的左轮手枪从皮套子里抽出来，往头顶上甩，能甩一两丈高，看着它翻着跟头往下掉，然后稳稳地接在手中。

有一回大约是开玩笑，齐医官惹得高秋江有点不自在了，高秋江冷冷地笑了笑，也是把枪往头顶空中抛得老高，接在手中的一瞬间，喀嚓一下就开了保险。高秋江掂着开了保险的手枪，就像掂着一根烟卷，指着齐医官的裤裆说："姓齐的，可别光图大口子快活让小口子受罪。我闭着眼睛也能把你那个缩头缩脑的玩意儿敲掉，你信不信？"

吓得齐医官脸色苍白，连声告饶。

五

一次野训完毕，高秋江叫住了韩秋云，说："韩秋云，我看你模样长得还算标致，有劲也有胆量。你喜欢射击吗？"

韩秋云老老实实地说："这东西以前没玩过，不知道会不会喜欢。"

高秋江又问："韩秋云你有痛苦吗？"

韩秋云本来没有什么痛苦,倒是被这没头没脑的话弄得稀里糊涂地痛苦起来,傻乎乎地问:“痛苦是个甚么东西?就是这疼那痒吗?”

高秋江笑了笑,说:“痛苦还不光是这疼那痒。痛苦不是皮肉上的事,痛苦是心里的事。痛苦就是疼在心里。”

韩秋云倒吸了一口冷气,说:“这种病恐怕不好治。”

高秋江不再讲话,眼睛看着很远的地方,看了很大一会儿工夫,然后转过脸来说:“韩秋云,我教你打枪吧。”说完,从腰间的皮套子里抽出手枪,喀嚓一声上了膛。

韩秋云看得眼晕,多少还是有点怯乎,不知道高队长是个怎么教法。

高秋江笑笑说:“你转过身去,看着你前面的那棵桐树。”

韩秋云于是转过身去,看见了那棵桐树,心里更发毛了,又转过头来看看高秋江。高秋江说:“你不要动啊,动一下就没有命了。”

话落枪响,前面的桐树像是猛地被人击了一掌,簌簌抖动,甩下一层露水。

韩秋云毕竟是个未经世面的妮子,枪声就从身边炸起,她差点儿被骇掉了魂。自己心里揣摸,从桐树到自己再到高队长,差不多就是一条线,高队长的枪子儿是从哪里过去的呢?不是左边,就是右边,弄得不好张开两手就能碰上。高队长万一失手,稍微打偏一点,这条没有被吊死的小命就让高队长开了玩笑。

心里正在噗噗乱跳地想着,猛地又听见叭叭两声枪响,在韩秋云听来,这两声枪响简直就是从自己的身子里穿过去的。两枪都钉在桐树上,连同前面一个枪眼,差不多也就是上中下一条线。这一下,韩秋云不仅是不敢乱动了,连想也不敢乱想了。脑子里一片空荡荡的,嗡嗡地响。直到高秋江说了声向后转,她才收了魂回过神来转过身子。

高秋江嘘嘘地吹着枪口上的淡淡烟缕，俊俏的狐媚眼笑成了一条细缝，脸色红晕地说：“韩秋云你行啊，还算胆子大的，一般的女子，像你们班的周碧云，碰上这阵势，恐怕早就吓得尿裤子了。”

周碧云是庐州城里一个富商家里的小姐，是被她堂哥从家里骗出来的，原先说是要去延安的，也是遇上了日军进攻，断了北上西去的路线，才不得已落在刘汉英的部队里。周碧云本来年龄就小，才十五岁，胆子更小，见血就发抖。训练十多天了，连初级考核关都没能过去。

韩秋云说：“我跟人家城里的小姐不能比，人家是金枝玉叶呢。可是队长你看看，我这也是一脑门子冷汗呀。”

高秋江沉下脸说：“你知道咱们是干什么的吗？抗日是杀人的勾当，你不杀他，他就要杀你。你已经是抗日军人了，要学会杀人，要敢于杀人。打枪是最基本的功夫，你一定要学会。”

然后，从装子弹开保险说起，又讲了瞄准和击发的要领。讲了三遍，就让韩秋云练。

韩秋云端起枪，就像攥住了一条扭动的蛇，又害怕又恶心，双手抖得厉害。这阵子她真有点后悔了，自己是一个姑娘家，虽然说在蓝桥埠时连鬼都不怕，可是当真操起这个杀人的家伙，要去做那杀人的活计，那是她以往连想都不敢想的。她委实有些闹不明白，高队长也是个女人，才二十来岁，怎么会喜欢这东西？

高秋江说：“瞄准——击发。”

韩秋云左瞄右瞄，越是往前面看，前面的景物就越是模糊，那棵桐树仿佛是一个受了伤的人，流着眼泪望着她。她实在下不了手。

高秋江又严厉地喊：“韩秋云，前面是个日本兵，正在向你走过来，他要糟蹋你。赶快开枪！”

可是，不管高秋江怎样叫喊，韩秋云无论如何也看不见哪里有什么日本兵，她的两只眼睛一起睁开，这回反而把桐树看清楚了，手哆嗦了一下便扣动了扳机。自然打不上。

高秋江冷着脸走过来，一把夺过手枪，玩小把戏似的，喀嚓一声就从枪膛里跳出了一粒金光灿灿的子弹，落在高秋江的手里。高秋江把它捏在右手拇指与食指之间，举起来，朝着清晨的太阳看了看，然后，皱着眉头对韩秋云说："你们这些人啦，还真把自己当成了小姐是不是？你如今是抗日军人了，连枪都不会放，拿什么去抗日？抗日是需要胆量和技术的。"

韩秋云红着脸，好半天才吭了一句："高队长，我笨。"

高秋江想了想又说道："韩秋云我给你说一件事。旅部手枪队有几个兵痞，倚仗是刘汉英身边爪牙，色胆包天，有几天晚上来摸夜螺蛳，这件事你知道么？"

韩秋云的脸更红了，嘟嘟囔囔地说："知道，怪腻歪人的。"

所谓的夜螺蛳，是当地俗言，戏指女人的胸脯子。

战地女子服务队跟旅部只隔一条小河，岗哨由女队员轮流值勤。这些女兵普遍胆小，抱着一根大枪往往像抱着一根烧火棍，一旦有了动静，别说盘问了，自己先吓得筛糠了，让手枪队的男人们乘虚而入，有好几次潜进了院子。女兵们是两个人住一间房，有些房屋除了岗哨勤务，就只剩个把人了，还由于同伴在外面值勤，往往是不闩门的。二班的董牡丹昨夜哭着去找高秋江，说她正在做梦，不知道怎么搞的，就被被子蒙住了脑袋，摸了奶子不说，还差点儿让人家把花裤头给扯掉了。高秋江仔细看了看，董牡丹的胸前果然是青一块紫一块，红芡实一般小巧的乳头边上，还有指甲掐出来的血痕。高秋江顿时怒不可遏，当夜去找刘汉英，要他整肃军纪。刘汉英一本正经地对高秋江说：你们先查，查出来枪毙。其实刘汉英是装糊涂，不用查他也知道是哪些家伙干的。可是高秋江就没有办法查了,没有证据,自然枪毙不了谁。

高秋江对韩秋云说:“今夜我来安排几个人,引蛇出洞,你算一个。晚上再有人来摸夜螺蛳,你们就给我开枪打。”

韩秋云窘得很,憋红了脸吭哧了一会儿才说:“高队长,这事能不能叫别人做?”

高秋江俊秀的眉眼跳了一下,倏忽又挤在一起了:“你怕什么,有什么好怕的?叫你打你就打呗,跟杀鸡没有什么两样。”

韩秋云苦着脸说:“可是……可是我连鸡也没有杀过呵。”

高秋江的火气又上来了,昏天黑地给了韩秋云一顿臭训:“韩秋云你要记住,姑奶奶们是女人也是抗日军人,不是那些狗娘养的兵痞们的玩物。有人敢于犯贱,上打大头下打小头。本队长看得起你,你愿意干得干,不愿意干也得干。违抗命令,我关你的禁闭。”

韩秋云知道胳膊拧不过大腿,只好把愁在一起的脸皮松弛下来,立正回答:“是,队长,我听你的命令。”

然后,装着很轻松很高兴的样子,接过了左轮手枪。

六

这个夜晚,韩秋云的日子就难挨了。躺在床上,自然是不敢往深里睡的。心口有些跳跳的,也有一些莫名其妙的兴奋。

以往,对于男女之间的事情,直到十六七岁了,也没有谁明确地跟韩秋云讲过,只是从成年人粗野的玩笑和那些骂人的话里知道一些。那时候,她就朦朦胧胧地琢磨,除了白日吃饭干活之外,男人和女人之间肯定还有一些别的什么事情,凭心想,她知道那是一桩极其隐秘的事情,也是一桩极其重要的事情,这样的事情是不能给别人看见的,而这样的事情又好像是人人都很看重的事情。

在这个春风燥热的特殊的夜晚，手枪队摸夜螺蛳的行径让韩秋云产生很多联想。让她想得最多最苦最累的还是几年前贺瘸子和水蛇腰做的那件事，那是在她十四岁以来第一次洞悉的一桩人间秘密。

如今她依然清晰地记得，事情是发生在老河湾独龙潭边的桑叶树下，从东往西数第五棵，这是绝对不会有错的。当时她的桑叶篮子就挂在第一棵桑树南边的枝丫上。她是一个人独自去采桑叶的，蓝桥埠上只有她肯卖力气跑远路到老河湾采桑叶。以后韩秋云自己都觉得邪乎，小的时候她的胆子是很大的，像个男孩子，越往大里长胆子反而越小了，越长越是个妮子了。

独龙潭方圆五六里都没有人家，又地处林子深处，阴森森的，一般人不大愿意到这里来。蓝桥埠人传说独龙潭里淹死过好几个人，白日里都有水鬼出来采桑椹吃。十四岁的韩秋云拗不过表婶严厉的命令，壮着胆子到这里来采桑叶。表婶认定这里的桑叶水色好，碧绿鲜嫩，蚕虫爱吃。

午后的阳光照在河水里，又映回到林子里，蒸出了满林子腐叶沤草的燠热气息。韩秋云干起活来是不惜力气的，一边干还一边哼着黄梅小调。这些小调都是在私塾馆里跟陈家兄弟学的，陈家兄弟会弄乐器还会唱，尤其是陈墨涵能拉一手好胡琴，夏天乘凉常常听他拉《孟姜女哭长城》，悠扬凄凉的琴声走街串巷，给乘凉的蓝桥埠人带去许多清凉。

那天韩秋云采桑叶正采得起劲间，正在哼着的黄梅小调儿突然就停在了嘴边。那当口，她看见了从二道河的下游逆流撑过来一个渔划子，她的眼睛就瞪大了。

那不是放鱼鹰的贺瘸子么？

贺瘸子也是韩秋云十分厌恶的人，为啥厌恶她自己也说不清。大妈大婶都跟她说过，妮子的胸脯子不能给男人看，更不能给男人摸。可是龟孙贺瘸子只要撞上大姑娘小媳妇，总是要低头斜眼瞅人家的胸脯子，那双小眼弯弯曲曲的像是带着生锈的钩子，刮在妮子的胸脯子上，能听见哧哧啦啦的响声，让人心里直发毛。

韩秋云忽然觉得有点不妙——在这个空旷的夏日的午后，在这样一个罕见人迹的老河湾的林里，除了自己一个么事不懂的小妮子，还来了一个贼眉鼠眼的贺瘸子，她估摸要有什么事情发生了。可是没过多久，韩秋云的心便稍微放下了。

渔划子靠滩后，先是蹦蹦跶跶地上来一个贺瘸子，贺瘸子走一步画半个圈，样子挺神气，脸色也红扑扑的像是喝了二两地瓜烧。待贺瘸子把船系好后，又从芦篷舱里鬼魂一般钻出一个女人来。

韩秋云差点儿没叫了起来：天啦！是水蛇腰。

水蛇腰大名蔡秋香，因为腰肢纤细，而得绰号“水蛇腰”，是蓝桥埠著名的风流寡妇，镇上关于水蛇腰的故事车载斗量，不少男人吹牛打赌都说自己跟水蛇腰睡过觉。韩秋云那时候虽然不甚明了关于“睡觉”二字的深层含义，但是她隐隐约约地意识到，成年人嘴里的“睡觉”跟她所理解的上床闭眼一觉梦到天亮，恐怕不是一码子事，恐怕别有名堂。

这个晌午天，韩秋云本能地意识到，水蛇腰和贺瘸子此刻来到老河湾，肯定与那个名堂有关。贺瘸子在前精神抖擞，水蛇腰在后一摇三摆，仿佛这一片深深的林子就是他们熟门熟路的家。他们旁若无人地走上河滩，钻进了林子。

韩秋云听到自己的心口咚咚咚咚跳得厉害，好在贺瘸子和水蛇腰各有他们自己的事，没咋顾及四周。他们进到林子深处之后，选了一棵叶冠浓密的桑树，倚根坐下了。那个情景韩秋云记得好分明噢——绝对不会错的，就是从东边往西数的第五棵桑树下面。

他们在鼓捣些啥呢？

韩秋云终于弄明白了他们的到来与自己无关，不害怕了心里反倒空落落的，神差鬼使一般，她竟然从树枝上滑下来，想过去看个究竟。在以后的很长日子里，每当想起这件事，韩秋云都无比羞愧，觉得自己真是污浊，说不清楚一个小妮子怎么会有那样下作的念头，怎么竟然会去偷看一个男人和一个女人去做那样的脏事。自己当时是咋想的，她自己也不甚了了，反正她是下了树，贼一样地蹑手蹑脚，差不多是爬过去的，在一蓬浓密的槿木丛里埋下了身子，稍微扒开一点缝隙，便看见了那对男女。

最先入目的是贺瘸子。贺瘸子在一堆落叶上铺开一件土布褂子，隐隐约约地，她听见贺瘸子说了一些让人起鸡皮疙瘩的话。她还看见了水蛇腰笑得假惺惺的，并且挤眉弄眼地哼着，那副贱样子就像林子里的一个浪荡的鬼。

再往后，韩秋云就记不清他们说了些什么做了些什么，她的眼睛像是被什么东西猛然扎了一下，她看见褪了衣裳的贺瘸子像是一条蜕了皮的蛇。

她不敢再看下去了，心里想着龌龊，想赶紧逃开这里，可是腿却不听使唤，眼睛也死死地僵着不肯挪动地方，于是乎她看见了她永远感到羞耻的那一幕。

直到三年之后，韩秋云的头脑里还悬挂着那如痉如挛如疯如癫的胳膊。那是水蛇腰淫荡的胳膊。

在蓝桥埠的岁月里，没有比水蛇腰更让韩秋云厌恶的人了。韩秋云听人家风言风语，梁大牙和水蛇腰也不干净。每当想起梁大牙同水蛇腰在一起，她就似乎看见了水蛇腰的那只白得晃眼的胳膊，就恶心得要吐。

这个晚上韩秋云无论如何是不能入睡了。她觉得高队长交给她的这个任务真是害苦了她。脑子里乱极了，有时甚至觉得那些男人也真是可恨又可怜。她想男人之所以肯冒着风险来摸夜螺蛳，想必这件事对于男人来说是有意思的，也许女人的夜螺蛳生来就是让男人摸的。越想越觉得有点怪怪的。想想看吧，人真是一个很奇怪的东西，譬如说那样的事，恐怕是人人都要做的，也恐怕是人人都想做的，人人都要做人人都想做的事情偏偏又让它最不能见人，可是最见不得人的事情偏偏又有那么多人都想去做。

又譬如，像男人和女人身上的物件，最金贵的似乎就是那些最见不得人的，最金贵的却又往往连个名儿都不肯说，一说出来不仅不金贵，而且成了骂人的污浊话。蓝桥埠人在谈论那件事的时候，都露出厌恶鄙夷的神气，仿佛见着就跳，要跳出十万八千里，可是——可是连韩秋云都不以为真，她懵懵懂懂地觉得那些鄙夷和厌恶大都很虚假，像是为了遮掩什么，像是闭着眼睛说瞎话呢。

实在是想不明白了，想得脑袋瓜子生疼。韩秋云这时候还不是一个很有文化的人，所以她不可能从理论上去弄明白那件事到底是怎么回事。她只是有很多半生不熟的疑问，然而连半生不熟的答案也没有。当她猛然想起高秋江交代给她的任务时，她的汗毛便立马竖了起来。

韩秋云惊惊乍乍地又想到，假如今晚来摸夜螺蛳的那个人是个飞檐走壁武艺高强的人，自己还没有瞅见他的人影，就被他摁住了，那该咋办呢？她的脑子里立刻出现了十分恐怖的一幕——一个蒙脸大汉从天而降，首先堵住了她的嘴巴，然后捆住了她的手脚，再往后剥光了她的衣裳，让她身上的那几处不想让别人看见的宝贝物件都像鸭子一样浮出水面，然后……然后人家要做的事情她没有经历过，她想恐怕就像贺瘸子和水蛇腰做过的那件事一样，一个男人游进了她的身子，不同的是这不是她自己情愿的，自然不会像贺瘸子和水蛇腰做得那样利索，她想那有可能很疼痛，就像骨头扎进肉里一样疼痛，她要是能够喊得出来，就一定会喊破嗓子，绝不会像水蛇腰那样喊出那种浪声浪气来。

黑暗中，韩秋云攥住了高秋江交给她的那柄左轮小手枪。枪膛里有四粒子弹。高秋江吩咐过，情况不紧急时不开枪，情况紧急时坚决开枪。

到了鸡叫三遍的时候，韩秋云实在是挡不住瞌睡了，不管他娘的三七二十一就睡着了。

这时候她倒是当真看见了一个男人，白白的，高高挑挑的，他就是陈墨涵的二哥陈克训。同窗的时候她跟他说话他的脸就有些红，可这回他长成大男人了，他不再是那个穿着学生制服的翩翩少年了，他穿一身笔挺威风的国军军官制服。他走过来搂着她要跟她亲嘴儿，她的双手拼命地往外推他，却不知道是怎么搞的，无论如何也使不上劲。后来他就揽住了她的腰，把她放倒在老河湾独龙潭林子里的桑叶上。他的手起先伸进她胸窝的痒痒处，接着又往下滑动，就扯住了她的裤腰带。她想扯出裤腰带抽他一个满脸开花，可是等到裤腰带抽出来后，扬在头顶上却又轻轻地飘下来。她想张嘴喊，可是喊声到了嘴边就变成了蚊子哼哼，就像水蛇腰哼出的那种浪荡声。这阵子她已经不知道天是白的还是黑的，云朵是蓝的还是绿的，浑身的皮肉紧绷绷的成了石头疙瘩……

再往后她就不再推他也不再动弹了，静静地死了一样地等着他。等他来做他想做的事情……等了一会儿不见有啥动静，再睁开眼时就骇得毛骨悚然——她看见面前换了一张狞笑着的粗糙的脸，一颗白森森的虎牙戳上了她的鼻尖。她在扑面而来的大蒜混合着烧酒的气味中听到了一个阴阳怪气的声音：“老子……有钱买你的……那……那个！”

枪声，就在这个时候响了起来。

第 四 章

一

韩秋云在梦中向梁大牙开枪的时候，梁大牙正在同四个日本兵拼刺刀。

四个日本兵中有两个站在坡地上面脸朝下，两个站在坡地下面脸朝上，把梁大牙围了个风雨不透。你拉一个架势，我出一道枪刺，你来我往，你左我右。这回看来是要梁大牙的好看了。梁大牙倒是不怯乎，挺一根刚刚夺到手中的三八大盖，前腿弓后腿绷，左挡右劈，上蹿下跳，舞得花团锦簇。

照理说梁大牙是练过功夫的，膂力不弱，肉搏场上单凭一柄大刀就有理由杀开一条血路冲出去，无奈他好稀奇，硬是夺了一支鬼子枪来开洋荤。岂料这玩意儿先前没咋使过，猛然耍弄，远不如宰牛长刀挥起来顺手。再加上前几天训练刺杀搏斗的时候不怎么下功夫，还加上日本兵也不像地痞无赖那样一打就孬，硬是吱哇乱叫地把梁大牙团团围住，看样子是想把他生擒活拿了。

连日本兵也看出来了，这颗非凡的大牙不是一般的大牙，而是土八路的小头目。

梁大牙这是第一次单独带领他的小队执行破线任务。在他当上了二十几个人的小队长之后，只平平稳稳地过了几天官瘾，便跟着支队副司令窦玉泉和副参谋长姜家湖四处出击。一是去挖日军几个据点之间的公路，挖得到处是坑，坑里埋地雷。二是去割敌伪据点之间的电话线，割了一捆又一捆，扛回来烧掉外面的胶皮，取出里面的铜丝作雷线。做这些事情都是在凹凸山外，用杨庭辉的话说，叫做把战火引到敌占区去，弄得顺手就捎带打个埋伏炸个据点什么的，差不多每次都不会空着手回来。

前几次都是跟着支队主力出动，动辄就是百十号人。梁大牙的小队多是从凹凸山新补充进来的，以往没见过阵势，打起仗来东张西望，派不上大的用场，就当挑夫用。别人作战，他们忙着搬运东西，累得贼死还没有多少功劳。梁大牙觉得很没面子，手下拿不出手，只好自己单干，拎一把宰牛刀往前凑，撵得小鬼子东奔西跑。

这一趟任务，是梁大牙主动请缨争取到的，他要自己带队露一手。

大小是个队长，梁大牙十分不情愿老是在别人的胳肢窝下过日子，也想像窦玉泉和姜家湖那样，指挥部队你在这里埋伏，他从那里出击，然后挥动驳壳枪和大刀片子，带领部队冲啊杀啊，那样子威风凛凛，很神气。他寻思自己虽然还谈不上布阵谋局，但是手下这二十几个人还是能够挥洒得开的。他手下这一帮子，除了几个骨干，其余的都是蓝桥埠人，没有不服他梁大牙管教的，所以他就找了杨庭辉，说：“你再不让我自己带人去打鬼子，这个鸡巴小队长咱就不当了。”

杨庭辉考虑梁大牙虽然还缺乏作战经验，但其忠勇可嘉，士气可鼓不可泄。再说八路军凹凸山游击支队的牌子虽然扯得很大，其实还是个空架子，就连当初跟梁大牙说的三百条枪还有虚头。眼下部队急需扩大，干部尤其缺乏，稍微大一点的战斗都得副司令员和副参谋长亲自上阵，像梁大牙这样铁皮脑袋不怕打的骨干，倒是真的需要多给锻炼机会，让他们尽量早一点独当一面。出于这样的考虑，杨庭辉同意了梁大牙单独带队出战，并且给他选择了到寿春路割电线的任务。

情报表明,这里本来是敌伪防御薄弱地段,岂料等到梁大牙雄赳赳地带着他的二十几个弟兄赶到这里,摸出家伙正要动手的时候,日本兵的机关枪却突然响了起来。

梁大牙倒吸一口冷气——奶奶的,中上鬼子的埋伏了。

情况委实不妙。

这伙人前个把月还在乡下摸锄把子,真的打起仗来都是冷水烫猪拔不掉毛的,日本鬼子似乎是突然之间从地里长出来,他们哪里见过这个阵势?立马就乱了套。跟在梁大牙身后的朱一刀也转过身去要开溜,被梁大牙一把捋住了。

梁大牙伸张右手翻过左肩,抽出了大刀,连声高喊:“趴下,都给我趴下!哪个敢跑,老子先剁了他!”

大伙于是趴下,不敢轻举妄动了。梁大牙定了定神,听听枪声,料定日军人数不多,一个排撑破了天。但是不管怎么说,这回电话线是割不成了,先撤出伏击圈再说。

梁大牙的小队里,只有一挺机关枪,机枪手虽然是个老兵,但他原先一直要弄汉阳造,扛机枪才是前几天的事。梁大牙指挥说:“把机关枪给老子架在前头的石坎上,给我压住。剩下的往漫流河里爬,顺河堤往东跑。”

机关枪很快就架上了,机枪手很够种,架起来就打,一打就见效果,正在往前冲的日军立马趴下。

可是还没等梁大牙高兴起来,机关枪喀嚓一声又不吭气了,不知道是哪里出了毛病。梁大牙气得几乎咬碎了大牙,一个箭步蹿上了石坎,一把推开机枪手,恶狠狠地骂道:“你这个草包,老子恨不得砍了你!”

机枪手当八路比梁大牙还早,说起来还是个从川陕过来的老革命,应该比梁大牙有经验,可是机枪不响他也没辙了,哭丧着脸说:“这龟孙歪把子是日本鬼子造的,打鬼子它不卖力气,我有什么办法?”

此时正是天色将亮未亮之际。机枪一停,对面高地上的日军就露出脑袋,八格牙路八格牙路地哇哇喊叫。

梁大牙急出了雷霆怒火,抱着机关枪猛往地上摔,摔完了不甘心,搂起来又抠火,还是抠不着。这一下梁大牙算是恼到了家,眼珠子暴出来老大一截,索性攥住枪管,把机关枪倒提起来往树上掼,掼了几下,把一棵黄栗椏树生生砸断,这才重新搂起破枪,再扣扳机——真是他娘的邪门了,机关枪居然又噼里啪啦地响了起来。

梁大牙先前没有耍弄过这玩意儿,只是见过,所以瞄也瞎瞄,干脆不瞄,紧紧抱住,直往鬼子人堆里扫便是。还当真撂倒了几个。其余的鬼子见状大惊,吓得纷纷缩回脑袋,再不像先前那样张狂了。

机枪手在一旁看得过瘾,也拽下手榴弹往外扔。他的身上带了九个手榴弹,来的路上就叫苦连天了,这回他想趁机都给扔了,不然背在身上沉甸甸的,情况不妙时逃都没法逃。他那手榴弹其实够不着炸人,权当给梁大牙助威了。

梁大牙这回总算有了底气,自然越打越来劲,正打得忘乎所以,倏然听到旁边炸起枪声,扭头一看,是朱一刀带着几个人从旁边的沟坎里杀了出来,顿时大喜过望——还是咱们凹凸山男人够种啊!这句话还没有喊出口,就听见机枪手也喊了句:“狗日的——日本——鬼子——我操你姥姥!”

梁大牙循声看去,只见机枪手已经倒下去了,身子挺成了一个“大”字,胸口开了一个很大的血窟窿,手脚抽动了几下,眨眼之间就没有气了。

又撞邪门。机枪手一死,机枪立马就不响了。

梁大牙再摔,再摔也还是不响,于是运足丹田之气,将破枪抛出几丈开外,眼见着落到石坎下摔成一疙瘩废铁,这才悻悻地转过身子。四下里看了看，估计队伍已经安全撤出，便踢了朱一刀一脚，叫他也赶紧开溜。

朱一刀没有二话，又打了几枪，抬起头来冲梁大牙龇牙一乐，收枪往边上一滚，滚进一个洼地，弯腰就是一溜小跑，一套战术动作做得挺像回事。

队伍都已经安全撤出去了，梁大牙就放心了。现在他可以从容不迫地玩他的小把戏了。他把机枪手身上的手榴弹摘下来，总共还剩四个。掂起一个就要扔，还没出手，倏忽又想起要扯拉火环。这玩意儿他也练得少，先前不大看得起，自然不是太明白，七拧八拽拉出一根细绳绳，正在琢磨是个什么玩意儿，猛见弹屁股上一股青烟哧哧啦啦直往外冒，顿时骇得一蹦老高，赶紧往外扔。冒着烟的手榴弹飞出几丈远，还没落地就在天上开了花。

梁大牙受此一惊，反倒有了主意。这回不再硬拽，老老实实先卸盖子，规规矩矩再取线子。四下里睃了一眼，把三颗手榴弹捋在一处绑在一棵小树上。再脱掉小褂子挂在上面，把手榴弹的拉火环系在了小褂子的布扣上。心里想着，等会儿小鬼子要是来抓活的，那就有好戏看了。

做完这一切，梁大牙嘿嘿冷笑两声，扭头正要扬长而去，却没想到迎面一柄雪亮的刺刀横在眼前——

“土八路的死啦死啦的。”

梁大牙脑子一热，差点儿晕了过去——他娘的，又被鬼子围住了。眼珠子转了一圈，只有豁出去一条路可走了。狗急跳墙，人急生智。梁大牙虚晃一枪，把鬼子愣住，然后猛一弯腰，扯起小褂子就跑。

鬼子兵一愣神，噼里啪啦地拽枪栓，追着梁大牙的屁股就打，还没打出个什么名堂就听见一声惊天动地的爆响，当场横三竖四地倒下了好几个。剩下的两个胳膊腿还算齐全，回过神来，又哇哇喊叫着追了上去。

梁大牙动作迅速,这当口已经操起了一柄三八大盖。眼见鬼子只剩下两个,索性不跑了,单等着两个家伙送上来后跟他们玩一会儿刀子。

“打枪的不要,活捉的干活!”

梁大牙只顾迎着前面,没想到屁股后面又兜上来两个,其中一个还是个官儿。日本军官握着指挥刀,鼻子下面的一撮狗屎一样的仁丹胡子叽里哇啦直跳。梁大牙心里哼了一声,他娘的今个算是背了时,恐怕要栽在小鬼子的手里了。突然一阵难过——要是韩秋云也在这里就好了,韩秋云要是能够亲眼瞅着老子拼鬼子就好了。你韩秋云把我梁大牙看成了什么人?生当啥鸡巴杰,死做啥卵子鬼。我梁大牙就是当今世上的岳飞文天祥,你信不信?你不信那我就没有办法了。你要是信呢,我还是没有办法,可惜我看不见了。想到这里,梁大牙浑身血烫,骨骼脆响,凛凛然挺一柄轻飘飘的三八大盖立于四个鬼子之间,单等拼死一战,小腿一伸拉毬倒。

可笑那东洋矮子,打个卵子仗穷讲究还倒是不少,说要抓活的就决不开枪,要拼刺刀就退子弹。梁大牙觉得他们真是蠢到顶了。

梁大牙冷冷地笑着,大睁着眼睛看他们退子弹,并不做什么小动作,颇有君子之风。心里想,两国交战,要让人家准备好,决不乘虚而入。

一直等到鬼子们的子弹退光了,梁大牙这才挺枪前出,朝一个瘦小的日本兵大喝一声撞了过去。日本瘦兵还算机灵,忽地一闪就躲过去了。梁大牙扑了一空,顺势攥住枪管,掉头抡起了枪托。

看那样子,日本兵也有点犯迷糊——这个土八路可真是土得彻底。规矩的没有,战术的不懂,刺杀的不会,把枪当棍的干活。真想抓活的,恐怕还不是那么简单。

梁大牙哪里管他什么规矩不规矩的，更不理睬他什么战术不战术的，拼刺刀他不灵光，但是把枪当棍他就找准感觉了，只见银光翻飞，耳边呼呼生风，时而弓前绷后，时而马步起飞，左一抡枪托子，右一个扫堂腿，几个日本鬼子近不得身。

鬼子官儿气得呼呼直冒粗气，索性也放下架子，也学着梁大牙的架势，抡起指挥刀横砍竖劈。几个回合下来，不仅没把梁大牙抓住，反而被梁大牙的枪托子着实砸了一家伙，差点儿没把肋巴骨给砸断了。

太阳冒尖的时候，杨庭辉和窦玉泉带着三中队冲了上来，窦玉泉挥舞驳壳枪，率领两个小队从正面冲击，吸引敌人主力，杨庭辉带着一个小队扑上梁大牙同鬼子交战的这座山峦，一阵乱枪乱刀，一个鬼子官和三个鬼子兵眨眼之间就到西天取经去了。

梁大牙这才哑着嗓子吼了一声："我操他个姥姥！"

然后扑通一声砸在地上。

二

梁大牙是被抬回梅岭的。

走在路上，杨庭辉注视着浑身血迹的梁大牙，心里很不是个味道。暗自内疚，敌情没有弄明白，让他们去冒险，伤和亡都有不少，自己是应该承担责任的。像梁大牙这样的八路军新干部，前不久还是蓝桥埠上的老百姓，扛上枪就是兵，会放枪就打仗，既没有技巧，也没有战术，仅凭匹夫之勇，大刀一挥就上去了，实在是难能可贵啊。

走了一程，杨庭辉对抬担架的人说："你们要快走，还要抬稳当，不要闪了梁大牙同志。"

没想到梁大牙却睁开了眼睛，先是怔怔地看了看天，再扭过头去寻着杨庭辉,又看了看窦玉泉,瓮声瓮气地问:“咋搞的,抬着我弄啥?”

杨庭辉说:“梁大牙同志,你挂彩了。”

梁大牙眉头一皱,龇牙咧嘴地试了试自己的皮肉,叫了一声:“咦——唏!我挂彩了?我怎么不知道我挂彩了?”一边咋唬,一边动弹,伸了伸腿,又伸了伸胳膊,摸摸脑袋又摸摸屁股,再把大牙往外龇了龇,就一轱辘翻了起来,落在地上,蹦了两蹦,嘿嘿一笑,快活地叫道:“鸟毛灰!老子毛都没少一根。”

杨庭辉又惊又喜,说:“我们见你浑身是血,还当你是受了伤。没来大夫,也不敢动你,想赶紧抬回送药铺去,没想到你没挂彩,真是太好了。”

梁大牙愈发得意了:“嘿嘿,我梁大牙刀枪不入,你杨司令窦副司令信不信?”

杨庭辉和窦玉泉对视一眼,窦玉泉意味深长地笑笑。杨司令和窦副司令当然不信梁大牙能刀枪不入,但是他们当然也不会说不信。

窦玉泉绕过话题说:“梁大牙同志,你立功了。”

梁大牙一脸困惑地问:“啥叫立功?功是个啥玩意儿?”

杨庭辉和窦玉泉的脸上都有点讪讪的,杨庭辉说:“功就是功,就是功劳,就是功绩。今天回去要摆酒,庆祝寿春路反伏击战的胜利。”

梁大牙说:“你杨司令真是害死人,硬是上了鬼子的当,差点儿把我给收拾了。这回你是得给我弄顿酒喝。”

窦玉泉说:“这事不能怪杨司令,我也有责任,作战保障没有搞好。”

梁大牙说:“那是啊,你窦副司令给咱讲的那些战术,都是扯卵子蛋,小鬼子压根儿不像你讲的那样摆阵势,咱只好怎么顺手怎么打了，要是信了你的，这样卧倒那样拐弯，连鬼子毛都拔不掉一根。”

窦玉泉心里虽然不自在，但脸上还是笑容可掬，说：“你打得好，战术是死的，人是活的嘛。”

梁大牙说：“那你往后就不要老是板着脸训人了，杀猪杀屁股，各人有各人的杀法，你说是不是？”

说完这话，梁大牙才发觉自己已经在地上走了，赶紧吆喝那两个抬担架的人：“过来过来，你们怎么闲着啦？听见杨司令跟窦副司令的话了没有？老子虽说没挂彩，但老子也是功臣么，你们还是得抬着我走。”

两个担架队员不乐意了，嘴里叽叽咕咕地看了看杨庭辉，说：“我们是抬伤员的。梁队长你既然没有挂彩，活蹦乱跳的，那么人高马大的一大坨，让我们抬着，你不难为情？”

梁大牙眼珠子一瞪：“他娘的还反了你们不成？下次作战你们去跟鬼子玩刀子，老子抬你们。”

说完就一把拽过担架，强行坐了上去。

两个担架队员不敢继续反抗，只是可怜兮兮地拿眼瞅着杨庭辉。杨庭辉也是无奈，苦笑了一下。

窦玉泉打了个圆场，对担架队员说：“梁队长这回的确是辛苦了，你们也辛苦点，就抬着他吧。”

三

回到梅岭之后，杨庭辉关照让梁大牙美美地睡了一觉，自己召集支队领导开会，商量提拔梁大牙的问题。梁大牙一觉从晌午睡到晚上，醒来已是日落西山。

当晚，支队部果然摆了一桌酒席，都是大碗的鱼肉，还有日本人的罐头。

入席不久，杨庭辉就郑重宣布，梁大牙同志由小队长升任中队长，管辖八十多号人。

在座的朱疆等几个中队长和小队长们顿时起开了哄，你一碗我一碗地向梁大牙灌酒。

梁大牙本来就是海量，今日把仗打得神气，又得到了重用，心情好极了，自然不会推辞，来者不拒，大碗碰得山响，喝得气冲霄汉。

尤其使梁大牙感到愉快的是，席面上除了杨庭辉和王兰田、窦玉泉、张普景等支队首长，还有两个女八路，就是梁大牙在榆林寨看见过的那两位。

杨庭辉介绍说，那个年龄稍大一点的叫安雪梅，是地方政权的区长，年轻的老革命。另外一个——也就是引起梁大牙特别注意的那位——名字叫东方闻音，是大上海的学生娃呢。日军进攻北平卢沟桥的时候，她还是个小娃娃，就跟大同学们一起参加呼吁抗战的学潮运动，还给上海的地下党救护过伤员。眼下在支队政治部当宣传部长。

“别看姑娘年轻，她的那手小楷字，连洛安州的老先生都自愧不如呢。”杨庭辉最后强调说。

宣传部长是个多么大的官儿，梁大牙不晓得，梁大牙也不想晓得。在他看来，东方闻音不过是个嫩得出水的妮子。但是这个妮子眉眼水灵，细皮嫩肉，身段子姣好飘逸，这一点梁大牙是慧眼识珠的。

酒过三巡，梁大牙就站起身来给众人回敬。先是向杨庭辉等支队首长敬，敬到张普景的面前，张普景说：“梁大牙，祝贺你打了胜仗，但你要戒骄戒躁谦虚谨慎。”

梁大牙闹不明白戒骄戒躁是个什么意思，驴头不对马嘴地说：

“那是那是，我要借刀借炮牵驴杀人，杀这几个小鬼子算什么？往后我管的人马多了，我还要去打洛安州呢。”一句话说得张普景哭笑不得。

然后又跟窦玉泉碰碗，梁大牙说：“窦副司令，这回你看出来了吧，咱的训练还是管用的。不过，别搞花拳绣腿，往后你得多教咱几招游击战术，这东西最管用。”

窦玉泉说：“那好，你梁大牙爱学习，那我当然支持了，明天我就带你们练麻雀战。”

碰碗碰到东方闻音的面前，梁大牙的情绪就达到了高潮，说：“我看老八路们见面都兴握手呢，咱如今也是老八路了，你不跟咱也握一下？”

东方闻音白皙的脸庞微微红了一下，但是很快就落落大方地笑了，伸出手来说：“梁大牙同志，你勇敢杀敌，了不起啊。我们都要向你学习呢。”

梁大牙抓住东方闻音的手，牢牢地攥在自己的掌心里。这只小手当真又白又嫩，软绵绵的热乎乎的，像是才出架的鲜豆腐。梁大牙轻轻地晃动着这只小手，再说出的话里就多出几分雅致了，咧嘴谦虚道：“哪里哪里，国难当头，匹夫有责么。咱做得还很不够，只要你们大伙看着快活，往后咱还要多杀几个狗……狗……狗娘养的……”

其实梁大牙后面的一截话本来要说的是多杀几个狗日的鬼子，可是话到嘴边又拐了个弯，他大约是被东方闻音那张鲜艳的笑脸给洗了一下嘴巴，觉得狗娘养的比狗日的几个字听起来似乎要雅致一些。

东方闻音身边的安雪梅看见梁大牙同志有点失态，冲对面的王兰田副政委意味深长地抿嘴一笑，王兰田却熟视无睹。

张普景对梁大牙的行径实在是看不下去了——看他那副趾高气

扬的样子,简直跟绿林好汉没什么两样,这哪里像个革命军人啊?他几次都想起身离开这个乌烟瘴气的地方,但都被窦玉泉用眼神劝阻了。窦玉泉悄悄地说:“张主任,梁大牙毕竟是死里逃生回来的,又打死了不少鬼子,不拘这点小节又算得了什么呢?”

张普景脸一沉说:“打了几个鬼子就可以这样放肆吗?我们是八路军,不是江湖好汉。”张普景的声音很大,好在被淹没在一片敬酒碰碗的喧嚣声中,梁大牙压根儿就没听见。

但有一个人注意到了张普景的脸色,这个人就是杨庭辉。杨庭辉知道蓝桥埠人向来剽悍,既然连死都不怕,别的也就没有多少东西可怕的了。对于梁大牙同志来说,难为情一说恐怕前所未有,害羞二字在他更是闻所未闻。杨庭辉当然看出了张普景的厌恶情绪,见梁大牙握住东方闻音的手迟迟不肯放松,也觉得不大雅观,甚至觉得隐隐心疼,但是又不好公开提醒,那层别扭不说破别人还不怎么在意,说破了大家反而尴尬。他只好端起酒碗,站起身来大呼小叫:“来来来,都别停下,咱们喝酒哇!”

众人也连忙举起酒杯,热烈地咋呼:“梁队长,别装孬呀,咱们痛痛快快地喝哇,为你老梁庆功哇。”

梁大牙正在春风得意之际,在他那双蒲扇般宽大瓦缸般粗糙的手里,平静地躺着一只充满了神奇的软绵绵的小手,他的心里真是愈发滋润起来,三分醉意加上七分春风,又往他的血管里注进了十二分豪气。他把一只陶瓷大碗高举起来,往四周叮里咣当一阵乱碰,披头散发地吼了一嗓子:“喝,喝哇……喝醉了拉鸡巴倒。”

一得意,脏话又不由自主地冒出来了。

正在梁大牙举碗豪饮之际,东方闻音却脆脆地笑了起来:“梁大牙同志,你把我的手放开呀,我也要跟同志们碰碗呢。”

同志们这才发现,梁大牙同志的确是酒喝多了。梁大牙同志自从握住了东方闻音的手,就一直没有松开过。

梁大牙和东方闻音之间的故事,就从这里开始了。

事后梁大牙就经常琢磨,东方闻音虽然说比他先参加八路军,但看模样,不过是个年轻漂亮的妮子。她不像韩秋云那样扎着个羊角独辫,也不像水蛇腰那样在脑袋后面挽一个花里胡哨的发髻。人家东方闻音那一头齐耳短发托着一张白中飘红的鸭蛋形脸庞,像是四五月间刚刚见红的水蜜桃。那双水汪汪的眸子就像一对明亮的星星,让人见着就想把它们捂在怀里。人家那眼角儿还挑挑的,不笑也像是在笑着。还有那杨柳般轻盈的身段子,高高爽爽的匀匀称称的,棕色的牛皮带束在腰间,愈发衬得神采飘扬。

梁大牙狠狠地想,要是能够娶个城里来的女八路做婆娘,自己的这个八路那就算当到如来佛的屁股底下了,梦里都是阿弥陀佛,那不硌坏韩秋云的眼珠子才怪呢。一往这回事上想,梁大牙就觉得浑身有一种说不清楚的舒坦。尽管这件事在眼下还只是一种幻想或者说只是一种朦胧的渴望,但是梁大牙已经有足够的理由为此而提前进入幸福状态。想一想心里都是甜甜的。

有了一缕若隐若现的对于美好前程的梦幻之丝在暗中牵引,梁大牙就把自己的日子翻了个底儿朝天。每日里带领中队训练再也不像以往那样稀里马虎地放任自流了,如今是一个课目一个动作的来,完全按照副司令员窦玉泉和副参谋长姜家湖制定的计划进行。他手下的几个小队长都是蓝桥埠乡亲,有朱一刀、陶三河、曲歪嘴,原先在蓝桥埠都是听梁大牙吆喝的,现在当了小队长,当然对梁大牙更加唯命是从了。

梁大牙的中队长委实当得舒畅,组织训练更是耀武扬威。当然,最让梁大牙快活的训练课目还是抡大刀拼刺杀。倘若哪回训练时东方闻音正好从场子边上走过,那就了不得,梁大牙的那身功夫就更是发挥得腾云驾雾。

梁大牙自有他自己的想法,他琢磨自古美人爱英雄,只要他梁大牙能多砍日本鬼子,天上的七仙女他也能摸一把。

但是梁大牙在这个时候还没有想到,他的行为为他的将来埋下了一颗祸种——他惹恼了一个人,这个人就是主持特委工作的副书记、一直在暗中恋着东方闻音的江古碑。

江古碑这段时间在江淮分局开会,学习中央的洛川会议精神。回来之后就有风言风语传到耳朵里,说是游击支队里来了一个五大三粗的莽汉,对东方闻音心存不轨,打了几个小仗,自恃有功,甚至对东方闻音动手动脚。江古碑的恼火在于,虽然他还没有向东方闻音表白什么——他的那点朦胧的爱情火苗曾经受到张普景和窦玉泉善意而又严厉的提醒:革命者以事业为重,眼下正是斗争复杂时期,应该坚决摒弃小资产阶级情调,绝不能在凹凸山区缠绵于儿女情长。如此,江古碑才把一腔热烈的爱情之火深埋在心底,却在暗暗地眷恋着那个清纯如水的姑娘。哪里想到,他都不敢做的事情,一个刚刚参加八路的泥腿子,却癞蛤蟆想吃天鹅肉,并且明火执仗地动了手。尽管他不相信东方闻音会跟那个癞蛤蟆有什么瓜葛,但他的心里还是十分不舒服。岂止不舒服,简直是痛恨。

四

这一年是凹凸山根据地大发展时期,除了游击支队在游击战中不断扩充壮大,地方工作也有声有色,主持特委工作的江古碑提出了“建设布尔什维克苏维埃”的口号,并以李文彬担任县委书记的陈埠县为模范县,要建立“凹凸山的巴黎公社”。

李文彬的事业进入到一个高潮阶段。这个来自武汉的热血青年,曾经被一篇秘密流传的文章《红星照耀中国》激动得心潮澎湃,毅然投笔来到革命阵营,以巨大的热情要在中国革命的领域里施展宏伟的抱负。是啊，中国太黑暗了，封建统治，列强统治，军阀割据，连年混战，民不聊生。革命，就是要砸烂一切旧有的秩序，就是要彻底地推翻一切反动统治，建立一个人民当家做主的新世界。他的家庭就是官僚家庭，在他看来是腐朽的剥削阶级。他崇尚革命，崇尚苏维埃，崇尚巴黎公社，他在宣布脱离家庭的时候提出来的口号是："不当少爷，要当主人；不做资产阶级的寄生虫，要当无产阶级的马前卒。"

后来进入凹凸山，由于凹凸山根据地的领导人在支队和特委主要负责人的配备上同江淮军区和分局产生了分歧，又是李文彬第一个表现了高风亮节，表示要到最底层去，他选择了革命基础十分薄弱的陈埠县，以满腔热情打开了局面。

初到陈埠县的时候，工作极其艰难，这里的老百姓对革命茫然无知，原先杨庭辉派来的几个党员只热衷于组织武装，拉起了几个武委会，尤其让李文彬不满的是，这些人对于彻底砸烂旧的秩序没有太大的热情。他们说，陈埠县的县太爷尤大头是个老好人，不反对共产党，不反对抗日，还经常给游击支队送粮送衣，只要你不招惹他，他就不会做对革命不利的事。李文彬对这些话很反感。那个尤大头是反动军阀某某某委任的县知事，土匪进山的时候他是县长，国民党来了他还是县长，他就是靠这种八面玲珑的手段维持他的统治。给游击支队送粮送衣又能说明什么问题？说明他同情革命？说明他是革命者？完全是胡说八道。我们共产党必须建立布尔什维克的政权，应该由彻底的革命者来当县长。有了这个认识，李文彬就向特委打了报告，要发动民众，要以革命的姿态而不是妥协的姿态开展陈埠县的工作，要推翻旧的政权，撵走县长，没收奸商财物——这些提议都得到了特委的肯定。

那段时间，李文彬被革命的激情燃烧着，由一个养尊处优的公子少爷一变而成为农民运动的领袖。他走乡串户，宣讲革命知识，到雇农家里去，到手工业者家里去，尤其见效的是到县立师范学校去，在那里，他得到了最大的支持，学生们对外面的世界比山野村夫们知道得多，学生们对于闯出凹凸山干一番惊天动地革命事业的热情比农工要高得多。

也就在这个时期，李文彬遇到了人生的一个必然问题。一个女子，一个凹凸山雇农的女儿，闯进了他的心田，在他的内心深处，在澎湃的激情的海洋里，占据了重要的一角。

李文彬来到陈埠县之后，在当地党组织的秘密安排下，住在四区的崔家集。这是一个雇农家庭，房东是早期的农会会员。虽然这里的农会没有大的作为，但他们是支持革命的，具体地说，他们支持把他们由穷人变成富人的想法和行动，因此，这样的家庭是相对可靠的。这里也就成了李文彬的活动中心。

房东的女儿是一个十七岁的村姑，每当李文彬秘密召集会议的时候，村姑就在门楼外面一边做着女红，一边望风。村姑没读过书，不知道革命是哪路神仙，但她知道那是穷人的事业，一个浅显的道理是，只有穷人对那个读书人的话有兴趣。她同样不知道县委书记是哪路神仙，在她的眼睛里，他就是一个读书人，是一个从城里来的少爷。但是，有一点她能够揣摩到，他是个了不起的人，她耳闻目睹了这个戴着眼镜的年轻人的作为，在一群山里汉子的面前，他就像一只振动翅膀的雄鹰，煽动出火一样热烈的激情。他的身影神奇而又新鲜，在村姑的心里一次又一次地划下了深深的辙印。每当他出门较长时间，她总是在心里为他祷告，想象着他奔走在山村里的样子，为他担忧又为他快乐。几天见不到他，就有一种怅然若失的郁闷，常常装着不经意的样子倚门而望。

终于有一天，她鼓起勇气独自走进了他居住的西厢房，向他提出了“参加革命”的请求。她说她可以为革命做很多事，譬如望风，譬如做饭做鞋。李文彬那天很高兴，抚着她的肩膀连说了几声好哇好哇，李文彬说我们的事业是老百姓的事业，我们欢迎一切有志气的青年加入到我们的行列当中。革命不光是望风，也不光是做饭做鞋，革命——革命是大事业，要推翻一切反动统治，要打天下。

在经过几个月的发动之后，陈埠县的革命烈火就燃烧起来了，具体的做法是在农村发动成立革命抗战先锋队，借助八路军凹凸山游击支队的势力，将陈埠县商会二十六家商人的财产悉数没收，充为抗战军需。然后是打土豪分田地，将农村一些富裕人家的土地和财富分给雇农，并杀了一批抗拒交田交物的财主，驱逐了县区旧职人员。

一时间，陈埠县一片赤色的旗帜飞扬，李文彬仍然住在崔家集，但却在江古碑的支持下，赶跑了原先那个三朝元老的县长尤大头，任命共产党员崔贺喜为陈埠县人民抗日政府县长，并且仿造红军通南巴根据地的做法，建立了布尔什维克的学校、医院、银行和兵工厂、被服厂等。

紧接着，各区也成立了抗战先锋队，地方武装迅速崛起。

进一步的故事就开始了。

在宣布抗日民主政府成立的那天夜晚，李文彬回到崔家集显得异常兴奋，脸上放射着红光，向那个一直在暗中守望他的村姑描绘了陈埠县的革命形势和美好的前景，一直谈了半夜。就是在那天夜晚，那个村姑把她的心连同身子一起交给了他。那时候她相信，她这样做，就是对革命的最好的支持。

除了她自己，她什么也没有。她还能向革命奉献出什么呢？

五

但是不久，陈埠县的革命又出了问题。一批被驱逐的旧政府官员和财主被断了后路，纷纷跑到凹凸山北，向国民党凹凸山特别行政公署专员刘汉英告状。这些人故意把自己打扮得衣衫褴褛蓬头垢面，见了国军长官就像离家的孩子见到了亲娘，眼泪一把鼻涕一把，控诉共党赶尽杀绝的暴行，要求国军派出部队进驻凹凸山南，戡乱剿匪，名正言顺地恢复党国政权，拯救那里的黎民百姓于水火涂炭之中。

刘汉英不动声色，看着这群为了达到某种目的而把自己糟蹋得三分像人、七分像鬼的遗老遗少，看了许久，然后不咸不淡地说："诸位，有些话在这里说说就说了，可是在外面就不能说了。你们应该明白，现在是地不分东西南北，人不分男女老幼，携手抗战，什么戡乱剿匪的？要是让山那边知道了，就是给诸位安一个破坏抗日统一战线的罪名，也不是没有可能。你们的事我知道了，但是，我军和八路有协议，他在山南，我在山北，隔山而治，我是鞭长莫及啊。我劝诸位还是回去，你们可以据理力争嘛。再说，你尤县长过去给姚司令进贡大洋恐怕也不是一次两次的事，那么大的交情，也可以让姚司令捎个信，让他给山南通融一下，杨庭辉不会不买他的面子，把县太爷的交椅还给你也不是没有可能。"

这一席话，让陈埠县的土豪劣绅听得云遮雾罩，看着刘汉英那张不见表情的脸，一时不知他的葫芦里装的是什么药。

姓刘的表面上说得冠冕堂皇，什么统一战线啦，什么隔山而治啦，都是打马虎眼。他很看不起陈埠县的尤县长尤大头，这个人滑得像泥鳅，有奶便是娘。现在知道找上门来了，你早些时候干什么去啦？"剿匪"的时候，老子跟杨庭辉恶战，你帮杨庭辉偷运伤员。老子打姚葫芦的时候，姚葫芦都快弹尽粮绝了，跑到你那里，三声枪响一吓唬，你就给他筹集了五百块大洋。说一声隔山而治，别的县长都心照不宣，还是听国民政府的招呼，该送钱还照样送钱到山北来，你尤县长一看是杨庭辉盖在头上，立即就去效忠，行政公署给你派三百担粮食，你居然支支吾吾一再拖延，最后才送来一百五十担，整个打了一半折扣。这下好了，这下你该明白谁是政府了。

刘汉英虽然为难了尤县长等一帮子土地爷，但其实，他的话是很耐人寻味的。尤大头再可恶，但他毕竟是国民政府委任的县长，虽然说隔山而治，但是当初同杨庭辉签订的协议里，白纸黑字明确地说过要以抗战大局为重，维持现有政权。八路军凹凸山游击支队的军饷可以就地征集，但当地政府接受山南山北双重领导。现在杨部得寸进尺，居然赶走县长，自己坐大，这是他绝不能容忍的。尤其是他们处心积虑地扩充武装，必须高度警惕，必须及时遏制。至于怎么遏制，刘汉英自有主张。一方面他要通牒杨庭辉，提出严重抗议，这是走大道的。他也知道走大道收效甚微，杨庭辉不会买账的。但这条道不能不走。另一方面，他巴不得杨庭辉把声势造得更大，把当地的士绅富户逼得更惨，逼到一定程度，就狗急跳墙了，陈埠县一乱，给山南其他几个县一个警告，共产党六亲不认，陈埠县就是个例子。如此，他们就会更加死心塌地地依附政府。还有一点，刘汉英知道凹凸山的这些地方官员为了一方太平，都和当年的土匪、现在的汉奸姚葫芦暗度陈仓，他们实际上就是姚葫芦的钱库和粮仓。这些人被共产党打下马来，就等于掐了姚葫芦的血脉，姚葫芦自然不会坐视不管。而姚葫芦一旦动手，让姓杨的和姓姚的都伤伤元气，他就可以端杯清茶坐在一边乘凉了，他既可以通过洛安州的商行卖点子弹给姚葫芦，又可以在适当的时候帮杨庭辉一把，两边都有人情。他现在的任务是养精蓄锐保存实力，就连日本人，倘若不是找上门来，他都尽量不去招惹。说什么要他重新回到山南，还去戡乱剿匪，简直是痴人说梦，都是屁话。

当然，刘汉英的真实想法不会告诉这些鱼肉乡里的土财主。

六

过了两天，刘汉英就派人到凹凸山南，给杨庭辉送来一份字斟句酌的公函，指责杨部背信弃义，陈埠县李文彬擅自驱逐政府官员，成立武装，是破坏团结抗日之举。而没收商行财物，属于违法行为。与此同时，洛安州里在日本人卵翼之下耀武扬威的汉奸姚葫芦也派人给杨庭辉送来一封信，自然是威胁了，一是要求杨庭辉立即撤消并处置李文彬和陈埠县那个姓崔的泥腿子县长，立即迎接尤县长归政，立即将没收商会的财产归还——“否则，休怪姚司令我不客气。”

这两封信在凹凸山游击支队和特委引起了争论。开会研究办法的时候，李文彬也参加了。李文彬看了刘汉英和姚葫芦的信，勃然大怒，将信掷在地上，还踩了一脚，说：“国民党欺人太甚，我们打倒反动县长，还权于人民，扩大武装就是为了抗日，不是去打他刘汉英的，他有什么道理说我们破坏抗日？看看，他是和汉奸一个腔调，究竟是谁破坏抗日，不是昭然若揭了吗？”

江古碑说：“我同意李文彬同志的观点，我们对这件事情可以不予理睬。我们不能听国民党和汉奸的指挥。”

说完，还很有力度地拍了一下桌子。

杨庭辉说：“大家还是冷静一点。老窦老王老张，你们的意见呢？”

窦玉泉本来是不急于发言的，他知道，这个问题比较棘手，虽然只是陈埠县的问题，但这里涉及到许多政策问题，现在是国共合作时期，各种关系比较微妙。合作是合作了，但毕竟不是一家人，合作还有个分寸的问题。凹凸山的历史特殊，过去是官匪一家、兵匪一家，现在是国、共、匪、伪，错综复杂。还有，虽然同是从江淮军区派来的干部，但他对江古碑和李文彬的做法有保留，他们过于理想，也过于激进，在全民族统一抗战的前提下，去搞那种轰轰烈烈的土地革命似的革命，去建立什么“凹凸山的巴黎公社”，简直是异想天开，也不符合当前的政策和策略。但是让窦玉泉为难的是，杨庭辉和王兰田对于江古碑和李文彬的做法并非不知道,不仅默许,而且支持。他是个吃过亏的人,在川陕肃反的时候他差点儿被杀掉,回到江淮军区,又反过来被当成某某某分裂主义分子被审查过。革命的理想和目标是崇高的,但是实施的过程是云诡波谲的,在陈埠县的问题上,持肯定和否定的态度都不一定正确,并不是非此即彼。

窦玉泉苦思良久,还是一言不发,最后只说了句:“这件事值得重视,还需要认真研究。大家各抒己见吧。”

窦玉泉可以王顾左右而言他,王兰田却不能,在这样的会议上,如果他保持沉默,这种沉默本身就是态度。王兰田也想了一阵子,说:“刘汉英和姚葫芦的态度我们不能不重视,因为,不予理睬,可能会使矛盾激化,尤其是姚葫芦,他要是把视线主要集中在凹凸山南,可能……在军事上,可能……对我们不利……”

王兰田的话还没说完,张普景立即打断了他的话头:“老王你这是什么意思?我们就是要同敌人斗争的,我们还能在汉奸面前低头吗?”

王兰田说:“我不是这个意思,我是说,我们现在实力还不是很雄厚,不能惹火烧身。”

从内心讲,窦玉泉是很赞成王兰田的意见的,从凹凸山的形势看,各方势力都在积攒精力敛翼待机,如果因为陈埠县的问题,将敌伪的注意力集中在凹凸山南,刘汉英本身就居心叵测,一旦开战,势必袖手旁观,游击支队的这点兵力将会受到重创,的确不是明智之举。但窦玉泉不会把这个意思说出来,他知道,杨庭辉不是书呆子,杨庭辉不会不明白个中利害关系,只要不是逼到绝处,他就没有必要充当出头鸟。

杨庭辉终于发言了。杨庭辉说:“陈埠县的工作我是支持的,李文彬同志做了相当的努力,局面开展得很好,尤其是武装建设,功不可没。但是,现在情况有了变化,有些人被触动了,我们得有策略,硬顶对我们不利。我看是不是这样,那个尤县长,还是让他当他的县长。没收商会的财产,可以还给他们一部分。这样,可以暂时稳住姚葫芦。但是,抗战先锋队已经建立,不必撤消,这一点,我们不必解释,这是抗日的需要,一切都是在抗日的旗帜下顺理成章的,刘汉英作为凹凸山特别行政公署专员,他没有理由反对,就是心有异议,也不敢摆在桌面上说,我让他有苦说不出。”

张普景说:“我们为什么要做这么多让步,难道是被敌人吓破胆了吗?我们应该坚持,水来土掩,兵来将挡。我们有我们的原则,不能妥协。”

杨庭辉说:“同志,斗争是要讲策略的,而眼下我们最重要的策略就是发展我们的武装。只有当我们的武装力量相当壮大的时候,原则才有可能坚持得下去。如果我们一味蛮干,同敌人拼个鱼死网破,那就是葬送我们的实力。”

这次会议做出了三条决定,一是陈埠县还政于旧政权尤县长的班底,退还陈埠县商会被没收的部分财物,并且由杨庭辉亲自出面,安抚尤县长和一帮子士绅们。二是陈埠县的“苏维埃”政权暂时转入地下活动,兵工厂设备送交游击支队。三是以原抗战先锋队骨干分子为基础,成立陈埠县抗日游击中队,并公开向国民党凹凸山行政公署报告,申请武器装备和军饷——至于能否落到实处,则另当别论。

刘汉英有两个没想到,第一是杨庭辉等人会做出这样的让步,眼看已经红红火火的陈埠县赤色运动转眼之间就偃旗息鼓了,按他的经验,共产党善于星火燎原,像这样自己泼自己的冷水,不是共产党的性格——可是凹凸山的共产党就是这么出其不意。如此,让杨庭辉的部队见恶于姚葫芦,并借姚葫芦的手削弱杨庭辉的如意算盘也就很难拨动了。

刘汉英的第二个没想到是，杨庭辉居然明目张胆地又在陈埠县成立一个抗日游击中队，而且装出一副依靠国民政府的样子，向他报告，以争取合法。刘汉英当然不会情愿给这个中队军需粮饷，但是，他又知道，不管他承认与否，土八路的那个中队是不可逆转地成立了，他不承认又能怎么样呢？八路军的队伍说发展就发展，压根儿就用不着征得他的承认，这一次之所以报告了，是给他一张脸，他要是一本正经地不予理睬，就是给脸不要脸了。

前思后想，刘汉英最终还是决定把这张脸要过来，派了一名军需官，带上一门破钢炮和十条汉阳造，前往陈埠县宣读他的手谕，嘉勉陈埠县抗日游击中队奋勇杀敌，为党国效忠。

七

战斗间隙训练，别的中队的训练都是司令部作战科组织，梁大牙的中队却是由副司令员兼参谋长窦玉泉亲自组织。

窦玉泉是个读过师范的知识分子，因为有点文化，过去一直在川陕的部队里当参谋，那时候，川陕的红军搞肃反，发起肃反运动的领导人有一个出奇的理论——“工农同志在工作中犯了错误，党可原谅三分，倘若是知识分子犯了错误，就要加重三分。”肃反前的一天，那位领导人偶尔看见窦玉泉正在看一个小册子，就顺手翻了翻，这一翻就坏了，那个小册子的作者是一位留过洋的军事指挥员，也是那位领导人正要在肃反中清理的重要目标，再加上窦玉泉当时和妇女独立团的一名女干部交往甚密，而那位女干部恰好又是窦玉泉顶头上司追求的对象，肃反一开始，顶头上司就向上打了报告，密奏窦玉泉说过的一句话，“某某某指挥打仗就是不如某某某”，如此自然大祸临头，毫不含糊地被关进了“改造班”，每天要交代思想错误，如果交代不出错误，那就更是错误，属于“执迷不悟”，再往后就是“顽固不化”，再再往后就是“自绝于党”。倘若不是一场战斗急需干部，窦玉泉的肩膀上早就没有脑袋了——那时候杀了多少人啊，没有理由都照杀不误，更何况他窦玉泉还读过“反革命分子”某某某的书呢？何况他还说过某某某指挥打仗不如某某某呢？

打完那一仗，有些“改造干部”相信组织，又交了枪老老实实地回到了“改造班”，不久后大都被杀。窦玉泉却多了个心眼，跟随一支作战部队回到了江淮根据地，从而躲过大难一场。

有一点窦玉泉没有想到，当初在苏区他曾经受过某某某肃反扩大化的迫害，差点儿成了刀下冤魂，可是到了江淮军区之后，他又莫名其妙地成了某某某分子，当时军队的一位高级领导人说过这样的话：“某某某就像一粒毒药，毒药投到井里，某某某部队的干部喝这口井的水，都不可避免地要中一些毒。”

如此一来，窦玉泉就一再背时，没被某某某杀掉，还要为某某某背黑锅，又进行了若干次反省，又写了若干份检查，这才勉强过关，并在以后的岁月里，凭借勤恳的作风和实战经验重新受到重视。

毕竟，窦玉泉是一个经过战争而且是正规战争磨练出来的军人，被派遣到凹凸山以来，也是满怀雄心壮志，要一展身手，要带出一支兵强马壮的部队。但凹凸山支队并不像他想象的那样容易整顿，游击作风严重不说，兵员成分还十分复杂，多数指挥员既没有军事理论，也缺乏严谨的战术训练。如此，他就不能不多操一些心了。

抗战爆发以后，凹凸山游击支队经过收编扩充，眼下共有五个中队，每个中队有三五小队不等，每个小队有三二十人不均。窦玉泉便向杨庭辉建议，军中立草为标，凡事都得有规矩，要规范编制，合理配备人员和武器，并对小队以上干部进行战术训练和基本的军事理论教育。这些建议均被杨庭辉欣然接受。

窦玉泉搞训练是有经验的,从基础的动作开始,点滴灌输,一招一式都按照日军战术来,这在战术上叫以夷制夷。但梁大牙之流却练得阴阳怪气。

练习拼刺刀,窦玉泉讲了几遍要领,累得浑身是汗,从出枪出刺护身到侧身防卫都亲自示范,要求得十分细致也十分严格。可是让梁大牙比划,就不是那么回事了,张牙舞爪笨手笨脚,还老爱抡枪托子,一急眼了就横冲直撞。窦玉泉忍不住一遍一遍地纠正,纠正多了,梁大牙就不耐烦了,说:“什么一进二退上三下四的,咱记不住。窦副司令你也别老找茬,我这个打法不比你的差,不信,咱俩拼回刺刀试试。”

窦玉泉说:“好啊,我看我不教训你一下你就不知道厉害。我让你三枪。”

梁大牙不信邪,拖着根木枪就要和窦玉泉拼。

梁大牙人高马大,窦玉泉也是高大魁梧,彼此势均力敌,再加上窦玉泉在参加队伍之初就是受过严格的单兵训练的,自然不会怯乎梁大牙。

准备好了,就开拼。

梁大牙横着一根木枪,泰山压顶一般向窦玉泉扑过去。窦玉泉拉开架式,等梁大牙逼近了,虚晃一枪,倏然一跳,梁大牙就扑了一空,但是梁大牙没有倒下,抽身杀了个回马枪,窦玉泉出枪一挡,用力过猛,两人的虎口都是一阵裂疼。

梁大牙见两枪没有刺中窦玉泉,暂停,稳住阵脚,要了个心眼,哇哇乱叫,声东击西,左右开弓,把一根木枪舞得呼呼生风。窦玉泉见这家伙又开始乱抡了,不敢贸然还手,连连后退,跳上一个高坎,引诱梁大牙轻兵深入。梁大牙屡次出击无效,就有些急躁,动作就更没章法了。窦玉泉卖个破绽,抽身便走,梁大牙见有机可乘，再次出枪，却不料窦玉泉突然一闪，出枪一杵，梁大牙就摔了个嘴啃泥。

窦玉泉迅速回身，一脚踏在梁大牙的背上，把木枪头抵在梁大牙的后脑勺上，哈哈大笑：“梁大牙，到底我是花拳绣腿还是你笨脚笨腿？这回服不服啊？”

梁大牙被死死地踩住，动弹不得，叫了起来：“狗日的窦副司令，你也不按章法了，胡毬来，你耍花招。”

窦玉泉仍然踩住梁大牙不松，任凭梁大牙在他的脚下龇牙咧嘴地求饶，说：“我当然要耍花招，打仗打的就是花招。但是你要把基础动作练熟了，才能把花招耍好。你前几次仗打得都不错，但那都是小打小闹，也有很大的偶然性。你的对手要是我，恐怕就没那么便宜。当八路军的军官，你还得从头训练，要练扎实的基本功。你听明白了吗？”

梁大牙说：“我听明白了。你快松开我，你不能老踩住我不松啊，哎哟，我的肋巴骨……我服了行不行？”

窦玉泉这才哈哈一笑，又使劲地踩了一下，说：“怎么样，知道厉害了吧？别以为……”话还没说完，就觉得身子一飘，重心失控，稀里糊涂就被掀翻了。还没回过神来，梁大牙已经从地上爬了起来，拍着屁股叫道：“你厉害个鸟毛灰，老子不过是一时大意让你钻了空子。十天后咱们再比划，我让你三枪，你能赢我我把门牙打下来给你。”

窦玉泉说：“那好，我等着。”

吃了一次亏，梁大牙就不能小看窦玉泉了，虽然嘴上还是不知天高地厚，但是暗暗地留了神，琢磨小日本的战术，也琢磨窦玉泉的招数，十天之后再跟窦玉泉较量拼刺刀，作风与前大为改观，结果竟然是窦玉泉以三负一胜败给了梁大牙。

八

这段时间，没有大打出手，凹凸山游击支队只搞了几次小出击，主要的精力还是训练和整肃军纪。

虽然拼刺刀跟窦玉泉不相上下，但梁大牙知道窦玉泉是一个有学问的军事干部，尤其是关于指挥方面，那是为官为将的学问，窦玉泉有些招数，他还是乐意跟着揣摩的，而且悟性不差，很会灵活运用，往往出奇制胜。譬如前不久在黄峰垭反“扫荡”中，曲歪嘴的小队抓获了鬼子官的一条东洋狼狗，梁大牙灵机一动，当场让人在狗尾巴上绑了四颗手榴弹，拧开盖子，把拉火环扯掉就放了狗。那狗一旦挣脱羁绊，就箭一般地往鬼子窝里跑，欢天喜地地炸死了它的老主人藤田少佐和七八个鬼子兵。

梁大牙的仗现在是越打越精了。

这天是个好天气。晌午时分，梁大牙正在驻地村庄外带领朱一刀等人训练摔跤，杨庭辉骑着一匹枣红色的大洋马，满面春风地驰骋而来，一直奔驰到梁大牙的身边，翻身下马，把缰绳扔给警卫员，乐呵呵地照着梁大牙的肩膀上擂了一拳。

梁大牙说：“看样子司令员有高兴的事情了，莫非哪里又打胜仗了？”

杨庭辉说：“不光是我的高兴事儿，也有你梁大牙的高兴事儿。梁大牙同志，上级要我们在鄂豫皖边扩大抗日武装，各县要成立县大队。从今天起，你就是陈埠县的县大队长了。”

梁大牙吃了一惊，说：“我的个天，那不是又升官了吗？”

杨庭辉笑笑说：“是啊，当八路当对了吧？看看升官升得多快？我跟你讲，这次我们在凹凸山要成立七个县大队，要把队伍扩充到两千人以上，干部严重缺乏，别的大队长和政委都是老红军干部担任的,像你这样资历的,最多只能当副大队长。你是第一个当大队长的,我们把你选做标杆,你得好好干,尽量带出一批新干部来。”

升官是好事,不过梁大牙又有点疑惑,问:“县大队的大队长是个多大的官儿？能不能骑上东洋马?”

杨庭辉皱皱眉说:“我们八路军不计较官大官小。要想骑东洋马,你得自己缴获。”见梁大牙黑着脸不吭气,又说:“你那个大队长,也就相当于个营团级吧。”说完,带头往山坡上走,仍然显出兴致很高的样子。

梁大牙赶紧跟了过去,不屈不挠地问道:“县大队长这个官算是几品?”

杨庭辉很恼火地看了梁大牙一眼,咬牙切齿恶狠狠地说:“七品!”

梁大牙压根儿不在乎杨庭辉的态度,咧开大嘴笑了,说:“不赖。七品就是个县太爷了。管多少人马?”

杨庭辉忍了几忍才没有骂出声来,咽下一口恶气,说:“眼下只有你们中队作为主力基础,到陈埠县去开展工作,各小队升级为区中队,到各区去扩充兵员,加上李文彬同志的抗战先锋队,全大队要发展到五百人左右。”

梁大牙一听这话乐了,嘿嘿一笑说:“行啊,招兵买马咱有办法。今晚老子就带人去打河口集,他娘的弄他几根机关枪回来,让弟兄们看看本大队长的手段。”

杨庭辉勃然变色,厉声喝道:“梁大牙,你是谁的老子?”

梁大牙怔住了,傻乎乎地看着杨庭辉,好一会儿才回过神来,嘟嘟囔囔地说:“咱说话就是爱带个口头禅,不是故意骂人的,何必发火呢。”

杨庭辉就沉下脸,严肃起来说:“梁大牙同志,我必须提醒你了,你现在是八路军的指挥员了,老百姓的习气要改。我们八路军是一个有着高度组织纪律的武装集团,不能仅凭意气用事,不能说高兴了想打就打。大队长要像个大队长的样子,要动脑筋。你明白吗?”

梁大牙的大嘴张了几张,想把杨庭辉的话给顶回去,可是转过脸去一看,司令员的表情很认真,再往细里琢磨,觉得杨庭辉的话似乎有点道理,便一本正经地回答:“我明白了,大队长要像个大队长的样子。”

杨庭辉仍然余怒未消,但见梁大牙没有顶撞,口气便缓和了一些,语重心长地说:“梁大牙同志,你要清楚,组织上对你可以说是十分地迁就了。你作战勇敢,这是有目共睹的,但是你不能因此居功自傲。你梁大牙在我们凹凸山游击支队里是受到尊敬的。你要珍惜同志们对你的尊敬,要注意保持高大形象。”

这一席话,虽然也是批评,但是杨庭辉把分寸把握得比较好,有褒有贬,褒中寓贬。梁大牙尽管明知是教训他,听起来却不咋觉得不中听,于是坦然表态:“司令员你放心,往后咱再也不在你面前充老子了。”

杨庭辉点了点头说:“在别人面前也不能充老子。”

梁大牙说:“司令员说得对,咱梁大牙是个明白人,说得对咱就听,听了咱就改。”

杨庭辉的脸上这才显出一丝笑意,又点了点头说:“到陈埠县的事就这么定了。具体的准备工作,等一会儿由司令部姜家湖同志跟你们一起研究。你看还需要什么?”

梁大牙挠了挠头皮,龇龇大牙说:“倒是真的还有个需要,就不知道司令员给不给?”

杨庭辉说:“只要是我们能够办得到的,自然会给你办。你有要求尽管说。”

梁大牙张了张嘴,想说没说,半天才说:“算毬了,就算是开个玩笑。”

杨庭辉说:“你梁大牙一向说话爽快,今天是怎么回事啊?有话直说!”

梁大牙说:“说了恐怕也是白说……你……能把东方姑娘给我吗?”

梁大牙说话的功夫,杨庭辉已经踏上了往坡上去的小路,一只脚在路边,一只脚在路上,听了梁大牙的话,被火烫了似的缩回脚,看鬼一般狠狠地盯着梁大牙。梁大牙发觉司令员的目光很不对劲儿,像是带着很多毛刺,扎得人眼睛生疼。心里不由自主地就先虚了三分,嘴里呐呐地说:“不行就算毬了,咱这也是……也是……”

杨庭辉冷笑一声,问道:“梁大牙同志,你个狗日的这是什么意思,你以为我们八路军是土匪么?你以为组织上派你去陈埠县是去当山大王么?你是不是还想要个压寨夫人啊?啊——你说是不是?”

梁大牙连忙辩解,自然不敢说出心里话,也算是粗中有细,迅速给自己找到一个台阶,硬着头皮说:“司令员小看梁大牙了,我梁大牙如今已经是抗日军人了,还是一名八路军的干部,哪能去想那些歪门邪道呢?我这段时间看出来一个窍门,有东方闻音同志在场,我们队的弟兄们杀敌训练就格外带劲一些。再说,咱这个人是个粗人,得有个仔细的人敲打咱,咱才能进步。自从结识了东方闻音同志,不知是咋弄的,咱就想当个斯文人。你说怪不怪?”

这回轮到杨庭辉吃惊了。杨庭辉无论如何也没有想到貌似莽汉的梁大牙还能说出这样一番话。他定睛再一次仔细打量梁大牙,还真不像生病发烧,也不像油嘴滑舌的样子,挺认真的。想了一会,杨庭辉说:“好,你的这个要求我记住了,我得跟支队其他领导研究一下。”

梁大牙说:“司令员我向你保证,咱当真没有往旁门左道上想。

东方闻音同志要是不能跟我们并肩战斗，你就给我派个军师吧。”

杨庭辉说：“还没有顾上告诉你，这次组建陈埠县大队，为了加强力量，支队决定抽调一批战斗骨干给你们，各区成立区中队，中队长和小队长都由老八路干部担任。”

梁大牙起先没有反应过来，想了一会突然叫了起来：“司令员，这样不行，你派老八路干部来，那朱一刀跟陶三河、曲歪嘴他们怎么办？”

杨庭辉说：“什么怎么办？提拔使用，到各区中队去当副中队长啊。”

梁大牙怔了怔，瞪着两只凸出的眼珠子往远处看了好一会儿，才扭过头阴森森地对杨庭辉说：“算毬了，你那个鸡巴大队长咱不当了。”

杨庭辉吃了一惊，厉声喝道：“梁大牙，你这是什么意思？”

梁大牙不吭气，蹲在地上，卷了一支粗大的旱烟，吱吱吱吸得火星乱蹦。

朱一刀和陶三河、曲歪嘴等人都是梁大牙担任中队长之后提拔起来的小队长，也都是他的蓝桥埠乡亲。在梁大牙看来，这些人都是够种的，只要认准一个理儿，玩起命来能把脑袋当尿壶摔。前几次同日军交手的事实也的确证实了这一点。这次梁大牙当上了大队长，他想自然应该是水涨船高，小队长们都应该成为中队长。可是杨庭辉居然要派老红军老八路骨干来当正的，他的知根知底的兄弟却只能屈居副职，他梁大牙的心中当然不会痛快。再说，派来的老红军老八路干部们显然都是杨庭辉信得过的心腹，功劳大，资格老，往后能像朱一刀陶三河曲歪嘴他们那样服从自己么？

想到这里，梁大牙的心头便蹿上来一股无名之火，抽完半根烟卷，恶狠狠地扔在地上，站起身来使劲地往上面踩了几脚，一拍屁股走了。走了几步又回过头来甩了一句话：“杨司令员，咱把话挑明了，你给我派老红军老八路骨干我双手接着，但是他们只能当副职，不然这个大队长咱就不当了。”

说完又补充了一句：“此地不留爷，自有留爷处。”

这落地有声的一句话把杨庭辉噎得直翻白眼，盯着梁大牙一走一踔的背影，杨庭辉终于忍无可忍了，咬牙切齿地骂了一句：“狗日的梁大牙，简直是土匪。”

九

凹凸山的夜晚漆黑，凝重的空气中弥漫着秋草枯叶的潮湿气息。八路军凹凸山抗日游击支队司令部的几位主要负责人在驻地梅岭召开紧急会议，集中研究一个问题——关于是否撤消梁大牙同志担任陈埠县县大队长职务的任命。

这显然是一个十分棘手的问题。如果撤消任命，那么，将如何处理梁大牙？如果换一个结局，仍然保留梁大牙的大队长职务，那么是否可以派遣东方闻音同志去陈埠县工作？从其他部队抽调的老红军老八路骨干去陈埠县县大队究竟是担任正职还是副职？等等。

会议由杨庭辉主持。参加会议的共有六个人，包括杨庭辉，支队政治部主任张普景，副司令员兼参谋长窦玉泉，副政治委员王兰田，特委副书记兼支队副政委江古碑。还有一个就是列席会议的支队政治部宣传部长东方闻音。除了杨庭辉和王兰田年纪超过了三十岁以外，其余人员都才二十郎当岁，窦玉泉二十五岁，张普景二十四岁，东方闻音才十八岁。

这次年轻的会议可以说是一次高度机密的会议。因为在会前私下通气时，江古碑提出了一个矫枉过正的方案：秘密处决梁大牙。

张普景表示赞成。窦玉泉既不表示赞成,也不表示反对。这就为会议的调子升了级。

江古碑虽然主持特委工作,但特委现在还是个空架子,离不开支队,他对支队的事情也很关注。一句话说到底,除了某种隐秘的不可言说的憎恶以外,冠冕堂皇地说,他也不认为梁大牙是个革命者。眼看梁大牙一天天坐大,居功自傲,江古碑感到十分不安。

张普景对杨庭辉一次又一次迁就并且重用梁大牙更是不满。他认为梁大牙的思想意识形态基本上还是封建腐朽的那一套,参加队伍动机不纯,政治上一塌糊涂。杨庭辉曾经有几次提出来要发展梁大牙入党,张普景给予了坚决的抵制。他认为他必须捍卫组织的纯洁性,不能因为梁大牙多杀了几个日本鬼子就降低了组织的标准。杀几个鬼子算得了什么?革命有更大的目标,有比杀鬼子更重要的事情,他梁大牙能胜任吗?张普景还特别厌恶梁大牙的举止行为,觉得这个人差不多就是个恶棍。如果把部队的指挥权交给这样的人,岂不是要改变性质吗?如今他又公开违抗命令,要挟上级,甚至提出荒唐条件,是可忍孰不可忍。什么"此地不留爷,自有留爷处"?这意味着什么?意味着这个人随时都会脱离队伍。这样的人杀不足惜。

张普景知道窦玉泉对梁大牙也有看法,十分希望他能站出来"坚持原则",可是,窦玉泉却回避了他的目光。开会的时候,窦玉泉谁也不看,只看房顶上的草笆。尽管窦玉泉也认为,像梁大牙这样的人,参加八路军带有很大的投机成分,这样的人谈不上有什么政治信仰,一旦条件有变化,或者个人意志得不到满足,他把队伍拉出去投敌都是极有可能的,但是这些话不到非说不可的时候,他窦玉泉是不会说的,他知道有人会说。

王兰田对江古碑和张普景的提议持不同意见。王兰田认为,"看一个人应该历史地看,长远地看。历史地看,梁大牙同志虽然有很多恶劣的习气,但是他投身抗日的爱国精神是不容置疑的。当初,他虽然在投八路还是投国民党军的问题上没有明确的倾向,走过一段曲折的道路,但是有一点是很明确的,那就是他不会去当汉奸。长远地看,眼下全民抗战,像梁大牙这样舍生忘死的人尤其难能可贵。而且,通过最近的几次战斗,已经可以明显地看出来了,梁大牙同志在战术上有了可喜的进步,现在已经不是仅凭匹夫之勇了,已经开始有意识地思考一些问题了,基本上进入了一个初级指挥员的角色了。眼见得一个战斗骨干正在成长,我们还是应该考虑帮助他……”

“可是,梁大牙竟然要求东方闻音同志跟他一起去陈埠县,动机是不可告人的,是十分恶劣的。”张普景十分激动,红着脸看着王兰田,狠狠地打断了他的话。

王兰田却不温不火,依然平静地说:“当然,梁大牙同志也有他的问题,有些问题甚至是我们所不能容忍的。我的看法——杀,是坚决不能杀的。但是陈埠县县大队大队长的职务目前是不能让他担任了。可以让他继续担任中队长,同时要对他的中队加强政治工作建设。现在的指导员在梁大牙的面前太软弱了,要换掉,换上一个有胆有识能够独当一面的同志,必要的时候要能顶上去。另外,也可以考虑再配两个副手。”显然,王兰田的意见也是经过深思熟虑的,所提出的方案不能说没有可取之处。几位支队首长为了梁大牙,委实伤了不少脑筋。

张普景闷闷地吸了两口烟,又扭过头来问道:“闻音同志,你是怎么想的?”

东方闻音不是支队首长,只是临时被指定列席会议,所以不便发言。对于梁大牙要求自己也到陈埠县去跟他“并肩战斗”,她感到十分惊讶和困惑。她是这么年轻,又是这样幼稚,虽然她现在是支队政治部的宣传部长,但那只是一个名义,整个宣传部只有她一个人,实际工作大事小事全由张普景包揽到底,她差不多就是个书记员兼通讯员。对于革命她一知半解,参加八路军是为了抗日报国。上海沦陷她无家可归,一到凹凸山,她才逐渐体会到革命二字的深刻涵义,远远不是她那颗单纯的心能够明了的。杨庭辉司令员是她父亲最器重的学生,父亲到远东寻求真理去了,托孤一样的把她送到凹凸山,杨庭辉自然对她关怀呵护备至。连杨司令员都说她还是个娃娃,还没有长大,还要在斗争中接受磨砺。像她这样一个人,到陈埠县又能够帮助他们做些什么呢?从个人角度上讲,对于梁大牙,她的看法是很复杂的。她能够充分地感受到,像梁大牙这样的人,似乎是很让人讨厌的,但奇怪的是,她并不讨厌梁大牙——说到底,她现在还不能算是认识了梁大牙。

东方闻音感受到了张普景落在她脸上的目光的分量,同时也感觉到了特委江古碑副书记在注视她的时候表现出来的复杂的神情,可是,她无法做出抉择——况且这也不是她的选择所能决定的。

东方闻音说:"我个人服从支队首长安排,只要是为了抗战大局,怎么样都行。"

张普景有力地看了她一眼,表示不满。江古碑也看了她一眼,那目光里既有失望也有一丝淡淡的阴郁。他是多么希望她能够强有力地支持自己啊,如果此时她能站出来,公开发表看法——梁大牙是个投机分子,这样的人在我们的队伍里很危险,如果有一天他私心膨胀,就会给革命带来很大的损失,我拥护江古碑副书记和张普景主任的提议,为杜绝后患,把梁大牙毙了!——如果她能这样说,那很多问题都解决了,即使不能把梁大牙毙了,他江古碑也会感到由衷的高兴,可是,令他沮丧甚至气愤的是,她竟然说:"只要是为了抗战,怎么样都行。"

这叫什么话?怎么能"怎么样都行"呢?简直是毫无立场,也毫无爱憎。

但是在这个场合,江古碑无法发作。

杨庭辉最后发言了。杨庭辉的表情很严肃,态度也很诚恳,眼窝里有些红丝,看样子很累,是经过了一番艰难曲折的思想斗争的。杨庭辉说:“第一,梁大牙同志是个好同志。第二,梁大牙同志是个可以进步的同志。第三,梁大牙同志是个可以重用的同志。”

在座的几个人面面相觑。连王兰田都有些诧异,一向稳重睿智的杨司令员这是怎么回事啊?明摆着的,梁大牙目前口碑极差,所作所为影响极坏,不杀他的头,就是高抬贵手了。杨庭辉却冒众人之大不韪,如此公开如此武断地给予如此之高的评价,实在是出人意料的。

张普景表情严峻地说:“我有一个问题要请教杨庭辉同志,到底谁是革命的主力军?”

杨庭辉怔了一下,说:“谁能打胜仗谁就是革命的主力军。”

张普景说:“这不是单纯的军事观点吗?”

杨庭辉说:“是军事观点,但不单纯。”

张普景冷笑了,“可是,我们的原则呢,革命者的标准呢?难道革命者仅仅就是靠匹夫之勇?”

杨庭辉反问:“那你说革命者应该是个什么标准?我告诉你同志哥,没有天生的革命者,没有与生俱来的革命觉悟。信仰和理想都是要靠培养的。你老张有什么理由断定梁大牙就不是一个革命者?这不是唯物主义的态度嘛。”

张普景顿时语塞,但仍然不肯轻易就范,坚持说:“就算我们不能证明梁大牙不是个革命者,但是他显然不具备优秀革命者的品质。”

杨庭辉挥手轻轻地驱散了眼前的几缕轻烟,淡淡地笑了笑,说:“老张你不要急于争论,我总有发言的自由嘛,请让我把话说完……之所以说梁大牙同志是个好同志，他的战斗行为已经证实了，大家有目共睹。他有缺点，但他的主流是好的，是革命的。改造一个人好比搬一座山，是一个长期的过程。我们不能指望梁大牙今天穿上八路军的制服，明天就是一个纯粹的无产阶级战士了。思想工作要潜移默化。我们共产党人是唯物主义者，不相信江山易移本性难改那一套。精诚所至水滴石穿，我们共产党把石头都能炼成钢，未必就改造不了一个梁大牙？眼下抗日战争已经进入了一个持久的僵持阶段，凹凸山的斗争尤为艰苦，正需要梁大牙这样的爱国青年驰骋沙场，所以我们要重用他。如果对梁大牙处理不当，将会给基层带来动荡，挫伤战斗积极性，梁大牙的中队恐怕要出问题。另外，从品质上分析，梁大牙不仅作战勇敢，而且脑袋也很灵活，只要引导正确，他就会一步一步地走上健康的革命道路。这样的人，一旦成为有觉悟的革命战士，其作用是不可低估的。”

“可是，”张普景不仅对窦玉泉的暧昧不满，还很恼火江古碑，枪毙梁大牙是他提出来的，见杨庭辉态度强硬，他却龟缩了，这哪里是革命者的姿态啊？没有办法，张普景只好硬着头皮再一次赤膊上阵：“可是，司令员同志，我们是否应该注意一个倾向，注意不要过分强调单纯的军事观点，而忽视了政治原则。梁大牙刁横野蛮，趣味低级，如果让这样的人继续担任指挥员，并且独当一面成为一个县的抗日武装的最高领导人，会不会有损我们八路军的名声？”

杨庭辉没有马上回答，深深地吸了一口气，又深深地呼了一口气，然后才说：“老张的担忧不是完全没有道理的，但是，事在人为啊。如果梁大牙现在就是一个既具有顽强战斗作风，又具有高度政治觉悟的人，那么我们还要开这个会干什么呢？那就不用再研究这研究那了，干脆把梁大牙调到支队政治部给你当副主任算了。”说完后面一句话，杨庭辉笑了，笑得很轻松。坐在杨庭辉右边的王兰田也微微地笑了笑。

张普景却笑不出来，他已经明显地感受到了杨庭辉话里的讽刺意味，脸色悄悄地阴沉下来，瞟了窦玉泉一眼，窦玉泉仍然面无表情。其他人也都缄默不语。东方闻音只是从几位首长的言语中感觉到似乎有些话不投机，她有些困惑，眼下她还没有进入到凹凸山决策层的思想环境之中。

杨庭辉的思路并没有被打断，接着前面的话题，仍然侃侃而谈：“为了达到团结梁大牙，改造梁大牙，正确使用梁大牙，充分发挥他抗日积极性和勇敢作战精神的目的，我提出三条提议。第一，正常宣布梁大牙同志担任陈埠县县大队大队长职务的命令。第二，向军区报告，调动宋上大、马西平、东方闻音三同志到陈埠县工作，陈埠县县大队政治委员由该县县委书记李文彬同志兼任，宋上大同志担任副大队长，马西平同志担任参谋长，东方闻音同志担任县大队副政治委员。由以上三同志组成县大队特别支部，宋上大同志担任书记，马西平同志为副书记。”

对于杨庭辉的第二条提议，东方闻音暗暗吃惊。副政治委员是个什么角色啊，那是要带领部队冲锋陷阵的，自己怎么能胜任啊？她很想站起来推辞，但一看见杨庭辉也正在用严肃而不容置疑的眼神注视着她，冲到嘴边的话又咽了下去。是的，司令员一直都在强调，要她多接触斗争实践，要敢于在艰苦的环境里锻炼自己，提高自己。这一次的任命，想必也是司令员有意识地锻炼自己，是责无旁贷的。这样一想，东方闻音也就心安理得了。再掰着指头算一算，除了自己，派给梁大牙的三个人中，有两个原先都是做保卫工作的，宋上大还当过锄奸科长。虽然司令员丝毫没有流露出要对梁大牙采取任何防范措施的意思，但是仅仅从这项人事安排上，还是能体会到一种藏得很深的韬略。

杨庭辉的意见还没有谈完,“第三,根据战斗需要,建议梁大牙中队的朱一刀、陶三河、曲歪嘴三同志分别升任陈埠县县大队三个基干中队的中队长。支队另外抽调一批骨干,分任基干中队的副队长和各区中队队长。”

张普景终于忍无可忍了,拍案而起:“我反对,我坚决反对。”

杨庭辉说:“老张你坐下,冷静点。我刚才说的只是提议。有不同意见,我们可以举手表决嘛。”

张普景坐下去,仍然心潮难平。他迅速分析了一下形势:除了东方闻音没有表决权以外,在场的特委委员和支队党委委员有五位。在梁大牙的问题上,江古碑理所当然是他的同盟,根据过去的交谈,窦玉泉对梁大牙也是反感至深,绝不可能支持梁大牙,就连王兰田,如果他出于革命的责任感,恐怕也不会赞成杨庭辉的武断安排。真要表决,自己的意见应该是占上风的。

可是,表决的结果却让张普景瞠目结舌,甚至可以说心寒齿冷。当杨庭辉宣布:“同意杨庭辉同志以上三条提议的同志请举手”之后,杨庭辉自己先举了手,然后是王兰田和窦玉泉。江古碑左顾右盼,似乎有点犹豫,尽管他对把东方闻音派到陈埠县去跟那个魔鬼“并肩战斗”一千个反对一万个不放心,但是他往四周一看就明白了,这件事情已是大势所趋,所以他最终还是举起了手。

坚持到最后没有举手的,只剩下了张普景一个人,形成了一对四的局面。那一瞬间,张普景几乎咬断了钢牙,他做梦也没有想到是这样一个结果——

这是怎么回事啊?

第五章

一

凹凸山抗日独立旅少将旅长刘汉英久久地伫立于舒霍埠西南茶山的坡上，目光掠越茶林的梢尖，落在山坳里乌龙集南边的栗竹坝上。

栗竹坝是第七十九大队开辟的一块训练场地。眼下，栗竹坝东头的那片打谷场上，正在进行着一场无声的、惨烈的搏斗——七十九大队的官兵正在操练拼刺。

刘汉英已经在这里观看很长时间了。他的身后跟着参谋长左文录和几个参谋人员。他们这一次观看部队训练，既不是巡视，也不是检阅，而是悄悄地来，悄悄地看，很有一些神秘色彩。

刘汉英此时的心情真是复杂极了，尽管这是一个风和日丽阳光明媚的春天的上午。七十九大队的枪刺在阳光下熠熠闪烁，如同一片银色的森林，灼痛了他的眼睛。他刚刚收到一份电报，上峰要把原第七十九军残部七十九大队扩编为新编第七十九团。这份电报不仅使刘汉英无比震惊，也使他大惑不解。他仿佛看见了那个身居军委会高位的陈上将拍案而起，正在声色俱厉地呵斥他的顶头上司蒋文肇——“交出东条山事变的责任者！枪毙凶手！”

而他刘汉英恰巧是制造东条山事变的直接责任者之一。更何况东条山事变留下的祸根还埋在他的身边呢。对于刘汉英来说，那段历史将永远是清晰的。如今站在舒霍埠的茶山上，那种浓烈的血腥味仍然一阵一阵地呛着他的鼻窦……

所谓的东条山事变，就发生在两年前的全面抗战爆发初期。

是年五月，日军以四千人众并调集伪满洲国四万兵力大举进攻中原东条山，驻守东条山的中国各路诸侯的军队有二十余万，由于作战准备不充分，加之互相推诿依赖，致使损失惨重，兵败如山倒，十多万军队奉命撤退至淠河以东。当时刘汉英是蒋文肇新六军方阜阳师里的一名团长，自然也在溃退之列。于是乎，整个东条山一线的中国军队只有非嫡系的杂牌军第七十九军坚守阵地，与敌血战一场然后转入敌后，凭借险峰峻岭与敌周旋，开辟了以源济、沁丰为中心的抗日根据地。源沁抗日根据地的建立，直接威胁日军的两大据点——安丰和长水，并且拊通阳之敌侧背，因此日军势必要摧毁该地区的抗日力量，自这年九月初起，进行了为期两个月的严密"扫荡"。

在"扫荡"初期，日军对七十九军采取了政治诱降，宣扬"不打中央军，专打八路军"，又宣扬"不打后娘养的武培梅，专打蒋介石的宠儿蒋文肇"，"七十九军要粮没粮，要钱没钱，除了卖命，一无所有"。

应该承认，日军对于七十九军的处境确实是清楚的。

七十九军本来是一支地方军阀部队，在蒋、冯、阎中原大战时，曾经同蒋介石的嫡系部队打过硬仗，尤其卖命，使蒋部损失惨重。虽然在抗战爆发后被编入国民革命军的序列，但是蒋介石对于该军的猜忌始终有增无减，军饷长期短缺，武器多是内战中军阀所造，既土且笨。然而就是这样一支军队，在姑子关战役、郗口战役、东条山战役中，屡屡首当其冲，凭借低劣的武器装备同日军血战。

令人难以理解的是，这支军队常常在紧要关头遭到出卖，最需要保障的时候没有保障，最需要援兵的时候没有援兵。两万多官兵经常饿着肚皮作战，大刀、石头乃至木棍都是武器，其惨烈之状，连刘汉英这样的蒋门嫡系都不禁为之动容。

侵华日军见诱降不成，恼羞成怒，于当年九月二十七日调集三万多兵力，分成十四路向七十九军驻地实施梳篦式“扫荡”，军长武培梅中将率军部和一师三个团仅三千余人浴血突围，一场鏖战下来，只剩下一千七八百人。而此时为了保障蒋文肇部队的转移，长官部不仅没有对九死一生的七十九军残部采取保护措施，反而命令他们重返火线。

血战三天水米未沾的七十九军官兵此时彻底心寒齿冷了，武培梅决意抗命撤退，当场将蒋文肇部一二一团团长转送的命令撕得粉碎，挥泪率部开拔。

岂料此时一二一团已经奉命堵住了七十九军的退路，竟然在山头架起机关枪督战。

武培梅雷霆震怒，喝一声：“挡我者亡！”然后亲自抱起一挺机关枪，身先士卒冲了上去。置于死地而后生，哀兵之战势不可当，前来堵截的一二一团遭到武培梅残部的毁灭性打击，迅速崩溃。可是武培梅哪里知道，当他率领不到一千人的队伍冲过一二一团的堵截线之后，还没有等他吐出一口长气，蒋文肇指挥的七个整团将近一万人，声称奉命围剿叛军，已经将他们包围得水泄不通了。不用怎么费劲，最高长官就轻巧地报了中原大战的一箭之仇。

在当时参加围攻武培梅部的七个团当中，就有刘汉英的二四六团。

这无疑是一桩奇天大冤。但是不久之后出现在重庆、广州等地的报纸上的，却是一则措辞微妙的消息——

【中新社民国二十八年九月三十日讯】日前，侵华日军二十万余众向我东条山地区大举进攻，国军第某某军、第某某军和第七十九军并肩作战，御敌于东条山沁河以东，国军蒋文肇、武培梅两将军身负重伤。国之不幸，武将军培梅公壮烈殉国，英年四十七岁……

当尚且散发油墨味的报纸铺天盖地地撒向城市和战场的时候，委实有人当真认为它能覆盖历史真实的一页。可是刘汉英不相信事情会那么简单，他的上司们也不相信会那么简单。

东条山事变过去不到半个月，刘汉英就接到上峰的命令：七十九军残部一百六十二人由武培梅部团长石云彪、副团长莫干山率领，在东条山西南三十里铺地区整休待命，着刘汉英派出小分队迎回归建，编入二四六团序列，暂降为营级建制，番号为七十九大队。同时，上峰还着意交代，对石云彪、莫干山等人要倍加抚恤，怀柔感化，绝不能擅自加害。上峰并且抠出牙缝，给那一百六十二人每人发了五十块洋钱。

接到命令，刘汉英当时就惊出一身冷汗。这么说，七十九军还是没有被铲草除根。这一百六十二人是绝对不能轻看的，他们无疑就是一百六十二条祸根，他们当中倘若有一个人站出来，东条山事变的真相就有公开于世的危险。

刘汉英气愤地想，上峰简直是糊涂。眼下在国军纵深腹地，一百六十二人不过是苟延残喘，消灭他们就像掐死一只老弱病残的狗，索性一锅端掉算了，免得后患无穷。

可是不久之后刘汉英就知道了，上峰并没有吃错药，上峰的命令来自上峰的上峰。

事实上，东条山事变的真相早已经不再是秘密，它居然被那位在军事委员会里担任要职的、原七十九军的老长官陈上将获悉，在向最高统帅交涉的十几项条件中，保存这一百六十二人的性命，为原七十九军建立一支象征纪念性的队伍，也是这位陈上将的重要条件之一。否则，假如有谁胆敢对这一百六十二人下手，东条山事变的真相立即就会昭之于全球。盟军最高司令部的作战指挥部里将会出现一份详细的书面文件。

刘汉英完全可以想见，陈上将在最高统帅的面前是怎样的暴跳如雷——巨大的愤怒已经足以使他不顾一切了。

做了亏心事，又被人揪住了尾巴，再加上全世界反法西斯斗争的巨大压力，上峰的上峰的上峰们就不得不后退一步了。先把老东西稳住再说，反正是来日方长，一百六十二人也不过就是菜板上的一疙瘩瘦肉，过了五月端午，还有八月十五呢。问题是，从那个时候起，刘汉英的日子就难过了。石云彪、莫干山等人成了他的部属，成了一个非驴非马的第七十九大队跟随他辗转东西。

进入凹凸山之后，其他部队都在扩充，刘汉英为了照顾平衡，也只好给七十九大队补充了一百多号兵员。而在他的内心深处，这个越涨越大的大队就是安在他身边的炸弹。他不止一次地想过把这个炸弹排除掉，可是上峰乃至最高长官都不答应。如果仅仅是拆除这颗炸弹，当然并不是一件太难的事，问题是那样可能会引爆一枚更大的炸弹。刘汉英惊悸地意识到，他随时都可能会被这颗炸弹炸得灰飞烟灭。可是，上峰为了更为重要的顾虑，是不会以他的意志为意志的。

好自为之吧。

刘汉英同石云彪、莫干山的纠葛真可以说有说不清楚的辛酸。那两个人绝对不是吃草的驴，请客不来，便宜不占，开会不说，重赏不喜，脸上永远都是冷冰冰的，难得笑一笑，也是皮笑肉不笑。倘若刘汉英本人能够做主，他早就把他们枪毙一百次了。可是，不仅不能枪毙，眼下上峰又来了一道命令，想必是军委会的那位顽冥不化的陈上将又向最高长官念紧箍咒了，上峰居然命令将七十九大队扩编为团，石云彪、莫干山恢复正、副团长职务。

面对这样一份电报，刘汉英只好打脱门牙和血吞了。养虎为患，而且还要为虎添翼，这回真是要把他姓刘的放在火塘里烤了。

二

现在，刘汉英和左文录等人就这么怀着一腔极其复杂的心情，面无表情地观看着第七十九大队的操练。这是一种奇特的操练方式。三百多个官兵端枪拼刺，已经练过两个多时辰了，全都是一个单纯的动作，那就是势不可当地往前猛刺，出如脱兔，收若归龙，一遍又一遍，一动比一动凶猛。三百多人在两个多时辰的操练中，居然没有吼出一声，没有像其他队伍那样会爆发出冲呀杀呀的叫喊。

按照通常经验，操练刺杀这种动作是要伴之以吼声的，那是一种遏制不住的发自肺腑的膛音。可是七十九大队没有，他们的膛音呢，他们的那一股澎湃的杀气到哪儿去了呢？注视良久，刘汉英似乎明白了——他们的吼声全都像惊雷一样滚动在心底。从他们那些绷紧了的紫铜色的脸膛上，从他们那恨不得戳破山峦的冲刺中，从他们那喷着火焰的目光中，刘汉英惊悸地看见了一种他并不陌生的东西——仇恨。

仇——恨？

是的，是仇恨。如果不是仇恨，一支部队不会如此沉默；如果不是仇恨，一支部队不会如此凶猛；如果不是仇恨，一支部队不会如此坚固如凝。作为军人，刘汉英比别人更清楚地知道，军队的确是太需要仇恨了，没有仇恨的军队是不能打胜仗的。仇恨，往往是一支战斗部队的灵魂，是带领他们踏入死亡地带穿越枪林弹雨的旗帜。仇恨就是军队的宗教。

而七十九大队的仇恨，尤其是石云彪、莫干山心中的仇恨，是巨大的。

刘汉英明白无误地看见了，在这三百多人的队伍里，就有同样端着长枪杀气腾腾的石云彪和莫干山，甚至还有前不久才从军的马尚善、陈墨涵和王西村之流的新成员，那些年轻的脸上居然也被铸进了仇恨的颜色。

在刘汉英的印象中，石云彪、莫干山以及七十九大队的中队长和班排长们，似乎每时每刻都存在于他们的士兵之中。就是他们，每时每刻都在向七十九大队的士兵们灌输着那种可贵而又可怖的东西——仇和恨。

白驹过隙，斗转星移，老兵们成了中坚，新兵们成了老兵，而把他们凝固在一起的那种仇恨的精神却丝缕相传，永恒不死。于是，七十九大队成了一支真正具有仇恨的部队。真正具有仇恨的部队是蔑视一切的，可杀而不可辱。

况且，七十九大队还有一套独特的自成体系的治军方略呢。

刘汉英曾经对石云彪、莫干山等人的根底作过研究。原七十九军几乎没有黄埔系军官，就连保定军官学校出身的也凤毛麟角。但是这支军队有一个奇怪的特点，那就是连以上军官都要读戚继光的《练兵实纪》和《纪效新书》，营以上军官要能背诵某些篇章，团至军的军官要熟读孔明的《将苑》。在非战斗情形下，每个月要集中上一次大课。

两个月前，刘汉英去七十九大队巡视，远远望去明晃晃的一片，那是刮了光头的莫干山带着同样刮了光头的排以上军官们正在摇头晃脑地背诵——夫为将之道，军井未汲，将不言渴；军食未熟，将不言饥；军火未然，将不言寒；军幕未施，将不言困；夏不操扇，雨不张盖……

刘汉英当时颇不以为然，鄙夷地认为这是生搬硬套古人的治军原则，既呆板拘泥又充满了酸腐气。但是不久之后刘汉英就发现自己错了。

七十九军的这些人，不相信党国领袖而偏偏敬重于传统将道。原军长武培梅经常对部属讲述“昔者良将之用兵，有馈箪醪者，使投诸河与士卒同流而饮”的故事。这些故事是深入人心的。无论是武培梅还是师长旅长们，直到石云彪莫干山之辈，莫不与士兵同餐共饮。反复的灌输加上军官自身行为的影响，使部队形成了独属于他们自己的宗教。曾经蒙奇天大冤至今仍然满腔悲愤，又使得七十九军的残部心净如水励精图治。

从收编为七十九大队至今，刘汉英没有发现七十九大队有一名军官贪饷，没有发现七十九大队有一名官兵抽大烟，没有发现七十九大队有一名官兵嫖娼赌博。刘汉英所见到的最多的是石云彪和莫干山跟士兵们蹲在一起吃饭。石云彪有一句口头禅——士兵吃肉，军官吃菜；士兵吃干，军官吃稀；士兵吃稀，军官喝水。

这太可怕了。

这样一支部队，就像一只铁桶，被一种卓越的精神箍紧了。他们有仇恨，他们的心中有淤血的郁结。只要你不把东条山事变的真相说清楚，只要他们的仇恨依然在怀，郁结依然在胸，那么他们就不可能与你同心同德。

为什么要沉默呢？沉默不是默认，不是说咽下一口热血就冷却了。打脱门牙和血吞，不是白吞的。沉默得越久，压抑得越深，最终爆发出来的仇恨的力量就会越大。作为凹凸山地区的军政最高长官，刘汉英是十分清楚这一点的。

三

从舒霍埠茶山上下来之后，刘汉英让左文录派人请来副旅长文泽远、政训处主任吉哈天、二四六团现任团长张嘉毓、二四八团团长马梓威、特务营营长齐格飞。在这些人当中，数吉哈天、张嘉毓最为刘汉英的心腹。

对于文泽远，刘汉英始终是抱有戒备心理的，此人寡言少语但老谋深算，肚子里有牙，无论何时何地，脸上总是挂着悠然自得的微笑，显出一副宠辱不惊的样子，尤其在笼络部属方面，极其圆滑。由于他的世故温和，同刘汉英的严酷和武断就形成了鲜明的对比，刘汉英的旅长就格外难当。若不是顾及全局，刘汉英甚至连作战会都不想让他参加。当然，最令刘汉英头疼的还不是文泽远的世故和圆滑，而是他那讳莫如深的背景。

文泽远既不是黄埔系也不是保定系，当然也不是绿林出身的土行伍，而是出身于“青干班”。这个“青干班”是某太子一手组建的，为其培养“太子党”的基地。虽然抗战爆发后“青干班”被委作他用，但是“青干班”前几期学员却早已被撒到部队。而且与老营军官不同，这些人任职一律不带档案，其中自然大有玄妙。这就给部队里知根知底的老军官们以极大的心理压力，不知道这些“太子党”们会在眼皮底下折腾出些什么鸡鸣狗盗的事情来，也不知道什么时候就被他们参上一本，没等自己明白过来，便被人家暗中一个飞镖打下马来。

刘汉英是一个来路清白出身磊落的国军正规军官，是凭着自己的战绩和实力一步步升上来的，又有一掷千金的黄埔军校毕业生的响亮名牌，对军队里那些倚官仗势的纨绔子弟们是很瞧不起的，对于他们豢养的走狗当然就更加鄙视了。好在文泽远为人还算平和，人是阴了一点，却不大管事，甚至有一副不显山不露水的君子之风。

会上，刘汉英将长官部的电报亮出来，大家看后面面相觑，都有些发蒙。在座的没有人不知道东条山事变是怎么回事，也没有谁不知道那个饿虎般静卧在侧的七十九大队的存在对于他们来说意味着什么。如今虽然同在凹凸山独立旅供职，彼此称同志弟兄，但是在座的人似乎没有谁从心里把石云彪、莫干山真正看成是同志弟兄。在有些人的心目中，第七十九大队甚至是比日本军队还要危险的敌人。

会议开得很沉闷，刘汉英要大家都谈谈看法，可是大家都觉得看法很难谈出口。还是二四六团团长张嘉毓慢腾腾地先开了口。张嘉毓是刘汉英亲信中的亲信。自然，张嘉毓是个聪明人，此时不会谈出什么愚蠢看法。

张嘉毓正襟危坐，察言观色，字斟句酌："旅座，敝职以为，长官部此项命令也是不得已而为之。目前抗日局势吃紧，扩编部队也是战争需要。就我凹凸山军事力量对比来看，若非凭借地形之险、工事之固，实难抵御日军大规模进攻……"说到这里张嘉毓忽然打住，他看见刘汉英的脸色更加阴沉了，晓得自己的话题有点游离主题，没有一下子切中要害，引起刘汉英的不快，便悻悻地住了口。心里却有点懊恼，其实自己真正想说的话还没有说出来。

果然，刘汉英站起身来，啪的一声把电报掷在案上，狠狠地说："清谈误事，不要绕圈子。命令已经下来了，是非执行不可的。现在请诸位来，就是要商量怎么个执行法。望各位权衡利弊，提出良策。"

二四八团团长马梓威行伍出身，性情率直，他的发言倒是一根肠子通到屁股眼——直奔主题："各位，我早就说过，养虎不除，终至大患。在三十里铺那次要是听了我的，也不至于有今天的千难万难……"

马梓威说到这里，戛然而止，似乎意识到了什么，审慎地看了看刘汉英，再看看文泽远。刘汉英面无表情。文泽远也面无表情，虽然他在微笑，但是马梓威晓得那微笑是假的，是没有任何感情意义的。文泽远当然也知道，想当初七十九大队还没有成为七十九大队，还在三十里铺待命的时候，从方阜阳到刘汉英，还有他们的几个铁杆亲信之间是有过一番密谋的，只不过是上峰不允才没敢轻易下手罢了。

“参谋长,你意下如何啊?”刘汉英开始将左文录的军了。他很不满意左文录的沉默,在棘手的问题面前,当参谋长的,应该最先拿出办法才是。

左文录当然不是等闲之辈,他之所以没有发言是因为他不想率先发言。其实,他已经在心里酝酿一个方案了。“我认为,”左文录说,“命令必须执行,这一点显然是不用再议了。文章就在怎么执行上做。一是积极地执行、主动地执行,二是消极地执行、被动地执行,三是不冷不热地执行……”

说到这里,左文录顿了一下,看了看众人的脸色,见大家都表现出很有兴趣的样子,这才提高了音量:“依敝职之陋见,既然上峰有命令,看来背景很深,执行起来只是个时间和方式的问题。于公于私,对于本旅来说,都不能说这是一桩坏事。所以敝职以为,应该是积极地执行,应该隆重对待,迅速地把这项命令执行下去……”

“照你这样说来,我们今天来开这个会还有什么意义呢?”

政训处主任吉哈天不耐烦了,认为左文录说来说去还是没有说到问题的根本所在。吉哈天有很多事情要做,他可不想在这里多费口舌磨嘴皮子,于是毫不客气地打断了左文录的话。

左文录倒是很有涵养,不慌不忙地说:“鄙人抛砖引玉,出三策见笑诸位:一、派人前往长官部疏通,将新编第七十九团调出本旅序列,交由师部或者军部或者最高长官部直接管辖。”

刘汉英的眼皮动了一下,眼睛稍微睁大了一些,冷冷地问道:“理由是什么?”

左文录笑了笑说:“理由就是没有理由,这件事只能在底下做动作,是不能摆到桌面上去的。”

刘汉英说:“就算长官部的关节能够疏通,我们那位尊敬的陈上将会同意吗?石云彪他们同意吗?他们的眼睛可都睁得很大啊。”说完，扭过头来看着文泽远：“你老兄有何高见啊？”

文泽远仍在微笑，不紧不慢地说：“别瞎忙乎了，你就是有天大的本事，也做不通长官部那些人的工作。很明显嘛，事情最初出现的时候，长官部乃至南京方面都完全可以把他们控制起来。可是为什么还要把他们放在这里呢？他们要抗日啊，这里是抗日前线啊，摆在桌面上的话只能这么说。眼下唯一能够使他们保持沉默的，就是抗日大局。我想长官部的意图诸位稍微换一个角度，就不难理解。”

刘汉英心里骂了一声老奸巨猾，却又不能不承认文泽远说得有道理。

想把新编第七十九团轻而易举地就划拉出去？恐怕不是那么简单的事。那是一支正在长着毒牙的蛇，谁愿意把它放在自己的脚背上啊？虽然上峰自始至终都特别交代，要关照保护好石云彪等人，但刘汉英不是傻瓜，他不会听不出来弦外之音，他也能够充分地体会到上峰的苦衷。上峰把七十九军的这点种子撒在凹凸山这块土地上，是基于对他刘汉英的特别认识。上峰绝不会希望他刘汉英做个花农，让那些苦涩的种子开花结果，越长越大。

想到这里，刘汉英不寒而栗。他差不多现在就能看见最后的结局——最后的结局差不多就和东条山事变是一样的。只不过，他希望这一次扣动扳机的不是他而是日本人，或者是七十八军，或者是八路军，总之不管是谁都可以，只要他刘汉英能摆脱干系就行。刘汉英一想到将来最终要发生的事，就有点神不守舍，似乎又看见了葬身东条山的那些汉子满脸血污地向他走来……他把干涩的目光转向左文录：“继续。”

第一策既然被否，左文录又说出第二策：“建成乙种团，设两个营，每营三个连。采取掺沙子的办法，上报长官部，提升石云彪任副旅长兼军官训练大队大队长，莫干山和马梓威对调，任二四八团团长,马梓威任七十九团团长。”

别人都还没有反应过来,马梓威便先急眼了:“左参谋长你这不是把我往火坑里推吗?个人进退去留不足挂齿,就怕你弄巧成拙。”

左文录瞟了马梓威一眼,鄙夷地说:“我这不是提方案么?还要等旅座最后定夺嘛,你急什么急?再说,现在七十九大队不过区区三百多人,组建成团谈何容易呵,建成乙种团也需要再增加三四百人,他总不能一个军官不让调吧,到时候肯定还要给你派人去,这样做也是为了解决问题嘛。”

刘汉英抬起手背往上一横,截断了左、马口舌,问道:“参谋长,你还有什么高招?”

左文录说:“如果以上两条提案均不可为的话,那么就只有老办法了。当然,那样一搞就更麻烦了。”

在座的都明白“老办法”指的是什么,也都知道“老办法”在眼下是行不通的。刘汉英严厉地说:“那是下策。下下策!”说完话,刘汉英的脸色阴沉了好一会儿,不满地横扫了一遍,将两只手交叉在胸前,仰靠在椅背上,微阖双目,喟然长叹:“早知今日,何必当初啊!”

刘汉英说的当初,当然是指东条山事变。两年来,他的良心偶尔也疼痛过一阵,但很快就过去了。在那件事上,他不是决策者,他无需承担决策责任,但他毕竟开枪杀人了,而且杀的又是些什么人啊,那都是为了国土同日军血战过数次的同胞弟兄啊,他曾亲眼看见过几具七十九军士兵的尸体,都是大睁着双眼,当真是死不瞑目啊。从此,刘汉英就开始经常做噩梦了。杀过人的心灵是不可能永远风平浪静的。

现在,那些决策者们都高高在上了,他们烧了一个滚烫的红薯,却把这个红薯交给了他,既不让吃,也不让扔,就让他这么无可奈何又胆战心惊地拿着,每分每秒都在烫他的手。

思忖良久,刘汉英终于下了决心:“左参谋长,你马上起草一个方案。七十九大队扩建为团,甲种团,辖四个营,每个营辖四个连。团直辖特务连、工兵连、勤务排。全团兵员一千九百人。拟报石云彪任副旅长兼新第七十九团团长,莫干山任副团长兼参谋长。现任连排长均递升一级。”

一语既出,举座愕然。但是没人表示异议。文泽远微笑颔首:“完全同意旅座的决策。”

第六章

一

梁大牙走马上任，是王兰田谈的话。

在梅岭游击支队驻地的一间草房里，王兰田和梁大牙相对而坐。梁大牙恭恭敬敬，神色紧张，不时拿眼偷看王兰田。

王兰田说："梁大牙同志，组织上派你到陈埠县去，可以说是极大的信任，是把一个至关重要的任务交给你了。"

梁大牙说："这我知道，打鬼子我梁大牙不装孬，你跟杨司令讲，你们尽管放心。"

王兰田说："这一点我们是放心。但是我们也有不放心的地方。当了大队长，就要独当一面了，还不仅是个作战的问题，脑子里要多想事。"

梁大牙挠挠头皮说："这个当然。第一是听指挥。不过，我也跟王副政委说实话，杨司令和你的指挥我听，别人的瞎指挥我是不会听的。"

王兰田脸色一沉说："这个思想有问题，我们都要听党的指挥，不能说只听哪几个人的指挥。"

梁大牙说："我看出来了，在凹凸山，就杨司令和你是共产党，也只有你们两个人是真的信得过我。大戏里有句话，士为知己者死，我梁大牙是讲良心的。"

王兰田说："这个思想还是有问题。我们共产党不搞个人崇拜,不搞感恩戴德。叫你到陈埠县去,不是当官做老爷,是去抗日。一切行动都要听组织的。”

梁大牙瞪着眼睛看王兰田,不吭气。

王兰田又说:“当然,党组织也是由具体的人组成的。人的思想和能力又有许多不同。你现在的任务是学习,要学会辨别,什么是正确的,什么是不正确的。不管是谁,他的话是正确的,就要听。就是杨庭辉同志和我,只要是瞎指挥,你也可以不听。”

梁大牙说:“我不相信你们会瞎指挥,你们要是瞎指挥,那别人就更是瞎指挥了。”

王兰田摆了摆手,说:“好了,不谈这个问题了。我来问你,你知道这次到陈埠县去,你的主要任务是什么吗?”

梁大牙不假思索地说:“这不是明摆着的吗?抗日嘛?”

“对了。我们现在的主要任务就是抗日。但是抗日也有个怎么抗的问题,要有武装,要有实力,不能以卵击石,哦,也就是说,不能拿鸡蛋往石头上碰。首先是把队伍壮大了,有了人,有了精良的装备,才有可能打胜仗。我们的领袖在前几年就教导我们,要打倒敌人必须准备作持久战。我们这些当指挥员的,要想当一个明明白白的指挥员,重要的就是要正确领会上级的意图。譬如说杨司令和我给你下指示,譬如上级下达文件,有时候往往会说很多话,因为那是策略,但我们的意思往往就是一句话,你要学会在很多话里揣摩出最重要的、最本质的思想,这就叫领会意图。”

梁大牙说:“王副政委的意思我懂了,就是说,你们上级有时候讲话要拐弯抹角,我们在下面要把弯弯角角撇开,从那些废话里面猜你们的心思。”

王兰田顿了顿,觉得梁大牙这话好像有问题,但是再一琢磨,又觉得梁大牙的话有点在理。王兰田最后说:“梁大牙你要记住一条,你要依靠组织,组织是由人组成的,革命是由人进行的。没有了人，一切都是办不到的。要学会团结人，掌握人，控制人，使用人。做到这几条，工作就好开展了。”

梁大牙说：“我记住了。”

在另外一个地方，张普景也在同东方闻音谈话。

本来，张普景是不想谈这个话的。可是，特委和支队党委已经作出决议，张普景又是一个组织观念很强的人，个人虽然有意见，但也只能保留了，个人服从组织，这个原则他是有的。

那次关于解决梁大牙问题的会议结束之后，张普景第一个摔门而去，后来窦玉泉和江古碑跟到了他的住处，张普景根本就不想理睬他们，连招呼都没打，阴沉着脸不说话。江古碑脸上讪讪的，想解释什么，又解释不清。

倒是窦玉泉豁达大度，说：“老张，你怪了我们是不是？你埋怨我们是对的。但是，话又说回来了，当时我们之所以同意了，也是不得已而为之。”

张普景没好气地说：“什么叫不得已而为之？见风使舵，丧失原则，你们哪里还像共产党员啊？我看你们要是被敌人抓去，当叛徒都是有可能的。”

窦玉泉坦然一笑说：“这只是你的看法，毕竟不是事实。我们应该反省，在对梁大牙的问题上，之所以老杨的提议顺利地成了决议，是因为我们本身没有准备好。第一，在会上提出秘密处决梁大牙，是很不明智的，因为根本没有可能。梁大牙就算不是个好人，但罪不该杀。既然办不到，提出来就是空炮，放了空炮就把自己置于被动地位了。第二，在那样的会议上表决，如果不同意老杨的意见，就要提出自己的意见。老实说，我没有想好自己的意见。那我只能弃权。就算老江投你一票，也是两对两。可是老张你别忘记了，在特委，老杨是书记，在支队，老杨是司令员兼政委，而政治委员是有最后决定权的啊。第三,部队和地方基层本来就有传说,什么凹凸派江淮派的,如果我和老江站在你这一边,恰好就是凹凸派和江淮派的对立,这不正好授人以柄吗?这样对团结不利。既然大势所趋,我当然要举赞成手了,至少也维护了团结。为什么说要忍辱负重呢?这也是一种策略。”

张普景说:“什么策略?一味迁就让步,不坚持原则附和错误就是策略?说违心话明哲保身就是策略?你那个策略我看与公而忘私的革命态度是背道而驰的。老窦,我要提醒你一句话,我们不是封建军阀,不是政客,更不是阴谋家野心家。我们对同志有看法有意见,都应该摆到桌面上来。什么叫忍辱负重?我听江古碑同志说,你还劝他说小不忍则乱大谋,我看这里面就有阴谋和野心。同志之间,可以提意见、争论乃至斗争,正确的可以接受,不正确的可以反对。同志之间的矛盾是内部矛盾,为什么要忍辱?什么小忍大谋的?东张西望患得患失,这不是正确的态度。”

张普景的一席话说得振振有词大义凛然,江古碑居然不敢吭气了,窦玉泉看了看张普景,只是苦笑,并不反驳。心里却在想,这个老张啊,这个老张啊,你什么时候才能成熟起来呢?你以为你就是一个彻底的布尔什维克了吗?可是你却又是这样的书生气。秀才造反,三年不成。革命是政治,政治是暴力行动,而书生气是不能成大事的啊,这个道理你什么时候才能明白呢?

鉴于对江古碑和窦玉泉的失望,张普景也就由不得不对自己上次在会上的表现进行反思,或许是自己当真跟不上形势了?或许是自己当真不适应凹凸山特殊的斗争形式?

但是,想来想去,张普景有一点是不会动摇的,那就是对梁大牙的信不过。梁大牙参加八路的过程他是亲眼看见的,动机极其不端正。梁大牙参加凹凸山游击支队的表现他也是一直观察的,勇敢是不假，可是在那勇敢里面，掺杂着大量的个人英雄主义、名利思想和其他非无产阶级思想，甚至是个人兴趣。这个人没有明确的革命目标，没有崇高的信仰，没有理想。而没有信仰的勇敢是靠不住的。

东方闻音也是怀着忐忑不安的心情接受张普景的谈话的。她亲眼目睹了关于任命梁大牙决议形成的全部过程。她惊讶于江古碑会提出秘密处决梁大牙的极端的建议，更惊讶于张普景主任会赞成这个建议。尽管到目前为止，对梁大牙其人她还并不了解，只知道他有些鲁莽，但是，那个鲁莽的汉子不怕死敢打仗她是知道的。她的想法是，这样的人，就是不予重用，但也不应该处死啊——她还年轻，还不懂得除恶务尽的道理，当然，她也不相信不是同志就是敌人的观点。

谈话的过程中，张普景很长时间没有说话，只是用一种异样的眼光看着东方闻音，看得她诚惶诚恐。后来，张普景终于开口说话了，但并没有如她想象的要教给她一些工作方法和斗争经验，只是说了一些让东方闻音颇感费解也颇感不安的话。

最后，张普景说："东方同志，你将要到一个十分艰苦和危险的地方工作了，组织上希望你保持高度警惕，牢牢地控制住陈埠县的局面。如果发现有背叛党的利益的行为，只要证据确凿，你可以代表组织随时临机处置，一切责任由我承担。"

如果说这番话让东方闻音惊诧的话，接下来的情景就更让她惊恐了——她的顶头上司、她一向认为是布尔什维克正宗典范的张主任张普景竟然亮出了一把小巧的七音左轮手枪，同这把手枪一起交给她的，还有一句语重心长的叮咛："组织上是信任你的。"

东方闻音的心顿时一颤。

二

斜河街是个不大的小镇子，坐落在洛安州西南一百二十里的一片丘陵地里，本镇居民不过三五千，从事的行业却是五花八门。山里木材多毛竹多，篾匠木匠漆匠就多。瓷器、药材、桐油、茶叶和桑蚕是当地商业的主要内容，另有莲子、菱角、烟花等，属于小本经营。因其地理位置的便利，一条沛河紧傍小镇，贯串东西十几个镇埠，东北有直达洛安州的通衢官道，西北接近刘汉英的地盘舒霍埠，南边又同杨庭辉的根据地相连，是三方民间经贸的一个小小枢纽，来来往往的各色人等自然少不了。镇子不大，但五脏俱全，茶楼酒肆自不消说，药铺诊所随处可见，店铺摊贩遍布街头巷尾。算卦的、看相的、耍猴的、说媒的、唱大戏的、卖狗皮膏药的……在这些杂七杂八糊口谋生的行当里，还有一道别致的风景，那就是妓女业。

历史上，斜河街的淫业就十分有名，不过那都是一些暗娼土窑子，不成规模也不上台面。但是自从日本人打进来了，凹凸山两边住了若干军汉，这里倒因祸得福，在转手倒腾烟酒糖茶桐油丝绸的同时，还暗暗地有了军火生意，黑市场里可以买到汉阳造和手榴弹。当然，最发达的还要数消费面积最大的淫业，一年下来，青楼妓馆如雨后春笋蓬勃兴旺，而且产品已不再是当地的土娼，南京和庐州等地的烟花姑娘，因不堪忍受鬼子尤其是二鬼子事情办完了不给钱的凌辱，流落此地重操旧业的大有人在，比起当地土人土肉的半老破鞋，这些城里的婊子琴棋书画多数能操个一知半解，小曲儿也唱得有滋有味，如此就给斜河街带来了新的繁荣。汉奸姚葫芦的人马趋之若鹜是不用说了，刘汉英的队伍里也时常有人偷偷摸摸来此寻求一夜风流。

这天黄昏之后，斜河街最负盛名的逍遥楼住进了六个彪形大汉，看来头就是做大买卖的，吆五喝六，酒要最好的女儿红，菜要最好的山珍野味，姑娘要最年轻的美人。然后是大碗喝酒，大碗吃肉。

正起劲间，门楼子一阵喧嚷，小伙计又领来十几个客商，客商们进门后熟门熟路地要姑娘，你要小翠玉，他要小飞燕，还有百灵鸟山里红，没想到这几个一流的小美人这会儿都名花有主，纷纷坐在先来的那几条汉子的怀里。

后到的这一拨子人是姚葫芦的“特勤队”，个个双枪手，身怀绝技，百步穿杨。每次跟着皇军进山有了功劳，姚葫芦就放他们的假，发给大洋若干，至于到哪里当一回神仙，姚葫芦就不管了。这支队伍领头的就是姚葫芦的表侄秦一飞。

秦一飞一看美人易主，不禁勃然大怒。主事的老鸨还在一边奴颜媚骨地赔不是，忙不迭地说马上换人马上换人，这边秦一飞的大巴掌就呼呼生风地扇了下来，直扇得老鸨眼冒金星，站立不稳只好蹲在地上。秦一飞打完了老鸨，见那几条正在喝酒的汉子无动于衷，还是把美人们抱在怀里，更是火冒三丈，气势汹汹地问：“你们是什么人？”

喝酒的汉子其中之一淡淡一笑说：“我们是做买卖的——不是做买卖的，谁到这里来啊？”

“知道这是谁的地盘吗？”

那汉子还是不紧不慢地说：“知道啊，逍遥楼嘛。”

秦一飞说：“知趣你们赶紧滚蛋，要是不知趣，你们吃不了兜着走。”

那汉子还是一副不惊不乍的模样，说：“你这人说话好没道理，大路朝天，各走一边，你玩你的，咱们玩咱们的，井水不犯河水，你没道理撵我们滚蛋。”

秦一飞唰地一下拉开衣襟,把腰里斜插着的两把盒子炮亮了出来:“看明白了,这就是道理!”

那几个喝酒的汉子顿时傻眼了,脸色白了一阵,就由那个领头的出面点头哈腰:“啊,有眼不识泰山,各位长官,莫非是刘汉英刘长官的弟兄?那在下就失礼了。”

秦一飞一拍双枪说:“什么他妈的刘汉英刘长官,看清楚了,老子是姚司令的队伍。”

这一下,就把那几条汉子镇住了,战战兢兢地商量一阵,领头的便说:“不知不为过,老总担待一点,这……这几个姑娘,还是老总您……消受吧。老话说烟酒不分家,这……这女人嘛……也不分家。”

秦一飞仍然余怒未消,说:“没那么便宜,说,是谁让你们到这里来采花的?太岁头上动土是不是?”

领头的汉子说:“我们也是……就是挑个瓜,也拣鲜的嫩的挑啊,老总您说是不是?这样吧,老总们辛苦了,我们呢,做个小本生意,有几个钱,见面就是朋友,老总您尽管玩,今晚的开销算在我们的头上。我们呢,也别滚蛋了,姑娘还是老总们先挑,挑剩下的我们几个要。不管咋说,逍遥楼的姑娘再次也次不到哪里去。我们出门在外,好歹也算是在逍遥楼里过了夜。老总您说这样行么?”

那汉子憨直诚恳,低三下四,话又说得在情在理,秦一飞的脸色才缓过来。当然,秦一飞还有另外的算盘——这几个人是做买卖的,怎么说黄的白的也有几个。今晚的开销算个鸟,顺手牵羊敲这几个驴贩子一杠子也是顺理成章的事情。但是,秦一飞毕竟是从江湖上闯出来的,又多了个心眼:这几个人来路不明,何以如此慷慨解囊?

秦一飞把衣襟重新合拢,换了一副面孔,说:“如此说来还差不多。我看诸位是识时务的人。不过,你我素昧平生,让你们破费也不合适。”

那边领头的汉子说:“老总这就见外了。多个朋友多条路。我们做买卖的,长年在老总您的地面上跑,遇事不遇事都是心惊肉跳的。今天能交上老总这样的朋友,乃三生有幸啊。老总就别客气了。摆席吧。”

这样一说,秦一飞就动心了。再说,大家都是嫖客,志同道合,这几个人不像刘汉英的人,更显然不是八路。交朋友纯属客套,有便宜可占倒是实实在在的,何乐不为?

秦一飞说:“既然兄弟有这样的情谊,那——弟兄我也就不客气了。弟兄们,入席!”

当真是酒逢知己千杯嫌少,话说投机万句不多。同样的美酒美食美人儿,同样的快活同样的乐子,两席并入一席,杯觥交错,你来我往,直闹腾得昏天黑地。

半夜时分,两拨都是东倒西歪人仰马翻,尚且有点余勇的,念念不忘销魂,挣扎着拥着美人上楼卖力去了。完全成了稀泥的,也由逍遥楼的小伙计架住开个房铺安歇了。

月黑风高之夜,逍遥楼里却传出了动静。动静不大,时间不长,六条汉子肩扛背驮,吱呀一声开了逍遥楼的后门,神不知鬼不觉地没了踪影。

翌日早起,逍遥楼里乱作一团,一帮子相帮、做手、娘姨照例上班,却不见了老鸨的去向,寻到楼上,呀呀呀就是一阵魂飞天外的惨叫——老鸨人倒是还在,却被捆绑了手脚,一只臭袜子堵住了嘴巴。几个房铺血流成河,十几个男人身首异处,美人们都以老鸨为楷模,扯掉嘴里的袜子也说不出话来,还有两个连眼睛也不会动弹了,晕过去了——昨夜那场惊骇,没被吓死就算命大。

活着的人再定睛四下张望,门楼上还有一张血淋淋的布告,上面歪歪扭扭地赫然大书——“这就是汉奸的下场”，落款是——“八路军陈埠县大队长梁大牙”。

这就是梁大牙上任陈埠县县大队大队长的第一个杰作。在逍遥楼里同秦一飞对答如流的正是梁大牙本人，那张张牙舞爪鬼画符一般难认的布告是梁大牙、朱一刀、曲歪嘴等人凑起来并由陶三河执笔的杰作，“梁大牙”三个字则是梁大牙自己涂上去的，这三个字他会写。

三

梁大牙近段时间得意极了。上次逍遥楼牛刀小试，大大地风光了一把，还发了一笔洋财，不仅杀掉了汉奸姚葫芦的一批铁杆心腹，更重要的是还缴获了二十四把二十响德国造亮蓝面儿驳壳枪，并自筹军饷若干。梁大牙也因此一举声名大振。

所谓的陈埠县，并没有县城，只有一个百户人家的小集镇。中心特委要扩大根据地，就以原来的三个县为基础，把方圆几百里的地盘都划进来，分成七个小县，每个小县又分成若干个小区。此时，凹凸山南以原游击支队为基干力量，成立了凹凸山军分区，即江淮军区一分区，仍由杨庭辉担任司令员兼政委。

当初来陈埠县的时候，梁大牙根据杨庭辉的指示，把自己的中队分成几个工作队派了下去，同各区的抗日政权结合起来，迅速组建了区中队，又从每个区抽调两个班，加上原李文彬的青年抗战先锋队，县大队还组建了三个基干中队。地面虽然不大，但是拉开的架势却不小。

有了队伍，梁大牙的底气就足了，抠破脑门子要弄点战绩出来，诸如逍遥楼之类的行动时不时要比划一下，摸日本人的据点摸得有声有色，经常带人化装成各种角色，进城锄奸，杀人之后还不遮掩,如此这般都是逍遥楼的模式,一律大模大样地留下大名——八路军陈埠县大队长梁大牙。

一时间,凹凸山半壁河山被他折腾得云蒸雾罩,陈埠县境内境外二十多个据点的鬼子汉奸一起惊呼:“了不得,梁大牙有一个万人坑。”赌钱赌急眼了就对天发誓:“哪个狗日的要是赖账,让他晚上出门撞上梁大牙。”

现在,梁大牙有了自己的东洋马,那是前不久偷袭马淀据点缴获的。一共七匹,李文彬想要一匹,梁大牙坚决不给。梁大牙说你搞的是地下工作,骑上这样的马就暴露了,而他自己却选了一匹滚瓜溜圆的枣红色战马,只用了一天工夫就驯服了。

骑在马背上,在陈埠县的官道碎石路面上纵情驰骋,嗒嗒嗒一路上火星子乱迸,再挥舞一柄东洋战刀,那种感觉真是惬意极了。大队长当到这步田地,梁大牙才暗自庆幸,这个八路他是千真万确当对了。在陈埠县这一方土地上,他差不多是一手遮天。虽然县大队还有一个县委书记兼县大队政委李文彬,但梁大牙根本看不起李文彬。梁大牙当着李文彬的面就说过:“从老根据地出来的,那都是战将,像模像样的全都在正面战场上派上了大用场。不远千里弄到咱凹凸山来搞游击,那都是主力部队用剩下的下脚料。”

李文彬当时气得脸色发绿,可是惧着梁大牙蛮横,没个说理的地方,只好忍气吞声。

有一回,县委和县大队的主要负责人一起到六区检查武委会工作,要经过日军的一个据点附近,大家自然十分警惕,大路不走走小路,小心翼翼地钻树林走草窝,一点动静也不敢弄出来。

李文彬虽然参加革命较早,但是实战经验十分贫乏,搞地方建设风风火火,但搞武装斗争就很吃力了,从敌人的枪口下面走,胆气自然不足,加上眼睛不好使,直到已经绕开敌人据点很长一段路了,李文彬仍然缩头缩脑,那样子让梁大牙窃笑不止,便存下心来要出出他的洋相。李文彬正在提心吊胆地走着,梁大牙突然抽出驳壳枪,朝天上当当当放了三枪,并且高喊一声:“有情况!”

其他的人尚且能够保持镇静,纷纷擎枪在手,四处观察敌情,唯有李文彬手忙脚乱,一头扎进草棵里,屁股高高在上,双手护着脑袋,狼狈不堪。

同行的人纷纷掩面哂笑,李文彬的威信顿时一落千丈。

还有一次,梁大牙带领一中队到王楼庄去炸汽车,李文彬为了挽回面子,要在战斗中表现一下,也跟了去。夜里在王楼庄宿营,日军一个中队和二鬼子一个大队摸了上来,梁大牙一声招呼,一中队神不知鬼不觉就溜之乎也。李文彬因为住在一个盐商家里,头天晚上得了几本好书,上半夜看得入迷思接千古,下半夜坠入梦海神游八荒,鬼子打进庄了,他还在呼呼大睡,差点儿被“皇协军”抓了去。

此时梁大牙带着队伍已经跳出了包围圈,都快回到根据地了,一清点人数,发现少了个李文彬,只好又把队伍带回王楼庄,混战一场,伤亡四五个人才把李文彬抢回来。部队撤回陈埠镇后,梁大牙铁青着脸对李文彬说:“不是看在共产党的面子上,老子根本就不会去救你。你自己睁开你那四只眼睛好好看一看,伤亡的这几个同志,哪一个都比你会打仗。你他娘的往后给我老实点,少给老子耽误事。”

李文彬一状告到凹凸山分区和特委,声称自己差一点被俘,完全是因为梁大牙排斥他的领导,擅自指挥行动,对地方党政领导的安危全不放在心上。这一状虽然使梁大牙受到了张普景声色俱厉的批评,但他此后对李文彬的态度却更恶劣了,并且向几个中队长扬言:“什么鸡巴县委书记县长的,没有老子的县大队,他连太阳都不敢见。往后他要是再敢到县大队里来指手划脚,你们就把他给我捆了。”

李文彬明白梁大牙不能容己,遂向上面打了个请调报告,并在报告里义愤填膺地说:“凹凸山的革命方式不正常,陈埠县落到梁大牙的手里,弄得简直就像个白区。我坚决不能再同这样的人一起工作了。”

后来杨庭辉来主持开了个会,说明不同意李文彬调走,陈埠县的地方工作局面是他开创的,还是应该由他领导。杨庭辉代表分区和特委,把梁大牙和李文彬分别批评和表扬了一下,又重新进行了分工,以后便是井水不犯河水了,李文彬的主要精力还是放在地方政权上,兼职政委彻底地徒有虚名,凡是梁大牙的部队活动的地方,李文彬尽量不去自找尴尬。

当然,李文彬也不会白白受辱。

四

在陈埠县的县大队里,除了梁大牙带过来的基干中队和后组建的一个中队,还有一个中队是由李文彬当年领导的青年抗战先锋队组织起来的,应该说是李文彬家底部队,但由于李文彬不善于军事指挥——主要是不善于打仗,致使这个中队大权旁落,指挥权过去是在崔贺喜的手里,自从梁大牙来了之后,又派了个曲歪嘴来当中队长。后来李文彬也意识到了枪杆子的重要性,窦玉泉就曾经跟他说过,什么是组织?谁是组织?凹凸山的情况表明,谁有武装,谁就是组织——这番话的正确性,对于李文彬来说,现在是越来越刻骨铭心地认识到了。

问题是,李文彬现在再回过头去抓枪杆子,显然已经力不从心了,但是,他要在枪杆子里渗透进他的力量,这一点他还是可以做得到的。

县大队里,有十四个党员,九个是经李文彬的手发展的,其中有三个人现在担任中队副队长,另六个人是小队长。李文彬想,你梁大牙不让我插手你的狗屁“军务”,但是你不能不让我插手党务。李文彬以县委书记和县大队政委的名义,经常秘密地找那些党员、主要是他发展的那些党员谈心了解情况,要求他们跟党走,注意大队内部的动向,凡是有违背党的政策的现象,就要向党报告。

不久,就有一个副中队长悄悄地向李文彬报告,说他听说了,上次梁大牙他们到斜河街,虽然杀了几个汉奸,但是也逛了窑子。

李文彬很兴奋,到分区办事,跟张普景反映了,张普景也很有兴趣,问他:“你们说梁大牙嫖婊子,抓住证据了没有?”

李文彬说:“还要什么证据?他们在逍遥楼里待了半夜,就是证据。”

张普景立刻就不痛快了,说:“老李,话不能这样说。待了半夜就嫖啦?他就是待了八夜,没有证据,你就不能给他下结论。梁大牙说他没有嫖,他是设计制敌。做工作,还是要深入。跟他一起去的还有几个人,为什么不找个突破口深挖进去呢?没有证据就没有说服力啊。”

李文彬说:“你有什么根据他就没有嫖?他那样的人,有那样的条件,他会那么干净?你打死我我也不信他会坐怀不乱,他要是能做到这一点,我们就应该请他当政委了。”

张普景对李文彬说:“是啊,你既然敢肯定他嫖了,就应该能挖出证据。老李你要注意斗争策略,要抓梁大牙的问题并不难,关键是证据。有了证据,斗争才是有力的。否则,老杨他们不会买账的。”

这一次告状没有效果,李文彬就吸取了教训,张普景这个人死脑筋,什么事都讲究个证据。但是李文彬也明白,真正开展斗争,也只有张普景能够跟他一样坚持原则,窦玉泉是靠不住的,张普景就曾经说过,说老窦这个人自从来到凹凸山之后,是越来越注意韬光养晦了，恐怕老杨也给他摆了场煮酒论英雄。江古碑也是靠不住的，这个人激情有余而勇气不足。如此，跟梁大牙斗争，就只能靠张普景和他李文彬自己了。

过了一段时间，又有一个副中队长向李文彬报告，说发现了梁大牙几个严重的问题，一是搞山头，在队伍里搞江湖拜把子，跟几个中队长和小队长"桃园五结义"。二是搞封建迷信，打仗择日子，但凡稍微大一点的行动，就要选什么黄道吉日，而且鬼鬼祟祟地烧香拜神。

李文彬这次没有轻举妄动，审时度势，李文彬觉得这些问题虽然也是问题，但是有杨庭辉和王兰田包庇，仅靠这点鸡零狗碎的事情是扳不倒梁大牙的。他交代这位副中队长不要声张，继续观察，收集和掌握更多的证据和证人，并注意发现更为严重的问题。

五

梁大牙的把柄终于被李文彬抓住了。

是在一个晚霞飞渡的傍晚，几匹快马冲出陈埠镇，向东北方向疾驰而去。

这一彪人马是梁大牙和他的几个中队长朱一刀、曲歪嘴和陶三河等人。梁大牙跟宋上大和东方闻音打招呼是去看地形，但他们此行的真实目的，则是赶回蓝桥埠去给梁大牙的干爷朱恽轩祝寿。

六十大寿，在蓝桥埠是一个人一生中的一件大事，别人未必能记住这个日子，但梁大牙不会忘记。过去，在蓝桥埠的时候，每逢老人家生日，都要摆几桌酒席。朱恽轩在蓝桥埠虽然是首富，但并不仗势欺人，人缘很好，尤其是对他梁大牙恩重如山，梁大牙没齿不忘。梁大牙前几天才听三中队的一个乡亲说起蓝桥埠这段时间的情况，原来当初日军占领蓝桥埠的时候，并没有赶尽杀绝，几天之后，日军宣扬大东亚共荣圈，引诱跑反的老百姓又纷纷回了家园，朱二爷还健在，在乡亲们的恳求下，接受了日军的汉奸政权委任的维持会会长一职，还在煞费苦心地支撑着蓝桥埠乡亲的日子。

一百二十多里的路程，快马加鞭，耀武扬威，两个多时辰就赶到了。

这是一次十分冒险的行动，这一百二十多里，要穿过两道日军的封锁线，蓝桥埠也被日军修了一个碉堡，驻扎了日军一个班和伪军的一个小队，而梁大牙一行总共只有五个人和长短十杆枪。但是梁大牙不在乎，深更半夜赶到，将马匹藏在镇南头烂眼圈龚二的牛棚里，几个人神不知鬼不觉地潜进镇里，敲响了朱二爷家的大门。

小伙计开了门，梁大牙等人大大咧咧地往里进，一边走一边问："怎么，二爷寿辰，也不挂个灯笼？这么早就歇了。"

小伙计认识梁大牙，倒也不惊讶，跟在后面说："二爷说了，这年头兵荒马乱，多一事不如少一事，不让声张。"

"哦，"梁大牙大手一挥说："有什么好怕的，去找陈管家把灯笼挂上，就说我说的。"

说话间，已上了堂屋的台阶。

朱二爷得到信，也从床上爬起来，一看见梁大牙等人，骇得魂飞天外，磕磕巴巴地说："大牙，你怎么回来了？咱这里的日军和'皇协军'侯队长都知道你当八路去了，要是让他们撞见，你就没命了。"

梁大牙惊异地问："二爷你不知道么？我现在是八路军陈埠县的大队长了，管了好几百人马，这里的几个小鬼子二鬼子，毫毛都不敢动我一根。"

朱恽轩惊魂未定，说："你既然当了八路，还回来做啥？莫非听说你二爷当了鬼子的维持会长,要来索二爷这条老命么?"

梁大牙说:"二爷你想哪儿去了?我是回来给你老人家祝寿的。今日是你老人家过生的大喜日子,你老人家先就座,大牙这就给你老磕头。"

说完,不容分说,便把朱恽轩摁在堂屋上方正中的太师椅上,扑通一声跪下去,纳头便拜。旁边的朱一刀、曲歪嘴、陶三河等人见状,待梁大牙磕完头,也咕咕咚咚地跪下去,七上八下地磕了起来。

朱恽轩坐不是,站也不是,连连说:"折煞老朽了,折煞老朽了。都快起来,这是怎么说的?兵荒马乱的,还祝什么寿?我是死多活少的人了,还劳你们牵挂,担着风险大老远地跑回来给我祝寿,老朽受之有愧担待不起啊。"

说话间,朱家老少十几口人都从床上爬了起来,大家原先都是一家人,很是热络,亲亲热热地围成一团,有叫大牙的,有叫大牙兄弟的,也有叫大牙叔的。

朱二爷擦擦老眼,对几个女眷说:"还愣着干啥,赶紧烧锅,让大牙他们吃了饭,赶紧赶路,不然明日撞上日军,就走不脱了。"

梁大牙说:"不妨事。现今的鬼子二鬼子,谁不知道我梁大牙?谅他们不敢虎口拔牙。"想了想又问道:"二爷你在鬼子手下,他们敢屈了你吗?"

一句话触到朱恽轩的伤心处,不禁又是老泪纵横,说:"一言难尽一言难尽啊。大牙你当你二爷愿意干这个汉奸差事吗?二爷是迫不得已啊。不出这个头吧,鬼子见人就打,见房就烧,乡亲们没人管。干吧,鬼子二鬼子见天要钱要粮,还要大姑娘。你二爷豁出这张老脸在他们面前求爷爷告奶奶,交办的事尽力去办,好歹保住了乡亲们的平安。可是这边弄平了,那边国军,还有八路,又不依,也是要钱要粮。不给吧,就说要以汉奸罪论处。二爷这个维持会长不好维持啊。孩子啊，这次回来你还见着二爷了，下趟回来，恐怕只能给二爷上坟了。”说着，好不伤心，老泪又潸然而下。

梁大牙见朱二爷泣不成声，心里很凄凉，陡生一股血气，对朱恽轩的孙子朱斯栖说：“三弟，找个人，去把蓝桥埠二鬼子管事的给我叫来。”

朱恽轩一听这话吓坏了，连连摆手说：“使不得使不得。你是八路的大队长，蓝桥埠的鬼子二鬼子都晓得，专门交代，你要是回来，立刻禀报。那是要你脑壳的啊。”

梁大牙不屑地撇撇嘴，说：“他们敢要我的脑壳？听见梁大牙这个名字他们就不敢出门尿尿。二爷你放心，梁大牙不是以往的梁大牙了。三弟你尽管派人去叫，我交代他几句。还有，这里的国军八路是谁管事？能找到的都找来，你告诉他们，就说八路军陈埠县县大队长梁大牙回来了，要见见他们，单独来见，我保证他们平安无事。谁敢推托，我今夜找上门去。”

朱一刀等人也跟着说：“就是，二爷你老不用怕，有大牙哥和我们呢？我们今天给他们交代清楚了，也省得你老人家往后受他们的窝囊气。”

朱二爷还是哆哆嗦嗦地摇头，说：“大牙，你要真是为你二爷好，你就饶了我吧。你今天把他们叫来，明天你走了，我的日子就没法过了，弄得不好，乡亲们都要跟着我受牵连。”

朱家其他人也跟着求情，话说得恳切，梁大牙这才作罢，让朱一刀献上他带来的寿礼——二百块大洋，说：“二爷，我们八路军的官都是清官，不像鬼子也不像汉奸搜刮民脂民膏。这几个钱，是我的一点小心意，请二爷笑纳。”

朱恽轩慌不迭地说：“大牙，你这是做什么，你们在外面吃苦受累的，挣了几个钱，留着自己花吧。二爷也用不着，有了钱没处藏，鬼子汉奸国军八路谁要都得给。”

梁大牙哈哈大笑，说：“二爷你放心。来呀，陶中队长，你给二爷留个字据，我说你写——蓝桥埠朱二爷是八路军陈埠县大队长梁大牙的干爷。无论是汉奸鬼子国军八路，见了朱二爷，文官下轿武官下马。谁敢怠慢，他日倘若遇上我梁大牙，定叫他不得好死。此布。八路军陈埠县大队长梁大牙。”

纸和笔虽然找来了，陶三河却犯起了踌躇。在几个中队长当中，他喝的墨水算多的，但是要想把梁大牙的“布告”写明白，他还是力不从心。最后，还是朱斯栖自告奋勇，字斟句酌，才把梁大队长的意思写明白了，又给朱二爷念了一遍。

朱二爷说：“这字据在国军和八路那里或许管用，在鬼子和汉奸那里却千万不敢拿出来。”

梁大牙说：“在谁那里都管用。你老人家不妨试试，再有为难处，把这个条子拿出来给他们看，他们谁敢不给我面子，我就要他的命根子。”

这天半夜，酒足饭饱，梁大牙交代了注意事项，让朱一刀和曲歪嘴等人都悄悄地回了一趟家，他自己则掖好双枪，让朱斯栖派人把他的老相好蔡秋香给叫了过来。

六

梁大牙擅自带领朱一刀等人乘夜黑驰骋百里，给汉奸维持会长朱恽轩拜寿的消息，在梁大牙出发的当天夜里就被李文彬获悉，并以鸡毛信的方式十万火急地报告了分区和特委。

杨庭辉接到报告后，雷霆震怒，因当时正在准备护送一批新四军干部过江，要向国民党的部队借路，杨庭辉同刘汉英约好了会晤，时间不便改动，便委托王兰田到陈埠县查处。

王兰田是第二天下午赶到陈埠县的，这时候梁大牙等人已经安全返回,正在呼呼大睡。王兰田派人把梁大牙叫了起来,先是不温不火地问了一些情况,梁大牙老老实实地坦白了。但有些事梁大牙还是打了埋伏,譬如给朱恽轩送去二百块大洋和留下"布告"的事情,还有他临走前把蔡秋香叫到朱恽轩家里见了一面等等,只字不提。只是说,朱恽轩是他的恩人,古人都晓得,"受人滴水之恩,当以涌泉相报",咱八路军的大队长就更不能忘恩负义了。老人家现在虽然当了维持会长,那是迫不得已。老人家六十大寿,在蓝桥埠是一件大事,他这个做晚辈的去给他祝寿,天经地义。他们什么也没做,就是磕了几个响头,吃了一顿饭,然后就回来了。

王兰田还是没有发火,又分别找了朱一刀和曲歪嘴等人,大家交代的内容同梁大牙交代的口径一致,没有出现破绽。

二百块大洋的事情是李文彬揭发的。

虽然梁大牙不许李文彬插手县大队的"军务",但是李文彬在县大队里安的有秘密内线,梁大牙的一举一动都在他的监视之中。上次偷袭马淀据点时缴获了一批财物,参谋长马西平一一登记造册,有的送到分区,留下部分补充县大队的给养。几天前,梁大牙找到马西平,强行索取了二百大洋,说是去买通国民党驻扎在黄岗的一个营长,从他那里换取一批弹药。但是李文彬算了一笔账,梁大牙让朱一刀弄回来的这批弹药不是买的,其实也是缴获的。那么,这二百块大洋无疑被梁大牙挪作他用了。这件事情不是小事,革命的目的就是消灭私有制,消灭剥削。而梁大牙作为陈埠县的县大队长,竟然私自动用战士们流血牺牲换来的战利品,李文彬当然不能置若罔闻。

李文彬找到马西平,软硬兼施,让他把那二百块大洋被梁大牙挪用的经过写了一份材料,一一核实,并且按了手印。但这份原始的材料李文彬没有交给王兰田,而是自己保存起来了——他对王兰田同样是不信任的。李文彬提供给王兰田的,只是马西平这个活人。马西平是个对组织忠贞不贰的人,在王兰田的面前当然要讲实话,而且把各次缴获的战利品和处理的账目也捧到了王兰田的面前。

等确凿证据在手,王兰田就再次把梁大牙单独叫了过去,说:“梁大牙你知道你犯了什么错误吗?”

梁大牙现在已经知道了,当初在他来陈埠县就任县大队长的时候,分区和特委内部斗争很激烈,杨司令和王副政委都是帮他说话的,所以梁大牙对王兰田相当感恩,否则,杨庭辉也不会派王兰田来拾掇他了。梁大牙说:“也没有犯什么大不了的错误。我到蓝桥埠去,同宋队副和马师爷都交代过,要他们带好部队……”

王兰田一声断喝:“什么宋队副马师爷的!我们八路军都是同志,就是称呼职务,也应该称呼宋副大队长、马参谋长。你把八路军当什么了,当成绿林好汉了是不是?”

梁大牙唯唯诺诺,说:“这个……这个,说溜了,我可以改。”

王兰田说:“你这次到蓝桥埠去,犯了五个错误。一是无组织无纪律,擅自带领武装人员深入敌占区,说轻点是拿同志们的、当然也包括你自己的生命开玩笑,说重点是给敌人捕捉抗日武装人员可乘之机。二是给一个汉奸维持会长拜寿,还磕头,搞封建的一套,影响极坏,说轻点是个人感情取代原则,说重点有带枪通敌的嫌疑。三是擅自动用战利品,说轻点是自私自利,说重点就是喝兵血贪污抗战财产。四是不计后果,留下一个狗屁‘布告’,要挟当地国共两方抗日人员,胁迫他们对汉奸维持会长点头哈腰,说轻点是无知炫耀,说重点就是破坏抗日统一战线的团结。五是私自同无业寡妇蔡秋香幽会,说轻点是流氓习气死灰复燃,说重点是破坏八路军的声誉。有这五条,你这个大队长还能当吗?”

梁大牙惊呆了,别的不说,关于二百块大洋的问题,关于“布告”的问题,关于水蛇腰的问题,都是他反反复复向朱一刀和曲歪嘴等人叮嘱过的,“谁说出去我早晚让人打黑枪把他拾掇了”,这样恶狠狠的话他都说了。再说,就算不跟他们叮嘱,这几个人都是他信得过的,什么话说得,什么话说不得,他们心里也自然有数,断不至于轻易地出卖他。那么,王副政委是从哪里搞来的这些情报呢?

梁大牙不禁一阵心虚,怔怔地看着王兰田,半天不吭气。

王兰田说:“梁大牙我告诉你,不要以为你做事做得隐蔽,要想人不知,除非己莫为。在凹凸山分区,只要你做了,我们就能掌握。”

梁大牙想了半天,恍惚明白了,肯定是蓝桥埠当地的抗日政权干的,他们前脚走——也许他们还没有离开蓝桥埠,蓝桥埠的地下组织就派人到凹凸山分区和特委报告了。什么事情,跟李文彬搞个障眼法有可能,但是,面对一个漫天撒网的组织,他的所有的把戏都只能是小把戏。当然,这其中也有李文彬捣的鬼,这狗日的也在暗中监视老子呢——有些账,梁大牙还是要算到李文彬的头上。

如此一想,梁大牙就来气了,说:“王副政委,我错了。不过,我看你就按轻一点的说吧,不管怎么说,我也没有破坏抗日。”

王兰田说:“你给我听着。一是认真写一份检查,老老实实地坦白问题。二是准备接受组织处理。”

梁大牙盯着王兰田,脖颈子一梗,说:“组织处理咱不怕,大不了还是撤职。这个鸡巴大队长也实在没啥滋味,干啥鸡巴事都有人监视,花几个大洋也盘问来盘问去的。王副政委我问你,我梁大牙打了那么多鬼子,未尝抵不上这几块大洋?就算咱错了,口头认了还不行?要写什么卵子检查!我斗大的字认不得两筐,你让我怎么写?有那工夫我还不如去拔据点呢。”

王兰田十分恼火,说:“撤不撤你的职,那是组织上考虑的事,你不要想那么多,大队长当一天,你就要当好一天。至于检查,不会写不要紧,叫东方同志帮你,你口述,她记录。”

梁大牙的眼睛骨碌了两圈，不吭气了。

回到分区，王兰田把情况跟杨庭辉通了气，杨庭辉皱着眉头想了半天，问王兰田："你说这件事情怎么处理？"

王兰田说："我看，给个严重警告比较合适。"

杨庭辉说："光警告一下恐怕太轻了。如此胆大妄为，杀头都够了。我看还是撤了吧。"

王兰田笑笑说："是啊，要杀头，早就该杀了。既然没杀，就是因为有用。我们当初派他去陈埠县的时候，对他要犯错误也不是没有思想准备，现在看起来，还要算好的，至少比我们预料的要好。"

杨庭辉说："可是，这个狗日的实在是太过分了，给部队造成的影响很坏，不撤不足以正军纪。我现在倒是真有点担心他有朝一日拖枪反目。这个人，匪气太重了。"

王兰田说："用人不疑，疑人不用，既然能用，就不能疑。对梁大牙要特殊处理。我看，这个人主流是好的，还是要发挥他的长处，对他进行慢慢调理，冰冻三尺，非一日之寒嘛。"

杨庭辉叹了一口气，说："实在是下不了决心啊，对这个人，要罚就必须是重罚。"

王兰田说："你把他撤了，还不如杀了，不杀他他就有可能肇事。杀了吧，又可惜了，眼下正是用人之际，倘若把梁大牙收拾了，对于巩固军心不利。再说，梁大牙的问题，怎么说也不是敌我矛盾。我不主张重罚。那场争论刚刚结束，我们死保梁大牙来当这个大队长，不到半年又撤了，朝令夕改，也恰好授人以柄，反而证明在梁大牙的问题上我们错了。"

杨庭辉说："是啊，是有这个问题。"

王兰田说："我的意见是，用就用到底，犯了错误，批评从严，处理从宽。”

杨庭辉又想了想才说:“看来,也只能这样了,明天派人把他叫来,我们再集体找他谈一次,捋捋他的尾巴。这笔账给他记着,职务暂时不撤,宣布给他严重警告处分。”

王兰田说:“我同意。”

杨庭辉又说:“你掌握的那几条,只限于你我知道,如果让有些同志知道了,恐怕又要揪住不放,就不要扩散了。”

王兰田说:“那是自然。既然要用,就要保护。”

第 七 章

一

陈墨涵第一次看见石云彪笑了。石云彪笑了，而且不是冷笑，也不是苦笑，是那种在胜利之后由心底涌上脸膛的痛快的微笑，尽管那微笑持续的时间十分短暂。

陈墨涵现在已经作为作战参谋紧随石云彪前后了。能够当上作战参谋，对陈墨涵来说多少有点意外。那天他当真被赵无妨摔了一百次，严格地说，是他同赵无妨摔了一百次。摔跤这行当，陈墨涵并不陌生，孩童时在蓝桥埠玩过。但是，作为一个军人进行军人式的摔跤，在他来说还是第一次。

他自然不是赵无妨的对手。前十几跤，他尚且能够使出吃奶的劲，像一只初生的牛犊，虽然稚嫩却不畏惧。然而，被摔上三十来个回合之后，他已经是鼻青脸肿，只有招架之功绝无还手之力了。

而赵无妨是不会轻易罢手的。

一个人把另外一个人像死狗一样拖在背上，又像死狗一样摔在地下，那种声音有如击鼓，隆重而又生动。人摔人是一件很痛快的事情。摔倒之后，胜利者还要继续辛苦，要大吼大叫，用最肮脏最粗野的语言作为神来之气，把眼前那个不堪一击瘫倒在地的读书虫激活，像气球一样一点一点地撑起来，让他愤怒，让他仇恨，让他用屈辱把自己膨胀成一个庞然大物。然后，再把他拖在背上，再把他摔在地下，再让他瘪掉，如此周而复始循环不停，其乐无穷。

一百次啊,无论是摔别人还是被别人摔,这都不是一个小数目。胜利者的快乐有多少,失败者的屈辱就有多少。当然,摔倒了还必须爬起来,必须为胜利者继续提供打击对象,继续给人家提供快乐的依据,把自己揉成一团软面,再烤成饼子双手献上去给人家品尝。摔倒了爬起来是一种本能,摔倒了在爬不起来的时候还能爬起来,那就全凭意志了。

大约是在被摔倒五十次之后,也是在度过了漫长的绝望和悲哀乃至痛恨的黑暗之后,陈墨涵感觉到自己的血被摔烫了,年轻的骨骼被摔得咯咯作响,风云滚动的脑海里射进了一条执拗的思路——他娘的不能再让他这么摔下去了,不能让这个狗日的中队长太猖狂了。

他开始运用智慧进行还击。他在装死片刻之后,突然一个鲤鱼打挺,跃起一脚,出其不意地踢了赵无妨一个扫堂腿,然后攒足最后的力气跳起来把赵无妨扑在身下。被陈墨涵死死摁在地上的赵无妨几乎喘不上气来,却喘出一声大笑,说你小子还是老实啊,吃了那么多苦头才学会这一招,真是他娘的饭桶。说完一蹦而起,先是抱住了陈墨涵的膀子,然后把他掀到背上,再然后又像麻袋一样把他重重地掼在地上。

陈墨涵顿时感到通体舒泰。这时候已经没有了疼痛,没有了断裂,没有了膨胀,他唯一剩下的只有一个念头了——爬起来,送给他摔,别让他闲着。狗日的摔我吧摔我吧,老子还能站起来!爬起来啊爬起来,给他也来个黑虎掏心。你摔啊你摔啊狗日的看你能把老子怎么样?

赵无妨似乎没有丝毫的同情心,一边摔还一边快乐地大吼大叫:"你小子给我看好了,这一招叫倒踢紫荆;这一招叫金蝉脱壳;嘿嘿,这一招瞒天过海;哈哈,这一招欲擒故纵;嘻嘻,拖刀计;呸呸,回马枪;啊……引蛇出洞;咦……釜底抽薪;喳……猫盘老鼠;

喔……双车锁喉……”

陈墨涵感觉他的脑袋已经被摔碎了。读过的那些书被摔碎了。那悠扬的琴声被摔碎了。藏在心海深处那双楚楚动人的少女明媚的眸子被摔碎了——那些已经摔碎了的残渣在赵无妨粗壮而痛畅的喘息声中黏合在一起,聚结而固,被一次又一次讥讽嘲弄和挑衅的炉火灼得通红,锻打成铁。

陈墨涵倒下了九十九次。

第九十九次倒下去的时候,他抱住了赵无妨的双腿,准确地说是抱住了赵无妨的一双脚后跟。然后他使出吃奶的劲想站起来,自然是站不起来的,只能把腰猫成一个直角。说不清楚是用了力,还是凭着自己的身子往下倒,反正他是一头撞到了赵无妨的腰上。

于是乎,赵无妨的两只脚就像踩滑了西瓜皮似的往前哧溜,而上面半个身子则又曲里拐弯地向后仰了去。着地之前两只手还在乱抓乱挠,嘴里还叮里咣当笑得喘不过气——“噢哈哈嘀嘿你狗日的还会……狐狸装死哈哈……偷袭……”

那一跤摔完,陈墨涵在铺上结结实实地躺了六天,到了第七天,他又重返操练场。果然来了一道命令,他当上了第七十九大队一中队的二排长。

前几天接到预先号令,七十九大队扩编为七十九团后,水涨船高,各中队长均递升为营长,排长们也大都升任连长副连长。陈墨涵因为资历浅薄,也缺乏战功政绩,提升过快显然很难服众,经由莫干山提议,石云彪把他调到团部当上了作战参谋。

二

现在,石云彪携陈墨涵等随从正行进在从旅部返回的途中。

从今天起,七十九大队就正式成为新编第七十九团了,他石云彪又重新回到了团长的位置上，也能带兵打仗了。尤其令他扬眉吐气的是，聪明反被聪明误，刘汉英企图搞垮七十九大队的阴谋破产了。

石云彪像是在冥冥中看见了那位七十九军的创始人之一、德高望重而驰名中外、连最高长官部也不得不让步三分的陈上将——那位神圣家族的长者，那位七十九军残存弟兄的佑护神。他那双睿智的眼睛能洞悉一切。刘汉英之流呕心沥血的阴谋，在他的眼皮底下只能算是雕虫小技。就是因为有他的存在，才使七十九军最后的火种得以一次又一次地跨越绝境并且坚韧、缓慢而又不容阻挡地恢复着元气。

当初，在七十九大队即将扩编成团的时候，刘汉英的确使出了十分阴毒的一招。表面看来，他的提案天衣无缝——不是要扩编么？我这个当旅长的也巴不得充实队伍啊，要扩编就扩大成四个营，扩成十八个连，由三百多人扩成一千九百人。这一下行了吧，你石云彪、莫干山该没有话说了吧？此招与左文录提出的“掺沙子”有异曲同工之妙，但是比左案似乎更有高明之处，用刘汉英的话说叫做桃子大了撑破嘴。从三百多人到一千九百人，而且在一个月之内健全编制，兵员何在？军官何来？招募是要招募一部分的，但是你能拒绝友邻的支援么？你能拒绝旅部的调配么？

如此一来，这次扩编实际上就成了一次大换血。借此机会，刘汉英就可以冠冕堂皇地从张嘉毓团、马梓威团和旅部直属队给石云彪至少派去二百名军官和八百名骨干。显然，在这二百名军官和八百名骨干中，除了公开的HZB分子可以明确地交代任务以外，即便是普通官兵，每人也都将从吉哈天那里领到几块大洋和一句许诺。那时候，新编第七十九团就再也不是第七十九大队了，看看是你石云彪指挥老子的部队还是老子的部队指挥你？

刘汉英没有料到他的这一步棋又是臭棋。

长官部在他上报的扩编报告上批复如下：鉴于新七十九团军官力量薄弱，不宜即刻升级为甲种团。拟新七十九团为乙种，暂编两个营六个连，团部直辖特务连、工兵连、救护所，兵员九百六十人，其中军官一百八十人，全部从原七十九大队士兵优秀者中产生。另有委任状任命石云彪专任团长，不兼副旅长。

刘汉英感到自己凑上去的脸被人家狠狠地扇了一巴掌。

显然，这又是军委会里那个姓陈的老东西作的怪。尤其让刘汉英感到恼火的是，在他呈送的报告中，某长官还有这样的批示：刘、文、左所呈方案留存，一年后研究实施。

这真是搬起石头砸自己的脚。一年以后实施？一年以后石云彪就会把新第七十九团变成原第七十九军的幽灵。到那时候，军官有了，战斗骨干有了，再给他两个营一个连的编制，本旅长就该向他点头哈腰了。

真正是岂有此理。刘汉英差不多愤怒了，认准一条，做出这个混账批示的混账长官，一定是陈老东西的同党。眼下是木已成舟了，刘汉英尽管满肚皮晦气，也只能自己消化了，表面上还得装出宽大为怀甚至满面春风的样子，同石云彪、莫干山等人保持着谈笑风生的上下级关系，其实心里真是苦得很呵。

三

转眼就进入了冬天。处在江淮之间的凹凸山下了一场近年罕见的大雪，山里山外苍茫一片，天地不分。几尺厚的雪层封住了进山的道路，也阻隔了日军“扫荡”的步伐。

早在秋末冬初，刘汉英和一批中高级军官的眷属们就分别从南京、庐州等地辗转进入凹凸山，另有从洛安州、峨嵋州和汝阳城等地过来从军的女学生们，在八仙过海各显神通的围追堵截中，不断有人就范，陆续嫁给自己中意或者勉强中意的军官。如此一来，便给这个深藏在大战腹地的凹凸山一隅山脉，增添了些许安居乐业的气氛。

七十九团的军官成亲的不多，仅有的几名眷属也都在北方，军官们的日子就过得比较清苦。石云彪同莫干山别出心裁，向旅长刘汉英呈报了一个围猎的计划，居然照准了。

由于日军长期封锁，给养十分困难，仅靠凹凸山几十万百姓补充，山南山北国共两军五六千人马分而食之，委实有杯水车薪之虞。虽然两边的部队统一归属最高统帅部，但是南京政府只承认八路军的三个主力师，那些自生自长的地方武装很难得到物资上的保障。杨庭辉的部队早就搞起了生产自给活动，丰衣足食尚且谈不上，但是温饱问题基本上解决了，这就让刘汉英的心里泛出一些说不出的滋味。刘汉英一向以正统的职业军人自居，对于杨庭辉部队的泥腿子游击队作风打心眼里瞧不起。尽管杨庭辉部队的存在可以说同他唇齿相依，对他支撑凹凸山半壁河山是个极为重要的保障，但是当他眼看杨部一天天坐大，他还是感到不安，像是有一种柔软的针芒刺在他的背上，不停地扎来扎去。这种心态很复杂也很微妙。他既不希望失去这个共同抵抗日军的民族伙伴，也委实不希望这个伙伴的羽翼日渐丰满，如果有一天他发现这个伙伴变得比他还强大了，那恐怕就不仅仅是不希望了。

鹅毛大雪一连落了四天，山埡里积了几丈深的雪沟。到了第五天，雪是停了，尖利的北风却号叫不止，凹凸山于是出现了经年不遇的滴水成冰的寒冷。

当石云彪向刘汉英报告要利用大雪封山的机会进行围猎的时候，刘汉英自然能够揣摩出石云彪的真实用心。石云彪不过是想找个理由把队伍拉出去，练练协调战术动作而已。但是刘汉英没有理由否决这个请求，更何况几千部队的肉食给养也确实亟待补充,有七十九团效力,未尝不是一件好事。但是刘汉英给石云彪规定了一个原则:围猎可以,防务不可松懈,虽然山路已被积雪覆盖,但不可掉以轻心。宜将部队分拨轮换,不许全部撤出,而且围猎地距离防御要点不宜过远。

如果说以上安排是出于长官的缜密的话,那么,他又提出从旅部和军官训练队派出一批军官来七十九团参加围猎,或多或少就有些别样考虑了——他多少还是有点担心,怕这支队伍会从他的眼皮子底下拉走。

石云彪自然恭敬从命。于是,在腊月中旬的一天,七十九团声势浩大的围猎便开始了。

四

陈墨涵和团部的几名参谋跟随莫干山赶到二连的时候,二连的九十六名官兵已经整装待发了。

莫干山对二连温连长说:“慌什么慌?煮熟的鸭子都在碗里,还怕飞了不成?你们别急着放火铳过干巴瘾,你们这些当官的还得给我做点别的事。”

莫干山让温连长先将队伍解散待命,然后就带领军官们上了老楼岗。莫干山给二连选择的围猎场地是旋涡田,这里无雪的时候是一片岗峦起伏的丘陵地,如今被积雪覆盖,除了近处偶尔戳出冰雪的树枝,便是苍苍茫茫的一片浑然天地。

站定了,莫干山对参谋们和温连长说:“你们沿着我手指的方向往前看,看看有什么东西?温连长你是熟悉这块地形的,你不要说话。”

几名参谋将脖子伸得长似鹅颈,却什么也看不见。大家面面相觑,有人说地物都被雪埋住了,看不见有什么东西露出来。也有人说看见了远处的山脊线。

莫干山问陈墨涵:“你看呢?”

陈墨涵不大肯定地说:“前方三里好像有一条河。”

莫干山不高兴了,板起面孔说:“别说好像,有就是有,没有就是没有。”

陈墨涵于是眯起两眼,用手挡住刀子一样割来割去的风,直到看出了两行眼泪,这才哆嗦着牙帮骨,一字一顿肯定地说:“是一条河。”

温连长在一旁冻得跳着跺脚,一边跳一边嚷:“陈参谋怕是有火眼金睛,那场子我去过,是有一条河,叫月亮河,春天有几十丈宽呢。”

莫干山瞪了温连长一眼,又问陈墨涵:“你说那里有一条河,依据是什么?”

陈墨涵想了想说:“依据有两点。一是根据地理走势。团部东侧的二龙山两山相接,主峰大龙山应在南十余里,我分析,就是我们对面的那个山头。春夏交接时,二龙山下河水高涨,不可能是从山外来的,山内必有水源。所以我认为,在我们的站立点至二龙山之间的洼地,必定有一条宽十丈以上的河床。第二个依据是根据凹凸山植被特征得来的。各位长官请看,正前方三千二百公尺处,有一个比较显著的黑点,那只能解释是一个树梢。沿此黑点向左,距离那个黑点约二百公尺处又有一个黑点,再往左依次看下去,还能看见几个黑点,而且基本上是随脊影而弯。这就是凹凸山特有的青柳,通常都是长在河边塘畔的。因此我断定,那里有一条河。”说完了,陈墨涵便端正肃立,等待莫干山纠正。

莫干山却并不急于评判,又问随行的其他参谋:“你们看见黑点了吗?”

有人就回答说看见了一点,不大真切,好像不是连成一起的。

也有人回答还是什么也看不见。

莫干山笑了，说："看地形如同烧香磕头，心诚则灵。本团副不仅看见了黑点，还看见了两排黑点，你们信不信？那就是一条河。"然后展开自绘的地图，被雪埋没的山川河流顿时跃然清晰于纸上。莫干山招呼参谋们都围拢过来，说："我出一个情况：谍报日军以一个中队由马堰至榆林寨行进，另有日军一个中队和汉奸两个中队沿二龙山鞍部翻越，企图偷袭我部岔路口据点。我部守卫兵力为两个连，其中两个排作为机动保障，其余设伏。时间是凌晨一时，气候条件为晴。战斗过程不超过十分钟。战斗目的歼敌一半，迫敌后撤。追歼逃敌由友军负责。今天下午的围猎也算是实地勘察。各位于明日晚饭前将作业想定送到我的手上。"

众参谋嗷的一声散开，一起重新去看那什么也看不见的莽莽雪原，又差不多同时回过神来抢地图。岂料为时已晚。莫干山哈哈一笑，抓起地图，三把两把扯得粉碎，将碎末雪花一般抛进狂啸的风中，转眼之间就被刮得无影无踪。

中午饭后，七十九团几百名官兵分成一百多个小组铺天盖地地撒向了围猎场地。围猎是一种既刺激又无惊险的战斗，士兵们自然欢天喜地，与人作战已有许多招数，对付野兽就更不在话下了。

连续几天的大雪，使山野里兽迹罕见，围猎的最初阶段实际上是挖猎。这些士兵半数以上是新招募的凹凸山当地人，有熟悉野兽习性的，自然各显神通。士兵们凭经验先寻山坡和沟坎阳处，尤其是前有丛木近有水源的地方，野兽的栖身之地多半在这些所在。找到洞口之后，或放枪惊吓或烟熏火燎。也有的兵用弹壳制成铜卡插进肉饵里，系上绳子再抛进洞里，玩起了旱地钓兽的把戏。方圆十几里的捕猎同时展开，寂静的雪原便被激活了。枪声和喊声以及快乐的追逐声连成一片，声势越造越大。小一点的黄羊和懒一点的猪獾在这突如其来的浩劫面前，茫然不知所措，往往束手就擒。灵一点的野兔子和狗獾子却不甘心任人宰割，凭借求生的本能，昏天黑地地蹿出洞外，没命地奔逃。却又显得不识时务，跑着跑着便一头栽进雪窝里，再也拱不出来了。

围猎在经过第一轮高潮之后，团部的院子里便尸积如山了。倒是没有血流成河，那些活蹦乱跳的生命之血凝固于灵魂脱壳的瞬间。

自然要进贡，战利品大都送到了旅部。

当天晚上，舒霍埠的上空便被浓郁的肉香弥漫了，咀嚼的声音几乎响彻了每一个角落。军人的雄性从醇厚的水酒里淬火出膛，那些冒着生死之虞辗转来此的女人们，惊喜地品尝了凹凸山野味给予她们的特别犒赏。

五

陈墨涵是在团部西北的庙子岗上看见那个女人的。

此时已近黄昏，西方的天穹隐隐约约地显现了落日的昏黄轮廓，无风的坡地上覆盖着皑皑白雪，像一页凝滞的湖面。冷淡的阳光随意地落下来，使这块雪后的山坡益发显得空旷寂寥。女人就在这漫无边涯的空旷中面西而立，似乎进入了一个悠长的境界，默默地长久地眺望着远方，如同一尊凝固的雕像，在雪天之间嵌进了一个怅惘的写意。

走得近些了，才看出来了这是一个身穿美式作战服的女军官，大约是刚刚从围猎场地下来，马靴上还粘着泥土。

陈墨涵于是止步。跟在身后的马参谋也站住了。马参谋也看见了那个女人，并且迅速地判明了她的身份。两个人对视一眼，又心领神会地掉转了方向，在距离女人尚有一百多公尺的地方绕道而行，小心翼翼地避开了一个伸手可触的梦境。

“是高秋江。”马参谋十分肯定地说。

陈墨涵“哦”了一声，有些意外，但是并没有接着问下去。高秋江他是见过的，他所见过的高秋江，是戎装飒爽英气逼人的国军女军官，同眼前的这个女人和这个女人散发的气韵很难一致起来。像高秋江那样风火泼辣的女人，何以会如此安静甚至忧伤地出现在这里呢？

默默地又走了一段，陈墨涵才漫不经心地问了一句：“看样子她是在等人，是等谁呢？”

马参谋轻轻地笑了笑，说：“她在等一个等不到的人。”

陈墨涵说：“有点奇怪呢，高队长好厉害的一个女人，可是这会儿的样子却……让人看着心里挺不是味的。”

马参谋吸了一口冷气，说：“厉害什么？女人就是女人。女人再厉害也还是女人。你以为她厉害，那就要看什么人什么事了。女人都有两张脸，当兵的女人更是这样。你是读书人，知道什么是情吗？我跟你讲，再厉害的女人也斗不过一个情字。”

陈墨涵愣愣地看着马参谋，想说什么，却什么也没说。马参谋接着说：“她在等莫团副。可是莫团副今晚恐怕不会露面了。咱们也别去自找没趣了，作业想定明天再说。”

陈墨涵说：“那怎么行呢，莫团副明确交代，他不在可以交给马夫老焦嘛。”

马参谋狡黠地笑笑说：“我想起来了，我知道莫团副今天晚上会在哪里。你放心跟我回去，有我老马在，你不会倒霉的。”

马参谋这样一说，陈墨涵便不好再坚持己见了。马参谋是这支部队的老军官，盘根错节的事情自然比他知道得多。于是便随了马参谋，掉转头往回走。

马参谋没有说错，雪地上的女人果然是高秋江。高秋江在这里已经徘徊很长时间了。

七十九团围猎，刘汉英从旅部派军官过来助战，对于高秋江来说，无疑是一个绝好的机会。她的时间已经不多了，她必须尽可能早一点同莫干山见上一面。中午她就派勤务兵提前过来送了信，可是一个多小时过去了，还是不见莫干山的踪影。她不想在莫干山的住所坐候，这倒不是因为莫干山的四周险象环生，也不是因为担心自己的举动会给莫干山带来什么隐患。她就是想出来走走，在这雪地里站一站，遥远地等待着他守候着他，做一回望穿秋水的性情中人，找回已经离心很远的少女情怀。

雪原无垠，视野一片洁白。高秋江的心里此刻盛满了寒冷的滚热。十几年前彰德府城北那个莺飞草长的春天，就在眼前荡漾。还有那条长长的雨后的泥泞官道，也幻化出一片伸手可触的往事。

高秋江的祖父在年轻的时候中过清末武举，还当过彰德府的兵马统制，清政府垮台之后，高老爷解甲归田，耕读乡里，在彰德府城北平原上建起一所庞大的庭院，既是彰德府城北方圆几十里的首富，又是冀豫两省声名遐迩的义绅。人在高处亲戚多，祖父七十大寿那天，高府宾客盈门。秋江大嫂的娘家也来了许多人，其中有一个乡下女人带着一个男孩。男孩十三四岁的样子，脸蛋子红扑扑的，虽然也穿着长襟大褂，布料却是粗的，不像是大户人家子弟，因此在众多的少爷小姐圈子里，便显得十分拘谨。

高秋江那年十二岁，已经成为一个人见人夸俊秀聪颖的小姑娘，并且很有些仗义的同情心。她看见那个名叫大山子的男孩好孤单，不知不觉地，心里就多留了些意。

祖父那天的心情很好，精神矍铄红光满面，喜爱地看着一院子小鸟一样叽叽喳喳的少爷小姐们，忽然童心烂漫，吩咐管家王老五在圩子外面安排了一场骑射游戏——于百步之外的老槐树枝丫上坠一个蒲编的笆斗，令敢于一试身手的少年飞马射箭，射中者赏大洋十块。

让秋江始料不及且惊喜的是，那个一直沉默寡言的大山子，一旦进入这样的场合，居然无所顾忌地活跃起来，在众多的富家子弟尚且踌躇不前之际，第一个脱掉大褂子，选了一匹滚瓜溜圆的大肥骡子，飞身跃上，扬鞭驰骋奔突于阡陌之上，连发三箭，箭箭射中斗心。

那是秋江第一次见到的骁勇的场面。从此，那副矫健的身姿便播进秋江小姐的内心深处了。当然，那时候还只是一种说不清道不明的喜爱，至多只能算是少女初开的情窦。

那个名叫大山子的男孩就是莫干山。

这以后，中原发生了战乱，宁静的家园不再宁静，远亲故戚也少了许多来往。人也大了几岁，事理懂得多了，路却反而难走了，见面的机会也就更少了。然而，那层说不清道不明的意思却又反而越扯越长。

六

莫干山十七岁那年，已经长成一条壮汉，经过高家老爷的选拔，作为高家的亲信，到高家充当护院头目。在彰德府城里读女中的秋江此间只回来过一次，但因莫干山奉命去石家庄收贷而无缘会面。直到高秋江休学回家那次，这才有了机会，两个人得以从容地拥有了一段刻骨铭心的路程。

莫干山这次是来接秋江的。除了莫干山，还来了两个伙计和一驾马车搬行李。当他第一次面对面地喊出了“表姑”这两个字的时候，秋江小姐吓了一跳：“表——姑？谁是你的表姑？”

在秋江小姐的心目中，这个比她大两岁的大山子一直是她的同辈人，是活跃于她怀春梦中的飞马骑射的英俊少年，甚至是她心灵深处的英雄。可是，按辈分算，她又好像真的是他的表姑，因为他是她大嫂的娘家侄子。秋江小姐于是无可奈何地当起了“表姑”，并且恨恨地给莫干山摆起了小姐和表姑的架子。

天公作美，就在那次返乡的途中，遇上了一场突如其来的暴雨。暴雨过后，土道上泥泞不堪，车马举步维艰。

莫干山急得抓耳挠腮，秋江小姐却灵机一动，使出了小姐和表姑的威严，安置两个伙计就近住进韩王渡口的车马店，却让莫干山背她回去。

莫干山起先不肯，说：“还有四十里地呢，恐怕背不动。”

秋江小姐便沉下脸说：“你这个东西也是个懒骨头，背你表姑你还嫌累？”

莫干山说：“累咱倒是不怕，可表姑是金枝玉叶，这四十里路泥里水里，万一有个闪失，咱怎么能担当得起呢？”

秋江不依不饶地说：“你表姑又不是泥捏的水做的，就那么不经摔？”

莫干山苦着脸琢磨了一会儿说：“要不这样，马车跟他俩住店，我把马卸下来，表姑骑上，我给你拉缰。”

秋江把两道俊俏的柳叶眉往上倏忽一挑，断喝一声：“浑话，你几时见我骑过马？我偏不骑，我偏要你背。你背不背？”

没有办法了，只好背。这一路就走得很精彩。莫干山精强力壮，背起个娇巧玲珑的女学生倒也不算太难为。可是，负在背上的是一个温热清香的小女子啊。最初的几步，脖颈上痒痒的，心里也痒痒的，脊梁上软绵绵的，脚下也是软绵绵的，像是飘在云里雾里。更让他心慌意乱的是，表姑在他的脊梁上手脚不老实，一会儿揪揪他的耳朵，一会儿掐掐他的胳膊。秋江把嘴唇凑在他的耳边说：“大山子，往后别再喊我表姑了，我嫁给你当你的媳妇你干不干？”

莫干山的红脸立马就紫了，使劲地往下勾着脑袋，喘着粗气说：“表姑你的玩笑开大了。你是大家闺秀，又是读书的人，啥话都敢讲，咱可承担不起啊。再说，你还是我的表姑啊。这话可不是讲着玩的。”

秋江说：“偏讲偏讲。我问你，我要不是你的什么表姑，也不是什么小姐，你想不想娶我给你当媳妇？”

莫干山依然埋着头，说：“不敢想。”

秋江说：“给你一个胆子，你想不想？”

莫干山不吭气，脚下却多用了一把力，噼里啪啦地踩着泥水，狠狠地往前走。

秋江乘胜追击，又扯过大山子的耳朵说：“我再问你，要是咱俩啥亲戚也没有……假使我是你们庄子里种田人家的闺女，你想不想？”

莫干山还是不吭气，步子却在不知不觉中乱了，左滑一下，右晃一下。

秋江揪了耳朵又揪脸，把莫干山一张宽阔的红脸揪得青一块紫一块。

“你说你说我偏要你说，我要是你们庄子里种田人家的闺女，你想不想？”

莫干山这回说话了，老老实实地说了一个字：“想。”步子就停了下来，想了想又说：“真想。”再往后就抬起脸，迎着秋江烫烫的眼神，说：“可是你不是。”

这一下就坏了菜。秋江小姐先是在他的背上咯咯地笑，笑着笑着就哭了，哭着哭着就哧溜下来要自己走，走了几步滑了个大趔趄，索性就坐到泥窝里。莫干山便赶过去拽，一把没拽住，反倒被秋江紧紧地抱住了。

往下的路就走出了别样滋味。四十里的泥泞土道，背一程，走一程，搂一程，抱一程。两个泥人儿拧麻花似的，把一段短短的返乡之路，拧成了一条长长的情旅……

那时候他们都昏了头。他们自然也想到过结局，可是他们已经顾不上管那许多了。越演越烈的爱情像一棵美丽的罂粟，引导他们走向歧途。

七年之后，当国军上尉高秋江站在距离那片土地千里之外的另一片土地的时候，当她怀揣着最后的热望等待着守候着她的初恋的时候，她突然想到，如果就在那次雨地返乡之后，她和莫干山不再回到那个充满了阔绰气息的家庭，就那么无牵无挂地远走高飞，那么将会出现什么样的情况呢？

高秋江坚信，无论那是什么样的情况，都至少要比现在的结局好得多。因为，那样她至少不会失去她的爱情。而爱情，对于一个女人来说，还有比这更重要的东西吗？只要把她的爱情还给她，她高秋江可以放弃这个世界上的任何东西，包括她一度视为精神寄托的漂亮的手枪，只要莫干山张开他的怀抱，她将会毫不犹豫地将她所有的手枪摔向天外，那么她也绝不会再去当那个劳什子队长了。她穿这身军装是被逼出来的啊。

直到落日完全没入雪脊，夜幕已从高高的天宇缓缓地降落下来，莫干山还是没有回来。

又起风了，强硬的北风卷着硕大的雪糁，一次又一次地击打着高秋江的脸庞。她终于彻底地心灰意冷了。她当然知道莫干山是一个重情重义的君子，也知道莫干山的妻子已经启程，近日就会进入凹凸山。可是她这一次来，并不仅仅是要同他重温旧梦啊。她之所以在这个时候来见莫干山，差不多就是来诀别的。他的妻子来了之后，她就只能永远地充当他的“表姑”了，难道他莫干山连最后的情义也抛弃了吗？

绝望像潮水一样涌了过来，并且迅速地转化成愤怒。高秋江的手又触到了枪套上,射击的欲望在一瞬间膨胀起来,在心房里奔突喧哗。她不由自主地拔出了精致的七音左轮手枪,喀嚓一声脆响便上了膛。

就在这时候,她看见了二百公尺以外,一个黑影正在快速向她移动,她的手指顿时僵住了,泪水在刹那间盈满了眼眶。

第 八 章

一

凹凸山五月的乡村明媚清爽。此时正值春耕季节，陈埠县的老百姓们在梁大队长的吆喝下，放心大胆地下田劳作。

虽然前一段时间因为给朱二爷拜寿的事情犯了错误，但鉴于种种考虑，加之梁大牙认错态度较好，基本上没有给他实质性的处罚，只是被杨庭辉和王兰田拍桌子摔板凳狠狠地训斥了一顿，差点儿还关了禁闭。此后，梁大牙就老实了许多，再也不敢擅自乱动了。

梁大牙自小生长在凹凸山区，晓得民以食为天的古训，也懂得一年之金在于春的道理。日本鬼子搞封锁，上级号召衣食自给，发展生产。梁大牙琢磨自己当着个大队长，就是一方父母官了，搞生产不就是种庄稼么？本大队长跟日本鬼子打仗都不含糊，庄稼之道就更不外行了。于是亲自动员，号召陈埠县境内，不论军民男女老幼，凡是有力气的，一律下田。

这里俨然是清朗世界了。只要梁大牙还在陈埠县，老百姓就觉得没有什么可怕的。在战争的缝隙里，梁大牙以其特有的方式在自己的辖区内营造了一幅生动的耕作景象——

田野无边，八路军官兵挑着秧箕在田埂上来回穿梭，毛竹扁担忽闪忽闪咯吱咯吱呜唱着山野小调。妇救会员们也是赤膊上阵，大嫂子小媳妇你追我赶，一边栽秧一边笑闹，脆脆的笑声和悠长的秧歌便在山野里飘荡——

五月里来好风光
哥挑秧棵走水乡
细皮嫩肉的妹子哟
接住把子你心别慌……

唱这歌的，多是挑秧把子的男人。凹凸山河长山宽，男人大都有一副好嗓子，音质洪亮，咬词儿分明，唱曲里以黄梅调儿居多，也掺杂一些京戏楚剧和梆子味儿，而且随意性很强，可以根据自己的情绪和需要，随时改动词和曲，想怎么唱就怎么唱，怎么唱着来劲就怎么唱。

五月里来好风光
妹子踩水栽秧忙
粗手大脚的莽哥哥呀
弄湿了妹的花衣裳……

这样歌子里，就有一点缠绵的意思了。唱歌的也未必弄得很明白，只管扯起喉咙唱就是了，祖传下来的就是这么个唱法。县大队的官兵同陈埠县境内的群众关系都很密切，尤其是中心二区的妇联同志们，热辣辣革命豪情似火，经常寻八路兄弟开些油荤玩笑。

五月的云彩天上走
妹子栽秧棵水里头
莽哥的把子净净的亮哟
稳稳地捧在妹子的手……

这样的歌是大姑娘小媳妇们唱的。这歌不知生于哪年哪月，凹凸山的妮子自从长到下田的年龄，便都会唱，唱得脸上彩云飞扬。

日头过了头顶，偏到了西边。太阳浅浅地蒙了一层灰色，田野的喧闹已经进入高潮，秧把子如同暮归的燕子满天飞舞，白亮的水花东一片西一团迸得银光四射，秧歌声此伏彼起，粗犷浑厚的男音和颤着调儿的女音响成一片，这边才停，那边又起，酣畅淋漓地放射出凹凸山淳厚古朴的性格，浓郁的山乡民风在广袤的田野里弥漫扩散。

唱到这个气候上，就开始要泼了——

妹子的秧棵呀绿汪汪
漂在亮亮的田埂上
手搭凉篷那个偷偷地看
噗噗嗵嗵咿嘿心里慌……

这些歌不光是男人们唱得起劲，妇救会的那些女人们也和得精彩，秧田里呈现一派融融的快乐景象。梁大牙和他的士兵们也乐呵呵地融入其中。

却没想到，有一个人不乐意了，这个人就是陈埠县县大队的副政委东方闻音。东方闻音是在上海的学堂里长大的，哪见过这般闹闹腾腾的场面？没受过乡野俗风的熏染，自然也体会不到这些秧歌给劳作者带来的快乐。

到陈埠县工作，事前杨庭辉并没有征求过东方闻音本人的意见，也没有任何别的什么人征求过她的意见。对于组织的安排，个人服从是无条件的。可是既然来了，她就得同梁大牙这样莫名其妙的大队长“并肩战斗”，就得像个副政委的样子，要把部队带好，要往健康的道路上引导。

东方闻音红着脸找到梁大牙，说：“梁大队长，你听这些歌唱的是什么呀？八路军战士唱这样的歌，恐怕影响不好。”

岂料梁大牙大牙一龇，乐了，说：“影响是个甚么东西？栽秧不唱歌哪行啊？没见过有谁栽秧不唱歌的。闷着头干活，那不累死人吗？就得唱。”

东方闻音说：“要唱，也得拣些词儿……拣些好词儿唱。你听这歌多粗俗啊，哥啊妹的，不三不四的，酸溜溜的让人心里直犯腻歪。”

梁大牙看着东方闻音，有点发蒙，突然眨了眨眼睛，不怀好意地说：“东方政委你听着，本大队长给你唱一个凹凸山最有味道的歌子，那可都是最好的词儿。”

说完，向田里扔了一个秧把子，一个青年妇女接着了，冲梁大牙笑笑。梁大牙便扬起手向田里摆动：“听着啊，对来——呀！”然后龇开大牙唱了起来——

嫂子你系紧小褂子
别叫咱看见胸脯子
那回才瞧了一下子
你就打咱耳巴子……

唱完之后，还得意地拍了拍屁股，冲着东方闻音直乐。东方闻音羞得无地自容，恨不得一脚把田埂跺个大坑钻进去。举眼偷看田里那位接秧把子的青年妇女，却是面不改色，直起身来接口唱道——

兄弟你扛好枪杆子
别钻人家的篱笆子
战场下劲杀鬼子
嫂子送你熟桃子

果然是凹凸山的女人，把秧歌唱得清脆鲜亮，声调儿不沙不哑，嗓门儿不高不低，唱词儿不卑不亢，人情儿不远不近。

东方闻音却是再也听不下去了。起先她还只是觉得别扭，现在她简直是恼怒了：她毕竟是组织上派来的副政治委员——何况她还代理政治委员的职责呢？她的战士们——尤其是梁大牙之流竟然同凹凸山的农妇打情骂俏，让她从心底感到不安，感到不规矩，感到有必要纠正。

梁大牙唱得意了，脸膛子胀得红扑扑的，秧把子扔得射箭一般——田里的女人们配合默契，一把把全都稳稳入手。

东方闻音恨恨地瞪了梁大牙一眼，把脚伸进田里涮了涮，穿上草鞋走了。

二

晚上，痛痛快快地累了一天的梁大牙在房东家院子里冲澡，警卫员黄得虎一盆一盆地往他身上泼凉水，快活得哇哇直叫。

东方闻音一路心事重重地过来了，站在门外喊："梁大队长！"

梁大牙一听，就知道东方闻音是为了白天唱歌的事兴师问罪来了，于是便故意磨磨蹭蹭，过了好大一会儿才装腔作势地答道："本大队长正在公干，请勿惊扰。"

东方闻音说："我有急事找你。"停了停又说，"我给你提意见来了。"

梁大牙在里面哈哈笑了起来，传出话来："你那个意见不提不行么？"

东方闻音提高嗓门，坚决地回答："不行！"

梁大牙又笑了，说："你那个意见明天再提不行么？"

东方闻音说："不行，现在提，好像都有些晚了。"

梁大牙在里面噢了一声，叮里咣当一阵动静之后，喊道："那——好吧，有请政委同志。"接着就是怪腔怪调的一嗓子："大牙这厢有——礼——了。"

东方闻音便推门走了进去，跨过门槛，看见梁大牙仍然泡在杀猪大桶里,光着膀子吸冷气,才知道他还没有洗完。此时已经是进退两难,又气又恼,只好转过身去,说:“你出来穿好衣服。”

梁大牙嘻嘻一笑说:“本大队长这个澡还得洗上个把时辰,有话你就站在那里说吧。”

东方闻音的眼泪都快气出来了,脸色一变,说话的声调也变了:“你,你,梁大牙你还像个八路军的干部吗?你简直是个泼皮无赖。”

梁大牙吃了一惊,察言观色,才知道东方闻音这回是真的恼了,便收敛了嬉皮笑脸,穿着大花裤头跳了出来,搂着膀子跑到里间,三下五除二地擦干身子,穿好衣服,一本正经地走出来,捋过一条长板凳往东方闻音面前一横说:“坐。”

东方闻音气鼓鼓地说:“不坐,就站着说。”

梁大牙哈哈笑了两声,皮笑肉不笑地说:“咦唏,气儿还不小。”阴阳怪气地干笑两嗓子之后,腔调陡然一拐,说:“可是,本大队长历来就有个规矩,不跟站着的人说话。你不坐下来,本大队长就不听你的意见。”

东方闻音气呼呼地坐下去,仍然把脸蛋子憋得鲜红,说:“坐就坐。”

梁大牙窃笑了,他约莫他的小把戏已将东方闻音的火气泄了一点,自己也捋了一条长板凳同东方闻音面对面地坐下,挤眉弄眼地说:“你找咱做什么?又要批评咱?不就是唱了几个歌子么?凹凸山的老百姓唱了几十年几百年,你个小小的……你能把这个风俗改过来?真是少见多怪。”

东方闻音说:“我们是八路军,要遵守八路军的纪律。”

梁大牙说:“《三大纪律八项注意》是你教给咱的,里面有不偷针不偷线,就是没说不让唱秧歌。唱个秧歌不偷不抢不奸不淫,犯了哪道天条?”

梁大牙这么一说，东方闻音一时反而语塞。她没想到梁大牙嘴巴还挺利索的。

见东方闻音发窘，梁大牙话锋一抖，转守为攻："要说意见，本大队长对你倒是有一个意见。"

东方闻音吃了一惊："什么意见？"

梁大牙说："咱是个粗人，一根肠子通屁股，直来直去。我问你，你们是不是不相信咱，不放心咱？"

东方闻音更诧异了，反问道："谁是你们呀，谁不相信你不放心你呀？"

梁大牙冷笑一声："别给老子打马虎眼了。你和宋队副、马师爷，还有几个中队副，常在一起嘀咕事儿开小会，都背着我，是个什么意思？"

东方闻音恍然大悟："噢，你说的是这档子事啊。梁大牙同志，我跟你讲，那不是开小会，那是开党的会呢。你不是党员，当然不能参加。"

梁大牙一听此话不是个味儿，眼珠子就瞪圆了，一蹶子跳起来，大声嚷嚷："咦唏，咱都当上八路军的大队长了，怎么能不在党呢？你们弄错了吧，本大队长是个老共产党了。"

东方闻音噗哧一下笑出了声，然后耐心地解释说："共产党和八路军不完全是一回事，参加了八路军还不等于就参加了共产党。共产党是无产阶级的先进组织，八路军只是共产党领导下的一支军队。共产党领导的军队还有新四军和其他的抗日武装以及地方组织。"

这一席话差不多都是杨庭辉和张普景逐字逐句教给她的，今天终于都派上用场了。看得出来，那个一向张牙舞爪的大队长也被镇住了，听得抓耳挠腮。东方闻音的心里不禁感慨，难怪张普景总是说思想政治工作法力无边呢，果真如此啊。

梁大牙听了半天，总算弄明白了点，一拍脑门说："噢，你这么说咱晓得了，共产党是老子，八路军是儿子。共产党有好几个儿子，儿子在了党也可以当老子，是不是这个理啊？"

东方闻音觉得梁大牙的这个比方不伦不类，但也不能说完全没有道理，于是点点头说："差不多就是这个意思吧。"

"那咱什么时候能在党啊？"梁大牙穷追不舍，又问。

东方闻音说："你不是说我们开小会吗？我告诉你，我们这几天倒是真的开了几个会，就是研究你的入党问题。"

"咋样，大伙同意了吗？"梁大牙紧张起来。

"有的同志同意，有的同志不同意。"东方闻音如实相告。

梁大牙顿时怒目圆睁，咬牙切齿地说："他娘的谁敢不同意，我砍了他的脚后跟。"

东方闻音抿嘴一笑，露出两排细白的牙齿，说："你看你，又急躁了吧？这也是有的同志不同意你马上入党的理由之一。"

梁大牙愤愤地说："老子跟鬼子作战，从来都是裤腰带吊着脑袋。我不在党，谁配在党？你们那些在党的，我看没有几个能跟老子比的。"

东方闻音沉默了。

三

在来到陈埠县之前，除了张普景郑重其事地找东方闻音谈话，布置她"如果发现有背叛党的利益的行为，只要证据确凿，你可以代表组织随时临机处置"之外，杨庭辉也专门单独召见她，语重心长地对她说了许多话，明确了一点，改造和帮助梁大牙，是她的中心任务。还有，离开梅岭之前，特委的江古碑也跟她谈了话，还送了一个小本子给她，上面写着："路漫漫其修远兮，吾将上下而求索。东方闻音同志,你是要到一个十分复杂和危险的地方工作了,我等待你的平安和胜利。”并且再三交代她,这个小本子不要让别人看见,尤其是不能让梁大牙看见。东方闻音不知道江副书记的这个“求索”指的是什么,也不知道他说的“危险和复杂”是不是指对敌斗争的形势,但是她从江古碑的目光里感受到了一种深沉而又难以言说的情感。显然,江古碑对她跟梁大牙一起工作也是极不放心的。

可是,他们为什么对梁大牙如此信不过呢?

“并肩战斗”一段时间之后,她发现了,他们对梁大牙不放心是有道理的,只不过问题没有他们,尤其是没有张普景和江古碑他们想象得那样严重罢了。梁大牙这个人,优点有多少,毛病就有多少。

鉴于职责在身,东方闻音从来不想跟梁大牙弄僵,尽管在秧田里被梁大牙弄了一肚子气,但经过一个下午的冷却,心情就好些了。想了一阵,东方闻音温和地说:“梁大队长,我们大家都很钦佩你作战勇敢。可是,仅仅凭这一条,还不够入党条件。一个人入党,是要接受考验的。我们党支部也对你进行了考验,大家认为你总的表现是好的,但是也提出了几条意见。你如果能够虚心接受,认真改正,入党就能通过了。”

梁大牙气鼓鼓地说:“我知道了,是狗日的宋队副和马师爷在背后给老子使绊子。”

东方闻音严肃地说:“梁大牙同志,你说话要负责任,没有谁对你使绊子,同志们提意见是对你的爱护。”

梁大牙冷笑一声,翻了翻眼皮子说:“那好吧,你把那些意见给咱转过来,说对了咱就改正。倘若瞎说,咱就权当放他娘的屁。”说完,站起身来,伸腿将长凳踢到一边,索性蹲了下去,呼哧呼哧地卷出了一根枪管粗的大烟卷。

东方闻音说:“我还可以告诉你,这两个人不像你想的那样是来监督你的,他们都是很有作战经验的人,是来帮你一起工作的。”东方闻音说的是心里话。一起来到陈埠县之后,东方闻音一直暗中注意宋、马两个人的行动。她揣摩组织上之所以把自己派来,可能是出于一种无奈,也可能是一种策略。而宋、马二人到陈埠县来,则可能是真正负有重要使命的。但是在一起工作的这些日子里,她还没有发现这两个人有什么反常行为,这使她在暗中松了口气。因为前些日子她的心里一直很矛盾,她既不能有负组织的嘱托,又不想看到梁大牙受到伤害。梁大牙在日本鬼子面前再神气再张牙舞爪,但他在组织面前还是渺小的脆弱的。当然,这些属于组织内部掌握的事情,是不能告诉梁大牙的。

东方闻音接着说:“大家给你提的意见还不少,我拣主要的说。第一,你梁大牙同志勇有余而谋不足,打起仗来,虽然有匹夫之勇,但是缺乏战术意识。”

没想到这一条梁大牙倒是认得挺爽快,咧嘴一笑说:“这个咱晓得。往后作战,一要坑鬼子,二要蒙鬼子,三要哄鬼子,四要骗鬼子。一句话,就是要设圈套给鬼子钻。还要会用地势。山沟子能挡鬼子,河坎子也能挡鬼子,树林子里面还能跟他弄点迷魂阵。咱可以跟他真打,也可以跟他假打,可以把他弄到西边打,也可以把他撵到东边打,怎么痛快咱就怎么打。打得过他咱狠狠地打,打不过他咱就溜之乎也。说到底,就是要多出点子,不能光靠挥大刀片子。”

一席话说得东方闻音目瞪口呆,她很陌生地看着梁大牙说:“呀,梁大牙,你的进步可真快啊,这一套你是从哪里学来的?”

梁大牙得意地说:“这有什么学不学的,熟能生巧嘛,杀猪杀多了还讲究个刀法呢,咱跟鬼子打仗,当然更得讲究个招数。咱活人既不能让尿憋死,也不能在一棵树上吊死。杨司令看得起咱,让咱当大队长,咱当然不能光吃干饭不琢磨事。”

东方闻音很高兴,说:“好,这一条你觉悟了,就不多说了。第二条,你现在是抗日军人了,还是个大队长,要注意形象,不能动不动就骂人。开会讲话,不要老是蹲在桌子上。说话要有重点,不要东拉西扯,更不要满嘴脏话。”

这一条梁大牙也没有反驳,阴着脸想了一会儿,点点头说:“东方同志你说得对,咱们当官的得像个当官的样子。古时候兴走八字步,咱如今也得站直说话,再也不能蹲桌子了。往后说话,我也说第一第二第三第四,跟你一样,有板有眼。脏话不说了,要是记不住,你提个醒,在下面踢一脚也行。八路军的大队长说话,是得有个讲究。”

东方闻音注视着梁大牙,真是打心眼里欣慰。的确是人不可貌相啊,别看梁大牙又粗又躁,心里还是很有数的呢。照眼下的情形看,梁大牙的工作还是好做的。

但是,接下来的问题就有些棘手了。

东方闻音扬起眉毛,微微一笑说:“梁大牙同志,你知道同志们还有一个什么意见吗?也是比较重要的一条。”

梁大牙的耳朵一下子竖直了,紧张地问:“什么意见?”

东方闻音在心里笑了一下,说:“就是……生活作风有点不检点。”

梁大牙被弄糊涂了,鼓起眼珠子问:“啥叫生活作风?啥叫不检点?”

东方闻音尽量做出轻松的样子说:“比方讲,握住个女同志的手老是不放开,看见个好看的女同志话就多。我听说,二区区长岳秀英来送军鞋,你满院子撵去拧人家的……我都说不出口,你那样子做,哪里像个八路军的干部嘛?”

梁大牙愣了愣,嘿嘿干笑两声,不吭气了。岳秀英是陈埠县境内的唯一一个女区长，二十来岁年纪，瓜子脸，丹凤眼，柳叶眉，一笑腮上便飞酒窝。那娘们儿快人快语，说起话来还挺风骚的，颇对梁大牙的脾气。岳秀英的屁股的确被他摸过几把，那是赖不掉的。

梁大牙理屈词穷，挠了挠头皮嘻嘻一笑说："那是逗着玩儿，咱的屁股不是也让她拧了吗？那娘们儿劲儿挺大，把咱腰根子都拧肿了。不信你来摸摸。"

东方闻音唏啦一下红了脸，又好气又好笑，说："梁大牙你昏了头，我是你的副政治委员，你要放尊重点。"

梁大牙嬉皮笑脸地说："还不够尊重吗？我把你请过来，还想娶你做娘子呢，那该算尊重到家了吧？"

东方闻音的眉眼一起红了，颤着嘴唇说："梁大牙你不是好人，欺负女同志，我要向司令员反映你。"

梁大牙一脸的奇怪，说："你这个同志也稀奇，我说要娶你做娘子，那是喜事么。你不乐意就说不乐意，凭啥说咱欺负你？"

东方闻音板起脸说："那好，这回说清楚了，我不乐意。下次不许乱说了。"

梁大牙倒是认真起来了，"别慌，你还得说清楚，给咱梁大牙当娘子，你凭啥不乐意？"

东方闻音跺跺脚说："梁大牙你是怎么回事？你想让我不理你吗？"

梁大牙一头钻进了牛角尖，梗起脖颈子说："理不理我是你的事，乐意不乐意给咱当娘子也是你的事。可是你得说给咱听听，为啥不乐意？是不是咱有啥让人不能容的毛病，说出来咱也好改正。"

东方闻音这回算是领教了梁大牙的胡搅蛮缠，想跟他好好谈谈吧，又恐怕他装疯卖傻，跟这样的人浑身是嘴也谈不清楚，只好应付说："这不是什么毛病不毛病的，我们两个人之间只是同志关系,没有……”东方闻音感到没法再说下去了。

梁大牙毫不松懈,急切地问道:“你说咱俩没有什么?”

东方闻音半天没吭气,站起身来笑了笑说:“梁大牙同志,这个问题很深奥,真的,我也说不清楚。你不要想得太多。你再乱说我真的不理你了。眼下,学习是你的当务之急。杨司令员给你的那本书,你要把字认全了。学透了那本书,你就会有很大的进步。”

梁大牙也是好长时间没开口,想了很长时间才说:“那件事眼下先不说了。咱再问你,改掉你们大伙说的那些毛病,再学好杨司令员给咱的那本书,咱就能在党了么?”

东方闻音点点头说:“我想那可能就差不多了。”

梁大牙仰起脖子,瞅着东方闻音的脸认真地看了一会儿,渐渐地变得一本正经起来,气壮山河地说:“那——好吧,咱就听你的,赶紧改掉毛病,争取早日在党,也争取咱们两个早日有那个什么……”

东方闻音噗哧一下笑出了声,说:“好哇,那就要看你的行动了。”

四

梁大牙漫长的人生修炼从此就开始了。

在此后的日子里,梁大牙当真收敛了不少。骂人少了,脏话少了,二区女区长岳秀英来送军鞋,他再也不满院子撵人家拧人家的屁股蛋子了。

话少了许多,也就深沉了许多,还成天捧天书一样捧着本小册子《关于游击战争的战术问题》,点头哈腰地去请东方闻音教认生字。学文化是一件费心伤神的事情,但是跟东方闻音在一起学文化却是一件让人快活的事情。最初只学认字写字,然后记事——

早晨起来干什么,晌午干什么,夜里干什么,流水账一般。再往后,就记战斗经过,写出自己的看法,渐渐地就有一点思想在里头了。

更让东方闻音惊奇的还是梁大牙对于上级精神奇怪的领会方式。梁大牙入党宣誓那天,杨庭辉又给了他一本小册子,那是上级关于目前任务的决定。回来后他自己鼓捣了半天,还是有许多字认不得,于是就去找东方闻音。东方闻音先读了一遍:"……应该看到,对日本帝国主义的作战是艰苦的持久战,要打倒敌人,必须准备作持久战。八路军和新四军的基本任务,是坚持独立的游击战,并在有利的条件下进行运动战,配合友军作战,创立敌后抗日根据地,保存与扩大自己的力量……"

东方闻音读完之后,梁大牙半天没吭气,要求东方闻音再读一遍,然后问:"配合友军,这个友军指的是谁?"

东方闻音想了想说:"应该是除了八路军和新四军以外的一切抗日军队,但主要的可能是国民党军队。"

梁大牙又问:"有利的条件指的是什么?"

东方闻音说:"当然是能够保证战争胜利的条件。"

梁大牙一拍屁股说:"我明白了,我知道我的任务是干什么了。过去我们打仗凭一股蛮劲,不动脑子。杨司令教给我两句话,保存自己,消灭敌人,我过去一直没有琢磨透,我还以为是两个任务,两个任务一样重要。现在透了,这两句话其实是一件事情,保存自己是第一位的,只有首先保存了自己,才能谈得上消灭敌人。所以啊,往后咱们的仗还不能瞎打,该打的不该打的,能打的不能打的,非打不可的可打可不打的,咱都得多留几个心眼儿。"

东方闻音细细琢磨,话粗理不粗,这个梁大牙还真不简单。

以往开会,梁大牙从不怯场,大大咧咧往台上一站,捋起袖子就信口开河,雅的俗的粗的细的一锅粥,传达军区指示,能传达十几个卵子鸟毛灰出来。而如今反而没那么从容了,每次开会之前,都要先认真准备一番，讲完话之后，还私下里找东方闻音，诚惶诚恐地听她的评价，听听她的鼓励也听听她的批评——这是梁大牙的又一重要变化。

还有，自从有了一点文化之后，梁大牙就自以为是知识分子了，并且让人从分区搞了一支毛笔和几块墨砚，练起了毛笔字。头一天攥着毛笔，梁大牙别的不写，单练“东方闻音”几个字，东方闻音见了，顾忌影响不好，就制止。

梁大牙说：“那好，不写你，就写我，我写字，不是像你，就要像我。”

于是就写“我”，一笔一画，既笨又拙，就像不规则排列的干柴棍子，伸胳膊扬腿。尤其让东方闻音忍俊不住的是，梁大牙不按笔画顺序来，撇不像撇，提不像提，有从下往上倒着写的，也有从右往左写的。

东方闻音说：“梁大牙啊梁大牙，你就是跟别人不一样，用自来水笔知道讲笔画，用毛笔怎么就忘记了呢？”

梁大牙说：“杀猪杀屁股，各人有各人的杀法。这样写着顺手。”

东方闻音严肃地说：“不行，要坚决改掉。”

梁大牙倒是听话，于是就坚决改掉，学着按笔画顺序。

旧的问题解决了，新的问题又出现了，那个“我”字在他手下一折腾，就当胸劈开，乍一看，左边是个“手”字，右边是个“戈”字，中间留了好大一块缝隙。东方闻音说：“嗨，你梁大牙还真有灵气，你看你写的是什么？一个‘手’字加一只‘戈’，你的手拿一只戈，就是个‘我’字了。”

梁大牙龇牙咧嘴地想了想，高兴了，说：“这就对了，我是什么？我是八路军，是个打仗的人。打仗的人不就是手拿戈的人吗？这个你不要批评，我的‘我’就这么写。”

东方闻音说:“那不行。你得用手把‘戈’握紧啊,你的‘手’就这么离‘戈’几里路远,怎么打仗呢?”

梁大牙挠挠头皮说:“言之有理。你说对了,咱就听你的。”

于是又改,把“手”和“戈”连在一起,却又连得过紧,就像紧紧搂住。

这回东方闻音没再纠正了,随他去。没想到这样就奠定了梁氏的“书法风格”——笔画紧凑,字形细长,并在未来的岁月里逐渐形成一体——“梁体”。这是后话了。

有了点文化,又会写几个毛笔字,梁大牙就更加神气,连朱一刀和曲歪嘴等人都有点瞧不上眼了,经常批评他们“不动脑子,没有文化”,自己倒是“文化”得像个教书先生,有了一点文化就急急忙忙地想派上用场,连吓唬带商量,硬是把几个中队长的名字给改了。

梁大队长要给大家改名字,曲歪嘴自然首当其冲。梁大牙对他的那个名字早就不满了,什么歪嘴?分区组织科的同志来给大家造花名册,一听说有个中队长叫曲歪嘴,就感到很犯难,这样的名字能上花名册吗?

梁大牙对曲歪嘴说:“我给你取个名字,既比曲歪嘴好听,又不坏了祖宗的风水。你的嘴巴是往左歪的,咱们中国,左为大,右为小,左为阳,右为阴,左为乾,右为坤,我看你就叫曲向乾吧,这个名字里面福禄都有了,你小子将来要是当了省长司令什么的,沾的就是这个名字的光。”

曲歪嘴对梁大牙胡编乱造的话未必明白,但有一条他明白了,曲向乾这个名字比曲歪嘴好听,这是毫无疑问的,于是欣然接受,说:“那我就叫曲向乾。不过大队长你那个鸟名字我看也得改了,梁大牙算啥毬名字?我看就改成梁满仓算了,图个吉利,旱涝不挨饿。”

梁大牙眼一瞪说:“放肆! 大队长的名字是你随便改的吗? 我这个名字跟你的不一样,我的名字是有讲究的。要改,也得由高人来改,由大学问人改,你还没这个资格。”

曲向乾同志歪了歪嘴,眨巴眨巴眼睛,不吭气了。

第二个被改名字的是朱一刀,梁大牙不容置否地对朱一刀说:“你看你那名字,啥毬玩意儿,什么一刀两刀的,都他娘的稀奇。改掉,字变音不变,改成朱预道,预备走上抗日胜利的光辉大道。”

朱一刀挠挠头皮,觉得梁大牙的话像是有点道理,不管怎么说,朱预道这名字是要比朱一刀文雅一些。再说,梁大牙已经发话了,这名字同意得改,不同意也得改,便顺水推舟地作了个人情。朱一刀于是更名为朱预道。

现在的梁大牙倒是很喜欢开会。会前先在烟盒纸上连字带圈带勾弄上几条——第一关于吃稀饭的问题,第二关于枪走火的问题,第三关于李二蛋同志抓俘虏的问题,第四关于洗澡避女人的问题。记分明了,再找个背人的场子,或河边,或屋后,有时还到树林里,独自一人,面对青草紫木,脸上眉飞色舞,比划朝气蓬勃,口中念念有词,谈吐头头是道。

如此几个月下来,再到分区开会,连杨庭辉也对其刮目相看,说这个梁大牙同志真是个有心人,在凹凸山分区这些工农干部中,他是进步最快的。

杨庭辉很为自己慧眼识珠而高兴,也为自己在险峻时刻能够立足长远力排众议没有杀掉梁大牙而感到庆幸,同时,更为自己的用人手段高超而暗自得意。

当初,把东方闻音派到陈埠县,杨庭辉的内心并不像他的脸上所表现出来的那样若无其事,实际上他是捏着一把汗的。那不能不说是一步险棋,而杨庭辉当时仍然不容置疑地趋子前往,可以说是表现出了一种大智大勇,那步棋里渗透了他深邃的哲学思考。他很崇尚汉王刘邦的用人之道。他认为用人之道是所有哲学里面的最高级的哲学。共产党最大的本事就是会用人。实践证明他的这步棋走对了。东方闻音虽然年轻,缺乏实际工作经验,甚至还很幼稚,做别的工作恐怕都还欠把火候,但是东方闻音恰好能约束梁大牙,在当时的情况下,东方闻音是唯一能够对付梁大牙的人,这就叫做以柔克刚,以软磨硬,卤水点豆腐,一物降一物。否则,哪怕是把张普景那样的老牌政工干部派到陈埠县跟梁大牙搭档,也绝不可能有眼下这样好的局面。那个同志动不动就信仰动机地整,而且认死理,要是整过火了,没准真有可能把梁大牙整到山那边去。

但是,对于杨庭辉的种种深谋远虑,并非是大家都能理解的。

五

张普景找到杨庭辉的时候,杨庭辉正在同窦玉泉下象棋,王兰田在一旁观战。见张普景进门,杨庭辉说:“来,老张,快来帮我支一招。这个老窦,棋风刁钻,以退为进,硬是滴水不漏。明明兵临城下了,你看,十几个回合了,我总将不死他。”

张普景对下象棋不感兴趣,淡淡地说:“玩这个我不在行。老王也是高手嘛。”

王兰田坐着不动,说:“我不帮谁支招,但我可以给你们点破一下局势。其实红方的严重性不在于总将不死蓝方,蓝方貌似被动防御,但老杨没有看出潜在的机锋。只要停止进攻,蓝方有两步棋,老杨则大势去矣。”

杨庭辉意外地哼了一声,说:“老王你这是危言耸听吧?我这大后方防守严密,相仕齐全,我看不出险在何处。”

王兰田向窦玉泉看了一眼，递过去矜持的微笑，彼此心照不宣。王兰田说："当然，老杨也有一步起死回生的好棋，老窦你让不让说？"

窦玉泉连连摆手，说："观棋不语真君子。老王你不能说，你一说破，我惨淡经营的优势就全没了。"

王兰田很得意，又对张普景说："老张你来看看，就看红方态势，就动一子，全盘皆活。动的不是地方，再怎么垂死挣扎也回天无力了。老张你能不能看出是哪一步？"

窦玉泉说："老张你要是看出来了，你可以说。不过，我料定你这个臭棋篓子看不出来，你要是都能看出来了，我这也就算不上置于绝地而后生的大手笔了。"

张普景站在一边看了几眼，红方大兵压境，直逼蓝方中枢，而蓝方仅有两马一卒在红方纵深，可以说是轻兵冒进，确实看不出有多少险情。但他更看不出蓝方出奇制胜的招数。看不出个所以然，张普景便说："我是来找老杨谈问题的，你们玩在兴头上，就改日吧。"

杨庭辉抬头看了他一眼，见张普景一脸正经，说："噢，别走啊。谈什么问题？又不是鬼子打来了，能有多大个事？你且耐心等待，鹿死谁手很快就见分晓。老王你别自作高明，我下棋喜欢下险棋，看好，就是这一步，你老窦奈何我不得。"说完，掂起攻入蓝方右侧的那匹马，架在自己的炮位上，挡住了蓝方进攻之车的退路。

窦玉泉全神贯注在棋盘上，略一思忖，毫不犹豫地吃了杨庭辉的那匹马，慷慨地付出一只车的代价。但是，当杨庭辉隔山一炮打过去之后，恰好松了窦玉泉的马腿，遂用一卒拱掉杨庭辉的一个仰角仕。杨庭辉以为占了便宜，翻过来一炮敲掉了这只放肆小卒，就这一下坏了，窦玉泉的一只炮从大后方隔山打过来废了杨庭辉的当心卒，再横拱唯一剩下的那个兵，吃中仕，锁咽喉，迫使杨庭辉的老帅拨边，再用最后的主力那匹马将军，至此，杨庭辉只好推棋认输，哈哈一笑说："这次不算。我正在运筹帷幄，老张却来干扰。他一说要谈问题，我就很紧张，分心了。"

窦玉泉也站起身，看了看王兰田，说："我们是不是要回避一下？走吧。"

杨庭辉说："走什么走？都是领导干部，有问题大家一起听嘛。"

张普景怔了一下，说："老杨，还是我们两个先单独谈谈吧。"

窦玉泉和王兰田离开之后，杨庭辉喊警卫员给张主任倒了一碗大叶子茶，两个人便相对而坐。张普景从军装的口袋里掏出一摞材料，递到杨庭辉的手上，说："老杨，最近我写了个东西，你先看，看完了咱们再谈。"

杨庭辉在接材料的同时观察了张普景的表情，那张一向严肃的脸上没有表情。杨庭辉便慎重了，捧在手上一丝不苟地看了下去。杨庭辉没有想到，张普景主动送给他看的这份名为《凹凸山的革命将向何处》的材料，居然是一份告状信，里面主要的矛头就是指向他杨庭辉的，不仅有观点，还有事实。材料的下面，赫然落着张普景的大名。

在经过大量的调查并掌握了第一手资料之后，张普景对照党的各项方针政策，对凹凸山根据地过去和现在的状况都有了翔实的了解。他敏锐地发现，这里存在着相当严重的自由主义、宗派主义、机会主义、军阀主义甚至封建主义，革命的纯洁性和队伍的纯洁性都令人担忧，这是他所不能容忍的。作为一名政治工作者，他有义务进行斗争。

杨庭辉一口气看完，良久不语，后来站起身背起手，在房间里来来回回地踱了几圈，微笑着问张普景："这份材料你打算交给谁?”

张普景毫不含糊地说:“当然是交给江淮军区和分局——如果你同意的话。”

杨庭辉说:“我没有权力不同意,你也用不着征得我的同意。但是,对材料中的问题,我是有必要进行争论的。你说我一方诸侯山大王,一手遮天,个人独断专行,我不能接受。我一身兼任三职这不是我个人自封的,这是上级任命的,也是凹凸山革命事业的需要。这里面怎么没有民主?重大问题我从来没有自作主张,都是跟同志们商量的。我们党的组织原则是民主集中制,但是在对敌斗争复杂的特殊的环境里,要保证权力的高度集中。权力集中在我杨庭辉的手上,不是集中在敌人的手里。任命干部,指挥部队行动,我们都是开会研究的,有时候还表决。”

张普景说:“可是,你一身兼任三职,成为绝对权威,无形中对其他同志形成压力,唯你马首是瞻。杨庭辉同志,你利用了你的资历和威望,也利用了组织对你的信任,因此,即便是表决,也并不能真正代表集体意志。”

杨庭辉说:“那就不是我的问题了,共产党员应该坚持正确的立场,如果说大家唯我马首是瞻,那只能说明,我有能力有资格让同志们接受我的意志。你说权力绝对集中必然会形成独裁,我同意。但是我没有搞独裁,我可以说,凹凸山的权力是高度集中而不是绝对集中,高度集中在核心手里,而绝对集中在整个组织的手里。你说我在凹凸山搞个人崇拜,搞宗派,排斥持不同意见的人,重用自己信得过的人,这话言过其实。你有什么根据?”

张普景说:“下面好多同志都有反映,说是在凹凸山只听杨司令员和王兰田同志的指挥,这不是个人崇拜是什么?陈埠县的梁大牙甚至跟几个中队长暗授机宜,说是要跟着几个人,团结几个人,提防几个人,收拾几个人,这不是宗派主义又是什么?这样的思想绝不是梁大牙自己发明的，根源来自上面。你当然要负主要责任。”

杨庭辉侧过脸来盯着张普景：“梁大牙真的这么说过吗？你是怎么知道的？”

张普景顿了一下，他不想暴露他给政工干部交代，要大家互相监视的事实，于是含糊答道：“基层的同志反映的。”

杨庭辉对此倒没有太在意，笑了笑：“这个梁大牙，你说他是个粗人吧，他还有歪门邪道的一套……我承认，在有些问题上，我表的态多了，处理的问题多了，话说多了，给大家树立威信的机会少了，这是事实。但也不能扣上宗派主义的帽子啊。同志内部不搞亲疏，但是，还有个团结方法问题。老张你们在团结上也有问题，看不起工农干部，以一把尺子量人。我还是那句话，没有天生的革命者，也没有天生的革命信仰和觉悟。培养人有一个漫长的过程，操之过急适得其反。梁大牙有缺点，但我看他优点大于缺点，我们要利用他的优点改造他的缺点。但你说梁大牙以杀汉奸为名，借机逛窑子狎妓，我姑息养奸，这有什么根据？梁大牙拿脑袋保证他没有……干那个事，其他同志我也问了，都说没有。”

张普景说：“他们的话能相信吗？肯定是串通好的嘛。如果没那个不健康的想法，在哪里不能杀汉奸，却偏要在妓院里杀？汉奸是杀了，但是我们八路军的名声也受到了玷污。我是没有证据，但我不会放弃调查。”

杨庭辉严肃起来了，说：“张普景同志，我提醒你，我们是在战斗，战斗是复杂的，在那样的环境里，他们冒着生命危险，深入虎穴取得了战斗的胜利，我们应该大力表扬，你为什么不看到这一点？”

张普景说：“抗日也不能不择手段。”

杨庭辉火了，说：“不择手段也是手段。对敌斗争需要我们采用各种手段。只要对抗战有利，一切手段都是正当的。谁揪辫子找茬，就是破坏抗日。”

杨庭辉的话说得很重，张普景一时竟然无言以对，只好再打出一张新牌：“梁大牙严重排斥李文彬，出自己同志的洋相，损害同志的威信，这是事实吧？”

杨庭辉说：“这是事实。实践证明，李文彬是个好同志，对革命满腔热忱，没有三心二意。对敌斗争经验是差了一点，但是有朝气有干劲。我已经不止一次狠狠地批评过梁大牙，要他尊重李文彬。看来他做得还不够，在这个问题上，我们都要重锤敲打梁大牙。”

张普景说：“老杨你别搪塞，在梁大牙这个问题上，你确实是过于迁就的，上次梁大牙擅自带人到蓝桥埠给汉奸朱恽轩祝寿，这么大的事情，影响极坏，可是我们仅仅只浮皮潦草地警告一下就完事了。这太过分了，也让人实在不好理解。”

杨庭辉略微沉吟片刻，说：“老张，这个问题是个问题，但是我跟你说，像梁大牙这样的人，你说对他怎么办？调教好了他是一个好干部，操之过急就适得其反。我们当初决议让他到陈埠县去，就是做好了思想准备，允许他犯错误。我不是不主张处理，只是主张暂时不作严肃处理，这笔账我们给他记着，时机成熟了，再收拾他。”

张普景穷追不舍，说：“他不是犯错误，而是犯罪。给汉奸祝寿，这是个原则问题。”

杨庭辉说：“朱恽轩不是汉奸。王兰田同志已经派人调查过了，朱恽轩给鬼子当维持会长，是不得已的事情，他帮老百姓做了不少好事。”

张普景说：“这个道理说不通。接受伪职，就是汉奸。如果我们的每一个八路军大队长都去向汉奸维持会长感恩戴德磕头祝寿，那我们的工作还怎么做？”

杨庭辉多少感到有点理亏，想了想说：“具体情况具体分析嘛。

梁大牙的情况比较特殊，那个朱恽轩对他有再造之恩。当然了，这件事情肯定是不对的，但是我们不能要求梁大牙昨天参加八路军，今天就把觉悟提高到你我的水平。就那么点事，我们就把梁大牙毙了？那恐怕更不合适。我的观点是，还是慢慢来，如果再发现梁大牙有类似的混账行为，那就严惩不贷，杀头都可以。但是，眼下正是用人之际，我们要允许同志犯错误，也要给同志立功赎罪的机会。"

如此一说，张普景就没有话说了。

杨庭辉又说："严格地讲，凹凸山的部队是有一些问题，有拿老百姓东西的，有酗酒打架的，有开小差的，也有搞腐化的。但是，我的同志哥，你要看到，我们的队伍是由农民和小作坊小煤窑工人组成的啊。现在是统一战线时期，我们应该团结一切可以团结的力量抗日。我没有那么多像你这样既有丰富的革命理论，又有高度革命觉悟的人来组成我们的部队。昨天他们还对革命一无所知，今天他们却为革命来战斗了，他们未必有明确的革命信仰，但他们可以为革命去流血去牺牲。他们是不懂得革命理论，但他们干的是革命事业。我们是先培养他们革命理想，等他们学懂了《共产党宣言》才来打仗呢，还是让他们先扛起枪杆打击敌人呢？我的看法是，应该让他们先投入到斗争当中。至于革命觉悟，可以在实践中提高。今天他不是个革命者，明天他们有可能是最先进的革命者。老张你同意我的观点吗？"

经过几轮交锋，张普景渐渐地就有些泄气了，但是，他提醒自己，绝不能后退。杨庭辉这个同志是一个老资格的根据地创始人，是一个受过文化熏陶的领导人，他不仅有丰富的斗争经验，也有演讲煽动的才能。他的话说得滴水不漏，但是，他在狡辩，他在迂回，他是利用凹凸山的特殊性取代原则的严肃性，他用客观理由和实用主义态度削弱了主观能动作用。他就是要维护他的绝对权威，形成以他为核心的领导体系，所以他大量重用诸如王兰田、梁大牙、宋上大、安雪梅、姜家湖这样对他唯命是从的人，而排斥来自江淮军区的领导干部。即便你说得再动听，你也否认不掉宗派这个事实。梁大牙这样的人不是不能革命，也不是不能改造成革命者，但是，如此突飞猛进地提拔并且放手使用，让其感恩戴德，这就是宗派主义的思想在起作用。

张普景说："老杨，我的批评你可以不接受，但我坚持。这些问题我今天提出来了，不是空穴来风信口开河。凹凸山根据地靠我们大家建设，我们应该有更高的标准。"

杨庭辉说："我不否认你的正直和正义，你的批评有合理的地方，我要引起反思。君子坦荡荡，你能把这份材料让我过目，说明心中无鬼。把材料送到军区和分局，那是你的权利。你想怎么处理就怎么处理。"

张普景说："我跟你说实话吧，我并没有当真想把这个东西交上去，因为有些问题是存在的，有些问题证据还不是很充分，只是凭直觉和预感。我想我应该把这种直觉和预感向你通报，引起注意。我看是不是可以这样，我们两个现在不去争论是非问题，我们再冷静地思考一个阶段，再开展批评与自我批评。"

杨庭辉却说："不，既然问题已经挑出来了，就要解决，这也算是开展思想斗争的一种方式吧。我不能对同志的批评采取漠然态度。我建议，让政治部的同志把材料抄写几份，分发到大队和营以上干部的手上，大家都参与讨论。"

张普景深感意外，并且惶惑："这……这不合适吧？我们领导人之间的争论，用不着沸沸扬扬，这样会引起混乱的。"

杨庭辉说："这是光明磊落的事情，这份材料虽然主要批评了我，但是它涉及到整个凹凸山的工作。有些问题，子虚乌有，但是可以敲敲警钟。有些问题，程度不同地确实存在，大家都要重视。"

张普景仍然困惑，他闹不清杨庭辉为什么在很短时间内就变了态度，更闹不清这态度变化是为了什么？尽管张普景始终认为自己问心无愧，但是，由杨庭辉提出来把争论面扩大开来，他还是难免有些狐疑。任何人做任何事都是有目的的，老杨这个人做事就更是有目的的了。他要达到一个什么样的目的呢？

可是后来发生的事又似乎没有什么异常情况。既然争论是张普景引起来的，杨庭辉又坚持要开展争论，张普景就没有退路了。当然，他也不会退缩。张普景提出，争论一下未必是坏事，但为了维护领导层的团结和稳定，防止不必要的思想混乱，争论面不宜过大，在分区党委和特委成员中争论就行了，材料也不用政治部的同志抄写，一千多字，他自己再抄写四份，发给王兰田、窦玉泉、杨庭辉、江古碑，大家调查研究三天，三天后讨论。

讨论结果出乎张普景的意料，杨庭辉在正式的讨论会上几乎一句没有重复他跟张普景面对面争论时说的那些话，而是率先态度诚恳地作了自我批评，说这些年主要精力用在根据地建设上了，放松了学习，也确实有忽视政治思想的倾向，主观上没有搞宗派主义的思想，但在部队和基层有了这个苗头，他这个主要领导人有不可推卸的责任。要对部队进行一次思想教育，反对宗派主义、反对军阀作风、反对纪律松弛现象、杜绝腐化堕落行为，等等。并提出，坚持民主集中制，加强基层党支部的作用，连队和中队政治指导员有权向上级反映同级干部的问题。

杨庭辉带了这个头，就为讨论会扭转了调子，成了批评与自我批评的会议，而且自我批评成为主流。

杨庭辉的自我批评令张普景在意外的同时，还暗自负疚。这是怎么回事？我对于同志是不是过于苛求了？我是不是过低地估计老杨的觉悟了？我是不是又在犯极端化的错误？实在想不明白了，甚至不敢再想下去了。

在这样的氛围里，张普景自然也作了自我批评，而且是诚意的，绝不是敷衍塞责的，批评了自己怀疑同志的狭隘，不正视客观实际务虚不务实的飘浮作风，以及乱扣帽子伤害同志，等等。为了团结，张普景又主动提出，鉴于有些问题证据不足，要求大家把分发到各自手中的材料销毁，以免影响部队的情绪。

第九章

一

晏公庙阻击战发生的时候，已经是洛安州沦陷的第五年的农历二月了。

这正是花扬絮飞的季节。第二次世界大战出现了新的形势，在太平洋战争中日军迭遭挫折，苏联军队占领了柏林，德军宣布无条件投降。在这种大背景下面，中南长官部连连致电在敌占区或敌后活动的各支部队，寻找战机，同日军进行几场影响较大的战斗，为舆论宣传提供依据，以正视听。

晏公庙阻击战本来是杨庭辉组织的。杨庭辉得到情报说，日军中村联队拟于本月中旬对凹凸山地区的晏公庙、界牌石、响洪甸、迎驾厂一带进行"扫荡"。杨庭辉于是派人同刘汉英联系，要求配合作战。

敌情确凿，八路军又主动挑了重担，刘汉英觉得这一仗他不参加有点说不过去，就选择了左路，在晏公庙打伏击。

之所以选择左路而不是右路，刘汉英自有精明的考虑。据他从另外一条线上得到的谍报，左路敌人多为二鬼子"皇协军"，比起日本鬼子自然要好对付得多。

部署兵力的时候，参谋长左文录把刚刚组建不到三个月的新七十九团放在了牌坊店，而将甲种建制完整的张嘉毓二四六团放在晏公庙东北的赛石矶。

作战会上，石云彪趴在作战图前足足琢磨了半个时辰，再抬起头来的时候，那只独眼就多了几分阴沉。石云彪慢腾腾地站起来说：“旅座，我看这一带地形坡缓林稀，易攻难守。防御正面如此之宽，防御力量也就疏而弱之。日军上千人马，加上伪军近万，我们打大伏击力不从心，打小伏击隔靴搔痒。我的意思伤其十指不如断其一指，是否可以同杨庭辉先生再协商一下，改变这种各自为战的打法，而集中我部和杨部兵力，大部压在南楼一线天，打击日军右路佐佐木大队，争取将其全歼。”

刘汉英尚未吭气，左文录就把话接过去了，不自然地笑了笑说：“石团长的设想确有过人之处，问题是杨庭辉先生恐怕不听你的指挥。旅长和副旅长都是这个意思，各负其责，还是把账算得明白一点为好。”

石云彪的心里依然犯嘀咕。这是新七十九团扩团以来首次参战，也就是说，新七十九团的战斗生命从此就开始了。此战能否打好，将决定团队起步的高低，并且在一定程度上注定了一支部队的精神。

石云彪又将左文录的作战方案由表及里地咀嚼了一遍。

从敌人此来的势头和地形上看，牌坊店一带有可能最早进入战斗，一旦口袋扎住了，又是逃敌必经之路，极有可能成为阻击战的主战场，理应派遣精锐部队防守。自己的孩子自己知道有多少拳脚，他的新七十九团战斗连队只有六个，除了原七十九大队的老底子，三分之二的兵员是新补进来的，虽然马不停蹄日夜操练，但是毕竟缺乏实战经验。而张嘉毓的二四六团是刘汉英的看家部队，军官大都是刘汉英的老部下，火力配备也十分精悍，可以说兵强马壮，完全应该成为大战主力，可是左文录偏偏将其部署在赛石矶一线。赛石矶地形奇峻，宛若平原中突兀拔地而起的一道屏障，前是平川，后亦平川，射界开阔视野也开阔，便于进攻也便于退守。

熟习兵法、深谙地形之利弊的石云彪自然不会看不出来这种布局的偏颇。

尽管心存义愤，但石云彪还是全力以赴投入了阻击战的准备工作。

此后不久出现的事实证明，石云彪对于敌情和战场形势的估计，基本上是正确的。战斗发起之后，石云彪率部兜住了牌坊店至庄岗一线约一公里的正面。诚如石云彪自己预料的那样，防御正面越宽，防御力量则越薄弱。日军吉野大队力督伪军八百余人向石云彪防线先后展开了六轮冲击，企图夺路而逃。七十九团部队伤亡过半，连以下军官伤亡三分之一。

石云彪让团部特务连在阵地后方架起了机关枪，宣布——“凡在阵地之人，包括石云彪本人，只能前进，不能后退，退逾白线者，格杀勿论。”

石云彪手拎一柄三尺长的宽厚大刀，立于阵地高处，喝道：“弟兄们，前面是日本鬼子，后面是二鬼子，左面是绝壁，右面是淠河，背水一战，没有退路。弟兄们看着我，我若不退，你们退到哪里也是死路一条。”

团座既然如此，营连长们自然不敢含糊，纷纷做好后事交代，准备献头颅于阵前。

由于前线吃紧，此时已到二连任代理连长的陈墨涵向石云彪献计获准，指挥一个排佯作败退，撕开一个缺口，诱敌深入至一线天峪口，合而击之，将深入到刘汉英防区纵深的吉野大队分割包围在数十处不便展开的山林沟壑地带，一阵游击战加上运动战，重创吉野大队，吉野本人被流弹击中。如此以攻助守，方才使七十九团全线稳住了阵脚。

二

参加晏公庙阻击战的，还有一支特殊的部队，便是高秋江的战地女子服务队。

本来，在这次阻击战中，战地女子服务队是没有直接战斗任务的。但高秋江却表现出了非常奇怪的积极性，向刘汉英主动请缨，率领二十四名队员前往牌坊店抢运七十九团的伤员，不巧在途中遭遇了十几个鬼子和二鬼子。这伙人刚刚从火线上下来，急急如丧家之犬，竟然迷了路，一见高秋江等人穿着国民党军制服，哗啦一下便展开了战斗队形。

好在高秋江是经过阵势的，有一些打仗的经验，急忙指挥人员散开，抢占有利地形。

阵脚还没稳住，日军就开了火。

韩秋云就趴在高秋江的身后，由于她人很勤快，脑袋瓜子不笨，那副模样又很讨高秋江怜爱，所以很快便当上了分队副。眼下，韩分队副看着高秋江左一枪右一枪地往外打，耳朵发麻，心里乱跳，似乎还有点新奇和兴奋。当然，害怕还是主要的。

高秋江边打边喊："韩秋云你死啦？不该开枪的时候你开枪，该开枪的时候你死活不开枪，你娘的咋回事？通敌啦？"

韩秋云自己也觉得自己挺丢人。那次梦里见到梁大牙，居然真抠了扳机，差点儿打断了自己的一个脚指头，好像勇敢得一塌糊涂。可是这回轮到真的了，手指却硬得像根铁棒，无论如何不听使唤。

韩秋云快要急出眼泪了，带着哭腔喊："高队长，我的手抖呀，打不准呢。"

高秋江说："打不准也给我打，往人堆里放就行。"

韩秋云左摇右摆地看了看两边，其他几个女兵也都脸色惨兮兮的，搂着大枪胡乱地放，那姿态当然不像打仗，不过是虚张声势罢了。

高秋江又喊："袁桂花，你给我往山墙后面那颗杏子树下面打，那是个鬼子头。"

韩秋云没有看见鬼子头，这时候她瞅准了一个戴大盖帽的，那人正蹲在石坎后面举着手枪往这边射击。

韩秋云双手抱着大枪，拿不准是瞄那个人的头呢还是瞄那个人的脖颈子，后来她决定瞄那个人的胸脯子。她怕打了那个人的头，会把头盖骨给掀飞了，脑浆喷得到处都是，那是她最害怕见到的。可是瞄胸也瞄不准，自己的心跳得厉害，两手更是抖抖索索的像是三九天的牙帮骨。再往后，韩秋云就想明白了——先别管打得上还是打不上，先抠了火再说。自从遇上了日本鬼子到现在，连一枪还没有放过，实在有点说不过去，活着回去弄不好要挨高队长的骂。想到这里，便咬牙切齿要抠火。手指勾上扳机后便把眼睛闭起来，想睁也睁不开了。心一横，拽了一下扳机就什么也不想了，单等那惊天裂地的一声。

却邪门，等了半天竟没啥动静。这下心里就更发毛了，这枪怎么打不响呢？老是打不响，高队长回去不是要骂么？两手于是抖得更厉害了，费了老半天劲儿才弄明白是二道火没有打开。这么一耽搁，被瞄准了的二鬼子又从瞄准线上消失了。韩秋云的心里反而一阵轻松，心想也好，饶了他吧，姑奶奶打的是日本人，不掺假的抗日。就在这个时候，韩秋云忽然想起了老队员的一句脏话："老娘是窑姐不脱裤子——抗日的干活。"想起这话，又乐又羞，手头一紧，便走了一火。这一火走得恰到好处，一枪打中了一个日本兵。

高秋江在一边看见了，大叫一声好，扭头夸道："好，韩秋云打得好!”

韩秋云怔怔地好半天才回过神来——哦喔,我的个天啦,我开枪了,我打死人了。

真真切切真真切切,隔着几十步的距离,她亲眼看见了那个日本兵刚刚从石坎后面猫出腰来,想往树林里面跑。跑着跑着,她的枪里的子弹头就飞了过去,钉进了他的肉身子。日本兵像是被什么东西绊了一下,猛地踉跄一步,又原地站稳,如同一株被风刮弯了的树,骤然弹回,直直地仰起头来,面向天空,然后便弯弯曲曲地倒下去了。

以后直到过了很长时间,每当韩秋云向别人说起这件事的时候,别人都不大相信。隔着好几十步呢,怎么能看得那么仔细呢?韩秋云说:那是真的嘛,连眉毛眼睛都能看得见。那是个小兵,恐怕也就是十五六岁的样子,脸皮子白白的,眼窝子里还有水,水闲闲地看着我,就那样一眨也不眨,直勾勾地看着我,倒下去了也没有闭上眼睛。我还看见了他的嘴,嘴唇子动了动,像是想跟我说点啥。说啥呢?兴许是埋怨我不该开枪……

三

那一次作战,事实上韩秋云只开了一枪,还是走火。走火之后,她就愣住了,脑子里似乎爬进了一只虫子,钻来钻去的。她突然觉得恶心。死去的那个日本兵,有没有真的回过头来瞥了她一眼,除了她自己知道,那就连老天爷也说不清楚了。她看见鬼子兵头顶上的那块天空像刀切一般落下来,飘到了自己的眼前,一片血红升腾弥漫。

山坡上还荡漾着几缕淡淡的蓝烟,浓烈的硫磺味儿呛得她鼻子直发酸。韩秋云低下头来,目光便被刺了一下。那枚空弹壳已经完成了使命，静静地躺在她身边的草棵里，映照着太阳，闪烁着黄澄澄的金光。

他当真死了么？

韩秋云似乎恍然大悟了。原来死是这么简单的事情，比她那回上吊要利索得多从容得多。就那么一下子，手指稀里糊涂地紧了一下，她就把一个东西钉在了那个稚气未脱的日本小兵的身上，刚才他还活蹦乱跳，眨眼之间再也不能叽里哇啦地喊八格牙路了。韩秋云突然觉得那个日本兵有些眼熟，白白净净的像哪个认得的念书娃。假设他要不是日本兵呢？那他就是一个学问人了。他走路的样子一定很好看，很斯文。往后他会长得很健壮，身上会泛出热乎乎的男人味儿。她想她跟那个日本小兵是有一种缘分的，本来是素不相识，不该有仇恨的，可是他到中国来了，是背着三八大盖来的，这就成了她的仇人，她和他的仇恨是中国和日本国的仇恨，不是他们两个人的仇恨。他要是还在日本，或许还在念书，或许在做一些别的读书人做的事情，说不定还有一个花红叶绿的小妮子在等着他。在这样的好天气里，没准他们会坐在芳草茵茵的小河边，听潺潺流水，他会跟他的日本小妮子在一起……

枪声在继续，犹如勾魂夺命的号角，一阵又一阵地抽打韩秋云的神经，让她恶心欲呕。那个死去的日本小兵已经彻底失去了说笑蹦跳的能耐了，他一声不吭了。韩秋云似乎看见了那具慢慢冷却的尸体正在蜷曲着蠕动，像是一条冬眠的蛇。从一个活人到一具尸体之间，有一颗子弹头，金黄色的，腰豆一样的形状，在阳光下面好看极了。韩秋云想，这样漂亮的小东西，如果不是用枪发射出去的，而是吃到嘴里，咽到肚子里，想必也不会出啥大的毛病。

韩秋云那时候自然不会明白这样一个道理——漂亮的小东西加上速度，等于从生到死的桥梁。但是，在那样的时刻，韩秋云却似乎明白了另外一个道理：这个世界上，真正最让人恶心的，便是死人,没有比死人的事更让人恶心了,没有比自己亲手打死人更让人恶心的了。当然,恶心归恶心,她也知道,如果不是她开枪打死那个日本兵,说不定就是那个日本兵,会在某一时刻向她开枪,把那个漂亮的金色腰豆射进她的体内。极有可能。

现在,她就不仅是厌恶了,极度的恐惧潮水般地涌上了心头。她恐惧那种漂亮的、金色腰豆一样好看的小东西,她想她宁肯让别的东西进入她的身子,哪怕那是羞耻和痛楚。她不想死,她早就放弃上吊的念头了。

耳边又响起了高秋江的喊声。高秋江的声音已经哑了,她一边射击一边叫喊:“姐妹们,要节省子弹,把鬼子放近了打。”

韩秋云看见高秋江的眼睛像是染了血,红得发黑。猛然间,她的眸子被灼痛了,她看见对面的一蓬树丛里闪过一道弧光,好像有一团火球向这边扑过来。这时候她想起了自己的职责,她为自己的胡思乱想感到愧疚。她举起手枪,想把视线集中起来瞄准一个日本兵,她似乎看见了那个日本兵也正在端枪瞄准她。

一个严重的问题顿时面临眼前——要么打死那个日本兵,要么让那个日本兵把自己打死。

在这一瞬间,她不由自主地就忘掉了一切,毫不犹豫地端起了枪——她决定打死那个日本兵,而把自己留在人间。可是,手指一触上扳机,胸口又恶恶地翻上一股血腥,击发的手指就僵硬了,心里又想呕吐。还没有等她吐出来,一件始料不及的事情发生了——她先是听到一声闷响,接着眼前大放异彩,满天飘扬着红色的灰色的白色的树枝,伴着热辣辣的血浪扑面而来。风声从耳边擦过,像林子里的呼啸,阴森而又强劲。就在这铺天盖地的轰鸣声中,她的胸部被重重地击了一下,与此同时,怀里咚的一声落下一个湿漉漉的物件。

韩秋云疑惑自己被砸断了肋巴骨,许久才敢睁眼看那物件,只看了一眼，就啊一声惨叫，昏了过去。

四

韩秋云是在撤离晏公庙战场的第四天醒过来的，但是醒过来的韩秋云已经不是原先的那个韩秋云了，即使是醒着，也还是在梦中。

在这个阴风呼号的下午，韩秋云仍然我行我素地沉浸在自己的世界里，腾云驾雾一般回到了蓝桥埠。

从前，蓝桥埠曾经是一个拥有一千多口人的旧式商埠，虽然三面环山，但是有一条三十多丈宽的二道河从镇东擦肩而过，不仅给这个僻乡集镇点缀出一片旖旎水色，也给蓝桥埠人带来了食盐、布匹和洋火，富绰人家往往还能用上洋胰子。收成好的年头，到了农历八月十五，就会由镇上头面人物张罗，从城里请来大戏班子，在街东的大坝上演上一两场大戏。这个时候，便是孩童们的节日了。

在童年的韩秋云看来，山外的一切事情都是遥远而美妙的，比方从城里来的大戏班子演戏用的美孚灯，雪亮耀眼，就像夜里从山那边钻出来的太阳，能把方圆几十里地的蛾子蝗虫都引过来，飞在头顶如同一片黑压压的云彩。还有演大戏那些人身上穿的绫罗绸缎，在美孚灯下熠熠闪光，流金溢彩，也让蓝桥埠的男娃女娃们无限神往。有些个年头请的大戏班子唱黄梅戏，韩秋云听得不甚明白，台上不是男的哭就是女的哭，有时候哭着唱着唱着哭着就晕死过去。女戏子扮的角色大都是好人，大都是跟男人好得要死要活却又好得没有好结果。大戏里头的男人也大多是好人，不知道怎么搞的就做了对不起女人的事情，让那女的凄凄婉婉悲悲切切，又是哭又是唱委实伤心得让人心疼。有时候直到拆了戏台，大戏班子走了好几日，那哀转凄婉的唱词儿还在蓝桥埠的天空上飘荡。

住在镇上的人并非都是手工业和商贩，多数人也是要下地种田的，田地里有时就会传出一阵阵“随秋风飘零到天涯，身在何处何处是家”的黄梅调儿。自然，蓝桥埠人唱得不如人家大戏班子唱得那样好听。

有两个年头，请的是河南梆子，这就跟黄梅戏不一样了。梆子戏的戏子看上去要比黄梅戏的戏子有劲得多，台上遛步虎虎生风，不管男的女的，一嗓子亮出去，高亢激越，有时候能把尖尖的高音拔到天上去。拔到最高处，还不忙着落下来，而是啊嘀咦唏呀嘿嚯呀嘿咦呀嗨地一段一段地往下掉，那声调左拐右拐拐得极有味道。且打斗多。梆子戏里的女戏子多是扮演花木兰穆桂英樊梨花之类的角色，要么横一柄寒光如冰的三尺长剑，要么挺一杆红缨飘飘的方天画戟，那样子威风凛凛英气逼人。一旦开打那就更是热闹非凡，只听锣鼓喧天，满台锦绣云动，你来我往，你上我下，左一个跟头，右一个扫腿，一会儿倒下一个，一会儿起死回生，看得人眼花缭乱。

蓝桥埠的大戏委实是韩秋云最留恋的梦里去处。

这是韩秋云在昏睡了许多天后进行的一次对于故乡和童年的比较清醒的回忆。自从晏公庙遭遇战之后，这种清醒的时刻对于她来说就显得尤为可贵了。清醒的时刻，最先占据韩秋云愿望的，便是回到小时候的蓝桥埠，痛痛快快地看上一场大戏。然后，就是那个初夏的午后了。

那是一段多么令人难忘的时光啊。

五

严格地讲，韩秋云并没有挂彩，只不过额头上被划破了一块皮，不用针缝，涂点酒精或龙胆紫药水就好了。导致她经常沉睡并且经常胡言乱语的是一只胳膊——不是她曾经在老河湾的桑树林子里看见的水蛇腰的胳膊。水蛇腰的那只胳膊在贺瘸子的脊梁上滚动如笋,那白白的皮肉里涨满了一种奇怪的力量。

经过几年岁月的揉搓,在韩秋云的眼睛里,水蛇腰的那只滚动的胳膊已经逐渐褪去了一些污浊之气,竟然生出一些蓬勃的妖媚,那每次舒缓的滚动和如醉如痴的抽悸都像是野性的舞蹈,能让人从心里生出一些翻花作浪的想法。每当再从记忆里看见那只胳膊,韩秋云就会惊惶地感到自己的身子里有一股血烫烫的涨涨的,烧得自己耳热心跳,烧得自己腿都软了,像是有什么东西要从心里面往外喷。当然,进入这样一种情境里,韩秋云便又不清醒了,清醒的时候还是要红脸,还是要臊得慌,还是要骂自己一声不要脸。

清醒是不会太持久的,因为清醒不久之后她就会看见另一只胳膊,那便会使她重新陷入不清醒状态。

那是一只怎样的胳膊呵?那只胳膊是日本鬼子的炮弹皮从袁桂花的右肩上削下来的,被火药炸得腾空而起,在空中翻滚了十几圈之后,拐了一个弯,不偏不倚地砸进韩秋云的怀里。她睁开眼睛后,最先看见的是缩紧了的皮肉和戳出肉外的骨头茬子,白森森的有寸把长。她还没有来得及叫出声,便被更加恐惧的事实所击中——那只已经离开了袁桂花的肩膀的死亡之手,似乎还残存了最后一丝力气,五个血糊糊的手指竟然在瞬间骤然收拢,紧紧地掐住了韩秋云的脖颈子,她只来得及凄厉地尖叫一声便不省人事了……

后来,是那个名叫石云彪的独眼团长带着部队上来了,拳打脚踢地将战地女子服务队救了下来。

在往救护所送的路上,韩秋云曾经有过短暂的清醒,那时候她的第一个反应就是哇哇大叫,并且拼命地往外甩,抓住什么甩什么，其实她是在甩她怀里的那只胳膊，直到后来她知道了怀里已经不再是袁桂花的胳膊而是医生的胳膊，是为了抗战从加拿大归国的医生乔治冯的胳膊，但是她仍然不屈不挠地拼命地往外甩。加拿大是个什么地方她不知道，乔治冯是个什么人物她也不甚了了，她只是恐怖胳膊。

胳膊啊胳膊！那只胳膊将伴随她终生，今生今世，她是再也无法甩掉那只胳膊了。

六

一年之后，恍若隔世，从此，韩秋云便生活在一个奇妙的境界里。偶尔她能看见一片春天的原野，莺飞草长，灿黄灿黄的油菜花开得无垠无际，头上有一轮银盘般的太阳暖融融地照着，耳畔有蜜蜂和蝴蝶哼哼地唱着，有一条清香潋滟的小河，透亮见底的河水里，有摇头摆尾机灵俏皮的黄鲢子鱼，有滚动水珠的苇叶和鹅绒一样飘飞的芦絮，还有一个横坐在独木桥上吹箫的黑眼睛少年。那少年的管箫吹得悠扬，像是从很远很远的天之穹窿飘过来，满林子燕鸣莺啼都沉寂了，那歌子就像是她自己在唱，那歌子就像是很久很久以前她就会唱，那歌子就像是她在这个世上唯一拥有的财富……

现在，就是梦幻和记忆在支撑着韩秋云昏睡的日子，而在所有的梦幻和记忆里，现形次数最多的当然还是那个叫陈克训的读书人和那段刻骨铭心的少女的初恋。每当进入这种情境，韩秋云的脸庞就会涌上一层玫瑰色的红晕，有时还会喃喃自语，说一些只有她自己才能够听明白的话。

在一个繁星闪烁的夜晚，韩秋云回到了蓝桥埠，走进了藏在她记忆深处的那个夏天。

透过斑驳的阳光浸染的热乎乎的夏风，她看见了一个扎着独角小辫的小妮子。

那是一个乡村的、有着健康美丽的妮子。妮子咯咯地笑着，脆脆的声音散发着嫩竹般的香气，在老河湾的林子里簌簌地颤动。小妮子在林子里疯跑，独角小辫甩来甩去快乐地舞蹈，像是一面黑色的绸纱迎风飘扬。妮子奔跑出一脸鲜嫩的红色，泛着熟桃一般透明的光泽。

在妮子的身后，她看见了舞着管箫的陈克训。陈克训是在暑假中回到蓝桥埠的，那时候韩家的家业已经败了，她辍学栖身在表叔家，粗活干得两手长了半寸厚的茧子。陈克训探知那天她要去老河湾采桑叶，就瞒着家人跟了去。

那天好热啊。十五岁的小妮子爬到高高的枝丫上，把桑叶撒得满地都是，引逗着拣桑叶的陈克训东奔西跑。累得汗透了小褂子，陈克训还乐呵呵地笑，傻傻的样子让她看着开心极了。后来下了雨。那雨下得又浓又稠，闪电从树叶竹枝的缝隙里泻进来，林子里雪亮一片，漫天氤氲混混沌沌。闪电走远了，沉闷的雷声滚过来，喀喀巴巴地震响，惊得枝头上水珠子乱迸，树根下的小溪越聚越多，汇成厚厚的一泓清水潺潺地流，渐渐地漫过脚背涌向脚踝，两双脚丫子于是被洗得雪白。

“陈二少，你要是被雨浇病了，我可是有罪过了。”小妮子嘻嘻地笑着说。

陈克训说：“没有那么金贵。再说，浇病了也是我自找的，与你不相干。”

小妮子又说：“你是蓝桥埠的少爷，我是采桑叶的下人，你跟我在一起不怕人家笑话你？”

“这话说外了，咱俩是学友，我就愿意跟你在一起，在洛安州读书的时候，我还做梦咱俩在一起呢。”

小妮子唰的一下红了脸。

“等我毕业回到蓝桥埠，我就娶你当少奶奶。”

小妮子顿时跳起来叫起来：“难听死了，不许你瞎说。”

再往后，雨就停了。西边的天穹上，弓起一弯七彩缤纷的虹桥，顶上的那方天空被雨水洗净了，亮出一片无尘的湛蓝。远处的山峦里，升起乳白色的云雾，袅袅地涌向远天的尽头。长长的弯弯的林子如同水中捞出的藤蔓，迎着西边的一个火球翻动出绿亮的光晕。积蓄的雨水从叶杆上浸出来，沿着河湾的草棵哗哗地向河里流去……

“陈二少，你在看啥呢？”

“我在看你呀。我在想，韩秋云要是能到洛安州去读书就好了，那样咱俩就能在一起了。学校的院子里有花园，晚上咱们就去散步，坐在亭子里，我吹箫，三弟拉胡琴，韩秋云你唱歌……”

小妮子没有吭气。小妮子的眼睛里慢慢地涌上一层酸楚的泪云……

然后，韩秋云醒了，摸摸枕边，一片水渍。

第 十 章

一

这一段时间，梁大牙又干了几件很风光的事情。头一件事是组织了一次以基干二中队为主体，另以三个区中队配合的小出击，端掉了西马堰据点，全歼日军一个小队和二鬼子一个中队，受到了分区的通令嘉奖。第二件事是派朱预道带领十名武工队员，居然潜进洛安州招摇撞骗大吃大喝地呆了两天三夜，打开了一座监狱，炸掉了一座粮库，杀掉了七个汉奸。

战绩可以说不小了，但有一点，现在的梁大牙，再也不像先前那样耀武扬威地为自己树碑立传了，梁大牙让他的大名暂时谦虚地后退一步，而是把功劳拱手送给刘汉英。按照梁大牙的旨意，朱预道等人以国民政府凹凸山行政公署的名义，在洛安州贴了满城的布告公告之类，一会儿宣布捉拿张三，一会儿宣布通缉李四，今晚城东河里漂上一具尸体，明晨城南的公园里又出现一颗头颅……整个洛安州鸡飞狗跳，到处都在传说刘汉英这回是真抗日了。

土八路这边埋头干活，却苦了山北的刘汉英。可是刘汉英有苦说不出。你说什么，你说不是你的部队干的？这话怎么能明着说？他打你的凹凸山行政公署的旗号，是名正言顺的，从大道理上讲，八路军是国民革命军第八集团军，凹凸山的八路军在军事上独立，但按道理，在行政上也属于国民政府行政公署管辖。他在别的事情上不听你的招呼，但这次他听招呼了，你不是一个劲儿向八路呼吁要发扬民族精神痛击倭寇吗？他去痛击一下，你能说个不字？不仅不能说，还要赞许，还要给点物资奖励。

梁大牙把事情做得很周到，每次派出小分队，来回都要从刘汉英的地面上过。按说，敌占区离陈埠县最近的是榆林寨，那里有日军的一个小队和伪军两个中队，地形也对攻方有利，是日军最担心的薄弱环节。但梁大牙偏偏放着嘴边的肉不吃，硬是绕道迂回，从刘汉英手下马梓威部队的地盘宋家店伸出去。

宋家店国民党守军营长是吴固增，也是刘汉英心腹参谋长左文录的小舅子，平时不大买马梓威的账，而且极其贪财。梁大牙正是抓住了吴固增的这个弱点，谎称得到可靠消息，西马堰据点的汉奸中队长蔡书城到斜河街的窑子嫖娼，顺手牵羊劫了几个福建嫖客，都是贩烟土的客商，蔡书城发了一笔大财，黑的白的黄的恐怕都少不了。

吴固增不知是计，欣然同意借路。一来不义之财见面一半，这样的好事他不会放过。二来汉奸蔡书城的那个中队离他最近，两边都是提心吊胆的，现在有土八路梁大牙当傻先锋，借刀杀人何乐不为呢？

梁大牙跟吴固增说好的是派出小分队专门收拾三号碉堡的蔡书城中队部，可是一打起来吴固增才发现上当了，梁大牙的部队哪里是小分队啊，一共四百多人马，打的压根儿不是三号碉堡，一阵紧锣密鼓，把西马堰据点给端了。这边梁大牙的部队一撤走，那边鬼子的炮就轰过来了，好一顿猛砸。洛安州里的日军派出三个中队来打宋家店，逼得刘汉英和马梓威只好紧急调兵遣将，被动地打了一场防御战，损失了一百多兵力。

此事让刘汉英大为光火。

晏公庙一仗打下来之后，双方部队的伤亡都比较大，在这之后的很长一段时间里,刘汉英的部队和洛安州日军一直呈对峙态势,你不敢轻易下手,我也不想多找麻烦。抗日是要抗的,但刘汉英希望八路多干点事情。山野大佐也琢磨出刘汉英的心态,大家都是心照不宣。没想到八格牙路刘汉英——山野大佐顺理成章地要把这笔账算到刘汉英的头上——竟然把这个默契打破了,山野大佐恨得暴跳如雷,发誓要向刘汉英报这一箭之仇。刘汉英更是恼火透顶,恨不得把吴固增抓起来毙了,但是,他没有办法也不可能向山野大佐解释,更不能宣扬仗不是他打的,而是土八路惹是生非,那不是把金盆子拱手送给八路而把屎盆子往自己头上扣吗?

只好打落门牙肚里吞。

不久,蒋文肇的集团军来了明暗两道通报,一是嘉奖刘汉英部英勇作战,主动出击,不仅端了敌人据点,还抵御了日军的进攻。但是,另外那份绝密的通报却将刘汉英骂了个狗血淋头,什么有勇无谋,什么轻兵冒进,什么节外生枝,什么利令智昏,等等,简直就把他刘汉英说成是鲁莽张飞了,哪里还像个足智多谋的黄埔系出身的高级将领啊?如此,刘汉英只好自认晦气,把那个叫吴固增的营长大大表扬了一番,然后一道命令下去,让他卷了铺盖滚了蛋,到张嘉毓的团里当了个营副。

梁大牙得到消息,窃笑不已。

在一批新成长起来的土八路干部中,进步较快的除了梁大牙,往下就数朱预道了。如今的朱预道,再也不是蓝桥埠上的那个挂着鼻涕的小伙计朱一刀了。几年挥戟横槊奔突于凹凸山沙场,练就了一身卓越的兵戈功夫,手持双枪能打天上飞鸟,六十米开外,飞刀能削竹梢。

除了在梁大牙的指挥下神出鬼没地搞小出击,朱预道还独当一面地干了几件漂亮的事情。

前不久，护送一批新四军干部去西北，朱预道亲自抱着一挺机关枪开路，一百八十里路的敌占区，逢山过山，逢水过水，不仅保护新四军干部团二十五人安全地过了淮河，并且还捎带着打了两家汉奸的浮财，让新四军干部团的首长们美美地吃了两顿大鱼大肉，分手时还带走四个猪后腿。

如此，朱预道自然就被梁大牙视为心腹股肱。至关重要的任务，总是首选二中队完成。平日里多数时间梁大牙也是跟二中队在一起。但凡遇到硬仗，梁大牙必然亲自抱一挺机关枪死打硬拼，朱预道则紧随其侧，挥舞双枪率队冲锋疾如旋风。在作战指挥上，朱预道虽然谈不上什么章法，但是游击战术运用自如，打得赢就打，打不赢就走，好打则硬打，不好打则软打。这一套熟能生巧，巧能生风，带领二中队在凹凸山下打出了八面威风。不仅梁大牙对其有所倚重，连杨庭辉都对其刮目相看。凹凸山里甚至传出风声，杨庭辉一直向上请求，自己专任政治委员和专职特委书记，集中精力作游击战术研究和根据地建设工作。倘若不是因为资历浅薄，加之张普景和窦玉泉等人坚决抵制，梁大牙恐怕都当上分区的司令员了，而朱预道接替梁大牙担任大队长也是极有可能的。

就在这样的背景下，有一个人势不可当地把自己的命运同朱预道连在一起了，她就是地方二区的女区长岳秀英。

那件事就发生在上个月。

二

上月中旬，岳秀英跟二中队的几名干部到徐家集去组织建立村政权。完事后，副中队长胡文起和余排长因为还要留下训练武委会的民兵，她和朱预道便先走了。回来的路上，走在草棵里，没想到一脚踩了一条花皮青蛇，她呀的一声尖叫往前猛跳，一下子就撞到朱预道的背上。朱预道回过身来，一把接住了她。这时候她再看朱预道，那双男人的眼神儿就有些不对劲儿。看着朱预道不大对劲的眼神，她的眼神儿也就不大对劲了。

两个人都没有再说话。热天穿得薄，一只强健有力的胳膊攥着一只浑圆温热的胳膊，攥得嗓子眼里扑扑通通地响。岳秀英的月白土布小褂子和朱预道的灰粗布军装眨眼之间就被汗水渗个透湿。再往后，就走到一个隔年的瓜棚旁边。那时节，新瓜秧子还没有落苞，一眼望不到边的瓜地像是一片绿色的湖水，漫无边际地涌向远处的山根。田野里寂无一人，只有一轮热气腾腾的太阳悠忽游哉地悬在中天之上，将一地青藤嫩蕊蒸腾出潮湿的清香。

走着走着，步子就有些轻飘飘的。

朱预道说："好热的天，进去歇歇怎么样？"

岳秀英说："那就进去歇歇吧。"

二人便一前一后钻进了瓜棚。瓜棚里有一堆稻草，稻草上摊了一张破了三成的竹席子，散发出黑亮的油光和陈旧的汗味。就在那张破了三成四边不齐的席子上，一件骇世惊俗的壮举隆重地展开了。

对于朱预道来说，那个瓜棚无疑是他今生今世最先遇到的天堂。那是怎样的一种激动和幸福啊！一个热热的身体挨上了另外一个热热的身体，那片瓜地在眨眼之间就变成了一片波涛汹涌的海洋。满地的嫩瓜秧子晶莹碧翠，黄黄的碎花像是撒了一地的星星。采蜜的蜂和追逐的蝶在眼前飞来飞去。眼花缭乱中他们就走进了一个混混沌沌的天地。太阳亮得刺目，满世界都是燠热的光环。后来他们就被一只看不见的手推进了一个神秘的世界。窝在瓜棚的那张破席子上，他已经记不清他和岳秀英都说了些什么做了些什么，好像什么都没说什么都没做，但又好像什么都说了什么都做了。他依稀记得他把驳壳枪顶上了火攥在手上。那时节，岳秀英倒不惊骇，带着满脸幸福的期望，晕乎乎地说，朱中队长你是要杀我吗，你为啥要顶上火啊？他说我不会杀你可是我想杀了我自己，我……我恐怕就要……犯纪律了。岳秀英浑身颤得快要哭了，那张丰盈俏皮的嘴唇像是染满了八月的石榴汁。岳秀英说，要犯纪律咱们一起犯，咱俩都不说出去就不算犯纪律了。

再往后就都不说话了，两颗心一起跳，跳得扑扑通通地响，像是满地乱滚的熟透了的瓜。一只瓜撞到另一只瓜上，就裂开了翠绿的瓜皮，现出了红红的瓜瓤，他急匆匆地向那裂开的瓜瓤乱冲乱撞，红红的瓜汁便流了一地……

哦，这是多么美妙的一件事情啊，这里原来是一片正面更宽纵深更远的战场啊，这是一片既令人热血沸腾也让人迷醉消魂的战场。不同的是，在这片战场上，无需运筹帷幄，也无需布阵谋局，这片战场只需要一种武器，那就是激情，发射激情的撞针便是滚烫滚烫的心。在这片战场上，进攻者与防御者共为同盟，胜利与失败合为一体，厮杀与搏斗目标一致，争夺与占领并肩行进。硝烟飘扬在九天之上，波涛汹涌在心海底层。一个趟过楚河长驱直入，一个簇拥汉界土来水淹，一个是单枪匹马深入人心，一个是迷宫洞开包罗万象……哦，这是何等的畅快淋漓，这真是痛彻骨心的快活。

直到过了很久之后朱预道才幡然醒悟，在这个世上，只有人，唯一只有人才能使另外一个人达到这种高耸入云的境界，现在他才明白，男人最贵重的东西原来竟然就是女人。

战斗结束后，朱预道拎起了驳壳枪，这才发现，岳秀英满脸都是泪……

快活的时光总是短暂的。那快乐就像一柄尖锐的犁，耕深了相思和渴望的旱地。那次从徐家集返回江店集之后，朱预道简直不敢再见到岳秀英了。

岳秀英倒是照样咋咋呼呼，开会办事在一起时，把脸上装点得不显山不露水,可是掉底子的事情也还是防不胜防,有心人有意无意地开她一个玩笑,她脸上的那片颜色便红得十分可疑。

每当太阳落下月亮升起,大事做完小事没有,朱预道的心便会魂不守舍地走进一个并不遥远的地方,走到那个烫热的初夏的前晌……

哦,那片流金溢彩的瓜秧之野,那盛满了红色汁液的竹梁瓜棚,还有那在激情和呻吟的风暴中左右摇曳的蒿草,以及荡漾着绿黄的苗尖和遍地流淌着的潮湿的初夏的阳光……夜越深相思也就越深,同志们的呼噜声越响他心里的喊声也就越响,梦里偶尔会嚎叫一声,醒来便会惊出一身冷汗。

三

不久就有风言风语传到梁大牙和大队几个主要负责人的耳朵眼里,宋副大队长和东方闻音都严肃地提出来,要梁大队长找朱预道认真谈一次。

不料梁大牙很不以为然,振振有词地反问宋副大队长:“谈什么谈?第一,说朱预道搞女人查无实据。人证物证一件没有,就去说人家搞女人,这不符合本党实事求是的原则。第二,就算朱预道同岳秀英亲热了一些,那也是同志之间的亲热,军民之间的亲热,我们难道希望他们天天吵架吗?第三,据我所知,朱预道今年二十二岁,岳秀英同志也是二十二岁,要不是日本鬼子打进来了,这个年纪在蓝桥埠,娃崽恐怕都下了半个班。他们两个人一个光棍一条,一个旱井一口,岳秀英的男人已经断了音讯,恐怕是死多活少,依我看他们两个人也是老鳖看绿豆,挺对眼的。不让成家是组织约束的事,可是人家脑子里想一下都不让吗?第四,就算他们有些摸摸掐掐的,那也是你有情我有意,两厢情愿的事,既不妨碍抗日作战,也不耽误你们谁的事情。没准抗日战争弄完了,人家就成了两口子。咱们现在去说人家,说什么?说朱预道你不要理睬岳秀英?或者说岳秀英你不要理睬朱预道?那不是自找没趣么?别看咱山人无知,花香屁臭还是能掂量出来的,二半吊子的事情本大队长是不会做的。”

一番话说得倒是滴水不漏。

但无论是宋副大队长还是东方闻音,都觉得这话似乎有什么地方不大对劲,有些强词夺理的诡辩色彩。东方闻音于是又单独同梁大牙谈话,没想到不找他谈还好,一谈,又被他阴阳怪气地搞了一肚皮子气,并且引发了一场“大牙事件”。

公开场合梁大牙还有个一二三四,私下跟东方闻音在一起,连一二三四也没有了,皮笑肉不笑地对东方闻音说:“我说你们这些人真是狗咬耗子多管闲事,人家男人女人弄点事,你们也去盘根问底,也不嫌龌龊?问什么问?问急眼了,人家就跟你说,咱们就是在一起弄那个,你能把他怎么样?砍他的头还是剁他的那个?砍他的头,我不答应,我还指望他给我撑着陈埠县半拉天呢。剁他的那个,老天爷不答应,老天爷给他安了个那个就是让他那个的,有枪就有子弹,有子弹就有装弹的膛。天要下雨地要开裂那是谁也挡不住的,到了该他那个的时候你不让他那个,那是要伤阴鹭的。”

东方闻音被他这一篇奇谈怪论说得肚皮都快气爆了,又恼又羞,一跺脚说:“梁大牙你说的全是鬼话,我们是八路军,是有纪律的,不能放任自流。”

梁大牙嘻嘻一笑说:“纪律管天管地,还管人家屙屎放屁?管得也太多了吧?”然后把脸一板,正色道,“古人尚知不窥人阴私,本大队长浩然正气立于天地之间,那是要干大事情的。如今小鬼子就在凹凸山外,我劝大家还是把心思用到作战上。谁要是在背后搞我的人,抽我的梯子,那可就别怪我梁大牙不客气了。”

东方闻音知道这话是冲着宋副大队长的,可她的心里也很不痛快,红着脸质问梁大牙:“照你这么说,朱预道的事情我们就不管啦?”

梁大牙说:“这种事情有什么好管的?睁一只眼闭一只眼,不就什么事情也没有啦?”

东方闻音说:“任其发展下去,出了事算谁的?”

梁大牙嘿嘿一笑:“出事?出什么事?大不了给咱们造两个小八路出来,那好啊,我给他们发机关枪。”

说完哈哈大笑。

东方闻音恼了,瞪眼说道:“梁大牙你没个正经样子,我向司令员反映你。”

梁大牙说:“好哇,见到杨司令,顺便帮咱问问咱们结婚的事有着落了没有?”

东方闻音愣住了:“结婚?你跟谁结婚?”

梁大牙眨了眨眼睛,一龇大牙说:“当然是跟你结婚啦。”

东方闻音一脸愠怒地盯着梁大牙,说:“你是不是鬼迷心窍了,出什么洋相?”

梁大牙说:“怎么是出洋相呢?不是规定二五八团么?第一,当初到陈埠县来的时候,杨司令说咱的职务相当于团营级,本大队长作战有功,受过军区的表扬,靠团不靠营。第二,那年还是在蓝桥埠当米庄伙计的时候,咱就救过杨司令,杨司令说咱参加革命就从那年算起,今年刚好八年。第三,本人眼下二十有四,虚龄二十六,闰年闰月都算上,别说二十五六岁,二十七八恐怕都有了。所以呀,咱就打了结婚报告……”

东方闻音笑不出来了,严肃地说:“梁大牙你说这话是闹着玩的,还是当真的?”

梁大牙狡黠地笑了笑说:“咱闹着玩的你怎么说?咱当真的你

又怎么说?”

东方闻音说:“你要是闹着玩的呢,我求求你往后别这样闹。你要是当真的呢,那我就告诉你,我不喜欢你。”

“咦——唏!”梁大牙这回认真了,鼓起两只眼珠子勇往直前地看着东方闻音,“你不喜欢咱?你怎么会不喜欢咱呢?你不喜欢咱那你就是鬼子汉奸了,只有鬼子汉奸不喜欢咱。”然后就一脸横肉地逼将过来,“你说说,咱究竟有哪点不讨你喜欢?”

东方闻音说:“你梁大牙讨人喜欢的地方有,不讨人喜欢的地方更多。”

梁大牙仍然怒气冲冲,说:“说出来看,说对了咱改。”

东方闻音想了想,还真不好办。说他讨厌吧,他身上的可爱之处也委实很多。说喜欢他吧,他说起话来办起事来又总是跟你别着劲来。真说他有啥毛病吧,也都是鸡毛蒜皮摆不到桌面上的事。

东方闻音脑子一转,来了个恶作剧的念头,也笑了笑,说:“梁大牙,别的毛病我就不多说了,单说一条,而且这条毛病是我最不喜欢的,可是这条毛病你恐怕很难改掉。”

梁大牙说:“笑话!杨司令说共产党把石头都能炼成钢,我梁大牙还改不掉个臭毛病?我跟你打个赌,你说,我要是改掉了,你输给我什么?”

东方闻音说:“这个毛病可不是你说改就能改的,你恐怕输定了。”

梁大牙说:“我要是改不了,我就再也不提咱俩的事了。可我要是能够改掉,你就得——同意咱俩的事情,你说行么?”

东方闻音含笑不语。

梁大牙说:“说吧,你最不喜欢咱的是什么毛病?”

东方闻音说:“说了你可得改掉啊,改不掉往后可不许你再瞎说了啊?”

梁大牙说:“你说了我是得改呀,可是我改掉了你可得答应咱们的事啊!”

东方闻音噗哧一下笑出了声:“梁大牙你上当了,我说的毛病你真的没有办法改掉,我最讨厌你的不是别的,就是你的那颗大牙呢。”

“当——真?”

“当——真。”

东方闻音的话音才落,就听见梁大牙嘿嘿一声冷笑,还没有回过神来,便听见耳边传来一声脆响——

“喀——嚓!”

东方闻音吃了一惊,转过脸去,就看见梁大牙拎着枪管,倒提着驳壳枪,枪柄上还沾有一抹血迹——就在那声脆响之后,那颗在蓝桥埠和凹凸山风光了二十多年的著名的大牙便从梁大牙的嘴巴上腭掉了下来,重重地落在东方闻音脚下的石子地上。

东方闻音惊呆了。

四

事情已经过去个把月了,直到前几天到陈埠镇去开会,见到了梁大牙,朱预道才发现梁大牙的大牙不见了。朱预道当时差点儿都不敢认他——没有了大牙的梁大牙简直不像个人,变得十分难看,总是让人觉得他的脸上少了一些什么东西,原本狰狞的英武被淡化了许多。

散会之后,没有了大牙的梁大牙把朱预道单独叫到一处,骂了个狗血淋头。

梁大牙说:“你朱预道行啊,搞女人搞到本大队长前头去了,给同志们当榜样啊。”

朱预道眨了眨眼睛，装蒜说："没有这样的事啊。大队长你从哪里得到的这个情报？当心这是汉奸造谣，破坏我们的内部团结呢。"

梁大牙笑了："没有这回事？你敢说当真没有？"

朱预道也笑了笑，顽强地说："当真没有。"

"喔……"梁大牙从鼻孔里哼了一声，煞有介事地叹了口气，看着房顶说，"他娘的又上当了，他们对我讲朱预道在江店集弄了个女人，我起先当真不相信。我就说么，新光棍就怕老邻居，朱预道我是了解的嘛，跟鬼子打仗还凑合，弄女人恐怕就不灵光了，谅他没那个胆量，也没那个本事。就他那个缩头缩脑的猴样子，恐怕像点模样的女人也看不上他。"又转脸对朱预道说，"说你搞女人，其实是抬举了你。不过你没弄也好，集中精力给我搞小出击。"

朱预道不吭气，低着脑袋玩弄手枪上的红绸子，心里暗想，狗日的梁大牙，还搞激将法呢，转着圈儿设套子让老子钻。哪怕你说得天花乱坠，老子就是不吃你这个迷魂汤。这种事情不留枪眼，我自己咬紧牙关，你能把咱们打开看看？打开看看也白看，谅你没有火眼金睛。朱预道转个话题问道："咦唏，大队长你的大牙呢？"

梁大牙气不打一处来，恶狠狠地盯了朱预道一眼，说："山野大佐不是要拿十根金条买我的大牙吗？卖给他了，换了两挺机关枪……你他妈的还有闲心管我的大牙？你那一屁股的荒草树根还没捋干净呢。"

朱预道笑笑，又不吭气了。他也听说梁大牙的大牙是掉在东方闻音的手里，心想，你训起我来像个大队长，可是你自己不也是想女人吗？而且还想得高，都想到天上去了，想人家城里来的学生娃。掉了大牙活该。

见朱预道死活不上钩，梁大牙自己反倒憋不住了，冷笑一声，提高嗓门吼道："朱预道，我再问你一遍，你当真没搞？"

朱预道嘻嘻一笑说:“你不是说我没那个胆量也没那个本事吗?梁大队长你说对了,我哪能跟你比呀,我一跟女人在一起,心里就跳得慌。”

梁大牙说:“你他娘的是闷头驴偷麸子,不吭不哈的占便宜。你以为你做得巧妙啊?你那点鸡巴事,大队部里的老鼠都知道,半个凹凸山都传得骚乎乎的。李文彬给本大队长送来了一个账本,某月某日朱某某和岳某某在某某地点钻进了某某瓜棚,进行了某某勾当。某月某日岳某某对某某人说,抗日战争胜利了,就跟朱预道到庐州去。你还以为你隐蔽?他娘的全在人家的手心里掌握着。”

说完,当真掼过来一个皱巴巴的破纸卷子。

这两年学文化,朱预道虽然不像梁大牙那样有东方闻音上小课,成绩老是赶不上梁大牙,但是跟其他中队长们相比,又算是好的,眼面前的字还是认识的。朱预道把那个破纸卷子打开从头到脚看了一遍,不禁心惊肉跳。那上面不仅把他和岳秀英的每次来往作了详细的记录,还记载着他在各种场合下发的那些牢骚,比如那回从洛安州回来后他说过“狗日的二鬼子比咱们吃得好”,“城里的女人肉香”,还有那次说“国民党军队里也有能打仗的,上回在西马堰指挥保障咱们的人是咱的蓝桥埠乡亲陈墨涵,没有他们在北边挡住,拔掉西马堰据点是不可能的”等等。就连有次梦里骂人的话都写在这个破纸卷子上。

这么说来,别说外面有人找茬子,连本中队内部都有人盯梢。想到这里,朱预道脸都气白了,恨恨地骂道:“他娘的李文彬竟敢派人卧老子的底,查出来我抽掉他的小腿筋。”

梁大牙阴沉着脸说:“先别寻摸抽人家的小腿筋,先说清楚,到底有那个事没有?”

朱预道嘴巴动了动,想说什么,咕咚一声又咽了下去。

梁大牙说:“要不是因为老宋和东方他们不同意,我就把你捆到梅岭送给杨司令了。”

朱预道说:“这上面讲的,有些话老子是说过,但是有些事老子没做过……”

朱预道的话还没说完,就听当的一声爆响,一颗枪子儿嗖的一声射进他胯裆下面的土坯里,抬头望过去,梁大牙正举着驳壳枪朝枪口上哈气。

梁大牙说:“朱预道你掰着指头算算,进入四月以来,我跟你说话充过老子了吗?你再充一声老子,我枪口就抬高一寸。”

朱预道连眼皮子也不抬一下,撇撇嘴说:“鸟毛灰!你那一手只能唬住水蛇腰她公爹……我就闹不明白,这种事情你们问来问去地有什么味道?”

梁大牙说:“大丈夫敢作敢当,搞了就是搞了,男人搞女人,女人要男人,都是天经地义的事情,既不叛党卖国,也不丧天害理。但是你要跟我说实话。李文彬正在到处抓我的小辫子,搞你那只是一个小小的突破口,搞我恐怕都是趟第一道防线。听说上面现在争论得很厉害,窦玉泉想当司令员,张普景想当政委,江古碑想当特委书记,朱疆想当参谋长,他们就是想把凹凸山搞乱,把杨司令、王副政委和姜副参谋长扳倒。把你我弄得骚乎乎的,就是要证明杨司令的用人路线错了。在这个时候,咱们要争气。你屁股后面有屎没屎要跟我说清楚,我好掌握主动权。要是真的没有纰漏,咱们就把事情闹大,闹到江淮军区去,闹他们无中生有陷害忠良破坏抗战,把他们弄臭弄灰弄蔫巴,下回他们就不敢碍手碍脚了。那几个人仗着是从上面来的,又有点墨水,看不起咱们,总是想给咱弄点事。咱就逮住这个机会,将计就计,杀他个回马枪,狠狠地弄他一下。话说回来了,你要是屁股下面真的有屎,那咱就得招呼着点了,咱得打防御战,打不赢就走,不能硬对硬,该含糊的还要含糊。”

朱预道现在才闹明白了点，他这回搞女人可不是一般的水平，这回算是搞出天大的学问了，搞得不好，有些人要跟着倒霉，有些人要跟着得利，觉悟到这一层，于是便阴起脸，视死如归地说：“有……他娘的有——有那个事。就是搞了。”

朱预道原以为梁大牙会接着骂他，或者是更凶狠地骂他，但是没有。

梁大牙只是阴阳怪气地看了看他，然后站起身来背起手说：“我就不相信，你们做那件事的时候，会把妇抗会和你的二中队都集合起来去观看，没有吧？”

朱预道气鼓鼓地说：“你把咱们当牲口啊？”

梁大牙说：“那好，只要没有人亲眼看见，这件事就到此为止了。第一，近半年内，不许你和岳秀英勾勾搭搭了，当然，也不是说就不能在一起工作了，但是要保持纯洁的同志关系，不能偷鸡摸狗。第二，立即在二中队和二区内搞一个调查，当然是隐蔽的，摸清楚哪些人吃里扒外，对于特别危险的分子，必要时采取果断措施。第三，摸清重点人物，把话问清楚，挖出背后的角色，弄个状子，直接送到杨司令那里。第四，以后给我管住你那张稀屎嘴，少他娘的到处牛皮烘烘的。你犯毛病，就犯在两头，两头都要注意。”

朱预道说：“卵子！你的训话完了吗？”

梁大牙说：“嘿嘿，你嫌本大队长说多了？我告诉你，还有更重要的事情没有跟你说呢。你那件脏事，你以为我说到此为止就真的到此为止啦？那不成了姑息养奸了吗？我跟你说，暂时放你一马，是因为斗争需要，我给你记下一笔，等抗日战争胜利了，咱们新账老账一起算。”

那一次训话，朱预道对梁大牙的意思是心有灵犀的。虽然挨了一顿抑扬顿挫嘴巴打击，但是梁大牙却实实在在地护着他，这一点他绝对不傻。回到江店集之后，他在暗中做了一些动作，果然发现中队里有人同李文彬直接联系，甚至还有窦玉泉和张普景安插进来的骨干分子，只是因为后来梁大牙又来了指示，鉴于团结大局，眼下不宜同李文彬等人把关系搞得太僵，所以才没有采取更进一步的措施，他不动声色地便把那几个人换到地方区中队去了。

该处置的都处置了，还算顺利。只是，再也不敢像先前那样明目张胆地同岳秀英眉来眼去了，更别说钻瓜棚了。当然，前头也有一个亮亮的火光在照耀着。避开人眼，神不知鬼不觉地点个头、递一个眼神心里就豁然了。

咬紧牙关等着吧，打鬼子要持久战，瓜棚的事情也要打持久战——等到把狗日的鬼子都打出去了，咱们把南京城里庐州城里都搭上咱们的瓜棚。

五

这一年的秋天，凹凸山的形势有了一些微妙的变化。由于江南战事吃紧，江淮军区的程度司令员和李志坚政委率领军区主力驰援江南，江淮军区和分局领导再次改组，新的负责人都是江淮军区和分局上一届成员，在程度和李志坚时期担任副职，几年前派遣窦玉泉等人加强凹凸山的领导，这几个同志都是积极支持者。现在他们终于扶正，主持江淮军区和分局的工作，对于窦玉泉等人来说无疑是个好消息。

恰在此时，出现了一个情况。一份措词尖锐的材料不知通过什么途径到了江淮军区和分局。材料中列举了大量事实，陈述凹凸山根据地存在着相当严重的自由主义、宗派主义、机会主义、军阀主义甚至封建主义，革命的纯洁性和队伍的纯洁性令人担忧，而杨庭辉同志俨然一方诸侯山大王，个人独断专行，身兼三职一手遮天。权力绝对集中必然会形成独裁，助长了杨庭辉同志在凹凸山搞个人崇拜，搞宗派，排斥持不同意见的人，重用自己信得过的人。陈埠县县大队大队长梁大牙以杀敌为名，到斜河街逛窑子，还私自挪用公款二百块大洋，擅自带领武装人员给汉奸维持会长朱恽轩祝寿，对这样的严重问题，杨庭辉不仅不调查处理，还姑息养奸阻止别人调查。还有，杨庭辉同志大权独揽，不可能面面俱到，因此放松了对部队的思想管理，容忍不健康的思潮放任自流，有的甚至默许。部队虽然能够打仗，但问题很多，有的人偷鸡摸狗，有的人酗酒打架，有的人搞封建迷信，有的人搞腐化堕落，甚至还有人革命信念不坚定开小差……

等等等等，不一而足。而且这还不是一份匿名信，落款有“张普景”三个醒目大字。

新的军区和分局领导派人来调查，首先就找张普景谈话。

张普景一听说这件事情就蒙了，暗暗叫苦不迭——出鬼了出鬼了。

千真万确，这份材料就是他写的，初衷也确实是写给军区和分局的。可此一时，彼一时，后来他又放弃了这个行动。虽然又抄了几份材料分发到几个同志手里，但是时隔不久他挨个督促都收回销毁了。江古碑的那份是张普景收回来自己销毁的，老王和老窦的是当着张普景的面撕碎的。老杨的那份倒是没有销毁，杨庭辉说销毁干什么？我留着，有则改之，无则加勉，这些问题今天没有不等于明天不会出现。还开玩笑说，我过个时期就把它翻出来，同上级的文件对照着学。那么，到了最后，除了张普景自己的那一份，就只有老杨手里还有一份，难道是杨庭辉自己告了自己一状？真是活见鬼了。

张普景向江淮军区和分局特派员解释了这份材料的来龙去脉，并且一再声明，当时有许多模糊认识，有些问题证据不足，他写这个材料的真实意图是引起杨庭辉的警觉,后来同杨庭辉同志交换了意见,又在分区党委和特委开展了批评与自我批评,问题得到了澄清。这个材料是他写的不错,但这一次不是他送的。

江淮分局和军区派来的同志对张普景的态度没有表态,不说相信,也不说不相信。但张普景后来从别人的谈话中得知,人家是不相信,认为他搞阴谋,是受到某种压力或出于某种心态反悔了,企图“撤诉”。

这真是黄泥巴掉到裤裆里,不是屎也是屎了。张普景只好自认晦气,也刻骨铭心地认识到了革命的复杂性。再同杨庭辉在一起,心里就有许多不自在,平白无故地担了个阳奉阴违的小人名分,脸色阴暗了许多日子。

在这段阴暗的日子里,张普景把知情的几个人都琢磨了几遍,杨庭辉是可以排除的,王兰田也是可以排除的,就算窦玉泉和江古碑有这个动机,可是他们手里的材料是销毁了的,而军区和江淮分局特派员手里的材料又确凿是他亲笔所书,只是隔日许久,他已不可能分辨是谁手里的那一份。如此排除来排除去,就只剩下自己手里的一份。

到了最后,张普景甚至都有些怀疑自己了,难道真是自己一时混蛋派人送了这份材料?难道是梦游了吗?

想到这里,张普景惊出一身冷汗,再回过神来去找自己的那一份,这才大惊失色——自己装在公文包里的材料当真不见了。这就由不得他不疑神疑鬼了,这疑神疑鬼的毛病并且愈演愈烈,甚至延续到数十年之后——此为后话。

不久,新上任的分局和江淮军区党的组织对所属各分区干部进行调整,鉴于种种可以明说的原因和种种不可以明说的原因,拟调杨庭辉担任江淮军区副参谋长,由窦玉泉担任凹凸山分区司令员,江古碑担任分区政治委员,王兰田担任特委书记,李文彬担任分区政治部主任兼特委副书记,而张普景则稀里糊涂地被降了一职,改任分区政治部副主任兼特委宣传部长。

这个动作显然太大了,无疑就是对凹凸山分区和特委的大换血。

杨庭辉对这个安排不能接受,在征求意见的时候表示坚决反对,陈述自己熟悉凹凸山部队,掌握了大量的敌伪内部情况,这样的安排来得仓促,自己没有思想准备,恐怕不利于凹凸山斗争大局,请军区和分局从长计议,让他在凹凸山再坚持工作一段时间,顺利完成交接。杨庭辉同时还提出,尤其是分区政委,绝不能让江古碑担任,政治委员虽然是政工干部,但毕竟是军队的政治工作者,江古碑完全是军事斗争的门外汉,担当不起这个重任。如果硬性调整,他请求离开鄂豫皖,到陕北抗大学习,并提议由王兰田担任政委,政治部主任最好不要换人,张普景同志虽然有缺点,但是原则性强,做人正派,不应该降职使用。如果不同意王兰田担任政委,也可以由张普景担任。

杨庭辉的请求不卑不亢合情合理,江淮军区和分局当然不能不予重视。而且,如果事情闹大了,杨庭辉当真跑到陕北去,反映军区和分局新领导上任伊始就大刀阔斧地改组凹凸山分区,或者跑到江南去向老司令员程度和老政委李志坚发发牢骚,显然对大局不利。新的军区和分局领导经过慎重研究,也认为不宜操之过急,遂采取一个折中办法,让杨庭辉离开岗位到军区学习,名义上还是凹凸山分区司令员兼政委,在正式调整命令没有下来之前,窦玉泉暂时代行司令员职责,江古碑临时代理特委书记,其他人员原职不动,实现稳妥过渡。

六

窦玉泉期待指挥权已经不是一天两天了,当初来到凹凸山的时候，他就怀着大干一场的抱负随时跃跃欲试——他有理由认为自己是一个文韬武略的英雄，他虽然算不上熟读兵书，但治军带兵用兵的道道还是揣摩过一些的，在长期的战争生活中也积累了颇为丰富的战术思想，这些当然都是土生土长的匹夫之勇所不能比拟的，他自信可以成为中国的夏伯阳。但是，在此之前他一直是一个理论上的英雄，他没有夏伯阳那样可供纵横驰骋的领域。来到凹凸山之后他才发现，他充其量不过是个军师谋士，凡是涉及军事行动，尽管他可以把方案推敲得严谨缜密滴水不漏，但是行不通。杨庭辉等人还是习惯于东一榔头西一棒子偷鸡摸狗似的游击战争，凹凸山的革命方式是杨庭辉式的，凹凸山的军事斗争方式也是杨庭辉式的。他小心翼翼步步为营地试着扭转了几次，杨庭辉的态度是，部队可以按正规战术训练，但打起仗来不能用正规战术要求，不仅要因地制宜因情制宜，而且要根据这支队伍的现状制宜。同杨庭辉暗中较劲，几次交锋败下阵来，窦玉泉就难免有些沮丧，只好好自为之了，暗暗给自己制定了一个原则，克制克制再克制，服从服从再服从，只要时机不是绝对成熟，就当一个绝对安分守己的副司令员兼参谋长。

现在，终于有了机会，尽管是代理，英雄毕竟有了用武之地。这是一次难得的机会，是天赐良机。代理不要紧，只要给他指挥权，哪怕只有半年，他就会充分显示他与众不同也不同凡响的指挥艺术，而当他完全更新了凹凸山军事斗争局面并且建立了功勋之后，他的根基也就稳固了。于是他决定不失时机地大干一场。无论如何，这都是个机会，绝不能甘于平庸。哪怕他会受到挫折，甚至有可能遭到失败，也绝不能沉默。一将功成，往往就是一次契机，抓住了，就是转折，就是奠基石。抓不住，那就只能眼看别人建功立业叹自己无能了。沉舟侧畔千帆过，病树前头万木春。他窦玉泉是春天蓬勃的参天大树，要扬起理想的风帆，也许，就是这个转折，会奠定他一生辉煌的起点，从取代杨庭辉开始，向着更高的目标，最终展示雄才大略。

在这个充满了萧瑟气息的秋天，在一片对于未来美好的憧憬中，窦玉泉年轻的、一直沉默着的血脉被煮烫了——他的事业开始了。

在窦玉泉就任代理司令员和江古碑就任代理特委书记举行的第一次会议上，出现了热气腾腾的场面，这种热烈是江古碑带来的。江古碑慷慨激昂地说，革命应该是扬眉吐气的事业，是波澜壮阔的事业，我们再也不能像过去那样东躲西藏了，那不是革命，是软弱，是屈服，是投降，是……

具体到战斗实际，江古碑提出，仿造彭德怀百团大战的模式，组织一次较具规模的破袭战，在全凹凸山组织十个大队和独立营的兵力，在东北方向切断洛安州至庐州和南京的运输线，西南方向则袭击南河、太阳畈、施家桥等地敌人的据点，使洛安州成为一座孤岛，从而围困日伪。

张普景现在进入的是一个痛苦的自我反省阶段，他对江古碑过分的、带有夸张表演性质的提议回报以冷眼相观的态度。他已经开始怀疑了，如果说我们的革命队伍还不够纯洁，难道江古碑这样的人就是纯洁的革命者？以他现在的心态，与其把革命事业交给江古碑这样的人，还不如交到梁大牙的手里。

窦玉泉是受过大兵团作战训练的，制定作战计划得心应手，但是窦玉泉在经过一番冷静地思考之后，将敌我兵力对比一遍又一遍地计算，反复权衡，最后还是认为，如果按照江古碑的思路，投入血本孤注一掷，是不理智的。洛安州和各县的日伪军两万余人，而且踞险守固武器精良，刘汉英数千精锐尚且按兵不动，可见抗日的事情还不是轻而易举的。党的领袖有过英明预见，抗日战争不胜的悲观论调是错误的，可是速胜的盲目乐观同样是错误的，还是要打持久战，在持久的基础上，在绝对有利的前提下尽量有所作为。江古碑不懂打仗，完全是意气用事一厢情愿，窦玉泉自然不会听他的。但在政治上，他必须有支持者，他只能选择张普景了。

窦玉泉向张普景陈述利弊，要选择榆林寨拔点战斗牛刀小试。榆林寨曾经是凹凸山游击支队的根据地，后来被日军占领，修筑了碉堡，共有一个日军小队和两个伪军中队把守，是安在凹凸山根据地边缘的一颗钉子。

张普景虽然最近情绪低落，但在抗日的大局面前他不能低落，在那份告状材料上，究竟是谁做的手脚，张普景疑心生暗鬼，看谁谁都像，窦玉泉当然也是重点怀疑对象。但窦玉泉提出的作战计划却没有什么好怀疑的。听完窦玉泉信誓旦旦地介绍了计划，张普景说："你是军事指挥员，打仗的事你负主要责任。我可以搞动员，组织后方保障。"

榆林寨当面正是陈埠县，自然要以梁大牙的陈埠县大队作为战斗主力。但对梁大牙这个人，窦玉泉心里不是很有底，怕驾驭不住那匹野马。在这个问题上，张普景却有信心，胸有成竹地说："梁大牙是八路军的县大队长，一切行动听指挥，《三大纪律八项注意》他要是都敢马虎，就先撤了他。你放心，布置任务的时候我跟你一起去。"

七

分区和特委人员的变动还在酝酿和僵持阶段期间，杨庭辉专门到陈埠县大队来了一趟，同梁大牙谈了半夜，说服梁大牙，无论形势发生什么样的变化，都要以抗日大局为重，服从领导，且不可鲁莽行事。当然，在斗争策略和有关细节上，杨庭辉也有无微不至的交代,所以,当既成事实出现之后,梁大牙虽然内心震荡,表面上却不见波澜起伏。他在静静地等待和观察。

窦玉泉和张普景骑马赶到陈埠县县大队驻地陈埠镇的时候,梁大牙正在练习毛笔字,没有出现窦玉泉担心的那种不冷不热的尴尬场面。

见分区两位首长来了,梁大牙很热情很礼貌,说:“正好,昨天尤大头来劳军,送的有几坛好酒,我让老韩晚上多弄两个菜,请首长们打打牙祭。”说完,又吩咐警卫员,去把宋副大队长和东方闻音副政委请过来。

张普景当时就把脸沉了下来,说:“你这个梁大牙,把我们看成什么人了?我们到你这里来,就是打牙祭?”

梁大牙一愣,嘿嘿一笑说:“有福同享嘛。张主任不乐意打牙祭,那我就请你吃糠咽菜。”说话间,脸上的笑容就不见了。

窦玉泉暗暗埋怨张普景不识时务死较劲,赶紧打圆场:“有牙祭为什么不打?我们在分区,月把不见肉,你梁大牙狗日的土财主,你有好吃的,见面有份。不光是吃,吃完了我们还要带。”

窦玉泉这样一套近乎,梁大牙才把脸色缓过来,他喜欢人家跟他称兄道弟,甚至喜欢人家骂他狗日的,这样说明大家不见外不生分。你姓张的一脸正经板着个面孔干什么,你算个卵子,杨司令被整怎么说你也脱不了干系。老子高兴了叫你一声张主任,不高兴了老子连理都不理你。相比之下,他觉得还是窦玉泉的人情味要浓一些。

岂料,等窦玉泉把此行的意图讲明,要带梁大牙的大队去打榆林寨,梁大牙的脸又变黑了。梁大牙坐在长凳上,黑着脸吸了一根大烟卷,挨个地看了看窦玉泉和张普景,慢吞吞地问:“这次战斗是谁指挥的?”

窦玉泉坦然回答:“是我和张普景同志。”

梁大牙哦了一声，半天不吭气，好一阵子才又问道："有杨司令的命令吗？"

窦玉泉淡淡一笑说："情况是这样的，杨庭辉司令员已经决定要上调军区了，现在是我代理分区司令员。张普景同志以政治部主任的身份负责这次行动的政治保障。"

梁大牙皮笑肉不笑地说："你代理司令员的事情我知道，可是杨司令眼下还是司令，你这个司令员前面不还有个代字吗？没有杨司令的命令，这个仗我不能打。"

窦玉泉的一张脸顿时涨得黑紫，一时竟恼得说不出话来。张普景却火了，一拍桌子，把梁大牙的毛笔拍得乱蹦，好端端的宣纸上到处都是墨点。

张普景说："你梁大牙还有没有个纪律观念啦？陈埠县大队是党领导的还是哪个个人领导的？窦玉泉同志代理司令员，对凹凸山的军事工作负全部责任，你为什么不听指挥？《三大纪律八项注意》还要不要啦？"

张普景的声色俱厉并没有镇住梁大牙，梁大牙梗着脖子说："我来当大队长的时候，杨司令有专门的交代，兔子不吃窝边草。打鬼子到别处打可以，但对榆林寨不能轻易下手。杨司令说要把战火引到敌占区去，弄到刘汉英那边也行，但打榆林寨不行。榆林寨一打，就把洛安州鬼子的报复目标引过来了。"

张普景又拍了一下桌子，说，"岂有此理！哪有怕鬼子报复就不敢打的道理？你要是拒不执行命令，我先以抗日不力的名义撤了你。"

梁大牙怔怔地看着张普景，笑了："张……张主任，你说这话当真？"

张普景说："我的话还没说完呢。拒不执行抗日命令，可以以通敌罪论处。梁大牙你再说一遍，执不执行命令？"

梁大牙不笑了,沉下脸,咬牙切齿地说:“你们听着,没有杨司令的命令,我一兵一卒你们都休想拉出去。”

窦玉泉终于克制不住了,他再也无法佯作笑脸了。他没想到他担任代理司令员之后,满腔热情要施展抱负的第一套拳脚,就在梁大牙这里碰了钉子,此番如果不制服梁大牙,以后他的指挥还有谁听,他在凹凸山还能站住脚吗?是可忍,孰不可忍,必须给梁大牙来个下马威了。

想到这里,窦玉泉冷冷一笑:“梁大牙同志,你听清楚了,现在我向你宣布一项决定。鉴于陈埠县县大队大队长梁大牙同志拒绝执行上级命令,临阵畏战,兹决定免除梁大牙同志陈埠县县大队大队长一职,部队交给副大队长宋上大和县大队政委李文彬同志指挥。梁大牙同志隔离审查。此决定即日生效。八路军凹凸山军分区代理司令员窦玉泉,政治部主任张普景。”

梁大牙愣住了,愣了好大一会儿,突然叫了一声:“来人啦!”

顿时,门外忽啦啦拥进来几个战士,其中还有二中队中队长朱预道。众人见屋里空气紧张,面面相觑。梁大牙对朱预道一挥手说:“这两个人背着杨司令员另搞一套,瞎指挥,先把他们捆起来,送到杨司令那里去。”

窦玉泉没料到梁大牙竟然如此放肆,一见这势头,暗暗叫苦,马上把口气缓和下来,说:“梁大牙同志,你这是干什么?你要冷静。”一边说,一边向朱预道递眼色,意思是请他和稀泥。

张普景却绝不退让,厉声喝道:“梁大牙,你要对自己的行为负责。”说着,挺身而出,把自己送到了梁大牙的面前,“我看你们谁敢捆我!有种的上来!”

朱预道看这形势,也有些为难,就和了一把稀泥,说:“梁大队长息怒,两位首长也息怒。自己的同志,有话好商量,犯不着伤了和气。”

梁大牙眼一瞪，说："你捆不捆？你不捆，我连你一起捆！"说完，对几个战士厉声喝道："动手！"

几个战士你看看我，我看看你，还是犹豫不决。

就在这个剑拔弩张的时候，东方闻音出现了。

东方闻音站在门口，亮起一双纯净而平和的眼睛，向屋里看了一圈，那潮湿的目光如同闲闲细雨，霎时就把弥漫在草屋里的火爆气氛降了下来。东方闻音说："怎么，梁大牙你要捆人？那好，要捆，你就先把我捆起来吧。"

第 十 一 章

一

一个露水挂枝的清晨，救护所的院子里来了很多人，急匆匆地搬着这样或那样的东西，像是在搬家。

韩秋云醒了，眼皮动了几下，没有睁开。她听见外屋里那个半洋半土的医生正在跟什么人说话。前面说了些什么她听得隐约，再往后说，她就听得分明了，是高队长高秋江来了。

在凹凸山，这个名叫乔治冯的医生是一个特殊人物，外科方面的精湛技术首屈一指，他曾经给刘汉英和刘汉英的上峰作过手术，作得长官们感恩戴德。乔治冯到凹凸山来参加抗战完全是凭他自己的兴趣。只有乔治冯一个人可以不喊刘汉英“旅座”或者“长官”，而是大大咧咧地称呼其为“刘先生”。乔治冯同刘先生有约在先，不仅可以不穿军服，而且来去自由。要是弄得他不快活，他谁的账也不买，拍拍屁股就走人。而刘汉英极其不希望这个救命的菩萨轻易离去，想了很多办法，并且让左文录挑选漂亮的姑娘安在乔治冯的身边供职，试图以美女牢固地圈住他。但是乔治冯不吃这一套，乔治冯甚至对于这些女人来从军都很反感。

女人们都说，比起别的男人，乔治冯最懂得怜香惜玉，多次向刘先生提出建议，要解除对于战地女子服务队的野战训练，而集中力量让她们进行医务护理方面的练习。乔治冯的观点是，上帝造就了女人，是让她们做母亲、妻子和女儿的。女人本来是不应该操枪弄炮的，在一个文明的国度里，女人所从事的职业应该是教育、医疗、艺术和服务，这些才是女人的角色。打仗是男人的事，在文明社会，男人打球、打猎、打仗。像战争这样极其需要意志和胆量的暴力行动，确实应该由男人来承担。战争是男人的舞台，女人的舞台在战争的幕后。战争应该具有这样一种功能，它使男人更加男人，而使女人更加女人。

但是这些建议却被刘汉英含糊了。作为凹凸山地区国军最高长官，刘汉英自然也有他的道理。

韩秋云认为乔治冯是一个好人。

在这个清晨，韩秋云听见医生说："真是不可思议，她还是一个小姑娘嘛，你们让她去战斗去流血，别说她根本不会打仗，就是会打，心理也承受不了嘛。"

一个女人的声音传过来，平静地说："是不可思议。大夫，战争是没有办法的事情啊。"

韩秋云听见那位满肚子怪里怪气学问的好人医生说："高女士，我听说你是一个巾帼英雄，可是我并不认为这是一个正确的称呼。该死的战争把一切都搞乱了。请你真实地告诉我，你最理想的职业是什么？"

高秋江笑了："我最理想的职业就是大夫你所描绘的，去搞教育或者医疗，或者干脆在家当一个好妻子。"

"你真是这么想的吗？"

高秋江却笑出了声："你不相信是吧，你听别人说什么了，说我是魔鬼吗？你看我像个魔鬼吗？大夫你是个医学家，站在医学的角度，你看我和别的女人有什么区别？没有嘛。"

乔治冯说："当然，我并不是说女人就不能打仗。战争爆发后，英、美、法、俄许多国家的妇女都拿起武器，同法西斯蒂进行战斗。当然，这是迫不得已而为之，是没有办法的办法。战争是个魔鬼，它使我们美丽的女性不能正确地使用自己的性别。尽管如此,我还是坚持认为,女人应该远离战争。”

“我相信你的理想是美好的,可是这种理想离我们是何等的遥远啊。”

韩秋云简直有些不敢相信自己的耳朵。哦高队长,那是多么严厉的人啊。可是今天,在韩秋云听来,高队长的话语却是那样的温柔和亲切。她又听见高秋江说:“我能看看我的部下吗?”

“不行,她的病还没有痊愈,我不能这样把她交给你们。”医生的话很坚决。

“你误会了,我并不是来领她走的,我只是来看看她。”

“那也不行。她的病情很特殊,你会使她受到刺激的。”

没有声音了,医生的话显然触动了高秋江,她沉默了。过了很长时间,高秋江才长长地叹了一口气,问道:“大夫,能告诉我她得的是什么病么?”

“高女士,这位姑娘患的是帕尔尼森氏幻想综合征,这种病多是惊吓致厥后遗症,在欧洲很常见,在亚热带地区目前尚属罕见。该症特征是时断时续,而且多数为外部环境诱发。这位姑娘豆蔻年华,正处在青春期,身体十分敏感,容易诱发复症的有十几种花粉,一旦她嗅上那些花粉,她体内的一些细胞……我说的是情欲,你懂吗?”乔治冯的中国话说得很好听,多少还夹带着一些沪腔,满有味道。

“我明白了……她是不该到这个地方来。”

“所以,在目前她的病情还没有稳定的情况下,你还是不见的好。”

“可是医生,我是她的队长啊。而且,也许……也许,我们再也见不到面了。”

韩秋云非常奇怪高秋江会用这样的语调说话,她突然觉得高队长变了,变得有些陌生了。

果然,医生也察觉到了这一点,问道:“高女士,你是怎么啦?你的话好……伤感。我能帮助你吗?”

韩秋云听见高秋江笑了,是微笑。“谢谢,我没什么,我不过是要离开这里了。”

“能告诉我你将去什么地方吗?”

“不能。我只能告诉你,你给女人分配的角色真好。我是多么想像你描绘的那样,当一个母亲、妻子和女儿啊。可是,看来我是做不到了。这包东西请你转交给她,无论身处何地,我都会为她祝福的。”

说完这番话,高秋江走了。

韩秋云从窗前看见了高秋江远去的身影,这才发现,高队长今天没有穿军装,而是穿了一袭湖绿底黑碎花的旗袍。穿旗袍的高秋江与往日的高队长判若两人,那副修长姣好的身躯在明媚的丽日下,益发显得丰采旖旎。

二

高秋江就是穿着这样一身湖绿色的旗袍离开舒霍埠的。

旗袍的面料是享有盛誉的梅山丝绸,质地细腻高贵,手感柔润如水,且款式雅致,做工精细,从颜色到缀绣,再到线条,都搭配得恰到好处,落落大方。如此成色的上乘之品,由一个身材匀称曲线流畅的女人来享用,彼此都算找到了知己。穿着这身旗袍,移动脚步,雪白如凝脂的肌肤,便同光洁细密的衣面摩挲出丝丝缕缕的温馨,还有那种若隐若现时真时幻的酥痒的惬意。一副被军装笼罩了很长时间的身躯终于又焕发出本来的美丽,甚至在服饰淡雅的清香浸润之后,变得更加新鲜和美丽了。旗袍因了女人而得以充分展示自己的高贵和优良，女人则因了旗袍而得以最大程度地闪耀出自己性别的光辉。

美好的感觉和美好的体验以及美好的梦幻，在相当长的一段时间里，如同阳光一样照射着高秋江的心灵，直到祥和绸庄的杜老板将一个沉甸甸的盒子交到她手上，她才幡然记起已经被淡忘的使命。

盒子是墨绿色的，四方锦绣绵软，上顶有“文房四宝”四个古色古香的正楷，笔锋遒劲有力，骨架协调血肉丰满。打开盒子，却是一柄亮锃锃的勃朗宁牌袖珍手枪，静静地卧在雪白的丝棉衬垫上。

这已经是高秋江到达洛安州的第三天了。她现在的身份是祥和绸庄杜老板的侄女，是从石家庄到江淮来做丝绸生意的。从这一天起，高秋江就频繁出现在洛安州各个角落的绸庄布店里了。尽管她本来的特长同做生意这个行当相去甚远，但是凭借女人与生俱来的对于服饰的兴趣，在杜老板的简明的点拨下，她还是很快地掌握了行情，并且能够娴熟地掂量各种绸缎的质地和价码。

自然，这些活动都只不过是一种必要的铺垫，是为她熟悉洛安州的街巷和接近打击的目标所做的战前准备。

任务是绝密的，在凹凸山，除了刘汉英，没有第二个人知道，包括专门从事秘密活动的吉哈天和她以心相托的莫干山。唯其绝密，从而更加显得至关重要。甚至就连刘汉英交代任务，也选择了一个极其隐秘的方式。从时间上，是冬天明确的任务，方方面面的准备工作在暗中进行了几个月，这也就决定了此次行动只能成功，不能失败。

对于完成这项使命，高秋江并无多少担心。无非就是刺杀一个名叫川岛长崎的日军医官。刘汉英跟高秋江交底说，川岛长崎正在研制一种杀伤力极强的细菌武器，一旦研制成功，将对凹凸山的抗战局面带来灾难性的后果。

但是高秋江却对刘汉英的这种说法心存疑窦。刘汉英忽略了一个事实,在他的队伍还没有进入凹凸山之前,高秋江是在蒋文肇集团军的情报处供职的,那时候她的手上就掌握了川岛长崎的资料。川岛长崎是一个以医官身份作掩护的日军高级谍报人员,他曾经收治了一个负伤被俘的国军副军长,从这位副军长的嘴里,挖出了不少情报,有些甚至涉及到高层苟合的铁幕。蒋文肇以前曾经派了两个行动小组潜进洛安州,欲除川岛长崎,但是都因对方防范严密而未能下手。事隔两年,刘汉英又十分慎重地部署了刺杀行动,并且有一种异乎寻常的神秘色彩。无独有偶,在高秋江同莫干山雪地幽会那天,在莫干山的一再追问下,高秋江含糊其辞地暗示莫干山,她不久可能是要到洛安州重建被日军破坏的谍报机关,莫干山当时也曾咬牙切齿地嘱托她,如果机会恰当,就干掉日军医官川岛长崎。莫干山没有明说他对川岛长崎的仇恨,但是莫干山告诉她,共产党那边也对川岛长崎很头痛,江北的八路军和江南的新四军都在寻机除掉这个魔鬼。这个魔鬼知道的东西太多了。

如此一来,这次行动的背景就空前的复杂起来。高秋江对于对方的价值作过如下判断:一,川岛长崎掌握了国军高级将领与武汉汪伪政权的微妙联系,尤其是蒋文肇下属人员与汉奸姚葫芦的暗中交易。二,东条山事变之后,刘汉英的部队曾经故意“丢失”一份情报,向川岛长崎的特务机关暴露了原七十九军余部的位置,企图借刀杀人。但是日军为了更为深远的战略,并没有对那一百六十二人下手,而是让他们继续像钉子一样插在刘汉英的心脏上。而且这份“丢失”的文件也被川岛长崎作为白纸黑字锁在了自己的药械箱子里。三,石云彪、莫干山等人在弹尽粮绝并且无路可走的时候,川岛长崎曾经指示进攻日军放了他们一条生路,双方并且心照不宣地达成了消灭和制约刘汉英的默契。所以莫干山也有除掉川岛长崎的动机。四,川岛长崎在掌握了国共两方几路人马的重要隐秘之后，不急于兜售，而是静观默察待价而沽。如今国际反法西斯的斗争已经出现重要的转机，川岛长崎为了自身的利益，可能已经向他的买主们开价了，于是便引来了来自几个方向的杀身之祸。

三

年初的那个雪天里，就在高秋江即将彻底绝望之际，莫干山的最终出现，冰释了她情感深处的所有痛楚。她在那一瞬间脑子里溢满了温暖的春风，她记得她是飞奔着迎上去的，她在扑进莫干山的怀里的时候两个人都滑倒了，然后就那么纠缠着拉扯着拥抱着一路跌跌撞撞地回到了莫干山的住所，就在那盆通红的火塘旁边，她畅快淋漓地大哭了一场。她像是一个失去家园的孤儿，在千里之外的异地他乡，找到了唯一的亲人，于是便有了江河一般滔滔不绝的倾诉。她委实经受了太多的感情磨难，她的心里盛装着太多的幽怨，她的委屈可以车载斗量。当年，他们尽管稚嫩却也真实，他们在爱情的蛊惑下疏忽了传统礼教的巨大的摧毁力。姑且不论他们的“表姑”和“表侄”的亲戚关系在彰德府平原上不容他们“有伤风化，有悖人伦”，即使没有这层关系，高家在彰德府北的首富实力和莫家的小农地位，也构成了一道不可逾越的悬殊。他们的情爱注定了是在喜剧中开幕而在悲剧中结束。

七年前雨地返乡之后半年，高家老太爷终于察觉了这对青年的“不轨行为”，颤抖着银白的胡须郑重宣布，从此禁止高秋江大嫂娘家的任何人再到高府，“孽障”莫干山倘若再对小姐心存妄想，势必要打断他的贱腿。小姐倘若不守闺训，再做出丢人现眼的事情，就施行家法，交族人协议处死。

于是乎，这对男女年轻的信念被家族的高压迅速地摧毁了。

莫干山一怒之下离家出走，到河北武培梅军队当兵吃粮去了，并且由于骁勇善战重义轻死而屡建战功，很快升为连长。

高秋江在此后的两年里，则以死相拼先后拒绝了若干豪门的求亲，并于日军攻打姑子关的那年秋天，跟随一群流亡学生，投奔了蒋文肇的队伍。东条山事变发生之后，这对旧时恋人在一个偶然的场合相遇，可是此时莫干山已经成亲，并且将高家的所作所为迁怒于高小姐，在相当长的一段时间里，要么不予理睬，要么就是冷嘲热讽，甚至故意将他的漂亮妻子接到军营，对高小姐施行羞辱。

高秋江的一把伤心泪，全都流进了肚子里。心灰如死，恨从天来。在那些天昏地暗的日子里，她渐渐地变得穷凶极恶起来。她酗过酒，打过人，甚至吸了一段时间白面。可是所有这一切，似乎都不能排遣内心与日俱增的苦痛。突然有一天，她为自己的心灵找到了突围的路径，那就是——射击。

哦，射击，这当真是一件令人眩晕的事情。

当她第一次用颤抖的手指，触到冰凉而圆滑的扳机的时候，当那一团骤然而至的火光在眼前炸开的时候，当一个精巧的金属物体按照自己的意志以超凡的速度飞向某个假想的敌人时，她觉得自己的身体在刹那间变得充实而饱满。那种愉悦和快感是难以诉说的。

是青干班那位姓吉的教官独具慧眼，最早发现了这个女子在射击方面的激情和天赋。从此，一柄玲珑的七音小手枪就再也没有离开她的腰际。

终于有了一个机会，她截住了莫干山。在一个山坡上，她一言不发，一口气打了七十发子弹，枪枪命中目标，前方五十公尺处一棵近尺粗的白杨树被拦腰斩断，看得莫干山目瞪口呆。打完了，她抚着伤痕累累的树茬，无声的泪像是漏天的雨，流得不可遏止。

那天她只跟莫干山说了一句话:你可以滚了。

从此之后,她便以为同莫干山再也没有丝缕的关系了。可以进入近在咫尺、天各一方的境界了。然而这毕竟是自欺欺人。

相逢时难别更难。事实上,这些年里她的心里仍然不可磨灭地活跃着阳春三月在彰德府北平原上飞马骑射的英武少年。也正是因为如此,所以在她接受了远行的任务之后,抓住了一个时机,她还是不避风险不计后果甚至是不畏羞耻地找到了那片雪地——她要在离去之前了却她所有的思念。

那个雪天,在那塘鲜艳的炭火旁边,莫干山深埋着头,默默地听她一遍又一遍地诉说,一次又一次地无声地为她擦拭脸上的泪痕。莫干山说:“我对不起你。”

她掐着他的胳膊说:“你何止是对不起我啊,你实在是害了我啊。你把一个女子从沉睡中唤醒,你让她看见了一扇照射阳光的门,可是你听见门外传来脚步声,你就急急忙忙地把门关上了溜走了。你给我留下的是什么你知道吗,那是一把戳心的刀子啊。”

莫干山说:“我没有想到,你是这样的痴情。”

她更加凶狠地掐着莫干山的胳膊说:“你把我当成了什么人?你以为我真是个水性杨花的荡妇吗?你知道吗,一个女人爱上了一个男人,那是要以命相许的。你跟那个女人散了,你要跟我在一起。”

莫干山苦笑着摇了摇头:“我做不到。至少眼下我做不到。”

高秋江泪眼圆睁:“为什么?”

莫干山说:“我不能在她不在我身边的时候抛弃她,我做不到。”

她抬起泪眼说:“那我等,等到地老天荒我也要等。等到死去的那一天我也要等。”

莫干山的脸上堆满了巨大的苦痛的表情，喃喃地说："别这样……秋江，我知道你的心……可是，我已经伤了一个了，我不能再伤第二个了……"

高秋江的哭声戛然而止，她仰起苍白的脸庞，失神地把目光投向某处，眼睛里不再有怨恨，也不再有渴望。她在一片物我两忘的境界里看见了一个漆黑的夜晚，看见了隆重的云层下的一个茕孑而立的女子。

她就那么长时间地面壁而立，站得两腿僵硬。站得久了，就心静如水了。最后，她就把呆滞的目光定定地投向那盆红色的炭火。

那是一盆怎样的炭火啊，黑色的木炭燃出了透明的暗红色，一块拥抱着一块，互相燃烧着熔化着，偶尔毕剥出一两声清脆的炸响，像是不为人知的窃窃私语。屋子里没有灯，只有一盆炭火在四壁闪烁着玫瑰的颜色。

就在那盆炭火的旁边，高秋江解开了身上所有的纽扣，展示了一个女人酝酿了二十多年的全部美丽。她不知道自己为什么会那么做，也许她没有足够的理由，也许全世界的理由都在她的手里。做了就是做了，不是开始，也不是了结。做了就可以无牵无挂地远行了。

现在，跟随高秋江的只有两件东西了，那便是旗袍和手枪。这两件东西也是她此行的基本武器。一袭轻柔的旗袍穿在身上，性别的魅力便油然而生，并且时刻提醒着她的步履。美好的女人穿着美好的旗袍，走在洛安州的青石路面上，构成了一副独特的旖旎风景。

没有人会想到，在这旖旎的风景后面，还掖藏着一柄东张西望的勃朗宁牌七音手枪。

四

气候在一夜之间变得燥热起来，空中的云朵似乎被夏日灼热的阳光融化了，全都变成了雨水落进了凹凸山，山城的天空于是袒露出纯洁的湛蓝。梧桐树宽大的叶子经过几个昼夜的冲洗，恢复了新鲜的绿色，叶面上细细的绒毛在阳光里轻纱一般荡漾着，宛若飘动的梦幻。

一枚晶亮闪光的金属物体托在高秋江的掌心，传递着微弱的凉润。

这是一个玲珑的艺术品，它具有惊人的光滑和灿亮的色泽。当然，它的功能不是用来观赏的，在它小巧的躯体内部，蕴藏着巨大的激情和力量，它的存在就是为了等待一次燃烧，它或许是一个雌性，是一个盼望爱抚的女子，当它期待的伴侣出现并且猛烈地进入它的体内时，它就会热烈地释放出它的全部激情，将自己的生命在涅槃中发射出去，注入到另外一个生命中去，从而实现新生。

在这个夏日的午后，高秋江立在祥和绸庄杜老板家二楼一间隐蔽的房子里，临窗眺望，她看见了青石铺就的街心一直往前延伸，弯弯曲曲直到没入街面的沟壑之中。

这是一条老街了，两边以木楼居多，各色招牌杂乱无序，门板们则无一例外地被卸下来，斜靠在门脸一边。世代居住在这里的百姓草民就是靠这些小本经营谋生，他们从凹凸山里兑来茶叶、丝绸、皮货、野味和竹制品，再加价卖给外来的客商和官府的公职人员以及同商不同行的人们，互相赚取着蝇头小利，把日子过得饶有兴致。日本人打进来了，小城惊慌了一阵，大部分人跑了反，可是没过多久又回来了，跑到哪里去也离不开一个家，再回到小城的家里听天由命吧。侥幸日本人忙于对付凹凸山里的抗日武装，为了有一个稳定的后方基地，对于小城的老百姓还算客气，杀人放火的事比起当年的南京就要少多了。日军刚刚进来的头年把，小城也不过才死了千把人。有了这千把人做样板，“良民”就多了许多，死人的事逐年减少。当然花姑娘还是要找的，常有几个东洋兵夜半时分偷摸出营，在青石街面上撵出几声尖叫。到了白日，太阳旗照常升起，店铺按时开张，叫买叫卖的吆喝抑扬顿挫，饭馆酒肆人来人往，车夫们把式们裸着的脊梁冒着腾腾热气，拉着有钱人串街走巷——不管到了啥年月，日子总是还要过的，活着是唯一的目标，快活地活着是永恒的追求。

太阳已经偏西了，天气似乎变得更加炎热。远远地看去，街上的行人在不经意间稀少起来，青石板连接的街心于是更加清晰，能看见那上面由太阳蒸腾出的流动的光晕。唯有梧桐树枝丫上的蝉鸣，一声高过一声，显得歇斯底里。

这时，一桩奇怪的事情出现在高秋江的视野里。

那是一个身段纤秀的女子，打着一把绿底碎花遮阳伞，沿着青石街心由东向西款款而来，橐橐的脚步声在已经冷寂的街面上击出了节奏分明的韵味。女子和她的花伞旁若无人地走着，恰似小河中央一叶悠然的轻舟。在祥和绸庄对面的泰丰珠宝店门口，女子踌躇了一下，停住脚步向里张望。

就在这时，从泰丰珠宝店里走出来两位浑身珠光宝气的阔太太，同年轻的女子擦肩而过。

只在刹那，高秋江的眼睛便睁圆了，她看见女子的左手灵巧地做了一个动作，其中一位阔太脖子上的金项链顿时不翼而飞，而阔太却浑然无觉，两人说笑依旧，迈着豪华的胖腿，分别跨上了恭候在门外的两辆黄包车。

高秋江不禁暗自惊叹：好快的手！

阔太转眼就走远了，女子却并不急于离开，从容地收起花伞，四下里看了看，嫣然一笑，扭转腰肢走进了泰丰珠宝店。

高秋江心中一动，愣怔片刻，藏好手枪，换了一件旗袍，戴上首饰，也下楼向泰丰珠宝店走去。在珠宝店的厅堂门口，高秋江和女子打了个照面。

这是一个面容姣好的姑娘，留着齐耳短发，月白上衣配着黑裙，一副学生装束。见有人注意自己，女子窘迫地笑笑，露出两排细密洁白的牙齿，然后转过身去就要走。

高秋江低头看看胸前，缀在左面的纯金胸花已不见了踪影。高秋江冷笑一声，跟着女子走出了厅堂。女子在前走，她就在后面跟，女子的步子放慢，她的步子也放慢，女子的步子加快，她的步子也加快，就这么不慌不忙，不前不后，不远不近地跟着。女子显然有些慌乱，步子终于变得急促，走到一个巷口，竟然跑了起来。高秋江仍然一言不发，笑笑，也蹽腿跑了几步。女子站住了，回过头来冷冷地看着高秋江。高秋江也站住了，微笑地看着女子。

女子发话了："这位大姐，你这么跟着我，存的是什么心？"

高秋江说："真人面前不说假话，我看小姐身手不凡，想跟你交个朋友。"

女子脸色倏然一红，苦笑一声说："大姐好眼力，想必也是此道高手。我今天是班门弄斧了。"说完，不易察觉地翻了一下手腕，一枚金光灿灿的胸花便抛了过来。

高秋江稳稳地接住胸花，说："还有。"

女子说："大姐你这是勒索我了。"

高秋江说："不义之财，见面一半。"

女子无奈，只好从身上取出阔太的项链，想了想，恨恨地看着高秋江："怎么个一半法，把它掐断？"

高秋江摆了摆手："算了，这么好的东西，掐断可惜了，你就留着吧。不过你得告诉我，你如此年轻貌美，为什么要做贼呢？"

“我不是贼,我只是小偷而已。”

“我看你一偷再偷,你要那么多钱干什么?”

女子振振有词地反问:“给你一座金山银山,你嫌多吗?”

高秋江突然喜欢上这个女子了,觉得她不仅很有手段,而且伶牙俐齿,尤其是坦率得可爱。高秋江略一思忖,对那女子说:“你既然缺钱,我倒是可以帮你。当然我也有事情需要你帮忙。这样吧,这个地方不方便,我们找一个地方谈谈,没准能成为好朋友也说不定。眉山茶馆的金寨翠眉是茗中极品,就去那儿小坐如何?”

女子眨了眨眼,机警地问:“你该不是警察署的吧?”

“当然不是。如果是,你早晚也跑不脱。不过我也是有来头的,我劝你还是乖乖地跟我走,不然你会倒霉的。”

女子蹙了一阵眉头,最后说:“好吧。我得把话说到前头,你要想抓我可没那么便当,我是有一伙子人的,城东城南都有。”

高秋江笑笑,说:“这我明白。”

五

到了眉山茶馆,高秋江要了一个耳房,点了一壶金寨翠眉,再要了几碟烘糕瓜子之类,两个女人一边品茶一边拉起了家常,做出亲热的样子,乍一看像一对姐妹。

茶是今春刚采的新茶,果然属上乘佳品,滚烫的开水浇进去,嫩嫩的叶芽滚了几滚,便一根根竖立起来,在水中上下沉浮,一会儿开水就变了颜色,碧绿澄澈,尚未入口,已是清香四溢了。

高秋江品了一口茶,问:“你这一手是怎么学来的?”

女子说她亲娘早逝,老爸在庐州当小职员,续弦娶了一个悍妇,待她十分恶劣,她便投奔了堂兄。堂兄是上海滩上的著名大盗,供养她在上海爱群女校读书,但是住还住在堂兄的公馆里。堂兄有时候高兴了,就给她传几手绝活。起先只是好玩,后来学多了,手就痒了。第一次偷的是先生的怀表,因为先生为一件小事训斥了她。偷了怀表又偷眼镜,眼镜偷完了又偷礼帽,后来又偷先生的金笔、钞票,连假牙也给偷出来。弄得先生神经错乱,成天都在窜来窜去地找东西,连上课都提心吊胆东张西望。当然这些东西她也不要,过了一阵子就放到一个地方,让先生陆续地把它们找回去。

女子的故事讲得有声有色,听得高秋江忍俊不住。

"你叫什么名字?"

"眼下我还不能告诉你我的名字……要不,你就叫我小于吧。干勾于。"

"那你为什么不再读书了呢?我看你这个年纪,也就是十六七岁吧?"

"十八。"小于回答说。低下头想了想,眼睛就红了,"后来出了一件事,我在堂兄家里结识了一个同乡,他是个大学生,堂兄常常接济他,他本来对我也很好,我爱他爱得死去活来,可是盐碱实业家的千金横插了一杠子,他就疏远了我。我堂兄要揍他,被我劝住了。"

高秋江心里怦然一动,又是一个薄命的红颜。

"可是你为什么要偷呢?"

"我恨透了钱,它毁了我。我争不过实业家的千金,因为他需要钱。我没有别的办法,我跟他讲,别稀罕她的钱,你要钱我也有。那时我真蠢,我真的天天去偷,恨不能攒一座金山,把他的心收回来。有一次被人逮住了,不是我堂兄出面,他们就把我活活打死了。后来堂兄被官府抓住了,我去探监,堂兄对我说:听着老妹,这个世界太不公平,我偷是为了打抱不平。你一个姑娘家,就别偷了,回家找二伯,相中一个差不多的就嫁人吧。可是回到庐州,老爸因了继母的挑唆，根本就不认我，说我是贼。我一恼之下就走了，我还是要偷，我现在有很多钱了。”

“有了钱，你的情郎就会回心转意了吗？这种人本来也不值得留恋啊。”

“是啊，他还是跟她到英国去了。有时候我恨他恨得牙痒，恨不能杀了他。可是想把他忘了吧，又忘不掉。你说咱们做女人的怎么就这么傻呢？”

“你现在不缺钱了，为什么还要偷呢？”

“不知道。反正无所谓，我总得有事做吧？我偷的人可多啦，当官的，实业家，阔佬，尤其是阔太太。在洛安州，我最乐意偷日本人和汉奸。全国都在抗战，我也不能闲着。今天那个被偷的女人，就是汉奸马翻译官的老婆，我盯她盯了好几天了。你说，偷日本人和汉奸的钱也算是抗日吧。”

高秋江被问得哭笑不得。凭借女性的直感，她判断这个自称小于的女子说的话大都是真的。这可能真是一个被抛弃从而变得颓废和玩世不恭的爱情傻瓜。如果有这样一个帮手，那实在是天助人也。

当然，高秋江也绝不会轻信，她还要进一步地摸清楚小于的真实身份。

“如果我告诉你，我也是一个贼，并且是一个大贼，你愿意跟我一起干吗？”

“不愿意。”小于回答得很干脆。

“为什么？”

“我现在跟过去不一样了。我现在偷钱不是为了钱。”

高秋江笑了笑说：“跟你开了个玩笑。你我既然萍水一逢，也算有缘。你看我不像坏人吧？”

“说不准。”

“跟你说实话，我是南洋商团的一个雇员，近日因为生意上的事遇到了一点小麻烦，需要打点。我看阿妹身怀绝技，想重金聘你帮个忙。”

“大忙帮不上，小偷小摸还行。不过我得问清楚，是个什么事儿。伤天害理的事情我可不干，我从来不偷穷人。”

“绝不伤天害理，而且是正义之举。到时候你就知道了。”

小于瞪着一双澄澈的眸子，认真地看着高秋江，说：“如果真像你说的这样，我可以试试。”

让高秋江始料不及的是，就是这个俏皮漂亮又身怀绝技的小女贼，在她此后的情报工作中，立下了汗马功劳，并且成为她生命中的第二个手足。高秋江只用了两个半天，就证实了小于的身份并不是编造的，而小于只用了一个半天，就从一名汉奸翻译那里窃取了一份重要情报——日军正在调集兵力，准备大举进攻凹凸山。

第十二章

一

陈埠县抗日政府二区区长岳秀英和妇抗会员崔二月趴在牛尾巴冈的蒿草丛里，瞪大了两双紧张焦灼的眼睛，不屈不挠地盯着山下周四根家的房前屋后。

崔二月是刚从山外四区崔家集嫁过来不久的新媳妇，在山那边做姑娘时就是“妇抗会”的积极分子，嫁到江店集没几天就成了岳秀英的得力助手。

这是个燠热的晌午天。

岳秀英和崔二月在这里已经潜伏很长时间了。不仅崔二月感到奇怪，就连岳秀英都有点纳闷，像周四根那样老实巴交的庄稼汉，怎么会有通敌嫌疑呢？虽然说他有一个侄子周柳树在洛安州的二鬼子窝里当中队长，可是这叔侄二人几乎从来不来往，尤其是江店集驻进八路军陈埠县大队二中队之后，就再也没有见过周柳树的踪影。

疑惑归疑惑，组织上交代下来的任务还是不敢马虎的。任务是县委书记李文彬亲自布置的，李文彬说这是凹凸山分区和鄂豫皖边中心特委开展“纯洁运动”的统一部署。这次监视，主要是要摸清与周家来往的八路军官兵是哪些人。

让岳秀英心惊肉跳的是，李文彬还很神秘地在她的掌心写了一个“朱”字，并且说组织上已经了解到朱某等人同洛安州里的汉奸有联系，联络的地点极有可能就是周四根家。现在的奸细活动渗透得很厉害，洛安州里日军有一个“石榴一号”总部，周围各县各集镇差不多都有“石榴一号”派遣的间谍人员，他们在江店集开展的工作，恐怕还不仅仅是收买朱某，可能还有更大的企图。

岳秀英是个明白人，稍一琢磨就恍然大悟了。一明白，就更紧张——如此说来，这是要找梁大牙的事了。

这一阵子，凹凸山里风声四起。先是传说杨庭辉司令员要被调到军区，引起一些猜测。后来又发生了梁大牙同窦玉泉和张普景差点儿火并的事件。虽然经过东方闻音和分区王兰田副政委的调解，杨庭辉也专程赶回凹凸山处理了这件事情，大家各自做了自我检讨，梁大牙还挨了一个处分，表面上看是平息了，但是内里还有什么名堂，不知情的人就说不上来了。但有一个事实是，正是由于梁大牙公开抗拒窦玉泉和张普景，还有杨庭辉在这件事情上的态度，使攻打榆林寨的计划成为空谈。也正是因为攻打榆林寨的问题暴露出了领导之间的矛盾，所以证实了杨庭辉暂时确实不宜离开凹凸山。但问题的另外一面是，也还是因为攻打榆林寨的问题，从而更加坚定了江淮军区某位负责人的决心，杨庭辉必须离开凹凸山，现在不走，早晚得走，连王兰田也有可能重新分配工作。

目前的情形是，杨庭辉仍然离职学习，凹凸山分区的司令员仍然由窦玉泉代理。张普景这一次是无为而为，因为杨庭辉一再坚持，如果交权，也不能交给江古碑，而且，杨庭辉还反复向江淮军区和分局领导说明，当初张普景写的那个材料他知道，也确实公开争论过，这已经是一年前的事情了。事实证明，张普景是出于公心，没有搞阳奉阴违的小动作。现在旧事重提，是有人别有用心，借这个材料，在搞臭杨庭辉的同时也把张普景弄得不人不鬼。

这话要是由别人说，江淮军区和分局领导不一定相信，但由杨庭辉说出来，就不能不慎重对待了。如此，情况又有了变化。既然江古碑在分区扶不起来，王兰田也不宜在分区继续工作，也就只好重新明确分区政委由张普景代理，凹凸山特委的工作则由江古碑暂时主持。

一反一复，真是波诡云谲。

如果说领导层内的斗争已经公开化了，那么眼下斗争正处于僵持状态。在这种情况下，李文彬就空前地活跃起来了。

以往，岳秀英只知道梁大牙和李文彬不是一条道上跑的车，在陈埠县县区两级干部中，这方面的传说比较多。但岳秀英没有想到李文彬的背后还有那么深的组织背景。仅仅因为个人恩怨，李文彬恐怕还没有那么大的胆量擅自布置监视朱预道。监视朱预道，醉翁之意不在酒啊，显然是冲着梁大牙去的。如果没有上面的意思，借八副胆子给李文彬，他也绝不敢主动去摸梁大牙这只老虎的屁股。问题复杂了，岳秀英的心情也更加沉重了。

正是炎热的酷暑季节，一轮火辣辣的太阳正挂在头顶上方，在山峦丛林里蒸腾出浓浓的潮气。岳秀英之所以选择了这片蒿草窝，是因为这里距离周四根家不远不近，周围没有路径，人迹罕至，便于隐蔽，视野也很开阔，位居南边的二中队驻地可以尽收眼底。别说是人，连个兔子跑一趟，也能看得一清二楚。糟糕的是酷热难耐。

眼下，崔二月知道的情况还十分有限，岳秀英只告诉她要监视周四根家，却没有告诉她组织上要钓的是一条大鱼。监视工作已经开展两天两夜了，看崔二月那神色，她的新男人对她整天整夜地不回家火气很大。新婚燕尔，天再热，该办的事还是要办。今日头晌岳秀英换下崔二月回家吃了顿饭，还有半碗干饭没下肚，便被男人摁在席子上，不到一袋烟的工夫，便做成了两回事。不然的话，听崔二月那口气，后晌能不能再出来都很难说。两天两夜一无所获，岳秀英尚可坚持，崔二月却有点心猿意马了。

“秀英姐，我看咱们这是瞎猫逮活老鼠，一点准头也没有。”

“敢情你是想你的新郎官啦？大热天的，还是悠着点好。心疼男人，可别把男人烤干了。”岳秀英本来就是一个撒得出放得开的妇女干部，她的丈夫前年跟白崇禧的部队到东边抗战，至今没有音讯回来，是死是活全然不知，活寡妇一个，日子过得没滋没味，平日里往女人堆里一坐，怎么快活怎么说，嘴皮子上从来没有把门的。

一句话，便把崔二月说得满脸紫涨。但崔二月在娘家做姑娘时就是个活跃分子，那张嘴巴也是不饶人的，岂肯善罢甘休。崔二月紫着脸憨憨一笑，便反唇相讥：“秀英姐，你让咱把男人撇在家里，敢情到这里陪你等男人啊。今日里再等不到，我去二中队给你张罗一个。”

岳秀英撇嘴一笑，说：“四区人说二月妹子是红眼媚狐，看样子名不虚传，肚子里的骚水当真不少。到二中队，别说给你姐张罗一个，你自己先当回靶子，让他们练练兵吧，八路弟兄的家伙件件都是好枪。”

实在是热得发痒闷得无聊了，崔二月索性横下一条心，四区的妇抗会同二区的妇抗会来一场嘴皮子快活，于是嘻嘻一笑开言道：“想必八路弟兄的家伙秀英姐都用遍了，不然怎么知道件件都是好枪啊？”

岳秀英说：“你秀英姐是一区之长，咱拥军只擦武器不搞实弹射击。大姑娘小媳妇去练兵，八路弟兄枪枪都打靶心。”

崔二月诡秘地啧啧嘴说：“咦，说真格的，秀英姐你男人没信了一两年，你就那么老老实实地旱着？一片肥田白白地抛荒了岂不可惜？你整天跟二中队在一起，二中队有那么多耕犁耙锄的好把式，秀英姐你就没个相好的？”

岳秀英唰啦一下红了脸，正色道：“有哇，你看二中队的弟兄哪个不是咱的相好的？你这个死妮子嚼舌头，咱这个当区长的，跟人家八路同志都是阶级兄弟姐妹。”

“咦——唏！”崔二月夸张地拉长了下巴，不屑地说，“这话可就说外了，阶级兄弟姐妹又咋样？阶级兄弟姐妹就不兴拧屁股蛋啦？就不兴滚草窝啦？阶级兄弟搂着阶级姐妹，硬是要往瓜棚里摁呢。”

这回轮到岳秀英脸紫了，这回是真紫。她跟梁大牙满院子撵着拧屁股蛋子，那是众所周知的事，是闹笑话，自然一笑了之。可是，钻瓜棚就不那么简单了。

自从有了那回钻瓜棚的经历，岳秀英同朱预道的关系就微妙了，尽管人前装得若无其事，但是那种异样快活的眼神和脸上总也擦不净的激动，还有对于某件事情的幸福的遐想和渴望，是很难瞒过众人之眼的。

有时候，夜深人静时，岳秀英便咬牙切齿地想，自己的男人一旦有个下落，生死由他聚散在我，作个了结，自己的将来恐怕还是要跟朱预道窝在一张席子上。朱预道不光年轻英俊，而且孔武有力，来到陈埠县后打了很多漂亮仗，洛安州里的鬼子二鬼子盛传，梁大牙有个万人坑，朱预道一刀十人头。这样的抗日英雄，别说嫁了，白给他当相好的都情愿。

可是……可是眼下，她却接受命令，守在这里，等待他的出现，不是再把他引到瓜棚里去，而是……要把他引到一个十分险恶的地方去了。

一联系到任务，岳秀英便在滚烫的太阳下面不寒而栗了。她的心里真是乱极了，暗暗祷告，但愿这一切都是误会，只不过是情报网上出了点岔子，她无论如何也不能把朱预道同“通敌”和“汉奸”这一类的字眼放在一起去想。可是，李文彬却说得那么神秘，又是那么确凿，真是让人愁肠寸断。

她是多么不希望他在此刻出现在她的视野里啊。

邪门的是，怕鬼偏有鬼，越是不希望发生的事情，它越是偏偏就发生了。

“秀英姐，你看——”崔二月突然激动地叫了一声，丰盈的脸庞兴奋得艳若桃花。

顺着崔二月示意的方向看去，岳秀英的脑袋嗡一下胀大了——天啦，果然是朱预道。

胆大包天的朱预道，身穿一套半新的八路军土布制服，肩膀上斜挎着一柄德国造的二十响驳壳枪，茫然无知一张危险的网正在身边向他张开，正迈着自信悠闲的步子，一步一耸地向周四根居住的宅院走去。

“怎么办?”崔二月紧张地问。

“什么怎么办?”岳秀英此时已经完全乱了方寸，咬牙切齿地想了好大一会儿才说，“朱中队长想必是出山公干，不要管他。”

“可是……”崔二月一脸困惑地说，“你分明跟咱说过，连只兔子到周四根的家里去，都要看清是公的还是母的是大的还是小的，你说过要丝毫不差地向组织报告啊，咱们报告不报告?”

岳秀英杏眼一瞪，低声喝道：“谁让你报告啦? 报告是你向我报告，我向组织报告。你的任务是给我看着这里，弄清情况再说。要是出去瞎嚷嚷，看我不撕烂你的小……那个!”

崔二月见岳秀英没来由地就上了火，而且火气还很大，便不高兴地说：“谁说要出去瞎嚷嚷啦? 不报告就不报告，你发什么火呀?”

岳秀英正要答腔，崔二月忽然向她做了个手势，嘘了一声：“区长，小声说话，他正在回头看咱们呢。”

岳秀英顿时惊出一身冷汗，举目望去，朱预道果然转过身来，远远地像是朝着这边张望。望了一会儿，打了几个喷嚏，又转身走了。岳秀英和崔二月擦擦额上的冷汗,愣了一会儿,才看清又上来几个人,是二中队的通讯员和几个班排长,尾随朱预道而去。

二

走在亮晃晃的太阳地里,朱预道的步子便有些飘忽。他今天到周四根家,是要见一个人。

还是在上个月潜进洛安州的时候,梁大牙根据分区王兰田副政委的指示,将一封密信交给朱预道,让他带进城里去,送给洛安国立中学的吴先生。朱预道依计照办。事后才知道,吴先生和王兰田原先是一个组织的,现在在做“皇协军”三大队的兵运工作。

月初,王兰田悄然来到江店集,在梁大牙的秘密安排下,同“皇协军”三大队派出的联络员周柳树接上了头。周柳树当时说,反正的准备工作还不是十分充分,还有几个铁杆亲日分子没有处理掉,请八路军再给一些日子,待方方面面都稳妥了之后,方可行动。三大队苏佳晡大队长为了表示反正诚意,将于近日给凹凸山的八路军送来一批枪支弹药、烟土、布匹和医疗用品。昨日,周四根家嫁姑娘,周围五集四镇零零散散地来了二十几个亲戚,今天上午梁大牙就派人来,要朱预道亲自前往周四根家“盘问来客当中有没有奸细可疑分子”。

朱预道心领神会,想必是那边的礼物送到了。梁大牙上回临走时留的有话,药品、布匹和钱财送往凹凸山分区,两挺机关枪和一门小钢炮就归二中队了。

到了周四根家,周四根打开了给老娘备用的紫木棺材,朱预道果然看见了两挺崭新锃亮的歪把子机关枪和一门小钢炮。除了烟土药品和一百块银元之外,还有红绿两匹缎子布。交接完毕,朱预道春风满面,吆五喝六让同志们搬来箩筐,将大卸几块的枪炮埋在筐下,上面盖上蓑衣,兴高采烈地打道回府。

同志们挑了东西先走一步,朱预道自己便玩了一个小小的花招,动手将红绿缎子布各扯两块,分成两份,预备给梁大牙送一份,自己留一份。他知道梁大牙心里装着一个小女子。城里的女子喜欢花里胡哨,就算眼下不能做成衣裳穿在身上,哪怕压在书箱子里抽空看上一眼恐怕心里也是滋润的。那小女子高兴了,梁大牙自然会更高兴。至于自己的这一份,当然是要送给岳秀英了。

这一路上,朱预道的黄梅小调就哼得格外滋润。虽然差不多隔两天就能见到岳秀英,可是众目睽睽之下,近在咫尺,远若天涯,每回在一起都是公事公办,连句掏心掏肺的温热话都不敢说,挨得越近越是把握不住,可以说是天天见面天天想,而且不光是心里想,如果一个男人真的要想一个女人,那么他的全身都会去想。

现在,已经是日落西山夜幕将至了。朱预道就这么怀里揣着两块缎子布,也揣着对于梁大牙的无限感激和对于岳秀英的热切眷恋,心里盛着流不尽的江河水,嘴里哼着词不清的黄梅调,大步流星地赶回了江店集。他打算今晚冒个险,吃过晚饭便出山查看防务,机会一稳当,就跟岳秀英见上一面,哪怕只有一袋烟的工夫也行啊。

可是,他做梦也没有预想到,还没有等到他踏进中队部驻地房东张老五家的门槛,巷子里突然闪过一个人影,一支硬邦邦的家伙顶住了他的后腰。

三

梁大牙前腿弓后腿绷,双手擎着小钢炮的炮管,眯起左眼,右眼从炮管里望出去,便望见了一片烫眼的紫气。

关于这门小钢炮,还有一则曲里拐弯的故事。自从那次端掉西马堰据点，缴获了这门八成新的小钢炮之后，梁大牙就不像以往那样看重机关枪了。比较起来，当然还是这玩意儿过瘾，能隔山打人，落地开花一片，一炸就能炸一窝。

家伙是二中队缴获的，朱预道起先赖账，不想上交，想留着自己先露一手，梁大牙趁机给他狠狠地上了一堂风格课。梁大牙说："吃独食屙驴屎，你想犯错误吗？我听老红军说，长征的时候，彭德怀不知从哪里搞到了半碗辣子肉，连闻都舍不得闻一下，就送给了朱总司令。朱总司令倒是闻了一下，却连一口也没舍得吃，连汤带水送给了毛主席。你朱预道好大的胆，竟敢在我的眼皮子底下攒私房钱。你亲自给我把家伙送过来，少一个零件我剁你一根脚指头。"

朱预道当然不敢马虎，立马就把小钢炮和五发炮弹送到了陈埠镇。那时候大队部没有人会摆弄这玩意儿。一见新炮，梁大牙快活得直吸冷气，把大队部的兵和周围的老百姓都吆喝到二龙岗，本大队长要亲自露一手。岂料那炮横竖就是一声不吭。梁大牙折腾了几袋烟的工夫，装了卸卸了装，急出了一身臭汗。弄到最后，梁大牙终于光火了，一把扯过朱预道，鼓起眼珠子质问他是不是做了手脚。朱预道老老实实地坦白，手脚是断不敢做的，但在送来之前，他也在江店集玩过一阵子，好像里面有个东西弯毬了。

梁大牙不听便罢，一听这话，差点儿没有气晕过去——妈拉个巴子，里面有个东西那不是撞针么？撞针弯毬了它还响个鬼！看着一圈子嘻嘻哈哈看洋相的兵和老百姓，梁大牙恨不得猛抽朱预道几个耳巴子。真是晦气，本大队长想露一手，哪想到脸没露出去，倒把馅露出去了，弄成了这种骑虎难下的局面。欲说就此收场，本大队长的面子已被弄得轻飘飘的，这个场还收不掉。

梁大牙急中生智，心里琢磨，但凡火器，发射的道理都差毬不多，就像长枪，也是靠着一根钉子撞屁股，撞热了就炸。思路到了这个地步，梁大牙就有主意了，吆喝朱预道去找了一根铁钉，将炮弹塞进炮膛里架好，铁钉摁在炮弹屁股上，准备用人工撞针把炮弹楔出去。

梁大牙自发组织打炮表演的时候，宋副大队长和东方闻音等人压根儿不知道，后来听见街上有人乱哄哄地说梁大队长在二龙岗上玩炮，这才慌慌张张地跑过去看个究竟。等他们跑到二龙岗上，梁大牙已经操作准备就绪，举起锤子正要楔钉。

宋副大队长一看这阵势，吓得腿都软了，颤着嗓子大喊一声："住手，危险！"

梁大牙老远望见宋副大队长，哈哈笑道："老宋别尿裤子，今天本大队长要给你们玩个稀罕的。"言毕，不由分说，举起锤子一锤楔了下去。

只听见裂天动地的一声，那炮弹果真爆了，一团火球腾空而起，弹丸呼啸出膛。

围观的老百姓和八路军士兵一起趴下，惊愕之余，又雀跃欢呼。却不见梁大牙有什么反应。宋副大队长的心一下子悬了起来，连滚带爬扑到高坎处，一迭声地大呼小叫："老梁老梁，梁大队长，你怎么样？"

起先喊了几声没动静，警卫班的士兵也围了过来。直到烟尘渐渐散去，才听见坑洼里有人瓮声瓮气地哼哼："他……他娘的，这狗日的鬼子炮……屁股也能起火……"

宋副大队长带着几个人摸上去，一看，果然是梁大牙，不过已经今非昔比了，露出了一副焦头烂额的模样，脸上黄毛黑皮纵横交错惨不忍睹，连那一对经常凸出眼眶的眼珠子都看得不甚分明了。

那时候杨庭辉还没有到军区学习，知道了这件事情，便把梁大牙叫到分区，劈头盖脸地训斥了一顿。杨庭辉说："啊，你梁大牙真英雄啊，我看要是给你一架梯子，你敢爬到天上去。可是你要记住，你现在不是蓝桥埠上的地痞无赖，你是八路军的县大队长。我横竖弄不明白，跟日本人作战，你梁大牙刀快枪准，把仗打得风雨不透。怎么偏偏就在这些小问题上，尽做一些孩子事，真让人为你害臊。”

梁大牙自知理亏，红着脸笑得很尴尬，说：“司令员，咱错了。咱不像那些老革命大队长，时刻注意形象。咱这个人，作战开会时，咱能时刻记得咱是大队长，可一到寻常日子，咱就……就放松了要求。”

杨庭辉说：“往后打仗，不许你再抱机关枪了。你的职责是指挥好全大队，不能光要个人英雄主义。”

梁大牙说：“明白了，慢慢改。”

杨庭辉说：“缴获了新装备，要虚心学习，要请行家指教，哪能自己蛮干瞎鼓捣呢？你个人死毬了事小，但是对凹凸山地区的抗日局势有影响。前几天洛安州里起了谣言，说你梁大牙跟朱预道自己把自己炸死了，我杨庭辉被八路军总部撤了职，鬼子都想趁机来‘扫荡’你陈埠县，你知道吗？”

梁大牙咧开大嘴笑了，说：“果真如此就有好戏了，咱们将计就计打他个龟孙。”

杨庭辉板起脸说：“我已经跟宋上大和马西平下了死命令，让他们监督你。以后作战，梁大牙再抱机关枪往前冲，我撤他们的职。”

梁大牙挠挠头皮说：“……这样吧，往后我保证不抱机关枪了，可是司令员你得让我操炮。我的小钢炮在哪里，我的指挥位置就在哪里。”

杨庭辉想了想才说：“这个我不做死规定。但是你要当心。”

这以后，梁大牙果真扛上了小钢炮。二中队缴获的战利品，送到分区枪械所修理一番，便成了梁大牙的个人装备。而那挺伴随他几个春夏秋冬的苏制机关枪，则礼尚往来地下放给了朱预道。

最近一段时间，洛安州蠢蠢欲动的日伪军们终于弄清楚了，梁大牙和朱预道并没有被炸死，便老实多了，不肯轻易进山。陈埠县县大队奉分区指示，抓住这一难得间隙，一方面帮助老百姓收粮食，另一方面开展政治练兵，同时组织官兵学习文化。

四

这一天梁大牙照例擦炮。

这是他的重要爱好，干起来就格外来劲，炮管擦得锃亮，连脚架都蘸油擦去了锈渍。

擦完炮，还没收拾利索，警卫员黄得虎便一头冷汗地跑过来，报告说二中队出纰漏了，朱预道中队长被人家逮起来了。

梁大牙一听，头皮都炸了，也顾不上多问，对警卫员吼了声“把炮给我扛回去！”便急如星火地赶回了大队部的驻地。

大队部里，除了陈埠县县大队的几名负责人，正中条几边还正襟危坐着兼职政委、陈埠县县委书记李文彬。

众人见梁大牙阴气沉沉地闯进来，情知今天有场大动干戈的口舌，纷纷捏了一把汗。

果然，梁大牙进了屋，连坐也没坐，门神似的立在堂屋中央，两只手卡在腰间黑起脸皮问道：“我听说把朱预道看起来了，是哪个狗日的下的命令？”

李文彬摸了摸眼镜框，不慌不忙地回答：“是我。不是狗日的，是陈埠县县委书记兼陈埠县县大队政委李文彬。”

梁大牙对李文彬的从容有点意外，随即嘿嘿一声冷笑：“我就知道是你。我看你是狗逮老鼠，爪子也伸得太长了吧。你凭什么逮人？”

李文彬向四周看了看,见众人都是面无表情,便微微笑道:“梁大牙同志,你不要着急,我把详细情况向同志们介绍一下。”

然后一五一十娓娓道来——

前一时期,日伪几次进犯失利,遂改变了对策,由武力征服转入怀柔攻心。日军谍报组织“石榴一号”紧锣密鼓,企图收买我凹凸山八路军干部中的意志薄弱者,其中陈埠县县大队二中队中队长朱预道就是敌人首批收买的对象。前几日,山野大佐派出“皇协军”三大队的周柳树到江店集活动,对朱预道许以重金并色相拉拢。朱预道已经接受敌人送来的枪支弹药和烟土、银元、布匹等财物。上级反谍报组织得到准确情报,已将朱预道收审。现在人赃俱在,但朱预道拒不交待问题,声称必须见到梁大队长,否则什么话也不说。如此,只好请梁大队长站在抗日大局的立场上,同朱预道划清界限,并且澄清有关事实:一,朱预道同周柳树接触,陈埠县县大队主要领导是否知情?二,情报显示陈埠县县大队二中队接受日伪礼品,分区乃至上级军区都有人授意,陈埠县县大队这一级究竟是谁接受了谁的命令?三,朱预道同二区区长岳秀英发生了不正当的男女关系,岳秀英受组织指派监视周四根行动,意外地发现是朱预道前往周家活动,于是隐瞒不报,并且威胁县委秘密特工人员“不许越级报告”。对于岳秀英同朱预道的非正常关系,县大队主要负责同志特别是梁大队长是否知情……

李文彬如此一说,不仅梁大牙,连在座的马西平等人都吃惊不小。

情况已经明朗,梁大牙反而坦然了,蹲在门口燃着一根硕大的草烟卷,吸了几口压住火气,哈哈一笑说:“狗日的李同志提的这些问题老子都知道,可是老子就是不告诉你。你自己倒是必须给我说清楚,你个狗日的今天在我的队伍里安个眼线,明天擅自逮我的人,后天恐怕还想收拾本大队长呢。你说清楚了,是哪个狗日的指挥你的？你说清楚了，我也可以说清楚。你要是说不清楚的话，嘿嘿……”

梁大牙起身一拍屁股，把驳壳枪捋出来啪的一声掼在条几上，说：“我梁大牙认得你是李文彬，它恐怕就认不得你了。”

出乎梁大牙的预料，李文彬这回并没有被他的气势汹汹所吓倒，反而异常平静，又扶了扶眼镜，不惊不乍地说：“梁大牙你收起这一套，我李文彬参加革命连死都不怕，还怕你这根破枪吗？我可以告诉你，我的所作所为，一切都是按照组织的计划进行的。”

副大队长宋上大一直不动声色地观察动静，见火候差不多了，才慢腾腾地开口说道：“李政委，分区的命令以往都是直接给县大队的。你虽然是本大队兼职政委，但是分区和特委明确你主管地方政权，县大队的政治工作由东方闻音同志全面负责。现在我们都没有接到分区的命令，你就把朱预道抓起来，恐怕不大符合组织程序。”

李文彬横了宋上大一眼，说：“你宋上大同志在政治上糊涂。我只能告诉你，我的所有行为都是有组织依据的，绝不是我个人随心所欲。但是我不能告诉你是谁直接布置的，这是组织原则问题。”

驳斥了宋上大，李文彬又把目光转向梁大牙，意味深长地笑笑说：“梁大牙同志，事实上组织上现在已经掌握了足够的证据，朱预道的所作所为，梁大队长并非一无所知。当然，这并不是说你梁大牙就是同谋或者主谋，你也是受人指使。你不要以为你是在执行命令，我可以告诉你，这里面有阴谋。在凹凸山地区，在我们的队伍里，有一个敌特渗透的组织。你梁大牙不要陷得太深。”

梁大牙撮住大烟卷猛吸几口，然后勾起一只脚，把烟屁股摁在鞋底上，恶狠狠地戳灭，皮笑肉不笑地说：“李文彬同志，你的这番话在我听来犹如放屁。你口口声声说组织组织的，你到底是哪家的组织？凹凸山的共产党只有一个，难道党内有党？凹凸山的八路军也只有一支，那就是杨庭辉司令员领导的凹凸山军分区部队。杨司令上军区学习了，但他还是司令，我不管你这阴谋那卵毛的，老子现在就同你上江淮军区，杨司令面前咱们论个是非曲直。”

李文彬仍然不卑不亢，说：“梁大牙同志你别激动，你现在上江淮军区也见不着杨庭辉同志了，杨庭辉这次不是到军区学习，也不是到军区当副参谋长，杨庭辉他已经……啊，这个现在还是机密，就不说了。实话跟你讲吧，我已经把这里的情况向分区和中心特委作了汇报，中心特委主持工作的江古碑同志，还有分区的窦玉泉代司令员和张普景代政委，已经出发了，很快就会赶到陈埠县来处理这里的问题。”

梁大牙愣住了。看了看马西平等人，大家也是面面相觑。会场上出现了前所未有的沉默。多数人不明底细，只有宋上大略微知道一些内幕。

早些日子，西马堰敌伪据点内一个翻译官秘密派人同梁大牙联系，声称自己从前曾经是王兰田的学生，爱国之心未泯，愿意为八路军提供情报。梁大牙通过内线证实无诈，遂制定了里应外合的作战方案，并且报请分区得到了批准，并且取得了战斗的胜利。按说，这件事情是没有什么可以挑剔的。但是，前两天，特委代理书记江古碑从西北回来，介绍了西北开展“纯洁运动”的情况，传达了中央社会部某领导人《关于纯洁运动》的报告精神，立即部署在凹凸山区开展整风纯洁运动，要求各级都调查揭发内部有没有通敌的现象，对于近几年来参加抗日工作的所有干部的历史重新进行调查。这次“纯洁运动”由特委代理书记江古碑全面负责，李文彬临时回到特委配合江古碑工作，代理政委张普景对这次运动也持积极态度。分区副政委王兰田此时已经是势单力薄独木难支，再加上上面的精神铺天盖地压过来，自然胳膊拧不过大腿，只好疑疑惑惑地跟着开展“纯洁运动”，没有想到，他领导的那场“里应外合”的战斗，居然被安上一个“内外勾结演苦肉计”的嫌疑，有人甚至公开攻击王兰田是特务，在做地下工作的时候就是叛徒，现在又是汉奸，并以黄金为诱饵，发展了梁大牙等人，暗中埋伏下来。

宋上大明明知道这些罪名莫须有，属于栽赃诬陷，但他还知道，凹凸山的这次“纯洁运动”看样子势头不小。弄得不好，杨庭辉恐怕都要受到处理，而突破口显然就是朱预道和梁大牙。梁大牙的毛病实在是太多了，用李文彬的话说，梁大牙屁股后面的尾巴伸手一抓就能抓到三十二根。李文彬说，组织上已经派人到蓝桥埠作过缜密的调查，江古碑同志向他透露，仅初步捋一下，梁大牙的问题就有二十多条。譬如：一，出身于剥削阶级家庭，其祖上曾是蓝桥埠土豪，后被土豪劣绅朱恽轩收为义孙，仍然过着剥削生活；二，参加革命动机不纯，当初有投奔国民党军的企图，有严重的投机倾向；三，生活作风恶劣，参加革命前曾经同蔡秋香等人搞腐化。担任大队长后仍然调戏女同志，并且经常威逼某同级女干部给其当“娘子”，并且借执行任务之机到斜河街逍遥楼狎妓嫖娼；四，有严重的本位主义观念，担任领导职务后实行家长制领导，要挟上级任用自己的亲信为其骨干助手，培植心腹股肱；五，不尊重上级，随意谩骂上级领导并且扬言要将某上级领导捆起来；六，给汉奸维持会长拜寿，并贪污战利品二百大洋孝敬汉奸；七，有通敌嫌疑，已经接受汉奸礼物并且隐瞒财物等等。

对于组织上弄出来的梁大牙的这些问题，宋上大不是全信，也不是全不信。但要说梁大牙是汉奸，打死他他也不信。他现在的想法很复杂，一方面，他也隐隐约约地希望组织上教训一下梁大牙。另一方面，出于公心，他又担心，一旦势态闹大，凹凸山的局面恐怕又要兴风作浪了。思路到了这一层，宋上大不禁一阵心惊肉跳。再看梁大牙，还蹲在墙角边怒气冲冲地吸他的旱烟。而李文彬却一反往日在梁大牙面前萎萎缩缩的常态，俨然胸有成竹从容不迫，好像已经彻底地夺回了陈埠县县大队的领导权。

直到吸完三窝旱烟，梁大牙才缓缓地站起身来，扔掉烟杆，伸出大手，左一巴掌，右一巴掌，两边拍打屁股，拍得满屋子尘土飞扬。拍痛快了，梁大牙捋起方桌上的驳壳枪，又往桌子上掼了一下，吼道："李文彬，你给我听着，立即交出朱预道。否则，今天你进这个门顺当，出这个门恐怕就难了。"

李文彬也不示弱，拍案而起："梁大牙，你不要撒野，我现在是代表组织跟你谈话，你要保持一个八路军干部的正确态度。"

梁大牙冷笑一声："组织？就你们那几个蚂蚱也能算组织？我告诉你，不见到杨司令，你休想捋掉老子一根毫毛。"

说完，朝门外高喊一声："来人啦！"

可是，奇怪的事情发生了，这回不像上次对付窦玉泉和张普景了，梁大牙一声吼，门外一声到。今天是怎么啦？

梁大牙愣愣地探出脑袋往外面一看，顿时傻眼了——他的陈埠县县大队的值班分队早已不知去向，在院子外边除了一个面生的哨兵，还有十几个荷枪实弹穿着八路军制服的人，他连一个也不认识。

"咦——？"梁大牙睁大了双眼，怒视参谋长马西平。

马西平低下头来说："这是李文彬同志带来的特委警备队……是组织……"

梁大牙在这一瞬间突然明白了，高骂一声"他娘的"，一个箭步扑上前去要抢掼在桌子上的驳壳枪，可是为时晚矣，冷不防从身后蹿上来几条大汉，七手八脚把他掀翻在地，眨眼之间就捆住了手脚。

五

日落月出，老天爷睁一只眼闭一只眼。一轮欲盈未盈的丰月缀在黛青色的天幕上，高高地悬挂在凹凸山的上空。如波的月光从山脊上滑落，飘扬而下，又在山壑河谷和湖塘里溅起片片粼光，荡漾在天地之间。几缕沁凉的光线透过粗大的窗棂斜斜地射进潮湿的小屋，落在朱预道的脸上，慢慢地挑开了他那双沉重的眼皮。睁开的眼皮眨了几下，看见了满屋子的昏暗，于是又闭上了。

朱预道自己也闹不明白被关了几天，最后的记忆是江古碑亲自审问了他，要他交代梁大牙同刘汉英的关系。他说没听说梁大牙同洛安州日伪有什么关系，他只知道洛安州的鬼子和汉奸都害怕梁大牙。

江古碑又要他交代同周柳树接头的情况，交代梁大牙是怎样布置投敌的。他便交代了。他说那是奉分区王兰田副政委的指示，做敌人的统战工作。梁大牙从来也没有说过要投敌，只是准备策应“皇协军”三大队反正。

江古碑又追查王兰田给梁大牙的密信内容，他说从来不知道有什么密信。江古碑再问，策应“皇协军”三大队的事情，杨庭辉有没有作过什么具体的指示？他回答说只知道这件事是王兰田副政委负责的，没听说杨司令员有过什么指示。

江古碑又问，上次去蓝桥埠给汉奸朱恽轩祝寿，都跟哪些汉奸接了头，那是不是王兰田和杨庭辉布置的？他说那次只是给朱二爷祝寿，完全是梁大牙个人的主意，同杨司令和王副政委毫无瓜葛。在蓝桥埠，就是到了朱二爷家，别的什么人也没见。

江古碑后来说，这个人看来是个铁杆亲信了，拒不交代问题，可以划成敌我矛盾了，你们接着问吧。

说完，江古碑就走了。此后审讯他的便是锄奸科的干事和特委警备队的人。他回答了十一个不知道，于是也就挨了十一顿拳脚。最后他连说话的力气也没有了，便被关进了这间山洞似的黑屋子里。

现在究竟身处何地，是在梅岭呢还是在特委所在地船冲，是江店集还是陈埠镇，朱预道一概说不清楚。但是有一点他知道，他还在凹凸山，凹凸山秋天的月亮是银黄色的他认得，凹凸山的茶树味道和栀子花香他也闻得出来。

那天，朱预道刚从周四根家回到中队部，冷不防被人顶住了后腰，他心里一惊，料想是遇上“石榴一号”了，他在举起双手的同时猛然出腿后踢，没想到踢倒了一个软绵绵的身体。他一个鹞子翻身，正要反手擒拿，却看见滚倒在地上的是岳秀英。

朱预道惊问：“秀英，你这是干什么？”

岳秀英痛得龇牙咧嘴，但却一声不吭，从地上爬起来，一把拉住朱预道的胳膊，低喝一声：“别吭气，跟我走！”

朱预道抽出双枪，疑疑惑惑地跟着岳秀英钻进一个巷子，拐到岳秀英的表叔马万余家。落座之后，那颗扑扑乱跳的心还没有平静下来，岳秀英便一脸悲壮地问他：“朱预道，你去周四根的家里做什么？”

朱预道心中一怔，脱口问道：“你是怎么知道的？”

岳秀英柳眉倒竖，一本正经地说：“你先别问我是怎么知道的，你先说说你去做什么。”

朱预道的脑袋瓜子转了一圈，暗自琢磨，本部同周柳树的接触刚刚开始，三大队的反正是一项高度机密的工作，即便是对岳秀英，也不能轻易透露。想到这里，朱预道故作放松地说：“秀英你问这个干什么？这不是你应该知道的。”

岂知话音刚落，岳秀英的手枪便戳向他的脑门。岳秀英厉声喝道："我算是瞎了眼，原先还当你是抗日英雄，我连人带心一起交给你了，没想到你是个汉奸。今日里也算是了却一段孽缘，要么是我打死你，要么是你打死我。"

朱预道惊诧归惊诧，想了想，很快就有些明白了，伸手轻轻地推开岳秀英的枪管，从容不迫地点着了一根纸烟，撇撇嘴笑了笑说："岳秀英同志，你这话是从何说起呀？我是到周四根的家里去过，但那是执行任务。至于是执行什么样的任务，我现在不能跟你说，因为那是保密的。但是有一条，我没当汉奸，我没做半点汉奸事。你要是不分青红皂白就向我开枪，那恐怕你真是要把汉奸当定了。"

空口无凭，岳秀英当然不会只听他一张嘴说，追问道："可是我凭什么才能相信你呢？"

朱预道站起身来反问道："可是你凭什么就不相信我呢？"

岳秀英的话头咕咚一下噎住了。是啊，平心静气一想，朱预道的话也有道理。对于现在的她来讲，朱预道的话不可全信，但是李文彬的话就更不能全信了。在李文彬那一头，挂着一面组织的旗子。可是在朱预道这一头，又沉甸甸地缀着一份剪不断理还乱的情啊。在同等的条件下，她当然是宁肯相信朱预道而让李文彬去他娘的。

爱情终于起了作用，岳秀英悻悻地收起手枪，然后把李文彬布置给她的任务从头到脚说了一遍。

朱预道静静地听，一声不吭。听完了，才走过去，把手按在岳秀英浑圆的肩膀上，问道："你相信他们说的是真的吗？"

岳秀英别过脸，把朱预道的手从肩膀上拿开，说："我自然巴望那不是真的，可那是组织上掌握的，由不得我不信。"

朱预道冷笑一声，收起双枪，再一次走过去把手搭在岳秀英的肩膀上，并且用力掰过了岳秀英的双肩，看着岳秀英的眼睛说："我跟你讲，这里面有名堂，有人下网要逮大鱼，他们拎我的辫子在次，弄梁大牙才是主要的。弄了梁大牙，还要敲杨司令和王兰田副政委的门牙，我说的你信不信？"

岳秀英这回倒是没有把朱预道的手拿开，但是仍然没有被说服，她仰起脸，似怨似恨地说："任凭你说得塌天破地，可是你得跟我讲你去周四根家里去做什么。你不说清楚，我这心里就不踏实，就有一块阴病，就信不过你。"

朱预道双手用力，捏了捏岳秀英的肩胛骨，把岳秀英的脸搬近了，笑着说："你就是开枪打死我，眼下我也不能对你讲实情。我是八路军的中队长，我的纪律是钢铁的。"

虽然是抗日政府的一区之长，但毕竟是个女区长，离开监视地点，钻进表叔家这间光线黯淡的土坯屋子，岳秀英的底气就没有那么足了。再让朱预道左一按右一捏的，心里便有些慌慌的。眼下朱预道离她是这样的近，他的那扇咚咚跳动的宽厚的胸膛就像一壁炉灶，把岳秀英烤灼得心旌摇荡。要不是还有最后一个问号悬在心上，岳秀英真想把这间暗屋变成那间甜甜蜜蜜的小瓜棚。

可是不行。岳秀英咬紧牙关对自己说，朱预道或许真是个阴险的汉奸，他这样搂着我，是想腐蚀我的警惕性呢，我必须坚强，不能让这个狗日的弄花了眼。

想到这里，岳秀英一趔身子，又把朱预道的双手闪了下去，色厉内荏地说："朱预道，你不要花言巧语，虽然咱俩有过……那事，可是我也不会包庇你的。我今夜就去向县委报告，就说我看见了朱预道的确去了周四根的家里。"

朱预道阴阳怪气地笑笑说："你报告了我，他们要是真的把我当汉奸毙了，那你往后再去瓜棚，就只好干啃西瓜皮了。"

岳秀英说："你别嬉皮笑脸的。"

朱预道果然不嬉皮笑脸了,他突然想起来一件事,急忙问岳秀英:"你说跟你一起去监视我的,还有谁?"

岳秀英答:"是崔二月。"

朱预道大惊失色,脸皮唰地一下绷紧了,又问:"就是余得富家新娶的小媳妇吗?"

岳秀英不明就里,见朱预道惊惊乍乍地,不免也紧张起来,老老实实地回答:"就是她。"

朱预道一把攥住岳秀英的胳膊:"她人呢?"

岳秀英说:"我想先私下里跟你通个气摸个底,就让她先回家了。"

"坏了!"朱预道一拍屁股,立马擎出双枪,拉住岳秀英说,"快走,把她追回来。"

岳秀英说:"你急什么呀,她是个新媳妇,嫁到二区来就归我领导。我已经交代过她了,不许乱说,要是张扬出去,我撕烂她的小……那个。"

朱预道跺足道:"你这个婆娘区长当得好糊涂。你哪里知道,崔二月的娘家是李文彬在四区的老房东,她跟李文彬私娃子都生过一个,她是李文彬的内线啊! 今天若让她见到李文彬,那就要误大事。"

岳秀英一听这话也恼了,跟着朱预道一边跑还一边脏兮兮地骂:"喔,闹了半天,狗日的李文彬派我监视你,又让崔二月这婊子监视我。好阴险啊,姑奶奶这个区长硬是被他们耍在中间了……我向李文彬介绍崔二月的时候,他们还装着不认识,崔二月还装着不积极……"

朱预道不耐烦了,打断了岳秀英的啰嗦,喝了声:"别说了,快走!"

二人大步流星地往外冲,可是,刚出马万余的院门,朱预道便被绊倒了，迅雷不及掩耳地冲上来几个人，缴了二人的械，将他们捆住了手脚。岳秀英挣扎着看了看四周，果然看见崔二月站在街巷里，一扭腰肢不见了……

六

现在，朱预道终于清醒了。

摸了摸身上，腰里掖着的那几块缎子布也不见了。心里一阵懊悔，真不该贪那点花哨便宜，不仅给李文彬抓住了乱搞男女关系的把柄，连累了岳秀英，恐怕还要因此连累梁大牙，甚至要连累到东方闻音。

朱预道此时还不知道，就在同一座山里，就在这同一个黑乎乎的山洞般的院子里，梁大牙也已经被拳打脚踢地关了进来，并且就关在他的附近。

这里是江古碑领导的特委社会部，关押人犯的房子是一座寺庙的耳房，被人称之为“改造院”。

朱预道所领教的皮肉之苦，梁大牙无一例外地都加倍领教了。对于梁大牙，无论于公于私，江古碑自然又多了些不明不白的怨恨，所以下手也就更狠了，并且模仿日军的老虎凳、压杠子等酷刑，打得梁大牙体无完肤。

但是梁大牙认定一条死理，不见到杨庭辉和王兰田，他什么也不说。要说，就只有一句话：“老子是八路军的大队长，老子没有给鬼子当奸细。”

打急了，就吼，就骂，就撞墙，吼一声：“要杀要剐狗日的看着办，二十年后老子还是一条好汉，那时候还要找你们算账，看看咱们谁是汉奸谁是八路。”

在梁大牙的瞳仁里，只有杨庭辉和王兰田才是组织。没入党那阵子,他压根儿不知道共产党是哪路神仙,他是从杨庭辉、王兰田那几个人的身上认识共产党和八路军的。别说李文彬,就连窦玉泉、张普景那样的分区首长他也没放在眼里。所以当江古碑问到他当初准备投国军的事情时,他居然回报了嘿嘿一声冷笑,说:"那是啊,那时候幸亏遇上了杨司令,要是一开始就遇上你们这几个狗日的,此地肯定留不住你梁大爷,老子恐怕都在刘汉英那里当团长了。"这番话自然又被作为一条罪证记录在案,同时他也十分现实地多挨了一顿臭打。如此三五个回合下来,梁大牙已是鼻青脸肿面目全非。

在梁大牙面前,江古碑就没有在朱预道面前那样从容了。瘦死的骆驼比马大,尽管已经成了阶下囚,但是梁大牙只要一息尚存,就虎威不倒,那双充满了野性的凶猛的目光往往让江古碑心虚。在最初的胜利激情消退之后,江古碑就很少亲自出面审讯梁大牙了,而是把他交给了社会部的"特警队",下放权力,随便他们怎么拾掇梁大牙。

挨打的还不仅是梁大牙和朱预道。

这次"纯洁运动",从分区到分队,总共抓起来八十多个人,有的的确有问题,譬如腐化堕落搞女人。有个排长擅自带部队打了个土豪分浮财隐匿不报;有个副中队长从伙房里偷了一只羊腿托人捎给斜河街的老相好,有个班长把缴获的两支三八大盖埋到高粱地里,后来又以三十块大洋的价钱卖给了江店集的一个地主,等等。

当然,多数还是无线上纲,抓的最多的,还是那些被江古碑和李文彬等人认为是"宗派主义"的人,譬如有两个战士在一起闲聊天,战士甲说:咱们是共产党的队伍,可是谁是共产党呢,一面也没见过。战士乙说:怎么没见过?杨司令就是共产党——就这一句话,两个战士都被抓起来了。共产党是什么?共产党是个组织,是由“员”组成的，是伟大的组织，杨庭辉怎么能代表共产党呢？当然要抓起来。还有一个独立营的连长，说过一句话：“杨司令要是真的离开凹凸山，往后的仗就难打了。”——此人更得抓起来。世界上没有救世主，也不靠神仙皇帝，连这点革命觉悟都没有，还算什么革命者？

运动的方式是层层发动，互相揭发，你说过什么，他做过什么，甚至某某想过什么，都在揭发之列。运动是革命的运动，革命的运动依靠的是群众。群众的眼睛是雪亮的，但到了最后，被抓起来的也都还是群众，连凹凸山革命根据地的老群众、分区副参谋长姜家湖也被抓起来了。姜家湖是当初跟随杨庭辉到凹凸山创建根据地的三个人当中唯一没有牺牲的人，对于杨庭辉忠心耿耿，在凹凸山对敌斗争中立下了汗马功劳，而且为人处事谨慎，老实巴交的。把这样的人也抓起来了，就不能不让人心寒齿冷了。

七

梁大牙被抓之后，负责运动的几个运动领导人曾经很严肃地坐在一起商量怎样处置他，窦玉泉当时没有明确表态。

散会之后，李文彬跟在窦玉泉的屁股后面，一直跟到他的住处。窦玉泉现在是代理司令员，兵权在握，在梁大牙的问题上他不表态，李文彬的心里就很虚。

李文彬向窦玉泉提出质疑，抗议其态度暧昧。窦玉泉沉重地叹气说，我也有难处啊。至于有什么难处，窦玉泉又不肯说出来。

两个人各怀心事对峙了一个多钟头，争论得很厉害，等江古碑找上门时，李文彬竟是脸色惨白，怒气冲冲地摔门而去。

李文彬和窦玉泉究竟吵了些什么，江古碑不得而知。

窦玉泉对江古碑说：“你们好大的胆子！梁大牙如果是汉奸，

当然该杀,可是除了说梁大牙给汉奸拜过寿,别的好像找不出多少通敌的嫌疑。而拜寿那件事,王兰田同志调查了,梁大牙并没有跟敌伪有联系。梁大牙如果不是汉奸,把他收拾成这样,他不是汉奸也是汉奸了。请神容易送神难,积怨甚深,怎么得了啊,怎么得了啊。”

江古碑说:“你怎么这个态度?抓梁大牙你也是同意的啊。怎么处理,你还得拿意见。”

窦玉泉说:“你是特委代理书记,也是这次运动的主要负责人,要我拿什么意见?我支持你。”

然后,就不说话了,起身从饭桌上取出一本书,悠忽悠哉地翻了一阵子,说:“好了,这件事情你们自己拿主意吧……昨晚我读书,有一个字,是眼面前的,就是想不起来该读什么音了,老江你来帮我看看。”

江古碑凑过去一看,不以为然地说:“串下一个心,患嘛。怎么连这个字都记不住了?”

窦玉泉笑笑,说:“是了,患难的患。”

江古碑愣了半晌,还是不得要领,死缠着要窦玉泉拿意见,窦玉泉不耐烦了,说:“分区政治工作是老张负责,你不妨听听他的想法。”

去找张普景的路上,江古碑颇费了一番思量。这一次斗争是白热化了,关于梁大牙的问题确实是个棘手问题,当真不能掉以轻心。他突然想起了刚才他在窦玉泉翻开的那本书里看“患”字的时候,那两句话好像是关于虎呀蛇的,他一路想下去,想了半天,终于想起来了,那两句话是“放虎归山终为患,打蛇不死随棍上”。

就这两句话,让江古碑毛骨悚然,产生了前所未有的恐惧。想当初,在梁大牙提拔就任陈埠县县大队长的问题上,自己提出来,如果不提,就干脆杀了,不就是出于这样的考虑吗?你不杀他,要是让他得势,他就要杀你,革命就是这样严峻。但另一方面的问题是,那时候梁大牙草莽一个,杀了就杀了,而现在梁大牙羽翼已丰,杀了梁大牙,还有牛大牙马大牙,搞得不好就要出乱子。况且,梁大牙是分区的人,窦玉泉意思有了,但明确的话没有,要杀梁大牙,没有代理政委张普景发话还是不行。可是,张普景那个死脑筋,他会发话吗?

江古碑停住步子,原地愣了半晌,后来决定还是先同李文彬通好气了再说。

当江古碑找到李文彬的时候,李文彬还在他的临时住处发呆,脸色依旧苍白,说:"老江,情况十分复杂,老窦这个人太让人难以琢磨了。"

江古碑问老窦到底都说了些什么,李文彬却又阴着脸不说了,只说:"人心难测,人心难测啊。弄来弄去,把梁大牙抓起来了,他倒成了局外人,站着说话不腰疼,反过来说给我们帮忙出主意,你说这叫什么事?难道运动只是我们两个人的事吗?"

江古碑说:"革命就是你死我活,不能瞻前顾后。前汉亡了有后汉,他们不干咱们干。还是要坚决斗争。"

李文彬长叹一声:"老江我跟你讲,我有预感,这次运动,弄得不好你我要吃大亏。"

当天晚上,江、李二人去找张普景,再次提出来要杀梁大牙,张普景的态度倒是很明朗,说:"'纯洁运动'很重要,早就该搞了。我同意你们把梁大牙的牙打掉,但我不同意把他杀掉。梁大牙的问题没搞清楚,你们说梁大牙和朱预道同汉奸有联系,老王证明那是他的策反工作,统战工作是绝密的,单线指挥,我们大家都无权调查。能够在桌面上说的,就是给汉奸维持会长拜个寿,就那二百块大洋的问题。但说他是汉奸通敌查无实据,所以罪不当诛。可以严加审讯,把问题弄清。我提醒你们,你们把那几个搞腐化的和卖枪开小差的杀了可以,但梁大牙要是死了,我是要调查的。”

如果不是张普景这不冷不热的态度,梁大牙的那缕冤魂现在恐怕早就游荡在阴曹地府里,已经开始考虑投胎转世了。

八

由于江古碑等人封锁消息,直到梁大牙被逮后第四天,东方闻音才知道这回事,顿时急得像热锅里的蚂蚁,但她不知道梁大牙究竟被关在哪里,最后还是代理政委张普景发了话,她才终于被允许去见梁大牙一面,但张普景同时要求她“开展说服教育工作,争取梁大牙悔过自新,交代问题”。

东方闻音赶到“改造院”的时候,梁大牙已经被囚禁十二天了。乍一见沦为阶下囚的梁大牙,东方闻音只觉得一股冷风扑面而来。一条膀大腰圆的汉子,眨眼之间就被捋小了一号。那双鹰隼一样锐利的眼睛因为眼窝陷凹而更加突出,阔脸拉长了许多,下巴颏尤其向前,吊着松林般茂盛的胡茬。原先紫红色的脸膛加重了颜色,红变成紫,紫变成黑,同腮上和下巴颏上的黑胡茬浑然一体。左脸上方还有一块瘀血的乌青。

那阵功夫,梁大牙正在昏睡,听见动静,便有气无力地睁开了眼睛。那眼起先睁得浑浊,浑浊了片刻,便骤然放光,随即就一轱辘坐了起来,叫道:“咦——你怎么来了?”

东方闻音说:“我来看你……”话还没说完,鼻子一酸,就噗噗嗒嗒地掉了泪。

梁大牙差点儿扑了过来,但只在瞬间,就站稳了,重新一屁股坐在稻草铺上,问道:“你相信他们的鬼话吗?你相信我梁大牙是汉奸吗?”

东方闻音欲言又止,一眼瞥见窗外闪过一双眼睛,心里明白,张普景和江古碑压根儿就不相信她，之所以允许她来看梁大牙，其实另有所图，是想通过她套出梁大牙的话。东方闻音没有说话，做了个暗示动作，然后靠近梁大牙坐下，从包里取出两个白面馍馍递过去。

梁大牙接过馍馍，狠狠地横了东方闻音一眼，埋下脑袋就是一顿大嚼大咽，不多时两只鞋底大小的馍馍就消失了。吃完了，又捧起铺边的瓦罐，举到空中，轰轰烈烈一阵牛饮，再放下瓦罐，擦擦嘴，一口长气吸进肚子里，便颤颤巍巍地站起身来。

东方闻音仍然无语，悄悄地又递过来一个烟荷包，这是临来之前特意向马西平要的。

梁大牙说："多谢了东方同志，我对不起你啊，我这个大队长没有当好，连累你这个政委也受委屈，心里真不是味道哇。"

东方闻音的心里又是一阵潮湿，压低声音说："其实是我对不起你，我这个政委算是什么政委啊，出了这么大的事，我却连一点办法都没有，我连什么忙也帮不上。从前也是，仗都是你们打的，罪却又让你们来受。我都糊涂了。"

梁大牙喘着粗气说："话不能这么说。你东方姑娘是为陈埠县县大队起了重要作用的。你恐怕还不晓得，有一次杨司令要把你调回分区，被我挡住了。我什么也不要你干，只要你人在陈埠县，一成的劲我能使出十成，要是没有你，我十成的劲也当一成使。你往这里一站，本大队长就能沉住气了，心里什么主意都有。我跟杨司令说，我宁肯拿一个中队去换东方闻音。拍着心口想一想，我们在陈埠县干得差吗？查查分区的功劳簿，那上面有多少战果是咱们的？不差啊。咱们合作得多好啊……可是恐怕再也不能在一起战斗了……没有想到会落到这步田地。"

东方闻音的心里忽然涌上来一阵巨大的感动，她没有想到在梁大牙的眼睛里她会那么重要，会起到那么重要的作用。可是事情已经形成这种局面,她又能说什么呢?

梁大牙从一个角落里摸出一张书本纸,再撮出一撮烟叶子倒在纸上,卷起来,举到嘴边,用舌头舔了舔,沾了点唾沫,手一哆嗦,烟卷没有沾上便散了,金黄色的烟叶子从手指缝里流了出去,撒了一地。再掏出纸,撮出烟叶子。这回将烟卷成了,划了一根洋火,手一抖,火又灭了。东方闻音轻轻地嘘了口气,走过去接过洋火,帮他把烟点着了。

门外又闪过一个影子。

东方闻音定了定神,把握住情绪,换了一副声调,提高音量说:"梁大牙,你要相信组织,认真地反省你的问题。"

梁大牙会意,转过脸,大咳一声,朗声说道:"我的那些问题我过去说过多遍了,现在再说一遍,并请你代我向组织汇报。第一,说我出身剥削阶级家庭,纯属胡扯。我祖上是当过商人,但是商人不等于就是剥削阶级。我本人过去也有几块洋钱,那是我给人家当伙计挣的。第二,说我投机革命,这是故意栽赃。我从前有过投国民党的想法,我认账,但是我不承认那是投机,因为那时候我不了解八路军。杨司令说过,无知者无罪。自从参加了八路军,我梁大牙是王八吃秤砣,铁了心抗日,这个事实但凡长了眼珠子,都是能够看得见的。第三,说我生活作风恶劣,从前在蓝桥埠搞腐化,这是无中生有。我离开蓝桥埠才十九岁,那时候百事不懂,我不懂什么叫搞女人,也不懂得搞女人是不是就是破坏抗日。第四,说我假借抗日的名义到斜河街逛窑子,血口喷人,我当时只想杀汉奸弄几条枪。就算我有那个心,也没有那个时间。第五,说我有本位主义思想,这是歪曲。我确实曾经要求提拔我看重的人,但那是为了抗日作战。我所提拔的人都是英雄好汉,不是稀泥软蛋。大戏里都唱,内举不避亲,外举不避仇,我们为什么就做不到?第六,说我给汉奸维持会长拜寿,事情是有的,但这话不全对,我是给抚养我的朱二爷拜过寿，也送了二百块大洋，朱二爷当了伪政权的维持会长是不错，但他不是汉奸，这一点组织上已经有结论了，有的人老是揪住这个问题不放，用心险恶。第七，说我调戏妇女，这是小题大做。我是拧过人家女同志的屁股，但人家也拧过我的屁股。窦玉泉那一次到上派河组织春耕，还跟牛二的婆娘摔过跤掏过裆，那算不算调戏妇女？说我威逼同级女干部做老婆，这话说对了一半，用你们的话说这叫追求爱情，不是什么卵子……威逼。追求爱情我不仅承认，而且还要追求下去，放我出去，我立马就给组织上打报告……”

梁大牙越说越起劲，说到最后，便是手舞足蹈了。

东方闻音的心里突然涌出一阵热乎乎的潮湿感。她想，眼前这个看似粗莽的汉子，心里其实有数得很啊。有些话，硬是让他说得惊心动魄。她现在还无法准确地判断自己对于梁大牙的感情属于哪个层面，究竟是敬佩、是同情、是可怜抑或当真有丝丝缕缕的爱之音弦？她觉得在这条凹凸山土生土长的汉子面前，自己竟然变得十分茫然了。

梁大牙还在咆哮，当然是通过她向组织咆哮，可是她已经听不进去了。

她也闹不明白这次“纯洁运动”是怎么回事。杨庭辉离开了凹凸山，她想去找王兰田，但又听说王兰田的处境十分尴尬。王兰田分工负责凹凸山地区的策反工作，可是几处策反都是半途而废。固商县策反一个伪军中队反正，不仅没有成功，反而为日军利用，固商县县大队损兵折将，伤亡八十多人。对这个问题最早提出疑义的是窦玉泉，但具体调查的是李文彬和江古碑，他们到处奔波，搜集到王兰田当年在洛安州教书时的三十六名学生中，有十二人在国民党军里任职，还有四个人甚至在“皇协军”里任职。当八路的，只有两个人。这样，窦玉泉等人对王兰田当年地下工作效果的怀疑也就似乎有些根据了，而王兰田当年对上的联络人就是杨庭辉，王兰田和杨庭辉是一根绳子上拴的两只蚂蚱。显然，巴掌扇在王兰田的脸上，杨庭辉也跑不了疼痛。可是，这些话怎么能跟梁大牙说得清楚呢？

分别之际，东方闻音把握住情绪，公事公办一般问梁大牙对组织还有什么要求，梁大牙大吼大叫，说："第一，我要求见杨庭辉司令员和王兰田副政委。第二，如果不让见杨、王，那么请组织上算一笔账，分区的功劳簿上记录了我梁大牙亲手杀了十六个日本鬼子，一颗鬼子头换一只鸡，一天给我送一只鸡来，熟的行，生的也行。每天只给半斤稀饭，老子受不了。吃完十六只鸡，小腿一伸拉他娘的倒，老子不当饿死鬼。第三，果真把我梁大牙毙了，请你们在洛安州里贴出告示，看看鬼子放不放炮仗，听听老百姓骂不骂娘。第四，……"

梁大牙说到这里，看了东方闻音一眼，略作沉吟，然后接着说："别人作弄我说我是汉奸，我不管毬他的，但是你不能说我是汉奸。这个世界上，我没有别的亲的热的了，收尸那天，你找个背阴处为我哭上一场，我在九泉之下给你磕十个响头，保佑你一生平安。"

说完，两眼紧紧地盯着东方闻音，等待她的回答。

东方闻音费了很大的劲才把自己控制住，两眼潮湿地看着梁大牙，轻轻地点了点头。

第十三章

一

陈墨涵逆风伫立于山脊鞍部的一棵桐树旁，双手擎着八倍望远镜，梳篦式地搜索东边半个凹凸山。已是秋末冬初了，头顶上的阳光黄得发昏，视野斑驳朦胧。山坡褪去了绿色，桐树们大都落下蜷曲的黄叶，裸下满林子倔强的枝丫，无牵无挂地伸向天空，张扬着混混沌沌的肃杀之气。

秋风微起，前方的山坳里卷起几团淡黄透明的飞尘。某一瞬间，陈墨涵似乎闻到了一种特殊的气味。再举目看看天上那轮阴阳怪气的太阳，竟像一只布满血丝的眼球，正在不怀好意地注视着他。

手有些酸痛。陈墨涵沉重地放下了望远镜。整整一个上午，他的心情都很灰暗，隐隐约约地有一种不安的情绪，像一只小而顽强的虫子，一次又一次地咬噬着他的神经。这种灰暗的情绪使他不明不白地坠入冥冥的黑暗之中，他预感到将要发生的那场阻击战可能比较棘手，少不了又是一场恶战。

陈墨涵现在已经是石云彪手下的作战股长了。作战计划是他自己拟定的立体防御结构。第一道防线为物障，大量设置鹿砦、地雷、木桩等物，拦阻敌人的第一轮冲击波。第二道防线为天然屏障，是一个干涸的河道，宽约八丈，由步兵稍作加工，将两岸削成一人多深的直壁，据此阻敌装甲车和坦克。第三道防线配置中程火力，并且已将第二道防线计划在射击诸元之内，待敌冲过第一道防线后，即行十分钟炮火拦阻射击，然后以团主力两个营投入战斗，围剿已遭火力重创之敌。

就兵力部署和火力配置而言，不能不说陈墨涵的计划是很严谨的，也符合兵法传统的以逸待劳原则——择地以待敌，以简驭繁，以不变应变，以小变应大变；以不动应动，以小动应大动，以枢应环。

问题是火力结构明显薄弱。

在旅部参谋集训队受训的时候，陈墨涵主修防御专业，每天作业十个想定，把一座凹凸山的沙盘盘得烂熟于心，而且对在这一带可能会出现的各种样式各种规模的攻防作战，都曾有过模拟预想。那时候他有个很深刻的体会，他发现打阻击战有点像守株待兔，只要选择好了“株”——也就是位置，那么就会既主动又从容。可是，假设敌人兵力雄厚，装备优良，守方没有充分之准备，守到最后，撞上来的恐怕就不是一只兔子了，而极有可能是一只凶猛的老虎。

守大株而待小兔则兔亡，守小株而待猛虎则株折，这也是兵家在运筹中应该充分注意的事。眼下，陈墨涵还无法准确地把握即将出现的战局是守大株待小兔还是守小株待猛虎。

谍报称，近日日军将发起第七次“扫荡”，刘汉英独立旅当面之敌为日军两个联队和伪军三个大队，估计战斗发起后，距此最近的马陵县城和白马营据点之敌会出动增援。刘汉英旅长指挥张嘉毓的二四六团在南亭集至宋庄一线警戒，保障石云彪新七十九团右翼。另有友军陈埠县县大队梁大牙部派出一个加强基干中队，由中队长朱预道指挥，保障新编七十九团左翼。

不论是对张嘉毓团还是对梁大牙部，陈墨涵觉得都不是十分可靠，所以他计划在本团主战场右分界线 812 高地和左分界线 799 高地各放一个连。

审核作战计划时,石云彪将陈墨涵标绘的作战地图和想定计划反复看了几遍,认为很好,近以待远,固以待虚,重以待轻,本来就是原七十九军的传统战法,陈墨涵在较短时间内便能悉心揣摩领会,而且运用自如,使石云彪深感欣慰。对于陈墨涵,自从当初把他要到自己麾下,石云彪就认为这个知书达理而又能在威仪面前不卑不亢的书生将来能成大器。殊不知,那时候刘旅长差点儿就把姓陈的小子同那个姓韩的妮子一起毙了。刘汉英虽然嘴里不明说,心里对于倾向梅岭的人却是怀有反感的。石云彪自然不会枪毙陈墨涵,并且把他作为栋梁之材严加磨砺,甚至认为陈墨涵将来有可能成为自己的忠实心腹。这次放手让陈墨涵调拨全团以应战,也有刻意考察的意思。

但是石云彪自己却犯了个错误。他对陈墨涵呈报的防御方案,总体无异议,只是作了一个小小的改动,他掂起铅笔在图上轻轻地划了个勾,再往左边漫不经心地一甩,812 高地上的那个连队就被甩到 799 高地上——石云彪对土八路比对张嘉毓更不放心。

陈墨涵吃惊不小,如果兵力充足的话,像这样的战斗,812 高地至少应放两个连队,与主防御阵地形成强有力的掎角之势。而现在别说两个连队了,一兵一卒也没有了。

“团座,敝职以为……”陈墨涵还想据理力争,石云彪眨了一下独眼说:“就这样了,把团指挥所移到 812 高地上。”

陈墨涵更加吃惊了。他知道团座这次又窝了一肚子火。这样的事情,新七十九团组建之后已经经历过好几次了,每次拔据点,总是新七十九团进行剥皮战,左打犄角,右打侧翼,再作佯攻。几仗下来,虽然创敌不轻,但自己也大伤元气。而此时二四六团齐装满员,如同猛虎下山,一阵拳脚,几乎不费什么力气就大功告成。每每论功行赏,二四六团当仁不让,而伤亡最大的新编第七十九团只能退居其次,官兵均感心寒。从兵力部署上看,这次阻击战故技重演,已经拥有十二个满员建制连的二四六团,兵强马壮地扼守一方天险,却让马瘦毛长的新编七十九团在这一马平川的山根下独力支撑一个重要方向,其用意耐人寻味。但是眼下格局已定,而且是屡见不鲜也是心照不宣的事情,谁也不能说三道四,更不敢惹一身“拒战”的骚。所以,石云彪只能再次打断钢牙,和着血泪往肚子里吞。

陈墨涵理解团座的苦衷,但他不能苟同团座的固执。赌气归赌气,布阵谋局还是要慎重。陈墨涵说:“团座,你一向教导我们,主不可怒而兴师,将不可愠而致战,佐不可意气攻守。敝职以为部署兵力应从当前态势着眼。812 高地上的那个连,是万万不能动的。”

自从将陈墨涵视为堪造就之器之后,石云彪一直都很重视陈墨涵的见解,岂料此次他却一反常态,大大咧咧地说:“毋庸多虑,马陂一线敌情虚实已经明朗,日军不过区区两个中队。养兵千日,用兵一时。他龙盘虎踞的二四六团未必守不住个弹丸之地。要是真的退下来,那可就把刘旅长的脸丢光了。”

石云彪这样一说,陈墨涵心里更不踏实了——团座的想法仍然是源于赌气啊。他硬着头皮说:“团座,张嘉毓用兵一贯明哲保身,倘若他在关键时刻后退一步,我们的右翼就全暴露在日军的火力之下了。我们不能不防。”

石云彪嘿嘿冷笑一声说:“陈墨涵,你说得对。可是这一回我就是要把半边脸交给张嘉毓,他要是不给我挡住,撕破了口子,我石云彪就战死在 812 高地上。反正小日本也是兔子尾巴长不了,我这只独眼狼能同鬼子拼上一命也是一件值得庆幸的事情。”

陈墨涵惊呆了,他无法琢磨透团座的真实心态。

石云彪又把独眼对准地图看了一会儿,不容置否地说:“我看就这样,按计划下命令吧。”见陈墨涵仍在踌躇,正色补充道:“不要再患得患失了，作战嘛，当断不断，反为其乱。不能瞻前顾后婆婆妈妈的。”

石云彪就那么撮着铅笔漫不经心地轻轻一勾，便断送了一个满身正气而又刚烈忠勇的中国抗日军官的前程，也从此在陈墨涵的军旅生涯中竖起了一面猎猎作响的旗帜。

直到很久之后，陈墨涵仍然能够经常清晰地记起那个空中弥漫着肃杀之气的苍凉的下午，能够清晰地看见飘零在萧瑟秋风里的落叶，还有石云彪在研究作战方案时说过的那些话……他有时候甚至想，石云彪或许早就有了预感，他的军旅人生已经走到尽头，这就决定了在对凹凸山日军最残酷的一战中，他将选择一种独具一格的姿势倒下去，完成一个职业军人最后的作业想定。

何以见得呢？石云彪前所未有的固执或许就是一种暗示。因为此后不久，英、美、中、苏就签订了《波茨坦公告》，再往后不久，日本天皇就宣布无条件投降了。石云彪在凹凸山下决定他的兵力部署时，美国总统杜鲁门正在大洋彼岸，踌躇满志地摆弄着人类战争史上的一个巨大的新奇玩意儿——原子弹。

石云彪死在原子弹诞生之前。

他或许已经在冥冥之中看见了未来的一幕，他预感到抗日战争胜利后，中国的战争并不会因此而结束，而他又不愿意卷入那场战争，他以他的切肤之痛、以他的死亡为代价，逃避了又一次同室操戈的惨杀，他恰到好处地结束了自己的生命，他很明智地把自己的军旅生涯交给了对敌的最后一战，从而保持了一个军人的正义和崇高。

二

同朱预道配合作战，是陈墨涵遇到的又一桩意外。

当初日军继续向前推进的时候，刘汉英同杨庭辉几乎没有经过什么交涉，就水到渠成地联手结成了统一战线。鬼子来了，打你也打我。对付鬼子，你打我也打。以前的党派之争地盘之争也就暂时被束之山外了。此后各踞凹凸山南北一隅，相安无事。倘若日军进山“扫荡”，则又心照不宣地相互照应，配合得还算默契。

前一段时间，凹凸山北隅传言四起，盛传南边杨庭辉被其上峰调往西北软禁，南凹凸山的八路队伍里搞了一个什么“纯洁运动”，梁大牙和他的股肱朱预道被江古碑、窦玉泉等人诱捕之后秘密处决，还有一些当地参加八路的干部也纷纷受到不同程度的收拾，一时间八路窝里鸡飞狗跳，内讧火并此起彼伏。

这些传言很快就形成情报送到山野大佐的桌面，山野大佐起先嗅来嗅去觉得不大对劲，认为不可思议。他虽然是个中国通，但是在所谓的路线斗争面前，他幼稚得像个儿童。山野大佐更重视战术方面的思考，他总是疑惑凹凸山八路军的所谓内讧是故意抛出的诱饵，诱惑太君轻兵冒进。正因为有了这番谨慎，所以，尽管八路内讧的情报一个接着一个地送上来，山野大佐始终坚持按兵不动。直到前几天中南司令部通报了敌我态势，详细地分析了共产党的“纯洁运动”对于凹凸山地区军事格局带来的新的变化，并且证据确凿地通报了杨庭辉和王兰田等人被削去兵权、梁大牙和朱预道等人被囚的经过，山野大佐始信为真，不禁大喜过望，迅速集中兵力，要在凹凸山区开展一次大规模的“扫荡”。

然而为时稍嫌晚矣。

山野大佐委实被土八路的虚虚实实战术弄得有些神经质了，他的过于谨慎使他措手不及地同一次绝好的战机擦肩而过。等到他回过神来，共产党内部一阵风似的所谓“纯洁运动”眨眼之间就结束了。

凹凸山南壁的风云变幻莫测，使得偏安一方的刘汉英也是时喜时惊。

先是听说杨庭辉到西北一去不返，王兰田和杨、王心腹悍将姜家湖、梁大牙等人纷纷落马，刘汉英情不自禁地出了一口长气。他知道，用不了多久，也许等不到抗战结束，他和杨庭辉就有可能撕破脸皮重挥戟槊，那将比跟日本人打交道更让他头疼。现在好了，他们自己把自己给解决了，用不着国军动手了，真是天助不如人助。

可是没等刘汉英脸上的笑容完全消失，又有情报送来，说日军集中万余兵力，近日将对凹凸山进行大规模的“扫荡”，而且势头主要冲国军而来。

刘汉英顿时惊出一身冷汗，扑在地图上算计了良久，越算心里越虚。倘若杨庭辉的部队真的火并了，那国军的整个背部就全部暴露给日军了，唇亡齿寒就不再是历史的典故，而将成为非常现实的一幕，这多少又有一点亲痛仇快的意思了。鉴于这个思路，刘汉英对杨庭辉的不幸又嗟叹不已。虽然各为其主，但是这些年在凹凸山上你来我往，杨庭辉的人格和手段他刘汉英还是认账的。而对于眼下正在得势的窦玉泉、江古碑和张普景等人，刘汉英颇不以为然，即使是作为敌人，他也信不过他们，更别说联手作战了。

那段时间，刘汉英如坐针毡，他甚至动意派遣文泽远到山那边去做和解工作，并且向共党上峰反映近期态势，呼吁放回杨庭辉，稳住局势，共同对付日军的“扫荡”。但是文泽远阴阳怪气地拒绝了这项使命。

文泽远说，共产党的事情很难办，人家是弟兄打架，朝三暮四只要有工夫就少不了要收拾几个人，咱们不插手还好点，打累了他们自然住手。咱们要是一杠子插进去，只能帮倒忙，弄得不好反而把老杨给杀了。

刘汉英细细一想，文泽远的话确有道理。但是，杨庭辉不回来,日军真的大举进攻,仅靠他的这点部队,且不说独力难支,即使能够支撑,他也不能容忍山那边的泥腿子们坐山观虎斗。过去的几次反"扫荡",两家联手行动,而以八路的全民皆兵起主要作用,刘汉英乐得挑肥拣瘦,在次要方向上摆摆样子,于实力无大亏损。现在杨庭辉不在凹凸山了,为了争取主动,刘汉英只好屈尊同窦玉泉联络。岂料一接上头,又有新的情况,令刘汉英不禁大喜过望。

凹凸山南的形势在这一阶段真可以说扑朔迷离变幻莫测,鸭子浮水似的,一会儿你占上风,一会儿我占上风,一会儿我下你上,一会儿你下我上。今天是一个精神,明天又是一个新的精神,你拳我脚来来往往直到三个月后才逐步明朗。

原来,就在刘汉英为对付日军进攻抓耳挠腮之际,杨庭辉已从西北匆匆赶回来了,并且带回了中央的最新精神,以十分的神速纠正了错误的"纯洁运动",释放了姜家湖、梁大牙、朱预道等一大批在押人犯,使其重返战斗部队。原江淮军区主要负责人也因为在"纯洁运动"中犯了错误,纷纷调离岗位,换了阵容,并撤消了对凹凸山等分区领导改组的决定,至此,一项酝酿已久悬而未决的重大的换血行动终于宣布正式流产。杨庭辉重新回到凹凸山坐镇,江古碑等人再次"官复副职",窦玉泉也眼看着就要煮熟的鸭子又扑扑通通地飞走了,并且被进一步削弱了指挥权,参谋长一职也不再兼任而交给了姜家湖,那种鲲鹏展翅的豪情顿时灰飞烟灭,表面上泰然自若,内心却颓丧到了极点,只能再一次告诫自己,克制克制再克制,服从服从再服从——依然以能上能下的革命者姿态出现在同志们的面前。

得到杨庭辉回到凹凸山的消息后,刘汉英当机立断,先派人送去了数量可观的慰问礼品,又和杨庭辉约定一起去看地形,并在乌龙集摆席给杨庭辉压惊。见面的那会工夫,这对时而为敌时而是友的老冤家紧紧地拥抱在一起,刘汉英甚至还流出了眼泪,嘴里嘟嘟囔囔真诚地说："老杨啊，你可回来了，这下就好了，这下可就好了……"

看完地形，杨庭辉就指示梁大牙虚捣洛安州，并将朱预道中队临时配属石云彪指挥。

三

朱预道奉杨庭辉司令员和梁大牙大队长的命令，带领他的中队赶到新编第七十九团驻地的时候，陈墨涵还在低头苦思冥想，推敲他的作战方案。陈墨涵的想法，还是要在812高地上作点文章。

勤务兵报告说八路军朱中队长到。

陈墨涵立马从图上抬起头来，并且在极短的时间内扣好了风纪扣。

出现在陈墨涵面前的朱预道让他略微感到惊讶：当年乱抹鼻涕的米店伙计如今已经长得膀大腰圆，一身灰土布八路军军服脏兮兮地穿在身上，却绷出了肉滚滚的健壮厚实的身躯。朱预道的腮上男人味十足地长出了络腮胡子，将紫红色脸膛上的双眼衬得神采飞扬。

相比之下，陈墨涵就显得有些清瘦。

那个当口，陈墨涵本来已经张开两臂准备搂住昔日的小伙伴了，但在一瞬间又意识到现在同为抗日军官，应当施以军人的礼节，便刷的一声两腿一并来了个立正，抬起右臂，郑重其事地敬了个军礼，严肃致词："欢迎朱中队长率部莅临我部参战。国民革命军凹凸山抗日独立旅新编第七十九团上尉作战股长陈墨涵。"

朱预道吓了一跳，回过神来却哈哈大笑，压根儿没有理会陈墨涵的这一套繁文缛节，大步跨上前来，扳下了陈墨涵的手腕子。

"哈哈，陈墨涵啦陈三少爷，咱们大路朝天，各走一边。三五年河东转河西，咱们又走到一块来啦。”说着，一拳砸在陈墨涵的膀子上，砸得陈墨涵直吸冷气。“老乡亲，你们国民党就是穷讲究多，咱们老乡亲多年不见，给咱弄顿酒喝胜过磕一百个头。”

故人重逢，陈墨涵也觉得十分振奋，握着朱预道的手说：“喝酒那是自然少不掉的。八路弟兄助战，本部还有犒劳。”说完转过头去喊来勤务兵，吩咐沏茶拿烟。

朱预道打量着陈墨涵一身笔挺的毛料军服和锃亮的马靴，瓮声瓮气地笑道：“陈墨涵，投国军这条路看来你是走对了，公子哥们还是在国军里面神气。”

陈墨涵赶紧摆摆手，苦苦地笑了笑说：“一刀老弟，这话说来就长了。乍想起来是阴差阳错，可是细想起来却又像是命中注定，这话不说也罢。开个玩笑，你要是嫌你那身衣服寒酸，咱俩换换怎么样？我还是到那边当八路，给个连长当就行。你过来当国军，我这个作战股长换给你当。”

朱预道咧咧嘴，表示看不起，说：“谁稀罕当你那个什么屁长股长啊。山不转水转，咱们现在也是各为其主了，我们信仰的是共产主义，你们呢，信仰的是三民主义，穿着裤子放屁，还是走两叉子的烟。”

陈墨涵看了看朱预道，觉得心里有好多话想跟老乡亲说，可是又不知该说什么好，这几年自己的委屈，自己的苦闷，自己的向往……满腹的心思就像家乡的二道河水，长年累月地流不完啊。可是，这些都是不能说的。即使能说，朱一刀他能理解么？想到这里，陈墨涵故作轻松淡淡一笑，转换了话题：“一刀老弟，咱们的话三天三夜恐怕也说不完，留下晚上喝酒时说。现在我带你去看看阵地。”

朱预道说：“客随主便，我听你的。”说完又补充一句，“墨涵兄，我现在改名字了，不叫朱一刀了，叫朱预道，预备的预，道德的道。”

陈墨涵眨了眨眼睛,不解地说:“你那名字是有来历的,怎么说改就改呢?”

朱预道笑笑说:“啥卵子来历,一刀一刀的哪像个名字?梁大牙说改了,我也同意。我们那边时兴改名字。”

陈墨涵又眨了眨眼睛,不吭气了。

上了阵地,朱预道算是大开了眼界。陈墨涵边走边介绍:第一道防线正面多宽,纵深多长,火力如何转移延伸,出击距离几何,预备队待机位置设在何处;第二道防线战斗分界线如何确定,第二梯队呈何种战斗队形展开……

陈墨涵娓娓道来,听得朱预道晕头转向。朱预道心里想,刘汉英的部队打起仗来真他娘的放屁脱裤子,手续多了好几道。他跟梁大牙打仗可没有这么啰嗦。遭遇战也好,阻击战也罢,哪怕是攻坚拔据点,也从来不跟人家摆开阵势礼尚往来地打。往往是人数大致弄清,地形提前看好,部队悄悄地摸进去,制高点一占,机关枪一架,退路一留,口子一卡,剩下的就靠挥大刀片子驳壳枪了。当然,战术也是讲究的,但那都是临时调度的。朱预道笑了,笑得有些蹊跷。

陈墨涵忙问:“你笑什么?”

朱预道说:“陈墨涵,这个仗要是我和梁大牙指挥,就绝不会像你们这个打法。”

陈墨涵停住脚步,双眉不易察觉地跳了跳,问道:“你们有什么高招?”

朱预道悠悠地抽了一口美国造的香烟卷,从容不迫地说:“陈股长你想啊,咱们要汽车没有汽车,要大炮没大炮,连小钢炮也没有人家的多,没有人家的硬。把队伍摆在这里等他来打,叫花子跟龙王爷比宝,比得起吗?这种傻事我们是不会干的。我跟你说,地雷可以埋,壕沟可以挖,石头可以垒,木桩可以楔,但是没有必要把队伍如此这般地摆在沟里等着挨打。”

陈墨涵嘴上没有马上反驳，心里却颇不以为然——你们八路就知道打游击，再大的仗到了你们的手里也打得乱糟糟的。但是这话没有说出口，嘴上耐心地解释说：“朱中队长有所不知，这种阵势叫做步兵团浅纵深防御体系，依据是伏龙芝军事学院的攻防作战教程提出的原则，很科学的。”说完了，见朱预道仍然表示蔑视，又补充了一句：“伏龙芝军事学院，可是你们老大哥的最高军事学府呢。”

陈墨涵的这句话，却没能把朱预道吓住。

朱预道一拍屁股，咧嘴大笑，说：“啥鸟毛灰学堂学府的，跟日本鬼子打仗就好比跟牛摔跤，你得掏它的屁股，挠它的痒，揪它的蛋，掰它的牙，踢它的扫堂腿。总而言之一句话，怎么顺手怎么打，怎么得劲怎么打。活人不能让尿憋死。可是像你们这样硬碰硬，拉开架势跟牛摔跤，不是瞎摆谱么？不是拿着自己的脑袋往牛角尖上戳么？”

这一席话，当真把陈墨涵说得疑疑惑惑。细细想来，朱预道话粗理不粗，是很实用的。前一阵子两边的部队都去拔据点，人家八路的伤亡就小多了。不能不承认，人家的战术的确是灵活一些。像这样拉开架势跟日军进行阵地攻防作战，的确有许多弊端。

然而，这个想法并没有持续太长时间。转念一想，陈墨涵又有些不屑，暗自琢磨，你们的家伙都是小米加步枪，东躲西藏全是被逼出来的，是没有办法的办法。我们毕竟是堂堂国军，作战也得讲究个风度。像你们那样东一榔头西一棒子，委实不成体统。仗要打得顺手，但是泱泱大国的面子还是要顾全的。

想到了这一层，陈墨涵对朱预道的话就不那么认真了，并且也说了一句粗话，以表示同朱预道的亲近，说：“咱们蓝桥埠不是有句老话么，叫做杀猪杀屁股，各有各的杀法。朱中队长你等着看吧，我们的防御体系虽然不能说是固若金汤，但是此类立体防御结构，是很难打破的。况且，本军并不是消极防守，而是凭借工事消耗敌人，夺取最后的胜利。这就好比是个橡皮胎，小日本一头撞上来，死不了也必然会弹回去，弹他三次士气就下来了，大势去矣。本军倘能顶住敌人三番冲击，士气必将大振，此时发起反攻，必将势若破堤，洪峰一泻千里无可遏止矣。朱中队长请勿多虑，就等着打扫战场吧。”

朱预道仍然表示怀疑，翻了翻眼皮，但见陈墨涵满脸自负，便把自己的担忧又咽了下去。

四

不久之后出现的战况果然不幸被朱预道言中。

当然，导致战斗惨败的根本原因并不在于方案的正确与否，而是因为出了奸细。

刘汉英什么都想到了，就是没有想到他的身边出了问题。刘汉英的作战方案无懈可击，但是一旦落入山野大佐的手里，就由不得刘汉英的一厢情愿了。山野大佐这次给他导演了一出声东击西的进攻战。在刘汉英还在做着伏击山野大佐辎重部队美梦的时候，日军避实就虚，只以少量部队出击石云彪新编第七十九团防御正面，而集中日军一个加强大队和近两千名二鬼子，出马陂县城，悄悄地逼近了刘汉英的右肋。

战斗发起后，新七十九团正面之敌为掩护其主力从右翼突入，以猛烈火力作为前奏，先后向七十九团阵地发起三轮绝无退意的冲击波。

霎时，炮声隆隆，血肉横飞，苍穹黯淡日月无光。

八路军那边参加反第七次“扫荡”的，除了朱预道的一个中队直接到新七十九团参战，还有杨庭辉和张普景分别率领的独立团两个营和四个中队在北山阻击保障，窦玉泉和王兰田率领的一个县大队在马店布防，准备断敌后路。但是战斗打响后，火力基本上都集中在预定战场以北，那里有国军的一个营，没能顶住，八路的部队倒是死打硬拼，但也架不住强大火力的轮番进攻，战斗打到白热化阶段，独立团有两个连同鬼子展开了白刃战，阵地上血流成河，连以下军官伤亡过半，此阵地最高指挥官张普景身负重伤，肩膀中了一弹，肚子上被捅了两刀，差点儿就把肠子捅了出来。如此顽强的抵抗，仍然没能挡住鬼子向南推进。

这时候陈墨涵就看出蹊跷来了。进攻之敌来势汹涌，这就不能不引起陈墨涵的警觉——如果真是敌人的辎重部队，一旦遭到伏击，第一个反应应该是调头就跑，即使不跑，也不可能如此贪心恋战了。而现在的情况是，遭到突然打击的敌人，不仅没有退缩，反而从容不迫地组织了一次又一次的进攻，其火力强度也根本不像预先计算的那样固定，而是不断变化，始终有增无减。尤其是北山方向，锐意进取，不惜一切代价要攻破八路的防线，准备长驱直入。

显然，这不是一场阻击战，而极像是一场有组织有计划的攻坚战。并且，现在呈现的态势表明，国军的兵力部署和火力配置，早在对方预料之中。

陈墨涵立即摇通电话向石云彪报告："团座，敌人似有备而来，正面进攻似为佯动，恐其主力另有动作。"

石云彪在电话那头略一沉吟，答复道："本军各就各位，各自为战。目前本团首当其冲，务必立足本职，坚决顶住。"

陈墨涵提醒道："团座，是否要向旅座报告？"

石云彪怒气冲冲地反问道："报告什么？"

陈墨涵坦率直言："敌人行动有诈，恐有大的阴谋，敝职分析敌重点在于二四六团……”

“住——嘴!”陈墨涵的话还没有说完,就听见电话那边传来暴狮一般的怒吼,“陈墨涵,请你务必严密掌握部队情况,丢掉一个阵地,我杀你的头!”

陈墨涵惊呆了。他分明已经预感到日军有更大的阴谋正在展开,出于一名军官的责任心,他认为他应该把自己的判断报告给上司,为决策提供参考依据。他万万没有想到,石云彪竟然对他的判断避而不谈,而只是一味强调各就其位,要他集中精力于眼前的战斗。这是怎么回事啊?态势如此可疑,他石云彪未必连一点儿都看不出来?石云彪真的认为他陈墨涵的判断毫无依据吗?

一连串的疑问就像一连串沉重的锁链,拖着陈墨涵的思维坠入到黑暗的深渊之中。不祥的预感像浓重的乌云一般从战场之外的另一个地方扑过来,将他的心厚厚地裹了起来。

这种预感很快就被证实了。

战斗持续了一个多小时,新编第七十九团正面虽然炮击不断,杀声一阵紧似一阵,但是陈墨涵捕捉到了一个重要迹象——敌人的每次冲击都局限在本军轻武器杀伤距离之外,稍做动作,便又匆匆告退——如此看来,此敌之动实为虚张声势,而阴其谋、密其机在更为险恶的方向上。

陈墨涵再一次摇起了电话机,请求石云彪向刘汉英旅长转告战场新的可疑之处。陈墨涵仍然相信,石云彪作为一名百战沙场的硬牌指挥官,从目前的局势上不可能看不出来破绽,对将要出现的战斗结果不可能不有所洞悉。

陈墨涵希望石云彪作出这样的姿态:给本部下达一个明确的命令,收缩本团阵脚,谨慎出击。同时将战场上的反常征候报告给刘汉英或者通报给张嘉毓,促成旅长迅速调整兵力,用于新的主要方向。

但是没有。石云彪没有作出陈墨涵希望他作出的姿态。石云彪在电话里暴跳如雷地质问陈墨涵:“陈股长,是我指挥你还是你指挥我?”

陈墨涵答道:“当然是团座指挥我。”

石云彪几乎是咬牙切齿地说:“那好,请你立即传达我的命令,所有人员务必坚守本团阵地,退者杀,言退者杀!”

——这道命令还是只强调本团防务,对于整个战局只字不提,似乎漠不关心。

直到此时,陈墨涵方才彻底明白,一场悲剧将不可避免,而且这场悲剧是早就决定好了的,是他陈墨涵根本无法改变的。他甚至想,石云彪或许并非对战局态势出现新的变化熟视无睹,而是明察秋毫,他要的就是二四六团首先承受第一轮打击——想到这里,陈墨涵不禁打了一个寒噤。

五

就在凹凸山麓所有的眼睛都凝视于新七十九团防线时,马陂之敌日伪近三千人马飞天遁土一般,在张嘉毓二四六团的眼皮底下神不知鬼不觉地展开了战斗队形。

直到黑压压的人头漫山遍野地涌过来,各营连都向张嘉毓报告了敌情,张嘉毓这才向刘汉英惊呼:“旅座,敌军万人向我压来,这仗怎么打?”

刘汉英也惊出了一身冷汗。他本来是要打一场阻击战的,没想到竟然打出个“敌军万人”来,备了一桌的菜,来了两桌客,战场形势急转直下,呈泰山压顶之势。刘汉英此刻也顾不上推敲张嘉毓的话里有多少水分了。整个洛安州境内日军不过一个联队,二鬼子也只有几个团,这万人敌军难道是从天上掉下来的不成?刘汉英眼下无暇认这个真了，只在心里暗暗叫苦：真是偷鸡不成，反要蚀把米了。

刘汉英大步跨出临时安扎在南石崖阴面的旅指挥所，举目北望，出现在视野里的是满天昏黄的沙尘和在秋风之中摇晃的林木。十里之外的枪声炮声隐约可闻。这位毕业于黄埔军校的军中骄子情不自禁地失去了往日的镇静和骄矜之气，犹如困兽钻来钻去，又返回掩体扑在作战地图上。现在态势终于明朗了——被小日本打了个声东击西。刘汉英脑子里在瞬间迸出了十几条对策，但有一条思路是清晰的：这个仗已经由主动转入被动，还是不打为妙。

可是，东西两个方向都已经接火，打成了胶着状态，怎样才能撤出战斗呢？

刘汉英的眼前闪过几道阴影——就目前形势看，宜将计就计，要二四六团和新七十九团顶住，使其余部队得以喘息，旅部得以从容调整兵力。但如此一来，二四六团就要承受几倍于己的火力突袭，成为战场重心。这一仗下来，恐怕是体无完肤了。而新七十九团则可避实就虚，不仅压力小得多，而且可以趁机扩大战果，前所未有地拣上一个大便宜。

刘汉英的心隐隐约约地疼了一下。他不容自己多想，口述了一道命令，让报务员发往二四六团：敌军进犯重心转移，作战部署正在调整。你团尽量坚守牵制，但宜收缩阵地避敌锋芒。不得已时退往黄岗，兄联络友军接应你部。

自然，刘汉英也给新七十九团下了一道命令：敌军进犯重心转移，作战部署正在调整。你团务必坚守牵制，待主力转移后交替掩护退往黄岗，兄联络友军接应你部。

这两道命令相似不相同，其中大有文章。给新七十九团的命令是“务必”而不是“尽量”。所谓的“交替掩护”是在“主力转移后”，那么，主力都转移走了，还去跟谁交替掩护呢？也只能是新七十九团自己交替掩护自己，而不可能同二四六团交替掩护。如此一来，实际上就是单独置新七十九团于枪口刀尖上了。一旦实施，张嘉毓团往后一缩，敌军失去目标，新编第七十九团就成了唯一的重心，将吸引敌军的所有兵力和火力，成为刘汉英嫡系部队的血肉屏障。

六

刘汉英的算盘打得不显山不露水，可谓道高一尺。

张嘉毓对刘汉英的命令是心领神会的。接到电报后，当即指挥部队后退一里，在第二道防线上坚持了十几分钟，发射了几十发迫击炮弹，象征性地搞了个小型的反冲击，然后且战且退。至山垭口，张嘉毓又接到刘汉英的急电，要他火速派出一个连队，前往新编第七十九团的812高地，增援石云彪。

张嘉毓心中窃喜。

从这道命令来看，旅座显然已经洞悉了他虚晃一枪稍战即退的行为，并且对这种行为给予默许。要他派出一个连，不过是作个姿态、花一花石云彪的那只独眼而已。张嘉毓很愉快地拨出三营八连，交给自己的亲信、三营副赵世平，让他带上去稳住石云彪，自己则亲率本团主力，从容离开战场。

二四六团往下退的时候，石云彪正在812高地上同陈墨涵通电话。此时他也弄清敌情了，知道右翼压力强大，新七十九团成了次要方向。石云彪此刻反而有些歉意，他让陈墨涵火速拨出两个连队，由812高地向前伸出，以策应二四六团。他毕竟是一个抗日军人，虽然满腹血冤，对刘汉英用兵不公心存恨怨，但是，大敌当前重在大局，这一点他石云彪是不含糊的，他不会看自己同胞的笑话。

陈墨涵完全拥护团座的决定。可是，还没等他把两个连队带上去,812 高地便已经被日军围得水泄不通了。

是雪无痕最先通报了敌情。这畜牲自从上了 812 高地,就一直显得烦躁不安,不停地跑来蹿去嗅来嗅去,并且不时发出一些零星的叫声,为此曾受到石云彪严厉的喝斥。而现在,它终于大叫不止了,先是几声疑惑的短吠,随即就发出了连贯的一声比一声凄厉的尖叫。

新编第七十九团从雪无痕的叫声里听出了死亡的召唤。

当第一颗日军的钢盔从一百米外的林子里出现时,石云彪疑惑自己的那只独眼出了问题,是看花了眼,是幻觉。他一把抓住站在身边的余副官的胳膊,伸手一指——

“往那儿——看!”

余副官的脸色顿时变得惨白如蜡:“团座,是鬼子!”

石云彪的脸上像是挨了重重的一掌,牙疼似的猛吸一口冷气,一把从余副官的手里接过了望远镜。望远镜上顿时挂上了一个巨大的问号——怎么可能呢?

石云彪咬紧牙关,向狂叫不止的雪无痕狠狠地踢了一脚,然后闭上了那只独眼。他粗略地计算了一下,从接到刘汉英的电报起,到现在不过半个钟头,敌军何以如此神速推进。二四六团呢?他依稀还能听见那个方向的枪炮声,可是这里却出现了日军。十几个,几十个,几百个……再往两边看,全他娘的是鬼子和二鬼子。

南亭的部队呢,宋庄的部队呢?全都升天了不成?

所有的问号集中在一起,他终于清醒了,总算弄明白了——偌大的一个正面战场,刘汉英的部队全他娘的不见波澜地当了缩头乌龟,现在只剩下自己的新编第七十九团独力支撑了,几千鬼子和二鬼子正在蠢蠢欲动等着要把他们碾成齑粉。而首当其冲的,竟然是自己身边的团部三十几个人。一股浓浓的热血涌上了石云彪的喉咙。

“团座，撤吧——！”余副官擎枪在手，声音里夹杂着一丝悸颤。石云彪未予理睬。

“团座，再不撤退就来不及了。”余副官说着，伸出胳膊，向外放了一枪。

石云彪纹丝不动，冷冷一笑：“撤——？往哪儿撤？”说完，低下头来问那只狗：“咱们哪儿也不去，你说呢？”

雪无痕摇了摇尾巴，未置可否。它已经叫累了，而且它知道主人对它的叫声烦了。事关生死存亡之大计，它还是保持沉默为好。听天由命吧。

只经过了一个极其短暂的瞬间，石云彪就心静如水了，像一湖碧绿澄澈晶体，没有风浪，没有波涛，只有几束涟漪在轻轻地荡漾。

不到四十岁的年纪里，他已经有了二十多年的戎马生涯，连他自己都说不清楚，死过多少次了，这条命赚了又赚，他还能企望怎么样呢？此时，石云彪静默伫立，他已经为自己选择好了葬身之地，一行硕大的泪珠从那只独眼里涌出，溅在脚下的草棵里，噗哒有声。

国难当头，还如此倾轧，焉有不败之理？天意啊天意！

石云彪仰天长叹，缓缓地站起身来，走向高地上的一棵小树，然后从右上口袋里攥出一团丝绸，从容不迫地系在小树上，平静地对余副官说：“这一仗打完，假使还能找到我的尸首，就把我埋在这里吧。”

余副官大惊。抬头看那系在树上的丝绸，旌幡一般在秋风中猎猎作响。那上面赫然显现在秋阳之下的是十一个大字：

國軍上校石雲彪在此戰死

七

日军开炮了。

一发炮弹在不远处的林子里爆炸,腾空而起的石块、泥土和折断的树枝在空中飘飘扬扬,纷纷坠落在脚边。

石云彪拍了拍雪无痕的脑袋,往它的脖颈上系了一圈白色的绸子,然后俯下身去在它的耳边说了几句话。雪无痕将信将疑地抬起头来,深情地看着它的主人,迟迟不肯挪动脚步。石云彪再次拍了拍雪无痕的脑袋,掰开它的嘴巴,往里面放了一块肉干,然后喝道:“快走开!”

雪无痕依然不动,并且将肉干吐了出来,一如既往眼巴巴地注视着石云彪,并求援似的向周围的人摇了摇尾巴。这个高智商的畜牲,这个大难不死的情种,它似乎已经明白了眼前发生的事情和将要发生的事情。它经历的事情太多了,它曾经不止一次地看到过人类的各种表情,它凭着它历经沧桑的丰富的经验,从眼下悲壮的氛围之中敏感地意识到将要发生的悲剧。以往,它曾经是个目击者,也曾经是个战斗者。今天,看来它是打定主意要同它的主人一起血战到底了。

石云彪恼了,咬了咬牙,霍地站起来,照着雪无痕的屁股狠踢了一脚——脚还悬在空中,又停住了,然后耐着性子再弯下腰去对它耳语,跟它笑谈。

可是雪无痕没有上当。它知道,这一次赋予它的任务是虚构的,是想把它支使开,是想让它脱离这片即将血肉横飞的战场。它不。它绝不会在这种事关品格的严峻时刻离开它的同甘共苦的战友。任凭石云彪又推又搡又拿枪比划,它顽强地屈下前爪,而用后爪死死地抠牢地面,善解人意的脑袋温情地磨蹭着石云彪的腿杆。

石云彪终于为这畜牲的忠诚和坚定所感动。他不再推它，并且抱住了它的脖颈子。但是，这样的温存只持续了几秒钟，石云彪猛然松手，拎起手枪，对准了雪无痕的脑袋。

没有胆怯，没有惊恐。雪无痕的表情平静坦然，并且立直了前腿，两眼秋波幽幽如同两泓深邃的古井。它似乎在说：开枪吧，咱们的最后时刻来到了。死在你的手里，我是心甘情愿的。

石云彪的手在这一瞬间颤抖了。枪管，无力地垂下了。四周已是枪声如爆炒豆，叽里哇啦的喊叫如同弥漫树林的鸦聒。石云彪终于对雪无痕点了点头，像是在说：那好，我知道你是不会当逃兵的。那好，那我们就一起同鬼子拼吧。

又一发炮弹在近处爆炸，飞起的弹片将石云彪身边的小树劈成两截。

余副官惊叫一声，纵身扑向石云彪。石云彪岔开两腿，像两只钢牙，咬定了脚下的岩石。他挥手将余副官推开，然后淡淡一笑，又从右边的口袋里掏出了一个物件。

余副官抹了一把脸，于惶惑之中看清楚了，托在团座手上的，是一只玉石造的假眼球。石云彪自己摸索着把假眼球塞进那只空虚的眼眶里，然后摸了摸风纪扣，戴正军帽，掸掸军装上的泥土，收起两腿并且挺直了腰杆，那只独眼骤然放光，朗朗地喊了一嗓子——

“812 高地——全体人员——集合！”

陈墨涵的心跳猝然加快。

正面的攻势已不是先前的虚张声势了，仗打到这步田地，敌人动真的了。

从炮声的强弱程度上，陈墨涵判断马陵方向的敌军已经越过二四六团的防线，812 高地危在旦夕。他同二营营长简单商量了撤退计划之后，便亲率一个连箭一般的插向812高地，前去接应石云彪。

只翻过一道山梁，陈墨涵就看见了那惊天地泣鬼神的一幕——团部的三十余人已同日军混战在一起。他看见了那个穿着校官呢军服的独眼上校，看见了那柄在花团锦簇的银光中闪电一般旋转飞舞的大刀。

一片血色如沸腾的海洋从陈墨涵眼前弥漫开来，咸涩的潮水充溢了他的胸腔，这时候他的眼前便沉落了一个完整世界的喧嚣。一切都遥远了，一切都在冥冥之中遁去了踪影。他仅仅看见十万里云天下耸立着一座巍峨的山巅，看见从群山之上冉冉升起的那个凛然的身姿。

石云彪扔掉了卷刃的大刀，从血泊中拎过一挺机关枪横于坡上。几株血花溅开了石云彪的呢制军服，嫣然开放如燃烧的玫瑰。机关枪吐出的火舌恰似悸动的长剑，向远处席卷如舔，在这异常热情的舔食中，数十副东洋躯体拉秧茄子般齐刷刷地滚下了山坡……蓦然，陈墨涵的眼前掠过一道白色的光影，这光影像个精灵，左冲右突，上蹿下跳，一次又一次勇猛地扑向穿着屎黄色军服的日军。已经无法分辨它究竟撕碎了多少雄性的肉体，它的那身高贵的皮毛已经被血浸透了——它是雪无痕。

陈墨涵此时已经顾不上指挥队伍了，他的神经被不远处的喊杀声连根抠起，滚热的血液在骨骼里此起彼伏汹涌澎湃。两颗子弹分别命中了他的左臂和右腿，他趔趄了一下，但已经顾不上包扎了，他向跟随其后的连长吼了一嗓子，然后喀嚓一声从背上倒拔出大刀，迎着呼呼掠过耳边的辛辣的热风，拖着伤腿，呐喊着扑向812高地。

倏然，陈墨涵像被一枚钉子钉住了。

他看见一道血光如同一弯新鲜的虹桥喷向天空，潮水在瞬间升腾蒸发,石云彪的右臂随着这片血红的潮水飞向坡上残败狼藉的树林。

陈墨涵梦一般地看着石云彪,看见那副身躯犹如一座沉重晃动的山,那只独眼粲然炸裂,迸射的碎末流金溢彩地飞向深秋的蓝天。

石云彪弯下腰去,又拣起了一把三尺长的大刀,然后仰起血肉模糊的头颅,独眼平视前方。一阵枪声扑过来,泼水一般浇湿了石云彪胸前的军服,他的身体微微向后晃了一下,最后一次站直了,挥动仅剩的左臂,大喝一声,睚眦俱裂,手中的大刀划了一道流畅的弧线飞出三丈开外,正僵硬在那里的一名东洋军官顿时身首异处。

石云彪这才倒下。石云彪是在自己的大笑中倒下的。四十年后,每当进入那种状态之后,陈墨涵依然能清晰地听见那雷霆般的笑声……

第十四章

一

夏季的凹凸山是彩色的。山坡的阳面不知何时长出一些名叫山里红的小花，簇拥着开得极为活泼。太阳从遥远的东方的山峦背后拔出来，像是还有许多根须留在了山的那边，将那东方的半边天色染得玫瑰一般。近处又生出了许多颗粒一样的小太阳，叶梢上挂着露水，露水里裹着人影，一颗接着一颗往下滴。山根下河湾林子里的毛竹却是脆脆的绿色，掺点嫩黄，远远望去，如烟似雾。

陈埠境内彭塔镇东南角的长岗岭坡地上，正襟危坐着一群八路军的干部。东方闻音面带微笑，站在小黑板前，认真地讲解《论持久战》中的灵活性问题。

坐在下面听课的是梁大牙、宋上大、马西平和几名中队长。

几个月前，梁大牙和朱预道等人遇上了一个莫名其妙的“纯洁运动”，几乎被砍了脑壳。幸亏杨庭辉及时从西北赶回来，不仅给他们彻底地平了反，也从此对梁大牙更加信任了。杨庭辉和特委主要领导人还组织了一场严肃的“清算”运动，对江古碑、窦玉泉、李文彬和张普景等人执行错误路线，盲目地搞“纯洁运动”并使其扩大化进行了批评教育，并让他们向受到打击迫害的同志赔礼道歉。

梁大牙被放出来的第七天，就带领部队打日本人的冯寨据点，憋足了一口恶气，把仗打得天昏地暗。接着，又参加了第七次反

“扫荡”，自己抱了一挺机关枪，坚守死拼，战斗中连中三枪，还差点儿瘸了一条腿。战后被送到分区医院养伤。治疗期间，杨庭辉和王兰田数次看望。伤好之后，在返回陈埠县之前，杨庭辉同梁大牙彻夜畅谈，从凹凸山的历史，到凹凸山根据地目前存在的问题，从有史以来的治军方略到个人的为将之道，知无不言，言无不尽，使梁大牙茅塞顿开眼界大开。

第七次反“扫荡”战斗中，受伤的还有张普景和朱预道。

在对错误的“纯洁运动”进行清算的那些日子，张普景、窦玉泉、江古碑和李文彬的日子灰溜溜的好一阵子抬不起头来，幸亏有了个第七次反“扫荡”，窦玉泉和张普景等人主动要求到一线带兵指挥作战，尤其是张普景所指挥的方向，坚持时间最长，最后还展开了白刃战，打得惊天地泣鬼神，张普景本人身先士卒，以一个知识分子和分区首长的身份，挺一柄三八大盖，居然拼掉了两个鬼子和一个伪军，简直是奇迹。张普景在这场战斗中全身轻重五处负伤，以自己的英勇行为对自己的错误进行了补偿，同时也重新赢得了梁大牙的谅解和尊重。

现在的梁大牙已不是以往的梁大牙。坐在长岗岭上的八路军陈埠县县大队长梁大牙，果真像是一个谦虚恭谨的学生，学习很用功，也很动脑筋。

充当教员的东方闻音也有了一些变化，通过战斗的实践，特别是通过那次所谓的“纯洁运动”，使这个涉世不深的姑娘成熟了许多。也就是在这个阶段里，她对梁大牙的看法又上升了一个台阶。

梁大牙学文化是虔诚的，他的激情可以说高于同学的任何人。虽然写字还有些张牙舞爪，但是已经收敛多了。刚开始学文化的时候，一张六十四开草纸他只写七八个字，现在已经能写几十个字了。更加可喜的是，梁大牙还不仅是学会认字，并且学会了思考。

比如说起灵活性,梁大牙就很有自己的体会。

梁大牙说:“什么是灵活性?眼观六路耳听八方,进攻的时候留有后路,打得赢就打,打不赢就跑。跑的时候也别光撒丫子,还得瞅瞅有没有时机使他个绊子打他一家伙。总的说来一句话,见风使舵就是灵活性。”梁大牙的高论不一定准确,但是对于一个没有进过学堂的人来说,把问题认识到这样的深度,也算是难能可贵的了。

学习好的自然要表扬。东方闻音别出心裁,凡是她认为进步比较大的,她便在作业本上用蜡笔画一个红杏子。每次作业发下来,梁大牙先把自己的作业搂得死紧,死活不让人家看,他自己却出其不意地抢人家的本子。小动作做完了,心里有了底,梁大牙的气色就不大一样,美滋滋地快活得像个孩子。

有一次宋上大也搞了梁大牙一个游击动作,抢过他的作业本,一边数数一边咋呼:“我操,狗日的梁大牙还真不赖,咱十几个人加起来不到十个杏子,我还得了两个青的,梁大牙一个人就得了十二个。这里面敢情有舞弊不成?”

东方闻音在一旁听见了,脸色便红了,赶紧作出生气的样子,端起老师的威严,板起脸来训斥道:“梁大牙同学就是比你们用功,老宋你在那里瞎嚷嚷什么?你看看梁大牙同学是怎么回答问题的,理论是通的,还有自己的实际体会。你知道为什么给你青杏子吗?作业里还有粗话,我都不好批评你。”

宋上大听了这话,一缩脖子不吭气了。这老兄委实理屈词穷,他在写作业写到东条英机的时候,竟然自作主张地在前面加了个“狗日的”,当然不讨东方闻音的喜欢。

二

一个湿漉漉的早晨,东方闻音把梁大牙叫到了长岗岭上。东方闻音是头晚到分区参加紧急会议的,拂晓前刚刚赶回来。

二人一直走到山顶,择了一块干净的岩石,面东而立。

梁大牙的心情好极了。这个清晨的梁大牙穿着一身洁净得体的自制的八路军军服,显得成熟而且很有风度,站在山顶上,高大魁梧的身躯放射出一种撼人心魄的力量。

东方闻音的心里不禁掠过一阵感叹——委实是时势造英雄啊。她想起了一个领袖,想起了领袖的一个英明的论断——读书是学习,使用也是学习,而且是更重要的学习。从战争中学习战争——这是我们的重要方法。

伟人之言乃伟大之真理。东方闻音从梁大牙的身上,看见了一个真理。战争可以毁灭人,也可以造就人。像梁大牙这样的村野莽汉成为一名八路军的指挥员,委实有一段较长的距离。但是这个距离不是万里长城,更不是不可逾越的。战争实际的考验和正确的引导,可以迅速地缩短这个距离。诚如杨庭辉说的那样,我们共产党人把石头都能炼成钢,未必就改造不了一个梁大牙?

东方闻音对于杨庭辉的崇敬是发自内心的。凹凸山根据地发展的实际表明,杨庭辉不仅是一个出色的组织者和军事领导人,也是一个极具洞察力和远见卓识的政治工作者,在做人的工作方面,堪称炉火纯青。善于发现人,是需要眼光的;能放手使用人,则更需要胆量。更为重要的是,杨庭辉并不是被动地使用人,而是能够按照既定的路线在使用中改造人,将他一步步地引入到规范的道路上来,这就不仅是眼光和胆量的问题了,还需要有坚定的原则和高超的策略以及对于原则和策略的灵活运用。

如今,凹凸山根据地的形势有了很大的变化,杨庭辉和王兰田已经上调江淮军区,经杨庭辉和王兰田大力举荐,凹凸山分区司令员的职务拟由梁大牙接任,而几年来一直跃跃欲试的窦玉泉仍然担任副司令员,这无疑又是一次出奇的选择。

从长岗岭放眼东去，浩荡长空云蒸霞蔚，绵延的山麓在一片绚丽的霞光里透出冷峻的轮廓，北隅西部山根的舒霍埠也依稀可见，轻柔的炊烟在晨雾中冉冉升起。

“大牙同志——”弄不清楚是从什么时候开始的，东方闻音对于梁大牙的称呼作了小小的改动，由梁大牙同志演变成了“大牙同志”。这在梁大牙听来，感觉是不一样的，当然更受用一些。

在叫了一声“大牙同志”之后，东方闻音又觉得心里有些乱，一时不知往下该说什么好了。她这次约梁大牙登山望日，并非罗曼蒂克，而是根据杨庭辉的指示，提前给梁大牙吹风的，以便梁大牙在这次重要的任命之前有个思想准备。可是她却不知这个风该怎么吹。

对于梁大牙，东方闻音的认识也是走过一段漫长路程的。当初把她派到陈埠县同梁大牙一起工作，她在坚决执行命令的同时，也难免心存一丝困惑，这主要缘于对自己能力的担心。她不是一个久经考验的成熟的政治工作者，她既不懂得作战，也不精通做人的工作，在重大问题出现时她甚至会乱方寸。凭自己的政治智慧和能力，是很难驾驭和控制梁大牙那样的土八路的。那么，她凭借的是什么呢？她不知道。杨庭辉的话是，卤水点豆腐，一物降一物。可是怎么个降法，她始终不甚了了。但是她仍然来了，义无反顾，甚至带有几分悲壮色彩。此举也是为了“克服小资产阶级知识分子的软弱性”。

江古碑还有另外一种说法，说她是“深入虎穴”。

可是，跟魔鬼一样的梁大牙并肩战斗了一段时间，并没有出现什么异常情况，没有“为我们的事业牺牲个人的生命”，也没有“为革命献出自己的贞操”，一切都很正常。这种不正常的正常使她对梁大牙产生了莫名其妙的好感，以至于梁大牙被关起来之后，她竟然置组织的严厉警告和怀疑于不顾，抱着豁出去的态度去看望梁大牙，并为了解救梁大牙而奔走呼号。

如今回过头来看，东方闻音甚至觉得，她哪里是来“监督和改造”梁大牙的啊，而差不多是她接受了梁大牙的熏陶和改造。她习惯了梁大牙的风格，认可了梁大牙的品德，甚至从梁大牙的身上感悟出真正的战斗者的精神。从一定意义上讲，她改造和帮助梁大牙的过程，也是梁大牙改造和帮助她的过程，是她通过梁大牙向土生土长的农民抗战者学习农民战争的过程。

这几年在一起，虽然梁大牙不屈不挠地对她表示“爱情”方面的意思，但是并没有粗野的举动，而他在政治和战术指挥上所表现出的才干以及日新月异的进步，则令东方闻音刮目相看。东方闻音不止一次地在心里掂量过，梁大牙确实有很多毛病，但是梁大牙也有很多长处，他率真坦荡，英勇无畏，敢作敢为，正是所谓一览无余。有时候她简直就把他误认为是一个有文化的人。他虽然没有进过学堂，但是却有较强的文化意识，他勤奋好学，自从东方闻音帮助他修改过几篇日记之后，他记日记的习惯就再也没有间断过。部队作战，每缴获一件新式武器，梁大牙都要满怀激情地亲自摆弄，从性能诸元到敌人的装备程度，都力图了如指掌。在文体方面，梁大牙也是个活跃分子，篮球场上他一直霸占队长的角色，并且担任中锋，带球上篮那几步，还当真玩得洒脱漂亮。

这种境界显然不是人人都能达到的。也正是看准了这一点，杨庭辉才料定梁大牙有“政治前程”。杨庭辉的预言正在一步一步地兑现。

在东方闻音到陈埠县工作之初，江古碑也曾几次让人给她捎来一些从洛安州弄来的稀奇玩意儿，吃的玩的都有，她很感激也很惶惑，甚至还跟梁大牙说了。梁大牙大大咧咧地说，好啊，江副书记关心群众嘛，你尽管享受就是了。其实她知道，江古碑对她的那点偷偷摸摸的小意思，梁大牙也似乎有所察觉，但梁大牙不在乎，在梁大牙的眼睛里,江古碑压根儿不是个对手,根本就不堪一击。

今天,站在长岗岭上,望着眼前这个浑身透着野劲又藏着精明的梁大队长,东方闻音觉得有一种很奇怪的东西从心里生长出来。这种感觉让她颇为不安。自己问自己:看来你是越来越欣赏梁大牙了,难道你爱上了他不成?她又问自己:同梁大牙这样的人永远生活在一起,会是个什么样子呢?问来问去,答案只有一个,她苦笑着否定了自己:这是不可能的。

欣赏和爱情不是一回事。

可是她又问自己,欣赏和爱情为什么就不能是一回事呢?什么东西都有一个限度,越过了这个限度,就可能发生变化。欣赏到了一定的程度,不是爱情又是什么呢?假设在一个特别的情况下,梁大牙挟着她杀出了日军的重围,把她扔在树林子里,掏出手枪对她吼:"现在你就是老子的人了,老子就是要你!"那么,她会做出怎样的反应呢?

会,还是不会?

她想象不出那是一种怎样的结果。人和人的关系本来就没有固定的形式和程度,或许到了那个时候,就是水到渠成的事情了。会与不会,都是革命的需要。

三

该谈正事了。

"大牙同志,抗日战争的形势变化很大,也许很快就要胜利了,到那时候,国内形势可能会出现更加复杂的局面,你想过这个问题吗?"

东方闻音问这话的时候,梁大牙正在埋头吸一根自造的大烟卷,吸得火星子哧哧喇喇地响。听见问,点点头说:"听杨司令员说过。”

“军区首长的情况也有一些变化,你听说了吗?”

梁大牙干脆地回答:“没有听说。”紧接着又瞪大了眼睛问:“杨司令员和王副政委有变化吗?”

东方闻音笑了,说:“有啊,他们都提拔了,杨司令员调到江淮军区当司令员,王副政委调到江淮军区当政治部主任,命令已经到分区了。但是在分区首长人选没有确定之前,这个命令先不宣布,我是按照分区政治部的要求向你个人通报的。”

梁大牙愣愣地看着东方闻音,突然高声笑道:“好,干得好。杨司令员和王副政委是凹凸山的老革命了,没有他们,就没有凹凸山根据地。他们是早该得到重用了。”

然后一屁股坐在草丛上说:“晌午叫二中队送一头猪来,给大伙打打牙祭。”

东方闻音也坐下来,却不大关心杀猪打牙祭的事情,又问:“大牙同志,你想过没有,你肩上的担子也许要加重。”

梁大牙说:“……这个我倒是没有想过。可是能给我加一副什么样的担子呢,难道让我去当分区的司令员么? ……嘿嘿,这是不可能的。”

东方闻音收起了微笑问:“为什么不可能?”

梁大牙说:“第一,我没有文化,分区的那帮子参谋干事我管不了。第二,我打仗靠的是勇敢加鬼点子,这一套带个县大队打游击还说得过去,指挥那么大一个分区就不灵光了。第三,窦玉泉早就想当司令了,代理了几次都没当成,他容不了我。”

东方闻音说:“给你透露一个秘密,你知道就行了。窦玉泉副司令员因为在‘纯洁运动’中犯了错误,上级本来要把他调走的,是他自己提出来,在哪里摔倒还在哪里爬起来,并且主动要求降职处分。杨司令员和王副政委保护了他,向上面反映他知错改错态度诚恳,而且对凹凸山的情况比较熟悉,所以还是留了下来,也不降职,还当副司令员。”

梁大牙说:“别慌,我还有第四。就算窦玉泉不升不降,还有独立团赵团长。我留过意,分区的司令大多是独立团的团长接的,很少有从县大队长中直接提拔的。”

东方闻音淡淡一笑,露出两排玉珠般细密匀称的牙齿,并从脸腮上飞出一对浅浅的笑靥,说:“据我所知,赵团长已经调到二分区当司令员了。”

梁大牙不笑了,歪起脑袋看着东方闻音,像是看一个陌路人,看了一会儿,才咧嘴一笑:“咦——唏,照你这么说,这个司令看来还真是要咱梁大牙同志去当了。可是这事好玄啊。你是不是听到了什么风声?”

东方闻音微微笑了笑说:“我这是自己的分析。我再问你,如果让你去当副司令员,你干不干?”

梁大牙这回毫不含糊,十分干脆地回答:“不干。”

东方闻音对于梁大牙的干脆表示不解:“为什么?”

梁大牙咂咂嘴,把最后一点烟丝吸尽,扬手将剩下的破纸卷子扔到坡下,然后冲东方闻音眨了眨眼说:“为啥不干呢?你想啊,副司令是个甚么角色?副司令不是司令,打仗有招人家服你,不是司令也是司令。打仗没招,人家不服你,司令就没了,就剩下了个‘副’。再说了,副司令有个什么高招,还得司令点头才能派上用场。司令不点头,再高的招也只能是招,不管人家那招是不是招,都得按人家的办。我没有文化,就是有个什么主张,给人的印象也不是大路货色。窦玉泉就看不起我,说我没有战术理论,打仗就靠歪门邪道。其实我的歪门邪道是最实际的战术,只是他们不明白,明白了也不认账。我是个当家做主惯了的,胳肢窝里过日子,恐怕受不了那份闲气。到那时候,跟头把交椅产生了矛盾,那就是自找别扭了。所以我不干。”

东方闻音说:“你这种思想恐怕要不得。什么职务并不重要,重要的是抗日。在抗日的大局下,个人的智慧还得跟集体的智慧结合在一起,力量才大。听你的意思,你果然是家长式的领导,你得改改这种作风。”

梁大牙摆手说:“道理我都懂,可就是改不掉。要改也是以后的事。”

东方闻音想了想,觉得也是,冰冻三尺,非一日之寒。便转过话题说:“大牙同志,我还得给你提个建议,你能接受吗?”

梁大牙痛痛快快地说:“行啊,你的建议咱接受得最多。只要合理,来者不拒。”

东方闻音说:“你现在也算是相当一级指挥员了,你这个名字却有点……那个,再说你已经没有了大牙,还算什么大牙啊?我看这样,去掉一个‘牙’字,大字下面加上一个‘走之’,就叫梁必达得了。古训说欲速则不达,咱们不慌不忙不温不火,学一步进一步,境界就达到了。必达,你以为怎么样?”

梁大牙皱起眉头想了一会儿,猛然击掌叫道:“好,到底喝过洋墨水,这个名字改得有讲究,我坚决接受。”

梁大牙从此更名为梁必达。

四

李文彬最初听到梁大牙要到分区当司令员的消息,疑惑自己是听错了,疑惑是窦玉泉在作弄他。他坐在窦玉泉对面的竹椅子上,喝着房东送来的大叶子山茶,索然无味。

但是窦玉泉严峻而沉重的表情,分明又在证明这是真的。

李文彬明显地瘦多了,这位年轻的革命斗士近年来心力交瘁,复杂的斗争几乎耗尽了他的激情,而内部的运动又常常使他在激情过去之后,陷入到被动和困惑之中。在上次的“纯洁运动”中,他曾经有过短暂的辉煌，他甚至把梁大牙这样一手遮天的人物都送进了秘密的“改造院”，如果他坚定一下，按照窦玉泉的暗示，梁大牙恐怕早都魂飞天外了。

可是紧接着他就发现，离开了梁大牙，他仍然无法驾驭陈埠县的武装斗争。他更加始料不及的是，那场运动来也匆匆，去也匆匆，江古碑、窦玉泉和张普景等人纷纷受到批评和组织处理，他在陈埠县的处境也从此更加微妙。

奇怪的是梁大牙并没有因此迁怒于他，反而一改往日的粗鲁，对他客气起来了，虚心同他交换了意见，对于他在运动中的错误和过激行为也表示理解和原谅，当着县大队其他干部的面，真诚地号召大家不计前嫌搞好团结，并且还给他增加了一名警卫员和六名武委会的干部，以确保李书记的安全。

可是……梁大牙越是这样做，李文彬的内心就越是不安。梁大牙的宽宏大量在给他带来安慰的同时，也深深地刺痛了他的自尊心。相比之下，梁大牙倒真的像是一个正统的受过良好教养的职业革命家，而他李文彬却成了一个投机革命迫害同志的小人，一个被别人原谅和照顾的可怜虫。梁大牙对他越是客气，他越是感到同志们看他的目光有些异常，于是心里便经常地泛起一种难以言表的苦涩，沉重的屈辱像一个挥之不去的幽灵，时时在他的心头飞来飞去。

如今，梁大牙再次升迁，居然要成为凹凸山分区的司令员了，这对李文彬来说，无疑不是个令人愉快的消息。

在听了窦玉泉透露的消息之后，李文彬愤愤地说：“这简直是胡闹。梁大牙算什么东西？充其量也就是个草莽英雄，东一榔头西一棒子地打游击他还凑合，可是把凹凸山分区交给他，把这么大个根据地交给他，这不是开玩笑吗？”

窦玉泉坐在窗子下面，全神贯注地擦他的驳壳枪，擦净了，对着窗外的阳光照了照,瓦蓝的大镜面顿时溅出一汪湖水般的光晕。窦玉泉将驳壳枪再一次卸开,又将探条捅进枪管,缓缓地旋转,再抽出,再缓缓地旋转,似乎要将那里面最隐秘的角落也探个究竟。

李文彬问:“分区党委和特委为什么不抵制?”

窦玉泉冷笑一声说:“抵制?抵制谁?大势所趋,谁去抵制谁就是狂犬吠日。分区党委是哪些人组成的?特委又是哪些人组成的?分区就只有我和张普景敢于发表自己的观点,其他的都是杨庭辉和王兰田的拥护者。特委那边,虽然是老江主持工作,可这个同志你是知道的,属狗的,有人势可仗他比谁都勇敢,见势不妙,拔腿就跑。在‘纯洁运动’中,我们都有过失,大家都可以坦然检讨,该工作还照样工作,心底无私天地宽嘛,谁还没有个犯错误的时候?可是江古碑这个同志就不行了,像个丧家之犬,惶惶不可终日,追着屁股跟老杨老王检讨,听说还向梁大牙写了悔过书,人格问题都出来了。好了,不说他了。任命梁大牙同志担任分区司令员是老杨和老王向上级推荐的,是江淮军区的决定,这是无法改变的。我今天告诉你,就是要给你提个醒,梁大牙同志还是有优点的,有很多可取之处。在他还没来分区报到的这段时间,你要同他搞好关系。”

李文彬冷笑一声说:“我听窦副司令这话的意思,是不是让我趁梁大牙的分区司令员暂时还没当上,去向他表示奴颜媚骨?这样的事你们可以做得出来,我是不会做的。”

窦玉泉却不尴不尬,显得极有涵养,笑笑说:“老李你这话就有点偏了。大家都是同志,谈不上什么奴颜媚骨的问题。在‘纯洁运动’中,我们都有对不起梁大牙同志的地方,我们在态度上有所忍让,也是应该的。”

李文彬说:“这个人我越看越不像个好人,一身匪气,让他来当分区司令员,恐怕又要把他的军阀作风推广到整个凹凸山根据地了。革命,往往就是葬送在这些人的手里。”

窦玉泉笑道:“你认为梁大牙是反革命吗?”

李文彬说:“他现在在革命的环境里,就是革命的,如果把他放到反革命的环境里,他极有可能就是反革命。”

窦玉泉哈哈大笑,说:“这话以后可不能随便说了,这是中伤同志。”

李文彬说:“你老窦也不要跟我假装高风亮节,分区司令员没让你当,我知道你心里是个什么滋味。其实也是怪我们自己软弱,一是当初派他当陈埠县县大队长的时候,你们再坚持一下,就算不把他杀了,也不会这么放纵他。二是在‘纯洁运动’中,我还是下不了手啊,要是听了你的指示,他早就没命了。”

窦玉泉正色道:“老李,那时候情况特殊,我对你的……那不叫指示,只能理解是在紧急情况下采取紧急措施的一种建议。这个话以后最好不要再提了。”

李文彬却不识眼色,梗着脖子说:“老窦你也太心虚了。你怕什么怕?那时候想杀梁大牙的也不是你一个人,是革命需要嘛。那时候要是把他秘密处决了,这个司令员怎么也该是你的了,我们也不用在这里怨天尤人了。”

李文彬说的“那时候”,是指当初逮捕梁大牙的时候,窦玉泉除了向江古碑请教了一个“患”字,在单独同李文彬一起的时候,则比较公开地说过一番话——他对于李文彬的信任大于对江古碑的信任,——窦玉泉说:“逮捕梁大牙非同小可,恐怕夜长梦多。运动倘若出现反复,老杨要是回来了,再把梁大牙放了,就是放虎归山了。此事不做便罢,要做就做到底,不能留下后患。”

李文彬当然知道窦玉泉说的“做到底”意味着什么,窦玉泉并且还暗示他,可以在送给梁大牙和朱预道的饭菜里做点动作,反正特委社会部由江古碑掌握着,报个暴病死亡是顺理成章的事情。

但李文彬当时手软了一下，认为梁大牙和朱预道反正是瓮中之鳖了，“纯洁运动”是上级布置的，来势很猛，二分区光嫌疑分子就杀了七十多人，有的仅仅只是说了几句牢骚话就可以定死罪。按当时“纯洁运动”的态势，就算梁大牙别的问题都不成立，仅仅他给汉奸维持会长拜寿并送大洋一条，就可以杀他几次。革命是一件光明正大的事情，而窦玉泉的那个办法是很冒险的。再说，当时没判梁大牙和朱预道的死罪，这么大的事情，李文彬做起来底气还不是很足。

另外，李文彬几次摸了张普景的底，张普景都是一个态度，说：“不能像二分区那样搞，要按政策来，严格审讯，但是不能搞人身摧残。”

如此一来，李文彬就没有接受窦玉泉的建议。现在，梁大牙不仅没有成为“不纯洁分子”被消灭掉，反而日见茁壮，连窦玉泉也不能不为自己当初的那个“建议”感到后怕了。

…………

窦玉泉最后对李文彬说：“老李，我还是要劝你，要跟梁大牙同志搞好团结。以后，我们都要在梁大牙同志的领导下工作了，要支持他。至于说在‘纯洁运动’中同志之间有些摩擦，甚至有过激的言行，都是可以理解的，我们是执行了错误路线。但是，我提醒你，这些历史的老账以后还是少提为好，以免在同志之间制造新的矛盾。”

李文彬激愤地说：“看来，凹凸山根据地的局面恐怕还真要梁大牙来控制了。我知道你们……我说的是你老窦和江古碑，对梁大牙可以说是又恨又怕。只有张普景同志，对梁大牙是既不拥护也不妥协，敢于批评，敢于抵制。我认为张普景同志的态度才是革命者应有的态度。我也是这个态度。梁大牙要是真的能把凹凸山根据地的形势领向光明，我就无保留地支持他。而你们，恕我直言，对革命多少都有点三心二意，见风使舵，有投机革命的成分。”

窦玉泉不惊不乍，哈哈大笑，说：“好好好，我们都是投机分子，只有你李文彬同志是最彻底的、最无所畏惧的、最忠贞的革命者好不好？我今天请你来，不是来跟你争论的，我就是一句话，大家要搞好团结。什么江淮派凹凸派之类的话，以后我们是再也不能说了，谁说了，就是搞分裂，就是犯罪。”

李文彬冷笑一声说：“老窦你不用怕，我不会向梁大牙告你的密。我就算不是彻底的布尔什维克，但是革命经验多少还是积累了一些。但是，要我支持和拥护梁大牙，我还得看他的表现。”

五

凹凸山军分区指挥机关的所在地在梅岭的清凉寺。

这个晚上，清凉寺里不清凉。

杨庭辉和王兰田离开凹凸山军分区之前的最后一顿晚饭上了酒。酒是凹凸山老百姓酿的地瓜干烧，味道很醇也很浓，往下咽的时候能在肠子里辣出烫烫的一条。下酒的菜自然很简单，是自己队伍种的豆角和葫芦，再就是战士们下河摸的黄鳝和鲫鱼。陈埠县县大队送来半扇猪肉，杨庭辉让砍了一半给独立团，再砍了一半的一半给特委机关，剩下的让分区伙房用萝卜炖了一锅，分区机关的干部战士按人头平分，每人大半碗。几个首长的凑到一起，也就有了四大海碗，当然是以萝卜居多。

席间最引人注目的就要数窦玉泉主动贡献的一条腊狗腿了。这还是冬天的时候，山那边刘汉英送来的慰劳品，独立团赵团长留了一点私房货，一直没有舍得独吞，到二分区上任之前，又转送给窦玉泉，今天算是派上了大用场，用干红的辣椒一炒，兑点粉丝进去，给这顿既算饯行也算交心的晚饭增色不少。

菜是差了点，但是有了酒，气氛也就热烈起来。

参加饯行的，除了杨、王二人和窦玉泉、张普景、参谋长姜家湖，还有军分区的供给部长张秀海，特委副书记兼分区副政委江古碑，副参谋长朱疆。还有一些参谋干事出出进进，说是来捞油水分肉吃分酒喝，但是大都很知趣，并没有谁当真去戳那一盆规格极高的粉丝炒狗肉，只是出于对首长的尊敬，过来敬酒话别，还有人抹了眼泪。

吃了一会儿，参谋干事们不再进来了，首长们就进入了交心的阶段。

杨庭辉说："我在凹凸山工作这几年，有一个最大的体会，就是团结出战斗力。凹凸山特委和军分区的工作和对敌斗争的成绩在军区范围内是往前排的，凭的是什么呢，凭的就是在座的同志们同心同德。我们共产党人凭的就是集体的力量。我杨庭辉没有三头六臂，我和老王加起来，也还只是两个脑壳四条胳膊。可是我们这些人把心拢在一起，一个人便能发挥十个人百个人的作用。我感谢同志们对我的支持。当然了，这并不等于我们之间就完全没有分歧，但是这些分歧都是在维护革命利益的前提下的，是在团结的基础上的。"

杨庭辉的话直截了当，首先便点到了一根敏感的神经上。

窦玉泉当即表态："司令员你放心，这次任命梁大牙同志为分区司令员，我个人认为是恰当的。他虽然是个工农干部，但是他在这几年的进步是有目共睹的，政治上也基本上成熟了。再说，他在战斗实践中表现得很有作为，凹凸山的抗日斗争需要这样的同志。"

杨庭辉说："我相信老窦的话是肺腑之言。老窦我们两个人也是老搭档了。尽管你也有一些缺点，但是对于你的党性和人格我是不怀疑的。从个人感情上讲，你还救过我的命，那次在三河店遇险,你那一枪是为我挨的。不是亲密的同志关系,谁愿意去为另一个人替死呢?一个人为战友为革命生命都能献出,那他还有什么不能献出的呢?这一次为什么提拔梁大牙而没有让你当分区司令员呢,老实说这主要是我的意见。我和老王在向上级党委汇报的时候,思想上也不是没有反复,但我们最后还是推荐了梁大牙。一是因为那场运动刚刚过去,你们几个同志的不良影响的确还存在,这时候让你老窦当司令员不合适。二是因为梁大牙这两年干得确实不错,尤其是在敌伪的心目中有很大的威慑力。分区班子新老交替,让梁大牙来当司令员,对于稳定凹凸山的局面有好处。理由就是这两条。如果撇开这两条,无论是政治素质,军事修养,还是个人品德和指挥能力,不要说你老窦,我可以说他梁大牙不能跟在座的任何一个同志相比。对于梁大牙的重用,可以说是在特殊条件下的特殊选择。所以我今天还得把话撂在这里,在座的都是老革命,参加革命都比梁大牙早,除了张秀海同志,党龄都比梁大牙长。什么叫老革命?新同志上来了,扶他上马,送上一程,这才是老革命的胸怀。”

王兰田说:“老杨和老窦说的都是心里话,都是革命者的态度。来,咱们也别光顾说话,酒还是要喝的,狗肉要凉了,大家快动筷子。”

张普景举着酒碗说:“我对梁大牙同志是有看法的,共产党员不说昧心话。但是在党的会议上,我举手了。既然举手了,组织原则我是绝对不会违背的。但这并不等于我没有意见。梁大牙的不良习气和军阀作风,我还是要抵制。来,司令员,你要是同意我的态度,咱们就把这碗酒干了。”

杨庭辉当即站了起来,说:“我先喝酒后发言。”说完,将碗一举,跟张普景碰了咣当一声,仰头一饮而尽。

喝完酒,杨庭辉将碗往桌子上重重一蹾,说:“老张你说你要对梁大牙的不良习气和军阀作风抵制，我为什么不同意？老张你说到我心里去了。我们推荐梁大牙当分区的司令员，并不是没有一点顾虑，最大的顾虑就是没有人敢捋他的老虎屁股。一个人的进步路程是漫长的，需要不断地有人批评，有人争论。必须有一个人时时出现在他的对面，不仅是在他有了缺点的时候给他指出来，更重要的是在他取得成绩的时候，在他春风得意的时候，有人敢于给他当头棒喝，让他警醒。梁大牙在性格上是有弱点的，而且有些弱点是致命的。首先是要反他的骄横，反他的个人英雄主义，反他的军阀习气，要增强他的党性观念。这个使命由谁来完成？还是依靠我们的政治工作者。分区的政委暂时没有明确，老张你是知道原因的。”

张普景本来不胜酒力，加之在反第七次“扫荡”中负伤数处，伤口前不久才刚刚愈合，今天敢于豪饮，完全是情绪所致。一碗酒下肚，脸色便有些苍白，接住杨庭辉的话说：“我对我所犯的错误，有我自己的认识。个人进退算得了什么？大丈夫进不求名，退不避罪。我参加共产党，是闹革命的，不是为了当官做老爷的。我也表个态，我现在是副政治委员兼政治部主任，只要我还是一个政治工作者，还是一个共产党员，我就不会放弃我的原则。这一点，可以让事实来说话。”

有些酒意了，话就说得铿锵。坐在一起叫起来都是老杨老王老窦老张的，实际上也都才是二十几岁三十几岁的人，艰苦而复杂的斗争使这些年轻的革命者们提前走向了成熟。

在这些人当中，王兰田年纪稍长，说话也就平和得多。他再一次举起筷子，招呼大伙吃狗肉。虽然是隔年的狗肉，好在凹凸山人腌制这些东西自有其绝招，先是在铁锅里煮上半熟，再用花椒和盐水浸泡，出水后揉以姜末和酱汤再泡，再出水风干，便日见红色。烹制的时候，佐以红辣椒过油干炒，味道就炒出来了。端在桌面上，色泽鲜艳，浓香弥漫。

大家也觉得话题过于深沉了，但是多数人在这种场合是不便插话的。有王主任牵头，便纷纷举箸夹肉。果然是好东西，筋道耐嚼，口齿留香。

王兰田微笑地看着杨庭辉，说："老杨，我们的想法是不是可以在这里跟大家透露一下？"

杨庭辉说："当然可以，都是老同志了。"

王兰田便将酒碗推到张普景的面前，亲切地说："老张，路遥知马力，日久见人心。我们处同志也有四五年了吧？对于有些问题，我们有不同意见，并不影响我们真诚的同志关系。你这个同志斗争性强，原则性强，都是十分难能可贵的。老杨同志和我都认为，凹凸山的'纯洁运动'搞得过了头，也不是哪一个人的责任。这么大一个党组织，这么多受党教育多年的老红军老八路都干什么去了？就那么没有识别能力？就那么盲目？恐怕也不全是。我们也有疑惑，可是任务是从上面布置下来的，组织原则又不容许我们抵制。所以说，责任大家都有，只是有轻有重。即使是执行得过了一点，也还是一个认识问题，而不是个人的品质问题。老杨我们两个人合计了一下，凹凸山军分区的政治委员还是请你来代理。我们到了军区，要把我们的看法向军区党委汇报，至于下一步怎么调整，组织上会恰当考虑的。"

杨庭辉端起酒碗，四下里看了一圈，突然笑了，说："今天这顿饭吃出了讲究，说好了大家在一起打平伙犒劳肚子，可是吃着吃着就开成了会。这样也好，在座的都是分区和特委的领导，我们今天就算开一个临时的党的会议。不过今天的会议有点特别，不光是你说他讲，桌子上不光有酒有菜，还有这么一盆热辣辣红彤彤的腊狗肉。狗肉飘香，情深意长，我看今天的这顿晚饭就叫狗肉会议吧，同志们意下如何啊？"

同志们都笑了，说司令员这个点子好，这顿饭吃得有意义。

气氛重新活跃起来，供给部长张秀海觉得自己这个搞后勤的该做点保障动作了，于是一硬脖子站了起来，抱起酒坛子倒了一圈，然后大呼小叫要跟各位碰酒。转眼之间，半坛子酒就灌进了同志们的肚子里。

门外又有几个机关干部探头探脑，被杨庭辉瞧见了，便喊进来说："司令员政委要走了，机关的其他同志都来敬酒，就是不见你们几个人，我还当是人走茶凉呢，到底还是来了。"

几个人一齐分辩，说是从独立团刚回来，不知道今晚给司令员政委饯行。

组织科的裘干事说："哪敢茶凉啊，别说司令员政委是调到军区去负更大的责任，就算是真调到别的地方，我们也不能忘记培养我们成长的老首长啊。"

杨庭辉哈哈大笑说："到底是分区的秀才，笔头子硬嘴巴子甜。好，不知不为过，每人先来一块狗肉，吃完了给我和王主任敬酒。"

这回热闹了，参谋干事一齐上，有跟司令员喝的，有跟王主任喝的，首长们碰完了又跟机关的首长们干。

趁这个乱哄哄的当口，王兰田使了个眼色，把窦玉泉和张普景叫到里屋，关上门说："让他们跟司令员喝吧，我可是不行了。他们喝他们的，咱们来接着开咱们的狗肉会议。"

张普景说："狗肉已经没有了，只剩下会议了。"

窦玉泉说："你这个人死心眼，狗肉都装在你肚子里了，怎么没有了？"

王兰田说："明天我和杨司令员就要到陈埠县去找梁大牙谈话，但是有些话还得跟你们二位说在前面。关于任命梁大牙的事，虽然是杨司令员和我的意见占主导，但是我们也确实不是很放心，就像司令员刚才说的，是在特殊条件下的特殊选择。杨司令员的意思是,政治工作还是老张全面负责,作战方面的事情,老窦多管点。分区党委哪些人参加,你们二位先合计个大概。党委分工,老张直接担任书记,老窦担任副书记。梁大牙同志入党时间不长,当个委员就行了。”

张普景淡然说:“我这个政委是代理的,党委书记我看还是当个副的合适,不然,新政委到职了,再换起来不大方便。”

王兰田笑了,说:“你老张是真不明白还是假装糊涂?新政委是谁?明摆着的嘛,虚席以待,不过就是个时间问题。”

张普景嘿嘿一声冷笑问道:“老王,这话是你说的,还是老杨说的?”

王兰田说:“你自己琢磨,如果事实不是这样,那就不是我说的,也不是老杨说的,那就是狗肉说的。说句良心话,你们二位肩上的担子不轻,这个分区的工作主要靠你们二位支撑。重大问题一定要开党的会议研究,坚决反对个人英雄主义。我们还是要坚持党指挥枪的原则,坚持政治委员行使最后决定权。这一点,我们也会向梁大牙同志说清楚的。”

窦玉泉说:“上级考虑得很周到,一颗心向党敞开,我相信我们会同梁大牙同志很好配合的。梁大牙同志刚接手,情况可能不熟悉,我可以多干一点。等他全面掌握了情况,再逐步放手。”

王兰田兴奋地说:“我和老杨要你老窦的就是这句话。我也给你交个实底,江淮军区缺个副参谋长,我们推荐的是你,但是你现在不能走,你要把梁大牙带上一程,可以撒手了,那时候根据你自己的想法才决定调还是不调。你们二位看,还有什么问题没有?”

张普景站起身子,看了窦玉泉一眼,不冷不热地说:“我是没有问题了。任什么职务并不重要,重要的是革命。”

窦玉泉说:“该说的都说了,归根到底还是那句老话,老王老杨你们放下心来,轻装上任,我老窦要做半点违背组织原则的事,你们拿枪毙了我。”

…………

在整个分手饯行的场合里,只有一个人始终缄默不语,显得心事重重,他就是江古碑。

江古碑没有张普景那种豪气和倔气,也没有窦玉泉那种深思熟虑的涵养。在“纯洁运动”中,他是表现最积极的,他甚至还对梁大牙和朱预道非法动刑,如今梁大牙来当分区司令员,他虽然主要的精力是放在特委方面,但还兼着分区的副政委,离开了分区部队,特委就寸步难行。梁大牙能不能给他好脸,那就只有天知道了。

六

杨庭辉和王兰田策马飞奔在山道上。赶到陈埠县大队驻地的时候,东方闻音正在组织大队部的官兵学唱《三大纪律八项注意》。战士们大多文化不高,当然更谈不上音乐感觉了,咬词不清且五音不全,但是积极性无一例外地很高,一个个脸膛憋得通红,直着喉咙吼,参差不齐的调门争先恐后地蹿出来比个高低。

东方闻音红晕着脸蛋,帽檐下一绺湿漉漉的秀发落下来,贴在汗珠细碎的脸颊上。随着胳膊的挥动,一对天然的酒靥荡漾出青春的蓬勃朝气。自制的土布军服很得体地穿在身上,腰间束一根牛皮武装带,一副高挑的身段便又平添几分别致的英气。见首长们到来,东方闻音便打了一个暂停的手势,然后跑到场地外面去敬礼。

杨庭辉同王兰田对视一眼,乐呵呵地笑道:“嚯,我们的小政委长大了,把这些庄稼汉们指挥得服服帖帖,不简单啊。好像也长高了一点。看来陈埠县的水土就是养人啊。”

东方闻音有些不好意思,羞赧一笑说:“陈埠县的水土也是凹凸山的水土啊。凹凸山的水土把两位首长养得更高,都高到凹凸山外去了。”

杨庭辉看了看王兰田,两人心照不宣,同时笑了起来。

“咦,梁大牙呢?”杨庭辉问。

东方闻音伸手一指:“看,在那儿。”

沿着东方闻音手指的方向,杨庭辉和王兰田看见了一间草房,不断有人进进出出,好像是梁大牙和宋上大、马西平等一拨子人。

“他们在干什么?”

东方闻音狡黠地笑了笑说:“首长们去看看就知道了。”

杨庭辉扬掌一挥:“走,看看去。”

还没有走到门口,就看见了一个人,缩头缩脑地弓着腰,急急忙忙地蹿出门外,怀里还抱着一个物件,样子十分鬼祟。此人蹿到太阳底下,将捂在物件上的那只手挪开,口中念念有词。过了片刻工夫,又将手重新捂上,再掉转身子往回蹿。

杨庭辉断喝一声:“梁大牙!”

梁大牙全身心都在自己的忙活中,冷不防被人一叫,激灵了一下便站住了。看清了来人,就龇牙咧嘴地咋呼开了:“我的个天,首长们咋说来就来。”转过脸就去瞪东方闻音:“你这个坏妮子,首长们来了,也不提前通报一声,径直就领到这里来了,这不是存心害我挨批评吗?”

杨庭辉故意板起脸说:“你在这里捣什么鬼?”

梁大牙说:“嘿嘿,我这不是捣鬼,我在冲相片呢。”

杨庭辉以为听错了,拉长了声调又问:“什——么,你说你在干什么?”

梁大牙硬着头皮,只好重新回答一遍:“我在冲相片。”

“哈哈——”杨庭辉怪笑一声,看了看梁大牙怀里的匣子,又瞪大眼睛去上上下下地打量梁大牙,像是在看一只不认识的猴子,直看得梁大牙心里虚得长了毛。杨庭辉说:“哈哈,你梁大牙行啊,我怎么就看不出来,你这只土得掉渣的凹凸山老鳖,居然还能孵出大不列颠洋蛋呢。就凭你这么个破玩意儿,也能冲出相片?你出什么洋相你?”

梁大牙不敢愤怒只敢委屈,嘟囔着说:“杨司令你可别瞧不起人啊。我这个破玩意儿可不是寻常的玩意儿,这叫什么来着?……哦对了,叫晒箱。这还是我自己发明的呢。”

杨庭辉说:“本司令倒是想见识见识你的高招,说来听听。”

梁大牙顿时就恢复了自信,抖擞一下精神说:“杨司令你看,我捂着的是一块玻璃,玻璃上面是从照相机里取出来的上过像的胶片,胶片下面贴着一张印相纸。我这只手要是一挪开,太阳光就晒进去了。晒多大工夫呢,我数一,二,三,四,好,晒妥了。往后,我就可以用药水冲了。首长们要是不信,跟我进去看看就知道了。”

杨庭辉扭过头去问:“怎么样王主任,咱们是不是去见识见识梁大牙同志的绝招?”

王兰田笑着说:“很有必要。”

于是乎,几个人跟着梁大牙鱼贯进入了草屋,这才发现,宋上大和马西平也藏在里面,心甘情愿地充当着梁大牙的助手。

走进里屋,梁大牙就神气了,指手划脚,牛烘烘的一副大有学问的做派。先让宋上大放下厚厚的棉布帘子,又让马西平东塞一下西堵一下,屋里立马就暗淡下来,只能隐隐约约地看见地上放着两只日军的钢盔。

天气本来就热得要命,屋子里又让梁大牙之流堵得密不透气,杨庭辉便有些受不了,不断催促:“梁大牙你快点搞,我可受不了你这份罪。”

梁大牙一本正经地说："这是技术活，急是急不来的。"

东方闻音站在一边直想笑，终于就笑出了声。梁大牙说："别笑，一笑我心里就慌，就算不好时间了。"

东方闻音于是不出声，只在心里暗乐。

进入尖端技术阶段了，这时候别人都插不上手，只有梁大牙一个人颇像回事地忙活。只见他两手并用，先将相片纸丢进一只钢盔里，用棍子捣了捣，嘴里依然叽叽咕咕。片刻又将相片纸捞起来，丢进另一只钢盔里。

梁大牙撅着屁股看了一会儿，再直起腰来腰杆就硬朗了，嘿嘿一笑对杨庭辉和王兰田说："首长们可以看了。"然后就叫宋上大："老宋你把这玩意儿端到外面去，让首长们看清楚了，咱可不是瞎吹牛。"

钢盔端到外面，果然就见相片纸上出现了人像，虽然有点白乎乎的，但是好歹还能辨出人影，那上面是陈埠县县大队的几个战士，正弯腰哈背，持枪撅腚，做匍匐冲锋状。

"这像也是我照的。"梁大牙得意地说。

杨庭辉长长地出了一口闷气，一拳捅在梁大牙的肋巴骨上，捅得梁大牙直吸冷气。

"啊，梁大牙你还真有两下子，这么大的学问你都学来了。你是跟谁学的？"

梁大牙大言不惭地说："跟汉奸学的。"然后就把怎样缴获日军的照相机，怎样派人到洛安州去买药水和相片纸，又怎样逼迫俘虏的翻译官教他冲底片印相片的经过说了一遍，并且说："人家用的是电灯，咱们没有电灯，我就动了脑筋，做了这个匣子，借用太阳。昨天才试验，今天就成了。"

这一套听得杨庭辉直眨眼，表扬了一句："狗日的梁大牙，鬼点子就是多。"

梁大牙这才想起来自己已经不叫梁大牙而是叫梁必达了，便郑重其事地说："报告杨司令，我从今往后不叫梁大牙了，我改名字叫梁必达了。"

杨庭辉愣了一下："嗯哼，你的梁大牙喊起来挺上口的，怎么说改就改啦？是谁改的？"

梁大牙说："是东方政委。"

杨庭辉掉转脑袋，瞅着东方闻音说："梁必达梁必达，哪个必，哪个达？"

东方闻音回答说："必然的必，达到的达。"

杨庭辉又问王兰田："王主任你看呢？"

王兰田说："很好，我看就叫他梁必达吧。"

杨庭辉笑笑说："好是好，就是太狂妄了。梁大牙的狂妄是从娘肚子里带来的，小闻音你怎么还为虎作伥？我跟你讲，梁大牙的进步，有你一份功劳。但是以后，这个人要是狂上加狂，你也脱不了干系。"

东方闻音羞涩一笑，说："我是他的文化教员嘛，我以老师的身份帮我的学生说一句话，梁必达不是梁大牙了，他现在有了很大的进步，不会狂上加狂了。"

七

谈话是单独进行的。先是杨庭辉同梁大牙——梁必达谈，王兰田同东方闻音谈。

如此一来，就使这次谈话显得异乎寻常地重要和神秘。当然，重要和神秘的只是杨庭辉同梁必达之间的谈话，共谈了三个钟头，而且没有任何人知道这次谈话的内容。

王兰田同东方闻音的谈话倒是很轻松，像个长辈看望后生，又像是师生之间对于学问的切磋。王兰田先是充分地肯定了东方闻音的进步,又十分关切地询问:“你最近都读了哪些书?”

东方闻音回答说:“除了学习《论持久战》,还读了一些闲书,譬如《诗韵集成》和《闲情偶寄》。”

王兰田颇为意外地说:“这两种书都是谈文说艺的,东方同志莫非志在此乎?”

东方闻音不好意思地笑笑说:“那倒未必,只不过我到凹凸山,急急忙忙,许多书都丢了,只剩下几本。还有一本英人的《莎翁十四行》,闲暇时偶尔翻翻,不甚明了,只是觉得趣味有很大的不同。首长国学造诣精深,敬请赐教。”

王兰田说:“赐教不敢当,我本来就是教书匠出身,倒也委实有些体会。我以为,《诗韵集成》虽然只是韵学,但是一个‘韵’字又有很深的讲究。同样是采韵,有的虽然工整却不见灵性,有的虽然可见灵性又不见境界,有的有灵性也有了境界,却又少了美感。妙手采韵三昧,往往韵在韵外,见音见形见神。韵脚如山,神形似水,水无山不存,山无水不秀。中国的文字不同于西洋,西洋字就是字,字里没有灵魂。汉字本身却是同历史丝缕纠缠的。甚至可以说,汉字是中国历史的另一条脉络,所以形态中就有很多蕴含,笔画之间暗寓情境。为什么说中国的诗不好作呢,作好了也不好品,更不好翻译。西人是很难体会中国诗词的妙处的。反过来说,我们所读到的西人诗词,都是经过翻译的,这就势必要大打折扣。诗词不同于小说,故事或可翻译个大致意思,境界却是无法翻版的。不懂西文去读西人的诗词,实际上是一件吃力不讨好的荒唐事情。我劝你少读西人诗词,光是一本《诗韵集成》,仅仅就韵见诗,就是博大精深了。你再回过头来,从字里找诗看看,或许会有新的妙处。”

东方闻音如同醍醐灌顶,亦惊亦喜,情不自禁地就喊了一声先生,说:“听先生一席话,真有茅塞顿开之感。先生对于中西文辞差异的阐述,我还是头一回听到,的确耳目一新。"

王兰田笑笑说:"东方同志这是表扬我了,我这不过是一家之言。我个教书匠,不教书了还是好为人师,算不算是瘾癖啊?"说完又转过话题,拍了拍腰际的手枪,又指了指东方闻音腰间的手枪说:"你看,人家都说,两个武松谈虎,两个屠夫谈猪,咱们这两个扛枪的居然在这里谈书,还真有一点超凡脱俗的意思呢。你说是不是啊?"

东方闻音也笑了,说:"当真是难得有这一份闲情逸致,先生这一课,够我揣摩一阵子了。"

王兰田说:"那好,第一堂课结束了,咱们现在开始上第二堂课,不过这堂课你我换个位置。你当先生,我当学生。"

东方闻音立即就红了脸,说:"首长吓唬我呢,我这点底子,怎么能给首长当先生呢?"

王兰田说:"我不是让你讲诗韵,你给我讲讲你对这次分区领导变动情况的看法,特别是对于梁大……梁必达同志任分区司令员的看法。"

东方闻音微微一怔:"……这个问题我还当真没有仔细想过。上级的一盘棋,不是我们这些凡胎俗子的肉眼能看出眉目的。"

王兰田笑了,笑得意味深长:"你这个妮子,也开始有城府了。也好,这样可以避免犯自由主义。那么,你就谈谈你对梁大牙同志的看法。"

东方闻音想了一会儿,抬起头说:"总的说来,梁大牙——梁必达是个好人。"

王兰田说:"这是什么话?梁大牙当然是个好人,否则怎么会让他当分区司令员呢。梁大牙不仅是个好人,而且是一个出众的好人。"

东方闻音抿嘴一笑说:"我是说梁……必达同志进步很快。其实梁必达是个很有思想的人,脑子不笨,也很会琢磨事。从战斗的角度看,县大队长已经当得比较成熟了,但是现在就去当分区司令员,我还是有点担心他的组织能力,特别是团结问题。”

王兰田说:“对头,这也是我和老杨最不放心的地方。为了解决这个问题,可以说我们是什么都想到了,能做的也都做了。另外,我们还想为梁大……你看,这个名字还是没有梁大牙叫起来顺溜——我们还想为梁必达同志配一个可靠的助手,在他的身边工作,在重要的时刻出个主意提个醒。这个同志应该在一个比较恰当的位置上,既能经常同梁必达同志接触,又能密切地掌握部队。”

东方闻音有点紧张了,她担心这次又像上次到陈埠县的时候那样,又让她“稳住”梁必达。可是转念一想,又觉得不会。上次派她来,是在特殊条件下的特殊选择,那时候是因为对梁大牙不放心,而这次却是真心实意地要保护梁必达了。刚到陈埠县的时候她感觉她就像个捏在梁大牙手里的人质,而现在这个人无疑是梁必达实际的军师。彼一时,此一时,已经完全是两种性质了。

东方闻音笑问:“这样重要的任务,该不会交给我吧?”

王兰田看着东方闻音,不动声色地问:“为什么就不会?”

东方闻音胸有成竹地说:“梁大牙已经是梁必达了,可是东方闻音还是东方闻音,这就是不会的理由。”

王兰田愣了一下,旋即朗声大笑:“好,回答得妙。”又说:“你说对了。这次要物色一个军政两面都硬的军事干部,担任分区的副参谋长兼独立团的团长。你看朱预道合适不合适?”

东方闻音不假思索地回答说:“不合适。”

王兰田似乎有点意外,很注意地看了东方闻音一眼,良久才问道:“为什么?”

东方闻音说:“第一,咱们凹凸山根据地不是净土一块,思想斗争一直存在,过去就一直说有宗派主义,朱预道是梁必达使用最得力的干部，这次如果搞水涨船高，不是宗派主义也是宗派主义了。第二，独立团是分区唯一的主力部队，如果让朱预道去担任团长，窦副司令他们更会感到压力，不利于团结。第三，梁必达从大队长一跃成为分区司令，提得太快，思想准备不充分，这个时候也正是培养他政治素质的时候，有朱预道就近保驾，他就有可能有恃无恐，助长妄自尊大情绪，不利于进步。"

王兰田听了，不禁击案称赞："好，好啊。我们的小东方果然长大了，成熟了，有眼光。真是时势造英雄啊。"

东方闻音说："我算什么英雄？还不是跟你们学的。"

王兰田兴奋了，站起身子接着说："我跟你也交个底，现在国际反法西斯斗争已经取得了决定性的胜利，国内战场的形势也有了很大的变化。凹凸山分区将是我们下一步的工作重心。这一次分区领导层的变动，是很关键的。你也要回去，担任政治部的副主任。凹凸山分区还要组建一个独立二团，由宋上大担任团长，你同时兼任独立二团的政委。"

东方闻音吃惊不小："我……行吗？"

王兰田笑而不语。

"可是，我……还是觉得我不行。"

"为什么不行？连头加尾，你也是七年的老八路了，要是把你在学校参加活动的时间算上，你参加革命可以算是八年了。不要怯阵，你已经不是一个小姑娘了，而且有了实际工作经验。只要你肯学习，敢于扑下身子抓工作，就没有不行的。看看梁大牙……梁必达是怎样成长起来的？榜样就在身边，你为什么不行？"

东方闻音仍然沉默。她觉得那时候到大街上散发传单，和现在要去担任一个团的政委，领导千儿八百八路军战士的思想政治工作，是有区别的。那时候年纪小，才十三四岁，可以说是初生的牛犊不怕虎，学长们一鼓励，脑子一热也就豁出去了。可是现在，那是一个正正规规的野战团啊,不比游击队,也不比在梁必达的胳肢窝下过日子,那是要独当一面的啊,她能行吗?

王兰田显然激动了,进入了一个职业思想政治工作者的状态:"沧海横流,方见英雄本色。你的一腔热血不洒在青春的路上,更待何时啊?那时候参加学生运动你有没有想过,要是被敌人抓去了,会是什么结果?你肯定是想过的。可是你没有动摇,没有患得患失,这就是革命者的勇敢精神。正是这种无所畏惧的精神,引导你走向更加残酷的斗争,引导你义无反顾地走进了凹凸山。实践证明,你是一个出色的政治工作者。你的成熟使我们感到欣慰,也让我们看见了年轻的一代给我们带来的希望。你没有也不应该有退缩的表现,你不能有别的选择。你应该拿出新的姿态,勇敢地冲到斗争的最前沿,接受时代给你的馈赠和考验。"

王兰田如此慷慨激昂地一说,连东方闻音自己也不由自主地对自己有了新的认识。是啊,当初在学校读书的时候,冒着白色恐怖去散发传单,的确表现了很大的勇气。当然,怕还是怕的,但是没有退缩。现在已经经过七八年的实际锻炼,从道理上说,只能是更加勇敢了,似乎没有瞻前顾后的道理。想到这里,东方闻音便抬起头来,对王兰田说:"我接受上级的安排。"

王兰田说:"这才是一个政工干部的正确态度。"顿了顿又说:"那些闲书目前少看,多读读《中国革命战争的战略问题》和《关于纠正党内的错误思想》。当然,那些书也别扔,留着,等战争结束了再看。"

八

杨庭辉和王兰田在陈埠镇吃过晚饭,便直接进入寿春县,在寿春县县长安雪梅带领的县大队的护送下,将趁夜幕经由三分区,直接到江淮军区报到。看得出，两位首长心情都很好，该布置的都布置了，该交代的都交代了，走得似乎很放心。

杨庭辉没有同东方闻音单独谈话，在同梁必达谈完之后，两位首长又分别找了宋上大和马西平。如此，每个人对自己的去向都有了底，却又不知道首长们跟其他同志谈了些什么。

送走杨、王首长，东方闻音满以为梁必达要同自己交流意见，岂料转眼之间就不见了梁必达的踪影。东方闻音心里有些奇怪，心想，这个梁必达，当了司令就不认老战友了。决定不理他，可是再一想，又有些忍不住，于是便信步下山。

梁必达的住所是区干部张二根家的里间厢房。东方闻音走进院子的时候，张二根一家正在吃饭，张二根的家狗姚三也在地上左顾右盼。畜牲眼尖，一眼瞅见东方闻音进来，呼的一声便蹿上来，蹦起来向东方闻音讨好。东方闻音倒也不怕，伸出手来一上一下，挑逗姚三上蹿下跳。

这狗有个故事。姚三是岳秀英家养的母狗第二窝崽子，雄性，腿短身长，但是极其机灵，两个月前由朱预道亲手牵来，作为梁大队长二十七岁大寿的礼物，献给了梁必达。梁必达十分喜爱，给它取了个怪头怪脑的名字叫姚三。为什么这样取，梁必达不说，别人也不晓得。梁必达一有空就把姚三牵出去训练撕咬格斗，有一次姚三居然溜进大队部的伙房，毫不含糊地干掉了一只活鸡。那鸡是炊事员老韩拿半块大洋从老百姓家里买来，准备慰劳伤员的，转眼之间血肉全无，老韩心疼得眼泪都出来了，掂刀就要跟姚三拼命。老韩虽然左腿瘸了，但是那天因为深仇大恨，竟然连跳带蹦跑得飞快。眼看就要撵上了，惊动了梁必达，梁必达又拎着驳壳枪跟着去撵老韩，一边撵一边咋呼："狗日的老韩，你要是把我的姚三砍了，老子就把你的右腿也打瘸。"

老韩扔掉菜刀就骂："狗日的梁大牙，你的野爹吃了老子的半块大洋，那可是给伤号吃的啊。你狗日的得赔。”老韩是从陕西过来的老红军，因为腿残了才当的炊事员，陈埠县县大队里只有他敢骂梁必达。

梁必达说：“老子赔就赔，老子赔你一块大洋两只鸡该行了吧？畜牲不懂事你也不懂事？跟他逞能算什么好汉？”

后来梁必达果然赔给老韩一块大洋，事情才算了结。

见东方闻音来了，张二根便迎出堂屋，压低嗓门问：“东方政委，咱八路队伍莫非遇上啥事了？我看梁大队长脸色不对劲。”

东方闻音怔了一下，略一沉吟，笑笑说：“没啥，梁大队长恐怕是肚子疼。”

张二根说：“这就更不对劲了。梁大队长往常回来跟咱们有说有笑，今晚回来却是任谁不理，自顾进了他的屋子。我琢磨他是不是身上有啥不对劲，叫二孩去送热水，小黄同志不让进门，说梁大队长心里不痛快，不许人去烦恼，热水也没让往里端。”

东方闻音想了想说：“不会有什么事的，老张你别管了，我进去看看。”说完，移动步子便往里走。姚三赶紧蹿到头里，屁儿颠颠报信去了。

凹凸山老百姓的房子多是自己盖的，土墙草顶。山里不缺木材毛竹，所以住的都很宽敞。张二根家住的是二进的院子，前院正房四间，住着张二根一家。东厢房山墙下还有一个门楼子，通向里院。里院三间，就是梁必达的“官邸”了。

正坐在二道门楼槛子上认字的警卫班长黄得虎听见脚步声便站起身子，见是东方闻音，刚要说话，被东方闻音摆手制止了。黄得虎知道东方闻音和大队长的关系，自然不会不识眼色，便咧嘴笑笑，闪过身子给东方闻音让了道。东方闻音蹑手蹑脚地推门进去，才看见梁必达和衣卧在铺上，纹丝不动，像是睡着了，奇怪的是又听不见呼噜声——梁必达的呼噜东方闻音是充分领教过的，刚到陈埠县的时候，大队部连官带兵就十几个人，统统住在街头的土地庙里，夜半三更，隔着院墙都能听见梁必达的呼噜声。

可是今天的梁必达却睡得十分安静。屋子里的光线有些暗，东方闻音站在梁必达的铺前，拿不定主意是喊他还是不喊他，倒是梁必达听见了动静，翻身坐了起来，揉着惺忪的肉眼泡，一脸苦相，看着东方闻音，并不说话。

东方闻音问："你是怎么啦？身体不舒服吗？"

梁必达点点头说："是啊，是不舒服。"

东方闻音又问："是哪儿不舒服呢？"

梁必达指了指心口："这里，这里不舒服。"

东方闻音吃惊不小："可别是心脏出了毛病。"

梁必达怪里怪气地笑笑说："心脏倒是没有什么毛病，就是心里难过。"

东方闻音觉得莫名其妙："嗨，你这个人，进步这么快，都当司令员了，还难过什么？"

梁必达说："当司令员就不难过啦？就是因为当了司令员我才难过的。"

东方闻音想了想，似乎明白了，微微一笑说："你是担心工作经验不足，到了分区猪大肠子直不起腰是吧？"

梁必达说："不是，工作经验咱不缺，再说咱也可以在战争中学习战争嘛，谁也不是生下来就会当司令的。"

东方闻音说："那你就是担心跟窦副司令员和张主任他们搞不好团结，是不是？"

梁必达断然否认："也不是。老话说，阎王爷不打笑脸人。我是个粗汉子，说话办事没遮拦，有对不起窦副司令和张主任的地方。可是这我并不担心，我向他们认错行不行？他们比我有能力有经验,我虚心向他们学习行不行?他们是老革命老共产党,我老老实实地尊重他们行不行?他们是知识分子学问人,我敬着他们让着他们,他们享福我拣苦吃行不行?他们的觉悟比我高,只要真心相待不搞使绊子揪辫子那一套,只要他们不是汉奸鬼子不是存心跟我过不去,只要他们还是真共产党,我就不相信我团结不了他们。"

梁必达的这番话说得真诚实在,落地有声,有些出乎东方闻音的意外,也使她更加糊涂了:"你别这么绕来绕去搞得云遮雾罩的,你难过什么你就说出来吧,看我能不能帮你出出主意。"

梁必达说:"我就难过一条,没文化。我难过我是个苦出身,不像你们这些城里人,从小能进学堂学文化。送走杨司令他们,我回来后的第一件事就是数数我认了多少字。可是我数来数去数了三遍,越数越泄气。你猜我认了多少字?数了三遍也还是四百二十六个字。我的个天啦,学文化我下了那么大的劲,日记会写了,讲话也可以拉条条了,我本来以为自己大致可以算是个文化人了。可是你看,才四百二十六个字,这算个屁文化人。这点子文化当大队长还凑合,可是我就要当司令了。司令是个什么身份啊,杨司令那样的司令才是响当当的司令啊。只认四百二十六个字的司令算是哪门子司令?没有文化的司令就是草包司令,我不是姚葫芦,不是土匪司令。我是堂堂正正的八路军凹凸山军分区司令啊。我过去为什么那样野?为什么做了那么多鲁莽的事情?为什么爱讲粗话脏话?说来说去就是一个道理,就是因为没有文化啊。"

这一刻工夫,东方闻音静静地立在梁必达的对面,她只觉得自己的心里时震时颤,一片潮湿的东西在眼前飘来飘去。她惊奇地看见,梁必达的双眼也闪动着粲亮的水光。东方闻音缓缓移动步子,走到梁必达的铺前,把一只纤秀的手插进梁必达蓬乱的头发里,轻轻地抚摸着,像是抚摸一个乖顺的孩子,一边抚摸一边喃喃如自语:“梁必达啊梁必达,别再难过了,也别着急,我们再加把劲,你肯定会成为一个很有文化的人,你会是一个文兼武备的司令员。”

梁必达抬起头来,又说:“东方,你知道我是什么时候才真正开始琢磨革命这两个字的吗?”

东方闻音说:“你一直都是在革命啊。”

梁必达说:“对,我是一直都在革命,但那是在不自觉的情况下革命的。以前,我认为革命就是拉队伍,以后,我认为革命就是打鬼子,也包括对付刘汉英国民党。现在,我不这么认为了,革命二字,没有那么简单。说来你恐怕不相信,我真正对这两个字掏心掏肺地琢磨,是在‘纯洁运动’当中。他们把我抓起来,差点儿杀了,用他们的话说,这也是革命。你去看我之后,头一夜我想了一夜,想的是一旦有了出头之日,我首先就要杀几个人。第二夜我又想了一夜,这一夜想的还是要杀人,但不是杀那几个人了。还是要杀鬼子。那几个人口口声声喊革命口号,但是他们并不懂得革命。他们要是该杀,也用不着我杀。我要干大事,我要斗争——就是那天我想明白了,革命就是斗争,同鬼子斗,同汉奸斗,也同内部的坏人斗。但是这样的革命靠的不仅是枪杆子,对于誓不两立的敌人,譬如鬼子汉奸,格杀勿论。但是,对于内部的错误,光靠杀是不行的。你想啊,我要是出来就把他们杀掉了,那我也就成反革命了,我也就跟他们一样犯错误犯罪了。不,我不能这样做。斗争有多种手段,斗争对象也有区别,我不能像他们那样瞎胡闹,我要成为一个有思想有策略的革命者,找准斗争对象,把握斗争策略,选准斗争目标。我眼下是没有文化,是讲不清多少道理,但是,我要让他们看看,在革命的路上走得最快走在最前面的,最终是我,是我梁必达,而不是他们!”

东方闻音一动不动地凝视着慷慨激昂的梁必达,突然发现,她竟然有些不认识这个人了。

第十五章

一

自从812高地混战之后，陈墨涵的眼前就老是晃动着一片猩红，漫同汹涌的潮水。梦里梦外，都能嗅到一股浓烈的血腥味。

他说不清楚这是一种怎样的感觉。连续几个月，他一直感觉自己是浸泡在血的海洋里，那些凝固了的血块黏乎乎地附在身上，无论怎样努力也甩不掉，几乎堵塞了每一个汗毛孔，使他常常有一种窒息的晕眩。有几个晚上，他让勤务兵烧了几桶热水，跳进水里扒皮似的往下褪。然而，浴后的清爽只是短暂的，一旦他穿上军服，踏上凹凸山的土地，那片血红的潮水便会一如既往地再次汹涌而来，弥漫在他的思维的每个角落里。

812高地之战，是以刘汉英部全线溃退而告结束的。

陈墨涵带着百十号人冲上去之后，能够做的仅仅只来得及抢走石云彪的尸体，便被蜂拥而上的日伪军队压下山谷。倘若不是八路军朱预道中队拼死堵截，梁大牙又带着陈埠县县大队主力从侧翼断敌后路，他陈墨涵势必也要在乱石岗中葬身。那种惨烈之状，他是不堪回首了。可是，一闭上眼睛，石云彪独臂挥刀的身影又冉冉升起，立于云端，巍峨如山。

一仗下来，部队就垮了。一个新建的乙种团死伤四百多人，剩下的不足三百人，稀稀拉拉地汇聚在舒霍埠，再次更番号为七十九大队。

旅部最初指令原七十九团副团长莫干山任大队长，陈墨涵任副大队长。可是没过几天，刘汉英亲自召见陈墨涵，脸色铁青地宣布，取消七十九大队建制，这支残兵游勇队伍编属张嘉毓团，为该团之补充第六营，并委任陈墨涵为营长。

对于陈墨涵的重用，自然是经过了一番谨慎的权衡。

在刘汉英的视野里，最先有六个人选，陈墨涵自然而然的是最后一名。但是随着各方势力的角逐，前面各有背景的人物纷纷落马，而根本无心竞争的陈墨涵反而浮出水面。除了陈墨涵已经在七十九团奠定的基础以外，在蒋文肇集团军总部供职的二哥陈克训也是一个无形的砝码。刘汉英还有一层深远的考虑：任用陈墨涵不仅是给陈克训一个面子，而且，通过此举，也可以给自己留下一条退路。万一这支队伍再挑起什么乱子，不仅有陈克训分担部分责任，也同时可以使蒋文肇更能接近是非，就近体会他的难处。

几天之后陈墨涵才知道，812 高地一仗打完后，莫干山曾经秘密致函最高长官部，弹劾刘汉英用兵无道，要求军事法庭就 812 高地之战进行调查，同时要求上峰为以身殉职的石云彪团长追授将军衔。莫干山甚至还自作主张派人去庐州购买大理石，要为石云彪立英烈碑。

莫干山的这些活动不知为何竟被刘汉英掌握了，刘汉英自然十分恼火，只是不好做得太露骨，便采取明升暗降的办法，让莫干山又恢复了副团长职务，名义上辅佐张嘉毓，实际上被剥夺了直接掌管部队的权力。

在这样的背景下当上了这么个营长，陈墨涵的心里十分惶惑。他很钦佩莫干山，那委实是一条横竖不屈的汉子，冲锋陷阵从来没有半点怯色，像石云彪一样一身豪胆，视死如归，堪称军人楷模。莫干山被贬是因为莫干山仗义敢有所作为，在这种前提下取代他的位置，虽然没有落井下石，但是仍有乘人之危之嫌，不知道老团长在天之灵作何感想，更无法料想众弟兄会拿哪只眼睛看自己。

知道了真相的陈墨涵前思后想，觉得这个营长是不能当的，便硬着头皮去向张嘉毓辞职。

张嘉毓倒是客气，很耐心地倾听陈墨涵的辞职理由，一副胸有城府的样子，始终很老道地微笑着。相比之下，陈墨涵就显得嫩拙，一边陈述一边看着张嘉毓的表情，看着看着自信就减去了不少。等到他终于缄口，张嘉毓笑了笑，问道："你说完了吗？"

陈墨涵揩着额上的冷汗，诺诺答道："说完了。"

张嘉毓便站起身来，仍然温和地笑着，很体贴地拍了拍陈墨涵的肩膀说："墨涵老弟，你的人品我是知道的，你的真实想法我也能揣摩一些。可是你要明白，叫你当营长，是旅座的意思。刘旅长是很器重你的，认为你的出身背景好，有聪慧的军事素养。若以重任锤炼，可望成为栋梁之材。你不要辜负了旅座的一片栽培苦心。"

陈墨涵明白，张嘉毓说的这些话，倒也并非信口开河。半年前刘汉英考核各团参谋业务，他将白崇禧将军所著《山岳丛林地区攻防作战十大原则》倒背如流，并且根据刘汉英的假想敌情，做出了一份十分周密的作业，使刘汉英大为赏识，当场就对在场的几位旅、团长官说："这个陈墨涵是个人物，让他带兵打几仗，三仗不死，可以当团长。"

但是陈墨涵依然拒辞不受营长职务。在这支部队里，石云彪受排挤，莫干山被削弱，他陈墨涵反倒被委以重用，这就有一种不地道的感觉。

"团座，务请再向旅座呈言，墨涵年轻才疏，阅历浅薄且无功绩，加之本营屡经重创，弟兄们——"说到这里，陈墨涵含含糊糊地哼了一下，把"心寒齿冷"之类的话化作一口长气叹了出去，改口道："墨涵自忖当此重任难以服众，依职之见，还是请莫团副兼任营长之职，我任营副较为妥当。"

张嘉毓眯起眼睛想了一会儿，很神秘地笑了笑，放低调门，体己地说："你老弟还看不出来吗，他们那些人啊，七十九军的，都是那个毛病，一个个全都自命不凡，一贯抗上，好像全中国只有他们才是正经的抗日，连蒋委员长的命令都敢抗，旅长敢把部队放手交给他们吗？石云彪倒是光荣殉国，那是功垂千秋了。可是莫干山不一样，老莫那性子，急眼了简直就是绿林长毛，说翻脸就翻脸。眼下看来，打日本他还算卖力，可是往后倘若情况有变，他的枪口就很难说对谁了。他敢把队伍拉出去你信不信？你今天不要说辞职的话，老兄倒是有句要紧的话要告诉你。你那个营长不仅要当，还得当仔细点。你的几个营副和正副连长中，有五个是石云彪和莫干山的老杆子，赵无妨、陈士元和余草金原先都当过营长，几起几落，恐怕早就心存不满了。旅座有话，一旦发现他们有什么异动，就地解决。就是莫干山，如果再敢越轨，也绝不留情。"

张嘉毓说完，左手按着右指关节，击出了喀嚓一响。

陈墨涵的心中不禁一震。此前陈墨涵只知道这支部队派系之争很激烈，但是有抗日大局笼罩在头顶上，各方都有所收敛。七十九军已经山穷水尽了，按说可以适可而止了，没想到至今还是险象丛生。如此一来，这个营长他更是不能当了。

"团座，明人不说暗话，我也是石云彪栽培出来的，您和旅座就不怕我心存异志？"

"你？"张嘉毓抽了抽鼻子，像猎犬一样专注地嗅了嗅手中未燃的烟卷，哈哈笑了几声，站起身来又拍了拍陈墨涵的肩膀。"老弟这是开玩笑啰。你很坦率，这更让人放心了……可是，你和他们是不一样的。你陈墨涵是我张嘉毓动员出来从军的，是旅座签署命令委任为少校军官的。再说，令兄现在蒋文肇总司令身边高就，我们本来就是一条船上的客，都是党国的必用之人，患难与共啊。"

张嘉毓说陈墨涵是他动员从军的，指的是当年他和韩秋云在三岔渡口惊遇国军的事。那时候张嘉毓还是个营长,而且是败军的营长。当时刘汉英听说他们本来要投梅岭去找八路,差点儿就把他和韩秋云枪毙了。张嘉毓那时候连哼都没敢哼一声,还是石云彪挺身而出,这才保住了他和韩秋云的小命。陈墨涵疑惑了。他对石云彪的崇敬,石云彪对他的器重,都是有目共睹的,刘汉英和张嘉毓难道当真忘记了这段历史了吗?恐怕没有那么简单。

至于二哥陈克训现在在集团军总司令部担任情报处处长,陈墨涵也是在前不久才知道的。那年日军进占蓝桥埠,他投军之后曾往省垣发了几封信,得知老母已经去世,父在病中,但是二哥的情况一直飘忽不定,有消息说去了美国,也有人说被蒋文肇派往日军大本营做了特工,还有消息说陈克训到延安投了共产党。几年下来才知道,陈克训哪里也没去,从罗卓英的"西枫青年干部训练班"毕业后,他就调进蒋文肇集团军总司令部,一直从事调查和对付日军"石榴一号"的工作,并且卓有成效,逐步晋升为司令部情报处中校处长。

二哥这层关系,倒是很有可能为刘汉英所用。

见陈墨涵沉吟不语,张嘉毓又说:"我知道老弟重情仗义,为人高风亮节。但愚兄以为弟前程远大,不说有经天纬地之才,亦应有振翅鸿鹄之志,为长远计,不可意气用事。若论个人情感,何止是老弟你,老兄我和旅座也不是薄情寡义之人,并不像外面传说的那样,说我们对后娘养的如何如何,无稽之谈嘛。老弟你随便找个头脑想一想,如果当真如此,那根本就用不着倾轧了,早在当初三十里铺就把他们解决了,哪里还会有如今这么多的口舌?再说,即便他们高层之间有些龃龉,也不否认石云彪、莫干山他们有些偏见,可是老弟你同他们也就是萍水一逢,皮毛之交嘛。人各有志,聚散都在情理之中。旅座和本人对你从来没有另眼相看。自家的兄弟不用,我们还能用谁啊?"

张嘉毓说得情恳意切，可是陈墨涵反而更加惶恐了。若按张嘉毓的意思，本人的行为不就同石云彪、莫干山他们背道而驰了吗？他们是忠勇之辈、苦难之旅，大丈夫立于天地之间，光明磊落是做人根本。对于石云彪一类人物，理应鼎力相助，即便不能拯救于水火，也不能为了一己之利，去做那暧昧尴尬的勾当。倘若走上刘汉英、张嘉毓铺设的那条路，甘做他人鹰犬，岂是君子所为？

陈墨涵哪里知道，恰好是他一再推辞营长之职，反而更加坚定了刘汉英和张嘉毓对他的认可，在有关七十九团生死存亡的敏感话题上，眼下上上下下都是如履薄冰，他们委实需要有这么一个各方都能接受的角色来维持目前的平衡。

张嘉毓拒不接受陈墨涵的辞职要求。

这种事情当然也不可以动刀动枪，陈墨涵只好悻悻作罢。勉强就任营长之后，连续几天脸上阴云密布，冥冥之中总是看见一只硕大的独眼寒光逼人，似乎每一时刻都在穿肠透腑地探究他的心底深处。

二

踌躇之际，莫干山闻风而来，神出鬼没地叫出陈墨涵，岗坡上觅一个隐蔽的洼子，两个人席地而坐。

莫干山是中原人，颇有燕赵遗风，红脸汉子说话向来火暴，开口就骂："妈拉个巴子，你辞个什么职？七十九团就剩下这么几个人几条枪了，你就不能硬起卵子给我顶住？"

陈墨涵沮丧地说："墨涵宁可为兵为卒战死沙场，绝不能陷于不义之地。当这个营长就好比黄泥巴掉进裤裆里，是不是屎，本人浑身是嘴也说不清楚了。"

莫干山正色道："你小子好糊涂。你以为他们让你当这个鸟毛灰营长便是真的对你重用吗？错矣。他们要削我兵权，但是派来亲信又怕露骨，这才抓你垫背。眼下七十九团的问题就像一团炸药，一点就着，一般人这时候是不敢来的。你上有靠山，下有旧部，前有石云彪知遇之恩，后有刘汉英栽培之功，进可以跻身刘、张山头，退也不致反目为仇。天时地利你都占上了，这个营长你不当谁当？”

陈墨涵张了张嘴，喃喃地说：“可是……可是弟兄们会怎么看……？”

莫干山挥手打断了陈墨涵的话头，厉声说道：“你心我知，无须再言。”然后接着自己刚才的思路，继续说道：“你若硬顶，恰落口实于他人之手。到那时，随便治你一个罪名，再派人来就名正言顺了，七十九团的火种也就彻底灭了。为眼下之计，你屈辱也好，艰难也罢，但是你不能退缩。你是云彪兄一步步栽培起来的，你要继承云彪兄的精神，给多苦多难的七十九军的弟兄们扯根旗杆，把咱们这支后娘养的队伍带起来。”

莫干山的话落地有声，说得陈墨涵心潮澎湃。

莫干山又说：“我知道你的顾虑，你是怕弟兄们错看了你。你放心，你是石云彪器重的人。石云彪器重的人凤毛麟角，都是好汉，我莫干山和七十九团的弟兄心里亮如明镜。”

一股热流涌上陈墨涵的胸腔，但是他控制住了每一缕温情，仍然不动声色地说：“我当营长倒也未尝不可，但是我的一贯准则是令行禁止。号令未出，不准勇者独进；号令既出，不准怯者独止。军中立草为标，全营官兵，必须以我之好而好，以我之恶而恶，以我之志为志，所有言行举止必须立于我的股掌之中，一切行动必须听命于我，任何人不得越级指挥。”稍停，又补充了一句：“也包括你莫副团长。”

莫干山双眼凸出：“你这话是什么意思？”

陈墨涵不卑不亢地说:“我将按照我的意志和方式带好这支队伍。”

莫干山心中一动,定定地看着陈墨涵,陈墨涵的脸上却看不出什么表情,显得有些冷峻,似乎有某种东西藏得很深。莫干山的牙帮骨抖了抖,咬牙切齿地说:“好吧,那就看你的了。”言毕,竟潸然泪下。

分手的时候,莫干山攥住陈墨涵的手,苦笑着说:“墨涵老弟,我莫干山从军十余年,本来是怀着一腔报国之志的,如今看来我是……哈哈……我算什么?自己还把自己当做英雄使,可在人家眼睛里,连炮灰都不让你当个正派的炮灰。本军上有派系下有亲疏,狗日的日本人把咱们中国人当孙子欺负,咱们的长官还在明枪暗箭拳来脚往地内耗,这碗军粮吃起来真是硌牙又糟心啊。”

陈墨涵说:“团副向来以勇武刚烈深受部属拥戴,眼下何以悲观至此?放远眼光,大丈夫纵天下横也天下,今晚日暮西山,明天太阳照常升起,你我驰骋沙场驱倭逐寇建功立业来日方长啊。”

莫干山凄然一笑,叹道:“但愿如此啊。”说完,转过脸去,从贴身内衣上兜掏出一物,“实话不瞒老弟,我这几天常做白日梦,无论是闭门静坐,还是立于队列,总是觉得脑后有霍霍风声,疑为刀光剑影,恐怕是不祥之兆。万一我有个好歹,这封绝命之书就烦请老弟代为呈递了。”话完泪流,递过来一个牛皮纸信封,竟然颤颤巍巍地给陈墨涵鞠了一躬。

陈墨涵骇然而退,又连忙上前弯腰架住莫干山,劝慰道:“做噩梦乃心绪不宁所致,团副大可不必多虑。假如真有异常变故,墨涵和全营弟兄绝不会坐视。”

怀着一腔纷乱而悲怆的心情,陈墨涵终于接受了补充营营长一职。

所幸的是，七十九团残存的三百官多兵在一次又一次灭顶之灾的击打之下，并没有颓然垮掉。

全营第一次集会那天，刘汉英来了，张嘉毓和莫干山也来了。旅长和团长都发表了洋洋洒洒的训词，表彰了七十九团浴血奋战的功绩，追悼了石云彪和其他战死官兵的不朽，并且带来了几十枚勋章和一批军饷物资。

新任营长陈墨涵自始至终表情肃穆。站在临时搭起来的典礼台上，他的心里委实有太多的话要说，但是被他吞下了。他从森林一样戳立于地的军列的顶上看到了一层隐隐颤动的气象，从那些塑像般正襟危坐的官兵的目光中，感受到一种燃烧的情绪，也看出来了对他的信赖和支持。

集会即将结束的时候，陈墨涵将自己的两臂高举起来，背对他的长官，向着他的部队，吼出了低沉有力的一嗓子——

大刀向鬼子们的头上砍去——预备——唱——！

部队似乎愣了一下，在经过了片刻的沉寂之后，一股澎湃的膛音拔地而起，直冲霄汉：

> 大刀向鬼子们的头上砍去！
> 全国武装的军民们，
> 抗战的一天来到了，
> 抗战的一天来到了！
> …………
> 大刀向……
> 大刀向……
> …………

雄浑的歌声如风暴席卷江海咆哮，一泻千里无可遏制，在凹凸山的上空滚动轰鸣。这是一次最真实的精神检阅。歌声凝结着仇恨和激情，也掩盖了屈辱和阴谋。陈墨涵从这感天动地的歌的浪潮中,似乎已经触到了扑面而来的浓浓的血腥味。战斗厮杀的欲望汇成一河血红的潮水,从他的身边哗哗流淌。他似乎看见了千万柄银光闪烁的戟槊在马背上蠢蠢欲动,随时准备一跃而起凌空劈下……

不用看陈墨涵也能够想见,他身后的刘汉英和张嘉毓等人也在跟着队伍一起唱,而且在表面上同样唱得掏心掏肺热血沸腾,至于心里是怎样的惊悸,那就只有他们自己知道了。

三

喧嚣了一个后晌的凹凸山在入夜后沉寂下来,天上若隐若现地跳动着几颗星星。新建的补充营在森严的警戒中进入了丰富的梦境。一缕凄婉的二胡琴声从营部庭院一间小屋的门缝里流出,如同一根断断续续的游丝,点点滴滴地渗进凹凸山连绵逶迤的沟壑,淹没在此起彼伏的蛙鸣蝉吟之中。

陈墨涵面壁揉弦,如入无人之境。曲子是古典管弦名曲《十面埋伏》,却又不拘泥于原作,有许多即兴的成分,时而浅吟低回,如倾如诉;时而急弓繁弦,如疑似问;时而跌宕豪放,如江河之水一泻千里。

正拉得忘我忘物,蓦然听见一阵敲门声,那声音极其轻微,像是犹豫不决,然而陈墨涵还是十分清晰地听见了。

琴声戛然而止。

陈墨涵收弓抚杆,迅速从旋律中脱出身来。擎枪在手,打开门一看,陈墨涵惊得目瞪口呆。出现在他视野里的,是一团白色的影子,那影子一见到他,便不由分说地向他蠕动,看样子是有气无力了,然而却坚定不移地用自己的脑袋磨蹭他的腿杆——天啦,是雪无痕。

812高地之战，尸积成山血流成河，高地上连一棵活着的树木都见不到了。几天之后清理战场，莫干山特意指派几名士兵寻找雪无痕的尸体，要把它同石云彪葬在一起，却没找到。没想到在这个月朗之夜它却悄无声息地出现了。是"大刀向鬼子们的头上砍去"的雷霆放歌把它唤醒了吗？是一曲《十面埋伏》的琴声又将它引回到这片生死不已的战地吗？

哦，这个饱经沧桑大智大勇的生灵，这个在兵荒马乱中大难不死的爱国者，这个轻利重义忠贞不屈的畜牲，这个从未胆怯屡建功勋的卓越士兵，这个七十九团最亲密的朋友和最默契的助手，这些天来，你在哪里？尝了千般苦，受了万种罪，你依然活着，依然举着高贵的头颅，依然闪烁着能够洞穿各种阴谋的犀利的目光，依然循着战友们的歌声回来了回来了回来了。你就是一艘不沉的战舰啊，你何以知道我陈墨涵就是你可以信任可以依赖的人呢？七十九团还剩下三百多人，你连莫干山都没有去找，却为何如此义无反顾径直奔我而来？

哦，雪无痕啊雪无痕，你将是我灵魂的一面旗帜和唯一的知音啊。

陈墨涵扔掉二胡，泪流满面地抱起了雪无痕。灯光下细细打量，雪无痕显然是受过重伤的，它的左肩和右后臀部有刀疤，右耳朵上有两个洞穿的窟窿，自然是被子弹打的。

不可思议的是，雪无痕身上所有的伤口都已经痊愈，右后臀上还有紫药水的痕迹——这说明雪无痕曾经接受过治疗。治疗者是谁，只能是谜了。

雪无痕的到来，给陈墨涵带来了极大的慰藉。他像是在冥冥之中得到了一道神谕：无论如何，必须往前走下去，后退是没有出路的。物竞天择，他必须高举一面旗帜，带领一支苦难之旅走出沼泽。

四

在一个沉闷的夜晚，陈墨涵缓步登上812高地。

陈墨涵坚信紫云观那位老道的话绝非妄语，今夜无论如何是有一场大雨了。来的时候，他带了一个排，撒在山下和坡上，然后在雪无痕的陪同下登上了山顶。

经过一番精心调养，雪无痕又恢复了健康。十多天后，本营老兵不知从哪里听人传说，陈墨涵才大致知道了雪无痕死里逃生的经历。

在812高地血战中，雪无痕全身六处挂彩，因为失血过多，昏迷在一个潮湿的洼地里，被一名日军中佐发现。该中佐是个动物学家的后裔，来华参战之前则是东京帝国大学生物系的高才生，他在对雪无痕的耳朵和爪子进行了一番无微不至的研究之后，居然辨认出雪无痕不凡的身世，知道这是一只被动物学家命名为“鹰冠”的犬类，是乌尔卡契的优良品种。而乌尔卡契地区在十七世纪曾经发生过一场人类空前的战乱，战乱之后又遭受了上苍的惩罚，三年不雨，土地龟裂，生灵濒临灭绝。这种“鹰冠”已经十分的稀少了，不料在凹凸山腹地居然发现了一只。

中佐自然大喜过望，嘱咐随队医官紧急抢救，并且在救活之后精心护理。他要按照自己的营养学说，将这个来自高贵血统的小东西养得膘肥体壮，让其毛色光洁一新，恢复祖传的风度和气质，等到战争结束之后带回国去，那将在他的家族甚至有可能在本国的动物学界引起无限的惊喜。

日军中佐想错了。

具有纯洁的民族精神的雪无痕，是不会让它的敌人实现愿望的，哪怕这个愿望是美好的。它接受了治疗，但是它拒绝接受日本人赐予的任何食物,包括牛奶鱼片蛋糕之类的高级营养品。在日军医官那里,它只食用一种东西——水,而且是凹凸山的水。当然,日军医官绝不敢掉以轻心,他不能让中佐的宠物因绝食而毙命,便强行给雪无痕注射葡萄糖和卡耐基尔斯激素。

雪无痕无可奈何地活了下来。当然,那是一种在心灰意冷状态下的对于一切都无所谓的活法。在那些日子里,它毫无作为,只是静静地等待末日的来临。

可是终于有一天,它知道了它的队伍并没有被彻底消灭,凹凸山区还有它的亲人,它没有跟任何人商量就毫不犹豫地跑出了医官刚刚打开不到一分钟的栅栏,任凭身后枪声如豆,轻而易举地就摆脱了敌人徒劳的追赶,义无反顾跋山涉水地回到了陈墨涵的身边。

现在,雪无痕同陈墨涵并肩而行,来看望它的亲人。对于石云彪,它甚至比陈墨涵更多一分了解。

已经是盛夏了。这个夏天世界上发生了很多重大的事情。太平洋战事紧锣密鼓,德国纳粹在盟军的打击下呈全面溃退之势,侵华日军因其本土遭受灭顶之灾而大幅度收缩。可是就在这样胜利在望的日子里,莫干山却突遭横祸。

石云彪死了。正因为死了,石云彪才是不死。

莫干山也死了。他没能获得石云彪那份殊荣成为不朽。日军曾经像串珍珠一样,在他的身上打过六个枪眼,他都没有倒下,却死在一伙身份不明之人的乱枪之下。

五

说是有雨,却是满天星斗,绝无半点风雨的先兆。一轮昏黄的弯月悬在顶上,将凹凸山群峰的轮廓笼罩在如烟似雾的月光之中。

山野蛙鸣虫吟，枝叶轻曳。山下村落斑驳却罕见灯火，只有稀疏银汉，在月天之上点缀出遥远的飘渺。

陈墨涵仰天长叹，真是山河依旧，国破人非啊。

莫干山死在一个月黑风高之夜。

从旅部传出来的讯息是：莫干山借带队出山巡哨之机，携枪投敌，被汉奸姚葫芦的手下误认为商队，尾追至马陂歼击，所率二十余人无一生还，叛匪首领莫干山死于乱刀之中，所带金银财物悉数被劫。

弥天奇冤。好就好在刘汉英得到了“无一生还”的报告。七天之后陈墨涵秘密赶到凹凸山主峰下的紫云观，会见了那位郑姓勤务兵时，那位勤务兵仍然神色恍惚惊恐不已。

据郑姓勤务兵说，莫干山此行是奉刘旅长的命令，前往马陂接运内部人员从洛安州购买的药品。可是到了接头地点，不仅没有见着送药的人，反而遭到了突然的枪击。二十一个弟兄均倒在乱枪之中。之后一群蒙面人又从两边的树林里钻出来，挨个补枪。

事实上莫干山对于这样的事早有预感，出发之前就交代勤务兵，一旦出现异常情况，叫勤务兵不要管他，力求逃生，因此在枪响之时，勤务兵首先被莫干山推进树林，否则也同样成了枪下之鬼。

郑姓勤务兵给陈墨涵带来莫干山的最后遗物是一张写在黄裱纸上的绝命书：如果我死了，就是被人暗算的。

如此说来，一切都是有预谋的，这一切也早都在莫干山的预料之中。

此刻，站在812高地上，陈墨涵的心灵被巨大的痛悔不断地撞击着。

他想他是太书卷气了，他是太轻看了阴谋的可能性。这样的事，他本来是应该预料到的，以他的力量本来是可以对莫干山进行暗中保护的，可是他却迟钝了。他只是限制了莫干山的行动，以为只要莫干山不插手补充营的军务,就能减少某些人对莫干山的猜忌和怀恨了,以为只要莫干山暂时放弃争斗就能相安无事了,以为都是党国军人,至少会有起码的人格和信用。可是他错了。以史为鉴,煮豆燃萁的事情比比皆是啊。《六韬·论将》说将有五材:勇、智、仁、信、忠,此仁此信此忠乃是施于部属袍泽。五材之中独无"义",君子与非君子之战乃你死我活,"义"乃乱军之物,义不掌兵乃千年古训,以义之心度非义之腹,岂有不被暗算之理。

走在崎岖的山道上,陈墨涵的心境与这茫茫夜色浑然一体。再抬头看天,已经是墨黑一团。暗蓝深邃的天空似乎勃然变色,低天昊昊,苍穹黯淡。先是一阵凉风掠过,陈墨涵打了一个冷战,接着便见明月失色星斗纷乱。不知是何时从何处飘出一团巨大的厚云,泰山压顶般覆盖下来,顷刻之间便闻空中喀喀有如裂帛之声。雷霆由远及近由上而下隆隆滚来,洞顶般的穹窿骤然炸裂,大地的脉搏在急剧地颤动,起伏的群山于是跳跃着映进视野。

陈墨涵心里一震:这雷声炸得蹊跷啊,暴殄天物,当真是天怒人怨。大雨终于滂沱而下,在凹凸山麓奏响了犹如万马奔腾的天籁之音。

陈墨涵迎风伫立,任如注的雨水泼面浇来,顺着紧贴肌肤的军装瀑布般流泻。他的心里不闻雷声,只有雨声,眼前没有闪电,只有一只巨大的独眼悬挂在混沌的天宇下冉冉升起。弥漫在812高地上的血污就在这滔滔的雨中纷纷沉落,渗进了山林深处,灌进了草木根须,铸进了岩缝石隙。他觉得他的每一根毛发都被洗净了尘埃,每一片肌肤都舒畅地呼出了污浊之气,悲怆的心田此刻一片清凉。

六

暴雨纵情地挥洒了一夜。当地人说,这是凹凸山近几年下的最大的一场雨。

直到天明时分，风势才逐步减弱，雨丝也由粗变细，再敛成毛毛细雨，无精打采地意思一阵，终于偃旗息鼓了。于是，舒霍埠又骚动起来，旅部直属的特务营、工兵营和一些勤务分队由值星军官们带队，在坝子上扯起口令操练。

乔治冯站在医院外面的山路上，饶有兴致地观赏凹凸山雨后的晨景。

太阳从东方的山脊线上水淋淋地爬向天空，玫瑰色的霞晖在凹凸山麓弥漫荡漾。视野清晰透亮，空气里洋溢着栀子花的芬芳。受了一夜惊吓的山鸟从恐怖中苏醒，起先试探着叽喳了几声，这里叫了那里应，工夫不大便形成合唱，伴着坡上多路喧腾的溪流，汇成了夏晨雨后美妙的旋律。托着水珠的山花自然更加娇媚了，在青枝绿叶的簇拥下，在微风里轻轻摇曳，宛若羞涩的脸庞。

当然，在这田园诗般祥和的晨景中，还有一个亮丽的主题，便是远处的那个女孩子。

乔治冯不仅是一个严谨的医生，也是一个很有浪漫气质的诗人，当然他并不作诗赋词，他的作品是由手术刀创作的。在乔治冯此刻看来，这个清晨所有的景观似乎都只是一种氛围，或者说是一件合体的衣服，是舞台上和谐的灯光，它们渲染着那位姑娘，照耀着那位姑娘，因了那位姑娘的美丽而美丽，美丽的姑娘因了这美丽的烘托而更加美丽。

乔治冯在这一瞬间激动了。

那道美丽的风景正是他的作品啊。他足足花了两年多的时间，几乎用尽了他的浑身解数，终于把那个姑娘从一场荒诞而尴尬的病中解脱出来，从而使她恢复了天然丽质。

乔治冯就这么长时间地凝望着他的作品。韩秋云正和医院其他的人一道，忙乎着清理院子里的积水。她的动作是熟练的，她的姿势则是那样的优美。是的，她本来就是一个劳动的村姑，她的美丽是在劳动中生成的。

乔治冯的心里隐隐一动，差点儿就走过去拿掉她的工具，他觉得她不应该再从事这样的劳动了，他觉得她应该成为自己的一名学生，成为一名高尚的护士或者是卓越的外科医生，因为她拥有聪慧的天资和那双无与伦比的手。

终于，韩秋云挖好了一条小水渠，抬头擦汗的时候，亮亮的眸子从飘动的氤氲中掠过来，一眼看见了乔治冯专注沉迷的目光，脸色微微一红，羞赧地笑了笑，又低下头去，清洗自己的工具。乔治冯笑了。他知道那姑娘从内心深处感激他，甚至信任他。会不会爱上他？他没有问，他也不可能问，因为他是她的医生，医生和病人的关系应该是圣洁的。到目前为止，他对她的感情还局限在欣赏和爱惜的范围内，他是一个出身于高贵的家庭又受过高等教育的人，他还没有把自己的情感认真地同这个穿着美式军服的村姑联系在一起思考，尽管他对她是那样的熟悉。

在这个世界上，没有人会比乔治冯更熟悉韩秋云的身体了，也没有人比他更能懂得她那双手的价值了。那双手首先是有力的，在她病魇期间，那双手曾经数次紧紧地抓住过乔治冯的胳膊，它们所表现出来的是一种缓缓渗透的力量和极其细微的敏感。

乔治冯十分认真地研究过韩秋云双手的骨骼和皮肤，他惊奇地发现，这个凹凸山的村姑居然有着十分难得的生命构成，手指修长关节灵巧，肌肤光润细腻，可谓嫩若新葱，凝似华玉。他简直很难相信，繁重而粗糙的劳动居然没有能够破坏那双手的天然美感。

乔治冯的想象世界于是出现了诗一般的境界——哦，这个姑娘是汲饮山涧中纯净的泉水长大的，凹凸山无处不在的栀子花的芬芳灌溉了她，质朴而快乐的山歌沐浴了她。晨饮朝露，夕餐花香，这或许就是这个姑娘得以绝美的唯一依据了。她就像一只野生的小鹿,她的生命,她的青春,她的容貌,她的未经污染的善良和不谙世事的单纯,她心中那片没有被开垦的聪慧,完全是来自这片山林和田间最原始的营养。于是乎,她的健康的美丽,她的劳动的色泽,她的蓬勃的活力,就同养育她的这片山水天然相融。她本来就是凹凸山的一片叶子或者一汪泉水,是一朵飘扬的花绒或者挂在枝头的果实。从那个时候起,乔治冯的心里就时时泛起一种异样的滋味,他甚至设想在她的病完全治愈之后,就把她带走,带到一个没有战争没有恐怖的文明世界里,然后他要教她学会正确地使用自己的手。

倏然,一丝粲然飞动的光线灼痛了乔治冯的眼睛,那是不远处正在训练射击的战地女子挺身队——自从高秋江离开之后,这支队伍就易名为战地女子挺身队了。乔治冯对这个莫名其妙的称谓十分反感,尤其令他反感的是这支队伍的新任队长,也就是政训处长吉哈天的夫人黄女士。

三个月前韩秋云基本痊愈,就是这个长着一双鱼眼的黄女士,不厌其烦地到医院来催促韩秋云出院,乔治冯也感到实在没有理由阻拦了,在他怀着复杂的心情征询韩秋云是愿意留在医院当助手还是愿意回去的时候,那位姓黄的队长竟然不怀好意地奚落他是想茅屋藏娇,使他的自尊心受到了极大的损伤。他也说不清楚究竟是出于怎样的心理,他非常不希望韩秋云再回到所谓的战地女子挺身队里去,他认为他有必要制止这件事情。

在这个清晨,乔治冯再一次产生了冲动,他决定把这个姑娘从战争的边缘拉回来。无论如何他都认为,这个姑娘不适合于战争。战争是一件很严格的事情,它是需要特殊性格的,把年轻貌美的女子放在战争的熔炉里烘烤,她们很快就会被烤干水分从而枯萎。让女人从事战争是对人类至爱的母性的严重破坏和浪费,是对于性别的极其不合理的错误使用。

乔治冯理了理情绪,向韩秋云走了过去。

在韩秋云侧后十几步的地方,乔治冯站住了。这时候他看见了韩秋云的半边脸庞,那上面挂着汗珠,红晕如霞。乔治冯稍微犹豫了一下,轻轻地唤了一句:“姑娘,你过来一下。”

韩秋云听见喊声,双肩悸动。转过身来,目光与乔治冯对视,笑了,说:“大夫你看,我可以干活了,不用再吃药了吧?”

乔治冯说:“药暂时还是要吃的,不过我今天想和你谈谈别的事情。”

韩秋云有点意外:“哦,乔治大夫……是不是我的病……”

“啊,不不,”乔治冯赶紧摆手,“没什么,我只是想散散步,跟你随便聊聊。”

韩秋云便放下铁锹,惶惶地跟着乔治冯走上了山道。

默默地走了一程,乔治冯问:“你愿意留在我身边当一名护士或者医生吗?”

韩秋云的脸色突然绯红起来,说:“多谢你乔治大夫,你治好了我的病,我也知道你的好心,可是我不能留在那里。”

“能说说原因吗?”

韩秋云说:“我没有见识,那种事情我做不来。”乔治冯仍然不解,说:“如果你不能留下来,就要回到……挺身队里去,你知道挺身队的性质吗?那可是要打仗的啊,你难道不怕?”

韩秋云沉默。乔治冯也沉默,过了一会儿才说:“我给你讲个故事,你愿意听吗?”韩秋云想了想,又四处张望了一下,然后轻轻地点了点头。

乔治冯于是就讲了一个故事。乔治冯说:几十年前,在克里米亚战场上,英国的几千名伤兵因为缺少医治和护理,濒临死亡。这时候有一位女子挺身而出,她美丽善良,高贵又富有同情心。她提着一盏马灯,昼夜奔波在伤兵中间,为他们清洗伤口,换药包扎。

她的那盏马灯，照亮了无数绝望的心灵。

“她是谁?”朝阳下面，韩秋云的一双眸子清澈如泉。

“她的名字叫南丁格尔。她是世界上出现的第一个护士。从那以后，就有了护士这种职业。护士是士兵的第二个母亲，是人类最崇高的职业之一。”

故事讲完了，乔治冯安静地等待韩秋云的反应。可是没有反应，韩秋云正在无声地眺望远处。乔治冯于是继续诱导：“还有医生，他的职业就是拯救人的生命，高尚而且高贵。我认为你完全可以成为这样的人。”

过了许久，韩秋云才抬起头来，睁着一双亮晶晶的眸子，看着乔治冯说：“大夫，你的意思我明白，可是我做不了医生，也做不了护士。我恐怕只能回到她们那里去了。”

“为什么?”

“你们做的事，都是学问人做的事，可是我只读过三年书。”

“但你年轻啊，而且可以先学着当护士嘛。”

“就算能行，可是他们不会答应的。”

乔治冯停住脚步，笑了，说：“我先征求你本人的意见，如果你想留下来，那就能留下来，没有人能阻拦你，你相信吗？你说吧，你自己是不是愿意?”

韩秋云抬起眼睛，看着乔治冯，抿了抿嘴唇，终于点了点头：“我愿意。在你那里干粗活我都愿意。”

七

乔治冯赶到刘汉英住所的时候，刘汉英正在花园里捉虫子。兵荒马乱的岁月，偏安一方，这也是难得的闲情逸致了。

刘汉英住的是一幢二层简易楼房，这是部队进山的第二年由工兵建造的，虽然算不上豪华，但是地面很大，院子里种着蔬菜，后院还有一个花园，品种不多，多数是凹凸山特有的栀子花和杜鹃之类。

刘汉英的夫人程女士是大家闺秀，毕业于上海的一家教会学校，知书达理，为了表示坚持就地抗战的决心，该女士也于去年进山，就在刘汉英的特别行政公署做妇抗工作，偶尔也到学校和医院里去，因此乔治冯对她并不陌生。见乔治冯来了，程女士赶紧迎出门外，满面春风地说："好稀客，你乔治总算登我的门了。此来必有贵干。"

乔治冯本来是满怀信心来的，让程女士这么一说，反倒愣住了，木着脸想了一会才说："倒也算不上大事，我来找刘先生说点小事。"

程女士说："公事还是私事？"

"应该算是公事吧。"

程女士笑了，说："什么叫应该啊，公事就是公事，私事就是私事。你这么似是而非，我断定八成是私事了，而且是重要的私事，不然你怎么肯舍驾光临寒舍呢？"

乔治冯的脸不由自主地就红了，心里想这个女人厉害。

两人正在门口寒暄，刘汉英从后院里踱了出来，见是乔治冯，也有些意外："咦，你这个救命的菩萨，居然也到我这个杀人屠夫家里来了，难得难得。夫人，你是不是到伙房关照一下，我来跟乔治老弟喝顿早酒怎么样？"

乔治冯说："早酒是不必了，我说完话就走。"

"噫，那可不行，菩萨来了不敬酒，是要倒霉的。我知道你不尝土酒，我这里可是有一瓶上好的威士忌，就是给你留的。"

程女士朝乔治冯笑了笑："我今天可是要亲手下厨了。"说完，一摆腰肢走了。

乔治冯想了想，也好，这样可以从容地把话说完。再说，这段时间稍微清闲一些，心情也比较好，清苦数日，有几杯威士忌不算坏事。如此一想，便不再推辞，跟着刘汉英进了客厅。

坐定，勤务兵上了茶，刘汉英说："别忙，咱们有约在先，今天你说什么都可以，就一个字你不能说。"

乔治冯有些犯糊涂："什么字？"

"一个'走'字。你老弟无事不登阎王门，你今天该不是来告辞的吧？"

乔治冯心里踏实了，笑笑说："这个字今天不说，我今天来，是想跟你提一个要求，希望你不要拒绝我。"

"有话请讲。"

进入实质性的阶段，乔治冯多少还是有点顾虑。刘汉英虽然是一个受过教育的高级军官，但是在有些问题上，粗俗的一面还是有的，弄得不好，自己的意思就会被歪曲。而如果不直接说出来，显然也是不行的，并且是刻不容缓的，他非常讨厌那个不断去医院骚扰的黄女士，他再也不想见到她了，于是硬着头皮说："我请求把那个姑娘留在医院里。"

刘汉英怔了一下，坐在红椅上的身体斜过来，奇怪地看着乔治冯，看了好大一会儿，才笑起来："哈哈，你老弟到底耐不住寂寞了吧？我早就跟你说过，凹凸山的姑娘，你乔治冯只要不嫌弃，要谁我给谁。你说吧，是哪个姑娘？"

乔治冯的脸顿时涨红了："刘先生你误会了。我不是那个意思，我是说，我需要一个助手，我看中了那个叫韩秋云的姑娘，她很聪明，有很好的手指，适合我的要求。事情就是这样，我没有别的意思。"

"是吗？"刘汉英表情古怪地窥着乔治冯的眼睛，像是在深挖那里面最隐蔽的东西，"你为什么就不能有别的意思呢？君子好逑无可厚非，在凹凸山，你对抗日事业是有卓越贡献的，我们能为你做点什么呢？别说你喜欢一个姑娘，你就是要几个如夫人，那也是看得起我们嘛。”

乔治冯有些不高兴了：“刘先生你这样说不合适，很不尊重人哦。”

刘汉英又斜过身体：“你说什么，不尊重人？哈哈，你老弟真是个书虫。你哪里知道，在凹凸山，说这话的如果不是你乔治先生，换任何人用这种口气说话，我可以毙了他。当然了，我们是无话不谈了。至于那个姑娘，我跟你讲，那是完全没有问题的，就留在你那里了。你说是当助手也好，当学生也罢，只要你老弟高兴，怎么样都行。”

乔治冯觉得，在刘汉英的面前，实在有口难辩。虽然他有着特殊的待遇，可以称呼人见人怕的刘旅长为刘先生，但国军军官的专横他是不断耳闻目睹的，他只是在心里为韩秋云和凹凸山的女性们感到难过，在这里，在国军的部队里，她们的人格很难受到起码的尊重，为了某种利益，她们甚至随时都有可能被当成一件工具或者礼物转让。

这种难过的情绪使乔治冯更加坚定了自己的想法。他悻悻地说：“刘先生既然同意了，那就请你给黄女士下一道指令，请她不要再三番五次地到医院纠缠了。”

刘汉英说：“当然可以，不过你也得答应我一个条件，还是那一条，本部离开凹凸山之前，你老弟不能再提走的事。送佛送到西天，烧香要烧到底，你老弟回国援助抗日，也得善始善终。”

正在说话间，程女士进来了。刘汉英乐呵呵地说：“洁芬，这回你有事做了，我看你那个妇女新生活运动，可以从乔治这里做起了。你知道乔治今天为何而来吗？”

程女士含笑说：“不知道。”

“嘿嘿，凤为凰栖蝶为花舞，我们的乔治大夫相中了一个姑娘。”

程女士作出一个夸张的表情：“是吗？这是好事啊，谁呀？”

刘汉英说：“乔治老弟的眼光别具一格，他爱上了一个凹凸山村姑。”

乔治冯涨红了脸，赶紧辩解说：“事情不是这样的，或者说不完全是这样的，我只是……只是需要一个助手和学生，她就是我们治愈的那个姑娘，名字叫韩秋云。”

程女士粲然一笑：“果然好眼力，那可真正是一个小美人儿。可是，她还是一块璞玉啊，她没有受过教育，你……爱她吗？”

乔治冯这下更说不清楚了，支支吾吾地回答说：“我当真……没有认真考虑过这个问题，我……但是我的确很喜欢她。”

程女士又问：“她知道你喜欢她吗？”

“不知道，我可从来没有说过。”

“那么，她喜欢你吗？”

“那就更不知道了，我从来就没有问过。”

程女士咯咯一笑：“你想过吗，比如你曾经想要拥有这个姑娘，你甚至有可能娶她，你想过吗？”

乔治冯愁眉苦脸地看着程女士，很大一会儿才老老实实地回答：“想过，我想我是想过的，因为我喜欢她，所以……不过那往往是非常偶然的一个念头，你们知道，我不是一个……”

“行啦。”刘汉英摆摆手说，“什么喜呀爱的，这里是军队，不讲究那些婆婆妈妈的。这样，这件事交给我们来办。洁芬，我看你出面比较合适，你去找那个姑娘谈谈，晓以大义。不管她是怎么想的，怎么想的都得以国家利益为重，以抗日大局为重，既然乔治大夫情有独钟，她就算是为党国特别是为凹凸山抗日独立旅做出了贡献，要她照顾好乔治。”

程女士笑笑说:“听你这口气,下一道命令得啦。”

刘汉英说:“你先去动员嘛,我相信她会很乐意的。万一她有异常想法,下道命令也未尝不可。”

乔治冯顿时急了:“程女士你千万不要出面,就算我……有那个意思,也得我自己……当面说啊,那应该是我们自己的事情啊……”

程女士又咯咯地笑起来,笑得鲜花盛开绿叶飘扬:“乔治,你以为这是什么地方,你当这里是大不列颠日不落帝国吗?你以为这还是加拿大吗?你还想跪下来向那个姑娘求婚吗?你要是把那样的绅士当上了,我们的姑娘可就吓跑了。中国的红娘传书倒是很有效果的。”

乔治冯说:“问题是……我们还没有……”

刘汉英又挥了挥手:“好事好事,没有的也可以有嘛,我赞成有。我一会儿就交代吉处长。那个韩秋云参加抗日几年啦?哦,还挂过彩,那就先授个上尉衔,上尉助理医官吧,怎么样?”

乔治冯吃惊地看着刘汉英:“可是她的学业还没有开始啊,怎么能当助理医官呢?这简直是开玩笑。”

刘汉英也看了看乔治冯,笑了,显出很宽厚的样子:“按她的资历,上尉已经很低了。”

乔治冯实在是搞不懂祖国军队里这种升迁的随意性和个人意志的巨大作用,居然激动起来了,说:“你给她授上尉可以,哪怕授少校我也不反对,但是她现在怎么能当助理医官呢,我只是想让她当我的助手和学生。你这样做,是对我们医学的侮辱。”

刘汉英仍然不温不火,笑道:“你看你这个老弟,我这样做完全是为了给你创造条件啊。”

乔治冯却不领情,仍然面红耳赤地抗争:“不是一回事嘛,你怎么能这样处理问题?荒唐!”

刘汉英狡黠地笑笑说:“荒唐也好,谬误也罢,我看事情就这么办了。”

勤务兵进来了,端上来几碟精致的菜肴,程女士便热情地招呼乔治冯入席。这顿晨酒,刘汉英兴致很高,左一杯右一杯地猛劝。

乔治冯起先闷闷不乐,架不住刘汉英夫妇左右夹攻,后来就喝出了热情,喝得摇头晃脑,并且于摇头晃脑中同刘汉英又达成一项口头协议,在刘汉英的部队没有撤离凹凸山之前,他仍将一如既往地效力于刘汉英军中。

第十六章

一

战争的紧张空气紧跟着秋风，从凹凸山外刮进来。

高秋江潜进洛安州之后，经过一番努力，一度瘫痪的情报站又恢复了活动，高秋江又被委以新的任务。是年秋天，高秋江派人送出来一个重要的消息，日军山野大佐调集了一个联队另两个大队近两千名日军和张天雨、姚葫芦等部"皇协军"四千余众，将于近日对凹凸山发动六路"秋季攻势"，其锋芒所向，是刘汉英部的东南防线天堂寨、老楼岗和河口镇。

刘汉英派了一名副官，飞马驰往梅岭，邀请八路官长到舒霍埠参加紧急作战会议，没想到碰了个不软不硬的钉子。

除了参谋长姜家湖以外，分区其他首长都不在家，梁必达在一团参加党委会，副政委张普景和副司令员窦玉泉到新组建不久的二团去了。

姜家湖领着张副官在一团团部老侯家找到了梁必达。

梁必达倒是很客气，看了刘汉英的亲笔信，又让姓张的副官念了一遍，听完后站起身子，在院子里踱了几圈，然后抑扬顿挫地对张副官说："照我看来，日本人这次进山，是要跟你们比试比试的。小鬼子眼力不差，知道你们国军军饷充足兵强马壮，打起来是个对手。咱们这些土八路呢，人家还看不起。咱们穷啊，政府不给发军饷，装备都老掉了牙。咱们许多战士连枪都没有，只有几颗手榴弹，这样的队伍人家自然瞧不上了，连打都懒得打。这仗我看我们就不去凑热闹了，也免得沾了国军的光分了国军的功。你说呢？”

张副官一听话头不对，赶紧立正说：“梁司令，这回鬼子来头大，八路兄弟要是袖手旁观，我部势必独力难支，我东南防线一旦击溃，敌后续部队便可长驱直入。到那时，丢掉河口镇、天堂寨，凹凸山左翼无险可守，也就……唇亡齿寒了……”

梁必达嘿嘿地笑了：“张副官你说得也太邪乎了。以你国军四千精锐，踞险守隘，又有坚固的防御阵地，以逸待劳。敌军远途而来，人困马乏，加之地形道路两不熟悉，何以就能轻易地长驱直入？照你如此一说，刘旅长和国军长官兵卒难道都是饭桶不成？”

张副官没想到此行的使命会是这样一个结果，让这个土八路奚落挖苦一通倒算不了什么，可是八路拒绝参战这可不是闹着玩的。

张副官硬着头皮说：“梁司令，贵军和本部一向都是精诚团结携手抗日，因此才有了凹凸山抗日根据地的存在和稳定。过去杨庭辉长官在凹凸山，我们两家在作战上始终都是……”

张副官的话还没有说完，梁必达就挥手把他的话头掐断了：“你回去禀报你们的刘旅长，凹凸山的八路军如今是我说了算。就说是我梁必达梁大牙说的，鬼子‘扫荡’咱们是兵来将挡水来土掩，各人看好自己的门。这么大块肥肉，送到你们的菜板上，咱们不眼气。他要是逃到我这里呢，我再把他撵过去，还是还给你们打。掠人之美的事我是不干的。”

张副官几乎要哭出来了：“梁司令，本部倘若有什么对不住贵军的地方，还望梁司令海涵，怎么说都是自己的同胞，打完这一仗从长计议犹未为迟，可是眼下军情紧迫，这个玩笑……开不得啊……”

梁必达倏然沉下了脸:“张副官,你在本司令面前能这样说话吗? 别说是你一个小小的副官,就是刘汉英来了,跟我讲话也得带笑三分。”

说完便喊警卫员黄得虎:“送客。”

二

张副官兴致勃勃而来,垂头丧气而归。回去后在旅长官的面前将梁必达的话一五一十全盘端出。

刘汉英听完,呆了半晌作声不得,末了问文泽远:“这个梁必达是个什么人?”

文泽远说:“梁必达想必就是梁大牙。此人原是土八路陈埠县的县大队长,收拾日本人倒是一把好手,前些日子把洛安州闹得鸡飞狗跳,据说山野大佐都险些被他派人炸掉了。”

刘汉英木着脸又待了一会儿,仰天长叹:“误事啊误事,这般混世魔王扛枪三天就是大队长,五天就是司令,偷鸡摸狗的能耐未必没有,可是跟日本人大规模的作战,仅凭匹夫之勇谈何容易啊。”

文泽远说:“不可小看梁大牙,据说这个人是杨庭辉的心腹悍将,乍看起来莽若村夫,其实极有诡计。老杨他们敢在这个时候把看家队伍交给他,应该不会是轻率之举。”

刘汉英仍然满脸愁云:“可是这个泥腿子不肯配合,如何是好啊?”

吉哈天说:“旅座是不是可以以国民革命政府凹凸山特别行政公署长官的名义给他下一个强制的命令,具体地布置他们的行动,如果他们不执行,则以破坏抗日有汉奸嫌疑上报长官部,干脆像江南那样,缴他们的械。”

左文录说:“不妥。如今不比前两年,皖南的事情弄得举世瞩目,国际舆论纷纷,统帅部压力很大,在这种情形下做这样的动作,上峰恐怕不会照准。再说,就算上峰照准了,近日日军大举攻势,我军也无暇下手。再退一步说,就算哪条路都通了,这步棋也还是不能走,殊不知,今日的土八路已不是当年的乌合之众,兵员、装备、机构都有了扩展,颇具规模了,真打起来,还不是轻易就能解决的。我看是不是可以这样,以旅座的名义致函杨庭辉,请他出面斡旋,那梁大牙自然是不敢抗上的。这次我们在用兵上要格外留意了,把抗日立功的机会多分给他们一点。"

直到此时,刘汉英木着的脸才稍微松弛了一些,说:"这个方案可以考虑。"然后扭过头去问文泽远,"你看呢?"

文泽远坐在紫色的高背椅上,抱胸后仰,仍然是一副安如泰山的姿态,不动声色地说:"左参谋长的意见很有可取之处。不过在我看来,还不是上策。即便是杨庭辉给梁大牙下了指令,梁大牙固然不敢不照办,但是毕竟是被动地执行,心里不痛快,仗打得就不卖力。其实文章还是应该在梁大牙的身上做。诸位不难想象,梁大牙本来就是一介武夫,抗日又是责无旁贷,他应该是不会含糊的。我敢断言,即便我们不再求他,真打起来,他绝不可能袖手旁观。当然那样一来,协调就成了问题。我们还是要在开打之前把他拉过来。"

刘汉英蹙着眉头说:"可是那个梁必达已经把话说绝了,怎么办啊?"

文泽远笑了笑,胸有成竹地说:"话是说绝了,但是事情并没有做绝。梁大牙的回绝是假的,是刁难我们一下。问题出在哪里呢?我们的动作有漏洞,旅座忽视了一个不该忽视的问题。"话到此处,文泽远顿了一下。

刘汉英不解地看着文泽远,静静地等待下文。

文泽远接着说:"诸位不妨想一想就明白了,梁大牙从一个游击大队长,一跃而为八路凹凸山的分区司令员,可谓一步登天。而据我所知道,凹凸山共党内部对此异议甚多,虽然有杨庭辉和王兰田做强硬后盾,江古碑、窦玉泉和张普景等人表面应付,骨子里却是不买账的。梁大牙眼下最需要的就是树立威望,而本部对他的认可至关重要。可是我们却丢掉了一个顺水人情,我们对于他的升迁没有作出及时的反应,这就已经使他不痛快了。大战在即,他这个新官本来有三把火急着要烧,我敢肯定他现在正在暗中摩拳擦掌,烟熏火燎地等待时机大显身手,这一点是不会错的。但是诸位请注意,梁大牙是一个很自负的人,以往两军协调都是旅座同老杨亲自会谈,可是这次却派了个副官去联络,这又使他感到很没面子。要知道,他是满怀热望盼着本部长官亲自出马,只见到一个副官,他能不泄气吗?一泄气,刁难一下也就在情理之中了。"

文泽远说完,作战室内一片静默。显然,诸位长官都赞同文泽远的分析。

刘汉英又轻轻地叹了一口气,说:"老兄的分析的确精辟,可是,怎样弥补呢?难道本人堂堂一个国军少将当真还要去同这个泥腿子称兄道弟吗?成何体统啊,真是……岂有此理。"

文泽远说:"旅座如果实在抹不开面子,兄弟我也可以代劳,不过这样分量就轻多了。我以为还是旅座亲自出面为好,不过是一时之计嘛。"

刘汉英抚额沉吟,好大一会儿才举眼巡睃众人:"诸位意下如何?"

左文录说:"旅座你就屈尊到梅岭清凉寺里走一遭,既拜了佛,又请了罗汉,也算是一项功德之举。"

吉哈天和一直沉默不语的几位团长也表示赞成。刘汉英于是站起身子说:"那好吧,我近日就去见识一下梁大牙。"停了停又转首看着文泽远说:"老兄,我看还是我们两人同去为好。要给他面子，就把这个面子给足。”

三

险情像一片移动的黑云，在夜暗的遮掩下，向陈埠县四区所在地崔家集悄然飘来。

崔家集的老百姓却对此浑然无觉。

一盏昏黄的马灯，映照着李文彬和崔二月的身影。

李文彬是在日落之前赶到崔家集的。自从东方闻音调回分区之后，特委和分区又重新明确，由李文彬具体主持县大队的政治工作。

头天，李文彬和陈埠县县大队新任大队长朱预道带领一个中队前往梅岭参加接待国民党军刘汉英、文泽远等要人，并且给友军官员做了破击战的表演，取得了圆满的成功。他看到当了司令员的梁必达同刘汉英等人谈笑自若，不仅全然不见了原先粗野的侉相，而且委实具有了八路军首长的风度，举止得体，客气中又把分寸掌握得恰到好处，不卑不亢。

在整个会谈当中，张普景和窦玉泉也同梁必达配合得十分默契，丝毫看不出他们之间曾经有过严重的龃龉。令李文彬尤其不能接受的是，窦玉泉、江古碑等人在梁必达的面前居然表现得……简直是唯梁必达马首是瞻，尤其是江古碑，“纯洁运动”是他领导的，收拾梁必达他最卖力，如今倒好，口口声声都是梁司令长梁司令短，那副仰人鼻息的样子让人肉麻，好像随时都在担心梁必达会杀了他似的。

会谈结束之后，李文彬本想狠狠地刺江古碑几句，可是江古碑又跟在梁必达的后面低眉顺眼地充当随从，去送国民党去了。李文彬只好退而求其次，找到了窦玉泉，抑扬顿挫地挖苦了几句，说他们如此之快就同梁必达打成了一片,简直让人怀疑他们的人格。

窦玉泉则不冷不热地将他批评了一顿,指出他的山头思想不仅是错误的,而且是危险的。这就使他心里更加郁闷,有一种暗无天日的忧虑。他当时就对窦玉泉反唇相讥,说:“我反对梁大牙是真实的,因为我看不惯他的军阀作风。同志之间,有意见就说出来,是光明磊落的。可是你们心里明明也有看法,但表面上却一团和气,有了问题也不指出来,看起来是支持梁大牙,实际上是助长了他飞扬跋扈的恶劣习气。这种阳奉阴违的态度对革命是有害的。”

窦玉泉说:“我们怎么阳奉阴违了?哪有副司令员老挑司令员茬的?我看你这个同志是钻到牛角尖里了。你这样对同志没有丝毫容忍的胸怀,才真正是对革命有害的。”

李文彬确实是钻到牛角尖里了。他怎么看,梁必达就怎么不像一个革命者,如果梁必达这样的人都是革命者,那么他们这些受过高等教育、受过红色理论熏陶的职业革命者又算是怎么回事?

窦玉泉反复向他强调,革命者要宽大为怀,既要看到同志的短处,更要看到同志的长处。窦玉泉说:“就说你老李吧,原则性强,疾恶如仇,眼里容不得沙子,这是你的可贵之处。可是扪心自问,你就没有一点毛病?你说梁必达搞腐化,我没看到证据。可是你搞腐化却是有目共睹的。最近我听到一个笑话,说你的那个小房东崔二月跟她娘前后脚生了一个孩子,崔二月奶不够,她娘却奶水充足,崔二月带着孩子回到崔家集,外甥抢舅舅的奶吃。有人说两个孩子都像你。你看这成什么体统?”

李文彬不听这话倒也罢了,一听还有这种传说,额上的青筋当时就暴出来了,咬牙切齿地骂道:“这是哪个汉奸造的谣?太卑鄙了,造这种谣的只能是凹凸山的土匪地痞,抓到了应该枪毙。”

窦玉泉不温不火地说:“我们也不相信是真的。但是你和那个崔二月不干不净却是事实。所以说,大家都不是完人,还是应该宽容。我们在这里闹革命,虽然负有重要使命,但也不是超凡脱俗的圣人,七情六欲也不是没有,我们能够理解。不过你要放明白一点,这个事情我们一直替你兜着,要是让老张知道了,你就完了。"

这次跟窦玉泉会面,又是不欢而散。说他和崔二月有点瓜葛,不是空穴来风,但把他跟崔二月的娘扯到一起,就太下作太龌龊了。是可忍,孰不可忍。还有,窦玉泉拿张普景的原则性来要挟他,分明也是居心不良。这就让他心情更加沉重了。

分手之际,李文彬忍不住刺了窦玉泉几句,说:"老窦,我看我们都要向张普景同志学习,公事公办,不卑不亢。不要再搞口蜜腹剑那一套了。你们不是在迁就梁大牙,而是在危害凹凸山的革命事业。"

窦玉泉把脸一冷说:"谁搞口蜜腹剑了?梁必达是个好同志,我是在真诚地支持梁必达同志工作,我心里没有一丝阴暗的想法。你为什么就要把我们一个个都看成革命的敌人?你总是疑鬼疑神的,好像全世界都心怀鬼胎,就你一个人洁白无瑕,真是岂有此理。"

李文彬终于回过神来,不禁倒吸了一口冷气——好啊,转眼之间,他李文彬就成了革命的对立面,而他窦玉泉则摇身一变成了宽宏大量胸怀全局的好同志。

一气之下,李文彬咬牙切齿地说:"那好,你说你心里没有一丝阴暗的想法,那我就把当初你设计要处置梁大牙的事情告诉他,你有这个胆量吗?"

李文彬原以为他这一手就把窦玉泉吓住了,却没想到窦玉泉压根儿就没在乎,只是怔了怔,随即就爽朗大笑起来,说:"哎呀,老李,你还说别人心理阴暗,我看你是……怎么说呢,说你是以小人之心度君子之腹吧,也太伤感情了。可是,你真是让我哭笑不得。

你是不是一直认为这件事情是我窦玉泉的心病啊，是不是认为你掌握了那个情况不说出去就是帮我的忙，就能时不时地敲打我一下？老李，我跟你说，你真的想错了。不信你去问问梁必达，他早就知道这件事情了。你知道他跟我是怎么说的吗？他是这样说的：老窦，那时候你就是置我于死地，我相信你也是为了执行上级的政策，也是真心实意为了革命。既然没有把我杀掉，就说明革命还需要我们继续并肩战斗。我梁必达是个粗人，只知道我的敌人是日本鬼子和汉奸。同志之间的误会算得了什么？吵起来一间房里骂娘，不吵了一个桌上喝酒。这件事情再也不要提了，谁提谁就是不安好心破坏团结抗战。老李，你听听这话不像是我瞎编的吧？你要是不信，你就去找梁必达反映那件事，看看他是个什么态度。”

这一番话，把李文彬说得目瞪口呆。他当然不会去找梁大牙对质，证明窦玉泉的话是真是假——那就更是自找霉倒了。于是，他更加感到了孤立。

如此说来，在凹凸山，所有的人都能接受梁大牙了，就连张普景面子上也跟梁大牙配合得天衣无缝，人家都是君子坦荡荡，只有他李文彬小人长戚戚，冥顽不化认死理——而且还成了不讲道理。众望所归，他还在揪梁大牙的小辫子，简直就是搬起石头砸自己的脚。

在后晌赶回陈埠县的路上，大家都在兴高采烈地议论给国民党露了一手，也有人津津乐道刘汉英送给分区首长的十件黄呢大衣和送给队伍的二百条新枪，李文彬却沉着脸一言不发。路过黄岗时，他突然向朱预道提出要到四区崔家集去检查一下那里的武委会工作。

朱预道刚当大队长不久，自然不便阻挠老政委的行动，分了一个班给他做警卫保障，交代领队的小队长注意李政委的安全，两人便分了道。

李文彬在这时候到崔家集来，检查武委会的工作只是一个借口，其真实的目的还是想来会会正走亲戚回娘家的崔二月。当初，在他最艰难的时候，正是这个凹凸山的乡村女子给了他相当的慰藉，他以一个革命者的形象征服了她，她以一颗对革命充满了憧憬的村姑的心爱上了他，在革命的旗帜下，他们建立的秘密的爱情是多么的美妙啊。如今，除了她，这满腹的心事还能向谁诉说呢？

可是，毕竟时过境迁了。在几年后的这个晚上，李文彬显然在承受着一场心灵风暴的折磨。那双精明的眼睛似乎被消磨掉许多光彩，遮掩在镜片后面更加深沉也更加暗淡了，原先白皙的脸庞在马灯下像是蒙上了一层灰黄的纸膜。他一窝接着一窝地吸着旱烟，浓烈的烟草味弥漫了厢房，心绪便也浸泡在暗青色的烟雾里。

崔二月心疼地看着她所崇敬的领导者和爱人，无法想象他的心里究竟盛了多少苦闷。她想说点什么安慰他，却又不知该说些什么好，她只是轻轻地攥着他的手，把自己的同情和爱护都通过手心默默地传递给他。他的手很凉，尽管崔二月用自己的温暖久久地焐着它，它也还是一直冰凉着。

崔二月倏然从心底掠过一丝不祥的预感。她从来也没有后悔过，也从来不曾忘记过他，即使是在她不得不出嫁之后，她的心依然属于他。

四

夜已经很深了，窗外是一湖墨黑的天，星光隐约，似乎离得很远。村庄沉沉地睡了过去，不闻鸡鸣犬吠。这种空前的静谧像是一张无形的网，正在悄然张开。

李文彬终于开口说话了："没想到啊没想到，革命这几年，越革越糊涂了。同志们血里火里开创的斗争局面，竟然交给了这么一些人来领导。谁是革命的忠诚战士？他们能算吗？我到凹凸山来搞地下工作的时候他们在哪里？他们那时候对革命恐怕连听都没有听说过，他们到底有多大的贡献？”

崔二月知道李文彬不仅指的是梁必达的提升，可能更使他不理解的还是对于朱预道的使用。如果说李文彬和梁必达之间曾经有过误会，那么他同朱预道之间的关系就不仅仅是误会的问题了，其中可能结下了更深的怨恨，朱预道差点儿就死在了李文彬的手里，而现在朱预道又接替梁必达担任了陈埠县的大队长，军事指挥权仍然牢牢地把持在他们的手中，而李文彬作为一个在陈埠县开展工作数年的老革命，在此次调整中，不仅没有得到提升，却反而跟一个资历浅薄的新手而且是有过怨恨的新手配起了搭档，甚至还要受制于他，心里的别扭也就自然难免了。

“老李……你是最早到陈埠县来搞工作的，可是，这组织上的事情咱就不明白了，我想，你的成绩大家都是看得见的，你要想开一些……”

李文彬阴沉着脸说：“我想得开，可是我不放心，你明白吗？我是不放心。”

崔二月站起身子说：“老李，我看你今晚不痛快，早点歇息吧，我……”

李文彬一把拉过崔二月的手：“二月，你别走，我有点……不知道怎么搞的，我有点……害怕。”

李文彬终于暴露出了他脆弱的一面，他预感到，横在他前面的障碍，不仅是心眼极多的朱预道，也不仅是诡计多端的梁大牙，以他现在的心态，就连窦玉泉那双老谋深算的眼睛，似乎也隐藏着冰冷的杀机。他很后悔他不该一再在窦玉泉的面前提及他当年曾经主张对梁大牙“斩草除根”那码子事，这个人肚里有牙，他的真实内心你永远也休想把握。他不相信窦玉泉当真有那个胆量向梁大牙交底。一个人掌握了另一个人的秘密,绝对不是好事,这个账就是眼下不算,将来也是要算的。他想他是太意气用事了。

沉默了一阵子,崔二月只好重新坐了下去,用一种充满了温情的语调说:“老李,我真不知道怎样做才能让你高兴起来。你说吧,我做什么?”

李文彬捏住崔二月的手,抬起头来看着她的眼睛,很长时间才说:“二月,我在凹凸山这几年,你对我情深意重,可以说你是我在这里唯一的亲人和最知心的同志,我跟你讲,我们干革命,既要同日本鬼子战斗,又要同国内的反动派战斗,还要同内部的错误思想和作风作斗争。我不相信梁大牙他们是真正的布尔什维克,至少目前不是。所以,我还要坚持我的原则,只要我发现了他们的错误行为,我就要进行坚决的抵制。也许,他们会排斥我,要是我遭到了错误的批判和打击,你能相信我是一个忠诚的布尔什维克吗?”

崔二月不知道布尔什维克是个什么概念,但还是点了点头说:“这条路是你领着我走上的,我是通过你才认识到我们事业的伟大。我永远都相信你。”

李文彬的眼睛直到这会儿工夫才放射出些许光彩,并且涌上了一层潮湿。

崔二月又说:“老李,我真的希望你能多保护自己,我如今是别人的人了,我心里惦着你,可是我却不能照顾你,冷暖全靠你自己多保重了。”

李文彬说:“二月,我知道了。你放心,我会保护自己的,我要顽强地战斗下去,只要我李文彬不死,只要我还在凹凸山根据地,我就不会消沉,我要用我的战斗事实给他们看看,谁是真正的布尔什维克。”说完,便拥住崔二月,把两行烫热的泪水洒在她的肩上。

崔二月站起身子,把自己的一双浑圆柔软的胳膊交给了李文彬微微悸动的肩膀。两副血气正旺的年轻的身子在分别已久之后，重新热热地黏合在一起，传递着无限的酸楚和幸福。他们就这样拥抱着站立了很久，终于纠缠着跌跌撞撞地扑到等待多时的床前……

闩紧的木门就在这个时候被踹开了。

当一柄乌亮的枪管指向李文彬的后脑勺的时候，崔二月惊恐地看见了一张熟悉的脸膛，她还没有来得及喊出声，眉心便被一声脆响击中，顿时绽开成一朵鲜艳的血花。

五

一切都是在猝然间发生的。

"皇协军"一个小队和日军十余人以飞天遁土般的神速偷袭了崔家集，避开了区中队的住地，直奔一个隐蔽的所在，暗算了岗哨，神不知鬼不觉地掳走了中共陈埠县委书记兼陈埠县县大队政委李文彬——敌人掌握的情报可以说准确到了惊人的地步。

崔家集位于梅岭和陈埠镇之间，但是距离清凉寺比陈埠镇要近七八里地，因此梁必达等分区首长最早得到了凶讯。

此时已是天色将亮未亮之际。梁必达估计，在两个钟头之内，这股敌人不可能缩回洛安州，于是果断做出决定，当即和张普景、窦玉泉、姜家湖等人率领分区通讯排二十余骑飞驰徐家集，准备在那里拦截。

到了徐家集，天色已经大亮，此时朱预道也带领一个中队赶到了。见梁必达飞马而至，朱预道木然垂立。

梁必达翻身下马，缰绳一甩，大步跨过来，红着眼睛，驳壳枪口戳着朱预道的脑门，怒吼一声："你干的好事，如果营救不成，我拿你脑壳。"

朱预道低下脑袋说："我失职。"

梁必达冷笑着说:“失职?你何啻是失职?我怀疑你是不是给汉奸当了内线。你一个大队长,居然把政委给我丢了。谁给你的权力,只让十几个人跟着他,你就敢放心地回去睡大觉啦?”

朱预道一梗脖子说:“是李政委自己提出来要去崔家集的,我考虑……”

梁必达挥手打断了朱预道的话头:“你考虑?你考虑什么?你考虑那个书呆子有个女人在崔家集等他是不是?你还蛮会成人之美是不是?我看你是不安好心,你是眼睁睁地看着自己的同志犯错误。这回好了,他犯了错误,你犯了罪。过了今天,你要说清楚。”

姜家湖行色匆匆地走了过来,圆场说:“司令员,责任的事回去再说。刘连长回来了,报告说,有一伙人正由方堰至小店间的山路向东运动,估计就是那伙敌人。”

朱预道刷地擎出驳壳枪,恶狠狠地对梁必达说:“我去打伏击。我要抓两个活口回来,看看究竟是不是我当了敌人的奸细。如果不是,我要跟你去见杨司令。”

梁必达冷笑着说:“怎么个结果你也脱不了干系。”说完又飞身上马,扬鞭纵马率先向东驰去。

接火地点是在小店西南的一片树林里。

果然是洛安州“皇协军”一大队的一个小队和日军十余人,由日军一名中尉和“皇协军”一名姓万的中队长带领。偷袭捕俘成功后,正在急速回撤。

梁必达和窦玉泉指挥部队散开,对敌军实施包围。战斗发起七八分钟后,敌人死伤十余人。余敌以日军进行顽强抵抗,掩护姓万的中队长和几十名伪军押着李文彬夺路而逃。

梁必达率部追至山垭口,眼看很快就要进入敌占区了,朱预道急忙吆喝炮手,并且请示了张普景和窦玉泉,想以三门迫击炮实施拦阻射击。

窦玉泉说:“集中火力,就打那个山垭口。”

张普景略一沉吟,说:“拿炮一轰,老李就光荣了。”

窦玉泉说:“可是,如果不打,敌人跑了不说,老李也救不回来了。打,还是要打的,炮手注意一点就是了。”

张普景说:“炮不比枪,恐怕没那么精确的。老梁,这个决心还得你下。”

梁必达黑着脸往远处看了一眼,又回过头来扫视了窦玉泉和朱预道,咬牙切齿地说:“不能打,炮手卸弹。”

又恶狠狠地盯着朱预道说:“你是什么意思,想杀人灭口吗?我跟你讲,回去就给我制定营救方案。救出李文彬同志,让他证明你的清白。救不出李文彬,就看你自己说了,我恐怕你浑身是嘴也很难说得清楚。”

既然不能开炮,一伙子人也只能眼睁睁地看着日本人和“皇协军”押着李文彬溜出了根据地。

六

崔家集遭袭,李文彬被俘,使凹凸山反“秋季攻势”的部署陷入了危机。

以后有情报表明,这是山野大佐和汉奸姚葫芦精心策划的一次谍报活动。李文彬在崔家集的行踪,是由隐藏在崔家集的内奸崔二辫子提供给姚葫芦的。崔二辫子是崔二月的远房族叔,自从崔二月十天前从江店集回到娘家,就处在崔二辫子的严密监视之中。崔二辫子知道本家侄女同共产党那位县委书记关系暧昧,料定这块香饵可以钓住一块肥肉,所以不辞辛苦地昼夜窥探。

机会果然就来了。

崔二辫子在崔家集是个著名的泼皮，除了正经事不干，别的事都干，越是不正道的事他越是干得欢实。这次通风报信，崔二辫子不为别的，就是为了钱。这一条情报，他得到了三百块大洋。恰好是这三百块大洋暴露了他。前几日他同“维持会”崔会长和马篾匠推牌九，输了个精光。而不出三天，转眼之间就阔了，不仅还了赌债，还到斜河街的窑子里当了两天神仙。

在斜河街暗娼花枝子的厢房里，一条绳子捆翻了崔二辫子，带到了分区首长的面前。

什么证据都没有，只有从他家抄出来的二百多块大洋，问也只问一条，就问钱是从哪里来的。

崔二辫子骇得魂飞天外，东扯葫芦西扯瓢，指天划地发誓赌咒，就是说不圆场。

梁必达和张普景横一条大板凳坐在上面，让情报科长伍连森拎一柄驳壳枪，崔二辫子每说一句假话，就朝他的裤裆下面开一枪。

三枪一放，崔二辫子就像大病一场，连发抖的力气都没有了，癞皮狗一般趴在地上，让他招的他招了，没让他招的他也招了。于是真相大白。

情况已经明了，态势却变得更加复杂。反日军“秋季攻势”的方案，是凹凸山军分区首长会同国民党军刘汉英文泽远等人一起商定的，而且在营团干部会上发了预先号令，虽然具体的部署尚未明确，但是这些富有斗争经验的干部，对于分区首长的意图可以说是心领神会的。如今一个县委书记兼县大队政委落入敌手，无论如何这都不是一件小事。

紧急会议上，几位首长忧心忡忡，一个十分现实的问题咬噬着他们的神经。参谋长姜家湖提出：“李文彬的被俘，涉及到两个问题,一是原先想定的方案要不要改变,二是要不要跟友军通气。方案改变尚且来得及,可是万一……”

窦玉泉说:“情况是明摆着的,老李在敌人手里,而我们的……我认为我们要调整我们的计划。”

张普景问:“如果调整了计划,要不要跟刘汉英通气?”

窦玉泉说:“当然要通气,仗要靠两家一起打嘛。”

张普景说:“可是话怎么跟人家说呢?就说我们的一个同志落入敌手,我们信不过这个同志,我们认为他有变节投敌的可能,所以我们要调整部署?可是这话能跟他们说吗?这不是自己把屎盆子往自己的头上扣吗?再说,老李现在情况不明,在敌人的魔掌里或许正在承受痛苦的摧残,在毫无根据的情况下,怀疑我们的同志的坚定性,这是不是太不相信同志了,是不是太不严肃了……”

窦玉泉心情沉重地说:“这不是相信不相信同志的问题,战争是无情的。一个同志被俘了,只会有两种可能,一是他视死如归大义凛然,不做任何损害自己队伍的事情。这种可能当然是占主流的。可是,作为战斗的指挥者,我们也不能不考虑到第二种可能。老梁,你是怎么想的?”

梁必达一直在面无表情地吸旱烟。对于李文彬,窦玉泉和张普景都比他熟悉,他想多听听窦、张二人的意见。吸了六七窝旱烟,梁必达的心里就有底了,但是他没有马上表态,只是同姜家湖交换了一下眼神,彼此心领神会。

梁必达说:“老姜你谈谈。”

姜家湖说:“李文彬同志被俘,反映了几个方面的问题,一是我们的防奸保卫工作近期有松懈的迹象。事情虽然出在崔家集,但是其他地点有没有?有没有还没有暴露出来的奸细?会不会还有其它的情报通过其他渠道被敌人掌握了?我看这些可能不能完全排除。仅仅从这个道理上讲,就有必要调整计划。第二,从李文彬被俘的过程来看,他是因为违反了党的纪律擅自行动才被敌人钻了空子。实话说,我对这个同志是有看法的,他虽然革命激情高昂,但是武装斗争经验不足。在勇敢方面也有欠缺。能不能经受得住敌人的拷打和引诱,不是我们几个人坐在这间屋子里就能得出结论的。所以我同意窦副司令员的意见,一是调整部署,二是通报友军。”

张普景说:“这样的做法,基本上就是给老李判定为必然变节了。我还是不相信老李会变节,老李是个受党教育的老布尔什维克了,我相信他会保持一个革命者的忠诚。”

姜家湖说:“我们必须从作战实际出发,把问题想得更复杂一些。”

窦玉泉也说:“我也相信李文彬同志会保持忠诚。但部署还是要调整。战争是一门科学,每一个细节,尤其是突然出现的细节,都要引起我们的高度敏感。宁使我有虚防,无使彼得实偿,这是战争中的一个重要原则,尤其是在出现被俘人员之后应该特别注意的。”

梁必达说:“老窦说得好。我们应该从最高的地方看待我们的同志,但是我们也要从最坏的地方思考我们的问题。”

张普景问:“怎么跟刘汉英他们说?让他们看我们的笑话?”

梁必达皱着眉头想了一会儿,说:“就说在凹凸山发现敌人的奸细渗透比较厉害,以提醒他们注意为幌子,提出改变计划的设想。”

窦玉泉击掌嘘了一声:“好,老梁这个主意好。不说什么事,先暗示。”

张普景说:“老李被掳的事他们迟早要知道,他们要问起来我们怎么说?”

梁必达说:“那还不好说?确有其事嘛。不过这跟调整计划没有关系。我们就跟他说,没有老李被俘这回事,我们也要改变计划,一是糊弄奸细,二是出其不意。我们的决心在前,老李被掳在后。”

张普景想来想去,也只好这样了。于是便让姜家湖前往舒霍埠同刘汉英沟通。

自从梁必达上任分区司令员之后,分区的几位首长配合得还算不错。梁必达对张普景和窦玉泉表现了极大的尊重。机关干部们都能看得出来,梁必达的尊重是真诚的。一是虚心,经常向张、窦二人讨教,就战术理论问题认真地当了窦玉泉的学生。二是谦让,重要问题不急于表态,先是默默地听,再同参谋长姜家湖细细推敲,决心定下之后,老老实实地提出来,等党委书记和代理政委张普景最后拍板。

不久从舒霍埠传来了一个消息,尽管多少已经有了一些思想准备,但是这个消息还是让分区和特委感到了震惊——李文彬变节了,不仅向日军提供了他所知道的凹凸山国共两军的兵员装备状况,还参与了日军“秋季攻势”计划的修订。

情报是国军情报人员高秋江通过打入“皇协军”中的内线窃出来的。

刘汉英写了一封绝密信,派参谋长左文录亲自送到梁必达的手上。信中虽然表示了沉重的心情,但字里行间隐隐约约地还是能看出些许揶揄的嘲讽意味。

梁必达立即通知张普景和窦玉泉、姜家湖等人,几个人把密信传看完毕,面面相觑,谁也没说什么。

七

高秋江确切地得到莫干山的死讯,已经是反“秋季攻势”取得胜利之后的事情了。

由于高秋江的情报准确及时,使凹凸山国共双方的抗日武装得以及时联手,在出现变节分子的极其不利的情况下,梁必达处变不惊,迅速制定对策,双方长官能够审时度势,迅速达成统一思路,调整了战术计划。尤其是八路军凹凸山分区梁必达司令员提出将计就计的作战原则,施行诱敌深入战术,在河口镇和天堂寨一线部署了坚强的防御阵线,国民党军和八路军共投入兵力四千余人,使敌久攻不下。

战斗第二阶段,针对敌人迂回的企图,两军又果断撤离主战场,在陈埠至二龙山之间广大的丘陵地带对深入之敌实施穿插分割,将残敌包围在大小七个战场上,凹凸山军民历经两天的浴血苦战,终于粉碎了日军一举荡平凹凸山的野心,并且俘敌数百,缴获一批辎重。

刘汉英派人给高秋江传达了他的口头嘉勉。

刘汉英说,除了他本人和旅部对高秋江的嘉勉以外,还将高秋江深入敌军腹地,不避生死获取情报的杰出作为呈报了最高长官部,长官部对于高女士的行为深为赞许,将颁文授予她“挺身巾帼”的称号,正式文本不久将到凹凸山,届时旅部还要宣布对她的特别任命。

高秋江没有理由不为自己的成就感到欣慰。可是这欣慰迅速便被突如其来的巨大的悲愤淹没了。

传达口信的是“战地女子挺身队”的一名姐妹,她在将长官交代的事情办完之后,试探着问起了高秋江同莫干山的关系。高秋江回答说是亲戚关系,这位姐妹便极其神秘地告诉了她,莫干山在半年前就被人打死了。

高秋江在那一瞬间犹如五雷轰顶。直到报信的姐妹离开,她才发现自己的嘴里含了满口鲜血。在这个胜利的秋日,充塞在高秋江心灵的，除了悲愤，便是一副宽阔高大的身躯。她不相信莫干山会被一伙身份不明的草寇打死。这里面一定有隐情。莫干山之死有名堂。

度过了漫长的悲痛，高秋江的脑海里倏然电光一样闪过一个问号——阴谋，或许这一切都是阴谋的组成部分。

她似乎突然明白了，为什么在初春的那个阳光明媚的日子里，刘汉英显得那样的和蔼和善良，刘汉英对她交代任务时是那样无微不至，刘汉英甚至还亲切地询问了她的爱情。还有……高秋江简直不敢再想下去了，还有，还有那场澎湃大雪里喧闹的围猎，甚至还有那盆炉火旁的生死相恋，都有可能是一个设计周密用心良苦的阴谋的组成部分。

是他们共同杀害了莫干山。

一夜之间，高秋江的心灵从秋天走进了冬天。一个人从这个世界上不动声色地消失了，一段刻骨铭心的故事刚刚开了个头就结束了。她唯一的依托和归宿粉碎了。那么她为什么还要战斗呢，她究竟是为谁在战斗呢？他们杀害了她的心爱人，她却在执行着他们的命令，她在效命于他的敌人，她甚至认为自己就是一个帮凶。

在凹凸山军民反“秋季攻势”取得胜利的第二十一天的下午，秋日依然，肃杀的秋色从远处的凹凸山脉滑下来，涌进了小城的窗口，注满了高秋江的心扉。她凝望着窗外摇曳的梧桐树叶，看着它们一点一点变黄，一点一点枯萎，一点一点地失去了生命的色泽。她像是在读一本书，读着一个人的眼睛，读着一段如烟似尘的历史。胜利于她已经毫无意义了。她的情感被一个事实凝结在寒冷的冰层上。一个人连她的爱人都失去了，那么她还要什么胜利呢？可——笑！

恍惚中，她的思绪穿过泪的烟云逆流而上，她一遍一遍地看着他，看着他穿着那身暗蓝色的大褂，看着他在一望无际的平原阡陌上纵横驰骋，看着他在瓢泼如注的雨中驮着一个俏皮的女子艰难而幸福的跋涉。终于，她的视野里出现了一盆火炭，她读到了她生命中最灿烂动人的一页——

那是一盆神奇的火炭，它注定要燃烧在她和他共同拥有的天地里。就是在凹凸山庙子岗旁边七十九团团部莫干山的屋子里，在那一盆如醉如痴通红燃烧的火塘边，一对未成眷属的有情人终于燃烧并且融化在一起。

现在，上苍已经告知，那原来竟是他们唯一的和最后的一个晚上。

那天，当高秋江坦然地解除自己身上的最后一件包装时，莫干山的眼前迷茫一片，那间小屋仿佛已不再是小屋，在莫干山的眼里，它幻化成了一派春天的原野，刚刚绽蕾的油菜花就在脚下俏皮地开放，在地埂边紫红色的蒲公英的点缀下，簇拥着摇曳着汇成一望无际的金色海洋，涟漪如浪，一圈圈地推向天穹尽头。在这奇卉异葩的世界里，一个洁白的美丽冉冉升起了，像太阳一样照耀在烂漫的春天里。

两行泪水从莫干山的眼眶里汹涌而出，流过干燥的脸膛和蓬乱的胡须，汩汩地坠在地上。莫干山屈下了他的高大的身躯，颤抖着跪了下去。

“秋江……我对不起你……可是，你这是为什么啊……”

“大山子，过来吧，让我们做一回真正的有情人吧。”

“可是……可……”

“不要紧，我知道你是一个君子，我不会坏了你的德行，苍天有眼，也会原谅我的，这是我的第一次，也必然是最后的一次。我的身子是干净的。过来吧，我可怜的大山子，有了这一回，我的路就好走了。”

莫干山终于站了起来，一步一步地走向高秋江，弯下腰去，把她轻轻地托在手上，又轻轻地走到床前。高秋江闭上了眼睛，长长的睫毛微微悸动。

火塘像是一个慈祥的老者，燃烧出会意的笑声。鲜艳的玫瑰色弥漫了热烈的小屋。莫干山长久地伫立在床前，安静地俯瞰着一泓清澈的泉水。

莫干山缓缓地解下了自己的军装。

在那个重要的时刻，她知道他的心里在涌动着怎样的波涛。

他最终越过了那条宽宽的河流，向她走过来了。

他站在她的床前，像是一个将军在检阅他的士兵，没有惊呼，没有赞美，只有热血在血管里奔涌澎湃。

她就那么死去一般长久地等待着，不再震颤，不再慌乱，心平如水，思绪如空，她在等待中复苏着遥远的思恋和渴望，为他展开了她的历史和将来。过去的岁月里，她在颓废和凶悍的外衣遮掩下，任凭自己的美丽和情感悄悄地生，悄悄地长，悄悄地把心中的幽怨抛进风里雨里，悄悄地望着月亮流着孤独的泪，悄悄地把自己的希望和绝望托在掌心压进枪膛，悄悄地一次次走出自己的心灵，把情感的大门关紧，在那种地老天荒的等待中，抵制住所有善意和恶意的纠缠，警惕地守护着一方圣洁的处女地。在这个世界上，只有他有权力走进那片鲜嫩的花圃，她把她唯一和最珍贵的财富留给了他……

他最终向她俯冲过来，用他宽阔的臂膀，把她紧紧地拥在怀里。

过程漫长而严格，每一个程序都遵循着一个神圣的法则，轻柔而虔诚。胸贴着胸，心挨着心。没有言语，却在倾诉，每一次悸动和战栗都是绵长的私语。当甜蜜的痛楚缓缓地漫过腹部涌进心房的时候,她知道她被彻底地击中了,她完整地包含了他,他从此走进了她的血液,伴随她走到人生的尽头……

泪水顺着高秋江的脸颊流了下来,在微微西斜的阳光中闪光。事情过去几个月了,甜蜜的回忆却无时不在湿润着她,这个被爱情的皮鞭抽打得遍体鳞伤的女人,在历尽千般苦楚之后,最大程度的收获了爱情的果实。

一个美丽的女人就是一朵美丽的花,在她生长的全部过程中,只有一次全部开放的经历,那是在一个瞬间完成的。在此之前,她还没有长熟。在此之后,她将枯萎。一个人的美丽,绝对只有一个瞬间。这就够了,一次就够了,她满足并将永远拥有这一次。美好的事情只能有一次,多了就是重复,而重复是没有意义的,重复只是一种机械地劳动而不是创造。她没有遗憾了。从离开庙子岗那一刻起,她就彻底地平静了。她完成了一个女人的升华,她是带着幸福的回忆走向另外一片领域的,她坦然等待的将是一次新的射击,结局将是成功或者死去……可是,他竟然走在了她的前面。是在她建立了重要的功勋的时候,是在杀害他的人举杯邀月欢呼胜利的时候,他沉冤在凹凸山的汪洋大海里。

她想上苍之所以选择在这样一个日子把噩耗告诉了她,或许就是他在另外一个世界里向她发出了某种暗示。那么,他是要她为他复仇吗?

高秋江在无边的黑暗中昏睡了一个下午,就在这个下午,一个陌生的身影出现在她的门口。当高秋江醒来之后,她发现她的房间多了一张纸条,告诉她,她现在的处境非常危险,任务完成之后,她的厄运也将随之而来。纸条的最后两句话是:“走投无路时,去找梁大牙。”

看完纸条,高秋江良久不语。如此看来,梁大牙的人就在她的身边。

当天傍晚时分，小于从庐州回来，告诉她川岛长崎已被顺利解决的消息时，她没有作出任何反应，但是她找出了她的勃朗宁手枪。高秋江平静地告诉小于，她要在近日杀一个人，而且是中国人。

第十七章

一

由于高秋江的情报准确及时，李文彬的被俘和叛变，对凹凸山的抗日武装力量并没有带来太大的损失，反而使梁必达和刘汉英两部得以借机卖个破绽，将计就计取得了圆满胜利，但是，这个事实却使张普景和窦玉泉、江古碑在精神上陷入到一个十分尴尬的境界。

这几个人从苏区刚来凹凸山的时候，踌躇满志，志在开辟凹凸山地区的革命新局面，消除地方割据影响，使这里的革命性质统一到一个正宗的、规范的局面。那时候他们满腔都是激情，在土生土长的凹凸山地方干部面前，他们有着纯粹的布尔什维克的优越感，可是却没有想到，他们的自信很快就受到挫折，还没有挺直胸膛，就稀里糊涂地犯下了一堆错误。

他们更没有想到，也不敢想象的是，在这些一贯以党内“正宗”的革命群体中，竟然出现了贪生怕死的软骨头。想当初，李文彬的革命精神、慷慨激昂的姿态并不比他们中的任何人差。李文彬最初到凹凸山来的时候，组织上本来计划安排他当特委副书记，是李文彬自己要求到艰苦斗争的第一线，接受最直接的考验，才被派到陈埠县去了。从一定程度上讲，李文彬当初表现出来的革命热情和姿态，甚至比张普景和窦玉泉还要激进。既然李文彬这样优秀卓越的同志都可以变节，那么，还有谁敢拍着胸脯说他就比李文彬更坚强？

几年下来，原先由江淮军区和分局派来的几个人的正宗感和优越感就一落千丈。

倒是梁必达比较客观，并没有因为李文彬的变节歧视张普景和窦玉泉以及江古碑，没有趾高气扬，反而异乎寻常地谦虚，表示了前所未有的尊重。张普景有一次私下里跟窦玉泉和江古碑说："梁必达同志真的成熟了，不仅跟敌人作战成熟了，在调理内部关系上，也十分地成熟了。你们注意了没有？李文彬被俘之后，梁必达和姜家湖调整作战计划是多么胸有成竹啊。"

窦玉泉和江古碑当然能够听出这话的弦外之音，但是没有人接这个茬。不管怎么说，李文彬变节是事实，梁必达在对敌斗争中表现的高超艺术也是事实。既然这样，那你还有什么话说？

张普景又说："你们一个个的也用不着成天灰溜溜的，李文彬当了叛徒，是他个人的事情，未必就能说明我们这些从苏区来的人都会当叛徒。我就敢说这话，是英雄是狗熊，还是应该在战争中检验，该怎么干我们还应该怎么干。为什么要怕梁必达呢？是因为心虚，心里不虚，该支持的支持，他有毛病，该抵制的照样抵制，我是在任何时候都不会妥协的。我看你们倒是真有点心虚了。"

江古碑说："营救那天，要是开炮就好了，就算把李文彬打死，他也是烈士了，现在却成了叛徒，早晚也还是个死，倒让我们在这里为他背黑锅。"

张普景问窦玉泉："老窦，你现在说真话，你那天坚持开炮的时候是怎么想的，有没有想到李文彬会变节？"

窦玉泉说："我当时什么也没有想，也根本不可能想。我就是想营救同志。"

张普景仍然用一种锐利的目光观察窦玉泉，窦玉泉却很坦然，只是在嘴角边闪过一丝不易察觉的苦笑。

就在这天夜里，张普景疑惑难解心潮难平，伏案奋笔疾书，写了一份材料。他再一次没想到，同当年那份《凹凸山革命将向何处》一样，这份材料在几十年后，又被人利用了。

张普景现在写的材料题目是《李文彬被俘的几个疑点》，材料说，李文彬之所以被俘，事出蹊跷，当时分区首长同刘汉英部联合开会，会后各县干部返回驻地，李文彬到崔家集完全是偶然行为，不可能有人知情。虽然现在定性为崔二辫子谋财害命给汉奸通风报信，但这个定性仍有可疑之处——

李文彬的行动是秘密的，不可能被崔二辫子轻易发现，此疑点之一；崔二辫子过去并没有同汉奸交往，这一次顺利同汉奸接头严密紧凑，巧合得天衣无缝，此疑点之二；朱预道明知李文彬轻兵前往崔家集是不明智之举，同时也知道李文彬是为了一个女人，却不予制止，此疑点之三。

张普景分析的可能是：崔二辫子得到的情报是有人故意卖的破绽，崔二辫子的行为也属实，但这是转移视线。就在崔二辫子行动的同时，日伪也已经从另外一条更快的渠道上获取情报，否则日伪的行动就不会如此神速。

张普景怀疑的对象是：一，国民党军刘汉英身边的汉奸。因为李文彬在“纯洁运动”中为了获得某某某和杨庭辉、王兰田以及梁大牙的材料，同刘汉英的谍报人员有过接触，希望他们协助侦察或提供某某某等人通敌的证据，接触的地点就在崔家集，国民党的谍报人员也知道李文彬在崔家集有姘头。二，梁必达和朱预道。梁必达把准了李文彬的脉搏，预料李文彬在回陈埠县的途中可能绕道去崔家集，暗中布置。三，窦玉泉和江古碑。一个月前李文彬曾经向张普景说过，在“纯洁运动”中窦玉泉曾经向江古碑和他本人暗示暗杀梁大牙的意图，而且李文彬同窦、江二人关系密切至深，对他们的历史所知甚多，窦玉泉也预料李文彬有崔家集之行，在联合作战会议期间利用刘汉英身边的日伪谍报人员透露出去，杀人灭口。四，跟随李文彬前往崔家集的警卫人员中有通敌分子。

但是，在这四个方面的怀疑对象中，张普景绞尽脑汁分析来分析去，最终还是把梁必达排除了。因为此次战斗是梁必达担任分区司令员之后对敌斗争的第一仗，压力最大的就是他，他顾不上对付李文彬，再说，他已经担任分区的司令员了，也根本就不把李文彬放在眼里了。还有，在联合作战会议期间，梁必达自始至终都和张普景、姜家湖、刘汉英在一起，这种事情不可能提前几天布置。但有一条，梁必达在营救的时候阻止开炮，从而让李文彬落入敌手并最终成为叛徒，倒似有匠心。

最后，张普景终于把视线集中在窦玉泉的身上了。

最近一个时期，张普景总觉得窦玉泉表现反常，在不可能平静的时候平静，这种平静本身就是不平静的。凹凸山近一年来反反复复地发生了这么多重大事件，他不可能平静，他这种平静是竭力控制和掩饰的产物。这个人长于韬略，深藏不露，他有时间，也有经验。李文彬的手里抓有他的短处，在营救李文彬的时候，他坚持炮击，这里面有没有彻底封口的意思？

思路向纵深发展，张普景又想起了李文彬说的一件事情，那还是在苏区肃反的时候，窦玉泉因为同某顶头上司的老婆关系暧昧，所以被顶头上司当做肃反对象，差点儿毙了。后来，在一次战斗中，窦玉泉设计除掉了那位领导人。至于是怎么除掉的，大家都不知道，李文彬说，可能是打黑枪……

剖析的刀子划进了这一层，张普景打了一个激灵，突然怔住了，像有一道闪电从眼前划过。

怔了半晌，张普景突然将笔一掷，出门，走进隔壁的房间，拽起了鼾声大作的梁必达，脸色异常地问："梁大牙，李文彬被俘的时候,他的警卫员在哪里?”

梁必达嘟嘟囔囔地坐起来,揉着惺忪睡眼,不痛快地说:“怎么回事?谁是梁大牙?你就不能叫我一声梁必达?”梁必达很珍惜他的新名字,自从诞生了“梁必达”,如果谁再喊他梁大牙,他就黑着脸不理你。但张普景不吃他那一套,张普景对梁必达有个原则,公开场合下喊梁司令员或者梁必达,但在两个人一起的时候,从来都是喊梁大牙。

张普景现在已经顾不上多说,声音都有些变调了:“梁大牙你快说,李文彬的警卫员在哪里?”

梁必达彻底地清醒过来了,瞪着一双茫然的眼睛看着张普景:“不是牺牲了吗?”

张普景说:“一个都没活下来?”

梁必达说:“好像是……活了一个。”

张普景紧追不放:“是不是窦玉泉原先的警卫员刘铁锁?”

梁必达坐了起来,奇怪地说:“你问这个干什么?我也不知道是谁,我一个分区司令员哪能记住那么多人啊。真是神神道道的,觉也不让人家睡安生。要问,你去问参谋长。”

说完,一拉被子,转眼之间就恢复了呼噜。

张普景放下梁必达,又风风火火地去喊姜家湖,姜家湖也搞不清楚。直到第二天,张普景派快马疾驰陈埠县,找到朱预道,这才搞清楚,那个活着的警卫员是窦玉泉送给李文彬的不错,但却不是刘铁锁,而且这个战士在前几天的反“秋季攻势”战斗中牺牲了——证据的线索到此中断。

张普景顿时追悔莫及,只好仰天长叹。

二

是深秋季节了。

这天是个好天气。湛蓝的天空上有一轮耀眼的太阳，太阳边上有几缕淡薄的白云，白云下面群山起伏，峻岭嵯峨林莽葳蕤。在梅岭的绵延山脉之下，一条盘山河流割裂出一块小型平原，站在坡上看去，倒是一马平川。

梁必达的心情很愉快，腰际别着一柄小巧的雪莱牌手枪，身披黄呢子军大衣，骑着一匹战马，一马当先，在川原上纵情驰骋，军大衣被扑面而来的秋风掀起，在马背上高高飘扬，犹如猎猎作响的锦旗。

他的战马和他一样高大慓悍。这枣红色的战争宠儿滚瓜溜圆，光滑而齐整的鬃毛犹如凹凸的铜镜，光泽灿烂。这是半个月前他率部攻打日伪曷苏据点缴获的重大战果——原来的那匹老马被他下放给分区伙食管理员老韩头了。

连续十几天，梁必达几乎天天遛马，意气风发地沉浸在征服和驾驭东洋雄性的亢奋之中，特别是当骏马从山峦的沟壑凌空飞跃的一刹那，他会在呼啸而过的风中抽出战刀，在空中旋转挥舞，并伴以雷霆般的吼声。

那种快感是巨大的，是前所未有的。身后，一个骑兵排紧紧簇拥，骑兵的后背上斜横着锃亮的马枪，前胸束着牛皮子弹带，子弹带上一律斜插着瓦蓝面儿的德国造二十响驳壳枪。马蹄急如碎雨，踏在土石掺杂的原野驿道上，溅出一路流星。马队如同满弓射出的箭镞，在蓝天丽日下横空穿过。

当真是一腔豪情八面威风。

天气好极了，战马好极了，心情也好极了。

但今天之行不是遛马。在这样一个好天气里，八路军凹凸山军分区司令员梁必达率领几十铁骑纵横于阡陌之上，可不是为了好玩。这次行动可以看成是一个仪式，他是以这种特殊的方式迎接东方闻音的。

东方闻音到江淮军区受训两个月，对于梁必达来说，是漫长而又充满渴望的。彼此有情，都在心里，平时不起涟漪，遮掩得风平浪静，一旦分手，才知道心底里那一炉烈火灼得灵魂何等疼痛。

在三分区的驻地众兴集，梁必达同东方闻音会合了。

同东方闻音一起被梁必达接到梅岭的，除了江淮军区派来的一个警卫排，还有一个鼻子硕大头发金黄的洋人。

梁必达同东方闻音握手的时候，洋人在一旁咧着嘴笑，样子傻乎乎的。梁必达握着东方闻音的那只亲爱的小手，心里却在纳闷：妈的，早就听说中国来了很多外国鬼子，怎么东方闻音也领了一只猴？

东方闻音介绍说，这是盟军派来的观察员约翰逊先生，是到凹凸山抗日根据地来考察的。然后又对梁必达说了句悄悄话："约翰逊先生这趟来很重要，如果我们和山那边的刘汉英发生冲突，这位洋老兄要起调解作用。"

梁必达疑疑惑惑地上下打量约翰逊，发现这位洋老兄确实难看，鼻子眼睛嘴巴都长得怪里怪气的，浑身还毛茸茸的，站在近处一闻，身上好像还有狐臭味儿。而东方闻音出山受训两个月，脸上似乎丰润了些，眸子也更加水灵了，浑身透着遮掩不住的青春气息。在梁必达看来，东方闻音跟这个洋鬼子站在一起，两相比照，真正的天壤之别。

要是退回三五年，梁必达一见到这样的家伙，没准会揍他一顿，哪怕人家没惹他，单凭那稀奇古怪的长相，也是挨揍的理由。但现在不一样了，现在梁必达不是梁大牙了，梁必达是雄踞凹凸山一方的八路军长官了，并且是个文化人了，自然不会毫无道理地打人，尤其是洋人。

梁必达迅速就找到了感觉，并把握住了对这位约翰逊先生的态度分寸,没有同东方闻音继续保持亲密的握手关系,转而将手伸向约翰逊,满心腻味又满脸堆笑,彬彬有礼地说:“欢迎约翰逊先生到我们凹凸山作客,我和我的部队将会成为你亲密的朋友。”

东方闻音在一旁暗暗惊诧:嗬,这个梁大司令,还真不能小看,不仅打仗有两下子,居然颇有外交风度。别看这两句话很平常,没有一定的素质,一般的泥腿子工农干部还真说不出来,而从梁必达的嘴里说出来,既得体又流畅。

梁必达跟约翰逊表示了礼节,情不自禁地向东方闻音睃了一眼,见东方闻音喜滋滋地向他眨了眨眼,并且暗中竖了一下大拇指,心中更是春风得意。

没想到那只“猴”还会说人话,而且会说中国话,说得抑扬顿挫,上气不接下气。

“OK,中国的,八路军,为了,国际的,反法西斯斗争,做出了很大的,贡献。我,代表,美利坚合众国,观察团,向贵军致敬。”

梁必达哈哈大笑,并且很亲热地拍了拍约翰逊的肩膀,拍得约翰逊龇牙咧嘴,继续赔上傻乎乎的笑脸。东方闻音又介绍说:“这位是我们凹凸山野战军二旅旅长梁必达同志,他是一员猛将,在抗日战场上屡建功勋。”

梁必达吃了一惊,心想这个小闻音是怎么搞的,我这个地方部队的分区司令员,怎么又成了野战军的旅长了啊,这不是瞎吹牛吗?但转过脸去见东方闻音朝他狡黠地笑,便知道其中必有缘故,所以不敢随便乱说,于是催促上路。

上路之后,东方闻音骑上了梁必达特意为她带来的一匹雪青色的东洋高头大马,东方闻音从来没有驾驭过这样的庞然大物,不免有点怯乎。

梁必达说:“别怕,为了迎接你,我驯了它半个月,这东洋牲口已经成了中国人民的好朋友,乖得像头驴。你尽管骑,它要是敢撒野,我一枪崩了它。”

说完,扬起一鞭,打在雪青马的肥臀上,雪青马像是得到了命令,撒开蹄子耀武扬威地冲上了驿道。

东方闻音体小力轻,坐立不稳,急忙抓紧马鞍上的扶手,大叫:“梁必达快来,我要摔下去了。”

梁必达愉快地大笑两声,两腿猛挤座下枣红马腹,追了上去。两马并驾齐驱,梁必达扶着东方闻音的后背,一嗓子吼得气壮山河:“同志妹你莫害怕,天塌下来有梁必达,地陷下去有梁必达,马跳起来还有梁必达。”

约翰逊在后面也骑了一匹黄马,慢腾腾地追上来,红光满面地说:“OK,OK,梁必达先生,是一个,很有浪漫情调,的军官,这在八路军的,军官里,是,不多见的。我,很欣赏,梁必达,先生。”

梁必达扭过脸去,冲约翰逊挤眉弄眼地笑笑,并学着约翰逊的腔调,阴阳怪气地说:“OK,OK,我,也很欣赏,约翰逊,先生。到了我的地盘,我,梁必达,要请你喝酒,吃野兔子。”

渐渐地,东方闻音适应了雪青马,脸色恢复了红润,梁必达松开扶在她后背的手,两马并行。约翰逊和警卫分队知趣地落下一段距离。

梁必达问道:“东方,你怎么吹起牛来了,怎么说我是旅长呢?”

东方闻音说:“先简单地跟你说吧,战争形势起了巨大的变化,为了适应新的需要,江淮军区成立了野战军第八纵队,我们分区和四分区的部队合编组建成第二旅,命令已经下到军区了,你任旅长,张普景同志担任政治委员。你们肩上的担子更重了,部队可能要拉出凹凸山。”

梁必达怔了怔,忽地问道:“那你呢,我们还在一起吗?”

东方闻音说:“我们还在一起,不过我可能不在你的手下任职了,我另有任务。回去我再详细向你传达。”

梁必达黑着脸,半天不吭气,枣红马也善解人意地放慢了步子。梁必达说:“什么任务?跟我在一起就是你最大的任务。要是把你调离我的身边,就不合适了。”

东方闻音轻轻地碰了梁必达一下,眼睛里忽然涌上一丝忧郁,说:“现在,情况很复杂,日本军队就要投降了,可是战争并没有结束。以后的局面也许更复杂。”

梁必达警觉起来了,说:“就是说,打完了日本鬼子,还要跟国民党打?”

东方闻音叹了一口气,说:“上级要我们做好准备,野战军的成立就是这个准备的一部分。”

梁必达出了一口粗气,突然笑了,说:“好啊,果然不出所料。说老实话,这些天我都有些犯愁,打了这几年仗,打出了经验,也打出瘾来了。我在想,我这个人就打打杀杀是块好料,英雄也好,好汉也罢,堂堂正正八面威风。像我这样的人,没有仗打了,你说我该怎么办?他娘的还回到蓝桥埠籴粮粜米?那像什么话,不成体统嘛,我梁必达好歹是当过司令的人,没仗打了日子就轻飘了。好,好,好,就跟国民党打,老子先拿刘汉英这个牲口开刀。”

梁必达一连叫了几个好,往马臀上狠抽一鞭,人和马一起痛快地往前跳跃。

三

在凹凸山军分区驻地梅岭,盟军观察员约翰逊算是大饱了一回眼福。在介绍凹凸山分区抗日斗争情况时,梁必达几年来一直暗中练习的演讲技能有了机会大露一手,得以充分的发挥。在介绍了基本情况之后,他又给约翰逊一连讲了好几个故事。讲怎样诱敌深入,把鬼子像狗一样地引进伏击圈,然后痛打;讲他和朱预道怎样带领小分队神出鬼没地潜进洛安州,今天怎样杀个鬼子,明天怎样捉个汉奸;讲潜进洛安州的战士怎样乔装打扮成年轻的女子,诱惑鬼子大街小巷追逐“花姑娘”,然后被悄无声息地割了脑袋;讲洛安州的日伪军如何谈虎色变,赌钱赌输了不给钱,赢家咒他不咒别的,咒他出门遇上梁大牙。

故事讲得绘声绘色、抑扬顿挫、悬念迭起且妙趣横生,讲到惊险处,约翰逊的眼珠子瞪得蓝中透绿,讲到精彩处,洋大哥又抚掌大笑连叫“OK”,并且亲切地称呼梁司令员那个深入人心的不雅的雅号——梁大牙。

“梁大牙先生,您的想象力,实在是,太丰富了,您和您的部属,干得很漂亮,比我们美国人有胆量。您很有传奇色彩,就像西方的罗宾汉,是个英雄。”

梁必达倒是很谦虚,说:“OK,英雄不是一个人创造的,是我的部队,他们,才是罗宾汉。约翰逊先生,现在我让你见识一下,我们东方的罗宾汉。”

梁必达举起大手挥了挥,参谋长姜家湖便出现在身后。梁必达交代了几句,姜家湖就让人吹起了牛角号。不大一会儿工夫,姜家湖报告:“司令员,准备好了。”

梁必达说了一声好,伸手一指,一个警卫战士推开了约翰逊身后窗户。

约翰逊扭头一看,不禁愣住了,连东方闻音也颇觉惊奇——在凹凸山脉的一片平川上,遥远地出现了几匹骏马,迎面驰骋而来,在山间驿道上卷起滚滚黄尘,遮云蔽日,隆隆的马蹄声渐渐清晰了,如同暴风骤雨般的鼓点,迅速地放大于约翰逊的听觉和视野里。

在距离约翰逊等人只有三十公尺左右的地方,倏然,一声枪响,马队遽然静止,十几匹战马同时扬起四蹄,引颈向上,马背上的八路军士兵整齐划一,战刀在阳光下旋转如银蛇飞舞,俄尔凝固,指向同一个方向,在高天阔土之间构成了一幅静止的塑像,静止达十余秒钟。静止解除之后,马队继续奔腾,由横队改为纵队,等距离由西向东,从约翰逊的眼前一掠而过。

梁必达又挥了一下手,距此一百米外,有一群黑雁腾空而起。在约翰逊听起来,几乎是同一声枪响,黑雁各在空中颤抖一下,全部坠落于地。

“哦,了不起,了不起,太精彩了,太精彩了!”

约翰逊举起双臂,攥紧拳头,手舞足蹈。现在他连梁大牙先生也不叫了,干脆模仿中国人特殊称呼——“老梁兄弟”“大牙兄弟”“狗日的老梁”等等,怎么高兴怎么叫,哇哇乱叫。

东方闻音心里十分滋润,频频向梁必达微笑点头,但并不多言,十分放心并且饶有兴趣地欣赏梁司令员潇洒自如的表演。

约翰逊还在赞不绝口:“呜喔,了不起啊,了不起,神秘的人们,东方的骑士,在古老的土地上,力与美,时间与空间,流线与画面,古老的侠士风度,和,和现代造型,构成了一幅无与伦比的诗篇。这是战争创造的杰作。这样的节目,可以到纽约,票房价值,一定很高,很高。”

梁必达依然微笑,很平静。但在这平静的微笑后面,掩藏着一丝不易察觉的得意的神气。这是他特意安排的节目,这些八路军骑士是从特务营经过严格挑选出来的仪仗分队,是专门为接待上级和客人准备的。他能看得出来,热情奔放而且坦率豪爽的约翰逊先生在极短的接触后就被他征服了。

梁必达心里窃笑,这个洋大哥,见过洋世面但没见过土世面,居然也喜欢看这种演大戏般的花拳绣腿。那激动的模样,就像个天真的孩子。

当晚,分区设宴为约翰逊接风。

七年前,梁必达——当时的梁大牙憋了一肚皮窝囊气,进入凹凸山区,三心二意地当上了土八路,很有些委屈。那时候军饷无着,饱一顿饥一顿,遇上了肥吃海喝,大碗吃肉,大碗喝酒。遇不上就勒紧裤腰带,吃糠渣馍喝西北风,穷人的军队过穷日子。那时候也没多少讲究,蹲在地上就能喝三海碗碎米稀饭,喝光了还舔碗底。跟刘汉英部联手打了胜仗,被国民党阔佬接过去参加假模假式的庆功宴,品尝他们搜刮的民脂民膏,即使他这样一条大大咧咧的汉子,也被那一套装腔作势的繁文缛节弄得一头冷汗。面对富丽堂皇的餐厅和五花八门的美酒佳肴,连动动筷子都很费踌躇,因为从未经历过此种场面而不知所措。毕竟是八路军的指挥员了,不能掉底子。而现在,经过几年的战争和政治磨练,尤其是当了分区司令员之后,见识增加了,表达能力增强了,在交际场合里的底气也就足多了。

"约翰逊先生,我代表凹凸山分区的官兵,欢迎远道而来的朋友。我们中国有一句老话,叫做朋友来了有好酒。约翰逊先生,请你端起凹凸山人民酿造的美酒,我们干一杯!"

梁必达本来就人高马大,站起身子就更显得巍峨,而偏偏在盛产高大魁梧之士的美利坚合众国,派来的约翰逊先生却只能算是中等个头,跟梁必达一比,就身段而言,几乎像个日本矮子。

祝酒的时候,梁必达一只手端着陶瓷酒杯,略带笑容,目光缓缓扫视,另一只手在胸前打着幅度恰当的手势,俨然一副八路外交家风度。

东方闻音在一旁暗暗欣喜。窦玉泉、张普景等人则甚至还有了自愧弗如的感觉,不禁自叹,真是此一时,彼一时也。

所谓凹凸山人民酿造的美酒,其实就是老百姓自制的地瓜干子酒,黄拉巴叽的还辣口,其质量低劣是可以想见的。但是,酒不美情意美，菜不美祝辞美。

约翰逊仍然处于亢奋之中，土八路的武艺让他大开眼界，土八路的热情使他受宠若惊。“干杯！”他一仰脖子，一杯地瓜烧酒干下去了。只觉得嗓子眼一阵发烫，这才发觉美酒不美，不比法国白兰地，更不如新泽西的香槟。

凹凸山的地瓜烧酒，洋大哥实在喝不来。

梁必达一边往约翰逊的碗里拨菜，一边介绍，将猪肉炖粉条美其名曰“高山流水”。在凹凸山区辗转数日了，约翰逊对根据地的菜肴倒是适应了，果然是食肉民族身手不凡，半碗肉菜唏里咕噜干了下去。

接着，张普景、窦玉泉、姜家湖和东方闻音等人也纷纷敬酒。

最初约翰逊还面带难色，然而几杯酒下肚，豪气就上来了，居然连比划带叫唤，提议要同“老梁兄弟”行酒令。

这下就把“老梁兄弟”难住了，吆五喝六地猜拳他会，那些文绉绉的套数他不灵光，更没想到美国佬居然还很懂中国的酒文化。梁必达不理他这个茬，扬长避短，继续寻找对方的弱点，频频提议：“约翰逊兄弟，为我们成为朋友而干杯。”

盛情难却，约翰逊不能不喝。

“为我们亲爱的上帝同志干杯！”梁必达实在聪明，平时理也不理什么劳什子上帝，困难的时候却将这从未谋面不知究竟是哪路神仙的神仙搬出来了。

这样一说，约翰逊更不敢不喝了，上帝是得罪不起的，得罪上帝是要吃枪子儿的。

梁必达又将东方闻音推到前台，毫不含糊地说：“这是我的夫人，约翰逊先生，我的夫人漂亮吗？”

约翰逊瞪着一双美国老农傻乎乎的眼睛，稀里糊涂地看着东方闻音，立竿见影地运用了中国人的手段，连忙说：“漂亮，漂亮，东方小姐，是我到你们，凹凸山，见到的最，美丽的姑娘。老梁兄弟，我好嫉妒你。”

梁必达放声大笑，笑得回肠荡气，说：“那好，为我美丽的夫人干杯！”

约翰逊也很愉快，向东方闻音眨了眨由蓝变红的眼睛，大喝一口。

东方闻音没有驳斥梁必达的假情报——当然，不严格地说，这也不算假情报了，东方闻音成为梁必达夫人只不过是个时间问题，但碍着还有张普景、窦玉泉和特委的其他人在场，东方闻音的脸还是被羞得绯红，含笑不语，并向约翰逊举了举手中的酒杯，象征性地抿了一下，以无声的行动默认了梁必达提前宣布的事实。

梁必达注意到了这个稍纵即逝的细节，更是心花怒放，得意地一晃脑袋，居高临下地巡查了一番，又说：“约翰逊先生，我也看见你夫人的照片了，那也是我所见过的洋女人中最漂亮的一个，来，我们大家为约翰逊先生漂亮的夫人干杯！”

哗，这下可算命中要害了，一下挠到了约翰逊先生的痒处，约翰逊快活得乱蹦，手舞足蹈，连叫“OK”，二话不说，干了一杯。饮尽之后，意犹未尽，又主动加饮两杯。

晚餐尚未结束，约翰逊就人仰马翻酩酊大醉。梁必达让两个八路军战士架着约翰逊回到临时安排的住处，这位洋大哥脑袋才挨枕头，就鼾声大作，脸上荡漾出幸福的傻笑。

凹凸山之行，委实给洋大哥约翰逊先生留下了美好的印象，梁必达当然不会放过这个天赐良机，趁着洋大哥高兴，在进一步介绍凹凸山抗日斗争情况的时候，不显山不露水地揭了山那边刘汉英的短，譬如说配合不力，保存实力，坐山观虎斗，内部倾轧等等，而且还引起了洋大哥的共鸣——洋大哥说：“老梁兄弟，我是明白的，蒋介石先生的部队，都是，鼠目寸光，不顾大局，这是很不好的。”——以至于在此后不久的和谈中，两边为了争夺官亭集和三河镇归属的时候，约翰逊态度强硬地站在了八路军一边——这是后话了。

四

转眼就到了全面抗战的最后阶段，先是有消息从凹凸山外传来，英国的丘吉尔首相、美利坚合众国的罗斯福总统和苏联的斯大林元帅在雅尔塔会晤，制定了彻底击败法西斯德国的计划，继而柏林向苏联红军投降，中国军队进入印度支那，再往后，苏联对日本宣战，美利坚合众国的杜鲁门总统向日本本土广岛和长崎放下了一个“小男孩”一个“胖子”——人类历史上前所未闻的杀伤兵器原子弹，苏联红军如滚滚潮水席卷了中国东北地区的广袤土地。

如此一来，日本天皇大势已去，国际反法西斯战争的胜利指日可待。

梁必达和东方闻音正是在这样的背景下接到江淮军区王兰田主任的密令，要他们立即着手开展对国民党军刘汉英部的分化瓦解工作。如果不是因为这项特殊的任务，他们就将在这年的农历八月十五中秋节同朱预道和岳秀英一起举行婚礼，成为一对革命和战斗的夫妇。而恰好就是因为有了这项重要和艰巨的使命，使梁必达和东方闻音的婚礼在唾手可得之前又变成了一座美丽的海市蜃楼，并且几乎因此中断了一位在战争中学习战争的将领的辉煌前程。

东方闻音在无数次自问自答之后终于得出了一个结论，她是爱梁必达的，过去不爱是因为不认识，认识之初不爱是因为没有深入地认识。现在，这一切问题都不再是问题了。爱情其实也是一件充满了偶然的事件，在一段历史里，出现了一个男子和一个女子，这个男子和这个女子因为共同的使命走到一起来了，他们的血统不一样，教养不一样，性格不一样，习惯不一样，风格不一样，一个人突出的地方恰好是另一个人缺陷的地方，一个人多出来的部分恰好是另外一个人不足的部分，一个人最强硬的部分恰好是另外一个人最柔软的部分，一个人最细腻的部分恰好是另外一个人最粗犷的部分，但恰好就是因为这些不一样，形成了相辅相成互相弥补填充的格局。

梁必达司令员首先是一个男人，东方闻音副主任首先是一个年轻貌美的女子，军装包裹的乃是两副血气方刚的男体女体。既然宇宙有乾坤，天地有南北，花草有雌雄，它们既是对立的，又因为有了对方的存在才存在，那么，梁必达当然有理由拥有一个实实在在的女子，东方闻音也当然有理由拥有一个实实在在的男子。

事实上，梁必达和东方闻音的爱情并没有经过那么多烦琐的铺垫，也不像战争年代多数革命者那样依靠组织解决个人问题，爱前是同志，婚后的关系仍然掺杂着浓厚的同志色彩。梁必达和东方闻音的爱情完全是一点一滴水到渠成的，无论是从理论上讲还是从实践上讲，这样的爱情都是美丽的。

王兰田和杨庭辉交给东方闻音的任务是绝密的，保密的范围只局限于梁必达和东方闻音两个人知道，连张普景和窦玉泉都不甚了了。

自从李文彬叛变，尤其是反“秋季攻势”取得胜利，直至组建成二旅之后，梁必达在部队的威信日益高涨，一呼百应，不容置疑地成了整个二旅领导层的核心。旅党委分工的时候，副旅长姜家湖、参谋长朱疆和几个团长居然提出来由梁必达担任党委书记，政委张普景十分尴尬，认为梁大牙总是要谦虚一下的，岂料梁必达却假装糊涂，反而虚情假意地征求他的意见。

张普景当时差点儿没气晕过去——好你个狗日的梁大牙，真是得寸进尺了，你征求我的意见做什么？我能说这个党委书记不该由你当，就该由我这个政委来当？这话你不说，我能自己说吗？简直是不安好心嘛。

更让张普景憋气的是，接替梁必达担任凹凸山分区司令员、同时又兼着第二旅副旅长的窦玉泉，在这个问题上居然也是态度暧昧，开会的时候一言不发。还有当初一同从江淮军区来的朱疆，虽然不是核心人物，但在流言蜚语当中好歹还是个“江淮派”，可是这个人过去一直独来独往，梁大牙上台之后，却是一拍即合，很快就成了梁大牙的忠实助手。如此，就形成了一边倒的局面，梁大牙当仁不让地担任了第二旅的党委书记，成了绝对权威的一把手。

张普景没有想到，相似于窦玉泉一次手软而在以后几十年都一直屈居副手地位一样，这次党委书记一职易手，在此后二十多年里，都没能重新回到张普景的手里，在他和梁必达领导的这支部队里，似乎约定俗成就是梁必达担任党委书记，而政治委员一直是副书记——这也是后话了。

宋上大被调整为二旅特务团团长，将率部到黄川县建立地方政权，在那片新区组建武装力量。梁必达提出来要让东方闻音接受更为严峻的考验，将其调整为特务团政委，协助宋上大打开新区局面，理由冠冕堂皇，事实上也很正常。张、窦二人即使觉得有点异常，也只是理解为梁必达此着是为了给东方闻音积累政治资本，以期在野战军出山的时候让东方闻音负起更为重要的责任。

他们再一次低估了梁必达的胸怀——东方闻音之所以随特务团行动，是负有秘密使命的，是冲着陈墨涵去的。

五

分手那天是个秋高气爽的日子。

一个上午,东方闻音都坐在梅岭脚下的“旅长官邸”里,等待梁必达的归来。

梁必达是被张普景和江古碑临时请去商讨同刘汉英部谈判工作的细节去了。谈判工作由张普景具体负责,他已经拟定了好几个方案,也是踌躇满志志在必得。跟刘汉英打交道,他决不会拿原则作交易。

梁必达的住处是当地开明富绅宫伯韵让出来的正房,两进的院落,房屋高墙大瓦,气宇轩昂。屋顶上镶着四块透亮的玻璃瓦,将强烈的日光过滤成柔和的丝绸,在黑青色的砖地上荡漾。四周的墙壁上,挂满了梁必达手书的大字,除了几个巨大的、枝叶豪放的“我”字,便是“东方闻音”四个字以粗犷的姿态占据了偌大的空间,在阳光的烘托下流光溢彩,照亮了泥腿子旅长的临时卧室兼书房。这就是梁必达的风格。

前几天,东方闻音从江淮军区受训回来,第一次走进这间屋子,一看满墙都是自己的名字,当时真有一种说不出的滋味涌上心头。这个男人啊,这个让人说不清道不尽的男人啊,他并不是人们想象中的草莽英雄啊,在那貌似强悍粗野的外表遮掩下,包藏的也是一颗温柔多情的心啊。

从书法的角度衡量,这些字当然不像个样子,粗枝大叶,张牙舞爪。但是,在东方闻音的眼里,却又另有景致。那些笨拙的笔画和牵强的结构,可都是用心写的啊,笨拙而认真,牵强而执着,一笔一画都浸着个“情”字。更有笔锋中蕴藏的气势,勇猛、豪放,力透纸背。

东方闻音的热泪就是在那一瞬间盈满了眼窝的。她无法表述她内心的感动和冲动。在感动和冲动之余,她对梁必达说:“把这些字取下来吧,这样不好。你的心我明白了,我都看见了,心里也都装进了。”

梁必达却不以为然,说:“为什么要取下来?这些字不是写给你看的,是写给我自己看的,我看着这几个字舒服,醉酒解酒,睡觉梦香,打仗来劲。”

东方闻音说:“别人看着不好,会认为你胸无大志,沉湎于儿女情长。”

岂料梁必达哈哈大笑,说:“别人看着不好有什么关系?我又不是写给别人看的。儿女情长怎么啦?我梁必达上阵一挺机关枪从头打到尾,下得阵来就不能想想我喜欢的人?大戏里都唱自古英雄爱美人,何况我这是爱自己的同志。你不是强调什么爱情吗?这就是我梁必达的爱情。襟怀坦白,光明磊落,又不是偷鸡摸狗,我怕什么?啊,有什么好怕的?实话跟你讲,上次杨庭辉司令员来了,我还专门带他到这里来看看我写的字,他也没说什么嘛。”

“他也看见你这满墙都是我的名字了?”

“那当然,杨司令还说了,说你其他的这些字有点长进,但还是张牙舞爪的,就只有东方闻音这几个字写得秀气一点。别的没多说。”

东方闻音听了,哭笑不得。

事实上,杨庭辉当时确实没有多说什么,但杨庭辉当时的表情也是哭笑不得。也就是那一次,杨庭辉回到江淮军区之后,跟王兰田商量,说梁必达同志的个人问题应该解决了,他对小闻音情深意长,小闻音现在对梁必达也是患难与共了,我看就成全他们吧。

王兰田当即表态,说,“好嘛,这是好事。送人鲜花之手,历久犹香。我们两个可以当月下老人。”

杨庭辉笑笑说:“这等美事哪里还轮到你我掺和?人家早就心有灵犀了。谁是月下老?日本鬼子才是月下老。”

杨庭辉和王兰田的一番笑谈,梁必达和东方闻音自然无从知晓。

是该想想了。

如今,梁必达已不再完全是一个跃马奔突掩军驰骋于血火战场的抗日指挥员,他还是一个真实的男人,一个有着剽悍的风格和刚毅魅力的年轻男人。她呢,也不再仅仅是一个一身戎装的军中巾帼,不再只是一个用理想和激情浇灌出来的热血青年,而是一个豆蔻年华的女子。

似乎直到此时,她才发现她长大了,从一个不成熟的小姑娘长成了一个成熟的女性,她对他的认识终于清晰了。眼前这个有着奇特经历和奇特性格的男人,这个曾经一度被人视为洪水猛兽的男人,这个曾经令洛安州方圆几十里地日伪官兵闻风丧胆的山野汉子,这个曾经让约翰逊先生都为之惊叹的从战争中学习战争成长起来的卓越的指挥员,他的身上有多少隐秘,就有多少魅力。什么是男人?男人就该是这样的,站起来是一座山,躺下去还是一座山。

她是爱他的吗?

东方闻音自问自答,是的,她是爱他的。这样的男人自己不去爱,是没有道理的。那么,他是爱她的吗?答案仍然是肯定的,东方闻音对此深信不疑。只是,几年来他对她的爱的方式,既让她欣慰,又让她困惑。

在他最初进入凹凸山投身到这支军队的时候,他曾经肆无忌惮地在众目睽睽之下抓住她的手死死不放,那时候令她窘迫也使她恼怒。他加入这支队伍的动机,的确不像那些标榜自己是正宗的布尔什维克们说的那样,是与生俱来的革命者,他们出生到这个世界就是干革命的。梁必达坦率地承认自己不是这样的,他老老实实地交代问题,说他在参加这支队伍之前,他连革命这两个字都没有听说过。不能否认,从一定程度上讲,梁必达当初之所以最终留在了这支军队,与她东方闻音在那天偶然出现在门口是有一定关系的,在榆林寨,就是她用一个英姿飒爽的女八路的形象将这个草莽英雄的灵魂引进了凹凸山杨庭辉支队。

在数年倥偬岁月里,这个当初对革命一无所知的人终于被铸造成了最坚定的革命者,成了无畏和智慧的指挥员,而那些满腹经纶的所谓正宗的革命者,却有不少人在他的面前相形见绌。

在青春的岁月里,尤其是在近几年,准确地说是梁必达在"纯洁运动"中被关进社会部"改造院"之后,她就发现她的心已经不完全属于自己了,她为他的每一个进步而欣喜,为他的每一次暴躁而担忧,为他的每一次出征而暗中祈祷,为他每一次完整无损凯旋归来而幸福得心跳。

为什么要心跳呢,这不是爱情又是什么呢?辨别一个人是不是爱上了另一个人,只看一点就行,那就是看她会不会为他担忧为他心跳。

有时候她甚至想,这个梁必达啊,他怎么就变了呢,在该草莽的时候他怎么就不那么草莽了呢?她想他们之间应该有一个大悲大喜的过程,她应该跟着他去死一次,到天堂或者到地狱里走一遭。

可是,好几年过去了,什么也没有发生过,有许多次可以发生点什么的机会,都被他大大咧咧地放过了,他把《三大纪律八项注意》执行得简直都有点过了头。

六

特务团已经分成几个波次向新区黄川县进发了,从阔大的窗口望出去,不时看见远处有一队队军伍盘旋在山涧小路上,然后又隐没于亚热带的灌木丛林里。

东方闻音有些焦急,一次又一次看怀表,眼看就到小晌午了,倘若梁必达再过个把时辰还不回来，那她也得出发了。

她甚至怀疑，张普景和江古碑在这时候把梁必达请走是不怀好意，是对她这个老部下的精神折磨。张普景对她和梁必达的关系从来不予表态，但是也没有公开反对过，只不过，当她和梁必达在一起，并表示了一定程度亲近的时候，张普景脸上的表情总是怪怪的。当年，派她到陈埠县县大队当副政治委员的时候，张普景曾经给了她一把左轮手枪，交代她要站在组织的立场上，“要同一切违背党的利益的人做坚决的斗争，必要的时候可以采取非常措施”，那些话她没有忘记，张普景自然也不会忘记。如今，她是心甘情愿地和梁必达走到一起来了，不仅没有对梁大牙“采取非常措施”，而且还先后同梁大牙和梁必达建立了互相信任的同志关系、亲密的爱情关系，乃至即将结为秦晋之好，成为生死相依的革命夫妇关系，有些问题，就不能不让张普景芒刺在背了，至少他也不会感到舒服。

还有那个江古碑，早在初进凹凸山的时候，就曾经明里暗里向她表示过朦朦胧胧的意思，但她对那层意思置若罔闻。后来她逐渐同梁必达深厚了感情，江古碑再也不敢造次了，再同她见面，就一本正经了，甚至还有些严峻。他会不会给他们的爱情设置点障碍？

但是很快，东方闻音就释然了，暗暗嘲笑自己疑神疑鬼，要是把个人情感和革命事业搅和到一起，那就复杂了……

眼看太阳已经升至正顶，梁必达才风风火火地赶了回来，一见东方闻音在屋里等他，眼神顿时为之一亮，二话不说，反腿一脚将门踢上，轰轰烈烈地冲上来抱住了东方闻音。

“啊，我的小政委，我的小爱人，我的小妹妹，我的小孩子，你是在等我吗？啊，你是在等我，我也在等你啊！”

那种拥抱是有力的，是真实的，男人的力量就通过这严密包围一般的拥抱击中了女子心底最敏感和柔软的地方。

“我是在等你,我的大司令,我的大旅长,我的大爱人,我的大男人,我……”

东方闻音被梁必达抱起来,脚不沾地,身体悬空,情感和欲望也在空中飘飘扬扬。她说不下去了,她俯在梁必达的肩头,潸然泪下,转眼就打湿了梁必达的军装。她的心里突然就有一种不祥的预感。为什么会这样感伤呢,难道此别会有……什么意外?她不敢再想下去了。这个时候,徜徉在爱情的海洋里,她不是勇敢的,不是无所畏惧的,她害怕她会失去他,她害怕从此不会再见到他。

梁必达就这么抱着她,拥着她,在空旷的房间里舞蹈一般走来走去,热热的血汹涌澎湃,在血管里,在骨骼里,在心灵的缝隙里溅射奔突。

终于,他们卸去了身上的累赘,这场运动不知道是谁最先发起的,两个最真实的身体呈现在柔和的阳光里。她静静地躺在竹笆垫底的床上,平静地紧张着,紧张地等待着。而此刻,梁必达那张刚毅果决的脸上已是热泪纵横,他不再是司令,不再是旅长,不再是一个身先士卒的战者,不再是一个勇士,而是一个……孩子,他像一个失去了爹娘的孤儿,俯在她的身边,捧着她,触摸着她,凝视着她,像凝视一个美丽的梦幻。

啊,这个让他无数次魂缠梦绕的小女子,这个以一个流动的微笑就拨动了他的心弦的学生娃,这个笑一笑就改变了他一生道路的天使,这个在他面临杀身之祸的时候毅然决然和他站在一起的最可靠的同盟,现在,在他的面前打开了自己,洁白无瑕,光彩照人,流畅夺目。她是那样的信任他,是那样的倚重他,是那样的热爱着他。这高质量的肉体啊,是在他梁必达陌生的世界里孕育成形并诞生的,他不知道她的过去,他不知道她的血统,他不知道她的未来,他不知道她的心里有多少秘密。但是,他知道,从今天起,她的过去、她的未来连同她所有的秘密都属于他了,都和他血肉相连了。也许,这一切是在当初她出现在榆林寨那家农户门口的时候就决定了的,他梁必达天生就是一个英雄,这是苍天对一个英雄最慷慨的赐予。

他感觉他历经了几千年的艰苦跋涉,越过了横亘万年的世俗的河流,一次次被死神和谬误击倒在地,又一次次艰苦卓绝地爬起来,挺起了胸膛,走上了她瞩目的境界,终于在她的心中竖起了一道巍峨的纪念碑,成了她景仰和爱戴的人物。

他知道幸福的时刻就要来到了,他锲而不舍的爱情终于被接纳了,他人生新的一页就要掀开了。

但是,他坚决地遏制了自己的冲动,镇压了欲望的咆哮——他不能马上采取行动。这幸福来得太不容易了,太漫长了,太珍贵了,这幸福诞生于一个人脱胎换骨的新生,他不能马上就享用这人间最美的一次盛宴,他不能把这神圣的赐予在短暂的时间内挥霍掉。他要一点一点地欣赏并赞美,一寸一寸地将这胜利的幸福无限放大并延长。

她看见了,此刻,他的表情是那样的庄严,他的脸上仍然汹涌着滚烫的泪流,像是一个将军在鏖战之前最后一次审定自己的作战计划。

是的,他的泛着热气的掌心正紧紧地攥着一把金色的钥匙,只要他愿意,他就可以无所畏惧地实施他的计划,用那把钥匙轻轻地插进她酝酿了二十多年的生命,那么,她所有的历史立刻就会聚拢在一起,排列成一组鲜艳的密码。这些密码正是为他而生为他而存。她的今生今世全都在这里了,或许这个世界上只有这个粗犷的男人拥有了这把钥匙,只有他能够也只有他才配破译她生命的密码。

在过去的岁月里,在战争的掩盖下,她的另外一种生命,她的情感生命，一直被束缚着被压抑着，她以一个女战士的身份活跃在凹凸山的战争风云里，却悄悄地关闭了心灵的大门，悄悄地把一腔青春的热情抛洒在理想的事业里，悄悄地望着遥远的星空期盼着遥远的未来。而那一切都是朦胧的。眼前的这个男人，这个可以托付终身的汉子却清晰而又真实。她看见他终于不再徘徊了，他的思想和他的情感一道启程，他的热恋和欲望正在向她款款挺进。他目不斜视，旁若无人，他在众多的荆棘和枪林弹雨里脱颖而出，在森林一样茂密的阴谋和算计中杀开了一条血路，带着胜利者豪迈的微笑，向她——隆重地——走过来了走过来了走过来了……她在心里默默地激动着呼唤着：来吧，一切都已经水到渠成了，你还犹豫什么呢？只要你想要，这一切都属于你。

可是，他再一次踌躇了，像一个深思熟虑的指挥员在做出重大决策之前出现的审慎。

这就好比凌空俯瞰，她的美丽和她的血液都在升腾着高贵的氤氲，他在突然间彷徨起来，居然感到巨大的恐慌。这里没有战争，没有布局谋阵，没有金戈铁马，没有凹凸山的血火硝烟风风雨雨。这里只有他和她。她在那无底的深渊里安详地等待，只要他纵身扑下去，他就会在一片湛蓝的海域里纵情畅游。可是，理智阻止了他。他是梁必达而不是梁大牙，他不仅是一个男人，更重要的他是她的爱人，是真正意义的爱人而不是同志意义的伴侣。他从她纯净的眸子里看见了自己的崇高，看见了自己的权力，看见了在这权力背后文明的提醒——

不，你不能这样，眼下你还没有这样的权力，你不能这样草率地品尝这分无与伦比的幸福，你不能把一次神圣的拥有变成一次贸然的出击，你不能一次性地把一个漫长的美好过程缩短在一次世俗的行为上。就算对别人可以这样，对她你也绝对不能这样。

必须中止一切有损形象的行为。她将是你终生的爱人，你应该选择在一个阳光灿烂的日子里，以一个司令员或者旅长的方式，集合部队，宣布一桩重要的决定，在鲜花的簇拥下，在掌声和欢呼声中启动你们爱情的第一道程序。

终于，梁必达跪在了东方闻音的面前，将蓬乱的脑袋埋在东方闻音的胸前，喃喃地说："啊，啊，我的小政委，我的小爱人，我的小妹妹。我等着你回来，回来我们就结婚，我将永远把你含在嘴里，藏在心里。"

东方闻音把手指插进梁必达的发丛里，晶莹的泪珠在脸上滔滔滚动，无语地点了点头。

第十八章

一

战争之神骤然君临，山南山北同时厉兵秣马。

是夜，凹凸山月黑风轻。西部重镇寿春县城东北一隅的一座三层小楼在夜暗中显现出黝黑的轮廓，偶尔有极强的灯光从三楼厚重的窗帏缝隙泄露出来，又迅速被密密匝匝的桉树吸收了，三十米外往这里看，依然是漆黑一团，再加之明岗林立，暗哨晃动，就使得这个精致的小楼多出一些阴森森的神秘。

此处叫安丰巷四十五号，原是日伪政府的警察公署，两个月前被接收过来之后，就变成了国民党军新编第一三七师的师部。

此时，二十余名身着黄呢制服的国军将校在师部作战室里正襟危坐，神情肃穆地聆听中将师长刘汉英传达长官部的"剿匪"计划。

"诸位同仁，随着国共两党谈判破裂，杜鲁门总统所遣特使马歇尔将军业已回国，停战令遂告无效，我军剿匪计划即将全面展开。国军主力正在大量北调。长官部转来统帅手谕，表彰我部坚持凹凸山抗日的卓越精神和不朽战绩。由于本部所处地区险要，具有重要的战略意义，最高统帅命令我部暂不机动，坚守凹凸山，就地剿灭共匪杨庭辉部……"

被刘汉英称为"共匪杨庭辉部"的江淮军区部队，此时已经整编为江淮野战军第八纵队了，杨庭辉为纵队司令员，王兰田为纵队政治委员，在同一时间内，也是紧锣密鼓严阵以待。

刘汉英略作停顿，目光从与会人员的脸上缓缓扫过。众人皆面无表情。

师部作战室是临时布置的，宽四丈，长六丈，蔚为壮观。进门约一丈距离，摆着一幅巨大的沙盘，凹凸山地物地貌赫然呈现于盘上。沙盘之后是一张长方形红木会议桌，正中位置上从左至右坐着中将师长刘汉英和少将副师长文泽远。刘汉英的左手依次为少将参谋长左文录、一旅少将旅长张嘉毓、三旅少将旅长武丙球和六名校级军官。文泽远的右手边依次为少将副官长吉哈天、二旅少将旅长马梓威、四旅上校旅长齐格飞，往下也是六名校级军官。这支部队名义上是一个新编师，但实际兵力已经是四个旅，加上师部直属部队，共有十五个团将近两万兵力，比杂牌军一个军的实力还要雄厚。

刘汉英和文泽远的身后正面墙壁上悬挂着一帧标满兵力部署的巨幅作战地图。从地图上看，几条粗壮的箭头像几只凶狠的拳头砸出去，遒劲地汇集在一个地方，此处文字标注的是“匪梁必达部”。

从图上标绘的态势看，小小的“匪梁必达部”这回无疑是瓮中之鳖插翅难逃了。这是刘汉英选择的第一轮冲击对象，保江先保淮，打蛇打七寸，要打杨庭辉，就必须先干掉梁必达。

整编第一旅三团中校团长陈墨涵就坐在齐格飞的身边，从他脸上同样看不出什么表情。

自从石云彪战死以来，原七十九军剩下的这点部队这几年所走过的路，说起来一把辛酸泪，想起来满腹血泪仇。先是散兵游勇被缩编成了补充营，后来又有莫干山死于不明不白之中。被挂起来在统帅部帮闲的那位陈上将纵然有雷霆之怒，无奈层层阻隔搪塞,关于812高地血战,石云彪之死、莫干山之死的种种真相,就像一粒粒细微的沙子,落入万丈深井中,被一层又一层最高统帅的嫡亲军官们所制造的大量假相淹没了。

陈上将早已被削了兵权架在空中,上不着天下不沾地,徒有这参议那委员各种虚衔,其实都不过是一种象征,倘若不是考虑陈上将是党国一介元老,是视听舆论关注的对象,那些嫡亲军官们恨不得杀了他。

鞭长莫及啊,更何况还是一根轻飘飘的羊毛鞭子呢。

既然大树没了叶子,乘不得凉,那么底下的人就只能好自为之了。倒是半路加盟的陈墨涵,痛定思痛,为自己和原七十九团的弟兄们艰难地寻找了一条栖身之道。

当初,陈墨涵接手补充营营长一职之后,曾经在极小的范围内召集原七十九团几名根深蒂固的老军官开了一个极其秘密的会议。此后,补充营的精神面貌便大不如前。

陈墨涵主动向张嘉毓提出,为了加强约束,请团座在本团范围内调配四名排长和七名班长,充实到补充营。陈墨涵称此为“掺沙子”,是帮助他管束原七十九团老兵。同时,陈墨涵又去找政训处主任吉哈天,声称补充营是七十九团的老根底,官兵们怀旧情感严重,同国军其他部队隔阂较深,他这个外来户有些力不从心,请吉主任派遣政训人员,每周给补充营官兵训话,陈墨涵称此为“洗脑子”。在治军方面,陈墨涵也一改石云彪、莫干山等人“以身先人”、“以心统军”的君子将风,而是强调等级有别、上下尊分,营里军官不再同士兵一起用饭,连里军官不再同士兵一起训练,连排级军官也不再同士兵居于一室。陈墨涵称这种做法是“找面子”。

掺了沙子又洗了脑子,洗了脑子又给军官找回了面子,于是乎,表面上看大家都成了最高统帅的忠实信徒,言必谈“焦土抗战”“地不分东南西北,人不分男女老幼”之类,实际上都是清谈空喊,而队伍人心松散,官兵隔离,军纪废弛。当官的开始摆谱作威作福,打骂士兵的现象有了,聚众赌博的现象有了,克扣军饷的现象有了,甚至还有人抽起了大烟,凹凸山南斜河街明妓暗娼的馆子里,也出现了补充营军官的身影。

如果退回几年,石云彪和莫干山在世的时候,发现抽大烟和嫖娼,轻者重罚,重则杀头都是可能的。而现在到了陈墨涵的手里,补充营彻头彻尾地变了,渐渐地同二四六团其他营队没有太大的区别,融为一体了,共同成了偏安一方的百姓祸害。

再拉到训练场上,官软了,兵懒了,有了喊声却是虚张声势,一刀一枪多是花拳绣腿。从他们的嘴里,再也听不见当年那种让人心悸的炸雷般的吼声了,从他们的眼睛里,再也看不见当年那种令人胆寒的仇恨了。

这一切,刘汉英都默默地看在眼里。一方面,他不太相信老七十九团的汉子这么快就变成了稀泥,这么快就消蚀了仇恨。作为军人,他懂得一个法则,改变一个人容易,实在改造不了杀头便可,但是,改变一支部队是困难的,尤其是家族似的非嫡系部队,只要人不死绝,那支部队就有一股暗气代代相传,就像一个幽灵,始终会在冥冥中控制他们的精神。但是,刘汉英换一个角度看问题,征服他们改变他们也是可能的,因为他们的最高长官换了,陈墨涵不是七十九军的遗留分子,再加之大量掺了沙子,四处都是监视的眼睛,狗打怕了都不敢再叫唤,何况是人?胳膊毕竟拗不过大腿,识时务者为俊杰嘛,看来陈墨涵是深谙此道的。

刘汉英对陈墨涵比较欣赏。

在刘汉英看来,既然陈墨涵不是七十九军的遗留分子,石云彪和莫干山又不是他的爹娘,他陈墨涵就犯不着抱着他们的阴魂去撞自家的脑袋。设身处地地想想,他刘汉英本人对最高统帅也没有忠心到肝脑涂地的地步，见势不妙他也是会拔腿就跑的，那么，陈墨涵对死去的石云彪和莫干山，就更没有理由冒自家生命之险去尽虚无缥缈之忠了。

当然，并不是所有的军官都这么看问题。

在刘汉英的身边，也有些人认为，补充营终归是七十九团的老底子，不少官兵都是石云彪和莫干山的死硬亲信，已往对其他部队的贪污腐化是深恶痛绝的，现在弯子转得这么快，转眼之间就同流合污甚至不分仲伯了，连赵无妨这样在营长和连长位置上三起三落、对长官心存严重不满乃至仇恨的人，如今也表现出胸无大志吃喝嫖赌的作为，对长官也是一副恭恭敬敬低眉顺眼的样子，还耀武扬威地娶了一个小老婆，以表示自己甘心堕落，这其中是否有诈，是不是有更深的阴谋，的确还是值得推敲的。

左文录对此就很怀疑。

刘汉英却不以为然。刘汉英认为，像赵无妨这样的人，过去一直在石云彪和莫干山的手下，中武培梅的毒太深，再加之那时候年轻，容易意气用事。现在不同了，从旅到团，都对补充营优抚有加，军官们虽然降了职，但是加了饷。像赵无妨这样的泥腿子出来从军，图的是个什么？当官固然重要，但当官之所以重要不就是因为当官可以捞到银子吗？有钱能使鬼推磨，有权能使磨推鬼，刘汉英把这些官场法则看得很透，有奶便是娘，官就是钱，钱就是官。既然如此，给他银子，他还有什么话说？再说，七十九团那些老兵的年纪一天天地大了，树老皮多，人老愁多，一天天地老了去，就一天天地软了去。石云彪和莫干山一死，七十九军的阴魂就敛不起来了，现在的这些后来者不是武培梅的孝子贤孙，不大可能老走武培梅的路。

刘汉英是越来越器重陈墨涵了。年轻人的脑子里本来就没有历史老账，只不过可能有一时受了石云彪和莫干山的蛊惑，随着石云彪和莫干山的消失，这点蛊惑的余毒，用恩惠之纱轻轻一擦就灰飞烟灭了。

不久，又遇上了一件事情，让刘汉英和张嘉毓等人更加坚定了对陈墨涵的信任。

陈墨涵当上补充营营长之后不到半年，在集团军蒋文肇的司令部担任处长的陈克训便派人给刘汉英送来了四根金条和一封密信，希望刘旅长栽培重用其胞弟陈墨涵，并云陈家世代经济实业，颇谙理财之道，墨涵自幼就参与家政，有理财积资方面的天赋。“墨涵实乃一书生，恐勉强于战争之术。倘能予以军需财务之职，当有利其一展聪慧，克训及家尊均感念刘旅长之体恤。”看完这封信，面对四根黄灿灿的金条，刘汉英心里一阵冷笑：他娘的果然是财主子弟，如意算盘竟然拨到老子的头上来了。姓陈的看中的还是我的肥缺啊。

刘汉英自然是不会把理财管物的肥缺交给陈墨涵的，军需辎重之权自有他的表弟黄香术料理，别人休想插手。但金条还是不能拒绝的。再说陈克训在集团军总司令蒋文肇的身边高就，多一言少一言大不一样，还是不得罪的好，给他一个面子，下了一道命令，陈墨涵便升任二四六团少校团副兼补充营营长。

刘汉英觉得，补充营还是由陈墨涵管着比较妥帖。为了体现他的胸怀，补充营里除了吉哈天派去的一名心腹上尉张崮生，担任营副兼训导员，还任命了年近四十、在刘汉英和张嘉毓看来已是无力老狗的赵无妨担任少校副营长。

就在日军投降前夕，蒋文肇秘密来到凹凸山检查防务，接见了团以上军官。随同总司令前来的陈克训也同陈墨涵见了面。兄弟二人谈起家事，均泪流满面，感伤之余又很庆幸，都在军中任职，为党国报效。蒋文肇总司令知道这层关系后，还特意嘱咐刘汉英：“都是自家兄弟，应予重用。”

如此一来，在“凹凸山抗日独立旅”扩编成新编第一三七师的时候，陈墨涵一跃而成为张嘉毓一旅三团的中校团长，也就顺理成章了。

二

没有人知道陈墨涵此刻在想什么。

这会工夫，军官们已经离开座位，沿沙盘站了一圈。刘汉英手中的金属棒在沙盘东部指指点点：“自进入八月以来，苏军成立第一、第二远东军和太平洋舰队，对日军发起进攻。共军借此机会，阴谋抢占地盘。凹凸山南隅东部已全部沦为赤区，杨匪庭辉坐山为王就地扩张，已被任命为所谓的江淮野战军第八纵队司令。除了原有各分区所辖地方武装，又先后成立了两个野战独立旅。据悉，第二旅旅长梁大牙部——也就是梁必达部近日在梅岭集会，宣布同我军为敌，其部散驻于江店集、陈埠镇、徐家集、彭塔一线，昼操夜练，其焰正炽。长官部令本部趁梁必达部新建未战之际，首取陈埠镇和彭塔，挫敌锐气，达到‘不战而屈人之兵’之目的。各部的任务区分是——”

说到这里，刘汉英打住话头，又举目向各位军官扫视。众军官为之一振。

“新编第一三七师第一旅。”

“到！”张嘉毓收颚挺胸，两脚“喀嚓”一并。

陈墨涵心中暗暗叫苦：煮豆燃豆萁，看来第一把火本部就首当其冲了。

“你部集结全部兵力于马陂至宋店方向。当面之敌为梁必达两个营，其防御阵地为一线堑壕，纵深内无重火器配置。防御正面较宽，薄弱环节较多，宜多路突击，占领一地，巩固一地，循序渐进，迫敌步步退让，寸寸蚕食……”

再往后，刘汉英都说了些什么，陈墨涵已经听不清了。他的视野里出现了两个人，一个是梁必达，一个是朱预道。在抗战最艰苦的岁月，山南山北唇齿相依，如今刚刚打走了异族，又反目成仇兵刃相见。这一枪该怎么打，陈墨涵很惶惑。

“二旅。”刘汉英又低沉地喝了一声。

“到！”应声而起的是马梓威。

陈墨涵打了一个冷战，腰杆不自觉地挺了挺。他突然意识到，摊牌的时刻已经逼近了。两年来，他和他的弟兄们忍辱负重，低声下气，不该说的话说了，不该做的事做了，一寸一寸地麻痹了刘汉英等人的警惕，一寸一寸地获取了他们的信任。这一切都是为了什么？当初是为了保存实力，使老七十九军和七十九团的弟兄得以休生养息。那么，保存实力又是为了什么？现在总算有了一千二百多人马了，有了迫击炮连和机枪连，还有赵无妨、陈士元、余草金等一批肝胆相照的铁杆弟兄。几年来，他一片苦心孤诣惨淡经营，弟兄们委曲求全以泪下酒，共同死死地守着一个秘密，这个秘密像是一道冰冻不断火融不化的金箍，将上上下下的感情板块牢牢地箍在一起，成为一座风雨不透的精神堡垒……

可是这支队伍最终将向何处？

他陈墨涵所能够倚重的，还是七十九军的幽灵，他一次又一次舞动原七十九军灵魂的旗帜，他是凭借着武培梅和石云彪、莫干山等人的抗日壮举和威望，才把众兄弟的意志紧紧地维系在一起掌握在自己的手中。与其说是他在指挥这支部队，倒不如说是七十九军的亡灵在控制这支部队。一支部队可以打散，可以打乱，但它的精神是不朽的，是根深蒂固的。石云彪、莫干山等人对部队的影响根植于每个官兵的心灵深处。原七十九军老军官赵无妨、陈士元、余草金等人之所以对他充分信赖鼎力相助，是因为他们把他看成是石云彪和莫干山意志的忠实继承者。他们管理部队，暗中还是靠“身先士卒”那一套，还是靠“士兵吃干，军官吃稀；士兵吃稀，军官喝水”的甘苦与共的精神感召部属。所谓军官队伍里出现了贪污腐败吃喝嫖赌现象，那其实都是在演戏，是虚晃一枪，是故意作出一副丧志堕落的颓废神情给刘汉英和张嘉毓看的，是另一种形式的韬光养晦。

刘汉英和张嘉毓等人哪里知道，在陈墨涵的默许甚至暗示下，赵无妨也在部队内部建立了“爱国精神学会”，现在的一营营长陈士元、三营营长余草金和七名连长都是该学会成员。该学会只有一个纲领：光复七十九军精神，为武培梅将军和老长官石云彪团长、莫干山团副复仇。

陈墨涵比任何人心里都清楚，他所领导的这个团，仍然是一颗随时都有可能引爆的巨型炸弹。倘若他同自己的部队离心离德，他最终也将被炸得粉身碎骨。陈墨涵当然不会同他的部队离心离德，事实上他已经当仁不让地成了这支队伍的主心骨。投军以来，他还没有发现有谁能够取代石云彪和莫干山在他心中的位置。无疑，他将坚定不移地按照石云彪的精神领导这支队伍。

他没有想到，生死存亡数度春秋，远在千里之外，还有一双苍老悲怆的眼睛在密切地注视着他。就在他担任三团团长之后的第九天，他突然接到了由赵无妨转来的一封密信：“七十九军所有在天之灵均为你们艰苦卓绝的奋斗精神而深感欣慰。剑胆琴心，日月可鉴。我以一名抗日将领的名义命令你们，以民族利益为重，不义之战不战，是非之地不留……为生存计，宜暂收锋芒，免露锐气，敛翼待动。俟时机成熟，弃暗投明。”

这封密信让陈墨涵惊骇不已。如此说来，自己的所作所为，自己的心底深藏着的那个秘密，全都被人洞悉无遗。那么，这位自称“抗日将领”的人是谁呢？莫非就是那位在最高统帅部忍辱栖身、度日如年的陈上将?

赵无妨没说。陈墨涵也没问。大家权当没有发生过这回事。但毋庸置疑,陈墨涵毫不踌躇地信赖了这个似乎来自天外的指令。直到后来一个叫小于的女子出现了,陈墨涵才知道这封信居然是由高秋江辗转传过来的。密信中就他的下一步行动,也作了具体的部署,要他严格掌握部队,控制异己分子,不久将有人同他取得单线联系,协助他行动。

…………

一阵噼里啪啦的皮鞋碰撞声响起,陈墨涵倏然警觉。抬起头来,才发现作战会已经结束,军官们已纷纷起立。

陈墨涵霍然站起。此时他看见中将师长刘汉英正冷冷地注视着他。在刘汉英的身旁,还有一双眼睛,向他投过来一个意味深长的微笑——那是少将副师长文泽远。

三

陈墨涵得知韩秋云嫁给了半真半假的洋人乔治冯,并且即将远走高飞到加拿大,是在蒋文肇总司令亲临舒霍埠那天。那个日子离日本天皇宣布无条件投降已经不远了。

二哥陈克训娶的是蒋文肇的表小姨子卫尔雅,多少有点攀龙附凤的意思。二哥告诉他,他的二嫂卫尔雅也是书香门第,是安庆城里著名中医卫翰轩的掌上明珠,现在在集团军总司令部当机要员,很贤惠的一个人。陈墨涵看了卫尔雅的照片,形象不俗,尽管头戴船形军帽,仍然掩盖不住南国姝丽的清秀。

陈墨涵当时说:“这样好,我们蓝桥埠陈家,除了死的,都归姓蒋的指挥了。”

二哥倒是没有在意弟弟的弦外之音,关切地说:“你也是二十好几的人了,终身大事不能不考虑。我这个当哥哥的也给你留点意。凹凸山的女人见识短,我在总司令部女军官当中给你物色一个怎么样?成了,也好把你调到总司令的身边。你城府很深,又有毅力志气,在上面总是比在姓刘的手下有发展。我知道你在这里的处境很微妙。刘汉英这个人阴阳怪气的,何不找个机会离开?你要是有意,我来操办。”

陈墨涵没接这个茬,说:“二哥,这些年你就没有想过韩秋云?他可是你的初恋啊。据我所知,她心里还在装着你。”

陈克训说:“你怎么消息这么闭塞?她马上就要跟乔治冯到加拿大去了,她不仅把我早就抛在脑后,连中国都不在乎了。”

陈墨涵愕然。想了想说:“倒也是,这两年我虽然见过几面,但是从来不谈及你们的事。她跟乔治冯的事我也听说了一些。可是你还能要求她怎么样?走了也好,她本来是个苦命人,但愿此去能够脱离苦海。”

陈克训仍然在为弟弟的前程考虑,不屈不挠地说:“墨涵你好好掂量一下,如果你想离开凹凸山,我就开始活动,这也不是个难事。第一步我要先把弟媳给你找好。”

陈墨涵摇了摇头,轻轻地说了个“不”字。

“能告诉我为什么吗?”

“天涯何处无芳草,何必舍近求远呢?”

陈克训作惊喜状:“这么说来,你是情有所钟了。二哥既然来了,何不请来一见,我这个兄长还要当你的一半家呢。”

陈墨涵笑笑说:“兄弟既然重逢,这等大事理所当然是要请二哥定夺的。不过,眼下还真没有考虑这件事情。我的意思是说,凹凸山虽然罕见名媛淑女,但我也犯不着为了娶一房妻子动用二哥的能量。男情女爱,是可遇不可求的事,总是要自己选择的好。”

陈克训想了想,笑了,说:“你的思想一贯新潮,二哥当然不能勉强。”

陈墨涵说:“再说,我们兄弟二人现在都是党国军人,身后都有兵马。战乱未息,何以为家。恕小弟悌孝欠缺,这件事情我暂时不想考虑。”

陈克训分明已经感到了,虽然是一母同胞,但数年不见,兵荒马乱沉浮不定,彼此的身上都多了些官场仕途的谨慎,或许脑子里已经分道扬镳了也未可知。关于弟弟的婚事和调动的事也就不再提了。

在对凹凸山南梁必达部进攻的作战会上,陈墨涵的脑子里还萦绕着另外一个俏模俏样的小女子。这个女子就是高秋江的结拜小妹小于——她的真实姓名叫俞真。

在不久就要开始的战争中,俞真也是一个至关重要的人物。

半年前的那个秋天,当高秋江强忍悲愤完成了除掉八路叛徒李文彬的任务,决意回到凹凸山为莫干山复仇的时候,她没有料到,有人在她之前先下手了。

是在一个月朗星稀的深夜,在洛安州的一家旅馆里,高秋江向俞真讲述了她的历史和真实身份,她和莫干山那段石破天惊的爱情听得俞真泪流满面,不同的爱情样式和同样的爱情悲剧把这两个女人的心紧紧地揪在了一起。就在那个夜晚,俞真请求她们二人结拜成姐妹,并且表示要和高秋江一起返回凹凸山,作为她报仇的帮手。

高秋江最终同意了。如果说在此之前高秋江和俞真是在互相利用的话,那么,当爱情这个话题成为情感的炉膛,就把彼此的心融化在一起了。恋爱中的女人是勇敢的,失恋中的女人是不顾一切的,而失去了爱人的女人则是凶猛的。

她们在旅馆里彻夜喝酒,在微醺的状态下制定了一项十分清醒的复仇计划，包括怎样返回凹凸山，怎样伪造俞真的身份，在什么机会下手，下手之后怎样脱身，等等。那时候高秋江没有提起陈墨涵和陈墨涵的补充营，她曾经听莫干山说过，七十九军和七十九团最后的希望就在陈墨涵的身上，那是一个隐藏得很深的盟友。如此，她更不能把自己的行动同陈墨涵瓜葛起来，她是报私仇。

计划尽管已经十分周密了，可是第一步还没实施就夭折了。离天亮还有个把时辰的时候，高秋江完全是处于一种本能的警觉，听见旅馆的院子里有响动，这响动是寻常的响动，这种响动过去也有过，譬如住店的人夜里出来小解，过路的商贩临时投宿等等。

但是在这个夜晚，高秋江却从这寻常的响动里听出了不寻常的意味，敏锐地从夹带露水气息的夜风里嗅到了一股阴冷的杀气。她立即暗示俞真，两个人只用眼神交流了几下，便潜出了房间。

当然是插翅难逃了。小楼已经被围住了，她们和正要上楼行动的几个男人展开了枪战，楼下十几杆硬火向楼上射击，弹如飞蝗。

双方僵持了十几分钟，高秋江挂花三处，好在都不致命。俞真见势不妙，将一根早先备下的绳索抛向邻楼的辕杆上，拉紧活扣，催促高秋江荡秋千逃命。

高秋江是北方人，没玩过江淮地区荡秋千的把戏，再说对方显然是冲着她来的，她当然不能自己溜之大吉而把俞真留下。二人争执了一会，俞真最后妥协，高秋江交给她一封密信，嘱咐她逃出之后潜进凹凸山乌龙集，将信交给一个叫赵无妨的人，或者交给山南的梁必达，这就是后来陈墨涵看见的那封密信。

俞真虽然没有飞檐走壁的功夫，但是逃生的本领却在前几年练得炉火纯青，当她荡到邻楼之后，高秋江便举枪打断了绳索，继续狙击楼下杀手。俞真脱离了险境，在一个相对安全的角落聆听这边的动静。双方又激战了十几分钟，枪声逐渐稀落，最终无声无息。高秋江如今是死是活，仍然没有明确答案。

四

陈墨涵第一次见到俞真，已是在新编第一三七师宣告成立半个月之后了。

那天上午，陈墨涵带着随行人员到二龙岗巡视防务归来，从乌龙集西口穿街而过，行至丁字街万源盐店和通达布庄之间，冷不丁发现拥有三千多口人的乌龙集这天凭空多出了一个人——通达布庄里多出了一个俏模俏样的小女子。

这女子约有十八九岁年纪，上身穿了一件淡湖蓝色的士林布小褂子，下着一条黑色短裙，剪着齐耳短发，脚上是一双小口带襻布鞋。看模样，不是乌龙集土产的人物，很像是从城里来的学生。

陈墨涵当时就有些警觉。近日上峰通报，日军即将战败，可能要孤注一掷进行最后的报复，洛安州"榴花一号"特务机关派遣大量奸细潜入凹凸山区，搜集情报，刺杀抗日要员。这个时候乌龙集多出一个陌生而俏丽的女子，在背景没有弄清楚之前，他是不能掉以轻心的。

陈墨涵注意那个女子的时候，她的手里还托着一匹绸缎，好像正在干活，也用一双新奇的目光看着陈墨涵，脸上有羞赧的红润，但并不拘谨，落落大方，递给陈墨涵一个明朗友好的浅笑。陈墨涵的步子稍微迟疑了一下，向女子礼貌地点了点头，极其矜持，然后便在卫兵的簇拥下目不斜视继续赶路。

恰在这时候，从通达布庄的货架后面走出了布庄老板桂兰亭，一见陈墨涵便拱手揖道："陈营……陈团长，恭喜高升啊。长官有半年光景没有光顾小店了，敝店有谷雨前刚采的金寨翠眉，敬请长官赏光一品。"

陈墨涵素来不喜欢同商界打交道，以往为了筹措补充军饷，偶尔与乌龙集几个商界名流谋过几次面，彼此不设筵席，清谈品茗，事情办完了走人，颇有君子之风，这是当地的土豪劣绅都知道的。

陈墨涵没接品茗的茬，不动声色地问道："这位小姐是……"

"这是内侄女碧薇，安碧薇。"

陈墨涵笑了笑："哦，安小姐好。"又对桂兰亭说："谢谢桂老板的美意，近日公务在身，就不登门拜访了。改日吧。"

回到团部，陈墨涵立即让勤务兵请来了赵无妨，说了在乌龙集发现一个陌生女子的事，请赵团副通知情报室调查此人的来历。赵无妨嘴里虽然答应了，心里却是一本清账。那个女子的来历他不仅知道，而且还是他亲自安排在桂兰亭家的。她就是俞真。

当初，在高秋江遭到暗算的时候，俞真虽然没有与杀手直接谋面，但在此前她一直同高秋江一起活动，恐怕也早就被人注意了。无论高秋江是死是活，她的下落对手显然是知道的，而这个小女子不翼而飞，对手肯定是不会放过的。既然这一切都是因为莫干山发生的，那么，小女子一旦逃出，当然就有可能进入乌龙集，这一点，对手应该是能够判断出来的。对于俞真来说，乌龙集显然不是久留之地。鉴于这种考虑，在见到俞真之后，赵无妨当机立断，索性一不做，二不休，将俞真秘密送到潮州，交给了共军领导人王兰田。

早在去年夏天，赵无妨就得到陈上将的密令，要他暗中观察和影响陈墨涵，随时准备率部弃暗投明。俞真在潮州杨庭辉和王兰田部受训半年，成了一名十分出色的谍报工作人员，值此国共大战即将拉开帷幕之际，高秋江也渐渐被对手淡忘了，俞真这才又被重新派回到乌龙集，担任赵无妨和潮州方面的联络员。

当然，此时时机还不是很成熟，赵无妨还不能把俞真和潮州方面的关系告诉陈墨涵，他跟陈墨涵只是这样说："不用调查了，这个人我知道,不是敌人,是我们的朋友。”

陈墨涵瞪大了眼睛,一句话也没有说,他立即就判断出来了,俞真的背后站着的实际上就是赵无妨。陈墨涵冷冷地说:“赵团副,你是我的老长官了。但是,我要对这支部队负责,有些事情,我还是应该心中有数的。”

赵无妨说:“我跟你说一句话,她是高秋江的人。”

“哦……”陈墨涵哦了一声,便不再多问了,再问就多余了。

此后不久,刘汉英和杨庭辉的脸皮就撕开了。

在陈墨涵最为惶惑的时候,赵无妨带着陈墨涵赶到当年莫干山住过的庙子岗,在那里同俞真再次见面,这次也可以算是内战开始后陈墨涵同共产党方面的初次正式接触。俞真交给陈墨涵一封信,竟然是他阔别数年的恩师王兰田写来的。看罢此信,陈墨涵真是百感交集,这才明白,那个俏模俏样的小女子,如今已经是杨庭辉部的谍报人员了。

五

刘汉英的新编第一三七师对梁必达部的第一轮进攻没有达到预期的目的。

战斗前期,梁必达指挥部队避开了张嘉毓一旅主力的锋芒,在陈埠镇和徐家集地区造了一番声势,便主动放弃了在刘汉英看来十分重要的两个战略重镇,让张嘉毓部在陈埠镇趾高气扬地庆祝了一番。

事实上被占领的陈埠镇已是一座空镇,只有少量游击队在周边不厌其烦地开展袭扰活动。而此时,梁必达已经调遣朱预道的一团和曲向乾的三团并加强千余民兵的兵力集中于宋店至马陂之间的鸡冠山一线的狭窄地区,放过了马梓威二旅进攻部队前锋一个营,将马部第二团的两个营引进两山之间近三千公尺的狭长地带。

如此,就形成了一个精致的长蛇阵,击其首则尾不能顾,击其尾则首不能顾,击溃腰腹则首尾均不能顾。梁必达选择的正是“击其腰腹”。

战斗打响后,三千土洋八路像是拔地而起,以迅雷不及掩耳之势扑向马梓威的两个营,山野里顿时枪炮轰鸣狼奔豕突。梁必达部在此处的兵力占绝对优势,但在其他地方又是绝对空虚,自然不敢恋战,速战速决,马梓威的这两个营转眼之间就灰飞烟灭了。

待马梓威回过神来,紧急调兵遣将,然而为时已晚,梁必达部隐身一般没了踪影。

梁必达有段通俗的战术理论:叫花子不跟龙王爷比宝,打得赢就打,还不能久打,见好就收,来日方长。打不赢就跑,还不能瞎跑,割草也别放过兔子。

前几年山南山北一致对外,国共两军几年没有大打出手,马梓威对梁必达的战术一向不屑,认为毫无章法,不按规矩来,上不得大台面。但这回却让马梓威尝到了苦头。马梓威调集的增援部队扑了一空,恨恨地正在回撤途中,岂料梁必达主力又杀了个回马枪,在预备队陶三河的二团呼应下,将马梓威殿后部队又吃掉了一个半营,还生擒了马梓威部三团团副余子秋。

在陈埠镇方向,张嘉毓的捷报刚刚发出,就接到刘汉英十万火急的通报:山南江淮野战军第八纵队梁必达旅副旅长兼凹凸山军分区司令员窦玉泉指挥的二旅一个团和分区的九个独立营,加上地方武装近五千兵力正向陈埠镇进军,更为严重的是梁必达指挥的两个野战团以及配属的地方武装撤除宋店马陂战斗之后去向不明,梁必达一向善于快速机动连续作战,分析认为是要对张嘉毓部形成合围态势。

张嘉毓顿时惊出一头冷汗,指挥驻扎在陈埠镇一带的一团另二团的两个营火速后撤,沿途又被窦玉泉指挥的几支地方武装神出鬼没地打了几个小阻击,东一榔头西一棒子,防不胜防,损兵折将仍在继续。

其实,梁必达压根儿就没有打算合围张嘉毓,只不过是让窦玉泉组织地方武装打草惊蛇,张嘉毓就沉不住气了。

这次抢夺地盘的战斗,以刘汉英新编第一三七师三个整营遭到全歼,五个营受到重创,损失兵力近两千,并且丢失了西皋、三河、天堂寨等处方圆十几公里的地盘为代价而告结束。

刘汉英的脸连续黑了两天。刘汉英对张嘉毓和马梓威等人说,轻敌,轻敌是致败的根本。这话主要是说马梓威的。当初马梓威进军鸡冠山的时候,刘汉英就告诫他要呈多路纵队齐头并进。但是马梓威不把梁必达放在眼里,倚仗全副美式装备,兵强马壮,梁必达无奈他何。另外,将部队分成数路,他也不放心。他习惯于一个拳头打人,他也怕用巴掌打人遇到硬骨头会折断手指。却没料到,这回一个拳头伸出去,没有砸住梁必达,反倒被梁必达敲折了手腕子。

马梓威自知理亏,并不争辩,只是说:“鄙职有过,是轻敌了。不过这个梁必达的确不是个玩意儿,不按规矩来。几年没跟他们打了,还不太适应他们的路数。”

张嘉毓在一边打圆场,笑着说:“梁必达这个人,还真不能小看。大字不识几个,但是朱毛的那一套游击战术他还吃得很透,心领神会,运用自如。集中绝对优势兵力,各个击破,这套战术是很厉害的。”

刘汉英抚掌叹道:“我军在其他战场上,也是吃这个亏。说起来算是有自知之明了,他不跟你摆谱,不跟你以阵对阵,他东奔西跑,神出鬼没,出其不意。你在明处,他在暗处。阵地战不灵了,弄得不好，本部要在这个问题上吃大亏。我劝诸位不妨多看看毛泽东的书，以其人之道，还治其人之身。”

马梓威不以为然地说：“师座言之有理，但在鄙职看来，也未必那么严重。土八路就是土八路，可一可二不可再三。依职之见，我部趁敌初战告捷，正在得意之际，出击梅岭，端掉梁必达的老窝。”

刘汉英正色道：“还是轻敌。梁必达跟你不一样，梁必达不姓马，不是马谡，没有你想象的那么简单。”

马梓威一脸尴尬，看了看刘汉英，又看了看张嘉毓，不吭气了。

六

陈墨涵暗自庆幸，此次进攻梁必达，刘汉英没让自己的部队打头阵。他虽然已经接到了王兰田的密信，但他并没有贸然表态。军中无小事，何况他的处境十分微妙，他必须慎之又慎——正是得益于这种滴水不漏的谨慎，他和他的部队才有了今天。不到决定性的时刻，他是绝不会贸然行动的。

出征之前，陈墨涵说想尝一尝凹凸山名茶谷雨和清明之间的金寨翠眉，赵无妨心领神会，马上说通达布庄桂老板的茶道功夫是乌龙集第一流的。他说那好吧，就去勒索他一次。本部雄踞凹凸一方，抗日有功，保护这些土豪劣绅在战乱之年仍然财源不断，喝他一杯清茶也是给他一个面子——这话就有点跋扈了，当然也很像国军军官的做派。

不仅喝茶，还喝了酒。不仅喝酒，还要桂兰亭的内侄女安碧薇小姐作陪，还喝得半醉。

在十分短暂的单独接触的机会里，陈墨涵喷着浓厚的酒气，嘟嘟囔囔语焉不详地对俞真说，两军即将开战，兵戎相见，此处不是久留之地，我劝安小姐还是离开这是非之地为好。

听他那口气，好像对于俞真的身份以及彼此此前的接触全都忘记了，好像压根儿就没有发生过那些事。倒是俞真沉不住气了，急不可耐而又直截了当地告诉陈墨涵，王兰田要求他在这次战斗中绝不能露出异常表现，上峰怎么布置就怎么打，继续取得信任，将来有更重要的事情需要他做。

陈墨涵当时就明白了，刘汉英的作战计划已经在杨庭辉和王兰田的案头了，这次讨伐必败无疑。同时他也清楚了他和他的部队在这次出征中该做出怎样的举动，但他在俞真面前却仍然装糊涂，半真半假使劲地睁着一双蒙眬的醉眼："安小姐你说的是什么？什么是异常表现？什么继续取得信任？我怎么听不明白啊。"弄得俞真一头雾水。

俞真毕竟年轻，城府不深，还以为这个人真的是一喝就醉，真像个酒囊饭袋，那可不是要误大事吗？后来还是赵无妨向她递了个眼色，背过陈墨涵，意味深长地告诉她："你的任务已经完成了。"她这才疑疑惑惑地放下心来。

见过俞真，陈墨涵的心里就有底了。所幸的是，他的三团加强给了三旅的武丙球，进攻时为张嘉毓部的第二梯队，同时担任东南方向的警戒，防止潮州方向杨庭辉野战军主力赶来打援。

战斗很快就结束了，陈墨涵的三团一枪没放。

七

三团仍然驻扎在乌龙集。

团部还是原先的七十九大队的大队部，只不过陈墨涵为了体现国军长官的气派，派工兵将团长"官邸"和作战指挥部都修理了一番，官邸由泥墙茅屋变成了二层砖瓦小楼。底层住着卫兵、勤务兵和伙夫，楼梯下面是个豪华狗舍，德高望重的雪无痕在此下榻。

战后十多天的一个晚上，副师长文泽远突然光临。

陈墨涵心中暗暗惊诧。表面上看来，文泽远在凹凸山一向都是不显山不露水，而且深居简出。当然大家都知道这位长官肚里有牙，不摸他的底细，又碍着刘汉英的忌讳，很少有人单独同文泽远来往。

文泽远这一次是根据刘汉英的安排，来一旅三团摸摸官兵思想动态的。文泽远笑呵呵地对陈墨涵说："什么动态？你老弟的动态就是部队的动态，我连营长们都不见，老弟你给我弄几个好菜弄瓶好酒，我吃饱喝足了，使命也就完成了。"——俨然一副超然度外的架势。

陈墨涵说："长官赏脸，敢不奉陪？来人啦！"

马上就有勤务兵出现在门口。

"慢，"文泽远摆了摆手，让勤务兵退出，狡黠一笑，说，"这顿酒我不在你的团部喝，这顿酒我要喝出个排场。老弟和乌龙集通达布庄桂兰亭桂老板近日过从甚密，我听说桂兰亭茶道功夫好，桂家菜做得好，更有妙处，桂兰亭的内侄女国色天香，是不是啊？老哥一生胸无大志，美食美酒美女而已。老弟尊我一声长官，愧领了，何不巴结我这个无为的长官尽兴一次？"

陈墨涵震惊不已，几乎出了一身冷汗，竭力镇定下来，朗声一笑，说："啊呀，真是好事不出门，恶名行千里啊。长官面前我就襟怀坦白了，还真有这么回事，桂老板家的确是茶好菜好，至于说美女嘛……啊，长官，老桂是有一个内侄女，算不上国色天香，也是上等佳丽。卑职见过两面，是很有姿色。不过……嘿嘿，没有别的意思啊，那是从书香门第出来的，不是风月女子，自然不是随便可以唐突的。以卑职之见，酒，还是在这里喝，长官要尽兴，我让赵团副找几个歌女来，小曲下酒。"

文泽远做不悦状，冷笑地看着陈墨涵："老弟也太小气了吧？

我说美食美酒美女，前二美都是可以吃的，后一美我只欣赏。老弟的红颜知己，文某身为兄长又是长官，岂能掠人之美啊。”

这回真是把陈墨涵放在火炉里烤了，一向温文尔雅的文泽远，居然提出如此荒唐的要求，显然醉翁之意不在酒。拒绝吧，不合适，反而有可能授之以柄，他本来有十分的猜疑就会变成一百分的确信。不拒绝吧，也不合适，大家都是心照不宣，文泽远老谋深算，稍有差池，俞真的身份就有可能暴露。

想来想去，陈墨涵终于横下一条心来：就按这个老狐狸的要求办。

陈墨涵是这么想的：既然文泽远已经知道了俞真的存在，那么，也许他已经知道得更多了，现在反而是文在暗处，陈在明处。搪塞不是办法，也是搪塞不过去的，倘若硬顶，就是打草惊蛇。稍有不慎，俞真还有生命安危之虞。不如先退一步，届时见机行事。一旦异常，就采取断然措施，无毒不丈夫，大事面前，必须果断。只要刘汉英还不知道文泽远掌握的秘密，就是把文泽远杀了，也是能够找到借口说清干系的，说不定刘汉英还会窃喜。

思路进入这一层，陈墨涵就坦然了，说：“好，既然长官有此雅兴，兄弟自会安排妥当。只是，长官的安全……”

文泽远又摆了摆手，笑道：“勿须多虑。本官也不是党国要人，在你的乌龙集，难道还有刺客不成？把你我的卫兵放在外面即可。”

陈墨涵思忖：意图看来是显然了，不能再怠慢了。便高喊勤务兵，叫来了赵无妨，当着文泽远的面，如此这般安排了一番，好戏就开始了。

通达布庄是乌龙集第一大商号，桂家祖宗三代经营，颇有资产，在凹凸山舒霍埠一带都很有名气。只是日军骚扰这几年，生意有些冷落。桂兰亭是个聪明人，同刘汉英和杨庭辉的部队都有些来往，两边都尽力笼络，近年由于赵无妨重金收买，神不知鬼不觉地做了许多连陈墨涵也不甚明白的事情。

文泽远和陈墨涵谈笑风生地刚踏进布庄门面，桂兰亭便满脸堆笑地迎了上来，作揖打躬："敝号有幸，文将军和陈团长大驾光临，令陋室蓬荜生辉啊。"

文泽远笑容可掬地说："哪里哪里，桂老板乃一方名士，文某也是久仰。今日文某和陈团长前来骚扰，也是拜会。都是一家人，不必多礼。"

一句话，倒有些反客为主的味道了。

进了客厅，里面便噼里啪啦一阵响动。按照赵无妨的安排，乌龙集屈指可数的几个头面人物早就在此等候多时了。文泽远见满屋子都是遗老遗少，脸上不易察觉地泛起一丝苦笑，看了看陈墨涵，对方居然也是苦笑。

排列座次不费周折，当然是要把文泽远推到首席，陈墨涵在文泽远右手作陪，其他土豪劣绅虚情假意推推攘攘一番，也就各就各位了。

酒过三巡，文泽远王顾左右而言他，问道："桂老板，还有没有其他客人啊？"

桂兰亭赶紧回答："没有了没有了。"

陈墨涵笑笑说："桂老板，你不是还有个亲戚吗，读书人也是见过世面的，也该请上来，不然人家小姐会认为我们凹凸山人不会待客啊。"

桂兰亭愣了一下，见陈墨涵和赵无妨神色坦然，便又离座屁儿颠颠地进了内房。

筵席最优美的一道菜终于出现了，并且还多出了一个人——桂兰亭在洛安州读书的女儿桂景致。

是晚的俞真和桂景致都穿了一身当地小家碧玉常穿的衣裳，

桂景致穿的是白底红碎花的对襟褂子,俞真穿的是蓝底白花府绸短衫,这样的衣裳配着她们的学生短发,又是一番别样风采。两个姑娘没有就座,很温顺地立在文泽远和陈墨涵的身后,给二位长官斟酒。

陈墨涵料定文泽远会对俞真盘问一番,譬如读什么书啊,假期做哪些事啊,令尊大人在哪里高就啊,虽然赵无妨肯定已经通知俞真有了准备,但文泽远是何等人物?几个问答一对照,必然就能发现破绽,光她的口音和她同桂家的关系一项,文泽远就能算计个子丑寅卯。

奇怪的事情发生了。文泽远不仅对两位姑娘十分客气,并且还一反在团部说话时的风格,对桂兰亭说:“孩子们都是读书人,不要让她们沾上我们这些老朽的酒气腐气,既然她们不习惯,就下去早点安歇吧。她们在场,我们这些老头子也不好撒野啊。”

俞真得令喜出望外,拉着桂景致,向文泽远道了一声谢,便款款离席。

陈墨涵更是云遮雾罩了,实在摸不透文泽远这个老狐狸到底唱的是哪出戏。

这个晚上文泽远兴致极高,似乎别无贵干,就是冲着桂家茶桂家酒来的,放量豪饮,同乌龙集几个泥腿子贵族谈古论今,妙语连珠,喝得酣畅淋漓。

直到筵席结束,陈墨涵护送文泽远返回舒霍埠的路上,文泽远才带着三分醉意对陈墨涵说:“令兄是文某的至交,你的事也是我的事。你的选择我知道,我看这个女子不错。”

陈墨涵装疯卖傻,说:“啊,是啊,长官说不错,那就错不了。”

文泽远打着幸福的酒嗝,又说:“有些事啊,当断得断,不断反为其乱。老弟,有用得着大哥的地方,你说一声,大哥我鼎力相助。”

这话就费猜详了。乍听起来指的是男女私事，细嚼起来又不尽然，似乎没有那么简单。弦外之音别人可以浑然无觉，陈墨涵却听得心惊肉跳。他基本上已经证实了，他的行动已经为文泽远所掌握，同时也还可以证实，文泽远暂时还没有加害他的意思。这到底是为了什么，眼下还是个谜。

第十九章

一

江淮野战军八纵二旅旅长梁必达手擎一柄巨型胶杆牙刷，先外后内，深入浅出，左右交替，上下反复，并伴以呀呀呀嗨嗨嗨的吼声，横刮竖掏，把清晨起床后的这道程序鼓捣得轰轰烈烈。

睡前洗脚，饭前洗手，起床刷牙，这是梁必达在陈埠县当大队长的时候，由东方闻音交代他的警卫员黄得虎和马小树强制他养成的习惯。

原先的梁必达爱吸自制的大烟卷子，有时候也抱着房东的水烟袋咕噜几口。后来朱预道从洛安州里给他弄来了洋人造的“炮台”牌，就开始吸起了纸烟。纸烟味道是淡了一点，但是夹上纸烟的做派就雅致了许多。

自从当了分区司令员，尤其是感觉上跟东方闻音朦朦胧胧地有了那种关系，梁必达就更加注重形象仪表了，军装尽量要穿新的，尺寸要得体，不合适的就下放给朱预道或者曲向乾、陶三河。朱预道等人有了新军装，倘若被梁必达相中，那就毫不客气，巧取豪夺还不许反抗。

有一回，曲向乾的老婆、分区的粮秣科长洪英用缴获的“皇协军”军装给曲向乾改制了一件八路军军服，让梁必达看见了，二话不说，就命令曲向乾脱掉。

曲向乾起先还以为司令员是讨厌汉奸，不让用“皇协军”的东西改头换面，岂料脱掉之后，司令员倒自己比划上了，穿在身上，还照了镜子，感觉很合适，嘿嘿一笑，对曲向乾说："好，这件归我了。我牙大，你嘴歪，原先咱俩都是丑男人。现在我的大牙没有了，你的嘴还是歪的，你穿那么光亮干什么？"

曲歪嘴同志——当时的独立团副团长曲向乾一肚子不痛快，说："司令员你狗日的也太霸道了，我就不能有一点好东西？有什么你抢什么。"

梁必达大眼一瞪："屁话！我抢你什么好东西了，你老婆我抢了吗？妈的老子都当分区的司令员了，还是光棍一条，你狗日的倒好，先下手为强，把我的粮草官搬到了你那张破竹笆床上。不是看你打过几次好仗，我就不批你的结婚报告，就眼看着洪英肚皮提前大了，老子再收拾你。老子没收拾你，你还不以实际行动感恩？"

曲歪嘴同志说："你要是喜欢，可以命令洪英再给你改一件嘛。这件是老婆照着我的身子改的，我穿得好好的，你何必硬是从我身上剥下来？"

梁必达坚定不移地说："不行，我就要这一件。我是司令员，你没有道理比我穿得排场。"又说："你说是照你的身子改的，我却看像是照着我的身子改的，不信你回去问你老婆去。"

曲向乾只得苦笑，毫无办法。这样的事情不是一次两次了，朱预道的马靴，陶三河的洋布衬衣和金边墨镜，自己享用统统没有超过十天半月，只要被梁必达发现并相中，他就严令你无条件上交。大家只得忍气吞声，谁让他是司令员而你不是呢？当然，说到底大家还是心甘情愿的，同志之间亲密无间，脑袋不分你我都归抗战所有，这点小东小西算得了个啥？提个意见表示个不满那是跟司令员撒娇呢。

梁必达做什么都是雷厉风行，唯有刷牙洗脸一丝不苟，该刷的地方刷到了，用不着的拐拐角角也不放过，态度极其认真。

一边刷牙,一边观看黄得虎和马小树训练姚葫芦。

此姚葫芦非彼姚葫芦。此姚葫芦不是那个当了汉奸司令的姚葫芦,而是老狗姚三的后裔。后来大家终于弄明白了,当初梁必达之所以给岳秀英家的那条公狗取名姚三,是因为汉奸姚葫芦的爹名字叫姚三。黑皮姚三配种积极性过于高涨,不负责任地繁殖了将近半个连的后代。两年过后就有点疲软,再也不似先前那般生龙活虎了。

当了分区司令员的梁必达同志看着姚三那副年老力衰还成天色迷迷的样子,心里讨厌,开恩让分区伙房管理员老韩头给处置了,分区机关的同志们打了一顿牙祭。又让黄得虎到陈埠镇,从姚三众多的后裔里挑选了一条黄皮狗。

由于姚三性关系混乱,乱伦的事情自然不可避免,已经无法考证黄皮狗是姚三的儿辈还是孙辈了,儿辈孙辈都不重要,重要的是这条黄皮狗崽是公的,性情极其凶猛,不亚于豺狼饿虎。从形象上看,此狗腿短体长,奔跑速度极快,每每遇到猎物,只要主人一声令下,便如离弦之箭。自然,龙生龙,凤生凤,老鼠的儿子会打洞,基于血统遗传,这牲口跟它的爹爹或爷爷同样属于贱种,也有许多令人不齿的恶习,譬如为了得到一块肉,就可以对任何人奴颜媚骨屈膝摇尾。虽然是家畜,却又野性膨胀,追鸭叼鸡的坏事也是经常干的。

黄得虎现在对姚葫芦进行的训练,是服从命令的习惯。一声口哨,它就跳起来,两声口哨,它就跑起来,三声口哨,它就趴下去。要是挥手一举给个指挥动作,它就会就近抱起一棵树没完没了地拼命撕咬,四只爪子连抓带撕一刻不停,其凶猛之状,其残忍之情,其豺狼之本性暴露无遗。

姚葫芦这个名字不是梁必达取的。当了分区司令员和旅长之后,梁必达从感觉上已经是个领导者和文化人了,不屑于玩那种指桑骂槐借狗骂人的小把戏了。姚葫芦这个名字是朱预道取的。黄皮狗被领到梅岭的时候，朱预道说，哈哈，既然是姚三的种，管它是儿子还是孙子，就叫姚葫芦得了，反正姚葫芦祖宗三代都有扒灰的习惯，辈分排错了也没关系。

能够看得出来，黄得虎和马小树对姚葫芦的训练是卓有成效的，这畜牲现在对于各种口令和手势已经心领神会了，执行起来一招一式明显有了章法。

以往，梁必达闲下来，也会亲临训练场地，对姚葫芦进行更高层次的考核。狗眼看人看得更准，凹凸山有许多老百姓对梁必达都是只闻其名不见其人，八路军一色的打扮一样的装束，不像往日的县太爷州衙门那样拿腔拿调耀武扬威地摆谱，假如迎面遇上，老百姓也未必马上就能认出哪一位是梁必达，哪一位是跟班的。但姚葫芦就不一样了，姚葫芦自从到了凹凸山军分区，一眼就认准了那个人高马大颐指气使的庞然大物是这里的一号人物，是它的衣食父母和最坚强的后盾，所以它的第一个表现就是越过了当时在场的窦玉泉和姜家湖等人，径直一路小跑奔到梁必达的脚下，又是摇尾巴，又是蹭梁必达的裤腿。此举令梁必达很得意，当即命令黄得虎赏了姚葫芦一块豆腐渣饼子，并规定每个月拨给姚葫芦三两盐巴和五斤小米，这种伙食标准差不多等同于半个战士的待遇。

但现在梁必达对姚葫芦的兴趣大不如前了，他有更重要的事情要做。

二

早晨梁必达喝了两碗稀饭，啃了一块荞麦面饼子，然后请来了旅政治委员张普景、副旅长姜家湖、旅参谋长朱疆、副政委兼政治部主任江古碑、供给部副部长安雪梅和驻扎在旅部附近船巴冲的一团团长朱预道，几个人围坐在沙盘前算账。

在前不久的整编中，吸收了大量的地方干部到野战军工作，江古碑和原凹凸山寿春县县长安雪梅以及朱预道的妻子、陈埠县副县长岳秀英等人都回到了部队，被充实到了二旅，安雪梅负责组织后勤保障和支前工作，岳秀英在旅部担任动员科的科长。现在是一切服从战争，一切保障野战军，地方部队和地方干部，凡是有条件的，都无条件地加强野战军。干部们有合适职务的就安排合适的职务，没有合适位置的，降职使用的也不在少数，充分体现了能上能下的思想基础。

二旅成立之初，宋店和马陂之战牛刀小试，就锋芒毕露，打得刘汉英几个团丢盔卸甲，并且有几个营整建制地被吃掉，梁必达当然是愉快的。

梁必达委实不再是梁大牙了，虽然得意，但是并没有忘形。有些账目他还是要算一算。

第一笔账算的是刘汉英的兵力。一仗下来，对方的编制状况差不多就清楚了，此前梁必达分别审讯了从刘汉英部俘虏过来的一个副团长、两个营长和三个营副。俘虏们求生心切，说的都是真话，几份口供一对照，一个连有多少人，一个营有几个连，一个团有几个营，一个旅有几个团，营的火力配备，团的火力配备，等等，都一目了然。

梁必达一边口述，姜家湖一边噼里啪啦地打算盘。

算来算去，几个人的脸就黑了。蒋总统在国共谈判期间，欺骗了国际舆论，也玩弄了美国人，说是缩编，不过是规格上降级改了称呼。把军变成了师，师变成了旅，看起来建制军和建制师都减少了，可实际兵力却暗暗地增加了。落实到凹凸山，就更是花样翻新，除了招兵买马，还收编了大量的汉奸队伍。一个新编师，兵力竟然膨胀到四个旅，加上师部直属部队，共有十五个团将近两万兵力,比抗战期间一个军还要庞大。也就是说,在对付共产党的时候,老蒋比对付日本鬼子花的本钱还要大。

而整个凹凸山区,即使是杨庭辉的江淮野战军第八纵队全部,三个旅加起来,也不过才八千人左右。二旅在八纵还是加强的,但是也不能跟刘汉英的任何一个旅相比。除了朱预道的一团有三个营的建制,共有九百余人,其他两个团每团只有七个连,每个连只有九十来个人,不足七百人。宋上大的特务团说是团的架子,实际上只有五个连,才四百多人。全旅兵力总数也就是三千人多一点。

如此算来,几天前打的那场胜仗,对刘汉英根本就没有伤筋动骨。

再算装备。就算装备最为优良的朱预道一团,也只有一个迫击炮连,一个机枪连,家伙还都是老掉牙的。其他乙种小团只有四五门迫击炮和十几挺重机枪。而刘汉英部师有一个山炮团,旅有山炮营,团有山炮连。仅仅是四百挺重机枪和近千挺美式轻机关枪这个数字,就足以令人望而生畏的了。

张普景说:“这几年我们虽然在发展,但都是白手起家,没有外援,跟国民党比实力比装备是比不了的。还是要靠人民战争,发动群众。”

梁必达说:“我同意政委的观点,依靠群众这一条任何时候也不能放弃。但是,依靠不等于依赖,解放军和八路军是有区别的,现在已经不是和鬼子打麻雀战运动战了,我们现在必须要考虑一个事实,也就是说,要从过去的游击战术转变到大兵团作战的思路上来。不完成这个转变,就要吃亏。这一仗是胜利了,但是我们要提醒部队,这次胜利有许多侥幸。一个是刘汉英的部队轻敌,他没有想到我们准备得这么充分,他在兵力使用上保守了。二是兄弟部队在山外打得很凶,从客观上牵制了刘汉英的主要兵力。三是恰好有几个分区的地方部队在集训,窦副旅长战机把握得好,主动配合来得及时。没有这几条,这次战斗,即使取得最后的胜利,恐怕也要付出更大的代价,弄得不好夹生的可能都有。要召开一个团以上干部会,要对下一步的工作,形成一个明确的战略方针。”

张普景和姜家湖都很拥护,张普景说:“老梁的思路是对的。人无远虑,必有近忧。”

梁必达说:“是不是可以这样,一、向纵队报告,我旅兵员亟待补充,请纵队支持我们,再从几个分区抽调三至四个连,补充到各团。本旅辖区的几个县大队,升级为乙种团。二、朱团长派出一个连,近日进驻二龙岗,对乌龙集陈墨涵部的防御态势实施抵近侦察。三、宋上大同志报告,洛安州尚有日伪留存的一批军火,现在藏在哪里还不清楚,朱参谋长要想办法。”

张普景见今天几个人意见比较一致,他和梁必达一唱一和也很默契,趁机提出来一个老问题,说:“要想尽快改变敌强我弱的力量悬殊,最有效的办法还是瓦解敌军。老江的几个工作站要加强,要抽调一批忠于党的事业、文兼武备的好干部深入到刘汉英的心脏。”

梁必达顿了一下,没有马上表态。事实上,张普景急于要解决的问题,也正是梁必达比较重视的问题,只不过两个人对这件事情的态度却恰好是背道而驰的。

杨庭辉和八纵新任政委王兰田对梁必达有单独交代,鉴于目前敌我之间关系微妙,瓦解敌军工作上升到了一定的高度,纵队联络部派遣一批干部,已经打入刘汉英部队内部,宋上大和东方闻音也将对陈墨涵部进行策反工作。这些都是高度机密,弄得不好就有自己的同志人头落地,必须慎之又慎。连张普景都一知半解,梁必达当然是不会让江古碑插手了。

三

在近年的工作中，如果说梁必达同张普景和窦玉泉相处尚且融洽的话，那么对江古碑就是另外一种态度了。

梁必达从心眼里看不起江古碑，这倒不完全因为江古碑在“纯洁运动”中充当了急先锋，而是因为在梁必达等人的问题甄别之后，尤其是在梁必达当上了分区司令员之后，江古碑的表现令梁必达十分鄙视。为了洗清自己，讨好梁必达，江古碑居然搞了一个材料，把当初收拾梁必达和朱预道的经过白纸黑字详细地记录下来，还把某某某是怎么说的，某某某是怎么做的，全都出卖了。

江古碑没有想到的是，梁必达对他的小报告压根儿不领情，还将材料给东方闻音看了，说：“这种人是小人，好汉做事好汉当，大丈夫敢作敢为，搞这种鸡鸣狗盗的小动作干什么？错了就是错了，错了也不是哪一个人的责任。这样的事张普景就做不出来，我跟张普景经常争论，但没有一点个人恩怨。江古碑现在是看我腰杆硬了，就来投靠，可是他想错了，我梁必达不是绿林好汉草莽英雄。他现在一见风头不对，连某某某和某某某都出卖，如果有一天我梁必达又不得势了，那他还不照样落井下石？这份黑材料烧了，免得同志之间人心惶惶疑鬼疑神地互相戒备，权当没这回事。”

这一席话，说得东方闻音好生佩服，打心眼里觉得梁必达看问题真是透彻到炉火纯青的地步了。

本来，特委改组之后，江古碑回到野战军工作，梁必达就有抵制，认为这个人品质不好，但张普景等人不知道江古碑暗地里还有动作，梁必达也没有说，所以张普景等人坚持接受了江古碑。偏偏江古碑急于表现，往往又是添乱，他所领导的在敌占区的几个工作站，近日频频报告发现奸细叛徒之类，而且一再向梁必达报告，要如何如何,弄得梁必达提心吊胆——那些所谓的“奸细”“叛徒”,数量相当的人都是近期派进刘汉英部队、接受王兰田和梁必达单线领导的地下工作人员。如果不采取措施,误杀自己同志的事情又有可能发生。

为难的是,这些话还不能明说,尤其是不能跟江古碑说。地下工作的惯例是,任务传达到哪一级哪一级负责,谁知道谁负责。这也不是不相信同志,这是铁的纪律。再说,张普景虽然做人正派,但过于激进,革命热情始终可嘉,对敌斗争经验始终不足,放手把地下工作交给他们,他也委实放心不下。上次跟刘汉英联手除掉李文彬,是由国方精锐谍报工作者高秋江具体执行的,同时,出于更深的意图,王兰田又决定暗中保护高秋江,也是单独布置给梁必达的。梁必达秘密组织了一个特工队,由曲向乾带领潜入洛安州,当初高秋江在自己的寓所里看见的那张写着“走投无路时,去找梁大牙”的纸条,就是曲向乾塞进门缝的。事后张普景才知道一二,对此十分恼怒,说:“连我这个政委都不相信,还是宗派主义在作怪。”可是,不论张普景怎样发牢骚,梁必达在统战的问题上却不能妥协。

梁必达想了想,说:“统战工作由纵队统一部署,我们不要乱插杠子,弄得不好,反而乱了。老江你那几个工作站的主要任务还是摸内线情报,有了情况要跟情报科及时通气。还有,你们的锄奸队不能再随便杀人了。现在是敌中有我,我中有敌,复杂时期,为了统一指挥,综合协调,我看是不是可以成立一个敌工委员会,协调情报侦察、对敌联络、对内肃奸、治安保卫几个方面的工作,由姜副旅长和江副政委共同负责,姜副旅长负主要责任,为该委员会主任,老江为副主任。只要是涉及到性命的事,必须经过我和张政委两个人同时批准。张政委你看怎么样?”

张普景怔了怔,半天没吭气。

自从二旅成立以来，张普景是一腔热血要在政治上打个翻身仗，梁必达对他也表示充分尊重。但是，张普景总是感觉到还有什么地方不那么顺当，尤其是在进行重大决策的时候，梁必达同志的刚愎自用就表现出来了。不能不承认，梁必达同志这几年进步很快，在政治素质和战争经验等方面都成熟起来了，指挥部队屡战屡胜，上上下下都很服气。但是，正是因为威望上去了，问题也表现出来了，唯其因为有了功劳，也就越来越武断了。不仅用兵武断，在用人方面也很独裁。对他张普景面子上还过得去，可是对江古碑同志就没那么客气了，虽然说是副手和部门首长，但你也不能不把人家放在眼里啊，也不能事事都越俎代庖啊。张普景自然不会看不出来，梁必达根本就不信任江古碑，同时他还认为梁必达也并不彻底地信任他张普景。统战工作、联络工作、保卫工作，都是政治部的职能，为什么要姜副旅长负主要责任？就是首长分工，也应该是我政治委员或者副政治委员负主要责任啊。

让张普景尤其恼火而又说不出口的是，这个江古碑，自从上次在“纯洁运动”中犯了错误，就一蹶不振了，像是大病一场的落水狗。调回野战军工作，张普景原先期待他重新振作起来，在思想政治工作方面助他一臂之力，岂料这个同志居然成了猪大肠子，横竖伸不直腰杆，甚至还在梁必达面前低三下四唯命是从。看来他是被梁必达彻底征服了。如此，梁必达更是一手遮天了。这是共产党的部队，也不是哪一个人的护院家丁。你梁必达对了，我们支持，但毕竟还有一级党委，你是书记，也不能擅自成立组织，跟政治委员连气都不通一个，就宣布某某某负责，也太目中无人了。

张普景终于忍无可忍了，压住火气，慢腾腾地说：“老梁，今天不是开党的会议吧。”

梁必达说：“除了宋上大同志，党委成员都在嘛，也可以算是党的会议。”

张普景说:“如果是党的会议,那我说明我的态度,我不同意成立一个敌工委员会,也不同意这几项工作由姜副旅长负主要责任。我军在编制上有司令部、政治部、供给部、卫生部,各有任务,应该各司其职。”

梁必达说:“我说过了,复杂时期,敌我之间关系微妙,我们可以有一个统一的领导,这也是临时性的权宜之计。”

张普景仍不退让,说:“搞一个所谓的敌工委员会,凌驾在职能机关之上,才真正有可能制造混乱,而且也名不正言不顺。”

梁必达说:“这是为了对敌斗争的需要,也不是设衙门封官许愿,不存在什么名不正言不顺的问题。”

张普景说:“就是搞,我也不同意由姜副旅长统一负责……哦,老姜,我这样说不是对你有看法。敌工工作是政治工作,我这个政治委员还有自己的职责嘛,还有副政委,还有政治部,我和江古碑同志过去犯过错误,甚至是严重错误,但那不是品质问题,是思想认识问题,是执行政策把握的尺度问题。我们还是要干革命的。没病没灾的,你梁必达司令员也不能老是让我们睡大觉啊。”

梁必达不痛快了,说:“老张,你误会了。你是以为我要架空你吗?你是以为我对你不放心?不是这样的,以后我会跟你说清楚的。”

张普景毫不妥协地说:“要说清楚现在说,什么时候说清楚了我什么时候表态。如果是上级有秘密指示,你就……你可以像上次跟高秋江接头那样,还是秘密执行,我——甘当局外人。”

说完,站起身,一脸凛然愤懑,拂袖而去。

四

张普景对梁必达大动肝火之后不久的一天,凹凸山北麓乌龙集多出了一个人——东方闻音。陈墨涵同东方闻音的会晤地点选择在三团的救护队。

东方闻音戴着一副阔大的口罩，遮掩了脸庞下部，只露出一双黑亮的眼睛，同陈墨涵进行目光交流。她现在的身份是陈墨涵三团救护队的护士，而陈墨涵的身份是一个患了伤寒的病人。

东方闻音的护士身份无疑是假的，陈墨涵得了伤寒却是真的，时而畏冷，时而惧热，还发着高烧。

医生是自己人，是赵无妨的把兄弟，老七十九军的医官，给陈墨涵挂上输液瓶就退出去了。这套病房是个独立小院，三间房子都是空的，门上挂着“传染莫入”的醒目标牌，另有几个卫士把守。安全是有把握的。

这已经是第四次周旋了。

前几次，东方闻音详细地给陈墨涵介绍了全国各个战场上两军交战的形势，晓以民族大义，并历数国民党军队排挤异己加害忠良的事实，有些事情陈墨涵知道，譬如武培梅、石云彪和莫干山等人遇难，可以说历历在目。还有一些陈墨涵闻所未闻，譬如诸多高级将领在抗战期间同日伪暗送秋波沆瀣一气的丑闻。东方闻音还告诉陈墨涵，据本军内线掌握的情况，事实上刘汉英现在对他并不信任，他的另一个团副张崮生手里就有刘汉英的密令，两军交战当中，一旦发现他陈墨涵和赵无妨等人有异常行为，可以先斩后奏，部队听命于张崮生。

对于这个情况，陈墨涵并不感到惊讶，淡淡一笑说：“真的到了那时候，恐怕就由不得他们了。”

陈墨涵对于自己对部队的控制，是充满信心的，他从来都没有把张崮生当做自己人，他也自信张崮生对于他和赵无妨的行动不摸底细。张崮生心存疑窦是有可能的，但是他们的所有的活动都安排得天衣无缝滴水不漏，除了赵无妨、陈士元和余草金三个人，没有任何人知道他内心的真实想法。

但是，当东方闻音向他出示了一张由吉哈天亲拟的“幽灵学会”成员名单时，他却被大大地震惊了。在那份黑名单上，赵无妨、陈士元、余草金的名字跃然纸上，他陈墨涵的名字也在其中，只不过后面加了一个问号。如此说来，不仅是对他不信任，部队里的风吹草动也还是在刘汉英等人的密切掌握之中。在这样的队伍里效力，每一时刻都是险象环生，每一块土地都有陷阱。

东方闻音还向陈墨涵介绍了解放军在华东战场、东北战场、西北战场屡战屡胜的局势和一些国民党将领起义的情况，设身处地地为陈墨涵和三团的前程分析出路，代表陈墨涵的恩师王兰田，再次敦促陈墨涵审时度势，以大局为重，尽快回到民族利益的轨道，“不义之战不战，是非之地不留”。

在东方闻音的努力和赵无妨等人的配合下，经过几个回合推心置腹的交流，陈墨涵的态度逐步明朗，目前基本上已经将路铺平，三团起义已经是大势所趋了。但还有一些具体问题没能达成共识。

在陈墨涵辗转不眠最熬煎的时刻，还有一个人起了十分重要的作用，这个人就是俞真。

陈墨涵后来摸清了俞真的底细，俞真不是杨庭辉部队的上层人物，只是个联络员，说到底还不能算个货真价实的八路。但这个小女子对八路是真诚拥护的，为八路效力奋不顾身，这个事实本身也就很能说明问题，他陈墨涵还没有见过有哪个豆蔻年华的女子会为刘汉英的部队舍生忘死。

在东方闻音和陈墨涵前几次会晤的时候，俞真和赵无妨联手负责穿针引线，并共同为陈墨涵和东方闻音的安全精心筹措。俞真同赵无妨开玩笑说，她和赵无妨两个人，就像是周旋在陈墨涵和东方闻音之间的男女媒人。

陈墨涵素怀怜香惜玉之心，如履薄冰地同“共党小探子”俞真接触了几次，对这个伶牙俐齿机灵聪颖的少女颇有好感，而且此人身怀绝技，曾经在桂老板的后院里给陈墨涵表演过击剑，剑术十分精湛，一招一式流畅优美，加之性情率真，形象俏皮，颇得陈墨涵的喜爱。当然，说俞真起了作用，并不是美人计的功夫，而是从她嘴里说出的高秋江的故事对陈墨涵有较大的震撼。陈墨涵把武培梅、石云彪、莫干山、高秋江的遭遇联系起来，再看看自己和赵无妨等人的处境，那就由不得不心生异志了。倘若一条黑道走到底，他们的结局无疑也类似于上述好汉和巾帼。

陈墨涵终于下了决心，他并没有被高烧烧糊涂，躺在床上，很清醒地对坐在病床边上的东方闻音说：“这步棋是非走不可了，我有这个思路也不是一天两天了。但是，我们的条件是最起码的考虑，请贵军体谅我们的处境。”

陈墨涵说的条件有五个，一是时机，必须选择在两军交战而三团攻守一地的时候，以确保整团拉出。二是必须保证三团所有官兵的人身安全，因为三团内部有不少军官在不同的时候参加过对共产党部队的作战，手里不同程度地有血债。三是三团的建制不能打乱，军官不能离开部队，不能分编。四是必须保障眷属安全，三团营以上军官，除了他陈墨涵，几乎都有家眷拖累，在起义发起之前，要保证三团眷属全部撤离到解放区。五是起义成功之后，整团调出凹凸山，不能在凹凸山直接同刘汉英的部队交战。

东方闻音心里有数，前四个条件纵队首长已经接受了，并且绝对保证三团在起义过程中的安全，杨庭辉司令员并且表示，即使我军打光一个旅，也要保证陈墨涵的三团不受损失和尽量减少损失。陈墨涵的三团起义，意义不仅仅是双方兵力变化，重要的是对刘汉英部队军心的打击。

但是陈墨涵的第五个条件使纵队首长有些为难。

纵队首长尤其看重的正是陈墨涵团的起义在凹凸山地区对敌方官兵的震动,对于继续瓦解敌人斗志至关重要。陈墨涵之所以提出起义之后将三团调出凹凸山,是基于两个方面的考虑,一是这支部队毕竟跟刘汉英的其他部队有丝丝缕缕的联系,上层之间有明争暗斗,但下层官兵之间盘根错节,转眼之间就反目成仇,怕下层官兵有反复。第二个考虑是出于一个军人的自尊,尽管说起来是弃暗投明,但毕竟是改换门庭,过去的七十九军和七十九团有弥天大冤,但现在的三团兵员成分有了很大变化,对于刘汉英也不是人人都咬牙切齿的,军官们相互之间还有个人感情。袍泽故旧分道扬镳也罢,但马上就兵戈相见你死我活,他陈墨涵的情面上也有些过不去。

这就是国民党军官的局限了,死要面子不要命。

纵队主要领导经过审慎研究,终于明确了思路。战争风云变幻莫测,两军交战日益升级,为了配合凹凸山外其他战场,凹凸山问题必须尽快解决,要拖住拖垮直到拖死装备精良的刘汉英部队,促成陈墨涵部起义刻不容缓。

这一次,东方闻音是代表江淮野战军第八纵队最高指挥官杨庭辉和王兰田向陈墨涵表态的——接受陈墨涵先生的所有条件。从现在起,第八纵队以重兵驻守西线,随时准备切断舒霍埠至乌龙集的交通。主力梁必达二旅以进攻乌龙集的姿态移兵凹凸山北,向乌龙集接近,随时接应。

为了充分打消陈墨涵的顾虑,博取进一步的信任,东方闻音根据王兰田的指示,还向陈墨涵介绍了凹凸山地下组织这几年在刘汉英部队的渗透情况,以及刘汉英和吉哈天在三团安插的卧底内线人员名单。二人当场商定,对张崮生等人即日采取监视行动,由三团现任参谋长余草金负责,一旦发现情况异常,果断地以黑枪处置。

五

起义比计划的时间提前了。

由于东北战场吃紧，国民党军紧急南调北上。上峰密令刘汉英，迅速摆脱杨庭辉部的纠缠，火速集结于黄河以北。

陈墨涵接到迁徙的命令，当即通过俞真通知了东方闻音。

杨庭辉一方面部署对刘汉英部的迟滞行动，着凹凸山六个分区的地方武装破坏公路，袭扰刘汉英驻地，另一方面，着主力一旅、三旅和独立二团进攻刘汉英武丙球旅。着梁必达二旅穿插至二龙岗以南，接应陈墨涵战场起义。

但此时又有了新的情况：刘汉英已经接到手下人密报，陈墨涵团图谋不轨，反水在即。刘汉英大为震惊，暂时放下一切行动，以组织北上的名义，火速布置对陈墨涵团采取措施。

就在陈墨涵的部队集结完毕即将登上起义征途的时候，张嘉毓旅北上的先头部队一团绕道在乌龙集安营扎寨，另有二团、四团和齐格飞旅的两个团也分别从左右两路向乌龙集滚滚而来，打的是途经此地移防的旗号，实际上意在裹挟三团北上，一旦裹挟不成，就地解决。

形势顿时急转直下。杨庭辉命令梁必达，首先截住了张嘉毓的一团，两军鏖战于二龙岗一线，又有马梓威的两个团从右翼向梁必达的防线突击，二旅脱身不得。张嘉毓的二团、四团和文泽远指挥的齐格飞部的两个团以及特务营接到刘汉英的命令，共有五千兵力急驰乌龙集。待陈墨涵的三团后脚刚刚离开，文泽远的前脚就到了，齐格飞一团同陈墨涵的殿后部队接上了火，紧追不放。

陈墨涵的部队交替掩护，边打边撤，速度就明显慢了下来。张嘉毓的两个团则以急行军迂回至宋店地区，以期迎头截断陈墨涵的去路。

最早赶到宋店十里铺的是宋上大和东方闻音指挥的二旅特务团。此时情况一目了然，如果陈墨涵部不能尽快地摆脱马梓威一团的追击，就有可能被绝对优势的张旅、马旅联合消灭。更为严重的是，陈墨涵三团内部本来就有人对起义持消极态度，追敌如泰山压顶，势如破竹，此时若陷入绝境，内部极有可能出现分裂，临阵脱逃和反戈一击的情况都有可能发生，如此，这支即将新生的部队又将面临灭顶之灾而胎死腹中了。

一个已经努力了几年牵涉了大量精力的计划，到了此时，真是危如累卵了。东方闻音考虑最多的还是陈墨涵团的安全。这里面不仅有工作方面的因素，也有信誉方面的压力，既有战争一盘棋的通盘作用，也有个人之间人格力量的思考。她是代表相当一级组织同陈墨涵斡旋的，斡旋的结果是，陈墨涵接受了起义的敦促，如此，他就把三团的命运托付给杨庭辉的部队了，也可以说是托付给了她东方闻音，具体地说就是通过她东方闻音托付给凹凸山野战纵队的。在这场突如其来的战争中，陈墨涵团就像一个脆弱的婴儿，刘汉英万余人马，都是冲着这个婴儿来的。想到这些，东方闻音的心情就沉甸甸的了。

东方闻音对宋上大说：“这次任务特殊，敌人数倍于我，只有硬顶。主力部队在此构筑工事，陈墨涵的部队不过这道防线，就不能撤出战斗。”

宋上大说：“打剩一个连，我当连长，打剩一个班，我是班长。”

东方闻音又说：“我带一个连，前出接应。”

宋上大坚决不同意，说：“这不行。陈墨涵能不能回来，全看他的造化了。你不能去冒那个险。”

东方闻音说：“这个时候我出现在他的队伍里，感召力强，意义重大。人是我们动员过来的,我们要负责到底。”

宋上大说:“就是去,也只能是我去。你要是有个闪失,别说梁旅长要剥我的皮,对上对下对自己我都没法交代。”

东方闻音说:“这里是六个连对两个团,以卵击石,我是撑不住的。再说,我是个政工干部,接应起义是我的职责。不要再争了。二连,跟我来。”

决心一下,东方闻音就不是原先那个温文尔雅的姑娘了,擎着手枪,英气逼人。

宋上大见东方闻音态度不容置疑,也觉得只好这样了,便不再阻拦。

六

陈墨涵此时真有四面楚歌的感觉,枪声炮声喊杀声,声声入耳。后有追兵,前途漫长,左有包抄,右有拦截。绝境哀兵纵横冲突,浴血奋战拼死陷阵。无奈孤军作战势单力薄,加上少量军官动摇,大有崩溃之势。倒是还有一个忠诚的士兵时刻紧跟不离左右——那就是雪无痕。

陈墨涵于隆隆逼近的枪炮声中望着雪无痕,心中突然涌起一阵巨大的悲凉,从雪无痕的身上,他看见了老七十九军和老七十九团的命运,看见了武培梅、石云彪、莫干山等人满脸血污的形象,不禁仰天长叹:苍天啊,难道这就是劫数?这就是摆不脱的结局?这就是这支在屈辱和苦难中浸泡出来的苦旅天赋的命运?

陈墨涵的脑海里,在这一瞬间闪过了无数念头,一个不容置疑的声音在命令着他,拼吧,天意如此,只有一死作答了,拼光了三团,自己也就清静了,自己的灵魂也就可以无愧于老长官们的亡灵了。成为石云彪和莫干山的后继者,死而无憾。

正在绝望之际，迎头扑来一彪人马，为首的竟是个气喘吁吁一脸潮红的女子。

陈墨涵顿时为之一振，大喊："弟兄们，共军——八路兄弟接应我们来了。扔掉行装，全速前进。"说完便迎了上去，一把握住东方闻音的手，热泪噗噗直往下落。

东方闻音说："陈团长，你带部队快走，我们掩护。"

陈墨涵挥了一把泪，果决地说："不，我们一起走。留下赵团副断后。"

东方闻音不理陈墨涵，站上一个高坎，大声说："三团的弟兄们，我们江淮野战军是讲信誉的。再冲出去两里地，宋店有我们的阻击防线。在你们没有进入解放区以前，我们的部队就绝不会离开阵地。"

三团的士兵嗷的一声叫喊，血就烫了，就连一度动摇的几个军官也热泪盈眶。有个军官喊道："弟兄们，不能让八路断后，三排长，你们把这个八路妹子给我架起来，一起撤！"

东方闻音把手枪一扬："谁敢架我我先朝自己开枪。陈团长，我以接收部队政治委员的名义命令你，率部火速前进，离开险境。"

陈墨涵从一个士兵的手里夺过一挺机关枪，大声吼道："机关枪手全部留下，我带你们和东方姑娘一起掩护，其余人员由余参谋长统一指挥，撤！"说完，掉转方向，指挥留下来的三十多个机枪手和二十多个不是机枪手但坚决不肯撤离的士兵，就地选择有利地形，隐蔽地配置了火力。

东方闻音见陈墨涵留意已决，无法勉强，也就不再坚持了，对手下的二连连长吴志耀说："现在，听从陈团长指挥。"

当真是哀兵无敌，软的怕硬的，硬的怕不要命的。

待赵无妨率领的最后一个连队撤出之后，陈墨涵指挥他的临时机枪连和东方闻音带来的一个连，将张嘉毓一团先头部队放近了打，一阵密如瓢泼的弹雨倾注过去，对方黑压压的人群就像割韭菜一样，转眼之间就被削平了一片。余敌四处逃窜，各保其身，不敢再追。

陈墨涵见这一轮夺气夺得凶猛，料定追敌收拢还有一个过程，便指挥部队悄然撤出。

七

刘汉英坐镇在寿春指挥部里，十几部电台马不停蹄地不断报来对陈墨涵部的围追堵截情况，然而情况越来越糟糕。梁必达部在几个战场上拼死抵挡，使国军合围难以实现，眼看杨庭辉的增援部队也越来越近，陈墨涵部成为漏网之鱼即将成为事实。

刘汉英痛心疾首，他没有想到他这个深谋远虑的国军黄埔出身的军官，竟然被一个半路出家的一介书生耍弄了，就在他的眼皮底下，不动声色地不显山不露水地把动作做得密不透风，在要害时期，临阵倒戈，一举拉走了一个齐装满员的建制团，如此，杨庭辉部如虎添翼还在其次，对于军心撼动的损失难以估计，更有甚者，最高长官部追查下来，那是谁也负不了的责任，现在已经不是治军无方的问题了，是破坏“戡乱”，是“杀无赦”的死罪。于是乎，一道道指令便从刘汉英的嘴里咬牙切齿地发出，雪片一般落到张嘉毓、马梓威、齐格飞的手上——不惜一切代价，摆脱梁必达，全力围歼叛逆陈墨涵。

宋店阻击战空前惨烈。张嘉毓的两个团在督战队机关枪的枪口前面，后退一步就是死，前进一步还有生还的可能。如此，只有一条路了，硬着头皮往上冲。另一个方向上，齐格飞的部队也紧追不放，风驰电掣地扑了过来。宋上大指挥的五个连加上东方闻音带回来的一个连，总共兵力不足五百人，而且防御正面过宽，要分几个方向阻击。双方兵力悬殊,宋上大只能凭借地形和简要工事抵抗。防线被一段段割碎,炮火腾空,烟尘飞扬,日月无光。有两个地方被撕破了口子,还展开了白刃肉搏,局部地段血流成河。

转机的出现有些令人意外。

就在齐格飞的部队已经快要咬住了陈墨涵三团赵无妨率领的两个连殿后部队、战斗即将展开之际,亲临齐格飞部指挥“戡逆”的文泽远却僭越了齐格飞,直接密令齐部二团团长蔡基黄放慢追击速度,并就地展开,理由是“梁必达部一部已经脱离二龙岗,有掐断我部后路之虞”。

齐格飞本来就是文泽远的旧部,一向为刘汉英所猜忌而为文泽远倚重,他这个上校旅长也是文泽远不遗余力地争取过来的,知遇之恩心里有数,大事小事言听计从。此时,他虽然对文泽远放慢追击速度的命令有些困惑,但转念一想,老文从来都是不轻易决策的,既然决策,必有道理,估计是老长官有了新意图,也就睁一只眼闭一只眼了。

事实证明,文泽远委实眼高一筹,在两军开战的关键时刻,他放了陈墨涵一马,也给杨庭辉和梁必达暗送了一个秋波,从而,在半年后大军渡江南下千里追击的时候,解放军摧枯拉朽,新一三七师兵败如山倒,刘汉英伪装成农民得以潜逃,张嘉毓和马梓威一个“为党国尽忠自杀成仁”,一个在解放军的炮火下体无完肤,而文泽远和齐格飞则最终成了杨庭辉和梁必达的座上客,并在三十多年后分别当上了人民政府的文史专员和政协委员——此为后话。

在宋店攻坚战中,打得最不要命的是张嘉毓的两个团。东方闻音就是在陈墨涵的部队顺利通过宋店防线之后同张嘉毓部作战时遇难的。

本来,东方闻音已经完成了对陈墨涵的接应任务,也接受了宋上大强硬的要求,随陈墨涵的三团继续向解放区腹地转移,但是,就在转移途中,又遇上张嘉毓部从右翼穿插上来的一个营,双方再次展开激战,仓促之中,一颗汤姆式卡宾枪子弹打中了东方闻音年仅二十五岁的心房。

东方闻音在陈墨涵的怀里留下了最后一句话:“请告诉梁必达,我是爱他的,我爱梁必达,也……包括梁……大……牙。”

第二十章

一

万籁俱寂。凹凸山的秋夜只剩下夜风在山谷中洞箫一般呜咽回旋。

梁必达伏在东方闻音的墓前,足足有两个小时没有起身。没有人能够看见这个山峦一样雄壮的汉子是怎样一副睚劈眦裂的表情,也没有人知道这个身经百战的男人在长时间无声无息的状态里,是否倾泻过滔滔泪雨。无法想象,这样一个人哭起来会是个什么样子。

似乎没有哭,只是偶尔从他身下的草地上传出一声两声轻微的呻吟。这轻微的呻吟在知情人听来,又不啻是晴空霹雳山崩地裂之音,令人肝胆俱寒毛骨悚然。

站在梁必达身后十几公尺开外的,是张普景、姜家湖、朱疆、江古碑、安雪梅、朱预道、曲向乾、陶三河和陈墨涵等人。

安雪梅无声地饮泣,在场的人当中,除了梁必达,就只有她最了解东方闻音了。

想当初,东方闻音刚刚进入凹凸山的时候,杨庭辉就把她托付给了安雪梅。杨庭辉对东方闻音说,小安虽然只比你大两岁,但是从我在凹凸山开辟根据地那天起,她就参加了工作,有一定的斗争经验,你要好好向她学习。又对安雪梅说,小梅子,小闻音没有经过残酷战争的磨练,凡事你得帮着她。从那以后,二人就形同姐妹影形不离，直到后来安雪梅被派到地方工作，这对姐妹才稀疏了联系。几年下来，东方闻音全面地长大了，没有想到这个玉洁冰清的小妹妹却先走一步了。

陈墨涵木然而立。从战场上撤下来，从他作为一个起义军官第一次见到梁必达的那一刻起，梁必达就压根儿没有拿正眼看过他，而是一次又一次地抚摸腰间的手枪。张普景政委在那当口始终都没有离开陈墨涵的左右，不断地提醒："老梁，人死不能复生，东方闻音同志是为了我们的解放事业而献身的。你是旅长，不能失态。"

梁必达对张普景同样不理不睬，独自进入一个旁人无法窥探的境界，坐在旅部的作战室里，手里掂着一个国民党的军用水壶——那里面装的是凹凸山的稻谷酒，过上三五分钟，便喃喃自语一番："刘汉英，你等着，有那一天，我活剥了你。"

张普景见梁必达失常，便让营以下干部退出，严肃地说："梁旅长，不要忘记了，你身后有几千官兵。我们还要同陈墨涵同志的起义部队见面，你不能以这样一副失魂落魄的形象出现在解放部队的面前。"

梁必达仰天长叹："一个团啊，一个小小的白匪团，搭进去我多少血本啊。阵亡六百，战伤三百，还有……东方闻音啊，东方闻音啊……陈墨涵，陈三少爷，你的一个团还不值东方闻音的一根手指头。"

陈墨涵始终保持立正姿势，面无表情。

张普景喝道："梁必达同志，你还是个共产党员吗？你还是人民解放军的高级干部吗？太不像话了。陈墨涵的部队已经起义了，就是自己的同志了，你不能这样侮辱自己的同志。东方闻音同志九泉有知，也不能原谅你。"

梁必达突然笑了，爆发出一阵撕心裂肺的狂笑，把手枪往桌子上一拍，扬手把盛酒的水壶砸在对面的墙上："老子要杀人，老子要杀人。陈墨涵你这个白匪，你给我说清楚，你为什么不去挨那一枪，你有什么资格让我的东方闻音掩护你？你还有脸见我？摸摸你裤裆里兜着的是什么？是猴子尾巴吗？你为什么不给我战死？"

留在作战室里的人除了张普景和陈墨涵，还有姜家湖、朱疆、曲向乾、陶三河、江古碑、朱预道等人，大家听了梁必达这一番不是话的浑话，面面相觑，揪着心替新解放过来的陈墨涵难堪。

陈墨涵始终脸色平常，似乎麻木不仁。

张普景看不下去了，便嘱咐姜家湖等人留下来等待梁必达恢复常态，自己带领陈墨涵去看望起义部队。张普景说："陈墨涵同志，梁必达旅长今天这样说很不理智，是有害的。可是……请你谅解，东方闻音同志的牺牲，我们每个人心里都很难过，梁必达同志就更是悲痛了。要知道，不是因为……起义，他们就结婚了。我替梁必达同志向你道歉，希望你不要把梁必达同志今天在不冷静状态下说的这些不负责任的话传给部队。"

陈墨涵淡然一笑："张政委，请你放心。我理解梁旅长的心情，对于东方政委的牺牲，我确实有责任，我的沉痛不亚于梁旅长。他骂了我一通，我的心里反而好受一些。"

张普景有点意外地看了陈墨涵一眼，又说："梁必达同志经过战争考验，已经是一个比较成熟的指挥员了。在东方闻音牺牲这件事情上，感情上一时不能接受，但是，我相信他会度过这一关的。以后，我们大家都会成为好同志。我拿人格向你保证，他要向你和三团道歉。只是目前，委屈你和三团的同志们了。"

陈墨涵说："比起刘汉英对老七十九军和七十九团的非难，这点摆在桌面上的委屈实在不足挂齿。我们选择了起义的道路，也是置生死于不顾的。个人恩怨算得了什么？既然选择了这条光明的道路，就没有承受不了的磨难。"

二

安葬东方闻音的仪式很特别。

经过一个下午浑浑噩噩的情感波澜的反复洗刷，梁必达渐渐从巨大的悲愤中脱出身来。经同张普景等人商量，决定将东方闻音的遗体送到凹凸山区梅岭南麓，选择一片视野辽阔的向阳山坡下葬。

陈墨涵提出来，由新解放过来的三团一百名军官作为护灵队伍，由他和几名团级军官亲自抬柩。

这项提议被梁必达无声地拒绝了。

梁必达命令朱预道从一团挑选四个战士，抬着从陈埠县一个士绅家临时征来的紫漆楠木棺材，由自己带着上了梅岭。

选中位置，梁必达黑着脸，一言不发，径自拎了一把铁锹，旁若无人地挖坑。

张普景见状，给朱预道和陈墨涵等人递了个眼色，大家也都上前帮忙。

张普景动手挖土的时候，梁必达没有反应，朱预道走过去的时候，梁必达也没有吭气，但是等陈墨涵下锹的时候，梁必达却住手了，冷冷地面向黄土说："都走开，我的人我自己埋。"

直到这时，陈墨涵的心才紧紧地揪在了一起，一种莫名的疼痛像万根钢针扎在心灵深处最敏感的地方。也就是从这个时候起，他才意识到，他的心里正在被一种新的东西冰冻。

陈墨涵默默地住了手，并缓缓地转过身去，向山坡的一片树林里走去，走到一个无人看见的地方，就再也控制不住了，两行颗粒硕大的热泪滚滚而下，顺着脸膛，被蓬乱的胡须割裂开来，又分成若干条涓涓溪流，濡湿了胸襟，噗噗嗒嗒散落在脚下枯草零乱的地面上。

安葬完毕,朱预道让他的四个战士鸣枪致哀,又被梁必达制止了。梁必达红着眼睛,嘶哑着嗓门,平静地说:“走吧,你们先走一步,我留在这里,再跟她说一会儿话。”

大家就知趣地离开了。自然不会走远,就在几十公尺以外的毛竹林子里无声地等待。等待一场痛苦,等待一场雷鸣电闪般的宣泄。

然而,什么也没有发生,只有梁必达伏在那座新坟的前面,几乎是毫无动静地沉默了两个多钟头。他说了些什么,她又说了些什么,只有梅岭和梅岭的夜风知道。

三

杨庭辉和王兰田亲临梅岭来看望陈墨涵的部队,已是起义半个月之后的事了。这半个月里,由于刘汉英部急于脱身北上,杨庭辉八纵的各个部队趁机出击,凹凸山麓战争烽烟此起彼伏。

陈墨涵的三团奉命在二旅驻地休整改编,其他部队又同刘汉英多次交手,恶战数场,直到蒋文肇又调来一个整编师进入凹凸山接应,上级才命令八纵暂时停止攻击,放刘汉英部过河北上,而八纵则于短时期内完成休整,也准备出山,参加庐苑战役。

现在,陈墨涵的三团已经隶属于梁必达和张普景的二旅,在新的编制上为二旅二团。

这种安排,有点不符合起义当初陈墨涵提出的第五条要求,但是梁必达旅长在其中起了很大作用。安葬了东方闻音之后,张普景、姜家湖、朱疆、朱预道等人联合起来同梁必达谈了半夜,大家设身处地地对旅长的心情表示了一定程度的谅解,也对旅长的失态提出了严肃的批评。

梁必达接受了批评，并向陈墨涵道了歉，还到三团去看了部队。但是梁必达在三团向陈墨涵提出，三团不要再走了，就留在二旅："留下来吧，我们几个蓝桥埠娃子还在一起战斗。"

陈墨涵当时想坚持初衷，但是，一来此时此地已经身不由己，二来在起义过程中为了保护三团，二旅损失重大，尤其是在东方闻音牺牲这件事情上，陈墨涵感到心里欠了二旅一笔重债，跟两个团副赵无妨和陈士元以及参谋长余草金商量，大家也都有这种感受，便同意了梁必达的要求。

三团编为梁必达的二旅新二团之后，陈墨涵为团长，余草金、陈士元等军官原职不动。根据解放军的编制，应设政治委员和政治处，王兰田此前在电话里同陈墨涵商量，如果陈墨涵认为不妥，也可以缓设。

陈墨涵却回答得很干脆："既然已经是解放军了，当然得按解放军的章程办。"他不仅同意设政治委员和政治处，还主动提出来尊重政治委员的最后决定权。

王兰田对此深感欣慰，告诉陈墨涵，政治委员最后的决定权是老规矩，现在是支部建在连上，团里要成立党委，一切重大决定，由党的组织集体领导。

二旅副政治委员江古碑主动要求到新二团担任政治委员，张普景同意了，梁必达却不同意，梁必达的意思是让原三团团长曲向乾改任新二团政治委员，原旅部敌工科长马西平任二团副政治委员兼政治处主任。二人意见不统一，便分别向纵队首长谈了各自的思路。经纵队党委审慎研究决定，陈墨涵的老团副赵无妨就地升任新二团政治委员，马西平为二团第一副政委兼政治处主任。

陈墨涵直到这时候才知道，赵无妨原来在两年前已经秘密加入共产党了，并在自己的眼皮子底下发展了组织。

纵队是从大处着眼，为了使陈墨涵和新二团的官兵不至于产生疑虑,尽量控制“掺沙子”,新成立的政治处,除了马西平,只有原旅部动员科长岳秀英担任副主任,俞真担任干事。两个人都是女同志,新二团官兵心理上的压力就相对要小一些。

杨庭辉和王兰田乘坐新缴获的美式吉普车沿凹凸山下的盘山驿道走走停停,赶到梅岭的时候,二旅的官兵已经集合等了两个多时辰。

这正是五月天气,刚刚下过一场暴雨,初夏的太阳悬在正顶上,从潮湿的山峦丛林里蒸腾起燠热的气浪,官兵们就有些耐不住性子了。

吉普车爬上了一道山梁,沿鞍部向梅岭逶迤盘旋,从车窗向外向下俯瞰,便能看见在一片偌大的坪坝上集结着的密密匝匝的部队。杨庭辉注意地观察了一阵子,对王兰田说:“老王你看,梁必达的部队有四大块,可是四大块不一样,泾渭分明呐。”

“此话怎讲?”

“你看中间那块,整齐划一,正襟危坐,手足得体。你再看左边那块,东倒西歪,勾肩搭背,一副懒洋洋的样子。我敢断定,松松垮垮的那支队伍是新三团,从地方武装刚刚升级过来的,还是游击队习气。中间那块是陈墨涵的新二团,一看就是训练有素。刘汉英的部队,三团的装备是三流的,兵员基础是二流的,军官和训练却是一流的。”

王兰田说:“这个问题值得重视,已经是正规军了,应该注意仪表了。”

俄尔,车子行驶到坪坝边缘,停下来,杨庭辉和王兰田跳下去,梁必达便率二旅和各团首长迎了上去,大家一一握手敬礼还礼,杨庭辉握住陈墨涵的手说:“欢迎啊,欢迎啊,陈团长是我们的老朋友了,现在我们是同志了。”

陈墨涵保持立正姿势说:“惭愧惭愧,鄙职走了弯路,愧见首长和恩师。”

王兰田拉住陈墨涵的手说:“殊途同归,殊途同归。你这段弯路没有走错,还是回到了人民的怀抱嘛。”

陈墨涵的眼眶湿润了,但很快就控制了自己,知趣地后退一步,行注目礼,注视两位纵队首长接见其他干部。然后,杨庭辉和王兰田在梁必达、张普景等人的簇拥下,登上了临时搭起的会台,开始了演讲。杨庭辉首先向二旅部队作了战争形势的报告,介绍了人民解放军在全国各个战场上取得空前胜利的大好局面,号召部队从思想上和战略战术上树立打大仗打恶仗的准备,乘胜进击。

“现在,国民党军在东北和华北已经是捉襟见肘,只能苟延残喘了,所以紧急调遣部队北上……你们二旅是我们八纵的拳头部队,拖住刘汉英,是要打攻坚战的,你们要从游击习气中迅速转变过来,适应大兵团作战需要,成为名副其实的正规军。这里,我要表扬一支部队,就在刚才,在我和王政委来的路上,很远的地方我们就观察了,有一个现象引起了我们的注意……”

说到这里,杨庭辉停顿一下,突然下了一道口令:“部队注意——起立!”

先有一股闷重的声音从潮湿的地表上炸开,接着便见一片森林齐刷刷拔地而起,梁必达等人还没有回过神来,陈墨涵的新二团官兵便挺立在光天化日之下,同周围部队噼里啪啦的骚动形成了鲜明的对比。当部队全部起立之后,二团的官兵全部呈立正姿势,昂首挺胸,头上笼罩着一股顶天立地之气。而其他部队虽然站起来了,但是形象却参差不齐,弯腰驼背的有,东张西望的有,甚至还有打哈欠伸懒腰的。

杨庭辉把脸转过来,给梁必达和张普景一个意味深长的微笑,说:“梁旅长,张政委,看看,游击队还是游击队啊。”

梁必达一怔，面带窘相，讪讪地说：“我们是土八路嘛，这套训练是差点。”

杨庭辉看出了梁必达内心的抵触情绪，微微一笑，下令让部队重新坐下，说：“同志们，刚才这个动作大家都看见了，有的部队作风很硬，有的就差一点。我今天不是批评谁，我和王政委是希望引起大家注意，我们八纵已经是正规的野战军了，不是游击队，更不是乌合之众，要注意树立正规军的形象了。在此之前，部队忙于战争，疲于东奔西跑，疲于上蹿下跳，没有精力，也不可能进行军人素养训练，这不能怪大家。但是，现在就不同了，现在是正规兵团了，我们要走出凹凸山，要走向城市，要走向更大的战场。我们凹凸山八纵不仅要以顽强的战斗作风出现在敌人的面前，也要以崭新的精神风貌出现在兄弟部队面前。从今天起，部队要展开全面训练，不仅要训练战术技术，也要训练作为一个军人的基本素养。”

梁必达虽然在公开场合没有失礼，但是在大会结束之后，却忍不住牢骚了几句，说：“什么玩意儿，国民党就爱搞花拳绣腿，仪表再好，还不是被老子打得稀里哗啦？杨司令我看你也是小题大做，长他人志气，灭自己威风嘛。”

这话是在梁必达的住处说的，在场的只有杨庭辉、王兰田和张普景。杨庭辉的脸色说变就变：“梁必达同志，我警告你，我和王政委今天就是来批评你的。你的有些思想要不得，很危险。想想你刚才说的是什么话？一句话里有三个错误。一，说国民党军爱搞花拳绣腿，是事实，但是，陈墨涵的部队搞的不是花拳绣腿，是基础训练，是军人作风养成。二，我今天不是小题大做，就是来看看你的部队有没有完成从游击队到正规野战军的转变。看来你本人还没有完成，还不重视素养提高。训练训练，首先是训，然后是练。训是什么？就是训导，就是治气，就是培养令行禁止无畏生死的军人献身精神，说到底就是思想政治工作。不要忽视平时的作风养成,军人服从命令的习惯就是在平时培养的。三,陈墨涵的部队已经起义了,就是自己的同志了,什么叫‘长他人志气,灭自己威风’啊?我看你思想有问题。我们已经听到反映了,你对起义部队仍然歧视,这是非常错误的,非常不觉悟的,这个关系不理顺,要犯错误,甚至犯罪。”

杨庭辉说得言疾色厉,面部表情铁板一块,就由不得梁必达不心虚了。

张普景在一旁承担责任说:“是,我们是没有完成向正规军的转变,这也不是老梁一个人的问题。至于说歧视起义部队,司令员言重了,我们在这方面还是很注意的。”

杨庭辉阴沉着脸,看着张普景,还没有说话,一边王兰田却拍了桌子:“言重什么?够歧视的了。你张普景不要和稀泥,这个问题主要出现在梁必达的身上。人家都起义了,你口口声声还是白匪白匪的喊,什么意思?为了争取这支起义部队,我们纵队首长呕心沥血,这不仅是争取一支部队,它的重要意义是震撼敌人军心,政治意义价值难估。你喊人家白匪是什么意思?是想制造混乱吗?是想把这支部队再瓦解掉吗?是想跟纵队党委唱对台戏吗?”王兰田说得激愤,脸都涨红了。

梁必达理屈词穷,低下脑袋,额头上直冒冷汗,一声不吭。

杨庭辉却心平气和了,点着一支香烟,悠悠地吸了两口,慢腾腾地说:“梁必达你给我听着,从现在起,我们再听到反映你喊陈墨涵的部队是白匪,我就撤你的职,你想到哪里就到哪里去,你去当白匪我也不反对。我让陈墨涵这个假白匪消灭你这个真白匪。”

梁必达抬起头来,看了看王兰田,又看了看杨庭辉,灰着脸苦笑了一下,说:“杨司令,王政委,我错了,我检讨。”

四

凹凸山野战军八纵经过短暂休整，建立健全了各种组织，厉兵秣马。不久，就接到命令，要拉出凹凸山，参加对庐州和苑城国民党军蒋文肇部的全面进攻。

就在出征的前两天，发生了一件小事，陈墨涵精心豢养的功臣雪无痕死了。与雪无痕同归于尽的还有另外一只凹凸山豺狗，名字叫姚葫芦。

事情的起因很偶然，这天梁必达带领二旅其他团的干部到新二团驻地观摩快速机动程序训练，警卫排长黄得虎出门的时候，黄皮狗姚葫芦也自作多情地跟了上去。黄得虎往回撵了几次，姚葫芦死乞白赖地不肯回去。黄得虎就不再撵了，任凭姚葫芦摇头晃脑地跟到了新二团驻地徐家集。

梁必达带领的一拨子团级指挥员有朱预道、宋上大、曲向乾、陶三河等人，大家过去都是“打得赢就打打不赢就走”，不过，走来走去都没有走出凹凸山，对于大部队远距离机动经验不足。陈墨涵将自己的部队拉出来，从行军序列、战斗队形、侧翼保障和首尾通讯联络信号的设置等课目作了示范。

众团长们都很服气，认为大部队行动每一个细节都至关重要，新二团是正规军的底子，这方面委实有条不紊滴水不漏。梁必达也很买账，让各团长回去效法新二团，也制定出行军计划，绘制路线图，研究出行军过程中对付突发事件的应急措施。

观摩完毕，梁必达来了兴致，还让新二团的司机开来了从刘汉英部拖出来的三辆嘎斯汽车，吆喝团长们爬上厢板，美美地过了一阵洋瘾。梁必达不顾众人歇斯底里地惊呼反对，自己抱上了方向盘，在坪坝上摇摇晃晃地开了两圈，无比惬意。

可是，就在众人即将离开徐家集的时候，意外的事情发生了——跟在黄得虎身后的姚葫芦发现了雪无痕。

最初是好奇。姚葫芦从来没有见识过这样一种动物，像是自己的同类，又不似同类那般野气十足——雪无痕现在已经处于晚年，极其温顺。

然后是嫉妒，姚葫芦似乎从老年雪无痕的身上看出了一种高贵的气质，那身雪亮洁白的皮毛刺痛了姚葫芦的眼睛。还有那双眼睛流露出来的态度，不浮不躁，超凡脱俗，不像它姚葫芦对什么都感到新奇，都不厌其烦地嗅来嗅去，而是安安静静地伏在自己的地盘上，与世无争地享受初夏的阳光。

终于，姚葫芦向雪无痕奔了过去，在距离雪无痕只有几步远的地方，站定，并实行战术性的侦察试探，汪汪汪地挑衅了几声，见雪无痕不理不睬，一副不屑的样子，便产生了被蔑视和冷落的不悦。姚葫芦被一种莫名其妙的仇恨支配着，这仇恨随着雪无痕的继续不予理睬而逐渐膨胀升级。

战争的空气骤然紧张。终于，姚葫芦运足丹田之气，狂叫一声，启动四蹄，纵身跃起，在空中快速起伏了几个连贯的波浪，向雪无痕冲了过去。

直到姚葫芦的第一轮进攻展开之后，雪无痕才意识到战争的不可避免。但是，眼下它还摸不清对方的底细，不知道这个同它素来无冤无仇甚至压根儿就不认识的黄皮家伙何以如此大动干戈，看那气势汹汹的样子，似乎不共戴天。

雪无痕没有轻举妄动，只是在姚葫芦的前爪即将抓住它的脸部的时候，才腾空一跳，敏捷地躲过了这毫无道理的袭击。

姚葫芦自然不会罢休，它没有想到这个蔫儿巴唧的同类还有如此灵巧的战术，感到丢了面子，于是蓄起力量，再一次勇猛地扑了过去。

恰在此时,梁必达等人从新二团的指挥部里走出来,陈墨涵一看有一只黄皮豺狗疯狂地追逐纠缠雪无痕,脸色当时就变了,喝令警卫员上去将二狗分离。警卫员正要上前,却听到一个笑声——笑声是从旅长梁必达的喉咙里传出来的。

梁必达说:"陈团长,不要阻拦。今天你老弟让我们学到了不少常识,也给我们看个把戏嘛。猴上树狗打架,是它们的天性。让它们打。"

陈墨涵心里一紧,冲口而出:"旅长,不能打,这条狗不是一般的狗,它是……"

话没说完,梁必达的脸色就黑了:"怎么回事?什么不是一般的狗?狗就是狗,未必是条神犬?"

陈墨涵解释说:"这条狗是七十九军老长官武培梅将军遗留下来的,是有战功的,不能跟野狗混为一谈。"

岂料这话不说还好,一说梁必达反而生气了,嘿嘿一笑说:"老弟,你那条狗就是蒋总统的把兄弟,它也是一条狗,没什么稀罕的。这条黄皮狗也不是什么野狗,它是我梁必达亲自培养出来的战狗,平时它也没个机会露一手,今天,就让它们痛痛快快地玩一场。"

旁边的朱预道给陈墨涵使了个眼色,低声说:"陈团长,旅长这几天难得有这么好的心情,看个狗打架有什么了不起的?你不要再阻拦了。"

说话间,姚葫芦已经向雪无痕发起了第四轮进攻,狂吠不止,纵横跳跃,口脚并用。雪无痕仍然没有还击,东躲西闪,并且眼巴巴地看着刚刚出现的这群人,寻找着它可以信赖的主人陈墨涵,希望他能出面制止这场突如其来而又毫无意义的厮杀。它已经年老力衰了,再说,以它的品质,它也的确不情愿同那只近乎无赖的黄皮狗交手。

然而,它的老主人此时已经很为难了。陈墨涵听出了朱预道善意劝说话里的弦外之音。东方闻音的牺牲将再一次作为他要偿付的代价出现了。是啊,梁必达旅长这段时间的确喜怒无常,失去爱人的巨大痛苦仍然在不断并将持久地折磨着他。他不再侮辱你了,不再为难你了,他仅仅想看看狗打架,你何必要阻挠呢?

陈墨涵咬紧牙关,脸色青灰,却又一言不发。

雪无痕见主人无动于衷,更加惶惑了——难道他也出卖了它,他怎么能眼睁睁地看着它受那只黄皮野狗穷凶极恶的欺凌而无动于衷呢?

但是,雪无痕毕竟是雪无痕。很快,它就从老主人那紧闭的双眼和青灰的脸上看出了眉目。老主人不是出卖它,老主人有老主人的难处——老主人正在痛苦的煎熬之中,一定是这样。如此,它只能自己保护自己了,能不能战胜对手,能不能逃过这道劫难,全看自己的造化了。

雪无痕开始自卫了。它先是站直了身子,然后将前身微微下压,几乎接近了地面,两只爪子向前伸出,而将后臀耸起,拉开了跃进的姿势。

姚葫芦一看雪无痕有了战斗反应,顿时激情高涨,呼啸一声,后腿猛然一撑,便离开了地面,以泰山压顶之势扑了下来,并毫不留情地在雪无痕的脸上挠了凶狠的一爪子。

雪无痕纹丝不动,默默地接受了这轮打击。霎时,脸上就出现了几道血印子。

梁必达看得痛快,高喊一声:“好,有种。再来。”

陈墨涵的内心在流泪,在滴血。他睁开了眼睛,清晰地看见了这一幕。他的心里也在呼唤:“站起来站起来站起来啊,我的雪无痕,我的好兄弟,我的好伙伴。你这个枪打不死火烧不屈鬼驯不服的勇士,不要再忍让了,不要管我。拿出你卓越的战斗精神,冲上去,消灭它,消灭那只野狗。把它当日本鬼子一样消灭,消灭……”

可是雪无痕还是纹丝不动。

姚葫芦见雪无痕在遭受重大打击之后仍然没有反扑，更加志满意得——哈哈，这个漂漂亮亮的家伙，它是白长了一副好脸蛋，白长了一副好身段，它是孬种，这样的不堪一击，那我还有什么含糊的呢？冲上去，抓烂它，撕碎它。哈哈，我的主人正在看着我呢，看得出来，他心里高兴啊。只要我把这只白色的玩意儿踏成一摊稀泥，他就肯定会大大地赏我，伙食标准还会提高，没准能像黄得虎那样每个月吃上几只鸡蛋呢。

姚葫芦的进攻一轮猛似一轮，这个少年得志的家伙，它哪里知道它的对手竟然是它的父辈或爷辈，是一个在枪林弹雨里立过战功的赫赫勇士？它把它看成了软弱可欺的可怜虫。

战争就是这样，不是你死就是我亡，那么，还等待什么呢？冲上去冲上去，再有几次撕咬，它就会彻底倒下。姚葫芦的咆哮里夹杂着狞笑，宣扬着残忍的快感，不择手段，不遵章法，披头散发，左冲右突，一会儿从高空掠过，一会儿从地下猛撞。每得手一次，便听到一声叫好。梁必达亢奋的赞扬就通过这声叫好传进了它的耳膜，更加鼓舞了它的勇往直前的斗志。

雪无痕的脸上、身上、腿上，转眼之间已是血肉模糊。

陈墨涵是多么盼望它能挺起腰杆一振雄风啊。可是这个多灾多难的精灵，它还是一动不动，拖着遍体鳞伤，倔强地保持站立姿势，并且高高地昂着高贵的头颅。看来它委实是老了，它也许再也不可能抖擞起往日的威风了，它精疲力尽了，它极有可能就死在这个压根儿就不算对手的野狗的爪子下，它只能以自己正派的战斗作风表达自己的不屑和轻蔑，只能以这种高贵的姿势昭示自己的不屈——宁死不屈。

陈墨涵的眼角不由自主地渗出了两颗硕大的泪滴。

但是，就在那两滴泪将落未落之际，陈墨涵的心脏突然提了上来,他惊喜地从雪无痕那顽强不动的躯体上看见了一种他熟悉的东西——他简直不敢相信这是真的,他悄悄地抹去了眼角的泪滴,再一次把目光投了过去,这回便是狂喜了——是的,他熟悉那个情景,它在颤抖,它的肌肉在收缩,它的骨骼在碰撞,它的毛发已经乍立,它的力量在凝聚,它的热血在熊熊燃烧——就在姚葫芦新的进攻刚刚落下之际,它——英雄的雪无痕站起来了,像是一道急遽的闪电从阳光下闪过,一枚白色的箭镞横空出世,身边传来一阵惊呼,陈墨涵只来得及看见梁必达脸上出现的强烈的惊愕,那边的战局便出现了戏剧性的变化——姚葫芦没有想到看似无力的对手还会有这样敏捷的身手,还会爆发出如此猛烈的攻击力,它完全懵了,它被那道凌空飞翔而来的闪电刺得晕头转向,它被那血红染透的白色同类死死压在身下,紧接着,火烧火燎的打击便接踵而来。姚葫芦的眼睛失去了作用,雪无痕以准确的手段首先摧毁了它的判断目标的器官,它只能在漆黑的深渊里漫无目的地张牙舞爪,可是,它再也看不见对方的致命处了。接着,它感到它的腹部一阵灼热,它竭力地保护住腹部。在绝望的关头,它开始悔恨和痛恨他的主人,这一切都是为了什么啊?放着好好的日子不过,干吗要来招惹这个同类呢?它本来是那样的温和,那样的忍让,可是……可是……就是为了他们的好恶,就是为了讨好他们,它才落到这步田地的。

然而悔恨已经晚了。当腹部那阵灼热消失之后,它又感到了一阵凉气充溢了它的腹腔。它知道它完了,它被虚荣和献媚的卑贱品格毁了。它用尽最后一口气,四只蹄爪在已经中断了中枢指挥的前提下,完全凭借肌肉和血流的惯性,在地上抽搐了几下,便一动不动了。

取得最后胜利的雪无痕移动步伐,缓缓地转过身来,无语的眼睛深沉地看着这些观战的人们,久久站立,一动不动。

梁必达的右手情不自禁地按在腰际的手枪柄上。

陈墨涵的右手也随即下意识地按在了腰际的手枪柄上。

空气凝固了，山谷的空中荡漾着的似乎是满满一个山洼的炸药，一触即发。

突然，梁必达哈哈大笑，松开了压在枪柄上的右手，拍了拍陈墨涵的肩膀，爽朗说道："好啊，陈团长，我信了，你的狗是将军门生。我的狗是什么？哈哈，它就是姚葫芦，汉奸土匪王八蛋，死有应得。"

说完，大手一挥，招呼几个团长："走！"

几个团长面面相觑，但没有人说什么，向陈墨涵点了点头，鱼贯走了。

陈墨涵的手这才从枪柄上松开，已是满掌热汗。他向雪无痕走了过去，亦步亦趋，慢慢地挨近了他的英雄。直到走近，这才发现不对劲——雪无痕仍然安若磐石地站立，眸子仍然在注视着他，可是，那眸子已经黯然无光。陈墨涵心里一紧，飞步上前，抱住了雪无痕的脑袋，雪无痕这才訇然倒地，顿时气绝。

第二十一章

一

杨庭辉的八纵从凹凸山拉出去之后，参加了庐苑战役对蒋文肇集团军的合围，此时的蒋文肇已是瓮中之鳖。由于整个内战形势的急剧变化，国民党军顾此失彼，蒋文肇残部二万余兵力被解放军三个纵队加上地方武装近四万兵力分割围困在十几个据点里。解放军庐苑战役总指挥、某兵团司令员程度以绝对优势的兵力漫天撒网，从容地指挥部队围而不攻，步步蚕食，蒋文肇部犹如身上裹了一张湿牛皮，太阳一晒，牛皮收拢，越收越紧。加之梁必达等部零星潜城袭击，庐州和苑城地下组织破坏偷袭，蒋军官兵斗志丧失殆尽，风声鹤唳草木皆兵，官兵肝胆俱寒。

蒋文肇在内无粮草、外无救兵的情况下，只好冒险突围。

解放军攻城部队八仙过海各显神通，围魏救赵者有，引蛇出洞者有，攻点打援者有，里应外合者有，只三五天工夫，蒋文肇的部队就成了细水流沙，夺路而逃的只有几千人马，南下千里追击于是又开始了。

大军过江之后，八纵整编为某某野战军第某某军，杨庭辉和王兰田分任军长政委，二旅整编为该军二师，梁必达和张普景分任师长政委。

在此江山板荡之际，蒋军更是失魂落魄，全部意志只集中在一个字上，那就是——逃。

风雨萧萧，兵车辚辚，散兵游勇见到追击的队伍，争先恐后地举手投降，即使是建制尚且保留的部队，只要被追上，也原地不动，一枪不发，只消高喊几声，成团成营的兵力就喊着口号过来投降了。当真是兵败如山倒，一路风卷残云所向披靡。

文泽远和齐格飞就是在福建境内向梁必达的部队投降的。

受降的先头部队是陈墨涵的二团。老袍泽新对手在这样的场合里见面，倒也没有多少尴尬，从文泽远的脸上看不出那种沦为阶下囚的灰溜溜的神色，而呈现了一种被饥饿和疲惫折磨出来的贪婪的表情。

文泽远苦笑着对陈墨涵说："老弟，我早就料到会有这一天了，当初你的那点动作瞒得了别人瞒不了我。我放了你一马，不图别的，就图今天狭路相逢你给我换一身干净的衣服，给我一顿饱饭吃。"

齐格飞更是心安理得，还大大咧咧地摆起了老长官的架子，对陈墨涵说："老弟，你这一手有先见之明啊。好啊，三十年河东河西，我们成了丧家之犬，你摇身一变又是人家的功臣了。也好，识时务者为俊杰，还不赶紧给文长官和齐老哥备酒压惊，也算是报答华容道没有对你赶尽杀绝的一念之恩呐。"

陈墨涵笑道："这件事情我已经向梁必达和杨、王首长汇报了。二位老长官放心，你们也是有义举的，投诚不分先后，殊途同归只是个时间问题，我军自然优厚有加。"

当天，陈墨涵果然在南平城里摆了一桌酒宴，并派人接来了师长梁必达和政治委员张普景，大家不谈内战摩擦，只言抗战期间携手合作的历史，席间也是谈笑风生，气氛十分融洽。之后不久，文泽远和齐格飞便被护送到南方某省会城市，开始了他们一生的新转折。

二

陈墨涵同俞真结婚是安雪梅和岳秀英促成的。是年陈墨涵三十岁，俞真小他五岁。二人原先彼此都有好感，心有灵犀，但一直没有说破，倒是朱预道的妻子岳秀英看出了眉目，同师里卫生部长安雪梅一商量，安雪梅也是心领神会，又向梁必达报告。梁必达说："男大当婚，女大当嫁，这类婆婆妈妈的事情，你们几个女人一起哄，就办了。"

梁必达说得轻巧，但他没有揣摩出安雪梅的另外一层意思。

安雪梅也是个年逾三十的老姑娘了，由于连年战争，个人的问题没有落到实处，近几年同梁必达在一起工作，相濡以沫，觉得这是个很有魅力的男人，连东方闻音这样的大家闺秀都被他融化了，那当然不是一般的温度。安雪梅对梁必达虽然有意，若是一般情况，也可以大大方方地表达，但是梁必达的情况特殊，这个曾经被人指摘为"好色"的男人，实际上却是一个情重如山的人。

前年大军进了南方某大城市，一批热血女青年感戴解放军英勇善战，纷纷向解放军的军官抛了绣球，就连朱预道这样的有了家眷的人，也在轰轰烈烈爱的热潮中乱了阵脚，同一名资本家出身的革命小姐打得火热，不是朱预道痛哭流涕地忏悔和张普景政委及时赶到，那个青年女学生差点儿就被岳秀英毙了——虽然最终没毙，但是岳秀英还是在那位女学生的脚下开了几枪，吓得那女学生成了稀泥一摊。

在那样的拥军高潮中，青年女学生们对于年龄刚过三十不多，战功赫赫、年轻有为的师长梁必达，自然更是趋之若鹜，鲜花香粉铺天盖地地向梁必达涌了过来。令人不可思议的是，在这等好事面前，梁必达却是旁若无人，命令警卫员，任何年轻学生求见，只要是女的,一律挡驾,就连王兰田以组织的名义,亲自主持给他介绍的根正苗红的老地下党员的女儿、南方某联合大学校花之一的一位女大学生,也被梁必达婉言谢绝了。那位“校花”也风闻梁必达的英名,见过其人粗犷但刚毅睿智的风采,不嫌弃其土气野气,羞涩地表示“愿意同首长接触”,但是梁必达连面也不给人家见,一口回绝。

如此,安雪梅就更对梁必达多了一层敬重,也多了一层心思。到陈墨涵在抚宣城里举行婚礼的时候,在梁必达的部队里,团以上的男性干部,打光棍的就只有他一个人了,当真有点刀枪不入不食人间烟火的味道。当然,在团以上的女干部中,也还有一个女单身汉在陪着他,同他若即若离,又无时不在注意他观望他。他呢,对她也似乎很敬重,常常跟她谈起东方闻音,谈到动情处,三十出头的汉子,人高马大的男人,麾下有千军万马的首长,竟然泪流满面。她于是更有一种滋味说不出,好男人当真是可遇而不可求的,只可惜东方闻音幸运地遇上了,却又早早地离去了。无论是为了自己还是为了梁必达,抑或是为了东方闻音,还有为了他们共同的事业,安雪梅都觉得她有责任陪同梁必达从海枯石烂的思恋中解脱出来。可是,梁必达的思路不往这上面走,她怎么办呢?不是十分有把握,那层意思她是绝不会点破的,她可以等,哪怕最后等的是一场空。

三

半年之后,朝鲜战争爆发。不久,杨庭辉率部北上,雄赳赳地跨过了鸭绿江,参加了第五次战役。此时,二师的结构已经有了很大的变化,姜家湖调任三师师长,朱预道升任副师长,一团团长由曲向乾担任;陈墨涵升任师参谋长,二团团长由余草金担任;赵无妨升任师副政治委员，二团政委由马西平担任。岳秀英和俞真等几个女同志全部调到师里，在安雪梅的卫生部工作。

二师在五次战役的最后阶段参加了掩护东线某某某兵团撤退的经津江阻击战，具体任务是部署在清化里一带二十公里宽的正面上，抵挡联合国军两个师和南韩丁一权部两个团的冲击。这一次，防御计划是陈墨涵制定的。

时间紧迫，任务仓促，但陈墨涵还是把方方面面的情况都想到了。根据对战场形势分析和梁必达一贯的用兵习惯，陈墨涵在计划上将自己的老部队二团部署在形势最为严峻的所得堪一线，陶三河的三团欠一个营在右翼防守。这里相对平坦，身后是一马平川，汉城至平壤的公路穿插其间，便于机械化行动。敌人进攻发起后，这一线将是飞机和炮火主要的轰击目标，二团必须硬着头皮顶住前几轮进攻，待主力在二道防线上站稳阵脚，才相机回撤。陈墨涵计划以曲向乾的一团加强三团的一个营防守台山枧一带，这里是崇山峻岭，群峰嵯峨，林密势险，道路岖崎，易守难攻。其余直属部队作为预备队随时机动增援。

也就是说，陈墨涵的这个作战计划是将自己的老部队二团置于打光的地位了，而赋予梁必达旧部一团的任务则压力相对小一些。

陈墨涵之所以这样做，自然有他的道理，也可以说是有难言之隐。

前几年在国内南下攻城和剿匪，在梁必达的指挥下，每次都是一团担任主攻，二团担任扫清外围的任务，虽然从表面上看起来二团的任务是次要地位，但由于是最先接触战斗，孤军深入，每仗下来，都是损兵折将，被打得鼻青脸肿，而此时敌人的底气已被二团摸了个一清二楚，同时也被二团缠得师老兵疲，消耗惨重，此时再动用朱预道的一团，精兵强将，士气正旺，一鼓作气便夺取了最后的胜利。

战后评功评奖，一团自然是首功，而二团虽然伤亡比一团大得多，但由于不是主攻部队，永远都是配角地位。

陈墨涵料定，这次阻击战是场恶战，第一轮梁必达恐怕还是要让二团打头阵，待二团将追敌拖疲了，拖垮了，拖得士无斗志官无决心，才由一团从侧翼猛虎下山，夺取防御战的最后胜利。但这次陈墨涵想错了。

等陈墨涵将作业想定报上去，梁必达钻进自己的坑道，认真地咀嚼了十多分钟，再将想定退回到陈墨涵的手上时，其它的部署都没有变化，譬如炮兵火力使用，工兵工事构筑，高炮对空位置，防御纵深兵力的梯次配置和阵前障碍设施，预备队待机区域，乃至后方弹药补给方案，梁必达都没有提出不同意见，对于陈墨涵打阵地战布阵谋局的妙算手段，梁必达是充分信赖的。但是，梁必达却在这份计划的关键地方做了一个小小的变动，他拿橡皮轻轻地一擦，把二团的“二”字上面擦掉了一横，又在一团的“一”字上加了一横，如此，一团和二团的任务就从根本上变了过来，在即将开始的防御战中，首先死打硬拼的将是一团，而二团则有可能成为最后收拾战果的胜利功臣部队——陈墨涵对此深感意外。

作战计划通过电台报到军里和兵团，被批准了。紧接着，就开始实施准备。

军部和兵团司令部在一个半天内连续下发了几道通报，全是友邻部队的危险局面和清化里防线对稳住战局的至关重要的意义，以及敌人对清化里防线志在必得的态势，上级命令梁必达部务必死守：“至少坚持三天，哪怕只剩下最后一个人，也坚决不能后退。”

直到此时，陈墨涵才恍有所悟——这不是在国内攻城剿匪，今天攻不下来还有明天。这次的任务是死守，二道防线尚未形成，一旦清化里防线被突破，本军在这个方向上将会全线溃乱，几个师的部队都有可能被敌人冲散。在如此事关全局的重大任务面前，梁必达就不能按照老思路行事了，他还是信不过二团，他怕二团顶不住，造成被动局面。

明白了这一点，陈墨涵在感到悲哀的同时，又感到欣慰，他想他或许过去对梁必达有诸多误解，说谁谁谁的部队是家底部队，谁谁谁的部队是非主力部队，厚此薄彼也许多少有点，但是，要是说谁谁谁居心叵测，蓄意保存自己的实力，蓄意让谁谁谁的部队碰钉子受消耗，就是无稽之谈了。用梁必达的话说，都是共产党的部队，都听毛主席的指挥，部队只有编制序列不同，没有亲疏之分。

过去陈墨涵对梁必达的这个说法不是不信，也不是全信。现在他对这话也不是不信，还不是全信。但现在感情不一样了，大局面前，梁必达将自己的拳头部队放在刀刃上，是做好了打光的准备的，这就看出来一个高级指挥员的胸怀了。

梁必达的部队只有一天准备时间，抢修阵地，构筑工事。至当夜凌晨，追敌前锋已经抵达，可是却大大出乎陈墨涵和梁必达所料——敌人进攻的重点并没有选择难守易攻的所得堪，而偏偏大举进攻易守难攻的台山枧。两个小时之内，二团的阵地上就承受了几万吨钢铁的炸药。天上有飞机，地下有坦克大炮，轮番俯冲轰炸，不仅梁必达和陈墨涵蒙了，连兵团和军里都一时不摸敌人的真实意图。

至第二天黎明，二团阵地上已是一片焦土，人员伤亡过半，而此时一团的阵地上毫无敌人进攻的迹象。

陈墨涵对梁必达说，现在敌人的企图明朗了，他就是料定我所得堪一带是重点防御地段，避重就轻，打台山枧是打我们一个出其不意。可以考虑调整兵力了，要加强台山枧。

梁必达在指挥部坑道外面的山坡上，双手擎着望远镜，遥望火光冲天的台山枧方向，良久不语。

陈墨涵见梁必达不表态，只好再给余草金和马西平下死命令："打剩一兵一卒，也决不能后退半步。"

至当日下午，美韩军队已经向台山枧发起了连营规模的十六轮进攻，部分阵地落入敌手，余草金和多数营连干部阵亡，马西平收拢不足一个营的兵力与敌反复争夺阵地，双方展开了白刃战。

进攻之敌在强大炮火的掩护下，倚仗绝对优势，白天尚且余勇可贾，但是进入夜晚，又是面对面的格斗厮杀，就不是对手了。经浴血奋战，阵地失而复得。

四

就在台山枧方向进行艰苦卓绝的鏖战之际，军部紧急调配过来友邻的一个团，连一团老团长、副师长朱预道对于台山枧的态势都看不下去了，主动请缨，要求带领加强过来的这个团和预备队前出到台山枧，增援二团。

这个请求被梁必达不容置疑地驳回了。

一团团长曲向乾在所得堪无所事事，也一再报告当面没有发现敌人进攻部队，要求将配属给一团的炮火实行射向转移，从火力上减轻二团的压力，同样遭到梁必达的驳斥。

陈墨涵见梁必达一意孤行，痛心疾首，揪住政委张普景慷慨陈词，要求给二团增兵。在这个师里，目前也只有张普景能跟梁必达抗衡了。张普景自从跟梁必达搭档之后，两个人不知道争吵了多少次。也是蹊跷，梁必达可以不把任何人放在眼里，唯独对张普景无可奈何，经常作出让步。"这个人一贯以正宗的马克思主义者自居，没有办法，理论上说不过他，谁让咱是工农干部呢？"梁必达还曾经一本正经地跟朱预道和曲向乾等人交代过，对张克思的命令，绝不能含糊——梁必达在某些场合居然称张普景为“张克思”。

“张克思”审时度势，也认为梁必达按兵不动的行为可疑，到作战室里据理力争。梁必达起先阴沉着脸不予理睬，张普景压住火气说：“老梁你是什么意思？再不增援台山枧，二团就有可能全军覆没，这将成为二师组建以来最大的一次败仗。你能负得了责吗？”

梁必达眉头紧锁，两眼仍在沙盘上流连，又琢磨了一会儿才抬起头来，不阴不阳地看着张普景，梗着脖颈子，说：“败仗？老张我不客气地跟你说，作战你还差把火候。你哪里知道我的压力啊？”又说，“败仗怎么啦？我梁必达打了那么多胜仗，就不能败一次？就是败了，我也这么打，这一次我偏偏要打一场败仗给你们看看。”

张普景勃然大怒，把电台都摔了，说：“梁大牙，你如果再不增援台山枧，我就向兵团报告，停止你的指挥权。你开什么玩笑你？你是崽卖爷田心不疼是不是？”

梁必达仍然不惊不乍，说：“老张你别激动。我说的败仗是二师的败仗。为了全局，别说二团，就是我们二师，就是一个军，打光了也在所不惜。我提醒各位首长注意，所得堪方向哪怕万里无云，我也不能动那里的一兵一卒。”

梁必达的话说得平静，但意思却是坚决的，还是不肯调整兵力部署。

几个小时以后，兵团派来的一个团到达了，直到此时，梁必达纵横权衡，才勉强同意由副政委赵无妨和陶三河带领作为预备队的三团两个营到台山枧增援二团。而同时命令朱预道率领友邻配属的那个兵强马壮的精锐团进入所得堪，并千叮咛万嘱咐，说：“所得堪仍然是薄弱环节，切不可掉以轻心。”

陈墨涵眼看二团已经消耗大部，两个营的增援无异于杯水车薪，恐怕也是有去无回，转过头去泪流满面，转过脸来血管膨胀，几乎是咆哮着向梁必达发出怒吼,请求继续以重兵增援。但梁必达依然铁青着脸,坚持按兵不动。不仅如此,他还要陈墨涵命令各个防守阵地,各司其职,不得轻举妄动。台山枧方向无论出现什么情况,都由师指挥部处置,各阵地指挥员不许再向师里请求其它任务,不许干扰师首长决心。

台山枧方向的战斗一直坚持了两天两夜,直到第三天上午,杨庭辉调来姜家湖的三师进入阵地,二团的老弱病残才撤了下来。一仗过去,二团的经历如梦如幻,胳膊腿健全的只剩下不足两个连的兵力,阵亡四百余,轻伤重伤五百余,阵亡将士中还有亲临二团指挥的师副政委赵无妨和团长余草金。

台山枧战斗结束不久,梁必达的二师奉命移防到金刚道一带休整。

无论是对于梁必达还是陈墨涵,那都是一段难忘的日子。二团活下来的几名干部,包括新任团长陈士元,政委马西平和一名营长,两名连长,甚至还有几个排长,秘密找到陈墨涵,要求陈墨涵牵头去告梁必达的状。告状的理由是,后来的事实证明所得堪方向没有发生任何战斗,而在台山枧方向伤亡惨重之际,梁师长始终按兵不动,不予增援,几乎造成了二团全团覆没的惨烈局面,简直让人怀疑梁师长的品质,亲疏之分已经到了无以复加的地步。

那个晚上,陈墨涵将起哄的二团干部们全部喝退,独自闭门在沙盘前琢磨了一夜,不知他琢磨出的是个什么结果,但从此不提台山枧战斗。

不久,板门店谈判开始,战争形势松弛下来,梁必达和朱预道等人到东北某城市疗养,陈墨涵通过在兵团工作的一位熟人弄到了那次战斗前后台山枧和所得堪当面之敌的兵力部署资料,更把此事埋在心底了。

归建之后，由于战争年代干部充足，上上下下全是满的，而且大家同样年轻，有的军长和团长都差不多是一个年龄层次，除了少量的到地方工作，大家没有别的去处，所以二师的班子十几年基本上没动。

五

进入和平时期，张普景和梁必达的关系时好时坏。在战争年代，梁必达居功自傲是有目共睹的，而张普景寸土不让也是有目共睹的。

梁必达讥讽张普景是“张克思”，意思是他一贯以正确路线的代表自居。张普景除了在非正式场合喊他梁大牙，还经常讥讽他是“梁大拿”。

张普景给梁必达起这个绰号的弦外之音是，梁必达的大牙虽然不存在了，但手却伸得更长了，全心全意地抓权。军事和行政那一套他事无巨细都要管，当然，这不是坏事。机关上党课，本来应该由政治委员主讲，但是梁必达每次都要作“补充”，他补充的时间比张普景用的正课时间还长，居然还文绉绉地给官兵们讲孙子兵法里的思想政治工作，讲戚继光对于训和练的不同理论，好像一当上师长，他的文化就自然而然跟着上了一大截，当了党委书记，思想政治工作就无师自通了。

当然，这些还不构成主要矛盾，而且在工作上两个人不扯皮，也不搞明争暗斗那一套，有意见当面争论，在党委会上吵。但有一点最让张普景不能容忍的是，按照约定俗成的惯例，部队里的党委书记多是政治委员担任，但梁必达却死不松手，军政一把抓。日常工作也很霸道，一言堂现象十分严重。这就需要张普景进行始终不懈地斗争了。

建国之后，张普景同梁必达之间最严重的一次交锋是在五十年代中期，也就是从朝鲜战场归建之后不久。当时，窦玉泉已经回到军队工作了，在师里当副师长。

事情的起因是，一团有个班长，为了表现进步、达到提干的目的，夜间潜进炊事班的伙房，把引煤的木柴燃着了，待火烧到一定程度，一边报警，一边奋不顾身地救火。

当时，梁必达和陈墨涵正在南京军事学院学习，梁必达还担任学员班长，身先士卒，吃洋面包喝牛奶，学夹公文包和穿皮鞋，把胳肢窝和脚都磨烂了。

在家主持工作的是政委张普景和代理师长窦玉泉。

“熊熊烈焰终于被扑灭了，我们可亲可爱的某某某同志却全身四处负伤。他苏醒过来之后的第一句话就是：大火熄灭了吗？不要管我，保卫国家的财产要紧。”——典型事迹材料从团里报到师里，然后又报到军里乃至军区，军区报纸的头版头条就是这么宣传的。

远在千里之外的梁必达看见了这张报纸，很是激动，拿着报纸到各位同学的房间转悠，很神气地跟人家说：“知道某某某某某部队是谁的部队吗？就是本班座的。”

倒是陈墨涵，看了报纸之后，蹙着眉头想了半天，不冷不热地说：“为什么不报道事故原因？这说明防事故还有死角，应该给家里打个电话，别光顾吹了，这种事情吹多了，典型和失火的次数恐怕都要增加。”

这几年，梁、陈二人在工作上龃龉不多，面子上过得去，但工作之外就没多少来往，总像是隔了一层东西。来这里学习之后，节假日里，陈墨涵宁肯跟那些被梁必达称之为“打败仗的教打胜仗的”、出身于国民党军的教员们在一起交流战例，也坚决拒绝同梁必达一道逛街。

陈墨涵当时的身份是分管行政的副师长，他对“典型”不感兴趣，他首先关注的还是抓事故苗头，要“扼杀于萌芽状态”。

但是梁必达当时多少有点昏昏然，加上离开部队有段时间了，洋面包和牛奶也渐渐适应了，锃亮的皮鞋虽然有点硌脚，但是走在南京城里的路面上，还是比穿布鞋和草鞋要体面得多。梁必达那时候很在乎体面，自己麾下出了个典型，当然也能为他的体面再增加几分体面，所以就没把陈墨涵的话当回事。

没过多久，政委张普景把电话打过来了，梁必达起先还以为他是报喜的，张普景却恨恨地说：“假的，假典型。我当时就觉得有疑点，可是军里和军区两级工作组硬着头皮升华，搞出了这么个假典型。现在我们调查清楚了，火是他自己放的，证据确凿。”

梁必达大吃一惊，怔了半晌才说：“那怎么办啊，这不是天大的丑闻吗？保卫科那群混蛋都是干什么吃的？”

张普景说：“现在是骑虎难下了，我给你打电话就是要商量商量怎么办。”

梁必达问：“老窦是什么意思？”

张普景说：“老窦这个人你还不了解吗？荣誉面前有点患得患失的，含糊。”

张普景还有一层意思没有说出来，梁必达离职学习，窦玉泉代理师长主持工作，就在这个期间，出了个先进典型，当然是天大的好事，由此将“代”字去掉都是有可能的。但如果又推翻了，形势马上就会急转直下，姑且不论去掉“代”字，甚至连个人品质都会遭到上级的怀疑，反而还要吃这个典型的亏——他自然是竭力想保住了。

梁必达又问：“你的意思呢？”

张普景说：“那还有什么说的？弄虚作假，欺骗上级，还差点儿真的制造一场火灾。我的意思是，向上级汇报真相，师党委作检讨，这个班长品质恶劣，开除军籍，押送原籍。”

张普景原以为梁必达会明朗地支持他的态度，但他想错了。

梁必达半天没吭气，又问：“还有谁知道真相？”

张普景说：“除了保卫科长和小蔡，就是连队的连长指导员了，常委里目前也只有我和老窦知道。”

梁必达又是长久沉默，过了一会儿才说：“老张，木已成舟，这件事情影响太大了，我看，还是维持现状吧？”

张普景起初以为自己听错了，这回轮到他不吭气了，在电话的另一头迷迷糊糊地听梁必达解释：“这个班长的做法是错误的，但是，他毕竟是个战士，还年轻。如果把真相捅出去，师里作个检讨也就过去了，大不了处分几个人，可是这个战士就彻底毁了，弄得不好自杀都是有可能的。再说，他这样做，虽然动机不可告人，但也有值得谅解的地方，他是要求进步嘛。我的意思是，这件事情就不要扩张了，内部掌握，降低宣传的调子，年底让这个战士正常复员。”

张普景急了，说：“老梁，这样做是不负责任啊，怎么能这样处理问题呢？假的就是假的，伪装应当剥去。这样卑鄙的行径，这样丑恶的灵魂，不处理，反而姑息养奸，这哪是我们共产党员应有的原则啊？”

张普景说着说着就火了。

梁必达却没上火，说：“老张，问题都有两个方面，就算是假的，可是已经宣扬出去了，已经是典型了，是学习榜样了。我们暂时迁就一下，给全军区送出一个典型，贡献比错误大。再说，现在全军都在学习的那几个典型，你能保证都是真的？你能保证他们所有的事迹都是真的？……”

这边话还没说完，那边张普景就把电话摔了。

梁必达愣了一阵,觉得问题没解决,确实棘手,正琢磨对策,电话又打过来了,还是张普景。

梁必达也火了,说:“我已经脱产了,师长是老窦代理,党委书记是你张克思代理,你们看着办吧?”

张普景说:“我是先跟你通个气,你同意得同意,不同意也得同意。我还是坚持,一,披露真相。二,师党委集体检讨。瞒上欺下的事,我张普景不知道便罢,既然知道了,我的眼睛里就容不得沙子。我不怕丢人,也不怕撤职,坚持真理,义不容辞。”说完,听梁必达久无反应,又说:“老梁,你不应该是这样的人,我希望你能支持我。你是已经脱产了,就是承担责任,也是我负主要责任,但我需要的你的支持。”

梁必达当然不会马上表态,想了一会,问道:“这件事情是谁挑起重新调查的?”

张普景说:“当然是我。”

梁必达在电话里牙疼似的哼了几声,又问:“这个调查经过党委集体研究了吗?”

张普景顿时语塞,心里暗骂,没想到狗日的梁大牙现在这么狡猾,事情没有搞清楚,能拿到党委会上研究吗?可是不研究,擅自调查一个已被军和军区两级认可的典型,似乎又有些另搞一套的嫌疑。

果然,梁必达开始进攻了,说:“老张我看你是搞斗争搞出瘾了,现在又打进二师的内部了。你搞这一套有经验,那你就按照你的战术来吧。我不表示任何态度。今天这个电话权当没打。以后有人问我,我会否认的。”说完,连再见也没说一声,就把电话挂了。

张普景当时气得脸色铁青。

这件事情最后还是以张普景的意见占了上风。张普景一不做,二不休,干脆召开了党委会,将保卫科重新调查的材料公布于众，大家都傻眼了，既然公开化白热化了，谁也不敢再说保典型的事了，二师建师以来史无前例的一桩丑闻终于暴露在光天化日之下。

六

后来梁必达和陈墨涵学习结束回来，军以下班子调整，窦玉泉到军里当副参谋长，军党委考虑梁必达和张普景之间矛盾较大，尿不到一个壶里，动议把张普景调到另一个师去工作。又一个出乎张普景意料的情况是，梁必达主动找到了军长杨庭辉和政委王兰田，汇报了张普景曾经给他打的那个电话，也承认了自己的本位思想和“不健康意图”，满腔真诚地说：“虽然二师犯了错误，但是老张没犯错误。如果不是张普景同志坚持原则，说不定二师还蒙在错误的鼓里。我本人请求继续同张普景同志一起工作。”

按说，事情到了这一步，大家也都襟怀坦白了，但是，已经转业到军部所在地D市担任农业局局长的江古碑有一次到二师看望张普景，又把这摊鸡屎挑起来了。

在谈起老同志的关系时，张普景愉快地说：“妈的，梁必达这个人，现在也学会见风使舵了。狗日的脑子转得快，进步很大。”

江古碑说：“这个人粗中有细，以粗遮细。在凹凸山，我们都被他玩了。单说一件事，那次李文彬被俘，老窦让部队把炮都架上了，他就是不让打。我就不相信他是为了顾全同志的生命，我看他是居心叵测，他是料定了李文彬受不了老虎凳，故意让他当叛徒，给我们这些人难堪，出我们的丑，扫清障碍。”

张普景听了此话，当时一愣。他知道江古碑在凹凸山被梁必达捋软了骨头，现在到地方工作了，腰杆硬朗了一些，时不时地在老战友的面前谈谈对梁必达同志的看法。当年，梁必达不让开炮，张普景当时没有来得及多想，认为梁必达那样做也未可厚非，甚至体现了胸怀。是啊，自己的同志还在敌人手里，怎么能头脑一热就让他跟敌人同归于尽呢？但是，事情过后，诸多疑点就出来了，但是几十年都没有找到证据。再说，梁必达当时说是为了保全同志的生命，你也没有证据说他别有用心，怪只怪李文彬是一摊不齿于人类的狗屎堆。

张普景对江古碑说："这事不要再说了，怎么说都说不出梁必达的问题。现在大家在一起工作，不利于团结的话少说为好。不要把自己的同志想得那么坏。"

江古碑说："也不要把他想得那么好。在凹凸山，他说我们整他。我们是整过他，但我们整他是上级布置的。他就没整过我们？他整人是用软刀子，杀人不见血。"

张普景不悦地说："什么我们你们的？都是同志。老江你有些思路不对头，狭隘。同志之间不能嫉恨鸡毛蒜皮，工作为重，大局为重。"

江古碑见话不投机，知道张普景同梁必达明争暗斗，颇为谨慎，笑了笑，便不多说了。

七

梁必达是在朝鲜战争爆发之前同安雪梅结婚的，婚后先生了个儿子，襁褓之中就有些膀大腰圆的态势，还长了一双比较可观的招风耳朵。

满月那天，给儿子取名字的时候，老战友聚在一起，提议了不少，文的雅的都有。梁必达盯着儿子左看右看，说："什么梁建设梁发展的，你叫他建设他就好好建设啦，你喊他发展他就能发展啦？唯心主义。我看来个实事求是的，这家伙耳朵大，就叫大耳朵得了,梁大耳朵。龙生龙凤生凤,耗子的后代会打洞。眼大观六路,耳大听八方,我是梁大牙,一辈子干得不差。儿子叫梁大耳朵,也算是子承父业。”

安雪梅已经习惯于梁必达的武断了,但是前来恭贺的老同事老战友们却纷纷抗议,认为这个名字实在不成体统。

客人当中数张普景资格老,比梁必达大几岁,参加工作就更早,可以倚老卖老,经常同梁必达分庭抗礼。这些年张普景老得比较快,头上一头花发,眼上一副老花眼镜,四十多岁的人,加上个头不高,一副精瘦的坯子,倒有五六十岁的形象——他自己开玩笑说,跟梁大牙搭伙计,我的青春都被他消耗掉了。但是,话又说回来了,他好像还不太乐意跟梁必达分道扬镳,两个人争争吵吵,还是把一支部队带得生龙活虎。

张普景说话向来不客气,说:“岂有此理!什么梁大耳朵,像个人名吗?你有那颗大牙是旧社会造成的。现在是新社会了,怎么能叫梁大耳朵呢,还想当山大王啊?咱们扛枪吃粮的后代,还是要走革命这条路,我看这样,叫尚武,这才是子承父业。”

梁必达挠了挠头皮,觉得张普景取的这个名字比其他人取得对味一些,就说:“好,听政委的,就叫梁尚武。但小名还叫梁大耳朵。”

那段时间,由于方方面面的关系都比较顺利,经济建设气氛浓厚,干部们也都安居乐业,恋爱结婚生儿育女各项工作都朝气蓬勃。那些日子,也是张普景和梁必达在互相搭档上有史以来的黄金岁月。

为第一个孩子取名,梁必达听了张普景的,到部队从朝鲜归建,又生了第二个孩子,是个闺女,梁必达就不听任何人的意见了,自作主张且不容置疑地给女儿取了个名字叫东方红。

当时安雪梅的脸上就有些难堪,但是又不敢反对,私下里跟张普景反映,说师长怀念东方闻音,是可以理解的,问题是直接把孩子的名字取成东方红就不合适了,好像孩子不是我生的,是东方闻音生的似的。

张普景便去找梁必达,说:“老梁,你的心情我们大家都明白,可是你也要为安雪梅想想,人家一个女同志,是很讲自尊的。你不能这么给孩子取名字。”

梁必达却毫不妥协,眼珠子一瞪,说:“你张克思管得也太宽了,人说管天管地还不管人家吃喝放屁呢,我给孩子取名字你也管。上次我都听了你的,你想怎么样?是不是我的每个孩子都要请你取名字啊,是我的孩子还是你的孩子?”

张普景说:“在部队我是政委,在同志之间我是兄长,革命干部家庭的事也不完全是私事,私事处理不好,照样影响工作。不仅这个名字要改过来,我还得提醒你,要尊重安雪梅同志,人家也是个团级干部,还是凹凸山的老革命,资历比你还长,你居然规定她称呼你师长,有这样对待老婆的吗?”

梁必达说:“谁告诉你她称我师长是我规定的?她那样称呼是她的习惯。”

张普景说:“她习惯了你也习惯吗?在床上她喊不喊你师长?说起来都是笑话!她为什么这样称呼,还不是你在人家面前总摆师长的架子?”

梁必达说:“一,关于安雪梅同志喊我师长的问题,我可以做她的工作,但是在部队面前,她还是应该喊师长,她喊我老梁梁必达梁大牙合适吗?在家里她可以喊别的,但是她要坚持这么喊,我也尊重她的习惯。二,关于给孩子取名字的事,就这么定了,你要是不同意,可以在党委会上提出来。”

张普景啼笑皆非——有把为孩子取名的事拿到师里党委会研究的吗?但这个问题如果不解决,又似乎不那么合适,知道那段往事的人能够体谅和理解,不知道那段往事的人会怎么想?再说,孩子大了知道这件事情又会怎么想?

但在这个问题上,梁必达寸土不让。

梁必达说:"将来如果再生一个,就取名为安大头,跟我老伴从内容到形式都一脉相承。革命军人的孩子是革命的,不是私有财产。我把她取名东方红,不仅有纪念东方闻音的意思,也有纪念新中国成立的意思。"

这次争论不了了之。

过了一段时间,倒是安雪梅又找到张普景,主动撤诉,说:"算了,既然师长坚持这么取,就叫东方红吧,这名字也满好听的。再说,我和东方闻音情同姐妹,孩子随她的姓,也算是一种情感寄托,师长的动机是好的,我拥护。"

如此,"张克思"就没辙了。

到了张普景的女儿出生,梁必达拎了一瓶酒去,对张普景说:"劳你大驾给梁大耳朵取了个梁尚武的名字,不错,有气势。但是我越想越不对劲,我梁必达自己连个名字都取不好吗?那也太没文化了。不行,你这个小兔崽子的名字该由我来取,不然我就吃亏了。"

张普景说:"怎么敢说你没文化?你不是说过嘛,东方闻音给你的评价是具有高小以上文化知识,具有初中以上文化素质,具有高中以上文化前途。再加上在南京军事学院学习,连孙子兵法都讲得头头是道了,谁还敢讲你没文化啊?"

梁必达哈哈大笑:"那好,你这孩子的名字我取,叫张原则。"

张普景不痛快了,脸色极其难看:"老梁,你人前人后叫我张克思,有挖苦的意思,我不屑于跟你争论,张克思就张克思吧,你挖苦不倒我。我这可是个女儿,一个女孩子,叫张原则像个什么样子?"

梁必达不慌不忙,把放在桌子上的五粮液笃了笃,说:"你这个人，真是没气量，我是来给孩子取名的，不是来跟你磨牙的，你火什么火？我喊你张克思是抬举你，我喊你张汉奸你干吗？再说，你不也是喊我梁大拿吗？比起梁大拿，张克思总要高尚些吧？我且问你，我拿了你什么了？"

张普景一想，梁必达的话乍听起来倒像有些道理，但却实实在在是强词夺理。至于说拿了什么，你梁必达心里还不明白？党委书记的角色都叫你拿去了，一拿就是十几年，还不够吗？可是这话显然不是这个时候可以说的。

张普景说："好好好，不跟你吵。但是，我的女儿不能叫张原则，这简直是对我的进一步挖苦。你要不是来捣蛋的，就动动脑筋取个像样的。"

梁必达说："我是动过脑筋来的，就叫张原则。我要是故意捣蛋挖苦你，我是王八蛋。"

张普景见梁必达又变成了梁大牙，胡搅蛮缠，觉得为这个事伤了面子不好，就退了一步，说："也难得你这个师长叔叔如此重视犬女，这样好不好，中庸一下，就叫张原行不行？"

梁必达也意识到刚才的玩笑有弄假成真的危险，两个人本来关系微妙，近来好不容易有了缓解，分寸还是要把握好，于是借坡下驴，也退了一步，说："那好，你们叫她张原，我还是叫她张原则。等孩子大了，让她自己选择。"

张普景想了想，觉得此法可行，就同意了。如此看来，关系还是融洽的。

八

二师驻地在中原某市，营房是原先苏联人为国民党军设计的，军官住宅高大宽敞，师长和政委共住一幢房子，但从中间隔开，每家一个独立小院，梁家居东，张家在西，各占地二百多平米，院子里还有菜地。

搬进新居之初，梁必达发现过于空旷，也过于清冷，便同张普景商量，把中间的那堵墙打开，就像后来样板戏里唱的那样，拆了墙就是一家了。

张普景一眼就看穿了梁必达的阴谋，因为安雪梅在军队医院当领导，忙得要死，又不会调剂生活，而张普景的夫人汪成华是个家庭妇女，相对轻闲，而且做得一手好菜，梁必达便常常到张普景家“检查伙食”，嫌绕路敲门喊门不方便，所以要“两家并成一家”。

张普景说：“你少来这一套，要是感情深，墙不打开也是一家。你狗日的尽算计我，并成一家你交不交伙食费？我缠不过你，坚决不同意把墙打开。”

但是张普景坚决不同意没用。

这次虽然没有达成协议，但梁必达断无半途而废的习惯。有一次张普景下部队几天，回来一看，中间的那道墙还是让工兵连给打通了，还造了个小圆门。张普景气不打一处来，他在这边骂，梁必达在那边笑，也不还口，可是，墙被打开的事实却是不好更改的了。

以后有了孩子，张普景才发现梁必达这狗日的果然阴险，有长远眼光。

那时候幼儿园还没有建起来，在当时的政治气候里又不敢请保姆。白天上班，梁必达便唆使孩子钻洞，“到西院去，汪阿姨会讲故事。”孩子们自然欢天喜地了。第一回，张普景就警觉起来了——这个头不能开，于是亲自把两个小东西往东院驱赶，但是赶到东院，里面一个人都没有了，两口子都上班去了，只好又领回家，交给自己的老婆。

这以后就坏了，形成了惯例，每天上班，孩子准时钻洞过来，赶都赶不走，再说老婆也不让赶了，说这些小猫小狗的，带一个两个是带，带三个四个也是带——带出感情了，以致后来幼儿园建好之后，梁大耳朵和东方红放学回来，还是先到西院，跟成华阿姨撒足了娇，跟张普景的两个孩子张文韬和张原则一起撒足了野，在张家吃过了晚饭，这才磨磨蹭蹭地钻洞回家——这就养成了一个习惯，在十二岁以前，不是特殊情况，梁尚武和东方红很少在自己的家里吃过晚饭，因为梁家的晚饭没有张家的晚饭香。

有一次开一个军民关系方面的会议，驻地市里来了几个记者，会前会后拍了许多照片。此后不久的一天，张普景到东院找梁必达有事，一进客厅，便看见偌大的一面墙上新悬挂上了许多镜框，上面的照片都是趾高气扬的梁必达。倒是有一张是和张普景的合影，但张普景一看就火了。

在那张照片上，张普景显得无比矮小，脑袋跟梁必达的胸脯一个水平，正仰起头跟梁必达一本正经地说着什么，而梁必达则显得人高马大，一只手握拳抵在下巴上，微笑着俯瞰张普景，那种居高临下的态势，让人一眼就能看得出来，就像是毛主席接见小八路。

其实，张普景虽然个头低了一点，也仅仅是相对梁必达而言，他的身高比梁必达差不到十公分，而这张照片居然高低悬殊如此之大，显然是拍摄角度问题。

张普景沉下脸说："梁大牙你安的什么心，为什么单把这张照片挂起来，还挂得这样醒目。这不是抬高自己贬低别人吗？"

梁必达说："扯淡，这是为了体现我们军政一把手紧密团结嘛。"

张普景说："取下来，不取我给你砸了。"

梁必达说："你敢？这是我的家，我想怎么挂就怎么挂，你管的也太宽了。"

吵来吵去，梁必达坚持不取那张照片。张普景无奈，真砸当然也不合适，再说为了一张照片闹得不亦乐乎也不像个师政委的气量，梁必达能玩这种小伎俩，他不能。但是又觉得窝囊，气鼓鼓地回到家里，翻箱倒柜找照片，也想找一张自己高大而梁必达矮小的照片，却是无论如何找不到理想的，只好骂狗日的梁大牙居心不良，把什么机关都算尽了。

第二十二章

一

六十年代初期到中期，梁必达和窦玉泉、朱预道、陈墨涵等人的工作位置交错变化，先是陈墨涵第二次进入南京军事学院高级班深造，毕业之后，一跃晋升为K军司令部的参谋长，窦玉泉几经周折，也调到军里担任后勤副军长。不久，张普景调到军里当了政治部主任，这几个人临时性地成了梁必达的上级。到了“文化大革命”初期，原K军军长升迁，梁必达直接当了军长，并同时担任军党委书记。朱预道担任副军长。原军政委王兰田调到军区工作，张普景担任军里的第一副政委。

本来，这些人从年轻人长到了年近半百，从普通青年成长为军队的高级干部，可以说历尽沧桑。谁也没有想到，战争中大家死里逃生过来了，却让一个莫名其妙的“文化大革命”打得晕头转向，一个个纷纷落下马来，成了“人民的敌人”。

K军军部驻地D城是一座省会城市。

“文化大革命”开始之后不久，这座城市就乱了，并没有像伟人预计的那样“大乱促大治”，而是一乱就一泻千里，乱得乌烟瘴气。造反有理，文攻武卫，揪斗“走资派”……就在这红潮滚滚江山板荡之际，乱世中呀呀呀杀出一条好汉来——离开军队十几个年头的江古碑又勇敢地站了起来。江古碑现在的身份是D市的“革命委员会”副主任、“六盘山革命造反兵团”司令，是老革命兼新革命的领袖。

地方的形势如火如荼，部队的“文化大革命”却不温不火。江古碑终于把目光盯向了部队，他首先找到了老战友窦玉泉，希望他出面配合地方的“文化大革命”。

窦玉泉的态度很不明朗，说：“上有军长政委，下有革命战士，我这个副军长是粮草官，作不得主。你还是去同军长政委商量，他们要是不积极，你跟毛主席报告也是你的权力。”窦玉泉本来就不是一个轻易表态的人，加之从这么多年的风风雨雨走过来，运动他经历得多了，什么样的阵势没有见过？搞运动就好比开汽车，上面往哪里指，就往哪里打方向。但这里面也有学问。有些人是快车手，转弯处不减速，这边刚转过去，又来了个新方向，措手不及就掉进了悬崖，战争年代吃这个亏的人不少。还有些人是慢车手，该转弯的时候转不了弯，不该转弯的时候转了，不是撞山就是被撞，和平时期吃这个亏的人不少。窦玉泉现在的态度是，一慢二看三通过。拿不准就靠边，嫌误事你超车，你进步是你的造化，那种热血青年的冲动他是不会干的。

江古碑对窦玉泉的表现十分不满，说：“老窦你也太没原则了，梁必达在凹凸山就飞扬跋扈，你我都是受过迫害的人。我们首先就应该解决梁必达的问题。现在上面给了我们清算的机会了，你还怕什么，未必他梁必达敢砍你的头不成？”

窦玉泉仍然阴阳怪气，说：“那不是一回事。清算什么？他梁必达一不搞女人贪污腐化，二不里通外国，三没有去配合蒋介石反攻大陆，我凭什么造他的反？一个副军长去造军长的反，不是明摆着要当司马昭吗？狼子野心昭然若揭。我可不去捅这个纰漏。”

江古碑见窦玉泉已经丧失了革命斗志，又去找“张克思”。因为军里的政委是军区副政委兼任的，张普景以第一副政委的身份主持军里的政治工作，所以是个举足轻重的人物。

张普景的态度倒是很明朗，说："斗争梁必达我没意见，但是总得有依据吧？"

江古碑说："现成的证据。我们在凹凸山的时候，搜集梁必达的劣迹材料，我还保存着。"说完，当真从公文包里取出厚厚的一摞。

张普景戴上老花眼镜，认认真真从头至尾看了一遍，说："这些恐怕不行，组织上早已作过结论了嘛。这些年我也一直在琢磨梁必达，也经常跟他开展斗争。但是，越斗争还越发现，这个同志其实是很能干的。我现在都还能记得当年梁必达给组织的交代，第一，说他出身剥削阶级家庭，纯属扯淡。他祖上是当过商人，但是商人不等于就是剥削阶级。他本人参加革命前是有点薄产，用他自己的话说，那是他给人家当学徒挣的，是劳动所得。第二，说他从前有过投国民党的想法，是事实，但那是国共合作时期，算不上投机。因为那时候不了解八路军。自从参加了八路军，他是英勇杀敌屡建功勋，浑身七处负伤，事实有目共睹，我们不能睁着眼睛说瞎话，共产党员不能昧良心。第三，你看你这材料，什么座山雕有八大金刚，梁必达有四大美女？子虚乌有嘛。说梁必达生活作风恶劣，从前在蓝桥埠搞腐化，抗战期间到斜河街逍遥楼狎妓，没有证据，再说这种事情也上不了台面，现在还用这些脏事搞一个高级干部，显得低级趣味。而且，据我所知，事实上梁必达在这个问题上恰好是严肃的，全国解放了，部队进城了，许多干部经不起糖衣炮弹的进攻，犯了错误，而梁必达一尘不染。从前是对东方闻音忠贞不渝，后来是对安雪梅相敬如宾……"

江古碑被张普景的这番话说愣了，瞪着一双迷茫的眼睛，看猴子一样地看着张普景，说："这么说来，你也不同意造梁必达的反了？"

张普景不紧不慢地说："我说过我不同意造梁必达的反了

吗？可是也不能不讲道理地造啊。造反有理，我当然支持。关键是证据。”

江古碑极其不悦地说：“老张，我只问你一个问题，对于李文彬被俘，你是怎么看的？”

张普景为之一震，沉默了。江古碑的这个问题再一次刺痛了他内心那根隐秘的神经，多少年来，这个问题一直纠缠着他咬噬着他，多少次他都想向梁必达问个明白，可是每次又都制止了自己的冲动。毕竟，李文彬最终当了叛徒，就算是梁必达当时处置不当，他张普景作为一个政工首长，也断没有为一个叛徒翻案的必要。

“梁必达这一手好毒辣啊，他搞掉了李文彬，也把我们这几个人搞得抬不起头。我一直认为，这是梁大牙蓄意制造的阴谋，是他，或者是他暗示朱预道把李文彬的行踪通报给汉奸的。这就是对付梁必达最有力的武器。老张，我看我们可以从这个突破口下手。”

张普景仍然沉默不语，思忖许久才说：“江古碑同志，请你面对两个事实，一是说梁必达或者说朱预道故意把李文彬的行踪透露给汉奸，查无实据，死无对证。二是李文彬确实叛变了，证据如山。我劝你不要在这上面打主意了，弄得不好，就是搬起石头砸自己的脚了。”

江古碑说：“只要你肯出面，你就是证据。李文彬那天离开分区的时候有预感，他向你透露过。”

张普景愕然，说：“是吗，我怎么记不得了？就算他向我透露过，你是怎么知道的？”

江古碑呐呐地说：“我推测的。”

张普景断然说：“没有的事。既然他有预感，他为什么还离开部队到崔家集去搞女人？经不起推敲嘛。你的推测不能作为证据。”

江古碑一脸沮丧，气愤地说："证据，证据，老张你这一辈子吃的就是证据的亏。你怎么不开窍啊？梁必达对我们的排挤还少吗？只要你坚持说一句话，就说后来崔二辫子私下里向你坦白了，他的口供是屈打成招，事实真相是有人事先给了他大洋，让他演苦肉计，那件事情就可以推翻重理了。反正崔二辫子已经死了。"

张普景说："你是想陷我于不仁不义啊。如果崔二辫子真的私下向我坦白了，我当时就应该戳穿，还等到现在？那我不是对梁必达的犯罪行为姑息养奸吗？不是姑息养奸也是麻木不仁啊。这是我张普景的作风吗？"

江古碑不屈不挠地说："可以这样解释嘛，你当时是考虑为了团结，顾全抗日大局，才暂时没有戳穿事实真相的。还有，当初策动陈墨涵部队起义的时候，你这个政治委员都蒙在鼓里，难道这些你都忘记了？新仇旧恨啊，我是至死不忘。"

张普景淡淡一笑说："老江你这个思路看来确实有问题了。瓦解敌军，策动起义，是绝密的。我们的地下工作有一个纪律，单线布置单线执行，你是老党员了，我想这个情况你不会不知道。我事后是有想法，但想法不能代替原则。"

江古碑说："至少，在凹凸山，梁必达私自带人带枪给汉奸维持会长祝寿助威，还侵吞了战利品二百块大洋孝敬汉奸，这是事实吧？"

张普景说："这个问题组织上已经有结论了，不能老翻历史的老账。人非圣贤，孰能无过？是人都有缺点错误，抓住一点，不及其余，不是革命者的态度。"

江古碑说："我们不要在这里高谈阔论了，造梁必达的反，是上面定的调子，怎么反，我来安排，你应该配合。革命不是请客吃饭，不是绘画绣花，不能那样温文尔雅，也不能那么教条。这不是个人的事情，这是革命需要。"

张普景冷笑一声说："我再说一遍，革命需要也不能瞎胡闹。我不能按你的路走。斗争梁必达可以，但是不能丧失人格。"

江古碑说："你确实是书呆子，你在这里讲人格，一旦放虎归山，人家要你人头落地。"

张普景正色道："宁可人头落地，我也不能胡来。江古碑我警告你，你的行为已经构成反军乱军了，如果我发现你在K军再次出现，我就命令部队把你抓起来，交给梁必达同志。"

江古碑勃然大怒，拍案而起："张普景你这个革命的叛徒，你等着，有你负不了责任的那一天。"

尽管在张普景和窦玉泉的面前都没有达到预期的目标，但江古碑仍然不放弃努力，他可不在乎张普景的警告，积攒了几十年的仇恨使这个"受排挤和受压迫"的人不顾一切了。在梁必达的手下，他委实是委屈了，在凹凸山装孙子装了几年，几年都是如履薄冰胆战心惊。想当年，开黑枪的念头都有。如今，时势造英雄，他再也不能放弃这个机会了。他梁必达刚愎自用，匪气十足，就不信没有人比他江古碑更仇恨梁必达。

江古碑最终把统战的视线落到了陈墨涵的身上。他同陈墨涵不熟悉，说话自然就不像同张普景和窦玉泉那么直截了当，旁敲侧击拐了很多弯子才绕到主题上。

江古碑同陈墨涵"探讨"的是朝鲜战争中台山枧战斗的"有关情况"。

陈墨涵坦然地说："这个问题，我同梁必达同志交换过意见。当时，我也认为梁必达用兵不当，甚至居心叵测。梁必达坚持认为他当时坚持所得堪方向按兵不动是出于更深一层考虑，因为所得堪地形条件确实易攻难守。尽管台山枧这边打得空前惨烈，焉知敌人就没有其他企图？作为控制一个重要方向的首长，他必须通盘考虑,如果动用了所得堪的兵力和炮火,即使所得堪当面当时确实没有敌人的进攻部队,但他们是机械化出动,就是从台山枧方向分出一个团去杀回马枪,所得堪也是岌岌可危。所得堪一马平川,势不可当,如果被突破了,那后果就严重了。后来我又调研了那场战斗的史料,还看了美国西点军校的一份战例分析,战略研究家都认为,在那场战斗中,中国的二师能够在一个方向遭受灭顶之灾而另一个方向风平浪静的情况下,仍然保持高度冷静,不为假象所困惑,从而保证了所得堪万无一失,足可见该师指挥员卓越的战略眼光和非凡的意志。你看,专家都是这么认为的。我在沙盘上把那块地形都嚼烂了,越是分析,越是后怕。当时是一片嗷嗷叫的请战声啊,连朱预道都要求分兵增援台山枧了。如果当时梁必达不冷静,听了我们这些人的呼声,转移了防御重点,也许,那就太可怕了……江主任,朝鲜战争你没有参加,我看你还是不提的好。”

见过K军上层的三个人,江古碑就有些信心不足了。但他是不会善罢甘休的。看来文攻是不行了,那么,就发动群众吧,让群众站出来武卫。不仅要打倒梁必达,一切保皇派,一切与梁必达同流合污的牛鬼蛇神都要打翻在地,再踏上一只脚,叫他们永世不得翻身。

二

造反派给梁必达列举的罪行有三十余条,其中历史的问题有迫害同志,认贼作父,侵吞八路军战士伙食费二百块大洋孝敬汉奸,以抗日锄奸为名嫖娼搞腐化,等等。现实的问题有破坏“文化大革命”,执行某某某错误路线,恶毒攻击某某某,等等。

揪斗梁必达的群众运动是由K军军部几个被“革命”激情冲昏了头脑的热血青年和江古碑指挥的“六盘山革命造反兵团”里应外

合进行的。但是，这支战争经验不足的队伍低估了他们的对手。

梁必达的情报工作效率很高，在造反兵团尚且犹豫不决、江古碑还在D市市府广场门前反复动员的时候，梁必达已经在窦玉泉的安排下，住进了K军医院的高级病房。医院的大门和军部侦察营营区隔路相望，该营奉命以一个连的兵力，全副武装，在大门口进行擒拿格斗训练，实际上意图显然，随时准备封锁军医院的大门。

朱预道因为到北京开会，避开了这场斗争。梁必达临走之前，分别给张普景和陈墨涵等人打了电话，要他们躲起来，避开造反派的风头。

张普景不领情，他的态度是，不做亏心事，不怕鬼上门。坚决不躲。

陈墨涵倒是想躲，但是躲的位置不佳，被司令部的一名参谋出卖了，躲到工兵团，又被“六盘山革命造反兵团”揪了出来。造反派没有揪住梁必达，退而求其次，抓住陈墨涵和张普景往死里整，口诛笔伐，拳打脚踢。

批判大会设在D市工人文化宫的广场上，在六月火辣辣的大太阳底下，广场四周被各种标语口号糊得水泄不通，到处都是“四海翻腾云水怒，五洲震荡风雷激”和“揪出军队一小撮”“打倒某某某”“某某某和某某某不投降，坚决叫他们彻底灭亡”的字样，一派杀气腾腾。D市革命委员会副主任、同时又是“六盘山革命造反兵团”司令的江古碑并没有亲自出面，或许他已经清楚这次批判的残酷性，还当真有点抹不开老战友的面子。但是，在他的授意下，“六盘山革命造反兵团”给张普景和陈墨涵这两个年近半百的人戴上了纸糊的高帽子，穿上了棉袄，胸前还挂上了牌子。

陈墨涵的罪名主要有四条：第一是出身于剥削家庭，当过国民党军团长，加之胞兄陈克训现在仍然在台湾，有通敌嫌疑。二是陈墨涵的臭老婆是旧社会的残渣余孽，当过小偷，并且在运动中被陈墨涵秘密藏了起来。三是陈墨涵拒不同梁必达划清界限，是死硬的保皇派。四是在“反右”运动中有反党言论，说日本战争赔款不要，是对中国人民的极大的不负责任，攻击中央领导人某某某。

对这第四条罪名，陈墨涵感到震惊，这话他的确说过，那是在建国之后不久，对这个问题有些模糊认识，当时是跟梁必达和张普景、窦玉泉闲聊说起来的，也只有梁、张、窦三人知道，他们也有类似的言论，那么，是谁在十多年过去之后又把这话抖搂出去的呢？

造反派对陈墨涵的要求是，反戈一击，揭露大土匪大军阀梁必达在朝鲜战场台山枧战斗中阴谋用兵，排斥非嫡系部队，借刀杀人，导致我军一个团几乎覆没的罪行。

陈墨涵说：“其他罪行你们说是罪行就算是罪行，我的罪行应该由法庭判决。梁必达是不是土匪我不知道，梁必达在战争年代用兵不是尽善尽美，也不否认有轻重之分，但是，要我说梁必达在台山枧战斗中借刀杀人，蓄意解决二团，不是事实。事实证明，在台山枧战斗中，梁必达的指挥是高明的，而且我认为那是在梁必达所有的指挥中最高明的一次。”

话没说完，屁股上就挨了一脚，接着脸上又挨了一皮带。一个扎着小辫并佩戴红卫兵臂章的姑娘振臂高喊：“反动派不投降，就叫他灭亡！”

陈墨涵大叫：“我不是反动派，我是人民解放军的军参谋长。你们冲击军队，殴打军队干部，你们是反动派。”

自然又遭来一顿拳打脚踢。不知道是谁暗中使了狠招，陈墨涵只觉得右肋一阵撕裂般的疼痛，肋巴骨就断了一根。

张普景的罪行有五条。第一是在红军时期，侵吞警卫员的干粮，导致该红军战士活活饿死。第二是在凹凸山搞“纯洁运动”中执行错误路线，错误地迫害了许多同志。第三是同梁必达沆瀣一气，拒不配合地方的“文化大革命”，对部队下黑指示，要“慎重参与”，从而破坏运动。第四是敌我阵线不明，对梁必达心慈手软，不敢开展斗争。第五是一贯以革命派自居，竟然自称“张克思”。

张普景对这几条罪状也有惊愕之处，尤其是第一条。他的警卫员在过草地的时候饿死了是事实，但不是他侵吞了粮食。当时他是军团保卫局二组的组长，警卫员的身上背了两条干粮袋，左边一条的粮食给他吃，右边一条的粮食是警卫员自己吃。他一直吃左边的干粮袋，他也曾疑惑他的干粮为什么能够吃那么久，直到警卫员死了，他才发现右边干粮袋里塞的是碎纸屑——警卫员是为了保护他才献身的，也正是因为有了这件事情，导致了他终生悔恨，并更加坚定了革命信仰。这件事情只有李文彬、江古碑、窦玉泉等少数人知道。当然，在凹凸山的时候，江古碑为了讨好梁必达，在写给梁必达的悔过书里有这么一笔。李文彬已经死了，那么上述几个活人当中，是谁又把他的伤口扒开暴露给造反派的呢？又是谁，就这么不顾事实真相给他安上一个“侵吞红军战士粮食”的罪名呢？

“六盘山革命造反兵团”给张普景提出的“立功赎罪”的条件是，揭露当年梁必达在凹凸山同汉奸内外勾结，秘密捕获抗日干部，排除异己，掣肘同志的罪行。

张普景说：“第一，所谓侵吞红军战士的粮食，不是像你们说的那样，但我不想跟你们解释。我对不起我的好同志好兄弟。第二，在凹凸山搞‘纯洁运动’，我是犯了错误，但组织上已经作了结论，我也接受处分了，这件事情已经成为历史。第三，给部队下命令要‘慎重参与’，是军党委集体研究的，不是哪一个人的命令，也不是我和梁必达擅自做主的。第四，说我不敢同梁必达开展斗争，不是事实。梁必达有缺点错误，我一直坚决抵制无情批评。梁必达的正确主张，我坚决支持。第五，我没有自封‘张克思’，是同志之间开玩笑叫的。”

造反派断喝一声:“这样的玩笑能随便开吗?胆大包天!”

张普景说:“这个问题我有责任,抵制不力。但你们要我说梁必达勾结汉奸,我没法说。我不知道梁必达同汉奸勾结的事,我只知道被抓的人叛变了。我不能为叛徒鸣冤叫屈。”

造反派之一说:“梁必达对心腹交代,说李文彬路过崔家集,肯定要去会女人,借这个机会把他搞掉。当时执行这项任务的中队长有一次酒后吐真言,这话被你记录在案。你把这个材料交出来,就不批判你了。”

张普景说:“我从来没有听说过这件事情,也没搞过什么记录。如果确有其事,请你们把那个中队长找出来,他能作证,我给你们带路去找梁必达,证据确凿,我同意你们把梁必达枪毙一百次。”

造反派说:“这件事情只有你知道,你承认了,就是证据。”

张普景说:“我不知道这个事,我承认了我就不是共产党员了,无中生有陷害同志的事,我做不出来。”

造反派见张普景刀枪不入,给脸不要脸,给台阶不下,觉得油水不大,索性请他坐了“土飞机”——四个人齐心协力,将张普景的两只胳膊从背后往上抬,再将脑袋往下压,抬一次问一次:“说,有没有那个笔录?”

张普景说:“没有。你们把我的两只胳膊卸掉,也没有,就是现在伪造,也找不到凹凸山那种黄草纸了。”

再抬再问:“有没有?”

再问再答:“没有。要命一条,要瞎话没有。”

造反派恼了,无产阶级专政的铁拳再次落在张普景的身上。打了一阵,再问:“梁必达是不是反动派?”

张普景被两个人扭着胳膊,直不起腰,挣扎着抬起头说:“梁必达有缺点,也有错误,但梁必达不是反动派。梁必达是人民解放军的军长,是党和军队的高级干部,我没有看见中央军委的文件说梁必达是反动派,不予承认。”无论拳脚怎样猛烈,张普景自始至终一句话:“说梁必达是反动派,我必须看到中央军委的文件,否则不予承认。”

几个回合下来,造反派不问了,张普景也不答了。起先,造反派以为他是装死狗,后来,担任“土飞机”第一驾驶员的造反小头目觉得不对劲,把手伸到张普景的鼻子底下摸了摸,气倒是还有,人却晕过去了。造反派头目当机立断,给江古碑打了个电话,江古碑指示说:“首先抢救,这个人一定要抢救过来,他知道的东西很多,只要把他攻下来,就能炸翻一大片。”造反派头目秉承江古碑的旨意,将张普景送到郊区一个医院里秘密关押起来,为了防止“劫狱”,对外干脆说死了。

三

梁必达想破脑袋也想不到,最后向“六盘山革命造反兵团”提供他当年设圈套让李文彬钻罪行证据的,竟然是朱预道。

朱预道在北京开会期间,受到了当时在“中央文革”任职的某某首长的接见,某某对朱预道说,梁必达不是个好人,搞大比武的时候,跟某某跟得最紧,不听某某某的招呼,是个土匪头子。我们的“文化大革命”,就是要把梁必达这样的人拉下来,把军权夺回到革命派的手里。

至于说在大比武中梁必达是怎样紧跟某某的,又是怎样不听某某某招呼的,朱预道不清楚具体情况,因为当时他正在南京军事学院深造。

某某又说,某某某讲了,梁必达的问题一定不能放过,以打倒为原则。凡是跟梁必达关系密切的人,都要一查到底。当然,站错队了不要紧,允许同志犯错误,犯了错误能够改正就是好同志,还可以重新回到正确的路线上来,还可以继续掌权。

朱预道在整个开会期间,受到这个代表着正确路线的首长秘密接见达七次之多,每次都有新的情况:某某军区的某某某拒不交代问题,服毒自杀了。某某某师的政委黄某某,对抗运动,被群众专政了。某某省军区的副司令员赵某某镇压群众运动,已被"中央文革"下令枪毙了。几个回合下来,朱预道被折腾得心惊肉跳。最后一次,某某首长向朱预道交底,梁必达是死老虎一只,连某某某都发话了,必须拉下马。某某首长要求朱预道爱憎分明,立即同梁必达划清界限,揭发梁必达的历史问题。

朱预道汗流浃背地说,我不知道梁必达历史上有什么问题。

某某首长冷冷一笑,说:"抗战期间,凹凸山地区一个县委书记被俘,就是梁必达和他手下一个县大队长蓄意制造的阴谋事件。我们手里有材料,是从日军谍报机关里缴获的。梁必达等人不仅制造了李文彬被俘的陷阱,还同国民党军刘汉英部勾结,通过国民党的情报站,联合编织了李文彬叛变的谎言故事。事实上,李文彬并没有叛变,李文彬同志在日寇的魔掌里坚贞不屈,至死没有说出我军情报。李文彬同志是死在国民党军特工人员高秋江的手里,高秋江是奉刘汉英的命令替梁必达杀人灭口的,他们制造了所谓的李文彬叛变的假象,就是为了挫伤一大批反对梁必达军阀作风和同国民党军勾结的革命派的积极性,为梁必达一手遮天坐山为王铺平道路。现在,铁证如山,难以抵赖,梁必达的问题已经不是人民内部矛盾了,而上升到了敌我之间你死我活的阶级斗争高度上来了。至于当年那个协助梁必达实施阴谋的县大队长是谁,你朱副军长恐怕比我们更清楚。何去何从,你自己选择吧。"

朱预道听天书一般听完某某首长的话,惊骇不已。他没有想到那段已经封存了的历史又被抖搂出来,而且完全变了味。李文彬被国共两方特工组织联手除掉是不假，但那完全是为了战争需要，而且是在获悉李文彬确实叛变之后。至于说借刀杀人，现在听某某首长一说，似乎还真像那么回事。李文彬到崔家集的时候，是他朱预道派了一个班跟着去的。如果某某首长手里真有所谓的证据，最逃不了干系的还是他朱预道。

如此一想，就不禁冷汗直冒了。

这个被暗示为“协助梁必达实施阴谋的县大队长”的人反复权衡，越想越怕，且不说李文彬这档子事，现在的造反派简直比特务还要特务，火眼金睛，飞檐走壁，没有问题他挖地三尺也能给你挖出一卡车问题来，更何况谁能保证自己不犯一点错误呢，他不瞄上你算你走运，只要他瞄上你，你就跑不脱。

不久，就从军里传来陈墨涵被造反派打断肋骨、张普景猝发心肌梗死的消息，朱预道的精神防线终于崩溃了。

现在不是战争年代了，战争年代光棍一条，把脑袋掖在裤腰上，打死拉倒，二十年还是一条好汉，那是干革命。可现在不一样了，现在是反革命，要是抱着花岗岩脑袋去见上帝，是死有余辜遗臭万年。更何况还有老婆孩子都要跟着受累呢。

经过一番激烈的思想斗争，在离开北京之前，朱预道向某某首长表了态——坚决站在革命的一边，揭发梁必达的问题。

根据某某首长的指示，朱预道回到军里之后，就给 D 市“革命委员会”副主任江古碑打了电话，秘密谈了一个多小时。就这一个电话，梁必达就在劫难逃了。

造反派神通广大，加之不屈不挠，很快就探知梁必达栖身的地方，但由于部队保护得严密，一时难以下手。

问题是梁必达此时还是一军之长，要管理部队。主持工作的第一副政委死了——梁必达得到的消息就是这样的——参谋长被打断了一根肋巴骨，他作为一军之长、军党委书记，老是东躲西藏不是个事，也不是他梁必达的秉性。倘若不是窦玉泉对他采取了软禁措施，他早就在造反派的面前亮相了。

梁必达被抓是朱预道下的诱饵。

江古碑见梁必达隐蔽很深，又有窦玉泉力保，并且动用了武装，下手不得，很是着急。后来便出主意让朱预道以主持工作的副军长的名义，给梁必达秘密地打了个电话，说是某某某某战备通讯设施遭到了破坏，必须采取紧急措施，请军长于某日某时赶到现场，要向国务院和军委报告。

朱预道起先非常犹豫，给江古碑打电话出具那个证明，他已经是出卖了良心，再"引蛇出洞"抓梁必达，实在是下不了手，但他架不住江古碑坚定不移的思想工作。

江古碑说："梁必达现在已经是病老虎了，不过他这个病老虎不是一般的病老虎，既然他病了，就要乘胜追击，把他往死里整。不然的话，要是等他回过神来，恢复了元气，你我就是死路一条。"江古碑是铁下一条心要报凹凸山一箭之仇了，必欲置梁必达于死地而后快。

朱预道虽然不至于想把梁必达往死里整，但是随着运动的深入，他越陷越深，不仅揭发了梁必达，还揭发了陈墨涵在起义的时候借追敌之手杀害东方闻音的罪行，揭发了窦玉泉贪污了一百件军大衣和一万斤粮食送给他家乡的罪行。张普景的问题他没有揭发，因为张普景的反已经用不着再造了——他也认为张普景死了。

到后来，为了彻底打消朱预道的顾虑，断其退路，使他义无反顾地"站到革命的一方"，江古碑当着朱预道的面同北京的某某首长通了电话，然后又让朱预道听电话。一听到某某首长的声音，朱预道就身不由己了，颤抖着说："我执行，我执行，我坚决听首长的指挥。"

某某首长说："搞倒了梁必达，军里的工作就由你来主持，先代理军长。”

朱预道当时声泪俱下，放下电话，擦干眼泪，抽了一支香烟，便要通了梁必达的电话。

梁必达一听某某某某战备通讯设施出了问题，再也坐不住了，让警卫员拿来了手枪，说了声“谁挡我我毙了谁”，然后大义凛然地离开了医院，驱车赶往某某某某战备通讯工程施工处。

这一露面，就被人民战争的汪洋大海淹没了。

第二十三章

一

就在梁必达和陈墨涵等人四处逃窜之际，张普景却在D市远郊的一家军队医院里过着衣来伸手、饭来张口的生活——他的手不能动了，左臂瘫痪，右手腕严重骨折。

张普景没有死，但是已经成了一个活着的死人，除了他自己和江古碑等极少数人，这个世界上再也没有人知道在某某某陆军医院里还有这么一个前中国人民解放军某军的第一副政治委员。活不见人，死不见尸，张普景的夫人汪成华和女儿张原则，四处打听，杳无音信。

那一次从批斗现场下来之后，张普景就被"坚壁清野"了，藏匿在这所团级医院的一个角落里。最初，他有九平方米的空间自由和二十个小时的时间自由，还有四个小时的不自由——江古碑几乎每天都要亲自来或者派人来审问他。

江古碑想要他手里的东西。

早在凹凸山时期，张普景就不屈不挠地研究杨庭辉、王兰田、姜家湖、梁必达、窦玉泉、江古碑等人的历史和现实问题。川陕肃反的时候他积极，苏区整党整风的时候他积极，"纯洁运动"的时候他积极，"三反五反"的时候他积极，反军事教条主义他积极，"反右"的时候他积极。一言以蔽之，只要是上面有号召，他都积极，忠贞不渝。那时候，他就是窦玉泉说的那种开快车的人。可是，如今,他却不肯把他的研究成果拿出来。十几个运动此起彼伏,所有的人似乎都有问题,没有问题的也似乎应该有了问题,但所有的问题都似是而非云遮雾罩。就差那一毫米,他再也无法前进了。他没有证据。只要拿不出他们的错误和罪行证据,他们就依然是同志——这就是张普景的作风。

可是,在今天,在轰轰烈烈的"文化大革命"中,张普景却发现了自己的问题,而且有人居然有了他的证据。他终于发现了一个纯粹的布尔什维克不是那么好当的,也发现了他对布尔什维克并不了解,布尔什维克对他压根儿就不屑一顾。于是他不禁怀疑起来了,难道张普景同志做错了吗?难道张普景同志真的是反革命?张普景同志是从什么时候开始当反革命的呢?

答案很快就有了。

在最初的审讯中,江古碑就是这样告诉他的:张普景你是一个混进党内军内的历史反革命,是无产阶级不共戴天的敌人。肃反的时候,你执行某某某错误路线,在部队大搞逼供讯,致使不少红军干部屈打成招含冤被杀。此反革命罪行之一。抗战初期,你议论过某某某用不正当的手段削弱了某某某的指挥权,说某某某有某某某问题证据不足。此反革命罪行之二。整党整风的时候,你不向党内错误思想开火,却把矛头指向某某某首长,而该首长现在是某某某级领导。此反革命罪行之三。在凹凸山根据地,尤其是李文彬被俘之后,你在每个团以上干部的身边几乎都安排了特殊的"保护"人员,监视自己的同志。此反革命罪行之四。全国解放后,伙同陈墨涵、梁必达等人,就日本战争赔款问题向党发起猖狂进攻。此反革命罪行之五。一九五九年,说某某某忧国忧民,不应该受到那样的对待,替某某某和杨庭辉鸣冤叫屈。此反革命罪行之六。某某某某年,说全国学习某某某没有必要造那么大的声势,部队还是要把主要精力放在准备打仗上,简直是明目张胆地同党对着干。此反革命罪行之七……还有反革命罪行之八之九之十，等等等等不一而足。

张普景在那一瞬间犹如霹雳击顶。再看江古碑的时候，他才发现，这个失去了军籍而又重新穿起了军装的革命者原来他并不认识，只有这个叫江古碑的人才是毋庸置疑的革命者，而他张普景原来是这样一个人，是一个每时每刻都在向党进攻、向同志下手的人民的敌人。他无法辩解和抗争。江古碑所列的罪行或者说事实，那些言论或行为在他身上确实存在，可是……可是，那正是因为捍卫革命的纯洁性，正是响应党的号召，正是为了革命事业的需要啊。可是……如今想起来，那些言行不是反革命又是什么呢？

一夜之间，张普景成了历史和现实的双料反革命。

"张普景，你不要再伪装下去了，你是个彻头彻尾表里如一的历史反革命加现行反革命。你的表演已经到了该收场的时候了。党的政策是坦白从宽，抗拒从严；首恶必办，胁从不问。我再给你一个机会，只要你反戈一击，交出你掌握的王兰田、梁必达、姜家湖在凹凸山同刘汉英和汉奸暗中交易的材料，就可以将功补罪，可以恢复自由，可以改善你的医疗条件，至少可以保证你的生命安全。"

是的，他是曾经调查过王兰田、梁必达等人与刘汉英暗送秋波以及同汉奸交易的材料，但因为终究没有搞到真凭实据而不了了之。江古碑要这些材料干什么呢？打倒王兰田、梁必达他没有意见，只要证据确凿。可是，他不能把他个人的猜测和主观臆断作为证据交给江古碑。

不能，绝不能。

在数十次的审讯和拷问中，张普景一言不发。先后被打断了眼镜、手腕、表带、手指、鼻梁骨，胃出血了，视力模糊，一只耳朵失聪，一条胳膊再也无法举动了。

但是，他没有死。

随着王兰田、梁必达、姜家湖和陈墨涵等人被纷纷遣散外地，随着对一些人的处理，也随着运动的进一步开展，江古碑又有了更重要的目标，再也不可能同时也没有必要经常性地来“看望”他了，而是把他交给了当地的造反组织，从此他开始了不是囚犯的囚犯生活。

江古碑和他的上级知道，这个人不是轻易可以杀的，当然也不是可以随便放的，他张普景反而又成了革命的一道难题，那么，就只好继续把他秘密囚禁在这里，等候派上用场。

后来，张普景不仅有了九平方米的空间自由，而且还差不多有了二十四小时的时间自由。他所享受的待遇不能说不高，有人送饭喂饭，有人提尿桶，有人给他读报纸传单，有人记录他口述的“回忆录”。有阳光的时候他追逐阳光，没有阳光的时候他面壁入定。

终于有一天，他的“警卫员”发现他的目光是直的，他说的话里病句子多了，条理不清楚了，语无伦次了。“警卫员”把这个奇怪的发现报告了江古碑，江古碑派医生来一看，这个人疯了。

二

这是个上午，看样子天气不错。狭窄的窗缝里斜斜地挤进几缕阳光，像一些细细的丝线，一端挂在窗户上，一端粘在粗糙的水泥地面上。

丝线绷得很直，像是古筝上的琴弦。

张普景于是歪起脑袋，把眼皮眯缝起来，饶有兴致地端详这些琴弦。看着看着就笑了，笑得很开心，一头白发也跟着笑，嘴角还流着哈喇子。然后就从床上爬下去，挪到那些落在地面的阳光里，佝偻瘦小的身影将阳光挡得支离破碎，琴弦也就乱作一团。他想把右臂抬起来，去抠地面上阳光落下的叶子，可是又觉得不对头，好像有什么东西在扯着他的臂,扯着臂里的骨头,扯得生疼,就歇住手,蹲了下去,一动不动地看那满地斑驳的叶子。

嗯,很好。这东西很好。有点像地图。有点像世界地图。这一块像好望角,那一块像坦桑尼亚,上面这块像社会主义明灯阿尔巴尼亚,下面这块像英勇不屈的越南。嗯,很好。四海翻腾云水怒,五洲震荡风雷激。可上九天揽月,可下五洋捉鳖。子在川上曰,逝者如斯夫。

可是……洛安州呢?凹凸山呢?哦,在这里,雄鸡一唱天下白,凹凸山在伟大祖国的肚子里,胃部,鸡嗉子。不,应该是肺叶的边上。

山野大佐你个龟儿子完蛋了,刘汉英你个龟儿子完蛋了,赫鲁晓夫你个龟儿子完蛋了,梁大牙你个龟儿子完蛋了,高岗饶漱石你个龟儿子完蛋了,李文彬你个龟儿子完蛋了,窦玉泉你个龟儿子完蛋了,蒋文肇你个龟儿子完蛋了,杨庭辉你个龟儿子完蛋了,宋上大你个龟儿子完蛋了,吉哈天你个龟儿子完蛋了,座山雕你个龟儿子完蛋了,姜家湖你个龟儿子完蛋了。

凡是反动的东西,你不打他就不倒。扫帚不到,灰尘照例不会自己跑掉。你们统统完蛋了,只有我,张普景,忠诚的布尔什维克,一身正气两袖清风三心二意四脚朝天五体投地六六大顺七七事变八仙过海九州方圆十全十美。哈哈,革命不是请客吃饭不是做文章,不是绘画绣花不是炸油条。无产阶级把你们这些牛鬼蛇神统统专政了。

哦,还有这里,刚果,古巴,阿尔及利亚,印度支那,全世界无产者联合起来,起来,饥寒交迫的人们,起来,起来全世界受苦的人,要为真理而斗争……哈哈,梁大牙你个龟儿子完蛋了,马克思他老人家不会相信你的,你算老几?你狗日的心思挖空坏事做绝,老子手里有你的材料,证据?老子就是证据。你到蓝桥埠给汉奸维持会长拜寿，还跟水蛇腰睡了半夜。什么？你说你没有陷害李文彬？李文彬你自己说说，你到崔家集的事都有谁知道，梁大牙不是说要消灭你吗？朱一刀你个龟儿子，你把我的赵金柱弄到哪里去啦？牺牲了？哄鬼。他是我发展的党员，是我让他监视你这个投机分子的。你狗日的借刀杀人。有种的冲我来。王兰田你个龟儿子，我找到证据了，蔡兴武没有失踪，他还活着。你狗日的说让他跑你掩护，可你倒好，一枪不发，让他把敌人引开，你狗日的好阴险。刘汉英你个龟儿子，你通敌，你向山野大佐卑躬屈膝，你向他提供八路军的情报，你狗日的坐山观虎斗，人民不会饶恕你。陶三河你个龟儿子，你说你没嫖娼，可你在逍遥楼里住了半夜，半夜时间你们都做什么去了？梁大牙你个龟儿子，你说高秋江手里的材料是不是在你手里？你狗日的歹毒啊，连我的辫子也抓，分局首长的历史你都调查。可是你狗日的能把我打倒吗？那件事不是我做的，你没有证据。老子光明正大谁也不怕。哈哈，你吸大烟，我有证据。你出卖民族，让山野大佐吃掉了刘汉英的两个连，我也有证据。啊，雨停了，天晴了，我们要做天下的主人，打倒美帝国主义，打倒苏联修正主义，打倒国民党反动派，打倒日本帝国主义，打倒梁大牙，打倒江古碑……终于，张普景又引吭高歌起来——“旧世界打个落花流水，让我们起来起来起来，一旦把他们消灭干净，鲜红的太阳照遍全球……”

已经无法统计他这是第几第几十次发作了。

江古碑来了，同他一起来的还有窦玉泉。

窦玉泉一看张普景这个样子，脸色十分阴沉：“老江，太过分了。你这样做很危险。”

江古碑冷笑一声，说：“我记得有一年，在处理梁大牙的时候，有一个人在节骨眼上让我帮他认一个字，患难的患，也是后患的患祸患的患。就是那天，我学到了一条斗争经验，放虎归山终为患，打蛇不死随棍上。”

窦玉泉的脸色顿时就变了，仰起头来，避开江古碑的视线，木然地把目光投向张普景。

江古碑笑笑，笑得意味深长，绕过话题说：“革命就是这样，不是你死，就是我活。张普景这个人，已经彻底堕落成革命的叛徒了，连梁必达这样的反革命他都包庇，他再也没有原则立场了，死有余辜。”

窦玉泉愣了半天，眼望着张普景在地上爬来爬去，去抓一只虫子，禁不住喊了一声：“老张！”

张普景抬起头来，看了看窦玉泉，又看了看江古碑，怪里怪气地笑了：“江古碑，你这个懦夫，赫鲁晓夫。叛徒。你经不起鬼子的老虎凳，你出卖了情报，你是姚葫芦的走狗。群众的眼睛是雪亮的。窦玉泉，你这个混进革命队伍的特务，我有证据了，我的材料就是你送给江淮军区的，阴谋迫害同志。设计除掉李文彬，杀了刘铁锁，你说，是不是你干的？反正我有证据了。哈哈，人民不会放过你们的。梁大牙不会放过你们的。刘汉英不会放过你们的。”

江古碑大怒：“张普景，你嚣张什么？还想尝尝人民专政的铁拳啊。”

窦玉泉的脸却变了颜色：“老江，不对吧，他真的疯了吗？我看有问题。”

江古碑说：“疯，我看他是真疯了，不过时好时坏。就算他没疯，河沟里的泥鳅也难以兴风作浪了。拿他简直没办法，就是杀了，也是一条疯狗，吃都不能吃。”

窦玉泉怔了半天，长长地叹了一口气，说：“老江，听我一句话，积三十多年革命斗争经验，这样的运动，我看我们还是小心点为好。”

江古碑说:“怎么,你怀疑文化大革命?我们要把无产阶级文化大革命进行到底。一切反动派都是纸老虎,我们就是要把他打倒在地,叫他永世不得翻身。”

这边江古碑还在慷慨激昂,那边张普景又放声高唱:“贼鸠山,要密件,任你搜,任你查,你就是上天入地搜查遍,密电码也到不了你手边。革命人……甘洒热血献春秋……誓把那反动派一扫光……”

窦玉泉皱着眉头沉思良久,说:“老江,我看你也别费心思了,他不可能交出你要的东西。反正他也是没用的人了,不如把他交给我,到我的农场里治治病,给他一个生路,好歹也是战友一场啊。”

江古碑愕然。想了一阵,说:“这样也好。不过要保密。我随时找你要人。如果你玩什么花招,放虎归山,那就是破坏文化大革命了。”

窦玉泉苦苦一笑,说:“人都弄成这个样子了,我放了他他也不是虎了。我跟你讲良心话,我的确是于心不忍啊。”

三

有情况!哪里来的枪声?是崔家集的还是洛安州的?

张普景打了一个激灵,从床上坐了起来——准确地说是滚到了地下,大喊:“梁大牙,鬼子来了!警卫员,拿枪来!”

喊了一阵子,没有动静,张普景想站起来,却无论如何办不到。这时候,一支有力的胳膊出现了,架起了他瘦骨嶙峋的胳肢窝,一股暖暖的感觉传进了他的身体。

张普景扭过脸来:“窦玉泉,你这个汉奸,你打死我我也不说!共产党员硬骨头,敢把牢底来坐穿。我号召全体共产党员共青团员，考验我们的时候到了。流尽我们的最后一滴热血，坚决守住阵地，寸土不让。”

“老张，坐起来，咱们晒晒太阳。”

“敌人呢？山野大佐的秋季攻势开始了。全国武装的军民们，抗战的一天来到了，抗战的一天来到了，前面有工农的子弟兵，后面有全国的老百姓……窦玉泉，是你把鬼子引来的吗？”

窦玉泉温和地笑笑：“不是，是李文彬。梁大牙同志率分区主力在黄埡口设伏，歼敌大部，其余逃窜，我凹凸山军民安然无恙。你放心吧。”

“梁大牙为什么没回来？查查他，是不是到逍遥楼去了？”

“报告张政委，经查，梁大牙未去逍遥楼。梁大牙现在正在张二根家喝酒吃狗肉。”

“都是哪些人去了？是不是小集团？查查他，是不是姜家湖、朱预道和杨庭辉。”

“报告张政委，经查，上述人员均未在场，梁大牙是和张二根在一起。”

“哈哈，梁大牙他怕了。我们共产党能把石头炼成钢，未必改造不了一个梁大牙？”张普景笑了，是胜利者的笑容，晃动满头白发，天真而又灿烂，像个少年。

“朱疆在哪里，查查他，是不是又跟黑帮勾结上了？”

“报告张政委，经查，朱疆没有跟黑帮勾结。朱疆同志在朝鲜战场上牺牲了。”

“窦玉泉在哪里？查查他，是不是他向李文彬开的黑枪？”

“报告张政委，经查，不是窦玉泉向李文彬开的黑枪，窦玉泉同志是个好同志。是高秋江奉命锄奸干掉了李文彬。”

“张学良来了没有？查查他，为什么把蒋介石放了？”

“报告张政委，经查，放蒋介石是我党为了抗日大局，力劝张学良所为。”

“杨庭辉到哪里去了？查查他，是不是跟张国焘跑了？”

“报告张政委，经查，杨庭辉没有跟张国焘跑，杨庭辉到三线工厂去了。”

“杜聿明来了没有？查查他，为什么执行不抵抗政策？”

“报告张政委，杜聿明改正了错误，抗日表现不错。”

“赫鲁晓夫来了没有？查查他，为什么把支援中国的专家撤走？”

“报告张政委，赫鲁晓夫十恶不赦，党委决定把他打倒。”

张普景认真了：“党委什么时候做的决定？我怎么不知道？没有表决，不能算数。”

窦玉泉只得赔着笑脸：“是是是，不能算数。”

“刘汉英到哪里去了？查查他，有没有化公为私，贪污战士的伙食费。”

“报告张政委，经查，刘汉英确实贪污过战士的伙食费。此案正在进一步调查。”

“唔，很好，要深入调查，人赃俱在。陈墨涵来了没有？查查他，有没有同台湾方面联系？”

“报告张政委，经查，陈墨涵同台湾方面有勾结，驾机出逃，被我击落。”

“他架的是什么飞机，给国家带来多少损失？江古碑呢？为什么不严密监视？江古碑要写检查。王兰田在哪里？查查他，是不是在搞小集团。”

“报告张政委，经查，王兰田是在搞小集团，小集团成员有杨庭辉、山野大佐、张普景、梁大牙、东方闻音、朱预道、李文彬、姜家湖、窦玉泉、刘汉英、江古碑、朱疆、陶三河、曲歪嘴……”

…………

如此这般,滔滔不绝,胡搅蛮缠,没完没了。

一个上午下来,窦玉泉累得精疲力竭。可是,不能烦,不能泄气,不能要态度,他还得不厌其烦地同张普景扯皮,回答一些莫名其妙的问题,说些莫名其妙的话。

这是在距离D市一百二十公里处的白湖农场。农场地处平原,初春季节,麦苗疯长,原野一马平川碧绿一片。桃花开了,柳树枝头绽了嫩芽。从院墙的菱形小孔望出去,外面的世界已是春意盎然。

张普景现在的身份是农场场长窦玉泉的表兄,一身老农装束浑然天成。他住在一个隐蔽的小院里,生活上的一切均由窦玉泉亲自料理。

窦玉泉很为自己的遭遇庆幸,他完全得益于丰富的运动经验,左右逢源,纵横斡旋,虽然也被拉下了马,但是同梁必达、张普景和陈墨涵等人相比,这里就算天上人间了。按照他的一贯思路,在最得意的时候想想曾经有过的不得意,在最不得意的时候想想曾经有过的得意,心态就永远不会失衡。这里面蕴含着卓越的政治智慧和人生哲学。即使身处运动的高潮,他窦玉泉也不会轻易热血沸腾。他的原则是低姿匍匐前进,保持重心下移,从而能够在风浪中站稳脚跟。现在,虽然被降了职,但是,他毕竟还拥有一个相对稳定的栖身之地。农场的官兵都知道这个上了年纪的新场长不是一般人物,乃是赫赫有名的窦副军长。加之他一贯有好脾气好人缘,方方面面都有人关照,在这里日子过得轻闲,俨然世外桃源。

窦玉泉把张普景保护在这里,不能不说是深谋远虑的一步高棋,于公于私都是利大于弊。运动他经历得多了,虽然这次“文化大革命”声势浩大超过了以往任何运动,但凭经验他判断,凡是运动,都不可能永远搞下去。运动就是这样,搞起来轰轰烈烈鸡飞狗跳,但用不了多久,该平静的还是要平静,该恢复秩序的还是要恢复秩序，该甄别的还是要甄别。他料定江古碑最终要倒霉，就算梁必达张普景真的永世不得翻身，江古碑的最后下场也必然是不齿于人类的狗屎堆。所以他要保护张普景。这里面还不仅仅是个感情问题后路问题。张普景看起来是疯疯癫癫的了，可是在那些疯疯癫癫的话语里，还是能够捕捉到一些事实真相的蛛丝马迹，或许，有些情况还是能够派上用场的，三十年河东河西，这个世道，谁能预料还会有什么样的变化呢？

窦玉泉对于张普景"疯了"一说始终心存疑窦：问题恐怕没那么简单，因此他才耐心地同他漫无边际地胡扯。譬如他把"王兰田的小集团"成员里加上了山野大佐、刘汉英、李文彬和江古碑，甚至还有张普景本人，就是要看看张普景会不会反驳。可是张普景却表现得麻木不仁，并且还说，李文彬是个好同志，李文彬是凹凸山最有斗争精神和最能坚持原则的同志。这种测试的结果让窦玉泉颇费猜详。说他没疯吧，他独自一人也是叽叽咕咕，想到哪里说到哪里，语无伦次杂乱无章，令人啼笑皆非。你说他疯了吧，有时候他说话又让你心惊肉跳。譬如他背诵毛主席语录，或者唱歌，尤其是进入下达命令或者开会做报告的状态，能一口气讲上十几分钟，思路清晰逻辑严密，看不出太大的破绽。

窦玉泉想来想去，答案无非两个，一个是张普景真疯了，一个是这个人把自己的灵魂隐藏得更深了。那么，无论是哪一种答案成立，窦玉泉都觉得应该精心照顾张普景。

张普景又在大喊大叫了："现在，我口述命令，第一，牛肉要煮熟了吃，必须放盐。第二，帽子必须戴在头上，鞋子只许穿在脚上。第三，射击前必须装子弹，射击完毕必须擦枪。第四，早晨起床必须洗脸刷牙，不许用报纸擦屁股。第五，说王兰田和窦玉泉贪生怕死临阵脱逃，必须证据确凿。第六，组织生活必须坚持，开展批评与自我批评。此通知下发全军团以上单位，军直军后，七六五医院，教导大队，亮马河农场……”

四

有一天，窦玉泉给张普景送来一摞报纸，头版头条都是大红黑体，某某省又揪出一批叛徒特务走资派，某某某地区“文化大革命”形势大好，某某某发表严正声明……均如此类。

张普景对那些报纸无动于衷，独自坐在太阳底下，一如既往口中念念有词——

你们要关心国家大事，要把无产阶级文化大革命进行到底。革命就是斗争，你死我活的斗争。假典型坚决镇压。找到梁大牙卖国的证据枪毙他。狗日的小日本就是要赔款。世界上有四分之三的人民水深火热。梁大牙投机革命。梁大牙是汉奸。梁大牙才是真正的革命者。梁大牙是好人中的坏人坏人中的好人。杨庭辉是敌人中的同志同志中的敌人。

然后又唱——我是一个兵，来自老百姓，打败了日本狗强盗，我成了反革命。我是一个兵，来自老百姓，党的恩情抚育了我，死了没人问——这就不像真疯了，好像是在很清醒地闹着真实的情绪。

窦玉泉双手呈上一张报纸说：“报告张政委，上级来了命令，我部立即出发，奔赴江南抗日前线。”

张普景瞥了报纸一眼，笑了：“哈哈，窦玉泉你这个托洛茨基分子，你别制造假情况。日本天皇宣布无条件投降了，抗战早就胜利了。”

窦玉泉大骇——天啦，这老兄没疯？

可是，接下来的事情就让窦玉泉再度困惑了。

“什么鸡巴革命委员会，这是哪家的小集团？张普景呢，杨庭辉呢，梁大牙呢，窦玉泉呢？主席台上这些王八蛋都是从哪里冒出来的？查查他们的历史。一个，两个，三个……十个，二十个，五十个，七十六个，李文彬呢？李文彬是个好同志，哦，李文彬被俘了。都说作者痴，谁解其中味，找不到证据，一把辛酸泪。李文彬这个人没有斗争经验。舍得一身剐，敢把皇帝拉下马。梁大牙这个人有斗争经验。梁大牙成熟了。成则为王，败则为寇。革命是反右，革命是反左，革命是吃饱肚子，革命是钓鱼，革命是土改。革命是暴力行动。革命是造反，造反有理。有理个蛋。踢开党委闹革命好，就是好来就是好。梁大牙狗日的党委书记指挥不灵了。革命就是要把这些牛鬼蛇神拉下马来，想把谁拉下马就把谁拉下马。打得赢就打，打不赢就走。需要高于一切。今天是错误的，明天是正确的。林黛玉不是资产阶级，是革命的敌人。贾宝玉是叛徒，一打就招。贾政是镇压革命的刽子手。窦玉泉也是。梁大牙是歪打正着的革命者，革命需要歪打正着。正打正着的是神枪手。李文彬不被俘，就要坐主席台。第二排。前排没有他的位置。革命是委员会。把这七十六个人统统拉下去，查查他们的历史，坐老虎凳，用火烧，看他坦白不坦白。坦白从宽，抗拒从严。前排是张普景和杨庭辉，梁大牙没资格，窦玉泉没资格，王兰田没资格。今天是错的。明天是对的。你的是错的。他的是对的。要从战争中学习战争。窦玉泉这个人是个臭棋篓子。不坦白的可以坐主席台前排。向前进向前进，战士的责任重，妇女的冤仇深。革命不能忘记妇女，妇女是半边天。饿，我饿，饥饿的饿。饿，小米小米南瓜小米，我的好兄弟，我对不起你啊，我不知道你的粮袋是纸屑啊，我坦白，我有罪，我是叛徒，我是反革命，我是牛鬼蛇神，打倒张普景，打倒反动派，打倒日本帝国主义……”

张普景边唱边喊，时而大笑，时而大哭，笑的时候龇牙咧嘴，哭的时候泪流满面。

窦玉泉静静地注视着张普景的一系列丑恶表演,还是拿不准,这狗日的到底是真疯还是假疯?

五

随着运动的进一步深入开展,连窦玉泉这样沉稳的人也禁不住怀疑起来了。这一次运动经久不衰,而且调子越来越高,难道真的要永远搞下去吗?什么都乱了,交通乱了,生产乱了,教育乱了,外交乱了,医疗乱了,连军队也乱了。

这算什么革命?还是大革命,对革命一词纵使有千条万条理解,但是也不能乱啊。

对于张普景的治疗,窦玉泉可以说费煞苦心。在白湖农场住了一段时间之后,他觉得老是这样让张普景乱喊乱叫胡言乱语不是个办法,不管他是真疯假疯,还是送到医院比较稳妥。于是便联系到地方的精神病院。可是医院也在闹革命,权威都被弄去当牛鬼蛇神去了,造反派不仅夺了领导权,还夺了处方权,简直是开生命玩笑。

百般无奈,窦玉泉决定冒个险,驱车二百公里,到某团卫生队去找下放在这里的军医院前院长安雪梅,请她想办法。

安雪梅一听张普景还活着,大喜过望,第一个反应就是要通知梁必达。

窦玉泉说:“这个不用急,还得保密。造反派现在是暂时把老张忘记了,别走了风声节外生枝。当务之急是想办法治病。你看他那个样子,鬼话连篇,要是落到造反派手里,就再也没有活路了。”

安雪梅愁眉苦脸地想了一阵,说:“如果真是精神病,还真不好治。目前最好的办法就是让他同家人团聚,感情治疗。小原原和她妈妈也不相信张政委死了,上天入地地找,心都哭碎了。让他们夫妇父女见个面,刺激一下,说不定哪根筋就转过来了。当然,这是没有办法的办法。”

窦玉泉反复权衡,觉得安雪梅言之有理,的确是没有办法的办法。倘若此举成功,那就是天大的功德了。

于是,如此这般,依计而行。

可是,待张普景夫人汪成华和女儿张原则出现在张普景面前的时候,母女二人哭得死去活来,张普景居然无动于衷,反而还在那里胡说八道,什么祖祖辈辈打豺狼,打不尽豺狼绝不下战场啦,什么世界是你们的,也是我们的啦,什么现在是你们的将来是我们的啦,什么世界上有四分之三的人民水深火热他有责任啦,等等,其疯癫之状让亲朋好友无不心酸。

汪成华和张原则一边一个架着张普景,一个说:“孩子他爸,你怎么成这个样子了啊?咱们什么也不干了,不斗争了,不革命了,咱们回家吧?咱们活着吧?”一个说:“爸爸,你清醒清醒啊,我是你的女儿啊,你跟着我们走吧,回家吧回家吧。”

谁也没想到,张普景那只抬不起来的胳膊居然抬起来了,居然摇摇晃晃地给了夫人一巴掌,并且咆哮:“我哪里也不去。共产党员四海为家,革命者马革裹尸壮志凌云。谁不让我革命谁就是反革命。来人啦,把这个反革命捆起来,毙了!”

窦玉泉除了跟着落泪,别无良策。

最后还是安雪梅灵机一动:“报告张政委,军党委定于三月十八号召开训练誓师大会,梁必达同志请你立即返回军部,主持会议。”

张普景似乎听明白了,慢慢地转过头去,仰起脸,睁开一双混沌的眼睛,狐疑地看了看安雪梅,又看了看窦玉泉,再看看老伴和女儿，突然态度十分坚决地说："不行，梁大牙好大喜功主张树假典型，瞒上欺下，祸国殃民，他的检讨避重就轻，不过关，他没有资格参加这样的会议。"说完，又恶狠狠地盯着窦玉泉："还有你！"

窦玉泉赶紧说："是是是，我们一定要认真反省，深刻检讨。"

六

令安雪梅始料不及的是，她的灵机一动，竟然会带来那么大的麻烦。

以后出现的情况是，张普景顺从地接受了窦玉泉和安雪梅的安排，秘密回到D市，虽然原来的房子已经被抄了家并贴了封条，临时住在军部修理厂一个废旧的车间里，但是，张普景并没有在意。只是在着装上出了问题。张普景一回到"家"，第一件事就是找他的军装，找来找去都是一堆擦机器用的破烂抹布。张普景犹如困兽，大喊大叫。

没有办法，张原则只好找战友借了一套型号差不多的男式军装，把自己的领章帽徽扒下来给老爹缀上。

旧的问题解决了，新的问题又出现了。张普景穿上那身勉强合体的军装，反复照了几遍镜子，然后就吵吵闹闹地要下部队，要开会。那几天安雪梅和窦玉泉也各自找借口留在军部，想方设法搪塞，均告无效。

只好继续糊弄。安雪梅说："离开会还有半个月时间，张政委先休息休息再说。"

张普景暴怒："胡说，三月十八号，就是明天。"

窦玉泉和安雪梅顿时傻眼了，这一谎真是撒得无比糟糕，你说他神志不清吧，他清清楚楚地记得开会是三月十八号，而且就是明天。

“司令部和政治部的人是干什么吃的？为什么不准备好！什么工作作风！”张普景怒上加怒，一脚把面前的小桌子踢翻了，开水瓶和茶杯滚了一地。

汪成华再也绷不住劲了，抱着安雪梅一把眼泪一把鼻涕：“这是怎么回事啊？这个样子，可叫人怎么活啊？”

女儿一边收拾破碎的东西，一边暗自饮泣。这边刚刚收拾利落，那边张普景又把镜子砸了：“敌人，汉奸，日寇，蒋匪帮，都给我滚！你们这些饭桶，会议材料在哪里？为什么不布置好会场？为什么不能按时开会？我撤了你们！”

没有人再说话了，任凭张普景大刀阔斧地搞破坏。

那天，窦玉泉在张普景的家里一共抽了四根烟，最后他决定去找主持工作的代理军长朱预道谈一次。

会见是在绝密状态下进行的，张普景的老伴汪成华和女儿张原则以及安雪梅也参加了。先是汪成华泪流满面地介绍张普景的情况，安雪梅补充，朱预道铁青着脸，一言不发。最后是窦玉泉发言。

窦玉泉说：“大家都是老战友，我们靠了边，就你能帮忙了。我看老张问题严重了，这个会不让他开，大家是没法安生了。也许，这是个契机，让他做一次报告，没准他能清醒过来。”

朱预道说：“老窦，请你体谅我的难处，现在是文化大革命，我要是安排这个会，他一通胡言乱语攻击文化大革命，让上面知道了，我死罪难逃。”

窦玉泉说：“我们希望你做的，就是把大礼堂借一个上午。”

朱预道说：“你说得轻巧，既然要开会，下面总得有人吧？总得有灯光吧？总得有麦克风吧？总得布置主席台吧？这么轰轰烈烈地一搞，这里的事情还没完，那边造反派就来扒我的皮了。这事万万做不得。”

窦玉泉胸有成竹地说:“老朱你想得太复杂了。他是一个精神病患者,开这个会只不过是想稳定一下他的情绪,当然也不排除有奇迹发生的希望……现在,别的我们还有什么办法呢?他既然精神失常,我们也就用不着按正常思维进行。会场上可以没有一个听众,他眼睛不好,看不见,灯光只打在主席台上,给他演空城计。麦克风可以摆几个,可以不接电源。但是,掌声要有,从过去开大会的录音带里剪辑,到时候看我的手势,我竖起一个指头,鼓掌,我竖两个指头,热烈鼓掌,我竖三个指头,长时间热烈鼓掌。不能让电影队插手,管灯光扩音的,另外安排人。老朱你打电话安排梁尚武、陈晓俞、俞晓陈、窦挺进、窦前进、岳子影他们几个速回 D 市探亲。张原则已经在家了,东方红和姜晓燕也尽量赶回来,会场上的一切活动由他们保障,实在不行了还可以坐在主席台后排蒙蔽老张。”

窦玉泉列出的这个名单,都是原凹凸山分区和原二师主要领导的孩子,现在多数在 K 军服役。梁尚武和陈墨涵的儿子陈晓俞、窦玉泉的一对双胞胎女儿窦挺进和窦前进在六十年代末当了兵,如今陈晓俞已经是连长了,梁尚武在团里当参谋,窦挺进在二师医院当军医,窦前进在二师通信营当技师。梁尚武的妹妹东方红和陈晓俞的弟弟俞晓陈以及张原则——她最终选择了梁必达叔叔给她取的名字——也于七十年代初参军,俞晓陈在下面部队当副指导员,东方红和张原则以及姜家湖的女儿姜晓燕都在上海某军医大学读书。岳子影是朱预道的女儿,“文化大革命”开始不久,因为种种原因,岳秀英同朱预道分居了,而且武断地将女儿的名字由朱子影改为岳子影。

现在,老的老了,倒的倒了,跑的跑了,还有几个在台上,也是苟延残喘,大的行动,是该动用这些后备力量了。

但是,朱预道却坚决不同意,说:“孩子们本身已经抬不起头了,大家都在忙着划清界限说清楚,还让他们参与这件事情,太不理智了。”

窦玉泉说:“老朱你搞清楚了,这里也有我的孩子,而且是两个。跟谁划清界限?跟我们这些人划清界限就是革命啦?混账逻辑。就是要让他们来,看看运动搞成了什么。”

朱预道仍然抵制,说:“不行,这样太冒险了,我不能因为老张犯了精神病,我也跟着犯精神病。这简直是开玩笑。”

窦玉泉严肃地说:“这不是开玩笑,这是挽救同志。朱预道同志,我跟你说,你同意得同意,不同意也得同意。我们反正是下台干部了,赤脚的不怕穿鞋的,你要是不同意,我也能把你拉下来,大家一起当反革命算毬了。”

朱预道火了:“你这是什么意思?威胁我?别忘了,我身上也有五处伤疤。我怕什么?”

窦玉泉冷笑:“可是你好了伤疤忘了疼。”

安雪梅和汪成华一看两个人吵了起来,赶快和稀泥。汪成华说:“算了算了,老朱也有他的难处,老窦你别坚持了,不要因为疯子疯话坏了大事。”

窦玉泉阴沉着脸说:“你们回避,我单独同朱副军长——朱代军长交涉。”

汪成华还想说什么,窦玉泉不耐烦了,摆摆手说:“你们到里屋去,我们谈工作。”

女人们都退出了。

僵持。对峙。

“老窦,你想怎么样?”

“无他,就是要借你的——也是我们的大礼堂。”

“非如此不可吗?”

“非如此不可。”

“你也神经了吗?”

“没有,我很清醒。我清醒地提醒你,对局势要有个正确的认识。山不转水转啊。”

“这话是什么意思?”

“老朱,”窦玉泉站起身,背起手,踱了两圈,看着朱预道,“老朱,我们共事三十多年了,今天我跟你掏心掏肺地说一句话吧。对于这场运动,你陷得太深了。这三十多年来,我参加过各种运动,挨过整,也整过人,人家整我有整对的,也有整错的。我整人家,也是有对有错。可是,运动不可能永远搞下去,过了今天,还有明天。想当初,在凹凸山的时候,你和梁必达也是九死一生,可是你们活下来了,李文彬却死了。李文彬是怎么被俘的,天知、地知、你知、我知。天不知地不知,还是你知我知。老张疯了都知道,成则为王,败则为寇,今天高高在上,也许明天就一落千丈。凡事得把握个分寸,历史的经验值得注意啊……”

这番话听得朱预道冷汗淋漓:“老窦……你……”

窦玉泉摆摆手,接着说了下去:“在对待同志的问题上,你是有不光彩的行为的……你别激动,我讲完了你可以驳斥。梁必达和陈墨涵被发配,张普景疯了,几个师长政委七零八落,这个时候,只有你一个人还在耀武扬威。你说,一起闹革命的那么多人,难道就只剩下你一个人是唯一的正确路线的代表?滑天下之大稽。喝口凉水冷静地想一想,这些人都倒了,你的江山能坐得稳吗?你是坐在火山口上哦同志哥。你就不怕明天又是一场新的运动,你就不怕梁必达东山再起?这绝不是没有可能。何必呢,与其跟江古碑搅在一起过这种众叛亲离提心吊胆的日子,还不如种田轻闲。当然,我不是说叫你撂挑子。这个大礼堂你今天借了,我拿我三十年斗争经验保证,惹不出祸。我把话说得浅薄一点吧,借,你是在大家最困难的时候做了一件最了不起的事,在张普景这里,在梁必达那里,在我们这些老同志面前,这件事是你的一笔积累。不借,你就是我们全体的敌人。我今天说这些话,是做好了充分的思想准备的,你可以把它整理出来交给江古碑,看他能把我怎么样,我——无所谓!”

朱预道的防线彻底崩溃了。这一瞬间,他想了很多,他想到了凹凸山的月亮,看见了一片血火硝烟,听见了夜半枪声。良久,他抬起头来,双眼迷离:“老窦,你安排吧,我……我尽最大的努力保护。”

七

张普景梦寐以求的“训练动员誓师大会”如期召开。

走向主席台的时候,跟在后面的窦玉泉注意到了,在一片掌声中,张普景目不斜视,昂首挺胸,步履如常,缓慢沉稳,右臂还煞有介事地夹着公文包,两只手虽然不灵便了,但仍然一如既往地一上一下地轻轻拍打,侧脸向会场扫视,矜持而又庄重,尽管他什么也没有看见。

虽然有梁尚武等人坐在主席台后排充数,但张普景根本就不在意他们的存在——这是他的一贯作风,在这样的场合他绝不会东张西望,更不用说点头哈腰跟谁寒暄了。

尤其令人惊疑的是,张普景准确地走向了前排右侧第二个位置上,从容落座。这个位置过去一直是他的——左右第一个位置是给军区和总部首长预备的,如果没有更高的首长,那两个位置就撤掉,由梁必达和主持工作的第一副政委张普景分踞左右核心位置。

现在,窦玉泉和朱预道分坐在张普景的两边。窦玉泉像过去那样,向张普景侧过身子说:“人到齐了。”

张普景面无表情地问:“梁必达同志呢?”

窦玉泉回答:“总部临时来了个电话,梁军长接电话去了,由朱预道同志主持。”

“哦,”张普景哦了一声,微微偏了一下脸,说:“他没有资格。”然后就压了压面前麦克风的脖颈子,习惯性地举起右手,用食指和中指弹了弹麦克风,又侧耳听了听:“嗯,怎么没声音?电影队!”

窦玉泉赶紧向后做了个手势,张普景又敲了敲,这回听见回响了,便欠了欠屁股,推了推公文包,先隆重地咳嗽一声,然后对着麦克风,庄严地宣布:“同志们,现在开会……”

这套程序完全是张普景过去的正常风格,看得众人莫不心惊肉跳。

“今天这个会,我想谈一个问题,就是关于无产阶级文化大革命的问题。文化大革命,很有必要。同志们要深刻理解文化大革命的意义。第一,它是无产阶级的文化大革命而不是资产阶级的文化大革命。什么叫无产阶级呢,就是一无所有的阶级。但是,并不是说一无所有就是无产阶级。无产阶级有两层涵义。一是客观上的,没有资产,一穷二白。二是主观上的,没有私心,有共产主义远大理想。朱元璋是个叫花子,一裤裆清风,乞讨糊口,但是他最后成了皇帝,骑在人民的头上作威作福,所以他不是无产阶级。世界上没有无缘无故的爱,也没有无缘无故的恨。当然也有无缘无故的爱,也有无缘无故的恨,无缘无故也是缘故。恩格斯是资本家出身,但是他信仰共产主义,他革了剥削阶级的命,所以他是无产阶级。我们的队伍也是这样,有的同志不懂得革命的大道理,但是他走向了革命队伍,为革命做了贡献,他就是革命者。梁必达同志就是这样成长起来的。梁大牙来了没有?”

窦玉泉立马回答："梁必达同志在接电话。"

"嗯，"张普景不再理会窦玉泉，接着自己的思路往下说，"伟大领袖毛主席教导我们说，读书是学习，使用也是学习，而且是更重要的学习。从战争中学习战争——这是我们的重要方法。没有进学校机会的人，仍然可以学习战争，就是从战争中学习。在战争中有些人成长起来了，不是无产阶级出身的人也成了无产阶级运动的骨干力量，我们要向这些同志学习，不断地改造自己的世界观，狠斗私字一闪念，使自己成为一个高尚的、对人民有益的、脱离了低级趣味的、纯粹的无产阶级先进分子，把我们的事业推向前进。"

窦玉泉竖起一根指头。

鼓掌。空旷的礼堂里，掌声响起来。

张普景抬起右臂，举在空中，向幻觉中黑压压的人头挥了挥，示意安静。

"下面讲第二个问题，无产阶级文化大革命，关键就是文化革命。要砸烂一切腐朽的封建的文化和资产阶级文化，要建立无产阶级的文化。落实到我们军队，就是随时准备打仗。没有文化的军队是愚蠢的，只有封建阶级文化和资产阶级文化的军队更是愚蠢的。我们要学习先进的战争理论，学习毛主席的军事原理，学习《论持久战》，学习《关于中国革命战争的战略问题》，学精学透，用科学的军事理论武装我们的头脑，使我们从装备到战术技术都强大起来，随时准备消灭一切敢于来犯之敌，打他个落花流水。"

窦玉泉竖起了两根指头，接着又加了一根。

热烈鼓掌。

长时间热烈鼓掌。

"下面讲第三个问题，无产阶级文化大革命，它的落脚点还是革命。什么是革命，对这个问题，不同的人有不同的认识，同一个人在不同的时间里也会有不同的认识。我也是走过弯路的。对这个问题，一定要有正确的认识，否则就要犯错误，犯大错误。什么是革命，我的理解就是实现共产主义，就是让老百姓过上好日子。不让老百姓过上好日子，那个革命就是假的，就是官僚主义、机会主义、资本主义。无产阶级只有解放全人类，才能最后解放自己。让老百姓过上好日子，应该是革命最基本的目标。老百姓过不上好日子，革命就没有意义，不让老百姓过上好日子，什么主义都是扯毬蛋。革命就是要把敌人搞乱，搞得他惶恐不安，搞得他屁滚尿流，搞得他如丧家之犬，搞得他死无葬身之地。但是革命不能把军队搞乱了，军队要打仗，打仗也是革命。帝国主义亡我之心不死。我们不能马放南山刀枪入库，我们要大力开展练兵运动，保卫我们的国家和人民，让他们在太阳下面幸福的生活和劳动。捍卫人民的利益是我们革命的最高追求。以上我说的这几点，大家要认真学习，各级党委都要认真学习。当然，不当之处，可以讨论，可以反驳。我的发言完了。”

张普景讲完，轻车熟路地把麦克风移到一边，端起面前的茶杯，喝了几口水，然后，拿起打火机，啪的一声揿着了，燃了一支香烟。

从这一系列演讲和举止当中，虽然内容的味道变了，但是，除了个别地方反常以外，总体来看，还是严谨有序的，甚至还有一定的思辨色彩。如果是第一次听到这样的演讲，不一定马上就能听得出这是一个疯子的胡言乱语。

窦玉泉怔怔地愣了半晌才回过神来，这一次不是竖起一个指头两个指头，也不是竖起三个指头，而是高高地举起了巴掌，五个指头一起耸向空中。

录音带又开始转动了。顿时，掌声哗哗掀起，长时间经久不息，潮水一般一浪高过一浪，涌向礼堂的每个角落，撞击着回荡着盘旋着。

还是窦玉泉最先发现了异常——就在这一片掌声中，张普景的身体微微后仰，靠在椅背上，对扑面而来的奔腾的热浪完全无动于衷，静若雕像，嘴角边凝固着一丝轻微的苦笑。在这副躯体上，唯一还有动感的是那支刚刚点燃并且只吸了一口的香烟，它被紧紧地夹在张普景左手的食指和中指之间，丝丝缕缕的青烟袅袅上升。

第二十四章

一

梁必达又成了梁大牙。

现在，梁必达既不是军长兼军党委书记了，也不是梁必达了，他的名字又返璞归真了，还叫梁大牙，连农场里不明他身份的劳教犯都这么称呼他。

自从被江古碑和朱预道引蛇出洞、又被造反派抓住之后，梁必达先后被批斗了十二次，要不是中央有人出面说话，肯定是没命了。命保住之后，中央那位首长又做了工作，以劳动改造的名义，把他送到了凹凸山下的一所农场，实际上是保护起来了。

五十五岁生日那天，梁大牙只有一个愿望，就是想找几个老伙计开怀畅饮一通。但是，这已经是天大的奢想了。

这天他正在当年他威震一方的凹凸山下的七二八劳改农场里接受再教育。

老伙计倒是有几个，但是各自沦落一方，原兵团司令员杨庭辉从朝鲜战场上下来之后不久就调到北京总部工作了，五十年代末受某某某路线的影响，为某某某鸣冤叫屈，居然成了“黑干将”，被下放到南方某三线工厂，在那里改造态度不积极，加之有病无医，自杀死了。军区王兰田副政委两年前被命名为“叛徒、特务、混进党内军内的阶级异己分子”而打翻在地，跟梁必达一样被下放到某个不知名的角落里，不知道是种菜还是种粮。窦玉泉虽然没有被打倒,但也降职靠了边,到军里的农场当了场长。姜家湖从友邻J军参谋长的位置上被赶下来,到一个市级火车站当了军代表。三师师长陶三河,到地方“支左”,执行某某某的政策不力,被遣送回原籍蓝桥埠接受监督改造。一师师长曲歪嘴曲向乾对运动十分不理解,在梁必达被抓的那天带了一个营的兵力冲进批斗大会现场,同造反派发生了武装冲突,被北京的某人点名要枪毙,后来又被另一个首长保了下来,至今下落不明,据说是藏到了西北某核试射基地。朱预道在梁必达被抓那年任代理军长,可是没过几天,差点儿也被打倒,造反派给他列了十几条罪状。后来“中央文革”的某人说了话,才保住没被关进监狱,现在还是代理军长。

跟梁必达一起被送到这里种菜的只有一个人,就是被打断了一条肋巴骨的陈墨涵。二人级别相近,被发配在一个分场一个生产连,住在一间草屋里。

令梁必达感到别扭的是,原先在一起工作的时候,两个人虽然不是很亲密,但公事公办面子上还是过得去的,在运动中陈墨涵不仅没有落井下石,并且还为他折了一根肋巴骨,现在一道落难了,本该同舟共济相依为命了,陈墨涵却反而不怎么理睬他了。两个人在看押战士的严格监督和呵斥下,白天一起劳动,晚上陈墨涵没完没了地拉他的那把破胡琴,要不就是学习《敦促杜聿明投降书》,跟他说话他哼哼哈哈。

梁必达心里暗骂,都发配流放了,还他妈像个知识分子。

梁必达委实受不了这种折磨。一世英雄啊,想当年麾下有千军万马,叱咤一方风云,现在却是虎落平原,龙卧浅滩。

没有人愿意奉陪他发牢骚,陈墨涵有他自己解闷的渠道。实在憋不住了,梁必达就自己跟自己说话:我日他个娘,用你老弟的话讲,胸中小不平,可以以酒消之,世上大不平,非剑不能消也。老子是多么想领兵再打他几仗啊,这样不伦不类地活着,早晚要把老子憋死。我哪是个“采菊竹篱下，悠然见南山”的秉性啊。

但陈墨涵仍然不理睬他。

梁必达的一头青丝眼看就白了一半，腰板也没有过去挺得那样直溜了，老态在不知不觉中就暴露出来。

陈墨涵也是个小老头了，却老得正常，不胖也不瘦，还是个中等个，军装上的领章帽徽没被摘掉，军参谋长的儒雅风度依然保留。加之性格平静，不喜也不愁，倒是心平气和，显得很安于这种劳动生活。

七二八农场附近山清水秀，有田园风光，耕作时清心寡欲健身，雅兴来了，小河边一躺，枕石漱流饮泉。真是天高云淡，望断南飞雁。比起在军中繁忙的军务缠身和没完没了的嘴皮子官司，如履薄冰地揣摩上级意图，这里倒是个养人的地方。

可是梁必达就不行了，他生来就是个领兵挂帅的先锋，才五十多岁，正值壮年，壮志未酬，却被发配到这鬼地方种菜，他妈的这算什么事啊？是个人有两只手谁不会种菜？就是个猴子教上两天也知道播种浇水，为什么要让人民解放军一个堂堂的军长来种菜？简直岂有此理。要是把这一生就这么稀里糊涂地交给这片菜地，那就是死不瞑目了。

这个地方梁必达原先不太熟悉，依稀记得应该是四分区的辖地。当年，江古碑和张普景他们对他进行“抢救”，关他的那个地方，应该距此不远。安葬东方闻音的那个地方，也应该距此不远，但是在哪个沟壑里，他眼下已经不可能准确地判断了。

想想真是荒谬，山不转水转，没想到三十多年后又被关了一次。不过，这一次的罪魁祸首是江古碑，张普景不仅没有迫害他，反而为他送了命，恩恩怨怨竟以这种残酷的方式了结。想想一生，也有诸多对不住张普景的地方，也应了一句老话，委实是路遥知马力，日久见人心。老张当真是铮铮铁骨，一身正气，襟怀坦白，过去就是整他，也是奉命行事，整到明处，不搞阴谋诡计。三十年后还是抱定信仰,人格不屈,死得回肠荡气。

每每想到这里,梁必达就不禁潸然泪下。

凹凸山的天空是湛蓝的,新中国的凹凸山区像长树一样长出了许多颇具规模的城镇。社会主义新农村就是不一样,歌子里唱道,山也笑水也笑,毛主席革命路线指航向,形势无限好……哇!敢叫日月换新天,荒山秃岭变模样……哇!

哇……可是梁必达却发现“哇”得不大对劲儿。

生日那天,梁必达大大咧咧地同管教干部打了个招呼,照例要到附近集镇上逛一趟。这次他去的是松花集,居然发现这里的老百姓还吃不饱,甚至还不如从前的伙食好,有些人家的房子还很破。

老百姓的孩子光着屁股挖野菜,问是干啥,答曰煮饭,掺到麦麸子里做馍。

梁必达当时很想蹽腿溜之大吉,坐公共汽车回到蓝桥埠看看,尽管朱二爷已经作古,但那个地方毕竟是他的故土。他还想到陈埠县张二根家里看看,看看他的房东,看看那里的稻子。可是他哪里也去不了,身后有警卫——实际上是看押他的战士,形影不离,腰里显然还别着硬火。腰里别着硬火他梁必达倒是不怕,他怕蓝桥埠的乡亲和张二根问他,你梁司令那时候就说革命成功了给我们住新房子吃大米白面,可是现在倒好,革命成功都二十多年了,还是连小米粗面都吃不饱。

真要那样问起来,他会无言以对的。

二

白天逛了一天小集镇,梁必达收获颇丰。晚上回来,赤膊上阵点燃了煤油炉,聚精会神地烹调从松花集买回来的兔子肉和鲫鱼。他没说今天是他的生日,只打算当晚请陈墨涵打打牙祭。他们虽然是在此劳动改造,但毕竟是有身份的人,每人每月有五十块钱生活费，比起一般的劳教分子，还多了一些优待，平时是跟管教人员一起吃食堂，偶尔搞点特殊化，管教人员也是睁只眼闭只眼。

梁必达可不是个安分守己任人摆布的“改造分子”。早在刚到七二八农场的时候，梁必达就拿出军长的作派，居高临下颐指气使地向七二八农场领导郑重提出：没有人开除我们的党籍，也没有人开除我们的军籍，我们还是共产党员革命军人，不是你们的首长了，还是你们的同志。因此，军装我们还要穿，星期天我们还要过，“五一”、“七一”、“八一”、“十一”、元旦和春节都要给我们放假。

七二八农场的干部做不了主，就层层请示，上面终于搞清楚了，梁必达就是当年在凹凸山打红了半壁河山、赫赫有名的梁大牙，自然是惹不起。瘦死的骆驼比马大，现在要是跟他过不去，没准哪天形势一变，这老人家重坐江山，那就吃不了兜着走了。

管七二八农场的干部比较明智，暗示下面少惹麻烦，得让他处且让他。只要没有逃跑的迹象，也就网开一面了。倒是梁必达常常麻烦人家，每逢星期天或节假日，梁必达都要换上便衣上街，吃喝玩乐买回一堆东西。改善生活，多是梁必达亲自操作，陈墨涵不拒绝吃他的肉喝他的酒，但从来不插手他的劳动，也不跟他多说话。

梁必达一边做菜一边介绍一天的观感，感慨地说，这样下去可怎么得了啊，这样乱糟糟的，我们丢了乌纱帽事小，可是老百姓遭殃啊。

陈墨涵无动于衷，抱着他的破胡琴，摇头晃脑地拉他的《十面埋伏》。

这支曲子梁必达刚开始听还觉得挺有味道，抑扬顿挫缓缓急急的，很有声势。听一百多遍了，就烦透了，有时候听得火冒三丈，命令道：“你就不能拉个别的？拉个《大海航行靠舵手》也行啊。成天拉这个破曲子是个什么意思？”

陈墨涵压根儿就把他的命令当放屁,阴阳怪气地说:“我只会拉这个。再说别的我也不想拉。你嫌烦,你可以去住高干宾馆嘛。”

梁必达无奈,只好忍气吞声。是啊,你以为你还是军长啊?都菜农了,要是连军装也不让穿了,你跟凹凸山的老农民有什么两样?有人给你拉个曲子,就算不错的了。

在这里,不仅他梁大牙牢骚满腹时常骂人,连一向坚决反对非文明语言的陈墨涵都开始骂起了粗话。军长和军参谋长离开了那所曲径通幽而又壁垒森严的军部大院,大家同样都是光杆司令,纵有呼风唤雨的本事,也施展不开。说脏话粗话不一定是有针对性的骂人,往往是一种娱乐活动。

这晚陈墨涵态度较好,似乎愿意同梁必达交流了。听了梁必达真诚的忧虑,陈墨涵笑了笑,说:“嘿嘿,有了机会,我把你这话说给江古碑听,他要是不给你安个散布流言蜚语诬蔑大好形势的罪名,你打掉我的门牙。”

梁必达说:“早知道江古碑这小丑如此狠毒,那时候真应该把这个狗日的干掉。掐他个小臭虫,还不跟放个屁一样,说放就放了。”

陈墨涵说:“这样说来,当年李文彬果然是你借刀杀人干掉的了。”

梁必达怔了怔,笑了,说:“这事像我干的,我也可以干得出来,但是我没有干。为什么呢?第一,我那时候已经是分区司令员了,犯不着跟李文彬一般见识。第二,李文彬虽然有毛病,但这个人给我的印象本来并不是穷凶极恶,我只是看不起他,但还不至于杀他。第三,李文彬搞女人我知道,但是我不知道他那天跟那个女人有约会。第四,那时候我们跟你们联手对付鬼子,防奸细是头等大事,不可能跟汉奸有接触。”

陈墨涵说:“你也别谦虚,战争是残酷的,政治更是残酷的。你借刀杀人,把李文彬搞掉,也是符合逻辑的。”

梁必达顿时急眼了,叹了一口气,说:“他妈的连你都这么认为,那就是黄泥巴掉到裤裆里,不是屎也是屎了。好在人民的眼睛是雪亮的,没有证据嘛。”

陈墨涵说:“可惜啊,张克思跟你斗了一辈子,也没斗明白,他是个真革命,真到了天真幼稚的地步,他从来就没有把你梁大牙看透,一直到死,他还保你。你梁大牙确实心狠手辣,就冲着张普景为你慷慨一死,你都应该忏悔。”

梁必达涨红了脸,愤愤地说:“一派胡言,完全是造谣中伤。我对张普景同志是问心无愧的。”

陈墨涵说:“天知地知,你知我不知。”

梁必达恶狠狠地盯着陈墨涵,欲待发作,又忍住了,一屁股砸在小凳上,一腔怒火都集中在手上,手里的锅铲子把小铝锅鼓捣得遍体鳞伤。

兔子肉是红烧的,鲫鱼是清蒸的。梁必达原先对烹调一窍不通,这两年来劳动改造,倒是倾注精力学了一手,两个菜都做得像模像样。梁必达把私藏的一瓶茅台打开,自己表扬自己说:“哈哈,好香的菜,好香的酒。”

这时候,陈墨涵就不客气了,放下胡琴,理直气壮地坐了过来,拿起筷子,瞄准理想的目标,夹起就吃。

梁必达一看这架势,说:“且慢。他妈的每次我又买又做,你连声谢字都不说,吃你不比我少吃,喝你不比我少喝,可是你连话都不愿意跟我多说,我这个军长倒像是你这个参谋长的勤务兵,你凭什么?”

陈墨涵把筷子一放,二话不说就站了起来,说:“你要是心疼,我可以不吃。”

梁必达又急了,陈墨涵要是不配合,他孤家寡人,这顿酒喝起来还有个什么意思?只好又赔起笑脸,低声下气地说:“你看你这个人,我不过是开个玩笑嘛,都是我军的高级干部了,还要什么小孩子脾气?好好好,我活该伺候你,求求你,咱们一起吃,咱们一起喝。”

像这样既花钱又出劳务还要献殷勤恳求陈墨涵共进晚餐的事情,已经不是一次两次了,谁让他梁必达耐不得寂寞呢?

陈墨涵摆足了谱,这才重新端起盛酒的军用茶缸,不理会梁必达碰杯的意思,咕咚一下干了一大口。因为菜好酒好,虽然话少,但陈墨涵的情绪还算好的。

闷闷地喝了一阵子,梁必达说:“老陈,咱俩在这里劳动两年了,两年我都在反省,你说,我们革命革了一辈子,落到这步田地,算是怎么回事啊?”

陈墨涵仍然不理,逮住半截兔子腿棍,手抠牙拽,不择手段地盘剥。

梁必达又说:“我今天别的不说,我只问你一句话,你是不是对我很有意见?”

陈墨涵说:“当然有意见,没意见我会不理你吗?”

“咱们都是一根肠子通到屁股眼的直汉,有话说到明处,你对我到底有什么意见?”

“蛇打的洞蛇清楚。你做了哪些对不起人的事,你自己还不明白?”

梁必达说:“我不明白。是不是东方闻音牺牲的时候我骂了你,你还耿耿于怀?”

陈墨涵半天不吭气,直到啃光了肉,把白森森的骨头一扔,才说:“东方闻音牺牲,我跟你一样悲痛,你虽然装疯卖傻耍了二百五,但是可以理解。我不计较你。”

梁必达又说："那就是台山枧战斗了。"

陈墨涵说："台山枧战斗之初，你确实有轻视二团的意思。解放战争和剿匪，你一直是拿二团开路，把二团打得支离破碎，功劳却都是一团的。这也正常。一团是你在陈埠县当大队长的老底子，是从凹凸山里带出来的精锐。虽然说手心手背都是肉，但手心和手背的肉不一样厚。大家都是军人，用兵的时候动的那点小心思，我能够理解。我再说一遍，台山枧战斗中，你的决策是对的，就是从那一次，我才改变了对你的看法，认为你确实具有指挥大部队作战的能力了，深谋远虑，有战略眼光。不瞒你讲，在此之前，我对你的指挥能力是很看不起的。"

梁必达说："那我就更不明白了，我到底是什么地方得罪了你，让你这么深仇大恨？"

说话间一瓶茅台已经下去了大半，两个人都进入了微醺状态。陈墨涵又大大地喝了一口，直着眼睛盯着梁必达看了一阵，突然涌上了激愤，把酒缸子往小方桌上重重一掷，说："那好，梁大牙你给我听着，你——你还记得那条狗吗？"

梁必达吃了一惊，瞪大眼睛稀里糊涂地问："狗？什么狗？"

两行热泪从陈墨涵的脸上滚滚而下，他再也控制不住了，一半酒醉一半清醒，拍案而起，声泪俱下："狗日的梁大牙，你太狠毒了，你知道那是一条什么样的狗吗？我的雪无痕，那是功臣啊，你……你狗日的居然用一只……野狗……杀了它，你是个十恶不赦的刽子手，杀了我的雪无痕，这是你一辈子犯下的最大的罪恶……啊……"

陈墨涵完全醉了。

梁必达呆若木鸡。

三

自从那次“借狗骂人”之后，梁必达和陈墨涵之间的关系居然十分真实地好了起来。再不好起来，就不像话了，两个光杆司令，栖身在这大山腹地的偏乡僻壤里，除了面朝黄土背朝天，就是你看着我我看着你。你阴阳怪气地不理我，我哼哼哈哈地不睬你，也不是个事。眼看都是过了五十奔六十的人了，毕竟没有深仇大恨，说清楚了，该骂的骂了，该道歉的道歉了，彼此心里的那点疙瘩，也就释然了。

晚上躺在床板上，两个人就有一搭无一搭地聊天。聊共同的故乡蓝桥埠，聊当初各自所走过的路，聊杨庭辉和刘汉英，聊东方闻音和石云彪、莫干山，聊到悲壮处，两个人都是无限感慨，聊到伤感处，两个人都不做声，泪水却在不同的脸上同时爬行。

因为不在领导岗位上了，用不着谨小慎微彼此戒备了，说话就比较随便，真话就多了。

有一次，陈墨涵问梁必达最钦佩的人是谁，梁必达不假思索地回答：“是张普景。”

陈墨涵说：“我听说在你刚到梅岭的第二年，要派你到陈埠县当大队长的时候，你提了几条要求，张普景主张把你毙了。有没有这个事？”

梁必达老老实实地回答：“这件事情我不知道，但我相信有这个事。这不奇怪。当时我对革命的认识还稀里糊涂，全局意识很差。我那几条要求，现在看来，很不恰当，简直有要挟上级的意思。我为什么叫他张克思呢？这个人原则性强，他那时候也不了解我，把我看得像个土匪，主张毙我，这种事情他能做得出来。我不嫉恨他，不仅佩服他，还感谢他。后来在分区，在旅里，在师里，我们一直搭档。这个人有一点搞得我很难受,就是爱斗争。朝鲜战场上开展‘三反五反’,打‘大老虎’‘小老虎’,我多喝了几瓶好酒,多吃了几顿狗肉,他就发动机关干部战士清算我,给我定了个‘小老虎’。我在丹东跟苏联女人跳了几次舞,被他知道了,不光是当面警告我不要腐化,还郑重其事地跟安雪梅谈,要她监督我不要犯错误。话说得难听啊,说梁必达同志过去就有前科,是东方闻音把他的心收住了。这个同志要是不管住,恐怕还会在这个问题上栽跟头,要对同志负责。搞大比武的时候,有一次我下部队,发现一个排长是个神炮手,一高兴,让团里奖励他一条烟,这件事情被张普景知道了,在党委会上提出批评,说是搞物质刺激,乱定奖励标准,给团里出难题。他收拾我的事多啦。"

陈墨涵说:"如此说来,张普景同志真是为革命立了大功,单是制约你这一条,就立下了汗马功劳。恐怕也只有张普景才敢这样肆无忌惮地跟你斗争。他不怕你。"

梁必达说:"其实张普景这个人,是很好对付的。他跟我斗了几十年,没有把我斗倒,我却掌握了跟他斗争的艺术。很简单,这个人虽然也搞安眼线听小报告的特务工作,但有一条,他死抓证据,哪怕他已经感觉到那件事就是你做的,只要抓不住证据,他就不开火。他是个真革命。"

陈墨涵笑道:"你说的这个简单还真不简单。谁能保证自己犯错误落不下证据啊,若要人不知,除非己莫为。只要你有问题,总是要留痕迹的。"

梁必达说:"对啊,所以说跟张普景在一起你就会紧张。他神经过敏,动不动就念你的紧箍咒,你就得严格要求严格律己,你就不敢胡说八道胡作非为,这也是当初杨庭辉和王兰田他们硬要把张普景和我绑在一起的原因。我就是被这个老顽固磨出来的。但是话又说回来了,这一套在我梁必达身上行,在别人的身上不行,在战争年代行，在和平建设时期吃不开。他死板教条认死理，把重要位置交给他，他会搞得一塌糊涂。他谁都反，眼里容不得一粒沙子。副军长他怀疑拉帮结派，后勤部长他怀疑经济有问题，政治部主任他认为原则性不强，几个师长政委都怕他。那怎么行啊？人无完人金无足赤，谁敢拍着胸脯说他就没有一点私心？谁敢凭良心讲他一辈子都不做几件错事坏事？跟这个人在一起，你成天都是提心吊胆的，只要发现问题，他就公开批评，丑事脏事全兜出来，一点不给面子，那谁还敢跟他靠近啊。你这个白匪假清高，好多事你不参与，所以你不知道，机关好多人暗地里喊他张老虎。所以说，我们两个搭档，虽然他是政委，但大政方针还是由我来把，战争年代是这样，和平时期还是这样，上级也是这个看法，默许。套用一句领袖的话说，这个人不可不用，不可重用。为什么说不可不用呢？因为有他在，部队有正气，歪风邪气抬不起头，我们大家都少犯错误。但又不能重用，他一切都要求规范，执行政策命令一点灵活性都没有，能把工作做好吗？都像这样工作，还要我们这些领导干部干什么？上级一个文件下来，一个命令下来，一丝不苟照着办就是了，不照办的撤职杀头不就得了？可是革命不是这么简单的事，具体的细节，具体的问题，盘根错节纠缠不清，需要具体的人根据具体情况采取具体方法疏导解决。如果都按张普景的来，不知道要撤掉多少人。”

陈墨涵说：“听梁大牙一席话，胜读十年马列书。梁大牙能从一个二流子当到解放军的军长，不能不说有张普景的一分重要功劳。”

梁必达说：“我抗议，我不是二流子。但你说张普景有功劳，这话你说对了。我这个人，确实有点匪气霸气，还有点军阀作风，一般的同事是不敢轻易翻我眼皮子的。记得有一次因为一个干部的任免，我们两个人争了起来，我坚持要提，他坚决反对，桌子都拍了起来。他指着我的鼻子说我是任人唯亲,还说他要坚持到底,他说我死都不怕还怕你梁大牙?他妈的他一上火就喊我梁大牙,急眼了就不顾影响。后来还是我让步了。但是话又说回来了,没有张普景这样的人跟在屁股后面找我的事,挑我的茬,我还真有点把握不住自己。只要张普景跟在后面,我就要小心一点,凡事三思而行,不敢为所欲为,不让他抓住把柄。你们都看出来了,张普景一直是我的对立面,可是这个对立面难得啊,他不搞阴谋诡计,他面对面地搞你,那你还有什么话说?可以这么说,没有张普景几十年来如一日地捋我的辫子,那就不知道要犯多少错误。可惜啊,可惜,我的好对立面啊,他再也不能跟我斗争了。我是多么希望他还活着,还站在我的面前,还鸡蛋里面挑骨头找我的茬子。可是,再也不可能了。我真是对不起他,一个军事主官,有这么一个政委,那真是托马克思的福,给了我一个张克思。往后,就是再让我当个师长军长,恐怕也很难有这样的好政委跟我搭档了。没有一个好政委,军长师长好难当啊……"

梁必达说不下去了,陈墨涵知道他是在抹眼泪——落到这步境界,梁必达的伤感是真实的。

陈墨涵说:"那时候,我在舒霍埠那边就听说了,说你们内部很复杂,有什么江淮派凹凸派之分,没想到你这个凹凸派和张普景那个江淮派最后竟是这样紧密。"

梁必达说:"什么这派那派?都是革命派。说这派那派,都是江古碑他们自己造的。那时候除了李文彬,所谓的江淮派就是张普景、江古碑和窦玉泉三个人,往下数朱疆也是,但朱疆最终成了我的人,是个坚决的梁大牙派,他带兵我信得过。人和人是不一样的。你还没问我最看不起的是谁,我跟你讲,那时候我就看不起江古碑,这个人是个坏人,比李文彬坏多了,是小爬虫。李文彬要不是被俘,不一定有江古碑坏。我跟你讲,现在我有个很重要的体会,好人就是好人,放到哪里他都是好人,坏人就是坏人,放到哪里他都是坏人。江古碑参加八路,有很大的偶然性,他就是参加了国民党,他还是个坏人。参加什么组织可以选择,选择的过程中也有偶然性,但是要当好人和坏人就不是偶然的了。你陈墨涵原来是打算投八路的,我是打算投刘汉英的,阴差阳错,咱俩调了个个,可是殊途同归,我们还是走到一起来了。可是跟江古碑这样的人就不行了,说起来是同志,一个战壕,一个锅里吃饭,可他还是敌人,他妈的连张普景他都整,还想置老子于死地。早知今日,当初完全应该把李文彬的下场转移到他头上去。"

陈墨涵愕然:"说来说去,主动权还是在你手里啊?"

梁必达半天没吭气,突然一阵大笑:"那我就是贪天之功为己有了,我哪有那么深的心计啊?我还是习惯这个。叭,送他上西天。"

灯光下,陈墨涵看见梁必达伸出右手,食指做枪管状,中指抠了几下,脸上呈现出很快活的样子。梁必达又说:"搞掉李文彬,是凹凸山国共之间的又一次合作,本部是窦玉泉,贵军是文泽远,窦玉泉主动要求由他处理这件事,同贵军的文泽远联合牵头办的。详细情况我没有过问,反正我知道把李文彬干掉了,还是贵军的高女士下的手。我那时候天天都在琢磨小日本,哪里还能管得了那么多?"

从那个夜晚开始,每天劳动回来,两个人自己动手,弄点可口的饭菜,偶尔还来点小酒。高兴或不高兴的时候,陈墨涵都喊梁大牙,陈墨涵没有绰号,梁必达就干脆叫他白匪。如此,倒也不见恶意,把不是日子的日子过得还算过得去,当真有些身在山野乐不思蜀的味道了。

四

这年的八一建军节，不知道是哪路神仙开了恩，七二八农场场部把在该场接受劳动改造的几个“牛鬼蛇神”都请了去，大鱼大肉地款待了一顿。

老家伙们也不客气，东西照吃，牢骚照发，梁必达喝得摇摇晃晃。据他自己嘟囔，这是他近几年最放量的一次。“当军长的时候，哪敢这么穷凶极恶地喝酒啊？跟张克思在一个桌子上吃饭，你要是不自觉，他敢当众夺你的酒杯。”

回到生产连的宿舍，梁必达意犹未尽，一半酒醉，一半心醉，唠唠叨叨地又说了大半夜的话，这回的主题是爱情和女人。

不当军长了，就口无遮拦了。梁必达说，他这一辈子勾搭过一个女人，喜欢过一个女人，爱过一个女人，暧昧过一个女人，但是，只拥有过一个女人。

事实上，众所周知，梁必达和女人的故事很简单，简单到一穷二白的地步。勾搭过一个女人，显然就是水蛇腰蔡秋香了，尽管他过去对此守口如瓶。喜欢过一个女人，陈墨涵是知道的，那就是韩秋云，既没有开端，也没有结局，只是在朝鲜战场上，有一次梁必达骂过美帝国主义，说是美帝国主义不是好东西，不仅侵略掠夺，还把中国女人拐了去。别人不知道底细，陈墨涵知道，梁必达骂的是乔治冯，骂假洋鬼子带走了韩秋云。其实乔治冯是加拿大籍，但因为在朝鲜战争中加拿大也派了军队，梁必达便把这笔账也算到美帝国主义头上去了。梁必达说他爱过一个女人，陈墨涵更是心如明镜，那个女人当然是东方闻音。所谓拥有过一个女人，无疑就是安雪梅了，梁必达在有关场合介绍安雪梅的时候，不说是他的爱人，只说是他的老伴，从三十五岁那年开始就这么介绍，安雪梅有幸地嫁给了这么一个人,其实是很不幸的。

就陈墨涵掌握的情况看,如果说梁必达同安雪梅完全没有感情,也不是事实。安雪梅在凹凸山区是一个很有魄力的女干部,那时候在洛安州的日伪汉奸里就有传说,说是凹凸山北国民党部队里有个高秋江,凹凸山南共产党的部队里有个安雪梅,两个人都是神枪手,百步穿杨。实际的情况是,高秋江确实是个神枪手,安雪梅的水平则主要体现在发动群众方面,建立地方政权,组织地方武装和拥军很有一套。就资历而言,安雪梅比梁必达和他陈墨涵都更先介入抗日。梁必达对这个情况也十分清楚,自己也说,要是论工作能力,当然是安雪梅了,东方闻音怎么能跟安雪梅比啊,东方闻音还是个小姑娘啊,她给我当政委,靠的不是能力,是我对她的信仰,她那个政委主要是在我的身上起作用。杨司令和王政委是很懂阴阳搭配的,用干部两个主官都是强手未必是好事,当然两个都是弱手更不行,这里的学问就是在于搭配,往往是以柔克刚,以静制动。

梁必达对于女人也很有一套自成体系的见解。梁必达说:“那时候不知道什么是爱情,什么爱情?男人跟女人不就是那回事吗?后来跟东方闻音接触的时间长了,慢慢就体会出来了,爱情和喜欢确实不是一回事,喜欢一个女人,就想要她,想占有她,要她伺候你服从你,譬如对韩秋云,我就是这个主意。可是跟东方闻音在一起的时候,我不是这样想的,我老想护着她,捧着她,不能看她受委屈,不能看她作难,更不能看她吃苦。你说有没有想把她吃了的念头?有,但是不忍,倒是想把她含进嘴里。现在我可以跟你讲实话了,反正咱们现在都不伦不类了,不用再戴军长参谋长的假面具了,可以掏心掏肺真腔实调地讲人话了,嘴脸丑恶不丑恶都无所谓了。那时候,要是韩秋云早几年跟我在一起,那我能放过她吗?可是我对东方闻音就没有,刚开始有点放肆,有非礼行为,可是后来她对我真的好了,我反而小心翼翼起来了。还不是刻意克制,而是发自内心的尊重。”

陈墨涵说:“哎呀,真是看不出啊,你这个雄狮猛兽还知道怜香惜玉,还知道爱女人。不过我相信你是真的。从东方闻音牺牲那次我就看出来了,这个男人是真爱了。尤其是像你这样耀武扬威的汉子,在有的人面前可以充当魔鬼,在有的人面前则又是天使。在东方闻音的问题上,我的确是有责任的。”

梁必达说:“这些就不要说了,这不是以我们哪一个人的意志为转移的。我受了七次伤,都没有伤到心上。东方闻音牺牲了,我差点儿都丧失了革命意志。可是冷静下来想,东方闻音就算活着,我能给她幸福吗?我能永远把她像个孩子护着吗?恐怕也做不到。”

陈墨涵说:“从婚姻的角度讲,你也多亏了有个安雪梅。老安这个人厚道,能忍让,有牺牲精神。其实她对你是很爱的。人家在凹凸山,也是呼风唤雨的巾帼豪杰,在你面前,却甘当家属。我建议你纠正一个问题,不要再让她喊军长了,老夫老妻在一起,还毕恭毕敬地保持上下级关系,不成体统。”

梁必达笑道:“她习惯了,我也习惯了,习惯成自然,无伤大雅嘛,干吗要纠正?不过,她以后再喊我军长,那就是出于礼貌了,就属于幽默了。你说是不是?”

至于说梁必达暧昧过一个女人,则是指那个名叫柳芭的俄罗斯女人了。在谈论东方闻音、韩秋云和安雪梅的时候,梁必达还是一本正经,实事求是地披露真实的体会。但是,一说起柳芭,情况就完全两样了,眉飞色舞,绘声绘色,简直就像炫耀天外奇遇。

那天晚上,借着几分酒意,梁必达兴致空前高昂,对陈墨涵说:“哈哈,你没见识过俄罗斯女人发情吧?他妈的,厉害啊。我说我不会跳舞,她死拉着我跳,老子给她齐步走,大步流星,昂首挺胸。

哎，你说怪不怪，就这她还喜欢，说梁师长有英雄气概，风度翩翩。妈的那时候连什么叫风度都不明白，就翩翩了。我不跟她跳，我抱着一条长凳自己跳，我是把那条长凳当东方闻音了，跟着曲子走，走得还合拍节。我一想到我是和东方闻音在一起，心里就不慌，心里就难过。东方闻音要是还活着，我怎么会跟这些臭烘烘的娘们同流合污啊？我一边跳，没觉着眼泪就流出来了。”

陈墨涵说：“老梁我跟你说实话，就是冲着你对东方闻音的那分真情，我才开始尊重你的，也原谅了你的好多混账行为。一个男人能够掏心掏肺地爱一个女人，这说明他至少不是个自私鬼，是个重情重义的人。”

梁必达说：“哦，你原来以为我就是一个十恶不赦的魔鬼啊？不是，我跟你讲，当年，为了东方闻音，我既可以自己去死，也可以把你这个白匪假消灭掉——这话不像理想远大的革命者说的，但我当时确实有这个念头。好了，不说这个了，这话要是放在从前，让张普景听见了，他又会斗你的小资产阶级情调……我刚才说到哪里了？”

陈墨涵说：“说到抱着长凳跳舞了。”

梁必达说：“对了，我抱着长凳跳得正起劲，那娘们看得稀奇，就过来了，说梁师长真英俊，也真奇怪，放着这么美丽的女人不搂，搂着个木板有什么意思啊。硬拉着我跳。还不光是跳一回，今晚跳了还不罢休，隔一晚上跳一次，有时候通宵达旦，我脚都磨起老茧了，身上七处伤口，有八处疼——那一处疼在心里。她倒越跳越来劲，说是志愿军恢复健康是她们的责任。有天半夜，舞厅里……什么舞厅？就是伙房，伙房里都没有人了，连留声机都哼哑了，她还要跳。你猜猜她做了什么动作？”

陈墨涵回答说：“猜不出，反正不是革命动作。”

梁必达说：“娘的，她把我的手从肩膀上拉下来，放在她的奶子上。我的个天啦,俄罗斯女人的奶子好气派,肉乎乎的两大坨。你没见过吧?”

陈墨涵笑笑说:“我见过俄罗斯的牛奶。”

梁必达说:“嗨,我见的那可真是俄罗斯人奶,大奶头子。我当时骇了一跳,赶紧把手缩回来了,可是她马上又抓住,又放在她的奶子上。让我抓住她的奶头继续跳。我哪见过这阵势啊?我跟她讲,这样不合适,违反《三大纪律八项注意》第七条。她说没关系没关系,这样很好这样很好。那我就有点活思想了。你想啊,人说三十如狼四十如虎,我那年三十有三,虎狼之间是什么?豹子也。那时候老安在国内,两三年没那个了,还真有点猴急。后来她拖着我进了她的房间,我明知不是好事,却走不动了。还没来得及看清楚,她就把衣服脱了。我的个天啦,白晃晃的一大堆,硬是把我的脑袋往她的胸脯子上按。你想啊,遇到这样的事,就是唐僧他也招架不住啊,我这个凡胎肉身,能不被俘虏吗?骨头里火都快冒出来了。你再猜猜后来发生了啥?”

梁必达说得兴致勃勃,陈墨涵却听得无精打采,陈墨涵对这类事情向来不感兴趣,不紧不慢地说:“还能发生个啥,冲锋陷阵赴汤蹈火呗。”

梁必达咧开大嘴,嘿嘿一笑,说:“这回你猜错了,那时候的梁必达不是梁大牙了。我的确是咬了她的奶头了,没办法,那当口你能一丝不苟吗?我一咬,我的个天啦,你看她那个扭吧,上一骨碌,下一扑腾,劈里啪啦,嗷嗷叫,把床板擂得地动山摇,就像个蹦上岸的旱鲤鱼。听那一扑腾,我就不痛快了,日他个娘,她是要我干她还是她干我啊?就在那千钧一发的危险时刻,我听到张克思在外面喊,老梁,梁大牙,你要是敢违反纪律,我先捆了你去见彭德怀!我的个天啦,见彭德怀还得了,那还不把我毙了?我赶紧提起裤子。这一提,嘿嘿,还好,革命的小裤子还系在咱的腰上,压根儿就没脱，我的胆子顿时就大了——这会功夫就是彭德怀闯进来，我也不怕了。说一千道一万，人家都把阵势摆成那样了，咱的裤子都没脱，还不算觉悟吗？没话说的，刀枪不入的共产党。”

陈墨涵想到了一个问题，说：“扯淡，你们到丹东疗养的时候，张普景和本人正在金刚道守东海岸，他怎么可能喊你呢？”

梁必达笑了，说：“为什么说做贼心虚呢？就是这个道理。我后来有了一个毛病，只要对什么事有点活思想，脑子里就钻出个张克思。我跟你讲，就在刚才，我又看见张克思了。张克思严厉地对我说，梁大牙，你又在胡说八道，你还像个人民解放军的军长吗？简直是低级趣味。”

陈墨涵说：“好啊，真是卤水点豆腐，一物降一物。”

梁必达说：“你也不要这样讲，就是张克思现在真的在这里，他也不能不让我讲个故事。都他妈的快成犯人了，我还假正经个屁。军长怎么啦？军长就不该有点低级趣味？光是高级趣味那还叫人吗？那是神仙，那份工作……那件事情说不定连神仙都跑不脱要做，要不，从哪里来的小神仙？”

陈墨涵说：“如此说来，你跟柳芭的事还是虚晃一枪啰？当真没有越轨？”

梁必达咬牙切齿地说：“没搞。早知道有今天，我就……反正也是他妈的修正主义的女人……天地良心，我这一辈子真正发生男女关系的，只有跟老伴一个人。”

陈墨涵说：“有朝一日，你梁大牙要是官复原职了，我就把你的这段故事讲出去。”

梁必达倏然戚色，说：“但愿有那一天，就怕没那一天。”

陈墨涵认真地说：“老梁，我们把话说在前面，如果有那一天，你敢不敢让我把你的这段罗曼史公布于众？”

梁必达不以为然地说：“哪怕只让我当个副军长副师长，我就同意你讲。比起在这里候补坐牢,那点子破事算个卵子。嘿嘿,要是官复原职再让我当军长,我同意你写大字报,把梁必达拒腐蚀永不沾的光荣事迹介绍给全国人民。”

五

这天是一个秋高气爽的日子。劳动休息的时候,陈墨涵百无聊赖,便抱着大功率收音机没完没了地折腾。本来,按照规定,他们这样的劳动改造分子是不允许有收音机的,尤其是这样大功率的收音机。这个特殊,还亏了梁必达。

刚到七二八农场来的时候,梁必达就神气十足地对管教干部说:“老子们过去享受看中央绝密文件的待遇。知道什么叫绝密吗?知道什么叫一级绝密吗?去报告你们的某某某政委,就说我梁大牙说的,收音机我们是留定了,他还得每月给我送四节白象牌电池。别的牌子不行,就要白象牌的。不落到实处,我扒他的皮。”

管教干部见梁必达态度蛮不讲理,没有办法,只好听之任之。果然,某某某政委每月都派人给梁必达和陈墨涵送来四节白象牌电池,有时候还亲自光临看望,十分恭敬地称呼老军长老参谋长。

梁必达得意地对陈墨涵说:“你知道某某某为什么这么老实吗?我跟他说了,中央新出面的某某某首长是我的老上级。老上级讲了,我们的问题早晚会解决的,只是个时间问题。我又问他副师职干了几年,那他还不明白吗?”

陈墨涵不屑地说:“都一介草民了,还拉大旗作虎皮,像个军长的作为吗?简直还是农民嘛。”

梁必达毫不脸红地说:“这你就不懂了,什么叫得过且过?这也是战术手段。把日子过舒坦了,就是保存自己,只有先保存了自己,有了出头之日,才能消灭敌人。”

这天正在听收音机，一个管教排长领过来一个瘦骨嶙峋的少年，径直找到了陈墨涵，管教排长把少年交给陈墨涵，说:“你们单独谈。十分钟。”然后就走了。

陈墨涵好生纳闷，觉得这个少年似曾相识，可是又很朦胧，说不清是在哪里见过。少年说他是受一个阿姨的委托，到七二八农场来找一个叫陈墨涵的人，并交给了他一包东西。

陈墨涵问少年，那个阿姨叫什么名字，少年说他也不知道。是他的老师转交给他的。他就在洛安州读中学。

会见时间很短，但陈墨涵纳闷的时间却很长，他搞不清楚在洛安州还有哪个女人在关注他的行踪。细细盘点少年带来的物品，都是食物和生活用品，没有什么出奇的地方。但少年口头转达的一句话，却十分重要，那句话是:现在不是时候，将来有可能的话，我会找你们的。保重。

陈墨涵想啊想啊，总是想不明白，有几次甚至都想告诉梁必达，却又忍住了。值此多事之秋，情况不明，还是不能轻举妄动。终于有一天，陈墨涵的脑子里突然想起了一个人，全身的神经顿时紧张起来了。天啦，难道是她？哦，还真有可能。他再次回忆，那个瘦骨嶙峋的少年的模样，是像她。尽管他同她接触不多，虽然已经过去二十多年了，但是，她穿着军装的勃勃英姿，她那一双明媚而又忧郁的眼睛，她立在白皑皑的风雪之地翘首眺望长久踯躅的身影，在陈墨涵的思维世界里，还是记忆犹新的。如此说来，她还活在人间。

那天，陈墨涵彻夜未眠。他设想了种种可能，想象她是怎样摆脱了灭口杀手的围追堵截，怎样隐姓埋名，怎样在这个乱纷纷的世界里活了下来并且占据了一席之地，又是怎样地关注着他们，打听到了他的下落。如果这一切都是真的，那么，从那个少年的身上，完全可以看得出来，她如今的日子仍然十分艰难，困难的时候，她还惦记着他,惦记着她心爱的人的盟友,给他送来了温暖。尽管那些东西对他陈墨涵来说微不足道,但是,这才是真正的情重如山啊。

是,还是不是? 这是一个问题。

这个问题折磨得陈墨涵好苦。他却是宁信其有,不信其无。他是多么希望她仍然真实地活着啊。活着就是胜利,含辛茹苦也好,隐姓埋名也罢,只要她还活着,这个世界上他就多了一份情感,多了一份美好的回忆,多了一份纯洁而勇敢的牵肠挂肚。

六

这天上午,梁必达称病拒绝出工——称病的事情对梁必达来说已经不是一次两次了。而且由于他称病,陈墨涵也跟着沾光——病人总是需要照顾的嘛。

其实是什么病也没有,梁必达一个上午都在练习毛笔字。据说,有很多书法家都爱写“龙”或者“虎”之类的,无论是龙是虎,都不是一般角色,都有练一练的价值,写出去也可以给别人挂在屋里“藏龙卧虎”。但梁必达写字有个特点,主要写一个字——“我”。

当过军长的梁必达已不是在蓝桥埠当伙计的梁大牙,提起笔来凭空也比别人多几分底气,虽然自成体系,但撇横竖捺遒劲有力,笔锋刚正锐利,行草狂放,横细竖粗颇讲分寸,倒也有几分书家风范,一个全世界每个角落无处不在的“我”字,往往被他写得昂首挺胸,威风凛凛气冲霄汉。

但这回奇怪了,陈墨涵在一旁默不作声地欣赏,觉得奇怪。别人写“我”,一撇一横竖弯勾,从左至右。但梁必达不是这样,梁必达不按笔画规矩来,而是先写一个手,再写一个戈,把一个字的两部分分得很开,怎么看怎么不像个“我”字。

陈墨涵说:“梁大牙你搞什么鬼？这还像个字吗?”

梁必达说:“怎么不像？这就是我。他娘的,老子不当军长了,这只手拿不到戈了,就成这模样了。”

陈墨涵恍然大悟,说:“你应该把右边那个‘戈’字一横一点一撇都去掉,剩下的那就是个锄头,现在的梁大牙就是一只手持一把锄头的形象。”

梁必达说:“言之有理。你这个白匪,还挺会类比。”放下笔,津津有味地端详他那个不伦不类的“我”字,又有了新发现,说:“如果再把右边那一撇调整到左边来,按下脑袋变成一捺,左边成了一个‘禾’字,右边是一个‘弋’字,‘弋’就是木桩的意思,‘我’又成了一把草和一根小木桩。哈哈,有意思,‘我’是什么？‘我’什么都是,又什么都不是？我可以是手持戈,也可以是桩边草,要是去掉左上角这一撇呢,又成了个‘找’字。嘿嘿,你别说,距离‘我’字最近的就是个‘找’字。人啊,一辈子就是个‘找’字,找来找去就是找那一撇,那一撇是什么？对于商人来说,那一撇是钱财,对于政治家来说,那一撇是官位,对于男人来说,那一撇是女人,对于女人来说,那一撇是男人,对于军人来说,那一撇就是对手,找到了对手我才是我。”

陈墨涵听着梁必达的高论,不禁暗暗惊诧,这个看似粗莽的汉子,不光打仗无师自通文韬武略,听他这一番话,还真有点哲学味道。

梁必达发表了一通灵感之后,又沮丧地说:“我们现在在找什么？娘的,就找一条,找公道。找回公道,老子还是手持戈。老子就把左边这只手去掉下面的两横,去掉两横就是个单立人,单立人加‘戈’是个什么字？‘伐’也。”说到痛快处,恶狠狠地把笔往报纸上一掷,气冲霄汉地喊了一嗓子:“只要有机会,老子还要杀人!”

陈墨涵笑笑说:“我要把这个信息赶快给江古碑之流通报过

去,要不然,那真是放虎归山人头落地了。”

梁必达不屑地说:“他那颗人头还算人头吗?在凹凸山,我要想收拾他,一百个机会都有。那时候我根本就没把他当回事,那时候我认为,像他那样窝囊的家伙,你就是让他当个敌人,他也是一个翻不起大浪头的小泥鳅,不值得为他动心事。没想到这个混进革命队伍的臭虫,现在还真长成了一条恶狗。没有甄别那一天便罢,有了那一天,他就是喊我梁大牙当爹,我也不会饶他了。”

陈墨涵说:“梁大牙,你再看看这个字,这个‘我’字,你把下面的一提一撇和上面那一点去掉,再把右边那一勾拉直了,是个什么字?”

梁必达认真地琢磨了一阵子,一拍脑门说:“娘的,是个‘升’字。你的意思是,劳动改造了这两年,我们还可以升一升?”

陈墨涵笑道:“不是我们,是你。不过,要想升一升,你得去掉一些东西,右上角那一点是乌云,是压在你头上的三座大山,说白了就是上面那些兴风作浪唯恐天下不乱的坏人。”

梁必达说:“好啊,我明白了,那么下面这缠在‘我’两条腿上的一提一撇,就是江古碑了。不对,江古碑算个蚂蚱,他缠不住我的腿。他就算一提吧,他在左边,是个形左实右的狗腿子。那么右边呢,这一撇有文章,没准就是你这个国民党白匪。”

陈墨涵不气不恼,大度一笑,说:“伟大领袖毛主席教导我们说,一切反动派都是纸老虎,既然我是白匪,当然是纸老虎了,一捅就破。我的下半辈子,苟延残喘罢了,哪里能缠得住你梁大牙革命的大腿啊?你狗日的不老实,现在都快当犯人了还想升官?我看你真是屋檐下的大葱,根焦叶烂心不死,妄想变天。你实话说,你搞没搞女人?你迫害过谁?你算计过谁?蛇打的洞蛇自己知道。以后,就是甄别了,也有人在下面踢你的扫堂腿。不信你等着瞧。”

梁必达说:“你个白匪别吓我,只要甄别了,给我一个师一个军，一百个人撂我的扫堂腿我也不怕他。”

不久，陈墨涵的妻子俞真和梁必达的妻子安雪梅结伴而行，辗转来到了凹凸山腹地的七二八农场，来探望她们的丈夫。

七二八农场当局对于安雪梅和俞真的到来，给予了高度的重视。

此时国内政治局势已经有了微妙的变化，梁必达所说的某某某首长当真出山了，从报纸上能够看见他的名字了。就在此后不久，又得到消息，下放在南方某地的王兰田已经解放了，并被任命为D军区政治委员。

再往后，梁必达和陈墨涵的日子眼看着就一天胜似一天。

安雪梅和俞真来了之后，七二八农场方面经层层请示，改善了梁必达和陈墨涵的居住条件，在场部的招待所里给了每家两个房间，一个作卧室，一个作厨房。一切迹象都在表明，形势正在向好的方向发展。

有了像样的房子，梁必达和陈墨涵不谋而合，只用了一间厨房，共同下厨。腾出来的那间，就作了两家的会客室和扑克室。从那时候开始，七二八农场就接到了上级的指示，梁必达和陈墨涵不用再下田干活了。

又过了个把月，上面又来了通知，工作人员不许再喊梁大牙或老陈了，一律称呼首长。如此，大家就心照不宣了，脱离农场指日可待。

有一天夜里，陈墨涵对俞真讲起了几个月前见到的那个少年，并讲了他的推理，说高秋江有可能还活着。

俞真惊讶地说：“恐怕是真的，前些天我还做过一个梦，梦里见到了她，在梦里她跟我讲，那次我逃走之后，她打光了子弹，他们正要上去抓她，从天上下来一个蒙面大侠，把她架起来就腾云驾雾了。那个蒙面大侠像梁大牙。”

陈墨涵笑道:“不怪造反派说你是旧社会的残渣余孽,脑子里尽是江湖上的一套。蒙面大侠和腾云驾雾都是不可能的,梁大牙跟她就更不沾边,他们压根儿就不认识。但是,凭借她的功夫,逃出来的可能也不是完全没有。我曾经听过一个传说,说是她最后顶着一口腌菜缸从楼梯上打了下去,杀手中有个头目不知道是出于什么动机,下令要抓活的。最后一直追到江边,她跳江了。据说这个杀手头目也被刘汉英下令枪毙了。如果她真的还活在人间,这个传说的可信程度倒是大些。”

俞真说:“等着吧,等气候好了,我就到洛安州住上一段时间,她真的活着,我出现在洛安州,她肯定会得到消息的。”

第二十五章

一

白驹过隙，岁月悠悠。一场旷日持久的荒诞运动终于偃旗息鼓了。

尽管已经有了充分的思想准备，但是，当两辆黑色的上海牌小轿车同时出现在七二八农场场部招待所的门口，军区马副政委从车上跳下来的时候，梁必达和陈墨涵还是感到了突然，一时间竟有恍若隔世的感觉。

马副政委是受军区党委和军区首长尤其是军区政委王兰田的委托，来向梁必达和陈墨涵表示慰问的。随同马副政委一道来的，还有K军代理军长朱预道——从即日起，他又退回到副军长的位置上了。而且，下一步究竟是个什么结局，眼下还是个未知数。

几年不见，朱预道疯狂地胖了起来，滚圆的肚皮滚圆的脸膛，再也见不到当年在凹凸山让洛安州日伪汉奸闻风丧胆的风采了。朱预道腆着肚子从车子里钻出来，一见到梁必达，话没说出口，就老泪纵横了，说："军长，我对不起你啊，对不起啊，我是上了贼船……"

倒是梁必达显得雍容大度，把手一挥，大大咧咧地说："说这些干什么？从上到下都乱了，上贼船的不是你一个，没上贼船的也不是我们两个。能让我们出去工作，天高地厚，是同志还是同志，是敌人永远是敌人。只要你朱预道真诚反省，还是那句话，既往不咎，团结工作。”

话虽然说得有风度，但里面还是有机锋的。

阳春三月，梁必达走马上任，再次回到了K军军长的位置。窦玉泉由于在“文革”中没有随风倒，而且在极其艰难的情况下还保护了几个老干部，深得军区首长、也包括王兰田的赏识，已于半年前升任军区司令部副参谋长。朱预道离职参加了“说清楚学习班”。陈墨涵复任K军参谋长，不再兼副军长职务。三个月之内，该归队的都陆续归队了，该出现的陆续都出现了。姜家湖调回K军担任副军长，陶三河担任K军副参谋长。在西藏某地藏匿了四个年头的曲向乾大难不死，也回到了部队，改行升任军里的副政治委员。

在党委分工会上，不知道出于什么考虑，梁必达第一次坚决地提出，不再担任党委书记，党委书记一职由总部下来的新任政委章光辉担任。

有一天，梁必达和陈墨涵在一起研究工兵处呈报的训练大纲，公事办完了，两个人聊了一会儿天，陈墨涵突然笑了起来，说：“梁军长，现在那件事情可以兑现了。”

梁必达莫名其妙，瞪着眼珠子问道：“搞什么鬼？”

陈墨涵说：“关于柳芭啊。你说过的，要是重新回到军长的岗位上，同意我写大字报，向全国人民介绍梁大牙拒腐蚀永不沾的光荣事迹啊，也包括你和蔡秋香、柳芭的事。”

梁必达一愣，哈哈大笑，一拍脑门说：“我的个天啦，你这个刁德一还记着这本账啊？我赖账，我什么也没做，什么也没说。这件事情，如果传出半点风声，我就诬陷你在七二八农场写过反动标语。”

陈墨涵说：“那就再等等，等给你开追悼会那天，我向与会者个别透露。”

梁必达说:“那可以,那时候就是彭德怀和张普景在场我也不怕了。”

令陈墨涵始料不及的是,恢复工作之后,他接待的第一个上访人员竟是崔二月的亲属。这天上午刚刚上班,军务处便打了电话,说是有个男人在大门口跟岗哨纠缠,要见梁必达军长,请示怎么办。陈墨涵问是个什么样的人,军务处的一个参谋说,说是来上访的,是凹凸山崔家集的人,别的他不说,说是非见梁必达军长不可。

陈墨涵心里一惊,就有些预感了——这件事情恐怕同李文彬事件有关。

关于李文彬事件,陈墨涵不是目击者,详细情况不太清楚,但基本脉络是知道的。在七二八农场接受劳动改造的后期,梁必达曾经说过,李文彬叛国投敌,死有余辜,但是那个女人死得冤枉,据说那个女人是个妇救会的干部,之所以同李文彬有不正当的男女关系,也是看在共产党的面子上,是李文彬毁了她,而且她也没有投敌,是被汉奸打死的。就是因为同李文彬有那层不明不白的关系,所以对她的死不了了之,当地政府不愿意多事,军队也顾不上管。

陈墨涵当时揣摩梁必达的意思,似乎大有恻隐之心。可是那时候他们是泥菩萨过河,自身难保,况且战争年代遗留的问题多如牛毛,还错综复杂,说了也就说了,徒发一番感慨,表达一下怀旧之情和忧国忧民的态度而已。

现在情况不一样了,估计是那个女人的家人找上门来要求落实政策。

陈墨涵让军务处的参谋把那个人请进门岗接待室里,然后亲自下楼会见。

果然是崔家集来的,男人有五十多岁,满脸沧桑,一见到陈墨涵就反反复复地搓手,好像那两只破绽百出的手没地方放。他说他是崔二月最小的弟弟,陈墨涵这才知道,这个看起来有五十大几的男人其实不过四十来岁。

男人搓了一会儿手,想起了什么,便从肮脏的裤兜里摸出同样肮脏的纸烟,是陈墨涵在凹凸山劳动改造的时候见过的那种劣质草烟。陈墨涵挡住了递过来的纸烟,问男人有什么事。男人便一五一十地讲开了,说他的姐姐崔二月死得冤枉,活着的时候参加了抗日工作,还是妇救会的干部,而且是让日本鬼子打死的,说起来应该定成烈士,可是村里和公社都不理睬,村长还说崔二月是婊子,是叛徒的破鞋,弄得崔家几十年都抬不起头。崔二月还留下一个儿子,从小上学的时候,别的孩子说他的娘是汉奸破鞋,跟人家打架,耳朵根都被打坏了,傻掉了,斜眼不说,嘴里还老是淌哈喇子。

"首长你说造孽不造孽?"

陈墨涵听了,心里也很不是滋味。造孽,怎么不造孽?陈墨涵对崔二月的弟弟说:"军长到军区开会去了,情况我都知道了,你先回去。等军长回来了,我向他汇报。要相信政府,我们既然知道了,就一定会解决。"

男人却没有走的意思,似乎不相信这么简单就把问题解决了,又提出来,见不到梁军长,能见到江古碑书记和窦玉泉司令也行:"'文化大革命'开始那一年,江古碑书记和窦玉泉司令还到崔家集去过,说好了要解决这件事情,可是人走茶凉,走了之后就没有影子了。"

这样一说,就引起了陈墨涵的重视。"文革"开始后不久他和梁必达都在凹凸山劳动改造,江古碑是"文革"的红人,他去崔家集干什么?莫非还是不放过梁必达,还要做文章?更让陈墨涵狐疑的是,窦玉泉在"文革"之初虽然摇摇晃晃,但是终归没有被打倒,咬紧牙关还在副军长的位置上坚持了一段时间,他跟江古碑一起去崔家集是个什么意思?

陈墨涵问:“江书记和窦司令去崔家集都说了些什么?”

男人回答:“他们找了崔二辫子家里的人,还找了很多人,还到我家里找我姐姐的遗物,听说他们还去了江店集找我原来那个姐夫,说了很多,记不得了,只记得说要给我姐姐定成烈士。首长你帮帮忙,我姐姐定成烈士了,每月国家补助烈士抚恤金十二块,也好给外甥看病。我们老崔家也就有脸面了。”

陈墨涵想了想,一般地说,这个男人的要求实在不算过分,像这样的情况,军队出面,跟地方政府交涉一番,不是个难事,尤其是由梁必达或窦玉泉出面一说,更加权威,基本上就迎刃而解了。但是这件事情有点复杂,牵涉的背景很微妙,他自然不会擅作主张。

陈墨涵没有对男人说江古碑已经被逮捕的事,也没有说窦玉泉上调军区的事,只是说:“江古碑和窦司令都不在此地,你相信我的话,我们会尽快给你答复的。”

男人说:“实在不行,就见见岳区长,她对我姐姐的事情更知道底细,只要她凭良心讲话,事情就清楚了。到时候首长你们给我一个条子,盖上公章,我回去自己找公社。”

陈墨涵知道,这个男人说的岳区长就是岳秀英,让他见见也未尝不可。问题是岳秀英在朱预道当年对梁必达反戈一击的时候,同朱预道大闹一场就分居了,转业到了地方,在一个兵工厂当党委副书记,后来也被造了反,又被兜出了国民党军官遗孀的老底子,不堪凌辱,上吊自杀了,前不久才补开了追悼会。

陈墨涵此时真有一种说不清的滋味,看看那些老战友吧,老的老了,死的死了,坏的坏了。可是这些事情,跟这个凹凸山的农民、跟这个革命房东的后代怎么说呢?没法说,只好一再解释,并让军务处的参谋操办,跟政治部群联处商量,先补助给男人二百元钱,再安排他吃了饭，给他买好火车票，费了九牛二虎之力，才把他打发走。

二

崔二月的弟弟来访，又勾起了陈墨涵的一桩疑问。

当天中午，陈墨涵没在军部小灶就餐，回到家里，同俞真说起了这件事情，说："我们原来没想到还会有出山的一天，既然出来了，我们就要为那些在战争年代里死难的人办好事。崔二月的事情好办，还有一件事情不好办。"

俞真云里雾里，不知丈夫所云，问道："什么事？"

陈墨涵说："关于你干姐妹的事。"

俞真大叫惭愧，说："我原来幻想有这一天，我要去洛安州找她，可是忙得晕头转向，竟把这件事情忘记了。"

陈墨涵说："我看这事有点玄乎，我们在明处，她在暗处，以她那样的秉性，该找来的时候她自然会自己找来，她不找来，也许是有什么隐情。还是不要轻举妄动。"

陈墨涵之所以这样说，是经过深思熟虑的。早在七二八农场接受"劳动改造"的时候，见到了那个由"某某阿姨"派去的小伙子，他就分析过"她"的处境。建国之后，先是"三反五反""镇压反革命"，然后是"反右"，再然后是"文化大革命"，五湖四海全民动员捉拿"四类分子"，根正苗红的人都险象环生朝不保夕，她那个身份，就更只能在"阴暗的角落"里潜藏了，露面之日，也就是大祸临头之日。就是如今，虽然已经叫响了"拨乱反正"的口号，但有些政策还不是很明朗，这时候倘若请她浮出水面，仍然不是明智之举。

俞真说："这些年来，可真是苦了她了，我多想见到她啊。不是她，哪有我的今天啊。"说着，眼圈就红了。

陈墨涵说:“你也用不着伤感,她是死是活都很难讲。我们只不过是捕风捉影地猜测,也许根本就是个幻觉。我现在在琢磨一个问题,那就是,当年到底是谁派人去追杀她?”

俞真惊问:“那还有什么疑问?当然是刘汉英。”

陈墨涵说:“的确,这种可能性最大。抗战初期,刘汉英在蒋文肇的授意下,同日军有交易,就是通过川岛长崎。眼看抗战快要结束,刘汉英怕暴露这个丑闻,派她去杀川岛长崎,这是符合逻辑的。但刘汉英又知道她是莫干山的人,莫干山不明不白地死了,她又要向刘汉英讨还血债,刘汉英先下手为强,派人杀她,也是符合逻辑的。但还有一个事实不能忽视,李文彬也是她除掉的。我们知道的事实是,除掉李文彬,是凹凸山分区委托刘汉英帮忙的,她是在杀了李文彬之后被杀的。这里面就有新的疑点了。据造反派说,她的手里有李文彬临死之前留下的一封遗书,李文彬在信里披露了当时凹凸山分区有人向敌伪透露了他的行踪,有杀人灭口的动机。追杀她的人,还不仅仅是刘汉英派去的,还有另外一路。”

俞真惊呆了,脸色都变了,结结巴巴地问:“你是说……”

陈墨涵做了个手势,制止了俞真的失措,说:“她的最后一段时间是跟你在一起度过的,你回忆一下,除掉李文彬的过程。”

俞真镇静下来,开始点点滴滴地回忆,说:“她的手段是化装成一名伪军的军官太太,我是她的佣人。我们是在一次酒会上同李文彬接触的,后来李文彬认出了她,但是李文彬没有说出来,记得她曾经跟我说过,李文彬之所以没有暴露她,是想报复一个人,李文彬好像还说过逼上梁山之类的话。但是,他没想到,我们那时候对他的报复不感兴趣,还是把他杀了。我们两个人都开了枪。”

陈墨涵顿时振作起来了,问:“李文彬有没有交给你们什么东西?”

俞真说:“没有。至少我是没有看到。但有没有交给她,我就不清楚了。”

陈墨涵击案脱口而出：“俞真，现在我可以得出一个结论了。如果她当真还活着的话，那么，上次到凹凸山七二八农场找我的那个小伙子就是她派去投石问路的。她有话要跟我们讲，而且不是针对刘汉英的，是冲着我们内部人的，这个人也许现在还身居高位。”

俞真再次震惊：“难道……梁……他真的……？”

陈墨涵挥了挥手：“嗨，你想到哪里去了！关于当年凹凸山分区委托刘汉英下令给高秋江除掉李文彬的事，就是在七二八农场劳动期间梁必达告诉我的。我们那两年说的话车载斗量，没想到还会复职，也没有顾忌了，说的都是真话，他连他后来在丹东跳舞的时候把一个苏联女人的……他咬人的事情都说了。好了，不说这些了。梁必达这个人，粗中有细，该智慧的时候智慧，该坦率的时候坦率。智慧的坦率和坦率的智慧结合起来，恰到好处，就是他的魅力所在。我跟你讲，凭我的判断，在李文彬这个问题上，梁必达是清白的，张普景也是清白的。别的你就不要多问了。没有事的栽赃也栽不上，有事的跑也跑不掉。”

这以后，俞真几次要去洛安州坐镇寻查，都被陈墨涵制止了。陈墨涵坚持一条，她在暗处，我们在明处，她既然不出现，就自有不出现的道理。如果她已经不在人间了，找也是徒劳，还是把这个悬念留到离休以后去解比较妥当，那时候无官一身轻，没有顾忌。

三

军区司令部副参谋长窦玉泉在离开两年之后首次回到 K 军，是来参加张普景追悼大会的。

清晨五时许，天色刚刚见亮，梁必达和 K 军政委章光辉、参谋长陈墨涵、副政治委员马西平以及上述人员的夫人，K军司、政、后各部门处以上干部四十余人便守候在军部第一招待所小红楼的门前。

这支队伍里少了个朱预道。

本来，朱预道现在的身份还是副军长，作为张普景治丧委员会副主任委员和实际的筹备负责人，陈墨涵拟订的治丧委员会名单里是有朱预道的，但是被梁必达圈掉了。

陈墨涵觉得不合适，说："按约定俗成的惯例，哪一级的首长逝世了，同级党委和首长都是治丧委员会成员。老朱现在还是副军长，还是应该出面。"

梁必达冷笑着说："朱预道同志现在学习很忙，这种事情就不要分散他的精力了吧。"

陈墨涵再三争取，梁必达再三驳斥，别的什么也不说，就一条，说朱预道学习忙，不分散他的精力。

所谓的学习，就是参加"说清楚学习班"，军里先办，军里结束了军区办，什么时候"说清楚了"什么时候"毕业"，梁必达自任学习班的班主任，朱预道的检查写了几十份，梁必达说，没有一份是清楚的。

陈墨涵设身处地地替朱预道想想，也觉得挺可怜，在那种环境里做的事情怎么能说得清楚啊？全看班主任的好恶了。最后，陈墨涵搬出了当年朱预道"借礼堂"的事情，说："老朱有错，可是在张普景的问题上，他没使坏啊，不让他参加追悼会，张普景也会有意见。"

这样一说，梁必达才勉强同意朱预道参加追悼会，但是规定，其他活动概不参加。

"不给他饭吃，有他在，他尴尬，我们也尴尬，大家无话可说，难堪。"——梁必达当时就是这么说的。

五点半后，梁必达不时看表，不时询问身后的参谋火车是不是准点到达，显得有点浮躁。

陈墨涵很注意地观察着梁必达的一举一动，他今天有一个很奇怪的感觉，觉得梁必达有些反常。按说，军区司令部副参谋长同一个军长级别相当，从某种意义上讲，副参谋长只是一个部门副职，是职能机关首长，而军长却是一方封疆大吏，是实权派，梁必达这个人的傲慢是众所周知的，按照“文革”前的惯例，即使是军区副司令员一级到 K 军来，梁必达也不会亲自到火车站迎接，唯一破例的一次是被打倒以前，老副政委王兰田到 K 军来那一次，梁必达亲自到车站了。而在昨天接到窦玉泉要来的通知之后，梁必达不仅亲自过问接待事宜，而且还提出了要亲自到车站迎接。陈墨涵提醒说，上次军区赵副司令和林参谋长到 K 军来，军长都没有亲自去接，这次窦副参谋长来了，倘若超过了规格，恐怕不大妥当，对窦副参谋长本人也不是很有利。这件事情很微妙，还是低调一点好。这样一说，梁必达才放弃了亲自到车站迎接的打算，而改派副军长姜家湖和副政委曲向乾前往车站。

但是，一大清早，部队还没有起床，梁必达却已经出现在小红楼门外了，还不到听新闻联播的时候，手里攥着个哑巴收音机，若有所思地踱来踱去。各位副职和机关首长也只好提前起床过来相陪。

对梁必达和窦玉泉的关系，陈墨涵有一定程度的了解，用梁必达的话说是有斗争有团结，团结大于斗争。战争年代，梁必达参加八路之初，吃过窦玉泉的暗亏。但是后来又配合得比较默契，彼此之间没有大的分歧，但是好像也没有更深的感情，这一点，在七二八农场劳动的时候从梁必达的话里可以听得出来，梁必达从来没有像回忆张普景那样回忆窦玉泉，谈起窦玉泉的时候很少，可谈的话题也不是很多，这就可见关系十分平淡。而且，在过去，自从梁必达担任分区司令员之后，窦玉泉一直都是梁必达的副手，就算现在窦玉泉当了军区的副参谋长，同梁必达地位相当了，梁必达也大可不必如此兴师动众诚惶诚恐地迎接。难道这是梁必达在农场劳动改造的结果？是重新恢复工作后变得温和了人情味多了？

当然，陈墨涵也想到了更深的一层。虽然大家都是刚刚复出，但是一个基本的事实是，复出的干部一般很快都要调整，能干的上去接着干，年龄大的不能干的也多数晋级，然后休息，这也算是个补偿。下一步，军区副司令员的人选跑不掉的就是由梁必达和窦玉泉这些人来角逐了，彼此都是心照不宣，或许，梁必达这次对窦玉泉的隆重接待正是为了体现一种姿态？

终于，身后的对讲机传来了叽里哇啦的喊叫——窦副参谋长的车子快进大门了。

只见梁必达精神一振，把腰杆挺起来了，抬起一双鹰隼般锐利的眼睛，向副军长以下的所有官员一一扫视。大家赶紧摸摸风纪扣，再次检查了军帽、鞋带、裤扣、口袋盖，然后自动分成两排，呈夹道欢迎之势。

太过分了，太过分了，太过分了就有表演的性质了，就可疑了，不知道梁必达又在玩什么战略战术。陈墨涵情不自禁地这样想。他突然产生了一个奇怪的念头，当窦玉泉下车、梁必达迎上去之后，他们二人会是谁首先举手敬礼呢？谁先敬礼的问题，这在别人身上不是个问题，但在梁必达和窦玉泉身上恐怕就要算一个问题。过去的情形是，梁必达职务高而资历浅，窦玉泉反之，现在的情形是，梁为主，窦为宾，梁为下，窦为上，按说还是应该梁必达主动，但梁必达面对一个过去一直是他配角的人，未必就能有那么高的姿态。

想到这里，陈墨涵突然产生了一种莫名言状的心理。别的他已经不关心了，他要把眼睛瞪大了，他就是要看看今天梁、窦之间敬礼的这场戏。

随着第一辆越野吉普车的出现，由三辆黑色伏尔加组成的小型车队鱼贯驶入视野，迎接的队伍有了小小的骚动。车队速度缓慢，沙沙而来，第二辆车子恰到好处地停在梁必达的面前。

陈墨涵的神经绷紧了——好戏就要开始了。

车子还没有完全停稳，坐在副驾驶座上的K军军务处长已经敏捷地跳下来，拉开了后排的车门，露出了窦玉泉的脑袋。与此同时，梁必达向前大跨三步，等待窦玉泉钻出车门并且站稳。

陈墨涵就在这个时候屏住了呼吸——天啦，他们谁也没有抬起臂来，他们在对视，无语，等待，他们谁也没有打算给谁敬礼——就在陈墨涵这样想的时候，又一个意外出现了，他真真切切地看见了，梁、窦二人都开始有动作了，起先缓慢，但紧接着就是大幅度而迅速的动作——两个人同时抬起了右臂，但那不是敬礼的动作，在右臂抬起的同时，他们还往下移动了左臂，两个人相向而立，那四只胳膊便交叉成了一个巨大的X形状。倏然，X不见了，四只胳膊骤然收拢，彼此扑向对方，两副庞大的身躯便紧紧地拥抱在一起了。

对于陈墨涵来说，这真是惊心动魄的一幕。这甚至还有可能是永远难忘的一幕。

拥抱还在继续。

梁必达拍打着窦玉泉的后背，泪流满面："没想到啊没想到老窦，我们还能活着见面，还能这样见面。"

窦玉泉也是热泪纵横："老梁，万幸啊万幸啊，活着是应该的啊，活到现在才知道活着是个什么滋味。"

梁必达说："我们都没当李文彬，也没当江古碑。我们这样活着问心无愧。"

窦玉泉说:“我们也都没有当张普景,老张啊老张,我没能保住他啊。我还是愧对故人啦。”

梁必达说:“我都知道了都知道了,那时候能那样就不容易了,那比战争还要残酷啊!”

太阳照常升起,从东方流淌过来一束玫瑰色的朝霞,沐浴着人们,浸润着两位从战争中走过来的老军人……

这场拥抱至少持续了三十秒之久,这次拥抱里没有政治、没有军事、没有哲学、没有外交、没有历史、没有将来,从那两副微微颤动的男人的身躯里,只涌动着一种东西,那就是——感情,是跨越了战争和历史的感情,是跨越了漫长的艰难岁月和严峻考验的患难与共的感情。凡是在场目睹这一情形的人,无不为之动容。

拥抱结束了,窦玉泉又和前来迎接的K军其他同志一一握手,梁必达跟在后面介绍,二人的眼睛依然潮湿蒙眬。

接见完毕,依序进入了休息大厅。

在进入到张普景追悼会话题的时候,梁必达突然向分工主持追悼会的章光辉提出来:“章政委,我看是不是这样,追悼会还是由窦副参谋长主持,我们都是老张的老战友了。”

章光辉当即表态:“可以,完全可以。”

四

张普景追悼大会于当日上午九时召开。进行中,出现了一点小小的意外。

致悼词的时候,梁必达泣不成声,先是照着稿子念,泪水很快就濡湿了稿纸,老眼也被模糊了。

后来梁必达就扔掉了稿子,哭一声讲一句,结结巴巴语无伦次,说:“张普景同志是个真共产党员,没想到你这个真共产党员不得好死。你没有死在敌人的枪林弹雨里,却死在了阴谋集团的无情摧残下,死在了无知青年的皮带拳头下面。张普景同志不是病逝的,他是被坏人迫害死的。张普景同志犯过错误,张普景同志是诚心诚意地犯错误,因为他不知道那是错误。张普景同志党性原则坚强,人格高尚。张普景同志跟我搭档一起工作了几十年,我们有斗争有团结,斗争是工作需要,团结是主流。我对不起张普景同志,我对不起你啊我的好兄弟……我现在悔恨已经来不及了,我只能化悲痛为力量,继承张普景同志的遗志,发奋工作,以慰张普景同志在天之灵。张普景同志你原谅我吧,你虽然走了,但是你在我的心中没有走远,你还在我身边看着我、监视着我、批评着我、提醒着我……我的好同志好老哥好老伙计啊……张普景同志在是非混淆的岁月,保持了一个共产党员的高贵品质,张普景同志没有见风使舵攀龙附凤,没有迫害同志。我号召 K 军全体共产党员要向张普景同志学习,学习他同梁大牙军阀作风家长作风坚决抵制的斗争性,学习他忠于党忠于人民忠于革命事业的赤胆忠心,学习他高压下面不弯腰不低头的大无畏精神。张普景同志是我党的优秀党员,是我军的优秀思想政治工作者,是我梁必达的良师益友。张普景同志永垂不朽。张普景同志永远活在我们中间……"

尽管逻辑混乱,条理不清,而且有些话说得文不对题,同追悼会气氛很不协调,但是这些话从梁必达这样的硬汉子嘴里说出来,并且是声泪俱下,自然是感人肺腑。

追悼会上哭声一片,唏嘘不已。

陈墨涵抽空注意地观察了一下,朱预道也来了,但是他没有站在军首长的行列里,而是隐蔽在一堆参谋干事助理员中间。朱预道瘦了,原先肥胖的脸一旦减少了脂肪,就显得格外松弛,两眼无神且又卑琐,躲躲闪闪。但朱预道的泪水似乎比别人的要多得多,偶尔,失声掩面,或者木然地把目光投向某处,但脸上的泪流却始终不断。此泪为谁而流,就只能是他自己清楚了。那情景让陈墨涵大为不忍,这毕竟也是从抗日战场上从枪林弹雨里同一条血路杀出来的啊,没想到会落到这步田地,真是沧桑难测啊。

梁必达没有看见朱预道,或者压根儿就不看他一眼,他被真实而巨大的悲痛淹没了。

到了向死者家属致哀慰问的时候,张普景的夫人汪成华握着梁必达的手,竟然冰凉,惊骇在一瞬间挤走了这位遗孀的悲痛,反而老泪潸潸地连声劝梁必达:“军长节哀,军长保重。人死不能复生,有梁军长这样高的评价,老张可以瞑目了。”

站在汪成华身边一直搀着母亲的张原则泪流满面,扑在梁必达的怀里,放声大哭。

梁必达老泪纵横,抚摸着张原则的肩膀:“孩子……孩子啊,还是把名字改过来吧,从今天开始,你就叫张原……吧!”

五

陈墨涵陪同窦玉泉回到小红楼,大家的心情长时间沉重。窦玉泉把身子埋在沙发里,很长时间一言不发。这一瞬间,窦玉泉真的现出了老态,不知是旅途劳累,还是在张普景的追悼会上悲痛所致,气色很差,很长时间还长吁短叹:“腥风血雨腥风血雨啊。打打杀杀一辈子,革命成功了,该甩开膀子干了,可是,走的走了,倒的倒了,老的老了,不堪回首啊。”

陈墨涵说:“窦副参谋长太累了,稍事休息,恢复一下情绪。今天中午开了三桌,都是凹凸山老战友,首长恐怕有一场鏖战。”

窦玉泉看着陈墨涵,欠了欠身子,慢吞吞地说:“这么个情绪,还喝什么酒啊?”

陈墨涵说:“凹凸山上下来的,活着的,没倒的,没跑的,都在这里了。梁军长说,上午把眼泪哭干,中午把酒瓶倒干。这是革命者的作风。”

窦玉泉淡淡一笑,说:“这家伙,倒是会动员。他也不怕张普景九泉有知骂他贪杯忘义……老梁现在还能喝多少酒?”

“你是知道的,梁军长海量,八两是不在话下。”

“哦,”窦玉泉坐正了,“这个老梁,虎威不倒雄风仍健啊。今天我倒是要跟他比试比试。不过,恐怕还不是他的对手。”

陈墨涵心里一动,这话好像有什么潜台词呢。陈墨涵说:“我说的八两是号称八两,是有虚头的,吓唬别人。我跟老首长交个实底,他现在也就是三四两了,他的胃不好,上个月体检,医生给了他严重警告。”

其实,陈墨涵还知道,梁必达的心脏也有问题,但是这个他不能乱说,这属于保密范畴。

窦玉泉又看了看陈墨涵,说:“那就要注意了,你们要监督。老梁这个人是个干才,要保护好,你们几个人联合起来,看能不能抵过一个张普景。他比我小几岁,但怎么说也是过了五十奔六十的人了。”

陈墨涵说:“我们哪有张政委那种魄力?谁敢夺他的酒杯?你跟他说,要注意身体,不吸烟少喝酒,他骂你,他说我们这些人谁没个这病那病?谁都有。肝啊肾啊肺啊,要是听医生的,早就被吓破了胆。不听,酒都不能喝了,要命鸟用。”

窦玉泉说:“这个老梁,总是出语惊人。这个我得管管他,好汉不提当年勇啊。”

说完,转过话题:“夫人和孩子都还好吧?”

陈墨涵说:“都很好。谢谢老首长关心。”

陈墨涵心里一直有个疙瘩想弄明白,就是关于张普景的事。大家恢复工作以后,有人传说,张普景并没有疯,也不是在“作报告”之后死于心肌梗死，问题出在他面前的茶杯上，他是有备而为之，茶杯里装有氰化钾。但这个问题直到目前还是民间演义，今天终于有了机会，陈墨涵也想知道一二，便试探着说：“老首长，梁军长一直念叨一件事，说窦玉泉不简单，路遥知马力，日久见人心。在那样险恶的环境里，窦副参谋长还敢把张政委保护起来，确实是件了不起的事。”

窦玉泉笑了，扬起手向脑后捋了捋稀疏的头发：“如果你有那个条件，你会不用吗？有什么了不起的？人之常情也。要是梁必达，他可能比我做得更好。”

陈墨涵说：“张政委最后的时光，都是跟老首长在一起，而且后事也是老首长一手料理的，您肯定知道……我们一直疑惑，张政委他真的疯了吗？”

窦玉泉怔了一下，看了陈墨涵一眼，又转过脸去，从桌上拿起一根香烟，却不点燃，放在眼前把玩，许久才说：“墨涵老弟，你说，疯与不疯有什么明显的界限吗？”

陈墨涵居然一时语塞，想了想才说：“区别应该还是很清楚的，思维正常与否，言谈举止正常与否，就是界限嘛。”

“那么，什么是正常的，什么又是不正常的？我的体会是，二者之间没有绝对的界限。在这个环境里是正常的，在那个环境里又是不正常的，在这段时间是正常的，在那段时间又可能是不正常的。我们今天坐在这里谈这个问题是正常的，明天坐在那个地方谈这个问题就是不正常的。从这个意义上讲，我们大家都是疯子。”

陈墨涵愕然，他觉得窦玉泉在回避什么，在绕圈子。

“如果从医学的角度看呢？”

窦玉泉断然说：“同样。”

陈墨涵动了动嘴巴，又把话咽下了。

窦玉泉说：“希特勒发动战争是疯子，某某某领导反法西斯战争就不是疯子,但某某某在全世界反法西斯斗争取得胜利之后,又搞大清洗大屠杀,这不是疯子又是什么呢?当年,百万红卫兵涌向天安门,我不说这百万人都是疯子,但在那个时刻他们确实都疯了。一说'反右',全国几亿人都在反,有的连右派是什么都不清楚,也起劲地反。一说搞'文化大革命',全国涌现了亿万个工农兵诗人,造反派五湖四海铺天盖地,祖国山河大江南北一片红。你能说这仅仅是一个人或几个人几十几百个人疯了?不是。这就好比吃药,有病的没病的这个病和那个病一起吃一种药,你说这是不是疯子?我的看法是,疯子有两种,一种是正常的疯子,这些疯子住在精神病院里或者在街头胡闹。还有一种不正常的疯子,就是你我这样的人,可以在这里开会或者聊天。好了,不能再说了,我从你的表情里看出来了,你正在想,你面对的也是一个疯子,是不是?对的,我这样看问题确实也是精神病症状。"

陈墨涵惊呆了,他没想到窦玉泉会发表这样一番离奇的高论。但有一点他明确了,关于张普景究竟是真疯还是假疯,从窦玉泉的嘴里,他休想得到片言只语。

离开小红楼的时候,陈墨涵还在担忧,看窦副参谋长这副状态,今天中午的招待会该不会出现什么问题吧?

但事实很快就证明他是多虑了。

六

中午的招待会上,梁必达首先向地上倒了三杯酒,说:"老张,我们今天要学老百姓了,办丧事大吃大喝唱大戏。对不起了,大戏我没法、也不敢给你唱,不是怕运动,是怕你。可是酒你不能不让我们喝。你要是想找茬,你就显个灵,你打我我都不还手。你要是不出面,那你就是同意了,我们老同志聚在一起,你不能光让我们喝水。"

做完这一套，梁必达转过身来，宣布：“我跟张普景同志商量了，他说他今天请假缺席，他要查‘四人帮’的问题，他忙得很啊，要我们自便，下不为例。”

梁必达来这一手，就把气氛改善了许多。

然后，就“把酒酹涛涛”了。

席间，窦玉泉和梁必达等人互相照顾，并没有出现“比试”的局面。大家回溯这些年的经历，故事各有千秋，经历千奇百怪，心潮难平，感慨万千，虽然不甚热闹，却有另一番滋味在心头，苦酒喜酒掺着喝。

这时候陈墨涵才明白，梁必达说“不给他饭吃”的确是明智之举。看眼下，朱预道是很悲惨，可是，在此之前，今天能够坐在这里的每个人都要比朱预道悲惨得多，包括他陈墨涵自己。朱预道如果出现在这里，今天这里许多人会缄默不语的。但陈墨涵换个角度，又觉得还是朱预道最悲惨，这里的人受过罪吃过苦是不错，可这些人是修成了正果否极泰来，而朱预道则是四十年德行毁于一旦，前功尽弃了，没有出头之日了。

在主宾席将要进行到高潮的时候，窦玉泉制止了，让人把酒撤了下去。

窦玉泉对在场的陈墨涵、姜家湖、曲向乾、陶三河和马西平等人说：“行了，到此为止吧。你们也别灌我了，心意我领了。今天这个桌子上，都是从凹凸山走出来的老同志，我说几句话，就说个酒的问题。我们这些人从战争年代囫囵着活过来了，经历了无数次失败和挫折，终于胜利了，就算把一生的酸甜苦辣都尝遍了。和平时期，又在‘文革’中活过来了，又算是活了第二遍人生。一辈子活了两辈子的内容，值是值了，但是还不够。现在是三度青春，一个革命者应该活三遍，我们要珍惜，要把第三辈子活好，把最后这一辈子完整地交给我们的事业。我提醒K军的同志注意，要控制梁军长喝酒，岁数不饶人啊，好汉不提当年勇啊。大家也多保重。我们这些老骨头还要多做点事。”

陈墨涵当时想，这话倒是真有点像疯人疯语了。但紧接着，梁必达也站起来说了一通颇像疯话的话：“窦副参谋长说得好。我们虽然老了，但要老得明白。党把我们放在这个位置上，是要我们继续革命。我接受老窦的警告，以后，我自己也控制。不过，我一年要放三次量，都是在老战友老首长聚会的场合，其他场合象征性地应酬，我节制。王兰田政委来了我放一次量，窦副参谋长来了我放一次量。还有，清明节我醉一次。”

窦玉泉动情地说：“一言为定，老梁，这三次要醉我们大家一起醉。”

霎时，气氛又有点异常前兆，梁必达一看这态势，怕重新引起大家伤感，便对窦玉泉说：“老窦，听你的，散了吧，中午大家都休息一下。”

七

崔二月的问题最终解决了。

这件事情由梁必达亲自过问，陈墨涵具体同地方政府交涉，崔二月被追认为革命烈士，一次性补给抚恤金五千元，其独生儿子由当地民政部门负责安排治疗。梁必达还派出安雪梅和俞真等人赶到凹凸山崔家集，代表部队首长和当年在凹凸山战斗过的老同志，向崔二月的遗属和过去的老房东们进行“梳篦式”的走访慰问，此举在凹凸山老百姓的心目中引起极大震动，就差没有山呼万岁梁青天了。

恢复工作的第三年，梁必达升任D军区副司令员，姜家湖接任了K军军长，原政委章光辉调走，曲向乾接任了K军政治委员一职。

朱预道从军区的“说清楚学习班”毕业之后，一纸命令下来，病休。

宣布命令的当天，朱预道跑到陈墨涵的家里，老泪纵横，一把鼻涕一把眼泪地说："我有什么病啊？我他妈的除了心病，连感冒都是临时性的。我是一失足成千古恨啊，我离六十岁还差好几年呢，就不让我工作了，不让我工作，我除了等死，别的还能干什么呢？我只有等死了。太无情了啊。"

陈墨涵安慰说："老朱你要想得开，当年我们这些人被斗的被斗，被流放的流放，工作的权力不也是被剥夺了吗？我们不也是等死等了好几年了吗？但我们不是消极地等死，我们在等死的过程中乐观地活着。你看梁必达同志，现在都是书法协会的理事了，就是在等死那几年里练出来的。"

朱预道恨恨地对陈墨涵说："我这一辈子做的最大的错事，就是不该翻梁大牙的眼皮子。我哪里是他的对手啊？这些年来，我算看明白了，谁都不是他的对手。李文彬不是，江古碑不是，张普景和窦玉泉不是，连你老兄也不是。你听说了没有，凹凸山的老同志中间有个说法，说窦玉泉一时手软，终生为副，张普景一招失手，到死都没有当过党委书记。"

陈墨涵说："老朱你这样讲不合适，大家都是同志，什么对手不对手的，你确实是有点狭隘了。"

朱预道说："我反正是靠边了，但是我给你提个醒，梁大牙这个人，了不起啊，有本事。你别看他五大三粗的，他肚里有牙。你不是他的障碍便罢，只要你对他构成威胁，他就能把你搞掉，而且手段绝对高超，一点痕迹都不露。谁都不是他的对手。你要当心。"

陈墨涵笑道："老朱，谢谢你的提醒。不过，你是多虑了。我也是快六十的人了，我吃多了撑得难受要去给他当障碍啊？"

朱预道说："我是不服这口气。梁大牙对我是不公正的。我是犯了错误,可我也不是一件好事没做过,那时候风声那么紧,我还安排让张普景作了一次报告……你总得给我个立功赎罪的机会吧?就这么一棍子敲死?窦玉泉来了,连饭都不让我吃,我寒心啊,我看他还能蹦跶几年?"

陈墨涵见朱预道牢骚满腹,劝慰说:"老朱,这话我劝你不要瞎说了。既然离休了,未必是坏事。无官一身轻,颐养天年,何乐不为啊。"

朱预道直愣愣地看着陈墨涵,嘴巴张了几张,却什么话也没有说出来,只顾自己唉声叹气。

八

这一年,D军区司令员到了离休年龄,七个副司令员当中,最具有竞争实力的有三个人,一个是常务副司令员窦玉泉,一个是分管训练的副司令员梁必达,还有一个是少壮派参谋长林长征。林长征是红军后代,是年五十五岁,从年龄上讲,既占优势也是劣势。而梁必达六十有二,窦玉泉六十有四。后二者年龄均不占优势,全看工作需要了。

从现有位置上讲,窦玉泉似乎更具有竞争实力。虽然自从抗战后期以来窦玉泉的位置一直屈居梁必达之下,但是进入高层,窦玉泉的理论修养就日显优势,而且在动乱时期受到的冲击不大,始终都在领导岗位上,不仅没有随风倒犯错误,还力所能及地做了一些保护同志的好事。同时,对于和平时期的军队建设和部队情况熟悉,在总部很受重视,在军区机关也是根深蒂固,加之为人随和,上上下下的关系都理得比较顺畅,有相当的实力基础,出任新司令员的呼声很高。

梁必达在七二八农场当了几年改造对象,书倒是读了几本,毛笔字倒是练得有些功夫了，张牙舞爪但是别具一格气势恢宏，大言不惭地自诩为“梁体”——想当初，在农场时没有几个人说他的字写得好，“梁体”之所以成为“梁体”，已经是他当上军区副司令员以后的事了。一旦地位上来了，不是“体”也水到渠成地自成一体。但是，字写得好不等于水平高，隔离几年之后，对于部队情况相对就掌握得少一点，更不用说看文件吃透上级精神了。恢复工作之后，尤其是到了军区领导岗位上，仓促之下显得有些力不从心，近年建树甚少。然而，行将离休的军区老政委、顾问组组长王兰田则大力举荐梁必达，认为梁必达实际工作经验丰富，思维敏捷，而且思路开阔，不因循守旧，接受新事物快，符合军队现代化建设的需要。

在D军区，王兰田自然是德高望重，不说一言九鼎，但在总部和军区机关说话都是相当有分量的。角逐到最后，由于参谋长林长征拟任军区副司令员兼军区空军司令员，军区新任司令员的人选实际上就将要从窦玉泉和梁必达两个人中间产生了。

就在D军区司令员人选欲定未定悬而未决之际，有人从暗处打了一个横炮，在上级决策人的手里，出现了一份来路不明的材料。材料说，在抗战时期，凹凸山根据地某县县委书记李文彬之所以被俘，事出有因，是当时的分区司令员梁必达为了排除异己、打击内部与其意见相左的同志而一手制造的阴谋，李文彬在身陷囹圄之前，对此似有察觉。日伪将李文彬的行踪掌握得天衣无缝，疑点甚多，系内部人员故意透露。李变节后，凹凸山分区和国民党军刘汉英部联合锄奸，分区政委张普景要求活捉，弄清李被俘原委，但某某某秉承梁必达的意图，没有执行张普景的指示，要求执行者高秋江将李文彬击毙，造成死无对证的局面。李文彬在预感死期将至之际，曾试图致函组织，揭露梁必达的阴谋，就在被杀之前，还误将一份揭露材料交给了高秋江。但高秋江因欲报私仇同上司刘汉英反目，遭到刘汉英派遣的特工人员追杀，同时，在追杀高秋江的几路人马中，也有凹凸山分区派遣的锄奸人员，分析认为是梁必达杀人灭口之举……材料最后说，张普景曾写过《关于李文彬被俘的几个疑点》一文，对此有翔实的剖析，可惜“文革”期间张普景受到迫害，文件资料也尽数佚散。

这份匿名材料无疑是一颗定时炸弹。

陈墨涵在获悉这个情况之后，情不自禁就想起了当初他和梁必达在七二八农场“改造”的时候，围绕一个“我”字展开的那场讨论——那简直就是一段谶语——看来梁必达现在是要“升”了，而且是最后的冲刺，但是，右边的“那条腿”也果然出现了，出其不意地来了个“扫堂腿”，打了梁必达一个冷不防。

那么，梁必达的右边是谁呢？

陈墨涵不是唯心主义者，但他还是注意了一下，这一注意，就又生出许多疑惑。

这件事情显然不是小事，挑起事端的人可以说是冒了很大的风险，孤注一掷，背水一战。无论是出于对史实的严肃性考虑，还是出于对个人名誉的负责态度，这件事情都是非查不可了。一查，就查了个水落石出。

“文革”期间，造反派抄了张普景的家，但资料并没有毁掉，那篇文章几经辗转，现在在军部保密室收藏。但张普景的文章自陈证据不足，只是怀疑，无法定性，而怀疑的重点并不是梁必达，反而是窦玉泉。虽然那时候中央已经明确规定不再纠缠历史问题，但这件事还是给窦玉泉竞争司令员一职带来了很大的阴影，姑且不论张文对他不利，单就匿名信的锋芒直接冲着梁必达这一点，也似乎有理由怀疑是窦玉泉所为——这么大的首长了，还用这种鸡鸣狗盗的手段对付同志，的确有失君子风度。如此一来，窦玉泉的分数就大大地打了折扣，用旁观者的话说是“偷鸡不着蚀把米”。

第二十六章

一

八十年代中期一个阳光明媚的上午，人民解放军D军区教育训练大会隆重召开。

新任司令员梁必达和政治委员马峻岭在主席台前排中央位置就座。在梁必达的右边，依次是常务副司令员窦玉泉、副司令员林长征、赵文斌、姜家湖，参谋长谭智慧，后勤部长张秀海。马政委的左边，依次是副政治委员章光辉、曲向乾、吴瑞典，政治部主任宋上大。

军区副参谋长陈墨涵坐在第二排，同陶三河、马西平等几个军里的首长处在同一水平线上。

当年在凹凸山抗战的老一辈子人里，除了死去的，活着的人里面，只有江古碑和朱预道消失了，连按姓氏笔画为序的资格也被剥夺了。

梁必达戴着无边老花眼镜，面色平静，正襟危坐，居高临下地俯瞰会场。

台下，有两千多颗中高级头颅纹丝不动，尽管是副政委章光辉在作动员报告，但是，将近五千束雪亮的目光还是照耀在几分钟前才宣布就职的新司令员梁必达的身上。

偌大的礼堂被思想的潮水涨满了。这些动荡不定的、上了年纪的或尚且年轻的、突如其来又迅速消失的思想的潮水在身体与身体之间，在桌子上面，在椅子下面，在所有的空隙里流动。军官们注视着他们的新司令员，像是读一本厚厚的著作。这个从一个偏乡僻壤里走出来的汉子，这个在战场上骁勇善战的斗士，这个无师自通从战争中学习战争成长起来的高级将领，已经走向了他人生最为辉煌的峰巅。他那双睿智的目光平静中暗藏着自信，柔和中蕴含着威严。

陈墨涵也在注视着梁必达，他在判断这位新任司令员——此刻，他在想什么呢？

章光辉的动员报告结束了，主持会议的常务副司令员窦玉泉宣布——“请梁必达司令员作重要指示”，然后，礼堂里静默了两秒钟左右，再然后，一阵旋风般的声音腾空而起，有将近五千只手在同时做着同一件事情——鼓掌。

梁必达就在这时候突然想到了一个奇怪的问题，这些掌声意味着什么，他们是在表达同一种感情吗？这些掌声所表达的感情是同一个分量吗？不，肯定不是。

没有任何两对掌声是相同的，绝对没有。如果这两千多个人同时咳嗽，会是一种什么样的声音呢？那倒有可能是表达相同的意思。

梁必达的思维世界里突然出现了一段空白——啊，安静极了。这跳动着两千多颗心脏的礼堂此刻真是安静极了，这轰轰烈烈的掌声真是安静极了。他感觉到他正在一个无人的旷野里独自行走。他在这个无人的旷野里独自行走了将近十秒钟，这才微微一笑，将无边眼镜取下来，换上一副有边眼镜，从容地摊开面前的讲话稿，开始了就任 D 军区司令员之后在重大场合里的第一次讲话。

二

训练动员大会结束后，梁必达和夫人设家宴接待正在来访的 Y 国军事代表团切斯特顿少将夫妇一行七人，开了两桌，作陪的有窦玉泉夫妇、章光辉夫妇、姜家湖夫妇、曲向乾夫妇、陶三河夫妇、陈墨涵夫妇等人。

席间,梁必达挥洒自如,龙骧虎步,频频举杯,纵谈当今国际军事格局,横论本军雄师威风,颇有指点江山的大将风度,多少还带有一点耀武扬威炫耀实力的色彩。

Y 国的客人也为梁必达的豪放和洒脱所感染,因为名义上是家宴,加之梁必达又把气氛调理得十分家常化,大家就少了许多外交场合的矜持和拘谨,居然当真喝开了茅台。

在男主人左手边就座的是切斯特顿的夫人,原籍法兰西,豪华型重量级,浑身肥沃,但风韵犹存,从那一颦一笑中还能看出十几二十年前迷人的风采。

过了花季的法兰西半老女郎同年过花甲的老梁必达并肩战斗,显得十分匹配。切斯特顿夫人声称被梁必达迷住了,于觥筹交错之间,不断地眨动曾经美丽过的蓝色的眼睛,风情万种地向梁必达撒娇。

梁必达豁达大度,更是谈笑风生妙语连珠,跟切斯特顿夫人联袂表演,把家宴的气氛一次又一次地推向高潮。

切斯特顿是个中国通,其父当年在朝鲜战场上是个上校,在一次进攻战斗中被流弹击中丧生,所以切斯特顿对于中国怀着一种很复杂的感情,从军后致力于研究中国军队的战略战术以及军队建设,是个很有见地的中国问题专家,这种研究无疑带有很明显的个人色彩。只是,在外交场合里,切斯特顿还是不得不学习中国人的韬晦,隐蔽起真实的感情,不显山不露水地矜持着,自始至终只是微笑,竭力地保持着 Y 大国军事外交家的涵养,与梁必达以外的中国同行们象征性地碰杯致意,并在不易察觉之中以眼神暗示夫人,对其过于放浪形骸表示了不满。

无奈法兰西半老女郎一见到巍峨魁梧而又风度翩翩的梁必达,就情不自禁了,哪里还顾得上看切斯特顿的眼神?不仅冒险喝开了中国烈性白酒,而且主动兴风作浪,逮住梁必达一个劲地灌酒。

梁必达来者不拒,尽管他对切斯特顿夫人身上的狐臭气味和过于露骨的缠绵还很不习惯,但仍然礼貌地接受下来,还放下架子跟她开起了中国式的玩笑:“我们两个左一杯右一杯地碰,我家老伴跟你家先生恐怕要吃醋呢。”

切斯特顿夫人不知道吃醋是个什么意思。在座的还有一个颇为年轻俏丽的姑娘,是中方翻译。女翻译费了很大的劲也没有说清楚,最后干脆言简意赅了:“就是怕你夺走梁必达将军的意思。”

切斯特顿夫人放肆大笑,说:“啊,梁必达将军是很有魅力啊,我如果还在这里住上三天,可能就要跟梁必达将军私奔了。”

梁必达半醉半醒地说:“好啊,不过,私奔可以,但是不能奔到你那里去。到了Y国,我就只能当士兵而不能当将军了,那样的事情我是不会干的。”

切斯特顿夫人面若桃花,一双半老的美丽眼睛春潮荡漾,还没有来得及继续撒娇,一直不动声色的切斯特顿少将却不失时机地截住夫人的话头,突然改变主题,问道:“梁必达将军,能向您请教几个问题吗?”

此时梁必达已经做出醉眼蒙眬状,面带憨笑,说:“本司令乐于回答。”

切斯特顿说:“听说梁必达将军出身于乡村,你童年的时候想到过今天要当将军吗?”

梁必达说:“当然想过。我梁必达到这个世界上来,就是为了当司令的。”

切斯特顿做愕然状,想了想又问道:“当年,梁必达将军是不是为了吃饱肚皮才扛枪的?据我所知,在你们中国的军队里有许多将军都是为了吃饱肚皮才当兵的。”——这话似乎就有些挑衅的意思了。

但梁必达却似乎没在意，狡黠一笑，不假思索地说："我参加抗战的时候不缺饭吃。我在娘肚子里待到第八个月的时候，就听到了外面的世界在闹革命，那时候我就开始研究革命是个什么东西，研究了三个月，才弄明白。我是我老娘怀胎怀了十一个月才决定出生的，就是冲着革命这条路来到人间的。"

切斯特顿仍然穷追不舍，说："我听说梁必达将军当年本来是要参加中国的另外一支军队的，是和那支军队失之交臂，才到了共产党的军队。我还听说，您之所以最终留在了共产党的军队里，与一个叫东方的女子和杨庭辉先生有关。假如，在最初选择道路的时候，您首先遇到的是另外一支军队，再假如，您在走进这支军队之前没有遇到东方小姐和杨庭辉先生，那么，您能想象您今天是个什么样子吗？您是不是认为您今天的结局是由许多偶然因素组成的？还假如……"

梁必达警觉起来了，眉头不易察觉地跳了一下，注意地看了切斯特顿少将一眼，但马上就笑了，大手一挥说："没有那么多的假如。假如那些假如都能成立的话，我梁必达就不会到这个世界上来。假如还有一个假如能够成立，假如令尊大人在走向朝鲜战场之前还没有结婚，今天在这里坐着的就不会是你切斯特顿少将了。所以说，在有些问题上，没有假如，只有必然。偶然往往也是一种必然。"

没有人听不出来，梁必达的话里已经明显带着火力了。切斯特顿明白过来，脸色便阴沉下来，一时竟无言以对。

梁必达乘胜追击，又说，"看来，切斯特顿将军对我梁必达的历史很有研究嘛，不胜荣幸啊。能告诉我吗，你还知道了一些什么？"

切斯特顿窘了一下，避开了锋芒："梁必达将军，我知道你们都是马克思的信徒，那么你是一个唯物主义者吗？"

梁必达大笑，说："我当然是一个唯物主义者，而且是一个彻底的唯物主义者。我为什么说我生下来就是个革命者呢，是因为我的每一步都踩在了革命的鼓点上了。我的资历和眼前的事实就是证明。”

“那么，梁必达将军，能谈谈你对唯物主义这个概念的理解吗？譬如您的说必然……”

这明显是再一次挑衅了，梁必达从切斯特顿那双灰蓝色的眼睛里看出了轻蔑——狗日的，他还是把老子当土八路考核啊。

梁必达笑了，并且是微笑，说：“我认为一个唯物主义者的根本标志，就是承认事实。我可以举个例子，在朝鲜战争中，我们的敌人被打得丢盔卸甲，灰溜溜地滚蛋了，而我们胜利了。我的对手上西天了，而我还在这里喝酒，这就是得道多助，失道寡助，认识到这一点，就是唯物主义的态度。如果还有人胆敢发动不义之战，我还是要把他送到西天去，让他到天堂洗洗脑筋，这就是唯物主义的态度。”

切斯特顿听出了梁必达的弦外之音，顿时面如土色，很不自在地搓了搓手。

家宴的气氛顿时变得剑拔弩张。

切斯特顿夫人感到被冷落了，她尚不了解其男人隐蔽在心底的刻骨铭心的仇恨，很不满意他老是用一些郑重其事的问题来搅和眼前欢乐的场面，便又打了一个横炮，说：“梁必达将军，你有情人吗？”

梁必达顿时愣住了。切斯特顿夫人的这个问题显然是中国军队高级将领极不愿意涉及的问题，但这个没心没肺的女人毕竟比阴阳怪气的切斯特顿少将要可爱得多。

梁必达想了想，有了主意，爽朗一笑，向切斯特顿夫人送了一个暧昧的眼神，说：“当然有了，我梁必达生来就喜欢漂亮女人，但是按照我们中国的法律，我只能娶一个女人，她就是我的夫人，坐在你身边的安雪梅女士，也同时兼任我的情人。当然了，假如是到贵国定居,我倒是可以考虑同切斯特顿夫人建立情人关系——如果将军不介意的话。”

切斯特顿夫人快活了,又问:“梁必达将军,你要坦率回答,在你的夫人之外,你还有没有同别的女人有过性关系?”

梁必达大窘,在场的中国男女军人或非军人也无不为之无地自容。俞真悄悄地同陈墨涵耳语:“这个老骚娘们,还真发情了,对梁司令员的一切都感兴趣。低级趣味。”

陈墨涵笑而不语。

梁必达面红耳赤地说:“你们 Y 国是最讲尊重隐私的,我本来可以用一句外交辞令来搪塞——无可奉告。但是,我可以不搪塞,我可以襟怀坦白地告诉我亲爱的切斯特顿夫人,我没有同我夫人以外的任何女人做过你说的那种事情。因为……因为我不习惯。”

切斯特顿夫人目睹梁必达的窘迫,开心地大笑,笑得浑身肥肉波浪起伏。陪同的中国人也为梁必达这个既不失礼貌又把分寸把握得极好的回答而松了一口气。

三

梁必达的家宴就在切斯特顿夫人的玩笑中恢复了友好和和睦的气氛。

但是,切斯特顿少将却很不甘心,他是有备而来,对准是要同梁必达进行一场舌战的,于是又提出请梁必达谈谈对战争与和平的看法。

梁必达忍住了满腹不快,仍然不失礼貌,而且恳切地说:“我以一个军人对另一个军人,而不是以作战一方对另一方的名义,向切斯特顿将军谈谈我的一个重要体会,那就是:和平是战争的最完美的表现形式,是战争的终极目的。但是,没有战争就没有和平,没有了‘战争’这两个字，‘和平’这两个字也就不存在了。没有战争，甚至没有人类文明。战争是人类一切文明的老娘。我们中国军队的态度是，第一，坚持和平相处的五项原则，决不穷兵黩武。第二，我们的战争是为了消灭战争，是通向和平的唯一途径。我们中国字的‘武’字，上面是个戈，下面是个‘止’，就是停止兵戈相见的意思。以武止武，以战争制止战争，就是我们中国军人的使命。第三，我们将一如既往地保持雄厚的实力，但是这不是为了发动战争，而恰好是为了在世界军事格局中起到均衡作用，与那些军事大国势均力敌，形成对峙态势，达到不战而屈人之兵的目的。”

切斯特顿耸耸鼻子，很认真的样子，像是嗅着什么不对味的东西，重新发起攻势，说：“那么，如何解释五十年代初期中国和联合国军在朝鲜的那场战争呢？同联合国军作战，实际上就是同整个世界为敌。”

梁必达的脸色说变就变，立即拉得很长，端起酒杯，大喝一口，微微冷笑了一下，说：“这个问题国际社会早有公论，切斯特顿将军在这个非正式的场合里提出这个问题很不友好，有挑衅的意思。但是问题既然已经提出，我必须发表自己的观点。第一，至于说我们是同联合国军作战，我不同意这种说法，你们的所谓的联合国军，实际上就是一些干涉别国内政的伪国际宪兵，是以 Y 国为首的极少数国家，不能代表联合国。第二，朝鲜战争已经把战火燃到我国边境，唇亡齿寒，我们不能袖手旁观。举个例子，我在你切斯特顿邻居家里放一把火，你能无动于衷吗？你说你是主持正义维护公道，我不这么看。不干涉他国的内政，就是正义公道。既然你多管闲事，我就有理由管一管你这个多管闲事的。第三，谁都不要想在这个世界上称王称霸。谁称王称霸，危及到中华民族的利益，我们同意了，我们的这个不同意。要不然，要我们这些军人干什么，我们就是干这个的。”

梁必达半真半假地醉着，不仅把语气加重了，表情变得阴阳怪气了，还用手模拟了一个手枪的形状，往切斯特顿的胸口处比划了一下。

无论是Y国的还是中国的军人以及夫人们，都明显地感到了家宴的气氛再一次急转直下，甚至到了一燃即爆的地步，不禁暗暗地捏了一把汗。尽管已经出现了外交规则应该避免的情况，但大家都是军人，在这里，军人的血气都有些膨胀，都希望自己的一号人物在气势上压倒对方。

在最需要和稀泥的时候，没有稀泥。

切斯特顿也不示弱，也用手模拟了一个手枪的形状，骄矜地笑道："梁必达将军，干这个，你们现在已经干不过我们了。天上的，地下的，近距离的，远程的，你们都是大大地落后了。我们的装备是一流的。"

梁必达爽朗大笑，笑得回肠荡气，大声说："哈哈，你们的装备是一流的，老子的人是一流的。你信不信？我们两个人一起到地狱里走一趟试试，老子能回来，你狗日的未必。"

一言既出，举座皆惊。

切斯特顿是听明白了，但是他的随员并不全是中国通，只知道气氛紧张，却不知道为什么会如此紧张。

女翻译木然而立，好长时间都拿不定主意。她不知道梁司令员这番连贬低带嘲骂的话能不能原封不动地翻译出去。梁必达却毫不收敛，对女翻译说："讲给他们听听，就说我说的，我提议我和切斯特顿两个人到外面拼刺刀，看看是他的装备一流还是老子的人一流。"

女翻译想了想，把梁必达的话做了一番调整，翻译了过去。Y国军事代表团所有成员的脸上立即凝固了表情，一起傻乎乎地看着梁必达。

还是切斯特顿先反应过来,觉得该收场了,真的撕破脸皮,闹出一桩外交丑闻,梁必达这个老魔鬼不在乎,他回国却是吃不了兜着走,他的使命不是到中国来同梁必达骂阵的,也不是来丢丑的。想到这里,于是咧嘴一笑,说:“梁必达将军有风度,是这个。我是开玩笑的。”一边说,一边伸出了大拇指,并且走近梁必达,拍了拍梁必达的肩膀。

梁必达也笑了,说:“切斯特顿将军是这个。”一边说,一边伸出了小拇指,“我也是开玩笑的。但愿我们的玩笑不影响中 Y 两国人民的友谊。”

话说到此,梁必达停顿下来,招呼切斯特顿靠近,伸出手把两个人的脑袋拢在一起,做亲密耳语状,低层但却十分有力地说了一句:“我、日、你、妈!”

切斯特顿明白无误地听懂了这句话,像是屁股上被谁猛砍一刀,顿时呆若木鸡。两国其他多数人实际上也听到了这句“耳语”,不知该做出什么样的表情,一律茫然着。

梁必达则神情自若,爽朗大笑,端起酒杯,煞有介事地大声说:“我听说切斯特顿的父亲是几十年前在朝鲜战场上阵亡的,那时候我是师长,不知道切斯特顿将军的父亲是不是我的部队打死的。不管是不是,我都表示遗憾——对于已经发生过的事情,我们只能表示遗憾了,只不过我们不希望这种遗憾再次发生了。我刚才跟切斯特顿将军说了,我们不仅欢迎他和夫人以及诸位同行来本部访问,在适当的时候我们还邀请切斯特顿将军的母亲来华观光,我当尽地主之谊,亲自陪同。”

在场的中国人马上就明白了梁必达的伎俩,不禁窃笑。

Y 国的军人们也分明从切斯特顿的脸上看见了竭力遏制的愤怒和无奈。但是,还没有等切斯特顿发作,窦玉泉已经率先鼓起掌来,并大声响应梁必达的话:“好,为切斯特顿令萱大人的健康干杯!”

众人一致响应,呼声顿起,一片叮里咣当的碰杯声。

事已至此,切斯特顿就没辙了,为他母亲的健康干杯,他不能不干。再说,又能怎样呢?在梁必达笑嘻嘻地骂出那句话的时候,他没有及时作出反应,坐失了战机。现在再反击,为时已晚,没那个气氛了,大家都在为他的母亲干杯,他要是同梁必达撕破脸皮,不仅丢丑,还会暴露出自己的小家子气,如此,只好假装糊涂,权当没有听明白梁必达的话。

想到这里,切斯特顿便恨恨地咽下了一口闷气,做出一副喝醉的样子,摇摇欲坠地晃了晃身子,举起了酒杯。但是他没有同众人碰杯,而是恶狠狠地瞪了梁必达一眼,气势汹汹地仰起脖子,一饮而尽。

梁必达并不理会切斯特顿的失态,豁达一笑,环视四方,微醺的脸上春风荡漾,陡然提高了嗓门:“女士们先生们同志们朋友们,为了中Y两国人民的友谊万古长青,我提议,我和切斯特顿将军共饮十杯。”

切斯特顿一听又傻眼了,欲说抗议吧,又不知道梁必达还有什么损人的高招,这个老魔鬼他惹不起。况且,人家说要和他的母亲发生性关系,按他们Y国的思维习惯,也不是太丢丑的事,尽管梁必达的意思不是说要同他的母亲友好,而明显有侮辱的意思,但此时也只能当友好理解了。他的确是小看梁必达了,他后悔不该主动挑起战争,打嘴皮子仗,他同样不是梁必达的对手。再说,也容不得他抗议了,出席家宴的D军区的军人窦玉泉、姜家湖、陈墨涵和陶三河等人见梁必达发出了信号,一拥而上,对Y国军事代表团的其余人员进行茅台包抄。

Y国军事代表团的另外几名成员也是乙醇爱好者,在中国最负历史盛名的美酒面前,岂有无动于衷之理,早就不耐烦切斯特顿和梁必达的嘴皮子官司了，见窦玉泉等人起哄，纷纷响应，把酒杯碰得气壮山河。

安雪梅和俞真等人则缠住切斯特顿夫人不松手，两国妇女界以极其真诚的态度表达着虚情假意的友好，硬是将切斯特顿夫人连连灌下去十数杯白酒，以至于喝得烂醉，自己还抱着个酒瓶往下灌。

这时候已经没有人再支援切斯特顿了。整个家宴在友好的词汇里互相角逐敬酒碰杯，局面很快就恢复了其乐融融的“战前状态”。如此，切斯特顿少将有苦难言，只好硬着头皮接受梁必达的挑战，横一杯竖一杯地“为中 Y 两国人民的世代友好而干杯”，委实是借酒洗辱。

四

梁必达的家宴结束的时候已是夜晚十一点多了，最后的结果是切斯特顿和他麾下的军事代表团全体成员烂醉如泥，切斯特顿夫人当场就靠在梁必达的臂弯里，脸上洋溢着幸福的傻笑，鼾声大作。

直到此时，梁必达这才暴露了真实的厌烦，吆喝工作人员将手下败将们送回宾馆休息。

中方人员中，窦玉泉等人也是摇摇晃晃，只有陈墨涵夫妇在喝酒过程中弄虚作假，搞了不少偷梁换柱的动作，这才勉强清醒下来。

梁必达更是清醒如初，他亲自把俞真送到门口，让她先走一步，却把陈墨涵留下来了，说是作彻夜畅谈。

当所有的人都走完之后，梁必达引导陈墨涵进了他的书房。

书房约有四十多平方米。一套宽大的办公桌椅居于书房一侧，左右山墙上对称地各排列着四组高、宽、厚均有分量的红木书柜，气宇轩昂。一边是图书，另一边则是各种兵器的模型，有中国最古老的戟槊戈剑的缩影,也有当今世界上最先进的导弹火箭和战车的模拟。另有几盆正在盛开的君子兰和月季花牡丹花摆在办公桌的下面,与桌子后面的梁必达交相辉映。

落座之后,安雪梅亲自上茶,然后就悄无声息地退了出去。

陈墨涵被安排坐在靠窗一面的沙发上,以墙角为直角坐标系,视线与梁必达呈四十五度接壤。一盆直径约有一公尺的针叶铁杉横在二人之间。

梁必达点了一根中华牌香烟,悠悠地抽了几口,看着陈墨涵,并不说话。

陈墨涵被梁必达突如其来的平静弄得心里直犯狐疑,不知道这老兄今晚要跟他说些什么。比起其他的旧部,他因为同梁必达有了一段在七二八农场甘苦与共的接触,对于进入老年的、如今身居高位的梁必达,自信多了几分了解。但是,他同时清楚,那种了解也就是比别人只多几分而已。这样一个人,一生六十余年,同金戈铁马打交道占去了三分之二强,他从一个乡野小镇的无知伙计,脱颖而出成为军队声名显赫的高级将领,一生征战,胜多于败,几乎攻无不克。在漫长的道路上,几乎步步都有偶然因素,但是步步都没有走错,就像在冥冥中有一颗太阳在他的头顶上照耀,以至于他能不假思索地说出“我梁必达到这个世界上来,就是为了当司令的”和“没有那么多的假如,假如那些假如都能成立的话,我梁必达就不会到这个世界上来”那样的话。他的自信看起来简直是与生俱来的。他就像一本厚厚的书,每一个细节都是耐人寻味的。但他同时又像一座海洋,在他的灵魂世界里,深不可测波谲云诡。他就是一块在战争的炉膛里熬炼出来的稀有金属。他的智慧和他的神秘同样是除他本人以外的任何人也休想探悉的。

可是,梁必达把他单独留下,到底是要说些什么呢?

终于,梁必达开腔了,微笑着说:“陈副参谋长……哦,在家里,在这里，我应该称呼你墨涵老弟或者陈三少爷。”

陈墨涵笑笑，说：“你就是再喊我白匪，我也不会抗议了。”

梁必达怔了一下，随即爽朗大笑，伸出巨掌，揉着左脸，说：“你还记着这件事啊，哈哈，三十年河东河西，我们扛枪吃粮都有四十多年了。白匪也好，赤匪也罢，我们现在都是一个身份，都是不折不扣的‘共匪’。你就是把我正中劈开，大卸八块，组装起来也还是个‘共’字。你我都老了，连骨头都是共产党的了，我说句出格的话，就是让你我现在去当叛徒，都来不及了。想当年，我想当国民党没当成，就当了共产党。你走了一段弯路，最后还是当了共产党。我们就是注定的共产党。”

陈墨涵对梁必达的话并不感到惊讶。近几年，陈墨涵一直给梁必达充当参谋长或副手，梁必达出语惊人不是一次两次了，常常节外生枝地发表或流露一些奇怪的想法或念头。但是，陈墨涵又不得不承认，他的那些想法或念头都不是随便说的，在你出其不意之中又分明能让你感受到他话里的机锋，那里面都有睿智的火花在闪耀。他说了就说了，他不会给你深入解释的，尤其是从他内心深处流淌出来的思想碎片，弦外之音，听得明白你就明白，听不明白的，你们这些作庙算工作的，就自个儿慢慢揣摩去吧。

当然，在这样一个非同寻常的夜晚，在梁必达刚刚接任 D 军区司令员的第一个夜晚，梁必达要跟他单独畅谈，绝不可能是谈工作的。

陈墨涵的脑海里突然闪过一道闪电——一个稍纵即逝的思想的火花照亮了他思维世界的某个角落：难道，他是想摸我的底，摸摸我对那件事掌握的情况，摸摸我的态度？

所谓的“那件事”，就是指梁必达终于战胜了窦玉泉，以绝对优势出任 D 军区新任司令员这件事情。虽然已成事实，但是，近几天来，在军区大院里，尤其是在一些离退休老干部中间，却像暗河一样流行着一个传说，说是在当初梁必达和窦玉泉二人正在抗衡、鹿死谁手尚未分晓之际，突兀出现的那份以梁必达为主要攻讦目标的匿名材料，并非出于窦玉泉之手，也非出自他人之手，而出自梁必达的长子、K军某团团长梁尚武之手。这一手来得厉害，看起来靶子是梁必达，但它所起到的实际作用是，梁必达和窦玉泉二人的历史就是通过这份材料引起了上级某决策人物的重视，虽然公开的结论语焉不详浮皮潦草地收了兵，事实上，决策人物明察秋毫，透过战争历史的云雾，将当年凹凸山区一段悬案调出来研究个透彻，反而使梁必达的赫赫战功浮出水面，窦玉泉当年执行错误路线过激的事实也再一次亮相。尤其是张普景《关于李文彬被俘的几个疑点》现世，更对窦玉泉形成十分不利的局面。

这件事情说到底还是扑朔迷离，一团乱麻。但是，它却促成了对梁必达的任命，它至少证实了梁必达的清白和炮制那份披露材料的居心叵测。虽然找不出证据证明那份材料是窦玉泉炮制的，但是，在军区和总部，人们在想到那份材料的时候，目光却不由自主地要往窦玉泉这个名字上多看几眼。如此，就把窦玉泉看得小了一号。

以上这些传说，陈墨涵自然不会全信，当然也不会全不信。据说，这个传说是梁尚武在得知其父将要被任命为司令员的可靠讯息之后，得意忘形，携妻子张原和幼女小慧慧，邀请若干铁杆战友，在所部驻地H城最高档次的饭店稻香楼摆酒庆祝，酩酊大醉后自我暴露的。梁尚武说："龙生龙凤生凤，老鼠的孩子会打洞。他们老一辈打常规战争可以，现代化战争要看我们的了。梁团长略施雕虫小技，就帮老爷子把障碍扫清了。"

就这一句话，传了出来，便引出了无限猜测。当时在场的人里就有陈墨涵的大儿子陈晓俞，朱预道的女儿岳子影，张普景的儿子张文韬、女儿张原。梁必达的女儿东方红因在外地工作，没有参加哥哥的庆祝活动，而且打电话企图制止这次行动，但是没有成功。

陈墨涵听到这个传说之后，给陈晓俞打了电话，委婉地询问了此事，但陈晓俞断然否认。陈晓俞说，喝酒是有的，但是根本没有谈到你们老一辈子的事，聚会是因为给小慧慧过周岁。国事免谈。

尽管自己的儿子否认了，但陈墨涵却仍然狐疑。那几句话的确像是梁尚武说的，那小子像他爹，虽然还没有经过战争，大智大勇暂时还看不出来，但出其不意的战术还是初显端倪了。

五

陈墨涵估计，今晚梁必达挽留他作彻夜长谈，就是同上述传说有关。

出乎意料的是，梁必达并没有把话题往那个思路上引，而是莫名其妙地问了一句："墨涵同志，你知道我现在最想做一件什么事吗？"

陈墨涵不得要领，回答说："司令员的思路神出鬼没的，哪是我能神机妙算的啊。我是越来越难领会首长的意图了。"

梁必达把身体埋在硕大的皮椅子里，以手抚额，说："就在刚才，半个小时以前，我突然想，我该休息了，应该辞职。"

陈墨涵吃了一惊，怔怔地看着梁必达，良久才说："司令员，此言从何谈起？"

梁必达说："你不相信吧？两个小时前，倘若是别人对我说这话，我敢掴他耳光子你信不信？连我自己都难以置信。可是，这是真的。刚才在同切斯特顿叫阵的时候，我还在想，有朝一日，我也要领一支部队打到 Y 国去，狗日的老子也当一回国际宪兵。可是，下来之后，我想明白了，这个有朝一日不会再有了。你我都是过了六十往七十岁走的人了，我这个年纪，在我军大区司令员的位置上，不是最老的。而相当于我这个职务的切斯特顿才四十八岁，他那个年纪在他那个位置上却不是最年轻的。真的拼刺刀？开玩笑罢了，除了士气高他一头，别的概无优势。他的底气是足啊，综合国力你没法跟他比，战斗力你也没法跟他比。我们说强大，是强大，就看跟谁比了，不能光跟越南老挝柬埔寨比，要比就跟强的比，比不过人家，你就得忍气吞声。未来战争不是你我经历过的那种常规战争了，我们中国哪怕什么都缺，就是不缺人，打光一个团，还有一个师，可以前仆后继，跟他打持久战。人对人，个顶个，拼刺刀抡手榴弹，老子谁也不尿。可未来战争是什么？未来战争就是高科技战争，你人多没用，你勇敢也不一定能勇敢得出来，他有隐形飞机，有导弹，有电子武器，你在这里把刺刀大炮备得车马炮齐，可他不跟你照面，你连影子还没见着，战争已经结束了，人家已经胜利了，你徒有一腔热血，可是报国无门，你干瞪眼。我说这些是什么意思呢，就是说，未来战争，我们这些人已经不适应了，既不是拼刺刀挥大刀片子了，也不是常规战火器战了，哪怕你有孙子兵法三十六计，都不一定有机会施展。一句话，我们在立足于常规战争的前提下，必须着眼于高科技战争，不一定就能打起来，但是你必须准备，只有你准备充分了，才反而有可能打不起来，你没有准备，他吓唬就能把你吓唬住。”

陈墨涵目瞪口呆。尽管他知道梁必达一向是鲁莽的外表掩盖着精明的内心，但是，从梁必达的嘴里流露出如此深谋远虑的战争忧患意识，他还是感到意外。这不是士别三日当刮目相看的问题，这就是高屋建瓴高瞻远瞩。梁必达说他生下来就是冲着要当司令员来的，这话不是盲目自信，司令员就是司令员，梁必达就是梁必达，那颗看似普通的头颅绝不普通。

陈墨涵诚恳地说：“听司令员一席话，胜读十年书。我们都落后了。”

梁必达说："落后的何止是你们啊，我不落后，就不会跟你这么推心置腹了。所以我说我想辞职呢。我们对高科技战争懂得多少？几乎一无所知。是的，是可以学习，可以活到老学到老。可是，我们能学过年轻人吗？常规战争我们可以从战争中学习战争，可是高科技战争就不是那么回事了，我们为什么不激流勇退，让年轻人早一点进入情况呢？我们是功成名就了，没有什么遗憾了，可以理直气壮地退下来，可以袖手旁观，也可以呐喊助威，就是不能挥戈上阵了，那是要出洋相的。墨涵同志，你不会认为我是故作姿态吧？"

陈墨涵说："就算是故作姿态，这个姿态也不是随便什么人可以作得出来的。"

梁必达淡淡一笑，说："我是今天，……哦，现在已经算是昨天了，昨天才宣布任职，今天就提出辞职，显然是天方夜谭。可是，我又分明感到了紧迫，也许，在司令员的位置上我还要盘踞年把两年，怎么办？就这么死皮赖脸而又毫无建树地等待下台？那不又耽误了几年？不能等。我们的战争眼下是没有发生，然而国际间的战斗天天都有，我们不能熟视无睹，战争离我们并不遥远，如果我们不认识到这一点，战争就会离我们更近。我在这里代表我个人提议，你这个副参谋长要紧急行动起来。我犯个自由主义，你新的任职命令很快就要下来了，D 军区的高科技学习就由你来主持，我的三把火就从你这里烧起，从明天起，你就给我思考这个问题，下个礼拜，要成立一个班子，叫响高科技战争准备的口号，同时给总部写报告，我们 D 军区要向科技建军的方向努力，部队砸锅卖铁也要先把计算机自动化建立起来。兵器装备我们无能为力，但是立足现有条件，在通讯、情报、交通、补给等指挥和保障系统方面，还是可以有所作为的。有了这第一步，我们也好给后面上来的同志交个好班。"

陈墨涵真诚地激动了,情不自禁地站了起来,眼窝有些发热,声音有些发颤,说:“司令员……老梁,有你这句话,我陈墨涵全力以赴。至于新的职务,无所谓,我就当一个专门分管科技的副参谋长,能够在这个岗位上做点实事,死而无憾。”

梁必达平静地笑笑,摆了摆手,说:“墨涵,你别激动。冰冻三尺,非一日之寒,这不是一天两天的事,我们一起努力就是了。这个问题就到这里,现在,该是我们两个蓝桥埠娃子谈点私事的时候了。墨涵,还记得韩秋云吗?”

陈墨涵浑身一颤,惊问:“怎么,有她的消息了?”

梁必达点了点头,说:“来信了。她的那个洋老公死了,她一个人在异国他乡漂泊,备感孤零啊,申请回国定居,我已经跟国务院有关部门联系了,正在办理。”

陈墨涵怔了半晌,才回过神来,说:“好啊,落叶归根啊。她没有孩子吗?”

梁必达说:“没有,这也是战争给她留下的遗憾。遗憾,我们就是在遗憾中生,而且还将在遗憾中去。”

陈墨涵琢磨梁必达的话,沉思不语,过了一会儿才开玩笑说:“我听司令员这话,是不是有破镜重圆的意思啊?”

梁必达凄然一笑,说:“老了,还谈什么破镜重圆?就是让我破镜重圆,我也不干了。积六十多年人生经验,我现在得出一个结论,老婆还是自己的好,我的老婆还是老安好。好了,不要老不正经了。韩秋云虽然是个孤老太太了,但是比你我都有钱,提出要捐献二十万美元,在凹凸山给国共两军抗日烈士修墓,尤其是要找到贵军高秋江的遗骸……哦,对了,我还得告诉你一件事——你不是一直在暗中查访高秋江的下落吗?现在我可以给你交底了,高女士尚在人间,就在洛安州。”

陈墨涵心中一颤,表情急剧变化,就像白日里见到了活鬼,好不容易才恢复常态,强作镇静地问:“你是怎么知道的?”

梁必达拿起一支香烟,悠哉悠哉地玩弄着,说:“我知道,这几年你是跟我同心同德了,但这并不等于我们之间没有猜疑。其实你仍然一直对于李文彬事件和高秋江事件心存疑窦,只不过你没有把我想得那么阴险罢了,就是想到了,你也理解了。现在,是打开天窗说亮话的时候了。我告诉你,高秋江女士的手里确实有李文彬临死之前留下的一封信,按照那封信的说法,搞掉李文彬的,确实是凹凸山分区内部的人,但不是我梁必达,不是张普景,也不是窦玉泉。这个人是谁,我就不说了,以后高女士会告诉你的。当然,李文彬是疯狗乱咬,可信可不信。他还说谁谁谁在‘纯洁运动’中想毒死我,谁谁谁在做地下工作时被俘,一道被俘的三个人中死了一个,失踪一个,唯独谁谁谁自己活下来了,谁谁谁在红军时期侵吞战士的粮食,导致该战士在过草地的时候活活饿死,谁谁谁曾经跟刘汉英做交易要除掉我,谁谁谁在苏区的时候就是叛徒,谁谁谁打死过自己的同志……多啦,我认为都是无稽之谈。高女士把这封信当做机密保留到现在,动机是好的,是负责精神。但我们还是要向张普景同志学习,重在证据,而不能把叛徒的一派胡言当真。”

陈墨涵犹如身在梦里,惊问:“你是怎么……什么时候同高秋江取得联系的?”

梁必达淡淡一笑:“我们两个在七二八农场接受改造的时候,高秋江派人给你递个信息,你以为她仅仅是找你的吗?不,她实际上是在证实我的下落。事实上,这些年来,高女士一直就在我们的身边,我从来没有见过她的面,但是,她攥着那封信,其动机就是有朝一日保护我,她在许多场合里都说过,她认为梁大牙是凹凸山地区最优秀的抗日军人。为此,我在惭愧的同时也真诚地感激她。我还可以告诉你,在她最艰难的日子里,尽管我也是泥菩萨了,但是,给她提供保护的,恰好是我——梁必达。怎么样老弟,你没有想到吧？至于我们是怎样取得联系的，是什么时候联系上的，见到她你自然就会清楚了。”

天啦——陈墨涵简直不能控制自己了，尽管他有一千个设想一万个假设，可是，当事实以真实的面目出现的时候，他还是被惊得瞠目结舌。

梁必达啊梁必达，他心里装着多少秘密啊？战争在他们这一群人中间制造了多少秘密，梁必达的心里就保守着多少秘密。他总是充当战争的胜利者，他怎么能不胜利呢？他又是真实的，他的真实让你惊慌失措。而且，这一切真相他是埋藏得多么深啊，即使在今天，当他终于说出来的时候，他还好像是无意间涉及到的，是刚刚想起来的，是“哦，对了……”如果不是已经坐在了现在的位置上，他会把高秋江这张牌打出来吗？什么叫大将风度？这就是大将风度。你永远休想解透他的方程。

陈墨涵本来还想问问前不久出现在K军机关的那份匿名材料出自谁手，他相信这件事情也断然不会瞒过梁必达的火眼金睛。可是话到嘴边，又迅速地咽下了，从而避免了一个愚蠢的错误。

梁必达见陈墨涵失态，笑笑说：“好了，都是历史了。如果你愿意的话，你在十个小时之内就能见到高女士。不过，韩秋云也提出来了，要寻找她的老上司的遗骸。我是这样想的，等一段时间，等韩秋云回国之后，我向军区党委提出来，由你出面接待和安排，你陪同韩秋云到洛安州，找到高女士，给韩女士一个惊喜，同时，也可以为历史上的一段疑案画句号了。我相信，到那时候，你才会真正对梁必达有所了解。”

陈墨涵说：“自从从七二八农场解放出来之后，我就相信你了。”

梁必达笑笑，站起身子，说：“那就只有天知、地知、你知、我知了。但是我敢肯定，至少是在现在，你还是怀疑的——这一切是怎么啦,难道是梁必达又在布置圈套?梁必达的圈套总是天衣无缝的——陈副参谋长,我说得不错吧?如果我说错了,你可以拒绝我的一切命令。”

陈墨涵苦苦一笑,一句话也没有说出来。

凌晨三时,陈墨涵终于离开梁家,走出梁家大门,情不自禁地抬起头来,仰望苍穹,只见一轮皓月当空,银汉稀疏。

“新中国70年70部长篇小说典藏”书目

书 名	作 者
风云初记	孙 犁
铁道游击队	知 侠
保卫延安	杜鹏程
三里湾	赵树理
红 日	吴 强
红旗谱	梁 斌
我们播种爱情	徐怀中
山乡巨变	周立波
林海雪原	曲 波
青春之歌	杨 沫
苦菜花	冯德英
野火春风斗古城	李英儒
上海的早晨	周而复
三家巷	欧阳山
创业史	柳 青
红 岩	罗广斌 杨益言
艳阳天	浩 然
大刀记	郭澄清
万山红遍	黎汝清
东 方	魏 巍
青春万岁	王 蒙
许茂和他的女儿们	周克芹
冬天里的春天	李国文
沉重的翅膀	张 洁
黄河东流去	李 準
蹉跎岁月	叶 辛
新 星	柯云路
钟鼓楼	刘心武
平凡的世界	路 遥
第二个太阳	刘白羽
红高粱家族	莫 言
雪 城	梁晓声
浴血罗霄	萧 克
穆斯林的葬礼	霍 达
九月寓言	张 炜
白鹿原	陈忠实
长恨歌	王安忆
马桥词典	韩少功
抉 择	张 平
草房子	曹文轩
中国制造	周梅森
尘埃落定	阿 来
突出重围	柳建伟
李自成	姚雪垠
历史的天空	徐贵祥
亮 剑	都 梁
茶人三部曲	王旭烽
东藏记	宗 璞
雍正皇帝	二月河
日出东方	黄亚洲
省委书记	陆天明
水乳大地	范 稳
狼图腾	姜 戎
秦 腔	贾平凹
额尔古纳河右岸	迟子建
藏 獒	杨志军
暗 算	麦 家
笨 花	铁 凝
我的丁一之旅	史铁生
我是我的神	邓一光
三 体	刘慈欣
推 拿	毕飞宇
湖光山色	周大新
大江东去	阿 耐
天行者	刘醒龙
焦裕禄	何香久
生命册	李佩甫
繁 花	金宇澄
黄雀记	苏 童
装 台	陈 彦